Наталия
Терентьева

Редакционно-издательская группа «Жанры»
представляет книги

НАТАЛИИ ТЕРЕНТЬЕВОЙ

ЗОЛОТЫЕ НЕБЕСА
КУДА УЛЕТАЮТ АНГЕЛЫ
ПОХОЖАЯ НА ЧЕЛОВЕКА И УДИВИТЕЛЬНАЯ
УЧИЛКА

Наталия
Терентьева

куда улетают
ангелы

АСТ
Москва

УДК 821.161.1
ББК 84(2Рос=Рус)6-44
Т35

Серия «*Там, где трава зеленее... Проза Наталии Терентьевой*»
издается с 2013 года

Оформление — Виктория Лебедева

Терентьева, Наталия Михайловна

Т35   Куда улетают ангелы: [роман] / Наталия Терентьева. —
Москва: АСТ, 2014. — 479, [1] с.
ISBN 978-5-17-081689-7

Сначала ты идешь вниз и вниз. Ты теряешь любовь, квартиру, счастье, работу. И потом, когда кажется, что уже ничего никогда не будет, что твой ангел-хранитель, уставший тебя охранять от всех бед, улетел навсегда, тебя кто-то или что-то резко вытягивает из омута. Или это ты вдруг понимаешь, что впереди — то, что ты сама себе сотворишь. Из ничего, из вчерашнего пепла. Чудо случается с тем, кто в него верит...

УДК 821.161.1
ББК 84(2Рос=Рус)6-44

«Переведите ее на все известные вам языки, — советуют психологи, — и она перестанет тешить ваше измученное сознание и уйдет. Если не знаете языков, постарайтесь переделать ее, сказать задом наперед, добавить в нее слов». Я пытаюсь:

Я знаю — он ушел из-за нее.

Он из-за нее ушел от нас с Варей.

Он ушел из-за нее, ради этой проклятой...

Не помогает. Но надо договорить, чтобы не сойти с ума. Он ушел от нас ради своей сычовской свободы. Он одиночка. Он сыч. Он вечный холостяк, не приспособленный к семейной жизни. Мне так легче думать.

Я не сразу поняла, что тихий урчащий звук — это звонок сотового телефона в режиме «тишина». Лежа на куче бумаг на столе, он дрожал, издавая настойчивое «бр-р-р-бр-р-р». Я глянула на обычный телефон, стоящий на полу. Конечно, я же отключила звук сразу у всех телефонов в доме, чтобы в кои веки раз уснувшая в девять вечера Варька не проснулась от случайного звонка. В нашей крохотной квартире любой телефон окажется близко к спящему.

А ведь еще три дня назад мы вместе с Сашей выбирали мебель для нашей будущей квартиры. Правда, ничего не купили, но внимательно рассматривали инкрустированных жирафов для прихожей и образцы фигурного паркета с коронами из темного тика, с затейливыми геометрическими узорами из мореного дуба, по которым так весело прыгать маленькими ножками детям.

Мне всегда хотелось жить в большой светлой квартире с окнами на восток, юг и запад — чтобы солнце весь день передвигалось из комнаты в комнату. И много лет я мечтала жить с Вариным папой. Не встречаться, не трепетать от встречи к встрече, не плакать одинокими вечерами, а варить ему бульон и гречневую кашу, наливать утром кофе без сахара, а вечером сидеть рядом на диване, думать зимой о совместных планах на лето... Иными словами — жить вместе. Но когда неожиданно прошлой осенью эти две мечты встретились и стали осуществляться со скоростью шквального ветра, то я даже отказывалась верить. Так не бывает.

Всем было очевидно — он не собирался со мной жить. Только я отметала все доводы разума, пыталась повторить подвиг отчаянной девушки Сольвейг, прождавшей суженого семьдесят лет, и не верила, что это давно решенный вопрос. Иногда, в минуты растерянности, я думала — вот встречу однажды хорошего умного человека, у которого хватит мудрости оценить мой неженский ум и терпеть нелегкий характер, хватит смелости и денег, чтобы сделать мне предложение, и еще хватит много чего другого, чтобы я это предложение приняла. Я встречу такого человека, и история с Вариным папой будет закончена. Наконец! Или не встречу.

Телефон полежал тихо и опять задрожал в режиме «тишина», издавая настойчивый звук. Я покосилась на урчащую трубку и, увидев, что звонит подружка Неля, со вздохом ответила:

— Да.

— Не отрываю, Ленусь? Я на два слова. Я узнала, это точно. Их две. И знаешь, что?

— Да-да, Нель... Я слушаю... — Лучше бы я не поднимала трубки. Удивительно, даже милая Неля — с тем же самым...

— Лен, две даже лучше!

— Чем?! Ты имеешь в виду, что это точно не любовь?

— Ленусь, ты что... Я говорю, две учительницы в первом классе вместо одной — это лучше. Не будет такого влияния, субъективности и вообще... А какую любовь ты имела в виду?

Я потерла тикающий висок.

— Нель, ты прости, я сейчас не могу говорить. Надо срочно заканчивать статью, завтра сдавать. Я перезвоню. А две учительницы в начальной школе... Конечно, это хорошо придумано. Интересный эксперимент. Две учительницы — здорово, да...

Вот совсем некстати — напасть на скромную, застенчивую Нельку! Она бескорыстно и с удовольствием помогает мне с Варей, часто водит ее вместе со своими детьми в школу, в бассейн, берет к себе на целый вечер, когда я занята. Моя хорошая верная подружка. А я — неблагодарная и непредсказуемая. Такая непредсказуемая, что жених сбежал в аккурат перед покупкой супружеского ложа. С прикроватным столиком в виде задумчивого слона. Жених...

А как еще назвать отца моей семилетней дочери, если мы впредь собирались жить вместе — в большой квартире на десятом этаже в новом доме, с видом на Крылатские холмы. С панорамным остеклением, с просторными эркерами, с высоченными потолками, в доме со всеми приметами нового времени, которые даже тошно описывать, сидя в тридцатиметровой квартире нашей старой доброй панельки и глядя, как кто-то резво мчится в светлое капиталистическое будущее, в которое я, несмотря на свою прекрасную должность в ТАСС, с большим трудом могла бы втолкнуть одну Варьку. А сама бы уж как-нибудь — с томиком Волошина, заложенным на одной и той же любимой странице уже много лет, с душой бывшей пионерки-комсомолки и двумя костюмами от итальянских кутюрье, малоизвестных в самой Италии, я пребывала бы рядом, жила бы дальше счастливо и спокойно. Мне вполне подходит ездить на троллейбусе и писать вполне честные статьи о славных служителях муз, и чуть менее честные — о тщеславных малообразованных политиках...

Все это было бы, если бы Варин папа, с которым мы дружили семь долгих лет, пока росла Варя, и еще семь лет до этого, вдруг не сделал мне предложения.

Глава 2

Поздним ноябрьским вечером Александр Виноградов, вечный мой любовник, он же единственный враг и лучший друг, а также законный Варин отец, пришел к нам домой, лег на ковер, позвал к себе Варьку, обнял ее и, не дозвавшись меня из кухни, прокричал на всю нашу маленькую квартиру:

— Милые дамы, я пришел к вам, чтобы сообщить пренеприятное известие! Вам придется теперь жить со мной! Всю оставшуюся жизнь! Собирайтесь! Покупайте платья белые для свадьбы, платья черные для приемов у нефтяных и колбасных магнатов и трусы пляжные для карибских пляжей! Также приглашаю безотлагательно посетить баню на моей даче! Она же отныне — и ваша! В этой связи совершеннолетние могут являться туда голыми и абсолютно счастливыми!

Я застыла с куском пиццы на лопатке, которую на скорую руку разогревала внезапно свалившемуся на ночь глядя Виноградову.

— Ленка! Не слышу громкого «ура»! Прись сюда, будь так любезна, оставь там всю эту ерунду! На новой квартире поставишь себе печь-скороварку! Варвара Александровна, а вы-то чего притихли? Хотя бы вы проорали троекратное «ура», а? Три-пятнадцать!

«Ура» Саша проорал один, в тишине замершей квартиры. Для верности он спел еще куплетик «Шаланды полные кефали...» и замолчал. Я пришла, села перед ним на диван и спросила:

— А если я тебе отвечу: «Ой, моряк, ты слишком долго плавал»?

— Ерунда! — ответил Александр Виноградов и приподнялся, чтобы притянуть меня на ковер. — Иди-ка к нам, морячка. Ты заслужила отдых. Ты будешь теперь холеная и ленивая, и сытая, и... еще не знаю, какая. Какой хочешь, такой и будешь. Давай, найму тебе домработницу, садовника, шофера, вернее, шофершу, садовницу, и еще кого? Всё к вашим ногам.

— А что, собственно, случилось? — спросила я, пытаясь понять, насколько пьян Саша. — Ты резко разбогател?

— Я давно разбогател, ты же знаешь.

Саша, судя по всему, был пьян в меру.

— Ты разочаровался в свободной любви? Или ты едешь послом в Мавританию, и тебе нужна семья для дипломатического статуса? А может, ты просто проспорил или проиграл свое холостяцкое счастье?

— А! — Виноградов вытянул перед собой руки и хрустнул суставами. — Ой, как обидно, когда девушка высокая и фигуристая, а такая дура. А если она к тому же ваша избранница... Хотите мое мнение? Вам надо меньше писать глупостей и больше варить борщей на телячьем бульоне. Я просто хочу с вами жить. С тобой, Ленка, и с моей любимой единственной дочерью Варварой. Не порть мне настроения. Дай лучше поесть. Чего-нибудь повкуснее. Креветки подойдут. Знаешь, как моя мама готовит? С чесночным соусом? Не знаешь, конечно. Ну, любое давай. И пошарь там сбоку в холодильнике — водка моя осталась?

Я пожала плечами:

— Я вообще-то твоей водкой ложки протираю. Для дезинфекции. И всякое другое.

— Ой-ёй! — застонал Виноградов, и стал целовать Варьку, которая лежала у него на плече, поглядывая на меня счастливыми глазами. — А всякое другое, — он понизил голос, — это какое?

— Варька, а ну-ка отлипни от этого человека, — я подергала ее за ровную ступню с папиным оттопыренным большим пальцем. — Он ни уши, ни руки не помыл, лезет с ребенком обниматься.

— Ребенок — это ты, моя красота, — пояснил Саша и смачно чмокнул Варьку в ухо. — Сейчас вот как съем с майонезиком! — вспомнил он шутку, которую всерьез воспринимала маленькая Варя и закрывала ручонками лицо, слыша эти слова.

Они стали возиться, хохотать, а я ушла на кухню и села на стул.

Главное — не принимать на веру. Не радоваться. Не дать вероломному, ненадежному, обманчивому счастью вползти в глупую душу и расположиться там, выгнав все сомнения, все доводы разума, всё то грустное и горькое знание жизни в общем и Саши Виноградова в частности, которые сейчас хором кричали:

«Выгоняй его к чертовой матери! К едрене фене! Как угодно и куда угодно, лишь бы он не обманул тебя снова! Тебя — ладно! Лишь бы он не обманул Варьку! Маленькую, хрупкую Варькину душу! Он поиграется-поиграется и — наиграется! Ему надоест, как надоедает всё и вся в этой жизни! Как надоедала ты сто пятьдесят раз! А вам с Варькой будет больно и плохо! К чертям собачьим выгоняй! Немедленно!»

— Саш, давай-ка домой! — сказала я, войдя в комнату, где буйное веселье сменилось тихой нежной идиллией. Варя собиралась соснуть прямо на ковре в объятиях ненаглядного для нас обеих Александра Виноградова. А Саша, обняв ее, смотрел на меня томными и очень честными глазами.

— Я машину отпустил. Костя поставит ее в гараж. Завтра за мной приедет.

— Хорошо, я вызову тебе такси.

С едва заметной паузой Саша спросил:

— Так, где мои креветки и моя холодная водка? В маленьком стаканчике с кусочком лимона? Где твоя короткая джинсовая юбка с рваными краями... или нет, лучше платьишко то надень, темно-синее, английское что ли, шелковое такое, скромное... а остальное можно снять... — он покосился на громко и ровно сопевшую Варьку. — Что за день у нас сегодня?

— В смысле?

— В смысле способности к деторождению. Благоприятствует?

Я не успевала отвечать, я не успевала радоваться или сердиться. Шквал под именем Александр Виноградов, наглый, жестокий в своем вечном эгоцентризме, и тем не менее неотразимый, смял не только наивную и трепетную Варьку, но и умную, осмотрительную в отношениях с нашим ближайшим родственником и достаточно — чтобы не терять контроля до конца! — достаточно бестрепетную меня.

— Что вам благоприятствует, нам препятствует, — сказала я и не сбросила его руки, которыми он обхватил мои лодыжки и плавно поскользил наверх.

— Не слышу ничего, — Александр Виноградов изловчился и одним движением сам переместился в наше огромное кресло и перенес туда меня. — Бедная девочка уснула на полу, — он кивнул на успевшую разметаться во сне Варьку и крепко обнял меня. — Я не понял, что вы сказали? День благоприятствует зачатию Максима Виноградова или нет?

— Благоприятствует, — ответила та дура, которую моя мама назвала при рождении Елена, что у древних греков означала — «сверкающая».

Сверкающая дура.

* * *

Я такая, какой была всегда. Чего ты не мог вытерпеть? Что нового ты узнал обо мне — такого, чего не знал раньше? Что такого, с чем нельзя жить? Я не зануда, не хулиганка (не бросаюсь ботинками, кастрюлями, не сквернословлю да и вообще почти не ругаюсь). Я могу накричать на Варьку, но ты не слышал этого ни-ког-да. Ведь правда?

Я не грязнуля, не лентяйка, не ханжа и не чудачка. Я не алкоголичка, я не пью водку и вообще почти не пью, потому что плохо себя чувствую от спиртного, я не курю и не люблю никого из мужчин, кроме тебя.

Возможно, у меня не самый лучший характер. Но разве ты этого не знал лет десять по меньшей мере? Что я упорно не понимаю преимуществ гражданского брака...

Да, я тебя ревновала — интеллигентно, — когда видела волосы разного цвета у тебя в ванной. Женские (надеюсь, что только женские), длинные и короткие волосы, прилипшие к раковине — каштановые, рыжие, крашеные, протравленные химией, двуцветные, зеленые... Ты раздраженно говорил: «Где ты их только находишь? Это же домработница моя, Марина, все перекрашивается...»

Да, я не всегда верила твоим внезапным отлучкам и командировками, иногда не совсем вовремя звонила на работу со своими упреками и слезами.

Основной формой моего протеста был уход. Я собирала вещи и уходила — с твоей дачи, из твоей холостяцкой квартиры, в которой по углам были затолкнуты узелки и пакеты с Варькиными запасными колготами и моими шелковыми ночными рубашонками. Наверно, надо было однажды кинуть в тебя кастрюлей со свежесваренными щами. Нет, лучше с борщом. А я уходила. Молча. Раза четыре за все эти годы. И если ты не бежал вслед — что бывало, но не регулярно, то через пару дней или пару недель — по степени обиды — очухивалась, думала-думала-думала и приходила к выводу, что виновата сама. Если ты и дальше не делал попыток меня вернуть, то вывод был — точно виновата сама и во всем. И приходила обратно.

Но если бы я всего этого не делала, если бы я хоть как-то не протестовала, я бы просто не дожила до своих лет — ангелы так долго не живут, — то есть не задерживаются на земле. Я не ангел, я многое делала неправильно. Но я давала тебе столько любви, надежности, верности — больше для одного просто человека не бывает.

Я всегда принимала тебя — после всех твоих измен и долгих разлук. Прощала и почти не упрекала. Я понимала, как горько и страшно мужчине стареть — ничуть не менее страшно, чем женщине. А может и более. Ведь никакая пластическая операция не вернет молодецкого задора и бодрости...

Я жалела и уважала тебя, я восхищалась тобой больше, чем ты этого заслуживал. Я знала все твои слабости и старалась, несмотря на них, видеть в тебе сильного мужчину. Я преувеличивала сама и обращала внимание окружающих на твои сильные стороны — такие немногочисленные. Я считала твою скупость бережливостью, твою трусость — осторожностью, циничность — остроумием, а похотливость, развращенность и неразборчивость называла активным стремлением природы к воспроизводству с помощью тебя, любимого множеством женщин, природой и судьбой.

Я любила тебя, тебя одного всю свою сознательную жизнь. И я смирилась с мыслью, что никогда не буду с тобой вместе жить. А потом с таким сомнением, с таким трудом поверила, что — буду.

Похоже на панегирик, правда?

Я оторвалась от монитора — там легкое начало статьи о прекрасном актере «Современника» буксовало о третью строчку, и взглянула на упрямо бурчащий телефон. Саша. Александр Виноградов. Трубку снимать не надо, потому что больно.

— Алё, — вздохнула я.

— Надо бы деньги дочке передать. Как вообще дела?

А почему у тебя такой мерзкий голос?! Хотелось крикнуть мне. Почему?! Разве это тебе сделали плохо? Разве тебе сейчас больно, невыносимо больно?

— Передай, — ответила я. — Дела — плохо.

— А-а-ах, — Виноградов зевнул. — Почему?

Потому что ты мне сердце разорвал, жизнь всю перекурочил, девчонку мою трепетную и нежную, Варю, росшую с отцом и без отца, так бесконечно тебя любящую, обманул — опять! Поэтому — все плохо! Очень плохо!

— Пришли шофера с деньгами.

— Ага, — отозвался Саша и отключился, собака.

Девочки, дорогие девочки, молодые и чуть постарше!.. Могла бы сказать я. Не доверяйте мужчинам своих детей, своих сердец и своих единственных жизней! Любите их чуть больше, чем салат с крабами и хорошее французское вино, но меньше, чем весеннее утро, чем выращенные вами цветы и гораздо меньше, чем неумелые рисунки ваших детей и глаза ваших неумолимо готовящихся к уходу матерей.

Я бы имела право это сказать, если бы я сама...

Сверкающая дура, одним словом.

* * *

Весь первый месяц после судьбоносного предложения Александра Виноградова стать моим мужем будущий муж трогательно справлялся о целесообразности интимных отношений с точки зрения продолжения рода — его рода, и при этом оставался в своих желаниях романтично-нежен и изящно-извращен, как всегда. Потом подошло время завершения «лунного цикла». Я была беременна — знала, чувствовала, была уверена я. И он тоже. Ведь он старался! Он вкладывал в это любовь и нежность, он отдавал себя!

— Да... А я так старался...

На Сашу жаль было смотреть, когда в магазине на его глазах я, стесняясь и ненавидя себя неизвестно за что, бросила в тележку упаковку гигиенических пакетов.

— Мне очень жаль... — почти искренне сказала я.

Хотя, если честно, в первый месяц я вздохнула с облегчением. Потому что мне не давала покоя мысль о том, что я слишком многим рискую, решаясь на это.

— Саша, ну я не могу так, давай хотя бы обвенчаемся... Все-таки второй ребенок...

— Вот так вот смело, да? — ответил мне Александр Виноградов, не боясь, что я не пущу его в следующий раз. Но ночью того же дня пообещал мне: — Ленка... Ну приду я к тебе, как положено, к букетом белых роз и сделаю тебе предложение, только ты не торопи меня, ладно?

— Ладно, — ответила я и почувствовала: вот оно, долгожданное.

Я так много лет этого ждала. И никто не понимал, почему я всё жду и жду, вопреки всему. И вот теперь я знаю точно — я свое счастье выстрадала, я его не разменяла ни с кем другим, и я — дождалась.

Когда я не забеременела на второй месяц, Александр Виноградов рассердился и временно нас покинул. Я плакала, Варька плакала, как обычно, вместе со мной, не зная, отчего я плачу.

Я ходила с опухшими, надутыми веками и каждое зеркало мне напоминало: «Вот такая беда с тобой приключилась, вот такая гадость и несчастье в одном лице. В том самом ненаглядном когда-то лице, ускользавшем от тебя столько лет и наконец так ловко ускользнувшем».

Потом я сделала над собой усилие, закончила просроченную, но очень удачную статью о Большом театре, заработав две копейки, которые потратила, не доходя до дома. А через пару дней получила дорогой заказ от почти приличного мужского журнала «Русский размер». Мне предложили написать об известном драматическом актере лирическую белиберду, не имеющую никакого отношения к его настоящей жизни.

Я увлеклась этим заказом, потому что люблю трогательного Женю Локтева с его смешным носом и фантастической способностью наполнять любые, даже самые пустые роли каким-то тонким, глубоким смыслом. И мне ужасно мешало смотреть фильмы и спектакли с ним то, что я о нем знала. И знали все.

Поэтому я с удовольствием наврала на пять страниц с фотографиями о его якобы существующей в природе жене, о его сугубо мужских пристрастиях и простой, не искалеченной славой и бессмысленной однополой любовью жизни. Я была довольна. Я сама почти поверила в то, что написала.

Женя пригласил меня на свой новый спектакль. После спектакля я с некоторым напряжением пошла с ним в ресторан, его же собственный. Дома меня ждала Варька, которая никогда не засыпает без того, чтобы крепко не ухватиться за мою руку и не прижаться ко мне своей прекрасной нечесаной головой.

В ресторане мы сели на самое лучшее место, которое может занимать только сам Женя или же очень дорогие гости, — столик с видом на ночную Москву, на джаз-оркестр, и на стенку, где, присмотревшись, в абстрактной мозаике можно было узнать знаменитый профиль Жени.

— Тебе действительно понравился спектакль? — спросил Женя.

— Мне понравился ты и одна молоденькая девочка. А спектакль — умная холодная схема, — ответила я и в этот момент увидела, как в зал вошел Александр Виноградов.

Он небрежно обвел глазами зал и пошел к столику около окна. Сев, он столкнулся глазами со мной. Секунду смотрел, оценивая моего спутника, потом сыграл все, что только мог: возмущение, удивление, восторг моим выбором, ужас от него же. Потом встал, чуть поклонился и опять сел. Я вздохнула.

— Скучно? — не так понял меня Женя. — Сейчас все принесут.

— Да нет. Просто там мой... родственник сидит, кривляется. Мне стыдно за него.

Женя обернулся.

— А это случайно не тот банкир, которого недавно неудачно подстрелили?

— Тот. Только не подстрелили, а хотели украсть. Но довезли только до ближайшего поста ГИБДД, там похитителей и поймали.

— А, да-да, точно! А он еще по телевизору рассказывал, что у него вживленная в спину кнопка срочной связи с милицией. Это что, правда?

Я отмахнулась.

— Такая же правда, как то, что ты — мой любовник, к примеру.

Женя засмеялся, но я поняла, что из-за дурацкого появления Александра Виноградова я только что не очень ловко пошутила со звездой российского театра и кино. Саша выпил рюмку текилы, нарочно по-хамски облизав соль с ее краев, и ушел, показав мне большой палец, только почему-то повернув при этом руку вниз. По-моему, этот жест означает в боксе «опустить партнера», то есть добить его, но что конкретно имел в виду наш с Варей обожаемый родственник, я не поняла.

Зато отлично поняла его звонок на следующее утро.

— В семь за вами приедет Костя. Я жду вас в «Гнезде глухаря».

— Господи, а что я там забыла, в этом гнезде?

— Ты, может, и ничего, а я собираюсь послушать Трофима. В вашем присутствии.

Как же некоторые мои недавно и скоропостижно разбогатевшие соотечественники, еще ни разу не отсидевшие, нежно любят блатной и приблатненный фольклор, лагерные заунывные песни и тюремные частушки.

«Ты меня бросила, девочка милая, ведь за решеткой теперь до могилы я».

Почему любят? Готовятся? Боятся? Рады, что избежали? Что касается Александра Виноградова, то, замечая у него эту склонность, я злорадно радовалась: «А-а-а, вот и прокололся ты, псевдомосковский псевдоинтеллигент!» Уроженец деревни Марфино Московской области.

К слову, ничего плохого в деревне Марфино нет. Там вообще ничего уже нет. Там плотной кучей стоят дешевые новостройки, заселенные налетевшими в Москву жителями разоренных русским капитализмом маленьких провинциальных городов и семьями азербайджанцев, где про количество детей отец отвечает: «Пят... нэт, шест... нэт, шест у барата моего, у меня — пят!»

Все плохое и хорошее есть в Александре Виноградове. Плохое заставляет меня проклинать его четырнадцать лет, которые я его знаю. А хорошее — жить с ним все эти четырнадцать лет.

Глава 3

Когда я не забеременела на шестой и на седьмой раз, Саша Виноградов стал посмеиваться. Что является страшным знаком для всех, знающих его близко. Я занервничала. На восьмой месяц попыток пошла-таки к врачу. Милая врач Анна Васильевна с некоторым подозрением спросила меня, сверяясь с лежащей перед ней карточкой:

— А-а... сколько, простите, Елена Витальевна, вам лет полных?

— Тридцать семь.

— И у вас есть, кажется, дочь?

— Есть, — я понимала, что она сейчас скажет.

Именно то она и сказала, сначала:

— Поздно. Зачем? Не искушайте. Если стимулировать, могут всякие неприятности быть... А у него-то, кстати, у самого все в порядке?

Вот. Что-то об этом я забыла, имея в виду его скандальные подвиги по всей Москве и, не сомневаюсь, за ее пределами.

— Пусть проверится, — Анна Васильевна вопросительно посмотрела на меня. Мне показалось, ей хотелось спросить, женаты ли мы.

— Ой, вряд ли он пойдёт... Он — романтик... гм...

— Этого дела, — смеясь, подсказала симпатичная Анна Васильевна и так и не спросила о моем нынешнем статусе.

Он, скорее, проверит это с другой — подумала я. Чем сдавать свои драгоценные клетки в пробирке. Получится, так получится, «так фишка выпала» — любимое Сашино правило.

— А вот скажите... Как бы вычислить так, чтобы зачать мальчика? — Я понимала, что для взрослой женщины это не просто идиотский вопрос. Это вопрос слабой, жалкой женщины, полностью зависимой от дурака, который хочет мальчика, чтобы...

Попросите хотя бы одного мужчину продолжить эту фразу — зачем ему именно мальчик. Запишите результат. Спросите другого. Тоже запишите. Получите готовый эпиграф к феминистской дискуссии: «О глобальном вреде мужчин в обществе, их глупости, самовлюбленности, эгоизме и вырождении».

К огромному сожалению, я не феминистка. Я горжусь своим дипломом факультета журналистики МГУ. Но точно знаю, что на самом-то деле рождена, чтобы быть хорошей хозяйкой и прекрасной женой, внешне похожей на любовницу, а внутренне — на идеальную подругу, терпеливую, верную, гибкую, прощающую баловство и хамство, уважающую его глупости, капризы и его мать, у которой едет на бок лицо, когда она видит меня.

Рождена-то рождена, а живу всю жизнь одна. И хожу при этом с «замужними» глазами. И жду неделями Сашу Виноградова, последние семь лет оправдывая себя тем, что он — Варькин отец. И ухожу от него «со всеми вещами» и глупой надеждой, что отец моей дочери вернет меня и попросит стать его женой.

Мне так важен статус... Мне так надоело быть просто «Вариной мамой»...

— Это моя дочь Варя! — говорит Виноградов, представляя нас. — А это гм... это Варина мама.

Иногда обходится без «гм» и без «мамы». Мама, то есть я, стою рядом и улыбается от радости быть Вариной мамой и вообще... Рядом с Вариным папой, забывающим ее представить хоть как-то.

Надо быть честной. Саша Виноградов называет меня порой «my wife» — обращаясь к иностранным официантам, не знающим ни одного языка. А у «my wife» в это время каждый раз сладостно замирает сердце, и она, эта ничья вайф, опускает глаза, чтобы ненароком они не задали лишнего вопроса, припирающего свободного человека к стенке.

— Так это он, ваш... муж хочет мальчика? — спросила меня Анна Васильевна.

— Ну да.

— Скажите ему или просто сами имейте в виду, что для этого надо иметь хотя бы один мужской ген — это раз. И как минимум одного живого сперматозоида — это два.

— Спасибо, — улыбнулась я.

Анна Васильевна, похоже, увидела мое растерзанное состояние и решила меня подбодрить.

— С другим попробуйте, — тоже улыбнулась Анна Васильевна.

Всю дорогу домой я пыталась представить себе этого другого, но дальше темных глаз Александра Виноградова, которые превращаются у «другого» в... допустим... светлые... я ничего не придумала.

Через год наших попыток Александр Виноградов стал делать кислое лицо, когда я пыталась заговорить о том, что «вообще-то мы опять пропустили те самые четыре дня...»

— Почему все беременеют просто так, залетают! А у тебя какие-то дни...

— Ну потому что...

Я попыталась, и очень глупо сделала, терпеливо объяснить мужчине биологию зачатия:

— Понимаешь, мужские клетки живут всего два дня. И яйцеклетка, готовая к оплодотворению, держится в таком состоянии тоже всего два дня...

— Ой, — сморщился Александр Виноградов, — как бы мне не стать... даже произносить не хочу кем... тьфу-тьфу-тьфу... от таких ваших разговоров!

И, наконец, настал день, когда после благополучно проведенного интимного мероприятия, удовлетворенный Александр Виноградов вдруг сказал:

— Я сейчас деньги получу — наличку... Которые мне никак не отдавали — помнишь, еще в прошлом году брал у меня Лёха, из Питера... Вот, можешь взять сколько надо и журнал свой открывать. Ты же все хотела...

— Как журнал... А ребенок?

— Который из них? — Александр Виноградов смотрел на меня со своей самой страшной улыбкой.

— Тот, которого мы хотели родить. Я ведь ходила сейчас на рентген...

— Ты же сказала, что в этот раз не очень больно было.

— Не очень. И у меня оказались всё в порядке. И наладился гормональный фон...

— Ну и славно. В конце концов, журнал не помешает тебе рожать.

— Как не помешает?! Если я займусь журналом — это же исключено!

— Ну исключено, так исключено, — снова улыбнулся он.

— Саша... Ты что, не хочешь больше ребенка?

Я прекрасно понимаю, что это изначально проигрышная позиция по отношению к мужчине, количество мужских генов которого вызывает сомнение даже у районного гинеколога.

Саша Виноградов тяжело вздохнул.

— Хочу. Двоих, троих, четверых...

— Всех — от одной женщины? От меня, да?

— М-м-м... не припирай меня к стенке, Воскобойникова. Со мной так не получится. Даже у тебя.

— Саша...

— Родинку вот эту надо тебе удалить. Некрасиво.

* * *

— Лен! Воскобойникова! К Харитонычу! Вера Петровна просила тебя найти!

Люда могла бы орать и потише. Хотя она часто служит рупором у секретарши Харитоныча, важной советской секретарши Веры Петровны, давно уже привыкшей суетливые функции перекладывать на всех желающих, в основном новеньких. Людин громовой голос с украинской грудной волной, рождающейся в недрах колоссального бюста, слышен был до первого этажа. Что меня искать — я сижу за своим столом и пишу слово за словом, скучно и правильно. Слова по порядку, минимум вводных слов, нейтральный тон, в предложении не более девяти слов. Образцовый стиль.

Я дописала строчку и спокойно отправилась к Харитонычу. За несколько лет работы в ТАСС Харитоныч ругал меня, кажется, один раз — когда я с недолеченной простудой вышла на работу. Харитоныч — однокурсник и друг моего отца. Но главное он — тот самый блат, по которому я попала на работу в ТАСС. С первого дня он меня опекал, больше, чем надо, хвалил, определял мне самые интересные темы и хорошие премии к праздникам. Я с легким сердцем вошла к нему в кабинет.

— Добрый день, Николай Харитоныч!

— Присаживайся, Воскобойникова!

Я внимательно взглянула на него и осталась стоять.

— Я слушаю вас.

— Да нет, это я вас слушаю! Воскобойникова!.. — он крякнул, прокашлялся, поерзал и сказал другим тоном. — Ладно, садись поближе. И скажи мне, старому дураку, что такое «русский размер»? Это что — очень большой размер? Или какой-то не такой, как у всех?

— Это... — Я поняла, наконец, причину ярости Харитоныча. Статья про Женю Локтева. В мужском журнале.

— Не надо! Ничего не говори! Это — порнографический журнал! Где печатаются мои журналисты и гордо подписываются «собкор ТАСС». Надо же — собкор ТАССа и порножурнальчика одновременно!!!

— Николай Харитонович...

— Не надо! Не надо! Мне уже позвонили, сказали!.. Я понимаю, если бы кто-то еще... Но — ты? Я что, для этого тебя столько лет тащил? Чтобы ты позорила, поганила, можно сказать...

Мне вдруг стало душно. Душно и плохо. И ничего больше не надо.

— Я пойду, Николай Харитоныч.

— Куда это ты пойдешь? Ты пойдешь тогда, когда я тебя... Да ты что же, решила, что тебе все можно?..

Мне показалось — что-то горячее разлилось у меня на одном виске, плавно перетекло на лоб и стало опускаться на другой висок, больно давя при этом на глаза.

— Я, наверно, вообще пойду.

— Ой, смотрите-ка!.. Думаешь, держать стану? Да иди ты ради бога! Иди! На постоянную работу в «Русский размер», что ли?

— Я вообще работать не хочу больше. Я замуж выхожу.

— Здрассьте, нате вам... Ты... ты подожди... Лена!.. Ну ладно, погорячились... При чем тут замуж? Выходи ради бога... А за кого ты выходишь?

Я знала, что нельзя так уходить. Но ушла, потому что мне стало совсем плохо и нечем дышать. Я подумала, что надо, наверно, пойти сдать кровь или сделать какой-то анализ головы, что ли... Томографию или как это называется... Потому что мне уже второй раз так плохо становится в душном помещении. Раз я не беременна — а я, увы, точно не беременна, — то, значит, я чем-то больна.

— Саша, я уволилась с работы, — сообщила я вечером по телефону Александру Виноградову, с которым, как обычно, мы встречались по вдохновению.

В основном, по его вдохновению, разумеется. То два раза в неделю, то уезжали на выходные на дачу, то жили по три дня у него в Митино. Сейчас он, видимо, только пришел домой — к себе, открыл бутылку ледяного пива, разодрал пакетик с сушеными кальмарами, похожими на вонючие соленые тряпочки, которые завалились под раковину и там высохли... Саша набрал полную горсть тряпочек, поднес ко рту запотевшую бутылку, открыл рот... А тут — я.

— Да-а? — переспросил Саша. — Уволилась? — и громко булькнул пивом. — О-ох... хорошо...

— Ну да... Ты же говорил, чтобы я сидела дома, была холеной и спокойной, а не дерганой и замотанной...

— А, да... Слушай, я сейчас баскетбол смотрю, я перезвоню, — ответил он и отключился.

У меня чуть-чуть заскребло на душе, но совсем чуть-чуть.

На следующий день Саша, похоже, дома не ночевал, а еще на следующий позвонил и пригласил нас с Варькой ужинать в ресторан и там, между делом, обмолвился:

— Один человек просит продать ему мою квартиру...

— Ты продаешь свою квартиру в Митино? — Я не очень удивилась, он уже не раз говорил об этом и при этом делал каждые два года там ремонт. — И сразу начинаем ремонт нашей новой квартиры? Звонить архитекторам? Я сама, кстати, нарисовала кое-что, хочешь посмотреть, у меня вот тут в сумке чертежи...

— М-м-м... ремонт, да-а... вполне вероятно... Но мне нужна еще квартира в центре, чтобы я вечером мог упасть на диван, выпить пива и уснуть не через два с половиной часа после работы, промучившись по всем пробкам, а через двадцать минут. Вышел из банка, прогулялся пешочком, поднялся на второй этаж...

— То есть ты уже нашел такую квартиру?

— Ну, в общем да...

— А... — Я не сразу могла сформулировать весь свой протест в какой-нибудь внятный вопрос. — Но... мы же собирались... хотели жить вместе?

— А мы и хотим жить вместе. Разве что-то изменилось, оттого что я иногда — подчеркиваю, иногда! — буду оставаться на ночь в своей личной квартире в центре?

— Сколько там будет комнат?

— Три, — четко ответил Саша и показал мне на пальцах. — Айн, цвай, драй! Ферштейн?

— Зачем тебе так много? — Я понимала, что раунд длиной в последние полтора года проигран с разгромным счетом, но все-таки продолжала. Надо было понять, что происходит, раз сегодня он готов отвечать на вопросы. Это большая редкость.

— Ну... — Саша улыбнулся, — чтобы вы могли с Варькой приезжать ко мне в гости... иногда... на воскресенье... как сейчас приезжаете в Митино и на дачу.

— А как же наша новая... ну то есть... эта огромная квартира, где мы собирались... собирались жить? Ты, что продал ее? Ты не будешь ее ремонтировать?

— Буду, только не все сразу. Я же не граблю банки, я просто ими управляю. И потом... Мне что-то этот дом перестал нравиться. Охрана там паршивая... и будем мы там самые богатые, что очень плохо — на Варьку кто-нибудь глаз положит, как на хороший источник заработать, у папочки денег много...

— Господи... ты о таком думаешь?

— А ты нет? Плохо... — Он не шутил, он отчего-то злился. — Кстати, дальше по Хорошевке еще дом строится, прямо у Серебряного Бора — красота... там будут нормальные квартиры... Метров по триста. Вот там, наверное, будет получше. Нормальный комфорт. Всем нам удобнее. Ну, ты понимаешь. Что мы будем ютиться, в самом деле!

Я смотрела на него и пыталась понять — верит ли он сам в то, что говорит.

— Саша... Тот дом когда еще построят! Там яму для фундамента только роют... А я хочу жить сегодня, ну завтра, по крайней мере! Ты же сам это говорил. И потом, я ведь буду с малышом, надо жить в отремонтированной квартире, а не носиться с бригадами маляров и штукатуров...

— Лен, ведь не получается же у тебя... И не надо.

Я посмотрела на Варю, которая, как обычно, вынужденно присутствовала при всех наших разговорах. Варя внимательно смотрела на Сашу, который за этот год приучил ее к мысли о «братике». «Или сестричке»...

— Варюша, я видела у входа автомат с мягкими игрушками, сходи поиграй, может выиграешь какого-нибудь мишку, а? Или собачку...

Варя глянула на меня с сомнением — не просто так я разрешаю то, о чем обычно приходится ей просить, — взяла деньги и ушла, оглядываясь на нас.

— А может быть, это у тебя не получается? — решила я на сей раз не беречь своего ранимого друга.

— Мне надо провериться? — совершенно неожиданно спросил романтик секса.

— А зачем? Если ты говоришь, что «и не надо»?

— И то правда, — как-то уж слишком просто согласился он. — Тем более что нервы ты мне так измотала...

— Саша... — Я глупо пыталась остановить то, что, по всей видимости, было запланировано и подготовлено. — И это говоришь ты...

— А кто уехал с дачи под самое Рождество? Я что, для этого торчал с вами на даче, пока нормальные люди отдыхали с девочками на островах, чтобы демарши твои терпеть? Всё Рождество мне испортила, вернее, попыталась испортить... А кто летом в Турции ходил узнавать, сколько стоит билет до Москвы?

— Но ты же нахамил мне на даче, и даже не нахамил, а... Ты же помнишь, что было... И в Турции безобразничал... Или нет?

— А! — отмахнулся Виноградов. — Чушь собачья! Детский сад!

— То есть... — Я смотрела на него, а он — на меня.

Он ждал. Я по сценарию должна была быстро всё сообразить, обидеться и сказать: «Всё! Я обиделась! До свидания!»

Я решила потерпеть. Подождать, что предложит автор и режиссер нашей с ним совместной жизни.

— То есть ты меня достала, — сказал автор, с подозрением глядя на меня. — Слушай, плачь дома, а? Не здесь. Неудобно.

Я и правда, почувствовала, что начинаю совершенно некстати переживать. И постаралась взять себя в руки.

— Понимаешь, Лена, я уже даже не знаю, в какой форме нам жить...

— А мне кажется, что жить можно только в одной форме — жить вместе или не жить.

— Бывает по-разному... — он прищурился, не глядя на меня.

— Ты имеешь в виду жесткие жизненные обстоятельства — тюрьма, дальнее плаванье? Да, тут никуда не денешься. Садись в тюрьму, я буду тебя ждать.

— Ага, сейчас! — Он залпом допил виски.

— А всё остальное, все остальные формы совместной жизни, Саша, — это лукавство. Не видеть друг друга каждый день, чтобы не надоедать друг другу? «Как же мы будем друг без друга? — Как друг без друга».

— Чего-чего? Я тебя умоляю, только не надо писать стихов. У тебя и без этого заморочек хватает.

— Это Вера Павлова. Поэтесса очень хорошая...

Он отмахнулся.

— Вот и читай ее, а меня не доставай.

Он несколько секунд помолчал. А потом вдруг рыкнул, ни с того ни с сего:

— Достала. Достала!..

— Саша...

— Достала! Прижимаешь к стенке!

— Нет, но я действительно хочу знать. Я не могу больше жить в иллюзиях и неведении...

— Что? Что надо от меня?

— Хочу знать — ты не хочешь больше с нами жить?

— Не хочу. Ты меня достала.

— Чем?

— Не важно.

— Ладно. И не хочешь больше второго ребенка?

— Не хочу. Опять будет, как с Варькой. Сначала человек родится, а потом мы уже будем разбираться, можем ли мы жить вместе.

— У нас для этого было четырнадцать лет, Саша...

— Вот именно. Варенька... — Саша посмотрел на Варьку, которая вернулась с выигранным мишкой и в растерянности стояла у стола, не решаясь ни сесть, ни что-то сказать. — Ты особенно маму не слушай, она глупости говорит.

— Зря я тебе поверила, когда ты пришел и лег на пол и предложил жить вместе... То есть я ведь тебе не поверила, ты помнишь?

Виноградов поморщился.

— Лена... Ну я тебя прошу... Умная женщина... Бразильский сериал закатываешь... Поверила — не поверила... Не надо было верить! Всё, душа моя, всё. Мы оба измучены.

— И?..

— Ты же сама все понимаешь. Вот и скажи.

Я встала, взяла Варину кофточку, саму Варю с новой игрушкой и ушла. Потом вернулась.

— Это всё, Саша.

— Ну всё, так всё, — легко ответил тот, с кем я собиралась прожиться оставшуюся жизнь. — Слушай, неудобно, человек поет про свое наболевшее... Послушай, песня какая классная... А ты стоишь и чего-то хочешь от меня.

— Саша... — Повинуясь непонятному импульсу (я действительно не думала об этом уже полтора года, у меня не было причин на это), я спросила: — У тебя другая?

— А у тебя? — Александр Виноградов взглянул на меня серьезно и строго.

— Господи... У меня — нет. А у тебя?

— А у меня есть другая женщина. Всё? Или еще что-то хочешь услышать?

Я смотрела на него, а он — на музыкантов, играющих негромкий блюз. Девушка с очень черными блестящими волосами с душой пела по-английски. Если бы Виноградов понимал слова, он бы очень удивился — как кстати.

«I will say 'Good-bye', I will walk away, I will not look back, for I've heard you say... More than just 'good-bye', more than 'farewell', it will be as if we'd never met...» Я скажу «пока» и уйду. И всё будет так, как будто мы и не встречались никогда.

Наивная и трогательная режиссура жизни.

— Теперь всё. Нет. А как же Варька? Ты ведь говорил ей: «наша дача», «наша семья», «наша квартира», ты показывал ей комнату, где она будет жить...

— Не надо меня шантажировать Варькой. Она еще ничего не понимает. Мало ли люди расходятся... Ты что-то еще хочешь спросить, Лена?

— Она намного моложе меня?

— Она моложе тебя.

— Она лучше, чем я и Варька?

— Фу-у-у... Нет, вы лучше всех.

— Тогда зачем тебе это надо? Я ни о чем не прошу. Я не понимаю.

— Когда я сам пойму, я тебе позвоню, идет?

— А мне пока что делать?

— Тебе? Работать... Варьку растить. В уважении ко мне. Что-то она опять сегодня волчонком на меня смотрит.

А почему я должна растить ее в уважении к человеку, который вынул мою душу, потер на терочке, посолил, поперчил, потом попробовал и даже есть не стал. Не понравилось. Объелся. Захотел другого.

— Я уволилась с работы, Саша. Ты же говорил...

— Ну что, будем теперь вспоминать, кто что кому и когда говорил? Ты тоже много чего говорила и обещала.

Ну, ну, Лена, бей по морде, бей при всех, выливай в эту наглую самодовольную жестокую морду свежевыжатый морковный сок с пышной пенкой, пусть утрется этой пенкой, и уходи с гордо поднятой головой! Больше, чем «good-bye»! Как будто и не встречались! Скажи ему: «Пошел к черту»! Скажи те слова, которые ты в ярости можешь сказать Варьке! Ну что ж ты, Лена!.. Уходи и подавай на алименты — Варька же официальная дочь этого мерзавца. Спасибо моей маме — заставила его дать Варьке фамилию, как ни крутился, ни прятался тогда.

Уходи и больше — никогда! Никогда...

Я поставила стакан с соком на стол и ушла.

Несколько дней после этого меня ломало и выкручивало, как бывает, когда заболеваешь гриппом. Так болела душа, что вместе с ней болели все мышцы и кости. Я не спала, не ела, ни с кем не разговаривала. Кормила Варьку, помогала ей с уроками и просила ее не спрашивать меня, почему я молчу и плачу. Варька обнимала меня и садилась рядом.

Через несколько дней я позвонила ему ночью. Не знаю, один ли он был, он не поднял трубку, но перезвонил мне с мобильного. Наверно, не один. Неважно.

— Да, Ленка. Слушай. Ты прости, если я орал в ресторане.

— Лучше бы ты меня просто убил, чем так.

— Лен, ну, наверно, не получается у нас...

— Я не буду больше уходить с вещами...

— Да не то... Такой быт начался... Может, вернемся к тем нашим отношениям...

— Когда ты приходил то раз в неделю, то раз в месяц?

— Когда ты была моей любовницей... Ты хочешь быть моей любовницей опять, Ленка?..

— А сейчас я кто?

— Ну кто... Разве с любовницей покупают удобрения для огорода? Помнишь, ты меня спрашивала, куда девались мои... м-м-м... разные всякие там... желания... сложные... Почему у нас все стало так просто и одинаково... Помнишь?

— Конечно. Я думала, что тебе больше это не нужно...

Я радовалась, что ему больше это не нужно. Я думала, что странности и чудные желания на грани извращения переплавились в нежность. Если бы я дала себе труд сформулировать это раньше, я сама бы ужаснулась от чудовищности этой мысли.

— Мне это нужно, Леночка, нужно. Еще как. Просто желания смешались с куриным пометом и... псссы-ыть... разлетелись... То полаялись насчет засоренных фильтров в скважине на даче, то всерьез обсудили проблему моего поноса... какие тут особые желания...

— Кроме как позвонить другой?

Кто просил меня говорить это? Мастер формулировок. Мастер-ломастер.

— Ну вот, ты и сказала.

— Саша... Пожалуйста. Ты можешь все это прекратить, а? Ради нас с Варькой.

— Что прекратить конкретно?

— Эту женщину прекрати. Если можешь...

— А ты? Что можешь ты?

— Могу не покупать салаты в магазине... Могу махать в окно... — я вспомнила его недавние капризы.

— Не утрамбовывать с женитьбой... — ловко ввернул Виноградов, четырнадцать лет наслаждающийся свободой рядом со мной, первой красавицей журфака выпуска девяносто девятого года.

— Саша...

— Погоди-ка... — вдруг другим голосом сказал Саша и положил трубку.

Наверное, другая, которая еще только собирается утрамбовывать его с женитьбой, сбросила с себя во сне одеяло и проснулась. Не вздрогнула, оглядевшись? У него же полно моих и Варькиных вещей дома и на даче. На нашей даче. Где моими руками сшиты все шторы — я шью, как в древности шили — на руках, быстро, аккуратно, да еще и напевая бесконечные русские песни про то, как он уехал и не вернулся, а она все ждала и ждала, все глаза в окошко проглядела, и зиму ждала, и лето... На даче, где в четыре руки мы с Сашей красили для Варьки песочницу и качели в цвет спелого каштана. Получился цвет мореного дуба, но мы были счастливы. И красить, и смотреть, как наша Варька качается на качелях и строит из песка дачи для принцесс. Не ведая, что очень скоро на ее качелях станет качаться другая, которая тоже рассчитывает стать принцессой — на благоустроенной даче с собственной артезианской скважиной, садовником и сторожем.

Глава 4

— Леночка, — неожиданно раздался над моим ухом голос Женьки Локтева. — Какая ты умница, что пришла!.. Ты поверишь? Я звонил тебе вчера весь вечер, хотел пригласить сегодня в мой ресторан. А у тебя ни один телефон не отвечал.

— Я вырубаю иногда все телефоны, Женя. Привет.

— Я тоже, — неожиданно признался Женька. — Это твоя дочка? — он нежно потрепал Варьку по руке. Сейчас, погоди, — Женька быстро ушел куда-то своей знаменитой походкой, чуть приподняв одно плечо и склонив к нему голову.

Через минуту к нашему столу подкатили столик. На столике стоял тортик в виде... Женькиной головы, с воткнутыми вместо волос горящими свечками. Разноцветные свечки были закручены в виде спиралек, при горении издавали легкий треск, блестели, как бенгальские огни и очень приятно пахли ванилью с апельсином.

— Ой, мама! Мама! — только и сказала Варька, и засмеялась, захлопала в ладоши.

Наш стол уставили фруктами и маленькими блюдами с разными закусками. К нам опять подошел Женька, тоже хлопая и смеясь. Остальные посетители смотрели на нас во все глаза. Кто-то начал аплодировать. Женька легко раскланялся во все стороны.

— Нравится? — он смотрел на меня радостными глазами. — Тортик? Я сам придумал. Сделан из изумительного марципана, с этими... Ой, там чего только нет! Они делают их по два в неделю...

— По три с половиной дня делают одни тортик? — посчитала ученица первого класса Варька.

— Ага! Вроде того! Как вы хорошо считаете, юная принцесса!

Варька застенчиво улыбнулась и кивнула.

— Ну что ты, что, почему не отвечала на звонки?

— Прости, хотела выспаться спокойно, без всяких тревожных разговоров. Но знаешь, я со вчерашнего вечера все думала: «А не взять ли Варьку и не пойти ли с ней к Жене поужинать?»

— Ну, прекрасно, прекрасно, кушайте на здоровье, лапушки мои... Ты что-то хотела заказывать на горячее?

— После таких закусок? Мы не очень много едим.

— А вы и не ешьте закусочки! Так, попробуйте то, это... Знаешь, а на горячее... — Он подозвал официанта, который наготове все это время стоял в стороне.

Официант с грубоватым рябым лицом подошел к нам неожиданно плавной походкой. Женя спросил, быстро взглянув на его табличку:

— Коля, у нас сегодня рыбка свежая? Белая?

— Узнаю, момент.

— Узнай... Ай, пойду сам... Ну вот как человек не знает — свежая рыбка или нет? А если придут гости без меня и наедятся? Вы рыбу будете?

— Будем. Не беспокойся так, пожалуйста, — я с любопытством наблюдала за Женей и немного жалела, что вижу его в таком качестве, уже написав статью. — Надо было тебе раньше так за мной ухаживать.

— Ты была бы необъективна! — Женя засмеялся, выразительно глядя мне в глаза.

Посетители, наверно, думали, что я... Мне даже не хватает фантазии предположить, кем надо быть, чтобы Женя Локтев, настоящая звезда и легенда наших первых театральных антреприз, герой многих лучших фильмов и спектаклей, так за тобой ухаживал. Ну статья, ну «Размер»...

Женя вернулся через минуту, потирая руки и словно стряхивая при этом капельки с кончиков пальцев. Я видела его в одном шекспировском спектакле в очень смешной роли. Именно так он там и делал.

— К вам больше никто не придет? Родственник ваш? — я вдруг заметила его внимательный взгляд.

— Тот? Нет.

— А другой? — он засмеялся.

А я растерялась.

— Н-нет... Тоже нет. Он у нас один, такой родственник. Это был Варин отец.

— Муж?

— Нет, — я вздохнула. — Бывший... жених.

— Тогда, если Варя не возражает, я с вами тоже покушаю. Ай... — он сел на придвинутый официантом Колей стул.

Как только Коля сообразил, что хозяин хочет сесть? Стоял-стоял далеко, смотрел и вдруг метнулся к нам и отодвинул стул. Ловко подставил его Жене, чуть поклонился и отошел.

— У меня — просто невероятно — два выходных вечера подряд. Ты думаешь, я для прессы жаловался, что выходных дней у меня бывает два-три в году? Кроме двух недель отпуска, если удается отбояриться от съемок... Но сейчас так трудно отказываться. Все самые лучшие режиссеры опять снимают. Денег у всех много, дают на съемки... сам вот уже так назарабатывался, что иногда снимаюсь почти... — Женька понизил голос и произнес одним из своих самых смешных голосов, — ... даром. Если фильм хороший. Сейчас вот, например.

— Про что фильм?

Женя улыбнулся.

— А всего лишь про любовь. Ни пистолетов, ни умничанья... Но так как-то знаешь... без соплей, очень все просто и искренне. Я случайно прочитал книгу, когда ехал в поезде в Питер на съемки. Маялся ночью, не спалось. Увидел — у соседки книжка лежит, взял и просто зачитался... А потом мне вдруг предлагают роль в сценарии с таким же названием. Я запомнил, не спутаешь — «Женькина любовь». Представляешь себе? Там, правда, Женька — девушка, главная героиня... Не важно. И когда я узнал, кто режиссер — такой мастер многосерийных уродцев... Я представил, что он накроит в два прихлопа — три притопа... Опа-опа — вышла — ... ! Пам-парабарам-пампам! — Женя станцевал руками изящный матросский танец у себя на коленках и бедрах. — Так я сам с продюсером поговорил, людей нашел с деньгами, режиссера привел, хорошего очень, я у него два раза снимался. Роляку там себе присмотрел, классную... Буду играть композитора, похожего на симпатичного тролля, который хочет жениться на чужой девушке. Чужой, но очень красивой и вдобавок беременной. А она ему отказывает... Варенька, тебе не скучно с нами? — спросил он Варю.

Девчонка моя запихивала в рот, не глядя, одну за одной маслины, фаршированные чем-то нежным и непонятным, и смотрела на Женю, как на живого Волшебника Изумрудного Города. Я пыталась несколько раз привлечь ее внимание, но совершенно безуспешно.

— Мне? — Варя замахала рукой, потому что чуть не подавилась. — Нет! Не скучно! А вы не похожи на старого тролля.

— И так не похож? — Женя сделал очень смешное лицо, оттопырив нижнюю губу, отогнув уши и сначала собрав глаза у носа, а потом разведя их в разные стороны.

— Так похож...

— А на кого я вообще похож, Варюша?

— На мужчину, — ничтоже сумняшеся ответила Варька.

Женька засмеялся.

— Тут уж как вышло, я не виноват.

— Варюша, а знаешь что... — я сама не знаю, почему я тогда это сделала. — Жень, а у вас есть какие-нибудь автоматы... однорукие пираты?

Женя посмотрел на меня.

— Нет, к сожалению, ни бандитов, ни пиратов... Но... есть зато... Ты не видела еще нашего крокодила?

— Крокодила? — Варя застыла с приоткрытым ртом.

— Дожуй, пожалуйста! Закрой рот и дожуй, — попросила я.

— Сейчас мы тебе маленькую экскурсию устроим... У нас тут еще на втором этаже есть такое... Вот смотри, я сейчас позову дядю, он не очень красивый, правда?

Варька чуть сморщилась и кивнула.

— Вот, видишь, какая ты. Я точно такой же. Не люблю уродства. Но зато он умный и добрый. Коля! — он подозвал рябого официанта. — Иди сюда. Проведи, будь другом, маленькую леди по нашим кунсткамерам.

Когда Варя послушно ушла с Колей, не очень, правда, довольная, я заметила:

— Как ты все понимаешь... Это от игры на сцене, да? Привычка?

— Да ты что! — Женя засмеялся. — Такие партнеры бывают! Ничего не видит, не слышит, спроси на сцене: «Тебя как зовут, по-настоящему, как?», он никогда не скажет, в зажиме. Не-ет! Это я просто тебя как-то понимаю.

— Жень, я только прошу... Не обижайся... Я хочу задать тебе один вопрос... Только я сейчас не журналистка. Веришь?

Женя вздохнул:

— Верю, а что мне остается?

— Мне почему-то раньше не приходило это в голову, только сегодня... — Я посмотрела в его грустные клоунские глаза, знаменитые, которые очень легко нарисовать в виде карикатуры — небольшие, чуть разные по размеру, с опущенными внешними уголками.

И он посмотрел мне в глаза.

— Не бойся, спрашивай.

— Ты ведь... жалеешь, что похож на мужчину, правда? Он улыбнулся и кивнул.

— Правда. Это не обидный вопрос. Это моя жизнь. Я не знаю, как быть другим. То есть, я знаю... у меня же родился сын, когда мне было двадцать два года... и я помню, как для меня все это было мучительно...

— Понятно, — мне вдруг захотелось взять его за руку, но я не решилась. Он же заметил или опять почувствовал мой импульс и сам дал мне руку.

— Ты ведь вначале с некоторой опаской отнеслась ко мне?

— Ты что!... — поспешила отказаться та, которая вначале отнеслась к нему с некоторой опаской. — Просто вы другие... Для меня — как инопланетяне...

— Это не совсем так. Просто в шкуре медведя — принц. Вернее, принцесса. Она же не виновата. Что ее заколдовали. Вот тебе нравятся женщины?

— В каком смысле? — переспросила я, хотя поняла, что он имеет в виду. — Нет, не нравятся.

— И мне в этом смысле — не нравятся. Вот и все. А в других смыслах — нравятся.

— Слушай... А все-таки, как же ты играешь? Тебе не противно — на сцене, перед камерой?

— М-м-м... Не противно, нет, но бывает сложно. Я играю это. В это. На самом деле играю. Не живу, не проживаю, вопреки нашей знаменитой школе. Хотя... Не знаю... Ой, не люблю теоретических разговоров об этом...

— Не надо, не надо! — поспешила остановить его я. — Я тоже очень боюсь думать — как оно происходит — почему то пишется, то не пишется. То невозможно остановить слова, мысли, а иногда — не знаю, ничего не знаю ни о ком, ни о чем... Что писать? Зачем?

— А двадцать страниц в день?

— Только по приказу, на работе. И то — пять. Но теперь — всё.

— То есть как — всё?

Я не успела ответить, как к столу вернулась страшно довольная Варька.

— Мам, там, знаешь, кто наверху стоит?

— Он живой, имей в виду, — тихо сказал Женька, не глядя на нее.

— Жи-вой? А я-то... его трогала... Ой, мам... — Варька затряслась.

— А кто живой, Жень? Крокодил?

— Нет, крокодил — вон, в аквариуме, а там, наверху... — Женькины глаза вдруг стали огромными, как Варины. — Да, Варенька? Там — о-о-го-го...

— Мама... я его потрогала, а вдруг бы он мне руку откусил... — Варька прижалась ко мне. А я подумала, что иногда забываю, какая же она еще маленькая.

Девочка, растущая только с мамой, часто — наверняка не только у меня — становится ее подружкой, совсем не по возрасту. И с трех-четырех лет знает о месячных или о том, как папа спит с другими тетями. Хотя, может быть, дело не в составе семьи, а невозможности утаить что-то от ребенка на крохотном кусочке бетонной плиты площадью тридцать квадратных метров, где мы вдвоем толчемся с утра до вечера.

— Мам, а почему, когда мы к нему приезжаем домой или на дачу, он спит один, в своей комнате, а когда нас нет, то он спит с другими тетями? Я слышала, как Неля говорила: «И пусть он с ней спит! Это ненадолго». Он боится один спать, да? — однажды спросила меня Варя в возрасте пяти лет.

В нашей квартире при всем огромном желании невозможно говорить тайком даже в ванной комнате. Кто-то спланировал наше жилище так, что коробочка ванной в полтора квадратных метра выдается прямо в комнату, — и всё, что там происходит, слышно во всей квартире.

— Нет, не боится. Он всегда спит в отдельной комнате, Варя. А другие тети, и я в том числе, спят в своей комнате.

— В какой? В нашей, да? А они спят на нашей кровати?

— Не думаю, Варенька. Другие спят на диване в гостиной...

— А-а-а... Ну, слава богу...

На следующее утро я проснулась и в первую секунду не вспомнила, что мне не надо идти на работу. Потому что я теперь вообще нигде не работаю, я теперь холеная невеста Александра Виноградова... Стоп. Так и с Сашей мы вроде вчера попрощались. Правда, мы столько раз прощались за четырнадцать лет, что никто уже, кроме меня, не верит в наши расставания. И никто не хочет слушать про наши ссоры, да и мне самой уже как-то неудобно рассказывать. Это как вечно текущий потолок от нерадивых соседей:

«Сделай ремонт!»

«Да я делала, а они опять нас затопили!»

«Так пусть заплатят!..»

«Заплатили и опять затопили...»

«Ну, поменяй тогда квартиру или плюнь, пусть течет...»

Так вот он, этот потолок, вчера обрушился мне на голову. Надо было вовремя поменять квартиру...

Что же теперь делать? В пустоте нашей тесной квартиры, которую я не только перестала модернизировать, но и постепенно и убирать толком. Какой смысл — не сегодня-завтра переезжаем. Ведь мы уже распределили все комнаты в той замечательной новой квартире, уже показали Варьке ее комнату... Уже заказали проект перепланировки, даже подобрали всю мебель...

Скромное обаяние буржуазии затягивает. Я спокойно отношусь к благам цивилизации, но устоять перед перспективой ходить широкими шагами из огромной кухни в Варькину личную большую и светлую комнату не смогла. Как и многое, наверно, прощала Александру Виноградову за то, что он менял внедорожники чаще, чем я осенние пальтишки, и возил нас в свой роскошный коттедж на участке в полгектара, где росла (и будет дальше расти без нас) стометровая ель...

Вернее, не так. Я думаю сейчас: а прощала бы я ему все его выходки, если бы он ковырялся по воскресеньям в стареньком «жигуленке» или вовсе — дрожал на остановке автобуса по утрам и вечерам, и возил нас на электричке в летний щитовой домик, построенный на осушенном болоте в ста километрах от Москвы?

Почему же мне так стыдно своих упрямых мечтаний о зажиточном, сытом счастье? Бабушка ли комсомолка в кумачовом рваном платочке где-то в душе встрепенулась, или, может быть, временно ушедший от мира двоюродный дед, который полгода просидел на воде с черным хлебом, молясь и каясь в грехах?

Бабушка-комсомолка, правда, замуж вышла за образцового комсомольца, который вскорости стал областным председателем Совнаркома, получив, как положено, и кухарку, и шофера, и госдачу. А дедушка, молясь и постясь, от астмы застарелой излечился и заодно грехи свои претяжкие замолил. Жить стало легче, болеть перестал, женился вдругорядь...

А я-то что? Мне почему стыдно? Разве не в прекрасный замок увозили принцы Золушку, Белоснежку, Спящую красавицу? Не такая картина мира рисовалась с самого детства, непонятно как укладываясь рядом с тезисами демократического равенства? И разве можно позавидовать женщине, жених которой повел ее жить с собой в грязный сырой подвал? Даже если он пишет прекрасные стихи или картины... А крысы, которые ночью бегают по ногам? И хлебушек с зеленой плесенью на завтрак трудно проглотить даже под чарующие звуки лютни...

Крысы, плесень — это ужасно... Но мечтать о сытости и безбедной жизни — мещанство. Я — мещанка? Нет, нет, я не мещанка. Но я устала от тесноты, я устала от неопределенности, я устала зарабатывать ровно столько, чтобы прокормить Варьку, и зависеть от Сашиной щедрости, прямо связанной с его отношением ко мне...

Я лежала и думала, и плакала, и опять думала, пока не услышала музыку, которой будит меня каждое утро мой телефон. Сегодня «Полонез Огинского», значит, вторник. Плачь — не плачь, а Варьку надо вести в школу.

Вчера, вернувшись домой, первым моим желанием было позвонить Харитонычу, повиниться, и... И — что? Писать заявление обратно? На потеху всем? Как раз вчера и сегодня главная тема в курилке и буфете — «А Ленка Воскобойникова выходит замуж за банкира, за того самого... и уволилась...»

Нет! Она больше не выходит замуж.

На работу возвращаться нельзя. Стыдно. Этот важный резон. И что я буду делать? Писать статьи для «Русского размера»? Тоже выход. Но они пока ничего не заказывали.

За годы встреч с Сашей Виноградовым я как-то порастеряла всех своих институтских знакомых, перестала видеться с одноклассниками, с коллегами из моего первого журнала, где я проработала шесть лет. Во-первых, я не люблю жаловаться, а в постоянной тягомотине «сошлись-разошлись» трудно ответить честно на простой вопрос: «Ты замужем?». «Вроде вчера была, опять, после трехмесячного перерыва...». К тому же гостей моих он мог вытерпеть один раз, второй раз просил приглашать других. Надо признать, своих гостей он тоже не любил, обычно к середине вечера начинал раздражаться и находил повод удалиться с собственной вечеринки. «Сыч», — с нежностью думала я и больше тех друзей не приглашала.

Я посчитала все свои сбережения. Не густо. Но вполне хватит, чтобы спокойно поискать работу. Может, оно и к лучшему. Сидела бы сейчас, ревела бы на глазах у коллег. А так — можно всласть нареветься дома, потом походить в косметический салон, раза... два, привести себя в порядок, выйти на новую работу и...

Так прошел день, другой. Я заскучала. Потом затосковала. Пробовала сама что-то писать. Но я так привыкла к «заказной» работе, что писать просто «что-то» у меня уже не получается. Тогда я стала думать. А не открыть ли мне свое дело? Нет, не журнал. Денег я у Виноградова не возьму, да он больше и не предлагает. Он даже не интересуется, есть ли у нас с Варькой деньги на прожитье. А вот что-нибудь поскромнее... Какой-нибудь свой маленький мещанский бизнес... Что я умею? Я умею ухаживать за цветами, выращивать их, умею хорошо готовить, особенно супы, салаты и горячие блюда... Я умею быстро и ловко шить километры штор, на руках... и новогодние костюмы Варьке...

Мои вполне спокойные размышления прервал звонок.

— Ты спишь?

— Собираюсь Варьку в школу будить. Осталось две минуты полежать...

— М-м-м... — игриво промычал Саша.

Так. Стоп! Я не готова — к таким резким поворотам в судьбе.

— Ленка! Ау!

Я нажала сброс и быстро выдернула из телефонной розетки оба шнура. Мобильный у меня точно разряжен — еще вчера вечером жалобно пищал в коридоре, сообщал об этом, естественно, в тот момент, когда Варя засыпала.

Он что, с ума сошел? Зачем он сейчас звонил? После всех своих «последних» слов? Или это я с ума сошла? Может, он тоже затосковал — без нас, без меня? Может быть, он позвонил, чтобы раскаяться? Ну да, он пошлый, циничный человек, он задавлен своей гордыней, деньгами и комплексами, он не может просто позвонить и сказать: «Прости, я был идиотом...» Я быстро включила телефоны.

Через полминуты раздался звонок.

— Почему я не слышу Варькиного голоса? Ты с кем?

— Она спит еще. Я сейчас разбужу ее.

— Не надо... Ты лежишь? Ты в чем?

— Саша, прекрати...

— Я хочу встретиться с тобой... Надо, чтобы у нас все было, как раньше, пока мы не стали заниматься огородами и ремонтами... Ты слышишь меня? Я приеду... Отводи Варьку в школу, и я приеду...

— А как же... та женщина? Ты решил с ней расстаться?

— Это, что — условие? Давай объявим вообще на эту тему мораторий, а?

— Но я должна знать...

— Зачем тебе это знать? Ты опять меня прижимаешь к стенке? Ты вроде сказала, что всё поняла...

— Да. Теперь, кажется, всё.

Я положила трубку, перевела дух, пошла в ванную, почистила зубы, выпила несколько бесполезных таблеток валерьянки и стала будить Варьку. С ужасом я услышала, что он звонит снова.

— Прости, наверно, в таком случае вообще ничего не надо. Пока.

И трубку положил он. Старая базарная склочница. Пока не оставит за собой последнего слова, не успокоится.

Но и это было не последнее слово в то утро. Я отвела Варю, мы чуть не опоздали, потому что я все делала как под гипнозом. Положила телефон в холодильник вместе с сыром, заперла дверь на старый замок, которым никогда не пользуюсь, и пыталась повязать Варе второй шарф поверх того, что она надела сама.

— Это ты с ним разговаривала, когда я спала? — спросила меня проницательная Варька, когда я целовала ее на прощание около школы.

— Так ты же спала...

— Но ты же разговаривала! — Варька засмеялась и, чмокнув меня теплыми губами в ледяной нос, убежала по лестнице.

Если бы не она... Иногда мне кажется, что я живу не для нее, а благодаря ей. Что почти одно и то же.

Когда я вернулась, возле дома стояла машина Виноградова.

— Подкрасься, — скривился Виноградов, выглядывая из окна. — Я через пять минут зайду.

— Не надо, Саша.

— Надо.

То, о чем просил Виноградов на этот раз, меня испугало.

Интересно, куда его потянет, когда он пройдет этот путь порока до конца? Скорей всего, он нежно полюбит девочку с тоненькой шейкой и прозрачной кожицей и месяца через два нежной любви начнет потихоньку ее развращать. Гос-по-ди-и-и!!!

Как любой женщине, у которой нет альтернативы, мне трудно расстаться с моим единственным мужчиной, даже осознавая, что он — стареющее развратное животное. Похотливое, невоздержанное, нечистоплотное.

Иногда мне его жалко. Иногда он мне противен. Иногда я думаю, что он болен психически. А иногда я начинаю надеяться, что ему это все надоело — он дает мне повод так думать. Он становится просто нежным и чутким. И именно в эти недели и месяцы, он умудряется влезь так глубоко в мое существо, что порой мне кажется — я вся наполнена им, его желаниями, его голосом, его мыслями... Им, им, им... Я поддаюсь и растворяюсь в его личности и ничего не могу с этим поделать. И когда он вдруг, в самый, самый неподходящий момент, в момент моей открытости и нежности вдруг выдирается наружу из меня — я остаюсь пустая и разорванная. Он не составляет себе труда ни предупредить меня о катапультировании, чтобы я хотя бы собралась, ни сделать это аккуратно. Он просто разрывает живую ткань и уходит.

Уходя в то утро, он попытался дунуть на прощание мне в ухо, но, увидев мои глаза, поцеловал воротник скромной блузки, которую он попросил меня надеть в середине мероприятия.

— Я позвоню... завтра!

Таким тоном говорят новые знакомые, которые хотят продолжить общение. То есть не то, что «Я может, еще тебе позвоню когда-нибудь», а — «Завтра позвоню!» Я замерла. Виноградов засмеялся и ушел.

— Мам, наверно зря мы сажали тюльпаны осенью на даче, — вдруг сказала вечером Варька и напустила полные глаза слез.

— Почему зря, Варюша? Ты что, малыш?

Она пожала плечиками.

— Я чувствую... Что мы никогда с тобой их не увидим...

Это точная копия моих высказываний: грустная сентенция на основе ощущений. Но она говорила это искренне.

Я весь вечер нервничала, мне было неприятно вспоминать нашу встречу, я не знала, что скажу Виноградову, когда он позвонит. Я подумала — не отключить ли телефон, но не стала. Потом я стала все-таки ждать его звонка, потому что мне хотелось как-то донести до него, что мне не просто даются все его фантазии. Сказать, что они вызывают у меня некоторое напряжение. Напомнить, что такое можно делать или за большие деньги — не в моем случае, разумеется, или по большой взаимной любви. Либо по собственной непроходимой глупости.

К двенадцати часам я ощутила, что мне холодно. Я оделась, включила посильнее масляную батарею, попыталась накрыть заснувшую Варю вторым одеялом, которое она тут же сбросила вместе с первым. Я проверила температуру в комнате — 25 градусов по Цельсию и температуру своего тела — 36,2... Я заварила горячий крепкий чай, капнула в него кагора. Выпила. И позвонила Виноградову домой. Определитель у него не включился — значит, еще не пришел. Я позвонила через полчаса, еще через полчаса. Позвонила на мобильный — трубку он не взял, ни первый раз, ни третий... Мне было противно и стыдно, что я звоню. Но это было самое приятное чувство из всего, что я испытывала в тот момент.

Я знаю, что означает для Виноградова спать у кого-то, спать вместе с кем-то в одной постели. Это он делает только в исключительных случаях. Случаях влюбленности. Сколько раз в жизни он был в меня влюблен, столько раз он пытался приложить меня рядом, а потом, ночью, сняв с меня одеяло, спихнуть на самый край, чтобы я все же ушла в другую комнату.

Он пришел сегодня ко мне со своими потными фантазиями и после этого, в тот же день — пошел к той самой «другой женщине», из-за которой передумал с нами жить!.. И он это знал утром — «Завтра позвоню!» — честно сказал он, после всего, чтобы между нами было...

Мой организм после рождения Вари категорически не принимает ни спиртного, ни сигарет, ни успокаивающих таблеток, останавливающих химическим путем слезы и затормаживающих весь организм. Я объясняю себе это загадочным механизмом самосохранения. Просто кроме меня мою дочку растить некому. И я пытаюсь делать все, чтобы рядом с ней была здоровая, молодая, веселая мама. И подольше.

Я выпила еще чаю, поискала в сумках гомеопатический пакетик «Успокой», который недавно купила в аптеке, не нашла и легла. Часам к пяти я заснула, а в семь проснулась. В восемь позвонил Виноградов.

— Привет, — сказал он плохим, чужим голосом.

— Саш, как же ты мог!..

— Э-э-э, нет! Я не за этим тебе позвонил! Просто я видел, что ты звонила на мобильный ночью. Что случилось?

— Саша, зачем ты пошел к ней? Тебе чего-то не хватило вчера?

— Она моложе тебя. Она не устраивает мне истерик.

— Еще скажи, что не просится замуж и не ревнует.

— Совершенно верно.

— Значит, ты ее недавно знаешь.

— Да! Да! И мне это нравится!

— Но зачем же тогда ты ко мне пришел, Саша?..

— Захотел — и пришел! Что-то еще интересует?

— Нет...

Он успел бросить трубку первым. Да какая разница — первым, вторым...

Опять на полном автопилоте я отвела Варю в школу. Как бы сейчас было хорошо пойти на работу. Для этого надо было бы причесаться, накраситься, застегнуть все пуговицы на блузке в нужные дырки и начистить туфли.

Выплакав все слезы до последней, я села к компьютеру и открыла папку «Идеи». Ведь что-то я хотела писать про одного учителя из Нижнего Новгорода, у меня был такой хороший материал... И еще была идея про школу для слабовидящих детей... Я сидела и читала свои наброски, не понимая смысла слов.

Услышав звонок телефона, я твердо решила: «Если он — не поднимать трубку». Но как же не поднимать? А вдруг он решит извиниться? Или скажет, что он вообще все это придумал, чтобы я ревновала? И трубку я сняла.

— А кстати, ты обещала мне кое-что еще в прошлом году, но так и не сделала...

— Что именно?

— Помнишь, я говорил, что у меня есть одно желание, которое я хочу реализовать только с тобой?

— Нет, Саша, не помню.

Конечно, я помнила: плетки, кнутики, черные лаковые ботфорты на острых каблуках... Игры пресыщенных импотентов. Но он сказал совсем другое.

— И неважно. Помнишь, у тебя была такая знакомая... Мила, кажется... Я еще удивлялся, что вас связывает... Жирненькая такая... На ножках... Профурсеточка такая аппетитная...

Я понимала, что мне надо положить трубку. Но странное ощущение возникло у меня тогда, и оно оказалось абсолютно правильным. Я почувствовала — именно почувствовала, объяснить ни себе, ни другим это я тогда была бы не в состоянии: мне надо пройти мой собственный путь ужаса и боли до конца. Я должна увидеть — что там, в конце. Другого способа избавиться от Виноградова, избавить от него свою душу у меня нет. Пока я иду, пока я плачу, а не плюю со смехом в его сторону — мне надо идти. Как бы унизительно это ни было. Иначе я никогда не вылечусь от него.

— Милка Анисимова. Ее с третьего курса отчислили за то, что она спала с женатым деканом нашего курса. Мне всегда было ее жалко. И что?

— Что она сейчас делает?

— Пьет, кажется. Работает официанткой в ночном клубе. Мечтает встретить молодого красивого банкира. Вроде тебя.

— Ну, не такой уж я молодой, — всерьез ответил Виноградов, недавно заказывавший салют и танцовщиц всех пяти земных рас на день своего сорокапятилетия. — Да... Надо бы нам сходить всем вместе, втроем в ресторан...

— Зачем?

— Увидишь. Позвони ей.

— Я могу дать тебе телефон, позвони и сходи сам.

— Нет, милая моя, ты позвони, сходим вместе.

— Не понимаю...

— А тебе и не надо ничего понимать. Позвони. Допустим, в субботу вечером можно сходить куда-нибудь...

— С Варькой?

Александр Виноградов засмеялся.

— Отвези ее к маме.

— Вряд ли. У мамы болен Павлик.

— Тогда пусть придет ваша эта... тетя Маша... или как ее...

— Саша, я не знаю.

— А я знаю. Все, пока.

* * *

Мой молочный брат Павлик младше меня на двадцать четыре года, ему только будет четырнадцать. Меня мама родила в восемнадцать лет, а Павлика — в сорок два. Я стараюсь не очень часто ходить к маме, когда ее муж дома, а муж ее дома почти всегда, потому что на работу он ходит в свою собственную комнату.

Игорек, мамин муж, пишет сценарии компьютерных игр. Мне вполне симпатичен Игорек, хотя он и младше мамы на восемнадцать лет. Он странный. Мне кажется, что он ничего не видит вокруг, кроме компьютера и моей мамы, которая великолепно выглядит, но он и этого не видит. Он сидит сутками за монитором, и, если его позвать в третий раз, он вздрагивает, но не оборачивается. Он придумывает замечательные вещи, которые мне абсолютно чужды, и получает за это сносные деньги, чтобы мама могла не работать и растить малыша Павлика. Павлик, разумеется, не его сын, Игорек появился в маминой жизни позже.

Отец Павлика сел в тюрьму, перестаравшись в первые годы нашего капитализма. Он попытался продать воздух, как делали многие в то время. Снял две комнаты в бывшем Доме пионеров, наделал туристических путевок в типографии, продал две очень удачно, а за третьей пришла жена помощника прокурора округа, просто как туристка — она хотела поехать в Голландию за луковицами тюльпанов. Отец Павлика не успел спрятаться, когда разразился скандал, и его посадили на четыре года. Почему-то он вышел гораздо раньше, но к моей маме даже не зашел.

Мама, в отличие от меня, к мужчинам всегда относилась крайне иронично. По-моему я больше переживала, что отчим так подло сбежал.

В трудную минуту мама взяла к себе квартиранта — Игорька. Он и прижился в нашей огромной квартире. Мне кажется, если спросить его, сколько моей маме лет, он точно не скажет, хотя брак они оформили официально. От моего папы, который давно умер, маме осталась прекрасная пятикомнатная квартира на Маяковской — с двумя кладовками, с комнатой, в которую ведет полукруглая лесенка — в ней раньше жила я, а теперь прячется от невиртуальной реальности Игорек.

О папе я мало что помню. Он был довольно известным писателем и журналистом. Его или не было дома, или он сидел в своей комнате и писал. Помню, что он был веселый и толстый. Он даже умер во время смеха. Смеялся, смеялся, схватился за сердце и умер. Это вспоминают все его друзья и знакомые, как только заходит разговор о папе. «Ладно, хоть Ленку и квартиру мне оставил, раз уж сам помер», — раньше часто говорила мама. А мне было очень обидно — ничего себе «хоть». Квартира наша — ее — просто роскошная. А я — вот так она меня и воспитывала, я всегда для нее была «ну хоть Ленка...».

Сейчас я к маме хожу редко, потому что, с тех пор, как лет семь назад у нее появился Игорек, она стала нервничать при виде меня. Говорить высоким голосом, слишком сильно краситься, выпрямлять и без того прямую спину бывшей актрисы (мама когда-то пела в оперетте) и без конца повторять, что она не стесняется своего возраста, совершенно не стесняется и может всем сказать, сколько лет ее дочери... Я обычно тороплюсь объяснить: «Мне уже двадцать девять, у меня маленькая дочь, просто я так плохо выгляжу.» Хотя я точно знаю, что возраст — не в морщинках около глаз и рта, не в цвете кожи, а в глазах. Никто никогда не даст мне двадцать девять лет, внимательно посмотрев мне в глаза. Сто лет — даст или даже двести. Двести лет одиночества с Виноградовым Сашей. Мук, одиночества и моей бессмысленной и мучительной любви.

Я представляю, что сказала бы мама, если бы я попыталась рассказать ей про последние выходки Виноградова.

— Хочешь чокнуться — продолжай в том же духе! По нему плачет Кащенко, и он тебя с собой туда тянет! Пошли его в задницу, оформи официально алименты, слава богу, Варька записана на него. За хвост поймали тогда, ловкого твоего! И найди себе нормального человека, наконец! Или не ищи, а живи спокойно, ешь с аппетитом, и пусть смеется Варька! А не рыдает с тобой месяцами, когда твой ненаглядный любовник забывает, что кроме его вечно чешущихся причиндалов, у него есть дочь, в конце-то концов! — сказала бы моя мама и была бы абсолютно права.

Но разве не ты, мама, говорила мне когда-то, что любовь — самая большая ценность на земле? Моя мучительная любовь, придавливающая меня к этой земле, не дающая мне дышать, смеяться, видеть мир во всех его красках — это большая ценность, ее надо беречь, за нее надо бороться. Ведь моя любовь — это часть меня самой, я не могу ее оторвать от себя, как не могу добровольно отдать свою руку, ногу, даже ухо. А уж Саша Виноградов точно для меня значит больше, чем мое собственное ухо.

Глава 5

На следующий день после нашего странного разговора с Виноградовым меня весь день мутило. Я даже померила давление, и точно, — низкое, почти коллапс: восемьдесят на пятьдесят пять. Я пила крепкий сладкий чай, стояла в горячем душе, к вечеру стало вроде бы лучше, — вот если бы не мысли...

— Ты позвонила Милке?

— Нет еще... А ты где?

— Прошу тебя, не надо за мной следить. Неужели ты ничего не понимаешь? Ты только себе делаешь хуже.

— А ты не хочешь спросить, как Варя?

Я совершенно безнадежно попыталась попасть в то крошечное место в душе Виноградова, на которой написано: «Я — отец». Хотя моя мама считает, что у него нет не только такого места в душе, но и самой души.

«У него есть брюхо, есть гениталии и, к сожалению, мозги. Душа!.. Какая там душа...»

— Спрашиваю — отвечайте. Как. Варя. Общая дочь, хорошая девочка. Как она поживает?

— Варя нормально, Саша.

— Вот и славно. Звони Милке, потом мне.

Я понимала, что он задумал что-то странное, по меньшей мере. Но тем не менее нашла Милкин телефон. Поколебалась некоторое время. И позвонила. Милка была пьяна, но разговаривать могла.

— Ленуся! Ленка... — она заплакала.

— Милка, привет, ты как живешь? Что-то совсем не звонишь...

Я ощущала себя полной сволочью. Мне-то совсем не хотелось звонить ей. А зачем она понадобилась Виноградову — я не понимала. Но чувствовала, что это имеет какое-то отношение к нашим последним сложностям.

— Да как живу... Хреново! Романы, мужики... и ничего... Вот ты молодец, родила хотя бы... А я приду домой с работы, телевизор включу, есть не хочу — на работе наелась, напилась, рекламу посмотрю — и спать. Все бессмысленно...

— Мил... Тут вот мой... гм... Саша хочет пригласить тебя в ресторан.

— Меня? — Милка засмеялась. — А ты?

— Ну вроде со мной... Но я что-то не пойму...

— Да и не надо понимать! Что ты всё, Ленуся — понимать да понимать... Пошли! Поболтаем с тобой, в обстановочке...

— Ну да, действительно, может, он хочет, чтобы мы с тобой поболтали, я отвлеклась... А то я с работы уволилась... Сижу дома... И потом, он предлагал мне, чтобы я открыла свой журнал...

— Ой, Ленка... Возьми меня на работу... Хоть кем-нибудь, а?

Я пожалела, что сказала об этом. Вряд ли для этого он просил меня пригласить ее. Хотя он загадочный человек, мой Саша Виноградов...

* * *

Через два дня мы пошли втроем в итальянский ресторан. Ничего особенного там не было, Виноградов напился не больше обычного, Милка, видимо, тоже. Я, как почти не пью, так и не пила тогда, хотя Виноградов всячески пытался меня напоить. Это, пожалуй, было единственное, что чуть насторожило меня. Он прекрасно знал, что мне становится плохо от бокала сухого вина. У меня начинает кружиться голова, меня тошнит, а от двух бокалов я теряю равновесие и засыпаю до утра. Поэтому тем, кто этого не знает, он сам объясняет: «Лена — женщина оригинальная, водяру не пьет, а винишем брезгует».

— Лена! Пить надо много! — пьяным голосом говорил Виноградов, подливал мне красного вина и смотрел на меня злыми трезвыми глазами.

— Ой, я не зна-а-аю... — хихикала пьяненькая Милка и расстегивалась.

Она пришла в черной кружевной блузочке. Меня не оставляло ощущение, что я видела кофточку еще в институте — застегнутую по меньшей мере на тридцать крошечных черных перламутровых пуговок. Через три минуты Милка стала ее расстегивать. Наверно, это ее обычная штучка. Виноградов пару раз взглянул на ее ручки, теребящие очередную пуговку, со странной улыбкой.

Во время ужина я взяла сумку и вышла из-за стола.

— Ты куда это? — нахмурился Виноградов.

— В туалет.

— Я с тобой, — запищала Милочка. Думаю, что она хотела замурлыкать, но получилось, как будто пищит больной котенок. Котенок, больной сифилисом или, на худой конец, хламидиозом.

— Сиди, — подал голос Виноградов и, по всей видимости, зажал ее ноги своими под столом.

— Ага, — мяукнула Милочка.

Возле туалета я достала телефон и позвонила Варьке, я все же отвезла ее к маме. Взял трубку, конечно, Игорек.

Он всегда машинально берет трубку, которая лежит у него под локтем, а потом кладет ее обратно рядом с собой, забывая, что на другом конце кто-то ждет ответа. Иногда мама обнаруживает через два-три часа, что никто не смог дозвониться на домашний, оттого что Игорек снял трубку и забыл про нее, увлекшись работой.

Когда я вернулась, то застала идиллическую картинку. Виноградов кормил Милочку жирными черными маслинами, а Милочка пыталась засунуть обратно левую грудь, которая вывалилась у нее из полурасстегнутой кофточки. Ее сильно прорисованные пухлые губы были при этом перепачканы темной мякотью маслин и производили устрашающее впечатление.

— Ну что, Саш, я пойду, — я попыталась пройти мимо стола.

— И не вздумай, — яростно зашипел Виноградов и дернул меня обратно. — Сейчас пойдем вместе.

— Саш, а что происходит? Ты просил познакомить тебя с Милкой, вот, пожалуйста, она сидит, знакомая с тобой. Меня ждет дочь.

— Подождет! Ты просила меня не бросать вас? Обещала больше не выдрючиваться? И что? — держа меня за руку выше кисти, он достал другой рукой портмоне и помахал официантке. — Рассчитайте! — он притянул меня на колени. — Сядь на минутку.

Официантка быстро подошла с готовым счетом.

— Выпей пока вина, — он попытался поднести мне к губам бокал.

— Да не хочу я больше вина, Саша! Ты же знаешь, что со мной бывает после того, как я выпью!

— Сегодня будет другое, я тебе обещаю, — Виноградов крепко прижал меня к себе и стал целовать мне шею, очень больно подгрызая при этом мочку уха. Со стороны можно было подумать, что он мне что-то говорит. Хотя мы сидели в таком темном углу, что со стороны можно было все что угодно подумать.

Я чуть отодвинула от него голову.

— Саша, не съешь сережку.

— Так, все, девчоночки, — Виноградов аккуратно убрал карточку в портмоне и оставил на столе триста рублей чаевых. Задержавшись взглядом на нашей официантке, швырнул еще сто.

— На всякий случай, авось пригодится? — спросила я.

— Вот я и думаю... такая степень близости, как у нас с тобой — это хорошо или уже то, что бывает после «хорошо», а, Лен?

— А что бывает после?

— Рюмка хорошей водки, вторая, четвертая, девятая, бэ-э-э-э-э... — Виноградов показал, как его вырвало от нашей с ним чрезмерной близости. — Ну ладно, ладно, я пошутил, не очень блестяще.

Виноградов вытащил размякшую Милочку из-за стола.

— Лен, застегни ей кофту, что ли... Неудобно до гардероба идти...

— А как же она домой поедет? Посадим ее в такси, давай. А лучше, конечно, отвезти домой. Правда, она живет черте где... В Бибирево, кажется... Но не дай бог что с пьяной случится...

— Ага, ага... — Виноградов одел Милку и выволок на улицу. — Давайте, давайте, маленькие... — Он и меня ухватил за руку выше локтя и пытался вести за собой.

Я высвободила свою руку.

— Саш, ну я-то не пьяная, что ты со мной так? Держи Милочку, я сама как-нибудь...

Милочка на удивление ловко спустилась на высоких каблуках с лестницы, держась за меня острыми коготками.

— Давайте, давайте в машину, быстренько, замерзнете, — продолжал обращаться к нам обеим Виноградов.

— Ты решил отвезти ее?

— Ага, ага... Костик, в Митино.

Костик, покосившись в зеркальце на Милочку, молча кивнул. Кого только он, наверно, не возил в этой машине.

— Саша, меня, пожалуйста, домой, вернее, на Маяковскую, к маме. Мне надо Варю забрать. Я понимаю, что ты хочешь...

Не могла же я при его шофере сказать, что теперь поняла, для чего он пригласил Милочку. То есть не поняла, а удостоверилась. Он хочет проверить, как я буду ревновать его. Посмотреть, как поведу себя, когда вот она — соперница. И он вроде и меня на коленки сажает, да уезжает с моей подружкой. Как я себя поведу? Может быть, это тест на совместную жизнь? Как я буду относиться к его баловству? Терпеливо и мудро? Снисходительно и с юмором? Или брошусь расцарапывать обоим физиономии?

— Саша, — спокойно сказала я. — Делай, что хочешь. Только сначала отвези меня к маме.

— Ага, ага...

Костя вопросительно посмотрел на меня в зеркало, потом — на него. Виноградов покачал головой:

— Всех в Митино. Трезвых, пьяных, мальчишек, девчонок...

Ладно, я же решила пройти этот путь до конца. Тем более что я хотела забрать у него пару Варькиных любимых книжек. Потому что ей всегда не хватает именно тех книг, которые мы в прошлый раз оставили у него или на даче.

Врешь, ты все врешь себе, Лена. У меня второй раз за вечер пронеслась мысль, которая меня ужаснула. Я посмотрела на Сашу и опять прогнала ее. Нет, да нет же... Неужели вот такой ценой я должна спасти... А зачем тогда спасать...? Да нет... Или... Пройти до конца? И понять все — про себя, про него, про нас? Может, и другие такой ценой спасают крепкие тридцатилетние браки? Ну, приблизительно такой? Когда очень тошно, но цель высока и всё оправдывает...

В машине Милка, естественно, уснула. По дороге мы еще останавливались, Виноградов выходил в супермаркет и вернулся с пакетом, в котором явно проглядывался классический «набор любовника»: конфетки, орешки, мартини, шампанское, водочка... Какое там Милочке еще шампанское!.. А я его терпеть не могу. Как же Виноградов любил раньше, особенно после длительных отлучек в другие квартиры, вдруг заявляться с таким набором! Молодой, бодрый любовник с праздничным настроением. И все так свежо, задорно, весело... Как, наверно, ему этого не хватало в несчастные полтора года наших псевдосемейных отношений!

Я позвонила Варьке.

— Варюша, ты что делаешь? Спать собираешься?

— Нет, — твердо ответила мне Варя. — Пока ты не придешь, я не усну. А ты где?

На самом деле я никогда не оставляла ее на ночь ни у мамы, ни у кого-то еще. Да и сейчас не собиралась.

— Варюша, я скоро приеду...

Я поймала иронический взгляд Виноградова.

— Может, ты пока ляжешь, возьмешь книжку... А бабушка что делает?

— Изабелла ходит в маске.

Моя мама на самом деле Лидия, которую все зовут Лиля. Изабелла — это была часть ее сценического псевдонима. Но потом многие стали думать (возможно, им намекнула на это мама), что Лиля — уменьшительное от Изабеллы, и стали звать ее и так, и так. Ей действительно очень шли оба имени — и маленькое, тихо звенящее, ласковое Лиля, и это, второе, неожиданное имя с привкусом терпкого винограда и ночных кабаре.

— А-а-а... ну хорошо... А Павлик как себя чувствует?

— Павлика все время рвет...

— О, господи...

Мама сказала, что у него отравление, но мне почему-то казалось, что Павлик начал курить и поэтому его и рвет. По крайней мере, я очень четко чувствовала запах табака в их квартире, хотя там никто вроде не курит.

— А Игорек чем занят?

— Он сказал, что я буду главной героиней следующей игры, которую он придумывает.

— Прекрасно. А что ты там будешь делать?

— Ловить монстров. Потом один монстр окажется заколдованным принцем, сначала он мне съест руку, но рука потом вырастет и...

У меня начала садиться батарейка в телефоне.

— Варюша, друг мой, ложись и жди меня. Я скоро.

— Ты не скоро, Воскобойникова, и не надейся. Сначала ты мне отдашь все долги, которых набралось — ой-ёй-ёй...

Я постучала по сумке.

— Сколько?

— Не в том месте долги, не в том, — покачал головой Виноградов. — Слушай, ты думаешь, она скоро проспится?

— К утру, наверно...

— Ай... — он досадливо крякнул. — Кость, ты когда купишь аптечку в машину?

— Уже купил, Александр Ефимович. Валидол, аспирин, контрацептивы, бинты, йод.

Виноградовский шофер отличался невероятной наглостью — при его тщедушном телосложении это всегда производило впечатление. Сейчас он сказал это, даже не взглянув на Александра Виноградова. Костя разбил ему две служебные машины и проворонил личный «Мерседес». «Мерседес» угнали средь бела дня — Костя показывал его для продажи. Когда его потом просили описать внешность «Артура», который вскочил в машину и угнал ее, Костя с апломбом объяснял:

— Ну типичный азер! Арменин или чечен... Скорей всего башкир!

Второй потрясающей чертой Кости, особенно при его профессии, был географический кретинизм. Без преувеличения — если Косте нужно было хоть чуть изменить привычный маршрут рабочего дня «Митино — банк — другой банк — ресторан «Пушкин» или «Труффальдино»— домой в Митино», Костя доставал карту и смотрел:

— Та-а-ак, и где же эта улица Балтийская у нас находится...

К слову, Костя родился и вырос в Москве.

Все обычно спрашивали Виноградова — а зачем ему такой Костя. Не знаю, как другим, мне он объяснял, что Костя — надежный и проверенный человек. И сейчас Виноградов пропустил мимо ушей его реплику и вполне дружелюбно поинтересовался:

— Костик, а есть что-то от похмелья?

— Не-а, — ответил Костя. — Сейчас я этого урода сделаю, — и стал «делать», то есть обгонять задастый «Ленд-крузер».

— Тогда притормози у какой-нибудь аптеки.

— Саш, меня что-то укачало, купи мне, пожалуйста, нашатырь.

Виноградов купил в аптеке таблетки от похмелья, упаковку жвачки и нашатырь. Я открыла пузырек, понюхала и лишний раз порадовалась, что я умеренно ем и пью — иначе бы мне сейчас стало не просто душно.

Выходя из машины у своего подъезда, он бросил Косте:

— Завтра утром в восемь пятнадцать.

— А Костя не отвезет меня к маме? — Я спросила на всякий случай, хотя понимала, что планы у него другие, и они мне, как и весь вечер, активно не нравились. Но ведь я именно за этим пришла. Я решила пройти до конца, хотя и не знала — что там, в конце...

Я спросила, Виноградов — улыбнулся.

Неживую Милку мы уложили в гостиной. Я пошла на кухню заварить чай, а Виноградов открыл дверь ванной и пояснил мне:

— Я приму душ.

— Это лестно, — отозвалась я.

— Я как следует помоюсь, — он кокетливо посмотрел на меня и покрутил сильно располневшим за последние годы задом.

— Советую еще сбрить волосы на лобке и подкрасить губы.

— Ты заплатишь за эти слова, Воскобойникова, и даже еще не знаешь, чем и как.

— Неужели я чего-то не знаю о жизни? — самоуверенно отозвалась я.

— Может, ты чего-то не знаешь о себе? — улыбнулся Виноградов.

Он уже почти разделся и красовался в трусах. Я давно заметила — в периоды, когда в него в организме начинается гиперактивность половых желез, он меняет удобные немецкие шорты, дальние родственники наших классических «семейных», на эластичные наглые плейбойские трусы.

Виноградов поплескался в душе, накинул один из своих вонючих махровых халатов — однажды все пять или шесть провалялись постиранные в стиральной машинке несколько дней и затухли. А поскольку у него почти отсутствует обоняние, объяснять ему, почему его халаты лучше выбросить — бесполезно.

— Могу и тебя помыть, — подошел он ко мне и сильно ущипнул за внутреннюю сторону бедра.

— Больно, Саша!

— Сейчас еще не так будет! — ухмыльнулся Виноградов. — Хватит изображать из себя китаянку... Чайные церемонии...

Он вынул чашку из моей руки и подтолкнул меня к ванной.

— Я ждать тебя, что ли, должен?

Понятно, значит, такая сегодня игра. Грубый коварный ковбой. Насильник с громадным, не помещающимся в тугие кожаные штаны, органом удовольствия. Скажи себе: «Я красивая», и так будут думать окружающие. Некоторые... Другие будут думать, что ты чокнутая.

Он смотрел, как я моюсь, но ко мне не прикасался.

— Сейчас, момент, — он вышел из ванной. Я слышала, как он открывает огромный шкаф-купе, перегородивший всю его достаточно просторную прихожую.

— Вот это надень, — он кинул мне какое-то светлое платье и поставил на пол коробку.

Я развернула платье. Похоже, что новое. Или почти... Я с сомнением понюхала платье.

— Никто еще не надевал! Специально для тебя куплено!

— А как же та девушка, новая?

— Мо-ра-то-рий, сказано тебе! Про ту девушку — ни слова! Платье надевай, трусы не надо, вот здесь, — он открыл коробку, — туфли. Тоже новые. У тебя же тридцать девятый размер?

— Всегда был тридцать восьмой, вообще-то.

— Ну ничего, велики — не малы. Надевай.

Он достал белые туфли на высоченной тонкой шпильке. Каблуки и носки туфель были покрыты золотыми скобами.

— Теперь иди сюда, — он с удовольствием поцеловал меня куда-то между шеей и ключицей. — Поставь вот так ногу, на стиральную машинку. — М-м-м... какой ракурс... а вот так... а если наклониться... м-м-м... прекрасно... идем...

Он провел меня в комнату, которая одновременно служила ему спальней и кабинетом.

— Не-е-ет, не на кровать, на стол садись, а ноги на стул поставь... Красиво, очень красиво... а теперь повернись ко мне спиной... Замечательно... Воскобойникова, да ты неправильно выбрала профессию!

— Еще не поздно сменить...

— Поздно, Воскобойникова, поздно. Ты уже девушка пожилая и веди себя соответственно — по жизни скромнее, в постели наглее.

— Вообще-то я сейчас на столе сижу.

— И на столе тоже — понаглее. Ножки раздвинь, чтобы мне что-то видно было... вот так, ага...

Я продолжала делать все, что он говорил, и чувствовала, что меня ненадолго хватит. Мне не было очень стыдно или противно, а мне опять, как уже несколько раз за последнее время в неприятной ситуации, становилось все хуже и хуже — стало нечем дышать, и лицо Виноградова, искаженное похотью, поплыло куда-то в сторону. На счастье, он как раз отвлекся на какой-то звук, раздавшийся в гостиной.

— По-моему, подружка твоя упала с дивана, — не подумав прикрыться, он абсолютно голый пошел туда.

— М-м-м... — раздалось через некоторое время. — Да что вы говорите... какая неожиданность...

Я сидела на столе и пыталась выдохнуть тугой комок воздуха, застрявший у меня где-то пониже ключиц... Костяшками больших пальцев я поискала точки над бровями и стала их массировать. Качающаяся комната стала чуть замедлять свое движение. Я продохнула комок и обратила внимание, что в комнату вошел Виноградов, ведя за собой Милку со свободно мотающейся головой.

— Ну-ну-ну, вот так, потихоньку... только что такое мне сказала...

— Она может говорить? — услышала я издалека свой голос.

— И не только... Слушай-ка, а ты что это? Ты ж вроде не пила?

— Мне нехорошо, сейчас пройдет... У меня уже так было... Надо пойти проверить сосуды, у меня же было сотрясение мозга, помнишь...

— Да что ты? А там есть, что сотрясать?... Ну-ка, ты вот сюда располагайся, красотка... А тебе что дать? Перекись водорода, или что ты там нюхала в машине?

— Нашатырь и еще... ватку...надо...

— Ты многого от меня хочешь... сейчас, подожди...

Он принес мне бутылочку нашатыря и клок ваты.

— Справишься сама? Слушайте, девчонки, вы мне удовольствие не портьте... Давайте-ка, в себя обе приходите... Идея! Дай-ка!

Он отобрал у меня вату, смоченную в нашатыре, и сунул ее под нос Милке. Та резко отбросила голову вбок, ударившись об стенку и заплакала.

— Да что же это! — Виноградов с досадой потряс ее за плечи, а та пьяная дурочка обняла его и затихла у него в руках. — Нет, так не пойдет!

— Саша, оставь ее в покое! Что ты от нее хочешь?

— То же, что от тебя! — Виноградов бросил Милку на кровать и подошел ко мне. — Тебе лучше?

— Ну да...

— Хорошо... — он приблизился ко мне вплотную.

Когда Виноградов подходил ко мне близко, соображения морали, гордости, чести, будущих жизненных катастроф, вызванных его близостью, и прошлых незаслуженных жесточайших обид, следовавших за нею, отступали. Всегда. За четырнадцать лет я ему отказала в его естественном желании раза три, не больше. Может быть, такая его власть надо мной вызвана тем, что он мой почти единственный мужчина. Почти — потому что те жалкие встречи с другими, с кем я пыталась избавиться от Виноградова, и только убеждалась, что это невозможно, — не в счет.

— Ты видела себя в зеркало?

— Нет.

— Посмотри.

Он взял меня за руку и повел к огромному зеркалу в прихожей.

Я и забыла, что он напялил на меня какое-то платье.

— Это мне — подарок, да?

— Ну... вроде того... Спальный такой подарок.

— А это разве для сна?

— Нет, конечно, — он засмеялся. — Это для... Ну-ка встань вот так, ага, а теперь наклонись... видишь, как красиво, когда у такой скромной женщины в платьице почти до колен вдруг обнаруживается отсутствие трусов... Ага... А зачем ты туфли сбросила? Они тебе жмут?

— Нет, они спадают.

— Ерунда.

— Туфли тоже спальные?

Виноградов поцеловал мне ладонь, быстро принес туфли и надел мне на ноги.

— Вот, красиво. Теперь иди ко мне... Постой-ка...

Из спальной раздался голос Милки:

— Ой, где это я? Здесь есть кто-нибудь? А? Лю-ю-юди-и-и!...

— Есть, есть, лапушка, ты так не кричи, есть и люди, есть и другие девушки, не переживай!

Виноградов пошел к ней, из комнаты через мгновение послышалась возня.

— Вот так, какая девочка хорошая... Конечно, тоже пожила на свете уже годочков тридцать пять, да? А то и побольше... М-м-м... жалко... что... так... много... подожди-ка, ножку свою на плечо мне положи... и вторую... вот умница... м-м-м...какая умница... какая сладкая девочка... м-м-м... а вот теперь головку свою сюда положи... не-е-ет... не отворачивайся... ну-ка... ты же это любишь, правда, м-м-м... какая молодец... какая девочка... умелая... м-м-м...

Он глубоко задышал, я слышала это в тишине ночи. Из гостиной теперь раздавалось мерное хлюпанье, а я с задранным платье сидела, замерев на диване, и не двигалась.

Да, мне тридцать восемь лет. Да, я видела с Виноградовым много плохого и странного, и такого, что не вписывается в моральный кодекс бывшего строителя коммунизма, которым я только собиралась стать. Кроме этого, в юности я ездила в стройотряд на третьем курсе, после чего троих наших мальчиков чуть не отчислили за непристойное поведение. Я в их поведении не участвовала, но видела — это все происходило в нашей комнате, где спало двадцать семь девочек. За свою жизнь я несколько раз вместе с Виноградовым смотрела очень плохие, мерзкие фильмы, которые можно было бы объединить на полках видеомагазина под общим названием «Свальный грех». Вот так бы люди и выбирали: «Так... мелодрама... боевики... комедии... свальный грех, а по-нашему — групповой секс...» В главных ролях — немолодые женщины с надутыми парафином грудями, похожими на перезревшие дыни «колхозница», мулаты с бессмысленным взором и глупые, маленькие беспризорницы, выросшие, вероятно, в семьях алкоголиков и наркоманов — а иначе как бы девочки пошли сниматься в таких мультиках?

Да и «туфли спальные» на протяжении нашей жизни несколько раз уже фигурировали. Так Саше было почему-то интереснее, романтичнее. Сам процесс от этого никак не менялся. И меня это как-то перестало волновать. Ну туфли и туфли. У кого-то — пятно, поросшее шерстью, на спине, у кого-то волосы сыплются, как листья в октябре, а у моего Саши — туфли на любимой женщине. Я ведь и мысли не допускала, что я что-то иное для него.

Но сейчас я, как будто мне сказали «Замри!», сидела на диване и не знала, что мне делать. Потом я опустила платье и тихонько встала, вышла в коридор и оглянулась в поисках одежды, в которой я приехала. Из комнаты теперь слышались громкие всхлипы Милки. Вдруг они резко прекратились.

Виноградов вышел в коридор.

— Ты куда?

— Саша... — я попыталась освободиться от его руки, но он держал меня мертвой хваткой. — Саша, ты что, так решил меня наказать, да? Что, Милка и есть твоя женщина? Я ничего не понимаю... Ты что, заставишь меня это смотреть?

— Глупенькая... — Он крепко обнял меня и попытался зацепить зубами мои губы. Я вырвалась, но он подхватил меня на руки и понес в ту комнату, где была Милка.

— Саша, ты что?

Он положил меня на кровать, где уже валялась Милка, и сам устроился сверху, попытавшись овладеть мной тут же, без лишних движений и объяснений. Милка захихикала.

— Это кто? — Она, кажется, стала гладить мою ногу, торчащую из-под Виноградова и как-то ненароком зажала мою руку, которой я пыталась отпихивать Виноградова.

Странно, я всегда была уверена, что один мужчина изнасиловать взрослую здоровую бодрствующую женщину без ее согласия не может. Я попыталась укусить милого, дорогого, нежно любимого Виноградова, почти что Пер Гюнта моей жизни, за губу, но он в ответ очень сильно ударил меня по лицу.

— Ленка, это плохие игры, сильно не кусайся... Милка, а ты займись-ка делом, нечего отдыхать...

Бедная подружка моя опять захихикала и полезла по кровати на четвереньках к Саше. Я поддалась ему, и он перестал держать меня мертвой хваткой. Тогда я изловчилась и как-то вынырнула из-под него.

— Ты хочешь поменяться с ней местами, да, малышка?

Он, конечно, понял, что я хочу уйти, но испортить Саше удовольствие редко кому удается. Он может и переделать сценарий.

Саша попытался опять навалиться на меня всем телом, но я-то знала одну его слабость. Виноградов обижается, когда ему всерьез отказывают. Навалиться-то навалился. И что?

— И что? — засмеялась я, почувствовав беспомощность его мгновенно обмякшей ковбойской гордости.

— Ты об этом пожалеешь! Замена, таким, как ты, быстро находится! Больше не ной, что вы жить без меня не можете, ты слышишь меня? Уходи отсюда! Пошла вон!

Он столкнул меня с кровати.

— Да я, собственно, и сама собиралась.

— Пошла, пошла! И больше не звони мне! И Варька твоя...

— Что? — я обернулась к нему. — Что? При чем тут Варька?

— Да при том! Ты и ее научила меня не уважать!

— Саша, это конец, — я уже стояла на хорошем расстоянии от него и смотрела на него.

Вдруг он мне показался старым, мерзким и совсем-совсем чужим. И мне опять стало не хватать дыхания.

— Конец, конечно! Только я тебе об этом сказал! Я! И давно!

— Ты, ты...

Я нашла в коридоре свое платье, сбросила «спальные» туфли, надела сапоги, накинула шубу, взяла сумку и попыталась открыть дверь. Новый хитрый замок с секретом... Повернуть направо, потом налево, потом опять направо и нажать ручку. У меня ничего не получилось. Я стала поворачивать снова. И услышала, что сзади подошел Виноградов. Я обернулась. Он шел ко мне с хорошим лицом, сзади него из комнаты стала выползать на карачках Милка. Ее достаточно большие груди болтались, как недавно моталась на шее голова. Шлеп-шлеп...

Я не знаю, зачем он подошел ко мне. Скорее всего, чтобы помочь открыть дверь. Но я размахнулась и дала из всех моих сил ему по морде.

— За Варьку, — пояснила я.

Он тоже размахнулся и изо всех сил ударил меня по щеке.

— Дрянь, достала меня, человеческий облик теряю, — с сожалением сказал он. Открыл дверь и, похоже, собирался вытолкнуть меня.

— Подожди, мне надо забрать Милку. Я ее сюда, получается, привела. Мила! — Я хотела подойти к ней, а Виноградов загородил мне дорогу.

— Смотри, — он набрал номер на городском телефоне, включил громкую связь, чтобы был слышен разговор. Я услышала длинные гудки и сладкий сонный голос:

— Алё-о...

— Алё, мой котеночек, — еще слаще промурлыкал Виноградов. — Я тебя люблю, особенно твои сладкие ножки...

Милка, так и стоящая на карачках и что-то сосредоточенно рассматривающая на ковре, медленно подняла голову и удивленно спросила:

— Это ты мне?

— Тебе, тебе, — я прошла мимо Виноградова, на ходу оглядываясь в поисках ее одежды. — Вставай, прошу тебя, соберись, сейчас приедет полиция, надо срочно уходить.

— Полиция?! За мной? — Милка решительно встала и, разумеется, тут же загремела вниз, громко ударившись головой об пол. Милка заплакала. — А п-почему? Я что-то сделала вчера, да?

— Да, да, давай скорей.

— Целую, любимая моя девочка, — громко произнес Виноградов.

— И я тебя... — ответил простоватый тянучий голосок.

— А куда ты меня целуешь? — Виноградов с улыбкой смотрел, как я пыталась поднять Милку во второй раз и натянуть на нее длинную юбку, в которой она вчера пришла. Сейчас юбка была похожа на бесконечный зеленый блестящий чулок. Я не смогла понять, где верх, где низ, и натягивала как попало.

— Куда целую? Ну-у... куда и ты меня...

— А у меня такого места нет, как у тебя...

Совсем некстати мне подумалось, что все-таки не зря раньше по кодексу чести были такие слова, даже не поступки, а слова, за которые один рыцарь или корнет убивал другого. Вызывал на дуэль и — бах! И обидчик падал. Или корнет падал, не в силах слышать таких плохих слов. Жизнь отдавал, чтобы люди не говорили таких слов.

— Милочка, Милка, ну, пожалуйста... пошли быстрее...— я тащила ее, а она пыталась найти вторую перчатку.

— Слушайте, тетеньки, мне вообще-то спать надо, — Виноградов, абсолютно голый, сложил руки на груди и стоял, расставив ноги и развесив, соответственно, то, что только в виде горькой шутки можно было в такой ситуации назвать его мужским достоинством. — Давайте уже как-нибудь поэнергичнее! Имей в виду, Лена, я все это сделал для тебя.

— Что?.. — у меня опять так застучало сердце, что я не сразу смогла вдохнуть.

— Конечно. Мне ведь ничего больше от тебя не нужно... ну вот только разве что так... А тебе-то нужно, правда? Ты же просила меня вернуться? Вот я и вернулся, а ты не захотела. Теперь пеняй на себя...

— Подлец...

— Слушай, ты! Иди отсюда, прошу тебя, видеть не могу твоей зареванной морды... — он выразительно скривился. — И еще. Чтобы без всяких демаршей и фокусов! Варька — моя дочь. Я буду видеться с ней, сколько захочу. Если захочу вообще. Ясно?

Я ничего не ответила. Я думала о корнете. У меня был такой прапрадедушка в девятнадцатом веке. Это самая любимая и драгоценная легенда нашей семьи. Он погиб на дуэли, которую сам устроил из-за того, что его товарищ оскорбил женщину, которую мой прапрадедушка первый раз в жизни видел.

Когда я была маленькой, бабушка не могла пропустить ни одной моей слабости или вранья, или трусости, чтобы снова и снова, с разными подробностями, не рассказать мне в назидание эту историю. Когда я подросла, то сама через пятое на десятое прочитала дневник матери этого корнета, с «ятями» и всякими непонятными мне тогда словами вроде «террибль» и «пердимонокль».

Так что это был самый ужасный пердимонокль в моей жизни — я имею в виду ту ночь в Митино.

* * *

Я отволокла Милку к ней домой. Решила, что надо перед ней извиниться, когда она протрезвеет, и подумать, как можно ей помочь. Затем я на том же такси поехала к маме. Шел второй час ночи. Варя сама мне позвонила на мобильный и сообщила, что у нее болит живот. Я очень надеялась, что она это придумала, но, имея в виду непонятную болезнь Павлика, заспешила к ней, зная, что мама не догадается дать Варе ни угля, ни зеленого чая.

Дверь мне открыла мама, она еще не ложилась.

— Ну как? — спросила мама.

— Да! — отмахнулась я по возможности легко. — Можно было не ходить.

— А платье у тебя почему задом наперед надето?

— А... Это фасон такой, мам...

— Ясно, — мама поправила бирочку фирмы, вылезшую впереди у ворота. — А глаза заплаканные — тоже фасон?

— Мам... Я с Сашей рассталась.

— Я поняла, — мама тяжело вздохнула. — Если бы меня попросили проползти от дома до Красной Площади на коленях, я бы проползла, лишь бы только это случилось. Девчонка твоя совсем растерянная какая-то в этот раз. Знаешь, лучше никакого отца, чем такой.

— Мам, ты серьезно?

— Серьезней не бывает. У ребенка совсем разорванная душа, вашими компромиссами разорванная. Спокойно рассуждает про папиных «теть»! Ну что это! Лена! Базовые ценности в душе, по крайней мере, должны лежать по полочкам. Это — любовь, а это — гадость, это — верность, а это — подлость. Понимаешь?

— Понимаю, но ненавижу это твое «по полочкам»!

— Скажи по-своему.

— У каждого свои полочки... — вяло попыталась поспорить я, хотя знала, что мама права. Просто не надо это так протокольно выговаривать вслух.

— Нет! Нет, Лена! Открой Библию!.. Если не веришь — открой Коран, почитай Конфуция... Люди ли это сами написали, или кто-то пришел и сказал это — неважно! Важно, что там все одинаково, в сущности, написано — про главное! Хочешь полочками назови, хочешь — заповедями, хочешь законами человеческими...

На мамин громкий голос вышла полураздетая Варька.

— А я заснула, когда ты сказала, что сейчас приедешь.

— Поехали, — я подошла к ней, обняла.

— Нет уж, — вздохнула мама, — с таким фасоном платья ты оставайся здесь.

У меня быстро пронеслась мысль, что красок у меня с собой нет, к утру нареванные глаза отекут, так что за завтраком я не буду очень компрометировать маму перед Игорьком своей молодостью.

— А как Павлик?

Мама улыбнулась.

— Маленькие детки — маленькие бедки. Большие детки... Глупостями не надо заниматься, рвать не будет.

Я легла вместе с Варькой на старом кожаном диване, в библиотеке, которая когда-то была папиным кабинетом. Дочка заснула сразу, а я, обняв ее, пролежала до утра, пытаясь вспомнить хоть одну молитву. Я помнила начало «Отче наш» и конец молитвы оптинских старцев — «научи меня молиться, надеяться, верить, терпеть, любить и прощать».

Молиться я практически не умею — очень жаль.

Надеяться... В жизни с Сашей надеяться не на что. Значит, надо надеяться на другое.

Верить в Бога. Для меня это абстрактное понятие. Конечно, верить я не умею. Но хочу, очень хочу.

Терпеть — боль, которая заполнила всю мою душу, и не впадать в отчаяние.

Любить... Любовь к Саше заполнила не только всю мою душу, но и всё существо. Но ведь эта моя любовь сродни болезни... Выздоравливать. И любить — всех остальных моих близких, прежде всего — Варьку.

Прощать... Я первый раз в жизни, кажется, поняла эту чудодейственную формулу:

ненавидишь, мечтаешь о мести — значит, тяжело тебе самой, физически тяжело, не говоря уж о душе. А если прощаешь — становится легко. Почему я не знала этого раньше?

Только ведь простить не так легко. Но надо стараться, говорила я сама себе всю ту ночь. Не просто сказать «прощаю», а на самом деле простить — иначе жизни не будет, будет мрак и мучение — у меня самой. Простить и отпустить. Освободить свою собственную душу от боли, воспоминаний, сожалений о том, что было и чего не произошло. Только тогда станет легко.

Глава 6

Больно, больно, больно, больно... Плохо, тошно, страшно... Дни идут, а легче не становится, особенно тошно по утрам, когда открываешь глаза и понимаешь...

Но надо вставать, надо кормить Варю, надо вести ее в школу...

Я прочитала вполголоса «Отче наш», молитву, которую старательно учила на ночь, запнулась на второй и на последней фразах, но тем не менее стало легче, и встала с постели. Я прощаю Сашу, я ничего не боюсь, я обязательно найду работу, у меня есть еще деньги, у меня есть замечательная верная подруга...

В конце-то концов, Лена, жизнь продолжается! Я заставила себе встать, посмотреть в окно, где было еще темно, улыбнуться своему грустному отражению в зеркале.

У меня закружилась голова и перед глазами полетели маленькие зеленые мушки. Так, что-то со мной неладное. Надо, наверно, сходить сегодня к врачу. Но к какому? К невропатологу? К терапевту? А может, пойти в какой-нибудь диагностический центр, где меня посадят за компьютер, присоединят проводки ко всему телу, найду у меня тысячу болезней и пропишут лекарств на тысячу долларов? Или поездку на Тибет?

Я отвела Варю, вернулась домой, хотела позвонить маме — посоветоваться, потом передумала. Ведь если у меня что-то найдут... Вряд ли я ей скажу. Вряд ли вообще кому-то скажу. Мне почему-то становится хуже оттого, что я рассказываю о своих бедах. Тогда беда как бы материализуется, начинает жить отдельно от меня. Надо отвечать на вопросы, надо ее детализировать, изучать, переворачивать туда-сюда. Беда уплотняется, наполняется энергией сострадания или чужого злорадства. Теперь я уже невольно думаю не только о ней самой, но и об отношении к ней других. Дальше — больше. Она меняет мои отношения со знакомыми и близкими...

Нет, нет... Никому ничего говорить не надо. Я подумала и позвонила в диагностический центр в больнице, неподалеку от нашего с Варей дома, записалась на разные анализы и компьютерное обследование мозга. Мой небольшой медицинский опыт, какой есть у любой матери, подсказывал мне, что начать надо с банального анализа крови, его я сделаю прямо сегодня, еще успею. А завтра...

Я взглянула на нераспакованные коробки, которые так и простояли полтора месяца за шторами. Саша подарил мне на Новый год большой плоский монитор и новый процессор — супербыстрый, суперумный. Можно, конечно, отдать ему подарки... Но мне нужен новый компьютер, мой старый уже бесполезно модернизировать. Можно обходиться ноутбуком, но он тоже быстро устарел, надо менять. На все про все тысячи три долларов нужно, если покупать хорошее. А у меня практически нет никаких накоплений. Я трачу все, что у меня есть, и иногда еле-еле доживаю до зарплаты.

Хотя я знаю, что с моей ежемесячной суммы — стабильная зарплата + гонорары за статьи в журналах + «алименты», которые Виноградов просит алиментами не называть — другие женщины скопили бы за год денег на шубку из хорька, как минимум.

А я трачу деньги на ерунду — на кремы, которые часто не подходят моей коже, на такси — я так и не научилась пока водить, и у меня нет своей машины, на одежду. Я не покупаю по-настоящему дорогой одежды — на это у меня нет средств. Но я часто покупаю новую одежду — Саша терпеть не может, когда я больше пяти раз ношу одну и ту же кофточку. Я давно заметила это и объяснила себе — в новой одежде я вроде как новая женщина. Как же я всегда боялась этой его странности! И не зря боялась.

Ну что, повезу-ка я компьютер ему обратно. Вроде как волевой поступок. Глупый, но показательный. И заберу заодно наши вещи из его квартиры. Завтра как раз четверг, у него в одиннадцать утра всегда приходит убираться домработница.

Я взяла еще фильмы, которые он очень давно привозил, чтобы приобщать меня к мировой порнографии. Можно было бы просто выкинуть эту гадость, но я не хотела, чтобы он думал, что я одна смотрю их. Я поймала себя на этой мысли и на секунду даже присела на диван. Как же так? Даже после того, что произошло в ту ночь с Милкой, меня все еще волнует, что он обо мне подумает? Я не прошла этого пути до конца? Значит — нет, честно ответила я себе. Значит, что-то — очень плохое — еще впереди. Раз я не успокоилась. Тем более — фильмы надо отдать. И золото, это я решила еще вчера... Подарок на мой день рождения.

Мы целый месяц отдыхали в Турции. Это была замечательная поездка. И было это совсем недавно — несколько месяцев назад. По огромной территории отеля с благостным названием «Марти Мира» ходили гуси, павлины, упитанные куропатки. Детям разрешали кормить кроликов, которые жили в большом вольере, и черепах, неторопливо передвигавшихся за низенькими деревянными заборчиками.

Мы только раз поссорились — в самом начале, когда Виноградов три дня подряд напивался так, что не мог разговаривать.

— Это компонента отдыха! В Москве я не могу себе такое позволить! — говорил он утром и с полудня начинал пить.

Он пил все подряд. Виски с крупно наколотыми кусками льда — после утреннего волейбола, ледяное пиво —

после первого купания, рюмочку-другую коньяка с кусочком лимона и крохотной чашкой кофе — перед ранним обедом, бутылку кислого красного вина за обедом... Потом Саша падал в номере и засыпал до вечера. А вечером продолжал.

Но когда на четвертый день он упал на улице, я попросила его так не пить. Виноградов полез драться, к ужасу окружающих немцев.

Весь следующий день мы отдыхали отдельно — это было легко сделать, поскольку мы жили в соседних номерах и приходили друг другу в гости через балкон. Потом помирились, но он вовсе не благодарил меня за то, что я остановила пьянку. Он сердился, но больше так не пил. Если бы я знала, что через четыре месяца он найдет себе котенка со сладкими ножками, я бы так не волновалась о его здоровье. Но я же собиралась с ним жить до самой старости. Я думала, что, наконец, Виноградов нагулялся, захотел тихой гавани, большого дома, детского смеха по утрам...

У меня приближался день рождения. Он попросил меня выбрать себе что-нибудь хорошее в подарок. Что хорошего можно выбрать в Турции? Я не очень стесняюсь того, что люблю красивые украшения. «Украшения на елке, украшения на маме», — как-то прокомментировала это четырехлетняя Варька и спросила: «Мам, когда ты умъёшь, ты оставишь мне все свои кольцы?..»

Александр Виноградов был потрясен чудесами наследственности. Примерно в таком же возрасте он беспокоился, оставит ли ему отец свой «Москвич», когда умрет. Я в ответ могла только рассказать, что лет до восьми всё искала волшебную палочку. Цель у меня была конкретная, точнее их было две — превратиться в красивую принцессу и сделать так, чтобы моя мама, папа и бабушки с дедушками не умирали никогда.

В турецком магазинчике с помощью прицокивающего и причмокивающего продавца я выбрала несколько красивых и не самых дорогих украшений. Виноградов как-то странно реагировал.

— Это ведь недорого, Саша, да? Колечко двести долларов, а подвеска...

— Не надо унижать меня при людях, — проговорил с улыбкой Саша. — Лена.

Я и поверить не могла, что он сердится. Я думала — ему плохо от жары или он опять объелся и выпил каких-то таблеток для ускорения пищеварения — чтобы побыстрее переварилось то, что переел в обед, и можно было снова с аппетитом набрасываться на еду.

— Ты нормально себя чувствуешь? — спросила все-таки я, видя, как Саша смотрит на меня бешеными глазами и пританцовывает на месте.

— Я — нормально, — ответил он. — А ты?

— Тебе никуда не надо отбежать? — я постаралась спросить это как можно деликатнее, но Виноградов все-таки обиделся.

— Надо. Но если я скажу — куда, вряд ли тебе это понравится.

Интересно, был ли тогда уже на горизонте котенок? А может, и был. Я же не знаю, где он его, то есть ее, взял. Возможно, и вовсе не на помойке. С чего это я решила, что Саша Виноградов находит себе котят для удовольствий на помойках? Не соорудили еще ту помойку. Скорее всего, бегает этот котенок в одном из Сашиных банков, разносит какие-нибудь бумажки или учится сводить дебет с кредитом, старательно наращивает ногти, мажет весь день губы липкой ароматной помадой и сильно-сильно душится какими-нибудь новомодными духами, аромат которых напоминает воздух во влажной ванной комнате, в которой только что долго мылась сладким гелем сильно пьяная женщина.

Так что же из моих богатств вернуть Саше? Я держала в руках сережки с лунным камнем, такое же кольцо, колечко с крохотным сапфиром и подвеску с бриллиантиком на очень необычной цепочке — переплетенные нити белого и желтого золота. Почему-то лунный камень, хотя я его сама выбрала, вызывал у меня тоску и странное ощущение тягости. Вот, этот комплект я и верну.

Остальное оставлю в наследство Варьке. Это не драгоценности в полном смысле слова — они ничего не стоят, особенно если вдруг продавать — трехсот долларов не дадут за все. Это просто красивые вещи. Действительно, как на елке — так стоит себе зеленая елка и стоит, а набросишь на нее блескучие гирлянды — получается «красивая елочка»! Красивая убогая мамочка, позволявшая человеку, с которым столько лет встречалась, унижать ее жадностью.

Наступила ночь перед «разводом», так назвала я для себя то, что собиралась сделать завтра. На самом деле, вопреки обычным виноградовским обвинениям, я толком-то от него не уходила. Ни разу. Подарки, бывало, возвращала, но это было еще до Вариного рождения. С дачи месяц назад уехала — так это была генеральная репетиция. Я не могла объяснить, но чувствовала — что-то происходит. Он уже тогда встречался и с котенком, и с двумя студентками строительного колледжа, о которых сам спьяну проболтался — уж больно сильно они его поцарапали, будущие дипломированные малярши, было уже не отвертеться, не свалить все на банный веник, как обычно. Как знать, может, котенок — одна из них... Котенок-маляр, трогательный, грязный... Его можно отмыть, поиграть и выбросить. И можно и не выбрасывать. Посмотреть, что вырастет. Вдруг — получится шикарная дикая кошка, почти как у соседа — тоже нашел у подъезда, сидела с сумками, не знала, где ночевать. А смотрите, что вышло, когда помыли и одели. Модель, Саша ходит — облизывается.

Я легла спать, и мысли стали носиться в голове, как отпущенные на волю после месяца на цепи гончие. Не вполне нормальные к тому же. Я старалась уцепиться хотя бы за одну и с ней вместе поскакать туда-сюда, обратно, и остановить ее на скаку, но ни одна не давалась. Об этом, о том, без начала, без конца...

О Варе — как он недавно завернул ее в коровью шкуру, лежащую на его кресле, и со злостью бросил на деревянный пол. «Уйди от меня, поганая девчонка!» — орал он потом на нее, когда девчонка ходила просить неизвестно за что прощения к нему в комнату... Как за что? За слабость и глупость своей мамы, заставлявшей ее ходить и каяться — ведь папу надо уважать несмотря на и вопреки...

Я маялась-маялась, почувствовала, что, если не запишу хотя бы половину сбесившихся мыслей — меня разорвет. Я поставила большого лохматого льва на край дивана, чтобы свет от настольной лампы не мешал Варьке спать, и включила свой старый компьютер. Нормальный компьютер, тормозит немножко — так я привыкла, не подводит, не виснет — да и ладно.

Прежде я всегда работала ночью, но с тех пор, как появилась Варька, предпочитаю пораньше встать, хотя мне, сове, это безумно трудно. Тем не менее утром, после двухминутной зарядки, холодной воды и чашки обычного растворимого кофе, у меня вполне ясная голова.

Сейчас, глядя попеременно на темное небо за окном и на светящееся поле монитора, я попробовала записать все, что меня мучило, потом открыла начатую статью, но, то ли от усталости, то ли от чрезвычайного расстройства связи между словами не устанавливались.

Тогда я выключила компьютер и прилегла рядом с мирно сопящей Варькой. Что ей сейчас снится? Я надеюсь, что-то хорошее и детское, не имеющее отношения к моим передрягам.

Рядом с моей подушкой уже месяц лежала книжка Веры Павловой, удивительной, откровенной и очень разной поэтессы. Я открыла наугад и наткнулась на стихотворение, которого раньше не замечала — значит, еще не понимала его. «Всякий слышит лишь то, что понимает», как говорил кто-то из древних, кажется, Плавт. Сейчас же я была потрясена стихотворением, читала его взад-вперед, пока не уснула.

Проснувшись в пять утра, я почувствовала под щекой край книги, открыла глаза, наткнулась на уже знакомые строчки:

> *«Смысл жизни младше жизни*
> *лет на тридцать-тридцать пять.*
> *Полагается полжизни*
> *ничего не понимать.*
> *А потом понять так много*
> *за каких-нибудь полдня,*
> *что понадобится Богу*
> *вечность — выслушать меня».*

Спасибо, Вера, за эти строчки. Ты еще уверена, что Бог будет тебя слушать! Значит, не такая грешница, как я...

Я встала, умылась попеременно холодной и горячей водой и села за стол. Хорошее начало будет для письма, подумала я. Взяла ручку и стала писать Саше письмо, от руки. Все-таки написанное на компьютере письмо — это не письмо. Так, суррогат.

«Саша, в какой момент тебе вдруг показалось, что мир — это огромный бордель, где ты можешь свободно выбирать женщин, приходить-уходить, на глазах у всех?

Отчего это, Саша? Ты стал богатым? Ты — хозяин жизни? Или тебе страшно — приближается старость, и ты хочешь все успеть?

Или просто — ты заполняешь пустоту, которую никак и ничем не можешь заполнить?

Мне казалось, чего проще — заполни пустоту нашей любовью, нашей с Варей нежностью. Подумай — так ли много людей в мире, которым мы по-настоящему нужны?

Так ли много женщин, способных простить тебе то, что ты вытворяешь?

Так ли много у тебя детей, в конце концов, чтобы легко отказываться от радости быть отцом? Что-то я не слышала историй о счастливых субботних папах и об их счастливых детях...

Саша, не в моих правилах учить.

Но спрошу тебя напоследок: а как же — душа, Саша? Что там останется? Лживые глаза случайных женщин и влажная неразбериха тел, чужих, разных?

Или душа сейчас не главное? Ты не в это играешь?

Ну, а Бог? Он, конечно, много лишнего говорил в свое время, правда? Лишнего для нас. Зачем они нам, людям сильным и свободным, эти трудные в практике и сомнительные истины...

«А! Всё равно все помрём!» — скажешь ты. С этой точки зрения — да, конечно».

Чем дольше я писала, тем сильнее меня увлекало это занятие. Мне казалось, что я говорю с ним, вижу, как он кивает, то вдруг морщится, словно от боли, то отворачивается, и когда поворачивается ко мне — я замечаю у него в глазах слезы. Я сама несколько раз принималась оплакивать написанное, и писала все дальше и дальше, все больше и больше...

«А вдруг будет хуже?» — думала я.

«Нет, хуже не бывает!» — отвечала я сама себе и увлеченно строчила дальше.

«...Смотри, Саша, какая чудесная фраза:

«Свободен лишь тот, кто утратил всё, ради чего стоит жить».

Это Ремарк, написавший много слегка устаревших и длинноватых романов, — он тоже глупец, да? Что писал, зачем — ни котята, ни смелые обладательницы разноцветных челок и фигурно выстриженных лобков его книг все равно не читают. Но не теряют от этого своего магического обаяния и привлекательности, ведь так?

А вот Евангелие, Саша: *«И познаете истину, и истина сделает вас свободными».*

Скорей всего, ты ее познал, свою собственную истину. И ты бесконечно свободен — в выборе женщин. Никто и ничто тебя больше не сдерживает: в напитках, в количестве съеденной пищи, которую тебе надо переварить...

Ешь, пей, совокупляйся — живем однова, помрем в одиночку, не надо — о душе! Любовь — болтовня, есть мощная эрекция — вот вам и вся любовь, будем любить снова и снова, всё новых и новых... И никто нам не указ!

Но почему же тогда так тошно по утрам, правда?»

На этом месте я попробовала прочитать написанное, с трудом справилась с собственным почерком, два-три слова перечитывала и так и так, но все равно не поняла. Ясно было: надо включать компьютер. Саша глаза ломать точно не станет. Переписала с исправлениями уже сотворенное и понеслась дальше.

«...Помнишь, как спрашивают в церкви, когда венчают: «Клянетесь быть вместе, до конца дней своих в горе и радости?»

Нет радости, если только за ней, за радостью, на пятнадцать минут приезжаешь. А как ты хотел — ребенок будет бежать к тебе с сияющими глазами, если ты решил, что в твоей жизни и душе не хватает для него места?

...Наверно, не нам с тобой переписывать человеческие законы...

Ты мне говорил: люди по-разному живут... Да, по-разному. Кто-то сады разводит, кто-то органы украденных детей продает.

Кто-то живет с одной женщиной, кто-то позволяет себе минутные слабости, а кто-то позволяет себе вообще все. Ты выбрал, ты решил, это твоя жизнь.

Как все-таки жаль, что растерянному человеку в огромном мире приходится самому решать, как жить.

Снимай шапку в церкви — не снимай, ничего не помогает. Ты — один...

...Больше нет сил, Саша. Я не хочу инфарктов и инсультов.

Ненужная, рожденная против твоей воли девочка...

Ненужная, истерзанная тобой я...

Помнишь, я сказала тебе в машине: «Я тебя люблю». А ты молча повернулся и уехал к другой. Ты мне ответил, я тебя услышала. Я больше не скажу этого, Саша.

...И еще. Ты никогда сам, без всяких книжек, не думал — зачем пришлось Богу приходить на землю две тысячи лет назад? Если ты, конечно, веришь, что он приходил... Зачем, кому, кем все это было сказано?

Чтобы не ели человечину, чтобы не убивали без оглядки, чтобы не совокуплялись без разбора, чтобы не натирали неразумные свои органы наслаждения об животных, не для этого органы были придуманы. Для продолжения своей коротенькой жизни в вечности эти органы нам даны, Саша. Ну и, может быть, чтобы наша короткая жизнь чуть веселей была.

...Я всё понимаю. Я всё так ясно вижу сейчас. И всё равно... Больно, плохо, страшно. И всех жалко.

Это письмо — вряд ли волеизъявление. Это, скорее, крик раненого, такое вот — «А-а-а-а-а» — на три с половиной страницы.

...И познай истину, и она сведет тебя с ума...»

Когда я закончила писать, на часах было без пятнадцати семь. Через двадцать минут будильник в телефоне заиграет «Полонез Огинского». Или нет, какой день сегодня? Четверг? Значит, «Песню Сольвейг». Я прилегла к Варьке, обняла ее, тепленькую, любимую, и уснула.

Мне приснилось лето, Варька бежит ко мне босиком по траве, у Виноградова на даче, только дача другая какая-то — вместо темного леса за забором — вокруг поле с цветами и нет никакого забора. Но я знаю, что где-то есть Саша, я его не вижу, но у меня такое хорошее чувство, такое теплое. А Варька смеется, бежит ко мне, протягивая крохотные цветки — трогательно любимые ею пухленькие, тугие маргаритки, белые, густо-розовые, малиновые...

* * *

Около десяти часов я позвонила домработнице Виноградова, удостоверилась, что она пришла к нему убираться, предупредила, что сейчас приеду, привезу компьютер.

— Привозите, я на месте, — суховато ответила мне домработница.

Она, видимо, подумала, что я решила подарить любимому человеку компьютер, в честь нашей большой и светлой любви. Я положила в прозрачную папку письмо, которое писала с пяти утра. Мне казалось, что вот прочитает он это — и что-то дрогнет в его душе. Нет, не то, чтобы я надеялась, что он прибежит со словами раскаяния, но что не так безоглядно будет бежать от меня прочь.

Драгоценности я положила в целлофановый пакетик и сунула туда записку: «Отдаю тебе дорогие моему сердцу вещи, это слишком горькая память о тех днях, когда мы были вместе».

Я попробовала поднять коробки с компьютером и монитором и ахнула. Да они, оказывается, тяжелые! Надо вызывать такси — я даже до дороги с ними не дойду. Так лучше я отвезу их на дачу, какая разница, все равно туда точно на такси ехать. А сейчас в Митино проще доехать на метро, а не продираться в безумных пробках сквозь плотно забитое машинами Волоколамское шоссе.

Домработница Марина давно бы должна была называться по отчеству, если бы имела другую профессию. Встретив ее на улице, никто бы никогда не подумал, что она убирает квартиры. Подозреваю, что раньше она работала где-нибудь научным сотрудником, младшим, а, может, и старшим. Может, работает и сейчас. Просто денег не хватает — не на удовольствия, а чтобы прожить, оплатить квартиру, учебу детей и так далее. А Виноградов платит ей пятьсот долларов за то, что она два раза в неделю убирает пустую квартиру, в которой почти не готовят еду, не болеют и не играют дети. В этой квартире только пьют и развлекаются с женщинами. Хотя от этого тоже бывают издержки.

Года два назад Виноградов вдруг резко начал ремонт в квартире, с помпой, переехал жить на дачу, даже спал у нас на полу раза два в неделю. А ремонт в результате оказался просто срочной заменой обоев. Наверно, были причины, по которым нужно было во всей квартире сменить практически новые обои.

Марина отперла мне дверь и молча ушла в комнату гладить. Я же открыла шкаф и для начала не нашла своего короткого шелкового халатика, который обычно висел среди его рубашек. Потом я открыла обувное отделение — ни одной пары моих туфель — а должно было быть три.

Я заглянула в ванную. Наших зубных щеток в стаканчике с Варькой не было. Зато рядом с Сашиной торчала чья-то еще.

В комнате, где гладила Марина, обычно лежали Варины книжки и игрушки. Сейчас ничего не было.

— Марина, а вы не знаете, где Варины куклы?

— За шторой, на окне, — ответила Марина и быстро, но внимательно взглянула на меня.

Я взяла все с окна. Мне вдруг стало жарко. Главное, чтобы сейчас не стало дурно и не затошнило.

Я зашла на кухню. На кухонном столе я увидела роскошный букет тюльпанов. Тюльпанов — не хризантем... Мне Виноградов много лет упорно дарит белые хризантемы, которые я не люблю. Но зато они практичные — стоят две, а то и три недели, если менять воду. Я меняю и вынужденно вдыхаю их запах, который почему-то напоминает мне одно морозное утро...

Еще до Вариного рождения Виноградов однажды позвонил мне рано-рано утром и сказал, что приедет. Никак не объясняя — зачем, почему. А что тут объяснять — причина та же. Пахнущий морозом Виноградов, не теряя ни секунды, не говоря ни слова, как обычно, энергично провел интимное мероприятие и сказал мне: «Одевайся!» Я, ничего не спрашивая, быстро оделась, мы вышли, сели в его машину и куда-то поехали. Мы приехали на стройку.

Практически законченный новый дом, один из первых в Москве многоэтажных монстров нового времени, был еще обнесен забором, и поднимались мы на самый верх на внешнем, строительном лифте. Последний этаж, где мы вышли, был, наверно, тридцатый или тридцать пятый. Женщина, провожавшая нас туда, сказала: «Я сейчас!» — и уехала на лифте вниз. Я вопросительно посмотрела на Виноградова, а он, по-прежнему ни слова не говоря, взял меня за рукав и повел в одну из квартир.

Двери были еще не заперты, но в окнах уже были вставлены стекла. Все равно было очень холодно. Поэтому, когда Виноградов, оглянувшись на полуприкрытую дверь, стал расстегивать ремень, я вздрогнула, как будто раздели меня. «Иди сюда», — сказал Виноградов и стал смотреть в огромное, диаметром не меньше двух метров, круглое окно. Потом он закрыл глаза. Когда открыл, снова оглядел Москву с высоты полета военного вертолета и сказал: «Красота». Он сжал мою руку, и мне показалось, что он сказал это о том, что сейчас было.

Мы молча стояли и смотрели на непривычный вид города. Было видно далеко — Тушинский аэродром, все старые высотки по кругу, Ленинградский проспект.

— Как будто мы летим на вертолете, да? — я прижалась к нему.

— Ага, — отозвался Виноградов и стал подниматься на второй этаж. В квартире, оказывается, был еще и второй этаж. Он походил там, молча спустился и сказал: — Пошли.

Мы спустились вниз на строительной люльке.

— Понравилось тебе? — спросил он меня, когда мы сели в машину.

— Ну да... — неуверенно ответила я.

— А мне что-то не очень, — пожал плечами Виноградов. И никогда не объяснил, зачем мы ходили тогда смотреть ту квартиру. Но у меня так и остался в носу волнительный, морозный запах чуть разреженного воздуха, его близости, неоконченной стройки, каких-то непроизнесенных обещаний...

И хризантемы, которые он дарит десять лет подряд, пахнут тем же.

А тут стояли тюльпаны. Огромные, свежие малиновые тюльпаны с яркими желтыми полосками. Тугие и плотные, наверняка голландские, опрыснутые специальным раствором, от которого цветы становятся как восковые и долго не жухнут. Штук пятнадцать прекрасных тюльпанов, а может, и больше...

Я положила папку с письмом в холодильник, стараясь не оглядываться на букет... Так он точно вечером найдет письмо, когда полезет за пивом. Сюда же я положила пакет с драгоценностями.

Остались вещи в шкафу. Варькины пижама и маечки, мои кофточки, короткие шелковые рубашонки, в которых можно и спать, и завтрак готовить. Симпатичная будущая жена в очаровательных гипюровых штанишках... Еще бы чуть ума этой жене...

Я открыла шкаф. Наши вещи лежали на месте, чуть сдвинутые вглубь и прикрытые его шарфами. А на соседней полке, низко, на уровне моего пояса, там, где я обычно машинально хватала чистые полотенца, валялась куча чьего-то нижнего белья. Застиранные лифчики, вывернутые наизнанку трусы, черные блестящие колготки... Я стояла и молча смотрела на это, не трогая. Из-под белья свешивался рукав блузки, с длинной манжетой. Я заметила автоматически, что лифчики очень маленького, вероятно, нулевого размера. И что манжета грязная.

Полкой ниже стояли туфли. Две пары. Одни — из золотистой клеенки, на высоком, не очень тонком каблуке, хорошо поношенные. Другие — разноцветные, замшевые, на высоком, квадратном каблуке, с тупыми носами. Эти — явно из чьей-то прошлой жизни. Сейчас даже купить такие нельзя.

Я глубоко подышала, хотела сесть на диван, но не стала. Быстро запихнула все наши вещи в два пакета и крикнула Марине:

— Марина, я ушла! До свидания!

Я вышла из подъезда. Прошла метров пятьдесят и остановилась. Дальше идти я не могла. У меня было мерзкое, тошнотворное ощущение. Принудительные работы в общественном туалете. Разгребай, смотри, нюхай, ходи по чужой грязи. Ведь кому-то выпадает такое наказание. А за что мне? За мою безысходную любовь? За глупость? За готовность бесконечно унижаться и считать это любовью?

Я постояла несколько секунд и почти бегом вернулась. Марина снова открыла мне дверь, чуть удивленная.

— Вы извините, я положу все обратно. Я... — Я стала совсем некстати плакать, а Марина неожиданно по-доброму приобняла меня за плечи.

— Ничего, ничего, это все пройдет... — сказала она, подняла с пола мою дубленку, положила ее на диван и пошла гладить. Сейчас Марина еще больше была похожа на младшего научного сотрудника в библиотеке иностранной литературы.

Я разложила все наши вещи на свои места — раскидала дрожащими руками, стараясь, чтобы все лежало, как было. Я сейчас уйду отсюда и буду сама себе повторять: «Нет. Я не копалась в чужом белье, я никогда не видела трусов новой Сашиной девушки, я не разглядывала чужие «спальные» туфли, удивляясь, до чего же они старые и поношенные — хорошо выносились на улице или в любовных играх с моим Сашей? Я не искала свои вещи, надежно спрятанные Сашей от чьих-то глаз. Я не заталкивала в пакеты свои видавшие лучшие дни рубашонки и туфельки вместе с Варькиными мишками и книжками. Мне никогда не придется краснеть, если Саша спросит меня — не стыдно ли мне было копаться у него в вещах. Стыдно. Я зря это сделала».

Закрыв дверцу шкафа, я повернулась, чтобы взглянуть на Варины фотографии, всегда стоявшие на полке.

На полке не было ни фотографий Вари, ни трех-четырех игрушек, которые она делала ему на праздники, а он ставил на полочку, чтобы смотреть и радоваться. Он все это убрал. Потому что теперь у него в шкафу лежат другие трусы.

Я пошла на кухню, вынула из холодильника свое письмо и драгоценности с запиской в мексиканском стиле, бросила их к себе в сумку. Можно уходить.

Я позвала Марину.

— Я прошу вас, Марина... мы с вами почти не знакомы... У нас с Сашей так все сложно... Не говорите ему, что я приходила. Я не ожидала, что здесь у него кто-то живет. Это совсем не в его правилах...

— Ну почему же, — вдруг ответила Марина. — В его правилах, по-моему, делать все, что он захочет. Ему же все можно. Он так думает, — она негромко продолжала говорить, составляя в раковину грязную посуду, которую он, вернее, они оставили утром. — Он может все купить, потом сломать или... гм... испачкать, выбросить, купить новое. Может попросить починить или почистить испорченное. Если не получится привести в порядок грязное и сломанное — отдаст бедным. Я вам этого не говорила. Не переживайте. Всё к лучшему.

— Спасибо.

— Идите с богом, не плачьте, — Марина проводила меня и закрыла за мной дверь.

Я ехала на метро обратно и пыталась успокоиться рациональными мыслями: а вот была бы я корыстная, я бы забрала у него какую-нибудь дорогую вещь — в отместку! Хотя на самом деле — нет у него никаких дорогих вещей.

Он живет в квартире, как в гостинице — не заполняет дом ненужными ему картинами, фигурками, статуэтками, подсвечниками, а подарки, которые нельзя использовать утилитарно, он просто передаривает.

То, что он убрал фотографии — объяснимо, хотя и очень погано. Сейчас мысль о Варе будет мешать ему оправдывать свой выбор. Варя — плохая девочка, не уважает папу, всегда на вопрос: «Ты чья?» отвечает «мамина», хотя, разумеется, носит его фамилию. Была поменьше, отвечала «маминая». Ну а чья же она, если только последние полтора года мы жили вместе с Сашей, и то не постоянно. А до этого он прибегал к нам то раз в неделю, а то и раз в месяц. Кто ее растит, того она и считает родителем.

Мало — участвовать в зачатии, чтобы стать отцом. И мало — дать денег на шоколадку и даже на велосипед. Ни один ребенок за это любить не будет.

Ты не хочешь отвечать на бесконечные вопросы: «Откуда на земле моря?», «А кто придумал Бога, если человека придумал Бог?», «Почему нельзя поймать тень?».

Ты не можешь честно ответить на такой важный вопрос: «Пап, а ты очень хотел, чтобы я родилась?» Ты не уверен, с кем поедешь отдыхать в свой следующий отпуск — с ребенком или с очередной девкой — «как фишка ляжет», во что играть будешь — в примерного отца или в жеребца с чисто вымытым задом.

Так почему же ты требуешь, чтобы ребенок тебя любил? Это ты его люби, за то, что он есть, и за то, что у него нос и уши, как у тебя. А маленькому человеку для любви этого мало. Можно вымуштровать ребенка, как собачку — он будет знать несколько команд «Молчать!», «Слушаться!», «Уважать!» Я знаю, что некоторые отцы именно это называют любовью. Но Виноградов всегда требовал от Вари любви искренней, а не показного уважения. И научить ее этой любви должна была, разумеется, я.

По мне так — пусть Варя уважает и любит меня, насколько я этого заслужу: сколько буду ей отдавать — себя, своей жизни и души, сколько буду терпеть, бить себя по той руке, которая хочет шлепнуть ее, буду ли я трусливо срывать зло на ней, или же на том человеке, который мне это зло причинил.

И все это она когда-нибудь отдаст своим детям, не мне. Я-то надеюсь на тот свет уйти на своих ногах, как моя бабушка. Для этого каждое утро начинаю с ледяной воды и на ночь не ем мяса, не курю, а главное, все время думаю: что бы еще сделать, чтобы к старости не развалиться, чтобы в один прекрасный день вздохнуть, поцеловать Варьку и уйти. Оставив ее, тоненькую, умненькую, трепетную, растить не похожих на меня внучат.

Бесславно возвратившись домой из Митино, я забрала Варю от нашей эпизодической няни — тети Маши, которая иногда оставалась с Варей на час-другой. Мне пришлось позвонить ей и попросить забрать дочку из школы, потому что я точно опаздывала. Тетя Маша гуляла с Варей на бульваре. Видимо, я плохо выглядела, наметавшись в Митино с пакетами и наревевшись на обратном пути в метро, потому что обычно сдержанная и нелюбопытная тетя Маша спросила:

— Что ты, Леночка, как горем убитая? Не случилось чего?

— Да так... — Мне не хотелось вдаваться в подробности. Я бы с удовольствием рассказала тете Маше — выборочно — что у нас произошло, но только не сейчас. — Да, теть Маш... кабы не про нас — был бы мексиканский сериал. А так — горе горькое.

— Умер кто? — не поняла она.

— Нет, муж ушел, Варин отец. Ничего не будет, тетя Маша, — никакой жизни, никакой семьи... Вот и горе.

Тетя Маша, хорошая простая женщина, поправила Варьке шапку, горестно покивала и ответила мне:

— Не говори так, Лена. Как это жизни не будет? А горе горькое, это вот, знаешь, когда моя соседка по даче тем летом похоронку на сына получила. Проводила в армию, как все... А его на учениях убили, случилось там что-то. Вот она всё лето ходила по участку и в голос выла. Утром просыпались от ее крика. Морковку полешь, помидоры поливаешь, а она кричит, убивается. Есть садимся, а кусок в горло не лезет. Рядом человек с горя кричит, жить не хочет. А ей никто и сказать ничего не мог. Все понимали. Плакали тоже вместе с ней. На своих на живых смотрели и плакали.

Варя, внимательно слушавшая свою няню, взяла меня за руку и взглянула на меня. А мне стало очень стыдно. Стыдно жалеть себя, свою переломанную жизнь и любовь, стыдно плакать о Саше, который заставлял меня издеваться над моей собственной любовью и душой, потакая его затеям и прихотям.

Дома Варя всё поглядывала на меня, ожидая, что я расскажу, почему я совсем расстроенная. Но я не стала говорить о поездке в Митино, села делать с ней уроки, все время думая о том, что надо попытаться забрать наши вещи хотя бы с дачи. Я надеялась, что там не придется копаться в чужих вещах, что туда новая пассия, с которой так увлеченно занимается сейчас сексом Виноградов, еще не добралась.

А зачем мне это нужно? Чтобы внятно обозначить конец наших отношений — и для него, и для себя. Чтобы не оставлять себе трусливой возможности для сомнений.

На дачу ехать мне было труднее. Во-первых, это почти пятьдесят километров от Москвы, а во-вторых... В Митино мы ездили в гости, вещей там набралось — два пакета, как выяснилось. Пять минут хватило, чтобы собрать по дому, две минуты — чтобы разбросать все обратно. Дольше воздух ртом хватала.

На даче — вещей много. И много было совместной жизни. Там мои клумбы, там кухня, которую я всю спланировала сама, каждый ящичек. Надо еще подумать, что забирать — я же не стану, как мародерка, тащить оттуда кастрюли, подушки, хотя я их и покупала. Не буду срывать шторы, которые шила на руках...

Да и вообще — там на каждом углу воспоминания. Надо было, наверно, чуть отойти, успокоиться, а потом только туда ехать. Но странное чувство толкало меня — езжай, езжай...

Потом, позже, я поняла, почему я так спешила. А в тот день объяснила себе просто — Виноградов сейчас начнет расчищать жизненное пространство для новых игр. Я знаю, видела сто раз, как, не задумываясь, он освобождается от ненужных ему вещей. Или от чьих-то забытых, оставленных то ли случайно, то ли с надеждой. Сбрасывает без разбору в коробку и сжигает. Остатки выбрасывает в лес. Наши вещи он вряд ли бы сжег — свалил бы их в подвал, где живут мыши и сыро. Мыши от голода осенью съели старый ковер. От сырости погнили все полотенца, забытые на сушилке.

Да и просто — надо ехать. Была бы жива бабушка, посоветовала бы мне: «Не реветь — радоваться надо! Хохотать, что все так вышло!»

Хохотать, бабуля, это вряд ли, но если вдуматься, есть отчего хотя бы улыбнуться, если уж не получается вздохнуть с облегчением и пуститься в пляс.

Я ведь так боялась настоящей совместной жизни с ним. Я хотела ее, ждала и боялась. Я знала, точно знала, что наступит момент, когда ему это надоест. Ему надоем, в первую очередь, я. Бурные интимные забавы и совместные обеды, старательно приготовленные мной, — ненадежная основа для семейной жизни. Мне всегда не хватало сущей ерунды — теплого взгляда, доверительных разговоров, обсуждения наших планов на будущее. Этого не было. И мне становилось страшно.

Есть такая теория — о том, что человек моделирует в голове свое будущее и тогда оно осуществляется. По этой теории нельзя думать о том, что тебя страшит. А то страхи воплотятся в реальные события. В таком случае все землетрясения и шквалы с проливными дождями, а также засухи и заморозки происходят по вине сейсмологов и метеорологов. Не обсуждали бы они возможность холодного лета заранее — может, и солнышко бы светило ярче...

Я-то боялась, потому что слишком хорошо его знала. Я знала, как он может влюбиться. В том числе в ту, с которой он год назад расстался. За четырнадцать лет я пережила несколько расставаний «насовсем» и потом несколько его возвращений. Только одно из них — последнее — было такое серьезное, с предложением жить вместе. И только последнее расставание окажется последним. Потому что вряд ли я когда-то смогу такое простить. Да и годы всё отдаляют и отдаляют меня от Сашиного идеала — вчерашней выпускницы средней школы, смело делающей татуировку и аборты...

Я подумала, что проще всего взять такси до дачи. Это будет недешево, но зато не придется ни с кем из друзей и близких пережевывать, перемалывать снова и снова мою беду, пока мы будем ехать туда и обратно. Ключей от дачи у меня не было. Как-то получилось, что Виноградов мне их так и не дал. Может, оттого, что сама я на дачу не ездила. Ведь у меня нет машины. И, главное, я так и не научилась водить.

Каждый раз, расставаясь с ним, я твердо решала — надо учиться водить и покупать любую машину. Потом появлялся Виноградов вместе с шофером Костей, который и вещи поднесет, и в аптеку сбегает, и Сашины шикарные машины на мойку отвезет, на техосмотр...

И слабая-слабая, корыстная, мелкобуржуазная Лена, позор для прапрадедушки, погибшего на дуэли, и для прабабушки в кумачовом платочке, в очередной раз думала: «Ну, действительно, зачем мне водить? Когда так удобно — села сзади, обняла Варьку и поехала с Сашей Виноградовым в прекрасное далёко...» А может, к таким дурам, как я, «далёко» и должно оказываться жестоким, чтобы хоть чему-нибудь их научить, чтобы они детей воспитывали по-другому, не по-дурацкому?

Я завезла Варьку к Неле, без объяснений. Хорошо иметь такую подругу. Неля только вопросительно взглянула на меня, я попыталась улыбнуться.

— Все в порядке, Ленусь?

— Да, да. Я приеду часа через три.

Я всучила-таки ей пакет с продуктами, несмотря на ее сопротивление. Варя в гостях может съесть два ужина. И потом дома дня два задумчиво и грустно смотреть на мои обеды-ужины.

По дороге на дачу я додумывала про метеорологов и про жизненные потрясения, которые мы зачастую то ли прогнозируем, то ли предчувствуем. Ведь если случилось то, чего я так боялась — значит, бояться больше нечего. Оно уже есть, хуже не будет. Думала я...

В любом случае теперь мне не предстоит просыпаться среди ночи и представлять себе, как год-другой мы живем вместе, и вот Саша начал приходить домой с бегающими глазами, в дурном расположении духа, запираться в своей комнате и тихо говорить с кем-то по телефону. С кем-то, кто просто моложе, чем я.

Ведь я знаю, что есть мужчины, которым становится неинтересна их девушка — и они ничего не могут с этим поделать! — самая лучшая, умная, красивая девушка, как только у нее количество морщинок под глазами начнет напоминать им о том, что им самим, слава богу, пора подумать о душе. А есть еще и такие, кому становится неинтересна самая лучшая, умная, красивая, если они видят ее постоянно перед собой в течение нескольких лет, даже если ей нет еще и тридцати.

Если иметь в виду, что тот же, кто придумал способ продолжения рода человеческого, потом приходил к людям, чтобы сказать: «Вы не так живете! Не надо хотеть чужую жену! И прелюбодействовать не надо! Браки заключаются на небесах, чтобы рожать детей, а потом беречь и любить их и друг друга до самой смерти!», то вероятно, виноваты не легкомысленные мужчины, а ошибка создателя. Или мы как-то неправильно поняли его мысль.

Похоже, мужчина создан так, что ему нужно за одну-единственную жизнь успеть оплодотворить как можно больше женщин, чтобы родилось как можно больше детей. Вдруг кто не выживет, вдруг кого убьют враги... И вообще — с этой женщиной дети талантливые, но больные, а с этой — глупые, но здоровые.

Варианты, варианты... И в результате род человеческий, несмотря ни на что, увеличивается численно, карабкается за пределы Земли и пытается докопаться до мельчайшей частички, из которой создана материя. Все это делают мужчины, а женщины вынашивают и растят мужчин, которые будут убивать друг друга, зашивать и лечить недобитых, придумывать законы, по которым нужно жить, будут выбирать самых главных, драться за власть, а также карабкаться вверх и вспарывать материю все глубже и глубже: а там что, а что после?..

Но как же быть с моногамной семьей? Действительно это просчет Создателя или мы как-то не так поняли его заветы? Тем более что вовсе не у всех мужчин на земле только одна официально разрешенная жена. Наш Создатель нам велел жить парами, а вот мусульманам, как известно, их Создатель, подозрительно похожий на нашего, повелел жен надоевших не бросать, а кормить вместе с детьми и навещать иногда — по вдохновению...

Может быть, женщине надо терпеть, в том числе измены, терпеть и прощать, а мужчине — стараться прелюбодействовать поменьше, то есть тоже — терпеть, усмирять свою неразумную плоть — ради души, ради детей... Попробуй объясни детям в понятных им категориях: «Я больше, чем твою маму, хочу вон ту тетю!» А разве это не критерий? Если чего-то нельзя объяснить детям — не есть ли это плохо?

Такими мыслями — умными, глупыми, приблизительными и не вполне объективными, я развлекала себя по дороге на дачу, чтобы не вспоминать, как весело мы обычно ехали этой же дорогой, как Саша ставил музыку и подпевал. Хитом последнего времени была неожиданная песенка. Когда певец приближался к припеву, Саша набирал полную грудь воздуха и орал вместе с ним: «Я увяз, как пчела в сиропе, и не вырваться мне уже...», задорно поглядывая на меня в зеркальце. А я замирала, как будто он мне делал предложение. Теперь я думаю — с чего это я решила, что сироп, в котором увяз Саша, — это именно я?

Мне надо было приехать часам к девяти, когда сторож Гриша приходит с основной работы охранять дачу. Хорошо, что было уже темно. Я так боялась этой дороги — очень красивой и любимой нами с Варькой дороги, по которой, я это знала, я ехала в последний раз.

Дача Виноградова находится в очень живописном месте. Точнее сказать, все вокруг очень красиво, это окрестности Звенигорода, а конкретный поселочек Клопово, где Саша на большом заболоченном участке построил себе хороший теплый дом — место гиблое.

За забором начинается непроходимая чащоба из огромных сосен, перемежающихся дубами и вязами. В чащобе летом очень много клещей, и она, из-за своей полной непроходимости, используется хозяевами окрестных коттеджей как свалка мелкораздробленной газонокосилками травы. Так что лес постепенно превратился в коллективный клоповский компост, вонючий и неприятный. Кто-то туда сваливает и просто мусор — а какая разница, все равно лес непроходимый.

Летом на Сашином участке с половины дня темно. Дом расположен слишком близко к лесу, солнце уже с четырех-пяти часов заходит за лес, и к даче из чащобы устремляются тучи комаров и всяких гнусов.

Но все равно мы с Варей очень любили эту дачу, потому что жили там вместе с ненаглядным когда-то Виноградовым. Выращивали розы, лилии, ирисы, тюльпаны и огромное количество однолетников — возня с рассадой начиналась уже в марте.

Любой садовод знает, как трудно зимой устоять перед пакетиком семян, на котором нарисован прекрасный цветок. Ведь знаешь — не стоит, любую рассаду можно будет купить, хорошую, откормленную, здоровую, но так хочется в феврале начать выращивать свой будущий сад, по-чувствовать на мгновение запах весны и лета, до которых еще жить и жить...

Если в марте насыпать семена во влажный грунт, при-крыть кусочком целлофана или стеклышком, опрыски-вать водой, потом, когда появятся первые росточки, уб-рать стеклышко и каждый день, поливая, следить, как подрастают будущие прекрасные петунии, виолы, бархот-ки, астры... А потом в начале мая высаживать вытянув-шиеся ростки в землю, удобрять, окучивать, пропалывать и, наконец, дождаться первых бутонов. И — оторвать их, чтобы на их месте выросли пышные веточки, на каждой будет уже по два бутона. Для детей, особенно для дево-чек — это ничем не заменимая школа природной жизни. Бабочки, жуки, червяки... Благородные цветы и растущие как по волшебству вредные сорняки. А также сорняки ле-карственные...

Про огород и связанные с ним радости лучше вообще сейчас было не думать. Я на этом попалась. Зря я начала вспоминать, как совсем маленькая Варька собирала пух-лыми пальчиками — даже у худеньких детей пальчики имеют нежную, младенческую припухлость — молодой горошек, расковыривала стручки прямо на грядках и, приговаривая «А ну-ка мы сейчас поп'обуем...», отправ-ляла их в рот и жевала со счастливой улыбкой...

Однажды я спросила Виноградова, все тужившегося оплодотворить меня во второй раз:

— А зачем тебе еще один ребенок?

— А что? Пусть ползает...

Мне не хотелось тогда ссориться. Но вообще-то надо было сказать ему, что дети не только ползают. Они еще хотят, чтобы с ними играли, по возможности весь день, чтобы их держали за руку, пока они не уснут, и мчались к ним по первому зову, когда они проснутся. Они хотят слышать понятные им ответы на вопросы про море, про тень, про Бога, про любовь... Они повторяют эти вопросы, взрослея, и хотят слышать другие ответы — более взрослые, но так, чтобы новые ответы не противоречили старым — они помнят их всю жизнь. Да, и еще дети болеют. В самый-самый неподходящий момент.

Когда я доехала до дачи, мне позвонила Неля и испуганно сказала:

— Ленусь, ты только не волнуйся, но у Вари температура...

— Какая?

— Высокая...

— Какая?!

— Почти тридцать девять...

— Что болит?

— Голова...

— О, господи... Но я назад уже не поверну... Сыпи нет?

— Да вроде нет...

— Слушай, дай ей жаропонижающее.

— Да я уже дала, а температура только растет...

— Господи! Нелька... вызывай неотложку, ладно? Вызывай! Я быстро все покидаю в сумки и приеду! Хорошо?

— Конечно, ты только не волнуйся...

Золотая Нелька. Компенсация за отсутствие мужчины-опоры. Золотая подруга, которой я плачу черной неблагодарностью. Иногда забываю поздравить с днем рождения, потому что у нее он очень неудобно расположен — между днем смерти моей бабушки, когда мама плачет, звонит мне, и мы едем на кладбище, и днем нашей встречи с Виноградовым, когда плачу я одна, и редко-редко мы празднуем его вместе с Виноградовым. Праздновали... Тогда уж я забывала все. Тьфу!..

Сколько же надо вылить на голову одной, отдельно взятой женщине, чтобы она перестала произносить даже мысленно фамилию человека, который... Хотя я понимала — мне жаль своей любви, и снится мне уже не он — снится мне, как я его любила. Потому что любить его сегодняшнего — это издевательство над здравым смыслом, над собой, над своей душой. Ты мне в морду плюешь, а я — люблю. Ты мне... а я...

Чуть позже я поняла, почему же Виноградов меня не отпускал, почему цепко держал в снах и совершенно неожиданно вспоминался днем. Но это случилось только через некоторое время.

Виноградов, Виноградов, свет моих очей. Тот, бывший, из молодости, которого уже нет. Как же мне больно было расставаться с моей любовью, с надеждами, с воспоминаниями... Как больно было за Варьку, напутствовавшую меня перед поездкой:

— Гнома не забудь!

Гнома, исправно приносившего ей подарки и шоколадки в красном заплечном мешке. Это придумал Саша, а Варька поверила, что пока ее на даче нет, гном готовит ей подарки и ждет ее приезда.

Я ей про этого гнома уже года три рассказываю «сериал». Варька обожает бесконечную историю про девочку Соню, очень на нее похожую, у которой жил гном. Надо бы, наверно, попробовать ее записать, но я просто не понимаю, как люди находят время, чтобы писать книжки. У меня, например, иногда не остается времени, чтобы сделать приличный маникюр, и я делаю аккуратный «маникюр пианистки», чем бешу Виноградова, который любит, чтобы грудь при ходьбе слегка раскачивалась (есть такие лифчики, в которых груди даже первого размера призывно покачиваются), а ногти при взгляде на них обещали бы острые ощущения заинтересованным мужчинам.

Не бешу, а — бесила! Не любит, а любил... Не надо про это думать! Вообще не надо! Это унизительно и глупо, и расковыривание собственных ран. Лучше про Варьку. Это тоже больно, но так не унижает.

— И книжки мои все-все собери... «На восток от солнца, на запад от Луны» — под бильярдным столом валяется. Я там ее читала в прошлый раз, когда вы с папой играли...

Не в прошлый раз, дочка, а в последний.

Я подыгрывала Виноградову — делала вид, что никак не научусь играть. Бильярд подарили недавно, все вокруг играть умеют — а он вот нет. Да еще я быстро учусь, а у него никак ни один шар в лунку не попадает. Ну как же так! И Саша всё сердился на Варьку, сидевшую под столом и оттуда безо всякого уважения к отцу кричавшую:

— Мимо! Мимо!

Нужно по всему огромному дому и в двухэтажной бане собрать все Варькины книжки. Она знает все свои книги и вдруг решает, что сегодня ей необходимо прочитать про великана-одноглаза, а вчера — надо было про волка, который стал теленочку мамой. И всегда упорно ищет именно ту книжку, которая пришла ей в голову.

После того как мне позвонила Неля с сообщением о Варькиной температуре, я вообще толком ни о чем думать не могла — ни о гноме, ни о книжках, ни о сыче Виноградове, из-за которого вся эта свистопляска. Мне хотелось как можно быстрее собрать вещи и попасть обратно в Москву.

Подъехав к даче, я набрала номер дачного телефона. Виноградов удачно поставил себе там московский номер. Высокий забор не позволял увидеть, горит ли свет в пристройке сторожа. Он так долго не поднимал трубку, что я уже решила, что придется его ждать. Но вот наконец услышала недовольное:

— Ало!

— Гриша, добрый вечер, это Лена. Вы не могли бы открыть мне ворота? Я тут... кое-что привезла.

— А-а-а... да... — Похоже, он уже спал. — А у вас нет ключей?

— Нет, так получилось...

— А-а-а... ну сейчас...

Гриша с некоторым подозрением посмотрел на водителя «Жигулей», с которым я договорилась, что он отвезет меня туда и обратно.

— Гриша, это просто такси. Я тут кое-что привезла по хозяйству.

Я захватила с собой огромный пакет, где лежали недошитые шторы для каминного зала. Глупостями заниматься, отдавать новый компьютер с хорошим большим монитором я не стала, увидев, насколько плотно занят Саша другой, — что ему мои символы и знаки, что ему моя гордость и принципиальность — теперь...

Я помахала пакетом с чудесным полупрозрачным тюлем, в котором были продернуты неровные золотые нити вперемежку с грубыми, как будто вытащенными из рогожи, с узелками и неровностями.

— Вот, Гриша, я привезла новые шторы... повешу, наверно...

— А-а-а... ну да...

Бдительный Гриша удостоверился, что шофер останется ждать меня в машине. На всякий случай сторож взял лопату и стал подгребать снег на аккуратно расчищенных дорожках. Я слышала, как он чистит снег, пока собирала вещи.

Я не ожидала, что это окажется так тяжело. Вещей было гораздо больше, чем я предполагала. Потому что мы там жили. По неделе, по два месяца, по три дня, приезжали на праздники. Я и не думала, что дача стала моим вторым домом — я просто об этом не думала, жила и мечтала о том, что посадить следующим летом, переживала, что плохо растет девичий виноград в тени у крыльца, и радовалась, как разрослась плетистая роза с нежными тяжелыми цветами на тонких гибких стеблях.

Там всегда было странное состояние оторванности от всего мира, покоя и — у меня лично — счастья. Я уж не говорю про Варьку, носившуюся летом босиком по газону, а зимой по огромному каминному залу на первом этаже, Варька, которая, научившись ходить, сразу научилась делать это осторожно, имея в виду габариты нашей с ней квартиры.

Я собирала вещи и всё раздумывала — не положить ли Саше на подушку нашу фотографию из предпоследней поездки — мы все трое стоим по щиколотку в Красном море... Очень трогательно и глупо.

...Мы лежали на животах на краю моря, там, где волна набегает на песок. Варька плескалась рядом. Саша счастливо поглядывал на меня, собирая камушки и кусочки белых и красных кораллов. Я тоже искала красивые обломки, похожие на разные фигурки — вот голова кота, вот веточка, вот растопыренная ладонь.

«Смотри!» — одновременно воскликнули мы и протянули друг другу: я Саше — кусочек темно-розового коралла, похожего на сердечко, он мне — выразительный желтоватый фаллический символ в состоянии готовности. Вот и ответ. Просто мы дарили друг другу разное.

Но разве посмел бы мой прапрадедушка-корнет, тот, что писал слово «честь» через «ять», предложить своей любимой «руку и фаллос»? Если бы дожил до свадьбы...

Я все-таки решила положить фотографию, может, Саша вспомнит, как мы были там счастливы — все трое. Как ждала Варька огромного оранжевого мишку, который по вечерам приходил на детские танцы, как она дружила с маленькими француженкой и испанкой — объяснялись они улыбками и взглядами, и, глядя на них, я понимала о жизни что-то, чего раньше не знала. Или забыла.

Вспомнит, как он пытался читать мне вслух днем, пока спала Варька, поддельные записки Пушкина, выпущенные каким-то «левым» издательством, повествующие о слишком вольных забавах поэта в очень откровенных словах. Книжку подарила я ему сама, схватив на бегу в книжном магазине, поверив в название «Неизданные дневники Пушкина». Кто же знал, что издателю придет в голову предлагать нам книгу с подробным описанием разнообразных соитий, пусть даже и якобы с участием Александра Сергеевича, большого озорника и ловеласа... Когда мы поняли, что это за книжка, мы вместе смеялись, вместе и выбросили ее.

Или вдруг вспомнит, как однажды сказал Варьке, поглядывая на меня с нежностью: «Дочь, а давай попросим нашу красивую маму, пусть она нам еще братика родит... или сестричку?» Варька очень удивилась и обрадовалась, что такое вообще возможно, а я испугалась...

Может, он вспомнит, какой раскаленный был песок на пляже и холодное море, в которое сначала невозможно зайти, а потом невозможно из него выйти. Мне кажется, именно на Красном море я впервые поняла — когда-то очень давно человек плавал не меньше, чем ходил по земле...

Вспомнит и разыщет в ящиках мой подарок на его день рождения, который мы праздновали там, — настоящую золотую монету, очень тонкую, специально предназначенную для тех, кто хочет навеки быть вместе. Разломи монету, подари любимому половину, возьми себе вторую. И храни ее, надеясь, что и он свою хранит...

Я зашла к Саше в комнату, подошла к разложенному дивану, а там лежали, уютно прибившись друг к другу, как жирные поросятки, две пухлые подушки. То есть он уже был так кем-то тронут, что даже пустил ублажающую его особу спать в свою келью. Знак влюбленности.

Потом я поняла, что влюбленные спали и на нашей новой с Варькой кровати, в нашей комнате наверху.

Странно было отвести нам с Варей из семи имеющихся комнат одну, общую. Наверно, со стороны непонятно, почему я на это соглашалась. Мне казалось — неловко, нескромно просить его еще об одной комнате. Со временем все образуется, думала последовательница девушки Сольвейг, простоявшей у берега моря до самой старости в ожидании любви...

Я сунула фотографию в пакет с вещами. Не забыть вовремя объяснить Варе, что женщина не должна ничего *просить* у мужчины, который имеет счастье жить с ней. Может, требовать и не надо, но и не стоит соглашаться на унизительную роль приживалки.

Я ничего не могла поделать со слезами, которые мешали мне видеть. Я то и дело снимала очки, протирала стекла, ходила умываться и собирала нашу с Варькой неудавшуюся буржуйскую жизнь в большие икейские пакеты.

Попутно я писала ему записки. «Будь счастлив, если сможешь» — записочку с этой сакраментальной фразой я сунула прямо в постель. «Предатель. Ты помнишь, за какое место вешали предателей в Древней Греции?» Их, кстати, вешали за самое обычное место — за шею — во все времена. Но Виноградов явно подумает что-то другое. И... И что? Я на секунду остановилась. Зачем я это написала? Потом махнула сама на себя рукой — ну написала и написала, неужели же сейчас редактировать? Мне надо спешить. Положу в холодильник, сам разберется. На кухне, где висели недавно сшитые мной изумительно красивые занавески и лоснилась гладкими боками новая мебель с медными ручками и медной духовкой, мне было особенно гадко.

Всего лишь месяц назад, прихватив бледно-зеленую от недостатка чистого воздуха Варьку, я носилась по салонам, выбирая мебель и всякую ненужную ерунду. Не знаю, сколько часов мы провели с меланхоличным дизайнером на Рижской, пока не нарисовали нужную конфигурацию. Мы приезжали туда с Варей три раза. Варя покорно сидела и читала, еще по-детски водя пальцем по строчке, а я — горела над проектом. Проектом будущего счастья за трехметровым забором в дачном поселке Клопово...

Я огляделась. В доме, наверно, все. Вещей набралось столько, что непонятно, как все это запихивать в старенький «жигуленок», на котором я приехала. Его багажник не рассчитан на перетаскивание старательно укомплектованного счастья с места на место. Все купила — и дубовый шкаф, (его я, разумеется, не потащу — некуда), и коврики, и занавесочки, и медные кронштейны... Что-то самое главное я, видимо, упустила, укомплектовываясь.

Я подошла к полке с иконками, которые Виноградов исправно покупал в соседнем монастыре, заходя туда раза два в год — помолиться, свечку поставить. Зачем? Я всегда смотрела, как он судорожно стаскивает шапку в церкви, и думала — вот сейчас он зажжет свечку перед иконой и — о чем подумает? О чем попросит? Я так и не поняла, о чем же Виноградов на самом деле мечтал. А это очень плохо.

Я написала: «Ты сам себя предал», запихнула бумажку за ремень висящего на стене каминного зала телевизора. И решила на этом остановиться.

Бумажки я вырывала из тетрадки в клетку, в которой рисовала Варька. На верхней странице перегнутой тетрадки корявым старательным почерком было написано «М/С», а ниже шли цифры. Это мой Саша Виноградов играл в домино с котенком по имени «М», а котенок рукой, которая никогда не писала конспекты в институте, отмечала счет. Наши руки — не для скуки, для любви — сердца... Наши руки — не для скуки, расстегни-ка, дядя, брюки... Ужас. Ужас! Это я так смешу сама себя, чтобы не было слишком грустно? Когда, почему я стала такой пошлой? Потому что четырнадцать лет смотрела на мир сквозь человека по имени Саша Виноградов? Сквозь его желания, его приземленный юмор, его привычки хорошо отмытой дворняжки?

Я знаю, что прощаться с домом — как с человеком. Я помню, как уезжала из маминой квартиры, в которой выросла. Мне было тошно и плохо, я долго скучала о своей комнате, об окне, из которого открывалась панорама Садового кольца, о березе, стучавшей в ненастные дни ветками о мой подоконник. А в моей новой квартире в окно были видны трубы теплоцентрали. С годами я научилась в холодное время года без градусника определять прогноз погоды — по тому, как дымят трубы. А потом перестала замечать дым, и поняла, что, кроме труб, в мои окна видно небо строго на восток. Поэтому при желании можно, сидя у окна, встречать рассвет. И подросли деревья у подъезда и тоже стали стучать о подоконник...

Я смотрела на заиндевевший газон, на покрытую инеем маленькую альпийскую горку, которую мы с Виноградовым сами сложили в прошлом году. И как будто видела себя беременную, сидящую на корточках у горки и старательно выковыривающую сорняки, растущие гораздо быстрее моих возлюбленных цветов. Увидь, представь — и сбудется? Сбудется, то что-то иное.

Сейчас в доме было пусто, а я слышала Варькин смех, как она, спрятавшись в шкафу, все ждала, ждала, что я ее найду. А я не нашла — и забыла. И она стала смеяться, в закрытом шкафу. А вот здесь она обычно разгонялась и с разбегу прыгала на Виноградова, сидящего в глубоком кресле.

Я вернулась к полке с иконками — ведь что-то я здесь хотела, зачем-то подходила... Да, конечно, здесь стояли совы. Две хрустальные совы, разные — одна поизящнее, в очках, другая — покряжистее. Они стояли на зеркальной подставке, а рядом с ними лежала тоже хрустальная открытая раковина, внутри нее — настоящая перламутровая жемчужина.

Эту композицию я придумала сама, купив все по отдельности, в Греции, где мы как-то отдыхали с Варькой, а Саша звонил и звонил, пять-шесть раз в день, беспокоился, ревновал, скучал. Обеих сов с жемчужинкой я подарила Виноградову. Но оставлять здесь, чтобы он их попрятал, как Варькины фотографии в Митино... Я сняла с подставки кряжистую сову и поставила ее на полку в одиночестве. А жемчужину в раковине и вторую сову — забрала, вместе с подставкой.

Я знала, что все мои символы и послания — пионерский лагерь. Но уж если я не бью морду за такое гнусное предательство, могу я хоть как-то выразить себя! На кнутики, кандалы, маски и лакированные черные ботфорты на шпильке я не решилась, так же как на свальный грех, наверно, по той же причине. Представляю, какие записочки я бы писала после этого. Хотя не исключаю, что могла бы после этого всю жизнь просидеть в уголке светлой палаты с видом на сосновый бор, разматывая разноцветные ниточки и хихикая.

Я проверила все комнаты, подвал, кухню, ванную. Вроде все. Потом мне пришлось выйти во двор и пойти в баню — там, на втором этаже как раз располагается бильярдная. Гриши во дворе уже не было. Успокоился, наверное, решила я. И услышала в кармане звонок мобильного.

— Ты, Воскобойникова, что там делаешь? — Виноградов говорил тихо, это ничего хорошего не предвещало.

— Где?

— А там, где ты что-то сейчас делаешь. Явно не то. Прекрати это.

— Саша, я собираю свои вещи. Наши с Варей книжки. Ее игрушки. Вот сейчас, например, я поднялась в бильярдную...

— Вот как поднялась, — прервал он меня, — так и спустись. Положи все, что собрала, и мотай обратно.

— Почему?

Мне не стыдно признаться, что я надеялась услышать: «Не занимайся глупостями, вы еще приедете на дачу. Я вас люблю, я идиот, мне вскипевшая сперма ударила в голову, я временно потерял рассудок, а теперь все будет хорошо».

Но он сказал:

— Не надо ничего забирать у меня в доме, когда меня там нет.

— Саша, ты же не думаешь...

— Я ничего не знаю и не думаю. Уезжай.

— Саша...

— Лена!

— Я специально приехала для этого. Я возьму только свои вещи. Да и потом — что за ерунда! В конце-то концов! Что у тебя брать! Газонокосилку?

— Почему нет? Я... — Он набрал воздуха в легкие. — Я ненавижу твои демарши! Убирайся оттуда! Приедешь, когда я разрешу!

— Нет.

— Да! Да! Я тебя предупреждаю...

Я отключила телефон. Собрала в бане Варькины книжки, раскиданные по двух этажам. Только бы дотащить все это! Мне осталось найти холодильную сумку, которая точно была в подвале. Мне так не хотелось туда спускаться, наверняка сейчас там замерли мыши, и одна обязательно откуда-нибудь выскочит, когда я начну перекладывать вещи. Молодец я, что не оставила здесь наши летние наряды, почему-то все сложила и увезла, без всякой задней мысли. Почему? Эзотерикой увлекаться было некогда, где-то шуршали мыши, или мне так казалось, а сумки нигде не было видно.

Дом у Виноградова деревянный, в нем очень хорошо дышится и очень хорошо все слышно. Поэтому я сразу услышала шаги на веранде и открывающуюся входную дверь. Шаги нескольких человек.

— Где она? — голос был не Гришин.

Потом я услышала, как Гриша что-то негромко ответил.

— Ага, ну подождем. Эй, выходи, ты где там примерзла?

Первое, что мне пришло в голову, было так невероятно... Да нет... ну глупости какие! Мы же интеллигентные люди. Некоторые из нас очень запутались, стремительно развратились легкими деньгами, но при чем тут это?

Я спокойно взяла холодильную сумку, забыв про то, что, скорей всего, в ней-то и сидела мышь, и с отчаянно бьющимся сердцем поднялась по крутой лестнице из подвала.

— Сумочки оставь, руки за голову и лицом к стене!

Свет моих очей Саша Виноградов вызвал полицию, либо посоветовал Грише ее вызвать. Не сам же Гриша сподобился на такое... Только гораздо позже я вспомнила, что сын у Гриши служит где-то здесь в местном отделении. Может, это он и был? Со товарищи... Но мне от этого было не легче. Есть большая разница между телевизионной полицией и настоящей. В телевизоре районных участковых играют выпускники московских и питерских театральных вузов, и никуда и никогда им не деться от печати цивилизации на лицах. Все эти мальчики из-под палки, но читали Овидия, Брехта, Шекспира — и вслух, и про себя. Сейчас же на меня смотрели две морды — полупьяные, наглые, тупые.

— Тебе, блин, сказано — руки за голову! — один стал расстегивать кобуру. Что у него там в кобуре, у полупьяного и тупого, я не знала, но наверняка что-то, из чего он может прострелить мне руку, ногу. Мою глупую голову...

— Оружие на пол не бросать? — попыталась пошутить я. — Ребята, да вы что, в самом деле!.. Я же хозяйка дома!

— Какая ты, мать твою, хозяйка, — неожиданно вмешался носатый худенький Гриша. — Уводите, уводите ее, воровка она — вон, набрала...

— Гриша, да вы что, с ума сошли? Какая я воровка... да посмотрите, что у меня в сумках — мои вещи и дочкины, беру в Москву, чтобы постирать...

На лице у одного возникла тень сомнения. Я увидела это и постаралась убедить его. Я сделала шаг в сторону, к сумке.

— Стоять! — заорал первый и опять потянулся к своей дурацкой кобуре. — К стене, сказано!..

Я повернулась к стене. Мне было видно, как второй, который засомневался, подошел к моим сумкам и ногой пошуровал в них. Из одной вывалилась старая компьютерная мышь, моя собственная, от моего собственного ноутбука.

— Ну, ясно, — сказал он. — Ладно, давай, пошли, — он весьма ощутимо пнул меня в спину.

Я повернулась к нему. Какие плохие глаза, ну какие плохие... Ничего ему не объяснить, он ничего не слышит.

— Куда?

— В отделение! «Куда»! Туда!..

У меня стало горячо в голове и снова затошнило. Варька...

— Я не могу... У меня дочка заболела... У нее температура...

Сержанты заржали.

— Ой-ё, ну ты еще чего-нибудь скажи... Давай, двигай копытами...

— Да у меня такси во дворе стоит...

— Видели мы, как мужик какой-то линял! Это с тобой был?

Я не понимала, валяли они дурака, лениво и нагло — за деньги, им обещанные, или действительно думали, что я воровка. Я не знала, как мне с ними себя вести. Если сейчас меня запрут до утра — пока придет какой-нибудь местный следователь, — что я буду делать? Варьку отвезут с температурой сорок в больницу...

— Послушайте... я журналистка, я в ТАССе работаю... Хотите, позвоните..

— Ага, а я — Леонид Якубович! — это сказал тот, второй, который сомневался.

— Возьмите мой телефон, в сумке, пожалуйста, позвоните... Я скажу вам свой адрес, телефон, московский...

— Да на хрена нам твой телефон... Разве что в гости пригласишь! — он переглянулся со вторым. — А, Федотыч?

Бред происходящего был очевиден. Меня уже заталкивали в полицейский газик. Сумка моя осталась на даче. В сумке — деньги, ключи от квартиры, мобильный телефон.

— Возьмите мою сумку, пожалуйста. Там ключи, телефон.

— Паспорт, да?

— Паспорта нет. Но... Я вам заплачу. В смысле — компенсирую неудобство. За ложный вызов.

— Ишь ты!..

Неожиданно я услышала в голосе «да».

— Пожалуйста. Моя сумка лежит на кухне. Кажется...

Сержанты переглянулись. Отошли. О чем-то поспорили. Сколько, интересно, предложил им Виноградов? То есть Гриша от Виноградова... Скорей всего, он вообще ничего не предлагал. Просто Гриша позвонил сыну, и тот попросил своих приятелей меня попугать, чтобы неповадно было.

— Послушайте, я ведь правда жена хозяина, просто мы поссорились, я вещи свои решила забрать, у него любовница, а... у меня дочка... Вот ее качели... Дочку зовут Варя... она заболела... Я — Елена Воскобойникова, журналистка... Вы посмотрите все вещи... там Варины майки и мои... а мышка от компьютера тоже моя... Я могу ее оставить....— Я говорила все подряд, быстро, надеясь, что хоть что-то попадет в цель.

— Слушай, не трынди. Вылезай обратно, иди за своей сумкой, — неожиданно сказал первый, который все хватался за кобуру.

Я быстро пошла к дому и становилась.

— Но... у меня нет ключей.

— Как же ты в дом попала, «хозяйка»?

— У меня... муж ключи отобрал. Гриша мне открыл. Мы же поссорились с ним. В смысле — с мужем.

Они опять переглянулись. Второй, «хороший», отправился за Гришей. Гриша пришел, не глядя на меня, открыл дверь. Мне показалось, что ему очень стыдно. Я сходила за сумкой, достала на кухне все деньги, какие там были — не густо, — две тысячи рублей, те самые, что я должна была заплатить шоферу, и еще пятьсот рублей и двадцать долларов. Но мне же надо еще добраться до Москвы. До электрички здесь пешком минут двадцать всего, но ходят эти Звенигородские электрички раз в час, тем более вечером...

Я подошла к полицейским.

— Вот, спасибо за... доверие... — я протянула им по тысяче.

Этого точно было мало за доверие, я сразу это поняла и протянула еще двадцать долларов. Я бы дала и Грише, за его жалкую душу лакея, но мне надо было оставить деньги на обратную дорогу.

— Я возьму вещи, свои вещи?

Сержанты посмотрели друг на друга, на меня и оба отвернулись.

— Пойдемте со мной, если хотите... Только там, у нас, и брать-то нечего. Телевизор и газонокосилку, и та в сарае стоит. А! Есть кое-что! — Хорошо, что я вспомнила.

Когда я вышла с сумками, навешанными на одну руку, обнимая другой четыре бутылки прекрасной водки и бутылку невероятно дорогого коньяка, который Виноградову подарили на Новый год, полицейские разулыбались. Ну, вот и хорошо. Они попытались со мной проститься, но тут уж я их попросила довезти меня хотя бы до ближайшего шоссе, где я могла бы поймать машину.

— А чё, Санек, смотаемся до трассы? — это предложил тот, что мне чуть было не поверил с самого начала.

— Ну давай, — ответил тезка Виноградова, пытаясь аккуратно пристроить запотевшие бутылки водки под сиденьем.

Я вытащила их из морозильника, где они хранились вместе с маленькими стаканчиками. Водка должна быть ледяная, к ним — замороженные стопочки, а сердце подавальщицы, жаждущей необыкновенного секса — горячее.... Руки же — свободные, без обручальных колец, и пустынная голова, чтобы Виноградов мог вдувать туда любую милую ему на сегодня мысль. И выдувать, как только она ему становилась неактуальна, его собственная мысль в совершенно посторонней голове.

— Лена! — мне опять звонил тезка милиционера Санькá, Виноградов Саша. — Варька заболела. Ты знаешь? Почему ты не с ней?

Я привыкла к его поворотам на 180 градусов, на 360, но, видимо, для того дня мне было многовато. Я не смогла даже сначала что-то ему ответить.

— Я спросил тебя, почему ты не с Варей, у которой температура сорок?! Мне звонила Неля.

— Но я же в полиции, как ты и просил, — я покосилась на сержантов, которые везли меня сейчас до трассы. Но они, похоже, перестали мной интересоваться.

— Ваньку не валяй! Я с Гришей только что разговаривал. Ты вещи забрала напрасно. Ну, я увлекся. И что?

— Да, понятно.

Ему, видимо, показалось, что мне это на самом деле понятно.

— Нам всем нужно просто глотнуть свежего воздуха. Понимаешь, Ленка...

— Нам всем — это тебе?

— Да, мне. Зачем ты забиваешь гвозди? Может, все это закончится через пятнадцать минут, а может послезавтра.

— Мне ждать до послезавтра?

— Тебе просто — ждать. И не делать резких движений. Тебе сказано было: «Замри!» А ты — что?

— Сколько ждать, Саша?

— Не знаю. Месяц, два. Три...

— А чего ждать? Свадьбы вашей? Чтобы ты пригласил меня развлечь повара? Раз уже на другое не гожусь.

— Слушай, Воскобойникова, а что, по-человечески нельзя расстаться? Без грязи?

Я не знала, смеяться мне или плакать, это Саша говорит — мне! У меня вырвался нервный смешок.

Виноградов коротко и грязно выругался и отключился. А мне — уже второй раз за сегодняшний день — вдруг нечем стало дышать. Я хватала воздух, вонючий и перегретый, и судорожно искала в сумочке нашатырь. Перед глазами поплыли черно-зеленые круги и сильно зазвенело в ушах. Я резко вдохнула нашатырь, еще раз и еще, натерла им виски, и через минуту мне стало легче. Я набрала номер Нели:

— Нель, Виноградову больше не звони, с ним не разговаривай, я буду через час. Как Варя?

— Лучше, ой, слава богу, получше, приезжала Скорая. Говорят, такой сейчас грипп — ничего нет, а температура высокая. Они сделали укол, температура стала снижаться, она вроде уснула. Тяжело дышит очень только.

— Хорошо. Спасибо, Нелечка, я еду. Спасибо тебе.

Полицейские довезли меня до шоссе, терпеливо подождали, пока я вытряхну все свои вещи, и уехали.

Минут пятнадцать не останавливался вообще никто. И понятно — ночь, стоит женщина с вещами. Что там у нее в вещах? Или кто?.. Потом притормозил какой-то парень, взглянул на меня, видимо, я ему не понравилась, а должна была понравиться, и ни слова не говоря, он газанул.

А потом остановилась совершенно роскошная иномарка. Обычно, когда я вижу такого класса машину, то даже опускаю руку. Но тут я стояла и голосовала — я могла бы поехать и на грузовике, и на телеге, и в багажнике «Запорожца». Но остановился новый «BMW». Даже в темноте было понятно — машина белоснежная. За рулем сидела женщина. Надо же, не испугалась останавливаться на трассе ночью.

— Куда вам? — она внимательно посмотрела на меня и улыбнулась.

— На Речной вокзал. Это мои вещи...

— Да, понятно. Садитесь. Сейчас я открою багажник. Она даже вышла, помогла мне затолкать пакеты и сумки в пустой багажник.

— У вас что-то случилось?

— Нет. То есть — да. То есть...

Она улыбнулась:

— Понятно. Развод по-итальянски?

— Да где уж там! Всё по-нашему, по-простому. При разводе получаешь в морду, судорожно бросаешь помаду в сумку и оказываешься ночью на трассе.

— Это всё ваши помады? Там, в сумках?

— Еще книжки моей дочери.

— А сколько ей?

— Семь.

— А у меня нет детей. И вряд ли уже будут, — спокойно и доброжелательно проговорила женщина и посмотрела на меня в зеркало заднего вида. — Вы плачете? Хотите, пересядьте вперед?

Я вытерла дурацкие слезы, которые вдруг, ни с того ни с сего покатились у меня по лицу. Наверно, спа́ло невероятное напряжение, в котором я находилась весь вечер. Ну, и опять же про разноцветные помады подумала, которыми развлекала Виноградова. Стыдно, глупо, жалко.

— Да, спасибо, пересяду, меня сзади в хороших машинах укачивает.

— Не переживайте, мужчины этого не стоят.

Я первый раз внимательно взглянула на нее. Ей было лет... непонятно. Может быть, сорок пять, может, пятьдесят три, а может, и тридцать пять... Очень ухоженная, очень красивая женщина. Но никуда не денешь прожитые годы. Натуральная блондинка, это видно. Но сейчас, скорей всего, уже красится, чтобы скрыть седые волосы. Слишком гладкие веки — наверняка, не без помощи хирургии. Прямая спина, привычка тянуть и без того длинную шею вверх, длинные стройные ноги... Надо же, нет детей. А муж? Я взглянула на правую руку. Она заметила мой взгляд.

— Последний раз я была замужем одиннадцать лет назад. Оказался таким убогим дурачком, что с тех пор я... — Она посмотрела на меня, улыбнулась и не стала продолжать мысль. — Чего только не делал, чтобы сохранить свою драгоценную потенцию! Натирал на ночь чесночной мазью, делал контрастные ванночки, по утрам в воскресенье обкладывал прошпаренным капустным листом и так лежал. Мыл свои сокровища только японским мылом с натуральным шелком. И при этом у него по разным городам голодали дети — неприятный результат приятных занятий. Я как вспомню въевшийся чесночный запах, который ничем нельзя было вытравить из моей спальни!

— Да-а... — Я не знала, что сказать в ответ, чтобы поддержать такой разговор.

— Меня зовут Ольга, — она опять улыбнулась.

И я вдруг подумала, — точно, ей еще нет сорока... Просто что-то в ней было такое...

— Меня — Лена. Я журналистка... — Мне хотелось как-то свернуть неловкий разговор с «сокровищ», как она выразилась, ее бывшего мужа.

Ольга, однако, продолжала неторопливо и спокойно рассказывать мне о своей жизни, скорей всего, желая меня отвлечь от грустных мыслей, которые скрыть было невозможно.

— А у меня было три мужа. Я очень рано начала выходить замуж. Как-то получилось, что за всех своих мужчин я выходила замуж. И просто до смешного неудачно. Ну а уж когда этот попался, последний... Он если джинсы обтягивающие надевал, то минут пятнадцать у зеркала штаны застегивал. Так — неудобно, а так — некрасиво... Пока ровненько всё не разложит, из дома не выйдет... Момент... — Она резко шатнулась в сторону от бесконечного трейлера и негромко выругалась. — Секунда — и мы бы не в лепешку, конечно, не «Жигули» как-никак, но в канаве лежали бы точно. Извини.

— Ничего, хорошо, что всё в порядке, — с трудом проговорила я, стараясь дышать ровно.

— Вот мужчины часто ругаются, — Ольга перевела дух и продолжила: — видя женщину за рулем. «Не там повернула... Никого не видит вокруг... Не так объехала...» Но они же не понимают, какие важные разговоры у нас происходят в машине, правда? — она засмеялась.

Я тоже с облегчением улыбнулась и услышала звонок мобильного.

— Как температура? — голос Виноградова был другой, чем полчаса назад.

Я слышала характерные звуки ресторана и уже знакомый мне повизгивающий заливистый хохоток.

— Не знаю.

— Почему ты не знаешь, Лена?

Сколько же собак предполагалось убить одним звонком!.. Показать мне — кто хозяин, выслужиться перед Богом, с которым у Виноградова именно такие отношения:

«Вот, боженька, видишь, какой я молодец, ну не наказывай меня за вчерашнее поганство, о'кей?» И еще, может быть (и как раз главное сейчас) — котенок со сладкими ножками должен тоже знать свое место — у Виноградова есть ребенок, дочь. Это мощное прикрытие от посягательств на его свободу. «Да ты что! Я же с ребенком должен... Я же ребенка ращу!»

— Саш, хватит лицемерить.

— Что ты сказала?

— А то и сказала. Хватит лицемерить. Могу перевести на русский мат, если ты не понял. Ты что, приедешь сейчас и будешь сидеть с ней всю ночь?

— У нее есть мать.

— А у тебя — на все ответ.

— Достала!..

К счастью, он бросил трубку.

— Проблемы? Муж? Уже пожалел, что отпустил вас с вещами?

— Да нет... И не муж, и не пожалел... Скорей бы прошло время.

— Больно?

— Да.

— А пройдет время — и вы снова станете его ждать и наряжаться к его приходу?

Я представила себя, наряжающуюся к приходу Виноградова, — короткая юбка, тонкие колготки, высокие каблучки, освежающая экспресс-маска, лучшие духи, блестящая помада, судорожное перекалывание развалившейся прически... Крик на Варьку: «Быстрее, и не вздумай опять говорить ему гадости, как в прошлый раз...» Дура убогая, жалкая, ничтожная, зависимая... Зависимость — как болезнь...

— Станете? — повторила Ольга.

Я попробовала улыбнуться:

— Вряд ли.

— Говорите — не муж... У вас общий ребенок?

Я кивнула.

— Мучает... Расстаетесь, встречаетесь... Это может долго протянуться.

— Четырнадцать лет. Мы сейчас расстались.

— Расставайся, Лена, правда, расставайся. Хочешь, на «ты»?

— Я вообще-то не умею так быстро. Ну, давайте, давай...

— Я знаю таких мужчин. Женщина, к которой он пришел сегодня — это та женщина, от которой он уйдет завтра. В борьбе за такого победителей нет.

— А последняя лавочка с путевкой в вечность? Ведь с кем-то когда-то он сядет на эту лавочку, возьмется за руку...

— Тебе охота об этом сейчас думать? Да и не доживет он до этой лавочки, вот помяни мое слово. Либо будет такой развалиной, что сидеть с ним там никто не захочет, шланги придерживать, памперсы менять...

— Он любит поесть и выпить, но очень следит за своим здоровьем.

— Это как?

— Пьет натуральные соки, ходит на фитнес, в сауну, в бассейне плавает регулярно. Хорошо питается.

Ольга хмыкнула.

— Понятно. И что, помогает?

— Ну да. Он вообще очень здоровый. Из болезней у него только храп.

Ольга засмеялась:

— Очень романтичный любовник.

— И расстройство желудка...

— От обжорства, что ли?

Я кивнула, злясь на себя за то, что первой встречной выдаю интимные секреты Виноградова, и еще больше злясь за первое. Ну сколько можно — беречь, щадить, трепетать...

— Понятно... Значит, ни в чем себе не отказывает, но пытается всеми силами противостоять тому, что съел, выпил и поимел. Да?

— Да. И обычно хорошо себя чувствует. В отличие от меня...

Не знаю, почему я это сказала. Наверно, потому что мне опять стало горячо в голове и душно.

— Тебе плохо? — голос Ольги звучал словно издалека.

— У меня в сумке нашатырь...

Она съехала на обочину, открыла окна.

— Да мне самой от этого фильтрованного неживого воздуха часто дурно становится... А ты... не беременная?

— Нет. Точно. Очень хотела, но не получилось.

— Хорошо, не расстраивайся, значит, это от нервов. — Ольга поднесла мне к лицу ватку, смоченную в нашатыре, и слегка протерла виски. — Лучше?

Сожженную от бесконечного прикладывания ваток с нашатырем кожу на висках тут же запекло.

— Да... Спасибо... Мне неудобно — села в машину...

— Ладно-ладно! — она потихоньку тронулась. — Поедем, да?

— Конечно, конечно. У меня дочка болеет, надо быстрее... а я тут... К врачу нужно пойти, только я не знаю, к какому...

— А что вообще у тебя болит?

— Да вот так становится плохо, как сейчас. А то вдруг тошно, дурно...

— Может, тебе к психиатру пойти?

— Тогда уж лучше к неврологу...

— И давно у тебя это?

— Ну где-то... месяц, может меньше... Как раз все эти неприятности начались... личные...

— Ясно... Может быть, у тебя такая физиологическая зависимость от него? Вы ведь наверняка не спите этот месяц? И тебе от этого плохо?

Я взглянула на нее, думая, что она шутит, но Ольга тоже посмотрела на меня, и очень серьезно.

— А так бывает? Нет, не думаю, мы, бывало, по полгода не встречались... У нас же такой был брак — гостевой... То мы к нему в гости, то он к нам, а то — никто ни к кому...

— Ну ладно. Знаешь, у меня есть подруга... бывшая, — Ольга сощурилась. — Она очень хороший врач, невропатолог. Много лет работала в Первой Градской. Сейчас работает в итальянском медицинском центре, там очень дорогие услуги. Но если ты ей позвонишь домой, скажешь, что хочешь просто проконсультироваться... Она может принять тебя и дома. Только не говори, что это я телефон дала.

— А кто?

— Да она и спрашивать особенно не будет. Раз звонишь — значит, кто-то из друзей посоветовал. Она может тебя и на обследование куда-нибудь организует, тоже к знакомым. Иначе — ходить не стоит. Так хоть внимательно выслушают. А деньги те же.

— Спасибо, Ольга.

— Пожалуйста, Лена, — она улыбнулась и кивнула. — Так, ну мы подъезжаем... Куда здесь?

— К той новой башне. У меня дочка у подруги сейчас.

— А у дочки температура?

— Да.

— Ты останешься у подруги?

— Нет, конечно. Домой поедем.

— Хорошо, я отвезу вас.

— Ольга, нет, спасибо, и так мне неловко.

— Выходи, я жду.

Не знаю, почему я подчинилась ее почти приказному тону. В этом было что-то странное, но мне хотелось надеяться, что все это — просто промысел божий — встреча с такой вот Ольгой ночью на подмосковной трассе. Скорей всего, я нашла себе новую подругу — пронеслась у меня мысль.

Когда Ольга высаживала нас с Варей у моего дома, она дала мне визитку.

— Свой телефон оставишь?

— Конечно, — я порылась в сумке, там у меня обычно валялись визитки. Я нашла одну и протянула ей. — Только рабочий телефон зачеркни, а так — все правильно.

— А рабочий — что?

— А я... уволилась... неделю назад.

— Понятно. С вещами справишься?

— Конечно, спасибо тебе за все. Созвонимся!

Я постаралась ухватить все сумки одной рукой, другой крепко держала Варю, еле стоящую на ногах. Ольга выключила зажигание.

— Погоди-ка, давай сюда половину.

Дома я сразу уложила Варю на диван и стала раздевать. Она послушно протягивала мне поочередно ноги, пока я стягивала с нее брючки и колготки, смотрела на меня и молча вздыхала.

— Ну и что ты сопишь?

— Какая тетя... неприятная...

— Почему, Варюша? Она мне совершенно бесплатно помогла. Я же ее в первый раз в жизни вижу.

— А я не в первый!..

— Варюша, это как же?

Варька вздохнула.

— Да это я из вредности говорю. Просто она мне не понравилась.

— И чем же?

— Она... другое думала, когда говорила с тобой в машине.

— Ну а что, другое-то?

— Я не поняла... Просто, она...

Что-то такое Варя пыталась сформулировать, но не смогла.

Когда она уснула, я посмотрела на часы. Полдвенадцатого. Врачу звонить, конечно, поздно. И тут раздался звонок.

— Лена? Это Ольга. Ты как себя чувствуешь?

— Ольга? Да, спасибо... Лучше... Я уже забыла...

— Ты позвони завтра моей бывшей подруге, хорошо?

— Конечно.

123

— А дочка как?

— Спит.

— Ну и ты ложись. Спокойной ночи. Не плачь больше о своем... Как его звали-то, храпуна?

Я засмеялась.

— Александр Виноградов.

— Ну вот не плачь о нем. Будут у тебя еще и Виноградовы и не-Виноградовы...

Я посмотрела потом визитку: «Ольга Соколовская, сеть косметических салонов Арт-Вижн. Генеральный директор». Да, что-то в этом роде я и предполагала. Очень приятно познакомиться. Елена Воскобойникова. Бывшая сотрудница ТАССа. Бывшая гражданско-гостевая жена Александра Виноградова. Бывшая дура, которой надо срочно поумнеть, если она не хочет до старости прожить жалкой, зависимой, униженной дурой.

Глава 7

Через пару дней у Вари температура прошла без следа. Эти пару дней я просидела около нее, давая ей по ложечке пить. Я не могла понять, что с ней такое было, подумала — наверно, побороли грипп. Хотя, если верить моей маме — у меня в детстве могла взметнуться температура от перевозбуждения и от сильного расстройства. У Вари это бывало несколько раз, когда я ее очень сильно ругала и шпыняла, а однажды даже оттаскала за уши и волосы. Было не очень больно — я соображала, что делаю, но очень обидно. И после этого у нее тоже была температура. Врачи теперь всегда говорят — «грипп», и делай — не делай прививки — бесполезно. Сейчас в Европе живут сто тридцать два различных штаммов гриппа — можешь болеть весь год без перерыва.

Но в этот раз я ее не ругала и не шпыняла. Разве что она вместе со мной плакала и плакала... Неужели от этого может у ребенка подняться температура? Вот сказать Виноградову, просто так, для общего образования, так он ни за что не поверит, еще и упрекнет, что я использую Варю для укатки его в асфальт так надоевших ему отношений.

Пытаться выяснять, что было с ребенком, когда он уже выздоровел — почти бесполезно. Варя казалась вполне здоровой. А вот я... Редкий случай, когда я решила начать с себя. Мне становилось все хуже и хуже.

С некоторым сомнением я позвонила подруге Ольги, бывшей, как она все подчеркивала. Бывшая подруга моей новой подруги Наталья Леонидовна поговорила со мной очень хорошо и пригласила меня не домой, а в итальянский медицинский центр. Мне было ужасно неудобно, но пришлось-таки спросить, сколько стоит ее консультация в центре.

— Разберемся, — ответила Наталья Леонидовна дружелюбно.

На всякий случай я взяла с собой побольше денег, очень надеясь хотя бы половину принести обратно. Если не придется делать томографию, кардиограмму...

Идти мне было очень страшно. Самое лучшее, что у меня могли обнаружить — это вяло текущую депрессию или ранний климакс. Меня больше всего страшили внезапно начинающиеся головные боли и приступы дурноты. Это могло говорить о чем угодно. Может, у меня что-то с внутричерепным давлением, а может, и что-то страшное... Но я должна, я обязана дорастить Варьку хотя бы до института, значит, лет десять я должна еще жить — в любом состоянии! Но лучше — в здоровом. Я же должна не лежать рядом с ней, а растить ее...

По дороге в медицинский центр мне, как нарочно, встречались тяжело больные люди — с забинтованным глазом, в инвалидной коляске...

— Руки-ноги целы, кусаешь своими зубами, смотришь двумя глазами — так что тебе еще надо? — грозно вопрошала меня покойная бабушка, мамина мама.

Мне всегда казалось, что этого для счастья мало. Но в тот день, пока я ехала на консультацию, я мысленно пообещала: «Господи, бабуля, как же ты была права! Обещаю, если у меня что-то не очень страшное, я больше из-за Виноградова плакать и стенать не буду! А если страшное — то какой уж тут Виноградов...»

Наталья Леонидовна оказалась удивительно похожа на Ольгу — тоже стройная, высокая, с прекрасной осанкой, уверенным взглядом. Они обе походили на бывших балерин. Или на роскошных, благополучно завершивших свою карьеру проституток. Что-то такое во взгляде... Другое.

Мы поговорили про мои головные боли, про нерегулярность интимной жизни, про мои нервные срывы и чрезмерную привязанность ко мне дочки Вари. Наталья Леонидовна, как положено, постучала меня по коленке и попросила последить за ее инструментом — направо, налево и по кругу.

— Спите без снотворных?

— Без. Могу проснуться под утро, если есть мысли, которые будят...

— Лучше, когда будит кто-то любящий... — Наталья Леонидовна посмотрела мне в глаза. — Приступы тоски? Страха? Ощущение, что вы никому не нужны, что жизнь бесполезна? Знакомо?

— Да нет... У меня же Варя. Я ей пока очень нужна.

— Конечно. А когда, как вы говорите, вы срываетесь, это в чем выражается? Вы ругаетесь, деретесь? Хватаетесь за нож?

— Да что вы! Ну, ругаюсь, да. Дочку ругаю. У меня есть несколько плохих слов. Лексикон за годы почти не расширяется, но и без них не удается...

— Сильно бьете ее?

— Варю? Бить? Нет. Я могу раз в год напасть на нее, не физически, просто словами, накричать, ну там... не знаю... за руку схватить, толкнуть, потрясти... Потом сама переживаю...

Я подумала, как полезно каждому родителю хотя бы иногда отвечать на такие вопросы. Напал на ребенка — пожалуйста, иди и расскажи об этом, например, врачу или участковому. А лучше — собственной маме — честно и в подробностях. Не труся, что она нападет на тебя в ответ. Мамы уже нет — сходи в церковь, расскажи там Богу. Послушай, что тебе скажет в ответ. Или промолчит, и ты выйдешь из церкви с точным осознанием своей вины.

— Следы побоев остаются? — спокойно продолжала Наталья Леонидовна, как будто не расслышав моего ответа.

— Да ну какие побои! Следы...

Она молча смотрела на меня и ждала четкого ответа.

— Нет, не остаются. Я Варю не бью.

— А вы потом очень переживаете, да? После того, как накричите. И, как правило, эти срывы бывают, когда у вас нелады с вашим другом, правильно?

— Правильно. Но при чем тут дурнота? Нелады у меня с ним много лет. Мы то расстаемся, то опять... Вернее, он со мной то расстается, то возвращается...

— Ну а вы? Зачем принимаете?

— Любовь. Наверное... Больше не приму...

— Нет? — Наталья Леонидовна опять посмотрела мне в глаза взглядом врача. Причем вовсе не невропатолога, а самого настоящего психиатра, привыкшего к разного рода скрытым шизофреникам и маньякам. — Сколько лет нашему Ромео-то?

— Сорок пять. Он... испортился... изнутри... но это не имеет отношения...

— А может, имеет? Может быть, вы из-за него так переживаете?

— Не знаю, не думаю... мне кажется... мне не хочется в это верить, но я боюсь, у меня что-то... с кровообращением...

— Ох, как я люблю диагнозы своих пациентов! — Наталья Леонидовна рассмеялась и крепко сжала мое плечо. Ее рука была сильная, даже сильнее, чем я могла предположить. Она некоторое время не отпускала меня. — Расслабиться не можешь, смотри, как стальная вся... Так... — Она отошла от меня и опять села напротив. — Давление обычно низкое?

— Низкое.

Вот откуда в кабинете этот сильный, свежий запах жимолости. Это ее духи. Запах остался около меня и отвлекал от ее слов. Простой, прозрачный, откровенный аромат белого цветка.

— Хорошо... — Она стала искать что-то по компьютеру. — Смотрим... так... Давай мы сделаем тебе компьютерный анализ твоей хорошенькой головки, чтобы ты убедилась... что у тебя... все в порядке...

Тут уже рассмеялась я:

— Это у меня хорошенькая головка?

— А ты что, думаешь, оттого что какой-то старый, мерзкий козел... Ничего, что я так о нем? ...старый, похотливый козел перестал тебя на время... — Наталья Леонидовна сосредоточенно щелкала мышью, — ...посещать... у тебя стала менее симпатичной мордашка... и все остальное? Ты — такая же, как была — хорошенькая, несчастная, привязанная одним местом... и... Так, вот, нашла... и дочкой привязанная, и еще... чем?

— Дачей, тюльпанами, машинами и обещанной совместной жизнью в элитной новостройке! — перечислила я, намереваясь шуткой разрядить как-то странно накалившуюся атмосферу в кабинете.

— Обида... Обида может раздавить хуже, чем вирусная инфекция или генетический сбой, собственно, они как раз и атакуют организм, ослабленный обидой. Но! Обиды все лечатся, правда? — она весело взглянула на меня. — И иногда очень неожиданным способом...

В принципе я люблю врачей, мужчин больше, но женщин тоже. Тем более что Наталья Леонидовна скорее напоминала мне красивого породистого юношу, чем такую же женщину, как я. Я уверена, что в сумочке у нее никог-

да не валяются колпачки от помад, вперемешку с пласты-
рями и леденцами от укачивания. И когда это она перешла со мной на «ты»?

— Так, вот смотри. Послезавтра можешь? Или, лучше,
чтобы я сама тебе сделала... тогда восемнадцатого. Сможешь? В одиннадцать.

— Да, смогу. Конечно. Я запишу... — Я полезла в су-
мочку, у меня по старой журналисткой привычке всегда
валялся блокнот, куда я записывала встречи, поездки, телефоны, темы.

Я стала листать блокнот — да, давно я уже ничего не
записывала. Что-то остановило мой взгляд, но я не успела сосредоточиться — заиграл телефон, звонила Варя, си-
девшая одна дома.

— Мам, я спущусь на четвертый этаж к Ксюше, можно?

— Ой, дочка, наверно, не надо... А что вы хотите делать?

— Фильм смотреть...

— Какой?

— Продолжение «Русалочки»...

— Дочка! Какое же может быть продолжение у «Русалочки», если она превратилась в морскую пену от несчастной любви, а? Сама подумай...

— Мам, там в главной роли — Барби...

На этот убийственный аргумент я ничего не могла сказать своей любимой дочке. Теперь я точно знала, какое
это продолжение. Я повздыхала и разрешила, слабо надеясь, что ей станет скучно.

Наталья Леонидовна смотрела на меня с непонятным
мне удовольствием.

Когда я выключила телефон, она улыбнулась:

— Как это хорошо... — Но что было хорошего в моих
словах или еще в чем-то, она не сказала.

— Сколько я вам должна? — Я очень надеялась, что
мне хватит денег. Я провела у нее в кабинете не меньше
сорока минут.

— Сколько, сколько... — она посмотрела в окно.

Окна центра выходили на Старый Арбат. Прямо напротив ее кабинета на старом особняке висел плакат с голым мускулистым торсом мулата. Поперек его блестящего живота шли рваные, как будто кровоточащие буквы «Рано...». Я подумала — надо не забыть посмотреть, когда я выйду на улицу, что же ему рано, этому незваному гостю.

Я держала в руках кошелек, а Наталья Леонидовна несколько секунд с улыбкой смотрела на меня и молчала. Потом махнула рукой:

— Да нисколько! Я же не записывала вас!

— Но...

— Пойдем... провожу...

По дороге домой я достала блокнот, записала, что мулату было рано забирать вклад из банка. И опять — пролистывая страницы, я зацепилась за что-то взглядом...

Я убрала блокнот обратно в сумку. Проехала пару остановок в метро, и мне стало горячо в затылке. Я быстро достала блокнот...

Так. Где же это... Да, вот. «1-й»... Так я обычно хотя бы на одном календарике обозначаю первый день лунного цикла. Уже много лет. Сначала старалась не забеременеть, потом очень хотела забеременеть Варькой — «удачно посчитала!», как в минуты ярости выкрикивает до сих пор Виноградов. Выкрикивал... Надо привыкать к прошедшему времени. Прошедшему завершенному. Есть же такое время, кажется, чуть ли не во всех европейских языках. То прошедшее, которое было до чего-то в прошлом. Past Perfect в английском. Плюс Квам Перфектум в латыни. Самое старое и забытое прошедшее.

Потом снова старалась не забеременеть, уже после Варьки. А потом — снова забеременеть. И все считала опасные и безопасные дни, по-иному — благоприятные и неблагоприятные для зачатия моих детей.

«1-й» день был шестого января. Да, мы как раз поссорились. Он ни с того ни с сего страшно заорал на меня в ответ на какой-то самый простой вопрос. И потом терпеливо ждал, пока я соберусь, ждал, заранее приготовив «алименты» — деньги на январь для Варьки. И я уехала с дачи.

Все правильно. Все было вовремя. Или даже чуть раньше. Я просто зафиксировала — вот, опять не получилось. И после этого ничего не было. И только все время горячо в голове. Точно — ранний климакс. В тридцать восемь лет. Ну и ладно. Вот поэтому в голове горячо — это приливы! Ну и пусть. Подумаешь, это ведь приятнее, чем опухоль в голове — а именно такое грезится мне в ночных кошмарах... А что, мало женщин сгорело за два-три года (а то и месяца), доведенных любимыми до абсурда мужьями. Так что уж пусть лучше климакс. Лишь бы только усы и борода не стали расти...

Придя домой, я застала Варьку в только что высохших слезах.

— Глупый фильм! Я не стала досматривать!

— Я же тебе говорила!

— А ты опять плакала? — Это моя дочь спрашивает меня. Мне-то приятно, что она уже доросла до этого. Но хорошо ли ей, что я плачу и плачу?

— Нет.

— Не ври мне, — произнесла Варька моим голосом и моим тоном. — Не надо из-за него плакать.

Я обняла ее:

— Ты правда так думаешь? И ты тоже не будешь плакать?

— Не буду... Он, знаешь, что меня спросил в последний раз, когда звонил?

— Что?

Варька отвернулась.

— А он не звонил.

Моя дочка Варя — очень оригинальная и умнейшая девочка с разорванной душой. Права моя мама. Волоку ее с собой в мутное болото наших сомнительных страстей.

Вечером неожиданно позвонил Женя Локтев.

— Вы еще не ужинали?

— Нет, мы обычно часов в девять. Под какой-нибудь душещипательный фильм на российском канале.

— Мда... искусство — лучший соус... Надо бы в театре столики поставить!

— И телевизоры...

Женька засмеялся:

— Ага, и нам на сцене веселее будет... Новости, спорт... Глядишь, и Шекспир как-то заблестит новыми красками. Хорошо, приходите в ресторан! Я вас жду. Придете? Варя как?

— Придем, спасибо, Жень. Через часик, хорошо?

Мы быстро собрались. Я полезла в аптечку за пачкой одноразовых платочков и нашатырем. Мне на глаза попалась полосочка-тест. Весь этот год, не дожидаясь начала лунного цикла, я каждый месяц делала тесты — не получилось ли на этот раз забеременеть. И сейчас, повинуясь непонятному мне сигналу, я взяла из аптечки маленький пакетик с тестом. Приливы приливами, но на всякий случай...

Я стояла и смотрела, как на полоске проступают две тонкие красные линии. Вверху и внизу — как обычно. И потом еще третья, рядом с нижней.

Я сняла очки, приблизила полоску к глазам. Посмотрела на свет, повернула и так, и эдак. Посмотрела на упаковку — «Годен до...». Годен тест, еще как годен. Я пошла и поискала в аптечке — нет ли еще одного в запасе. Нашла и снова сделала тест. Проступили все три линии. Я села на край стиральной машины и посмотрела на себя в зеркало. Вот это да...

Ясно. Теперь все ясно. То-то я сегодня утром выбросила новую зубную пасту — решила, что она испорченная. А вчера — только что открытую банку растворимого кофе. У него был отвратительный вкус, как будто в него подмешали толченых тараканов, отравленных дихлофосом... И крем, мой обычный крем показался мне испорченным — пахнул то ли тухлой тиной, то ли скисшими щами — как понюхать... Я намазалась им, а потом долго терла лицо и глаза мылом, любимым медовым мылом, которое вчера пахло больничным туалетом... Я засмеялась.

Варька заглянула в ванную:

— Мам, ты плачешь?

— Нет, дочунь, смеюсь.

— Правда? — Варька искренне обрадовалась и разулыбалась.

Я расцеловала ее в обе тугие щечки:

— Улыбочка моя!.. — Надо же, ребенок растет, а улыбка его, которую ты первый раз увидела, когда малышу было две недели, улыбка остается прежней.

Варька тоже с удовольствием поцеловала меня и спросила:

— Это кто звонил?

— Женя. Собирайся в ресторан. Хочешь к нему?

— Конечно! Он — классный.

— Варь, а по-другому это сказать нельзя?

— Можно... прикольный.

— Варя...

— А разве это ругательство?

— Нет, конечно. Но... как бы тебе сказать... можно вообще обходиться тридцатью словами, и тогда человечество забудет все свои слова и будет объясняться так: «Дай!», «На!», «Стой!», «Класс!», «Убей!», «Супер!».

— А как сказать? Улётный, да?

Я покачала головой.

— Скажи еще «атасный» или «клёвый».

— А как, мам?

— Варь, ну что, я зря тебе книжки с полутора лет читаю? Как принц о Золушке говорит, что она «улётная», что ли? Или «суперская»?

— Нет, он устаревшими словами говорит. Прелестная...

Я засмеялась.

— Лучше бы ты сказала, что Женька прелестный. Скажи ему, он будет рад.

Мы нарядились, прикололи пышные яркие цветки — по последней моде, красиво причесались — и отправились ужинать в ресторан.

Женька ждал нас уже за столиком. Перед ним стояла крохотная чашечка с кофе и лежала толстенная рукопись, наверняка сценарий нового фильма, на который его хотят уговорить. Еще бы. Женькино участие в фильме — почти что залог успеха.

— Ну что, подружки мои, очень голодные или средне? Я посмотрела на Варьку.

— Мне картошку... — скромно попросила та.

— С макаронами, да? Если бы ты знал, сколько денег идет на питание, а ребенок больше всего любит булку с маслом и картошку с вермишелью.

— Я — тоже! — улыбнулся Женька. — Я понял. Знаю, что вам предложить... Кстати, Варенька, хочешь опять пройтись посмотреть все наши чудеса? Там еще кое-что, вернее, кое-кто прибавился, во-от с такими ушами... — Женька оттопырил руками уши и сделал смешную рожу.

Варька отправилась на экскурсию с тем же рябым официантом Колей, они уже поздоровались, как добрые знакомые. А Женька облокотился локтями о стол, положил подбородок на сложенные ладони и посмотрел на меня.

— Ты что-то какая-то... сегодня...

— Какая?

— М-м-м... не пойму... Вроде и не очень счастливая, а вроде... счастливая...

— Точно. Совершенно точно. Как ты это понял?

— Не знаю, — он вздохнул. — Есть люди, которых я чувствую. Я тебя сразу почувствовал, когда ты первый раз пришла о статье говорить. Ну, — он взял меня за руку, — что с тобой? Скажешь?

— Да. Тебе... первому.

Он очень-очень внимательно посмотрел мне в глаза.

— Мне приятно.

134

— Жень, я беременна.

— Что ты говоришь! Ты рада?

— Да. Если одним словом, то — рада.

— А кто — он? Этот, — он кивнул в сторону столика, за которым тогда видел Виноградова, — родственник?

— М-м-м... да в том-то и дело... что никого, кроме него, уже много лет не было... Но и его сейчас... почти не было.

— А может... — Женька округлил глаза, — это от нашего с тобой разговора... так вот задуло... фью-ю-ть... Ой, — он откинулся на спинку стула. — Хорошо... я завидую. Честно. Ты что-то уже чувствуешь, да, такое необычное?

— Ага. От всего тошнит.

— И от меня?

— От тебя — нет.

— А он рад?

— Он — с другой. Я не знаю, как ему сказать.

Женя поднес к моему рту крохотную тарталетку с винной ягодой.

— От этого не стошнит?

— Вообще-то с Варей меня от всего тошнило, но так ни разу и не вытошнило. Приятного аппетита.

Женя улыбнулся своей самой лучшей, притягательнейшей улыбкой, которая влюбляла в него десятки тысяч женщин, не знавших или не веривших слухам о его другой природе.

— Я буду крестным, сразу говорю, хорошо?

— Надо родить, а до этого — выносить.

— Выносишь. Самые сильные женщины как раз такие, как ты.

— А какая я?

— Ты? — Он улыбнулся. — Немножко похожа на мою жену... Ту, из юности... Но только немножко... Она тоже волосы так делала... А вообще ты такая... открываешься и всё очень переживаешь, и если любишь, то... любишь. Правильно?

— Правильно, наверно. Но мне не кажется, что я сильная.

— Тебе и не должно казаться. Ты-то думаешь все время о своей слабости, ругаешь себя наверняка. Да?

— Да...

— Слушай... Приезжайте с Варей ко мне на дачу, в воскресенье, не в это, а через одно. У меня будет небольшой вечер... Женечкин день рождения... — Он за две секунды сделал несколько очень разных и очень смешных рож, показывая, как он счастлив, боится и ждет этого дня. Я пожалела, что Варька не видит. — Ну это так, повод... Очень разные люди и очень хорошие, интересные, всякие... Будет мама. Она любит справлять мой день рождения не с родственниками, а с моими друзьями, у нас так заведено с детства. Некоторые даже не знают, по какому поводу пришли, я не всем говорю, что на день рождения зову. Мама так радуется, глядя на моих друзей, для нее это самый лучший подарок. Сын мой будет.

— А...? — Я хотела спросить и закрыла рот.

— Спрашивай, спрашивай, ты же должна когда-то это спросить. Мой друг, да? Будет ли он? И кто он?

— Жень, ты можешь не говорить.

— Почему... У меня, кажется, очень похожая на твою история. Мы тоже вместе двенадцать лет. То есть я вместе с ним. А он еще и с другими. Ой. Давай не будем сегодня плакать, а? — Он засмеялся. Сначала одним смехом, потом другим — тоненьким, потом хриплым, потом заухал, как две совы — высоко и низко. — Вот так.

— Ты мне ужасно нравишься.

— Я еще не так могу. Показать?

Я засмеялась.

— Покажи.

Он взял мою руку и поцеловал ее. Я ее не отнимала. А он не выпускал.

— Я не понимаю, — сказала я.

— И я не понимаю, — ответил Женя без улыбки.

К счастью, пришла Варя.

Когда мы прощались, Женя поцеловал Варю и меня. Меня — в руку, в щеку и в мочку уха.

— Лен, может, я заболел? Или чокнулся? — он смеялся, но глаза были абсолютно серьезны.

— Ты просто очень хочешь стать крестным.

Он вздохнул.

— Наверно. Ты обещала.

— Да. Спасибо тебе.

В такси я обняла Варьку.

— Ну, рассказывай, что ты видела...

Она высвободила руки, чтобы показать.

— Вот такой медведь, мам... Ты не представляешь...

И тут позвонила Ольга.

— Лена, ты помнишь меня?

— Ольга, не шути так. Конечно, помню, с благодарностью.

— Как у тебя дела? Ты ходила к Наталье?

— Да, ходила... Ольга, все так повернулось...

— Помирились? — Мне показалось, что она спросила напряженно.

— Нет, и вряд ли помиримся... Просто я...

Я покосилась на Варю. Не хотелось бы, чтобы она услышала о моей беременности случайно. Она считает меня своей самой лучшей подругой. И она права. Со всеми вытекающими отсюда минусами и плюсами, а также ее правами. Ничего не поделаешь, мы живем вместе и одни с ее рождения. У мамы — Павлик и Игорек, Неля — вообще другая, это она со мной дружит, а я, скорей, по-свински пользуюсь ее дружбой. Виноградов же — всегда был и будет сам по себе, даже в те полтора года, что мы пытались жить вместе, его самая большая просьба при встречах была: «Оставьте меня в покое!»

Я ответила Ольге:

— Тут со здоровьем другое. Ничего плохого.

— Ты беременна, да?

— Ну... да.

— Я сразу поняла. Это прекрасно. Хочешь, я тебя в хорошую клинику, не такую дорогую, как у Натальи, устрою? Все равно тебе придется где-то наблюдаться, сдавать анализы...

— Спасибо, я...

Мне не очень хотелось быть так уж благодарной почти незнакомой мне женщине. Достаточно, что она вроде как имеет теперь право задавать вопросы, получать на них ответы... Я могу, конечно, и врать, жизнь как-то постепенно научила этой тонкой науке, — врать так, чтобы было непонятно, врешь ты или нет, запоминать, кому что соврал, продолжать с той же точки в следующий раз... Я знаю, что, например, Виноградов так живет, всю свою жизнь. Но у него это — в крови, а у меня — приобретенное, вынужденное. Не всё скажешь на работе — иначе будут смеяться, презирать. Далеко не во всём признаешься маме — будет страдать или ругать меня и так далее. Но радости такая жизнь — в клубке вранья — мне не приносит. Поэтому, по возможности, я говорю правду или почти правду, или лучше вообще молчу.

— Спасибо, я подумаю... я еще... гм...

Она меня не так поняла.

— А, прости, ты будешь думать — оставлять или нет?

— Нет, я не об этом. Это не обсуждается, — я опять покосилась на Варю. Она уже нервничала, не понимая, о чем идет речь, и чувствуя, что я пытаюсь говорить обиняками.

— А срок какой? Ты прости, может, не надо сейчас спрашивать тебя... Тебе удобно говорить?

— Я еду в такси с Варей, хочешь, созвонимся позже. Срок — непонятно.

— Конечно, я позвоню. Пока.

Чудная женщина. Она мне сразу показалась чудноватой. Хотя чем? Красивая, ухоженная, уверенная в себе, может быть, слишком. Но она мне так помогла... И дело даже не в том, что она не взяла денег, что называется, за извоз. Ольга почти с самого начала вела себя так, как будто мы были знакомы со школы. Это случается так редко. Наверное, годы жизни с Виноградовым приучили меня не доверять людям.

Я ей звонить не стала, она тоже не перезвонила. Когда уснула Варя, я пыталась снова и снова вспомнить, когда, что и как у нас с Виноградовым было, и снова встала в тупик. Не ветром же и правда задуло...

Надо было звонить ему — а как иначе? Ведь что-то он должен был мне сказать о своем отношении к моему новому состоянию. Или... к нашему?

Часов в двенадцать я позвонила. Дома его не было — ничего себе жаворонок, заваливающийся спать в половине десятого вечера! Так, по крайней мере, он объяснял весь год совместной жизни свое плохое настроение вечером. «Посмотри на часы, мне просто пора спать! Почему у меня настроение? У меня не настроение! Я устал...»

Он ответил не сразу. Я услышала музыку и хорошо знакомый повизгивающий смех. Надо же, оказывается, в мире столько поводов смеяться. А я еще удивляюсь, что мне кого-то предпочли. Я не так часто смеюсь. И не так заливисто.

— Саша, это я.

— Привет.

Я много лет ненавижу этот его чужой, противный голос, которым он разговаривает, когда я и Варя становимся ему не нужны.

— Саша, нам надо поговорить.

— Ой, Лена... Как же ты меня достала! Ну, о чем нам говорить?

Правда, подумала я. Пойти и сделать аборт. И ни о чем не говорить. Но у меня — вторая беременность в жизни. Я так хотела, так старалась, так привыкла к этой мысли за год. Сначала сомневалась еще, а потом стала, помимо своей воли, постепенно, привыкать к мысли о том, что я опять стану мамой малыша... беспомощного, доверчивого, прекрасного... И все будет снова — первая весна, первый снег, дождинки, которые он будет ловить ручкой... Его улыбка, первые слова, новая жизнь... Как будто он зародился во мне еще до своего зачатия.

— Может, нам лучше встретиться?

— Ты уже устроила мне кордебалет, в ресторане. Еще раз хочешь?

— Нет, Саша. Я — о другом. У меня будет ребенок. У нас будет ребенок.

Он молчал так долго, что я спросила:

— Ты отключился или слушаешь?

— Слушаю. Так, и что ты от меня хочешь?

Тут замолчала я, потому что сформулировать, что я хотела, я не могла.

— Ты рад?

— Я?! Ты издеваешься надо мной?

— Что ты предлагаешь? Что мне делать?

— Ты первый год живешь на свете? Тебе мало одного несчастного ребенка? Тебе непонятно, что делать? Ты маленькая, наивная девочка? Часики тик-так, люби меня просто так, а я тебе рожать буду каждый год?

— Аборт? Ты говоришь об этом? Ты мне предлагаешь сделать аборт?

— Я? Ну что ты! Я — порядочный человек. Я никому не предлагаю делать аборты. Я надеюсь, что кто-то сам догадается. Я — не бросаю беременных женщин, даже если они мне на фиг больше не нужны, и не бросаю своих детей.

— Варю ты бросил.

— Пошла ты вон! — Он резко отключился, и мне было понятно его отчаяние.

Минут через десять он перезвонил.

— Лена, ты извини, я орал, не надо было так орать...

— Ничего.

— Лена, это теперь никому не нужно.

— Саша, а ты можешь ничего больше не говорить? Мне больно. Мне так больно, что ты ушел, и это никак не проходит... А теперь — втройне. Не говори ничего, пожалуйста.

— Но мне это н е н а д о! Ты понимаешь? Я с тобой жить не хочу. Я — попробовал — не смог! Ты меня достала!

— Чем, Саша?

— Чем, чем... Какая разница. Всем!

— Может, тебе просто трудно жить с одной женщиной... ты так не привык...

— Так, не так... Не так! Ты — невыносима! Ты — виновата! Я — старался! А ты — невыносима! И теперь еще — это! Опять меня прижимаешь к стенке! Опять! Я из-за этого, может быть, и жить с тобой не стал — оттого, что ты стала вопросы настойчивые задавать! И когда вообще ты успела забеременеть? От кого? Может, я и ни при чем?

— Ни при чем.

— То есть?.. Ты наврала? У тебя кто-то другой?

— Нет. Просто... просто наврала...

Не знаю, почему я это сказала, наверно, от боли. Каждое его слово причиняло мне невыносимую боль. И надо было как-то это прекратить. И на будущее в том числе.

— А-а-а... наврала! Ну, Господи, ну, слава Богу... Не знала, что придумать, да? Ну, ты — дура, Ленка, какая же ты дура! С такими идиотками не живут, понимаешь? Ты хотела меня в гроб раньше времени положить, да?

— Да. И воспользоваться твоими капиталами. Поэтому очень хотела за тебя замуж. Ладно, Саша, извини.

— Бог простит, Лен! И дай ты мне жить спокойно. Не придумывай больше ничего, расти мою дочь.

Он успел отключиться первым. Хоть какую-то радость доставила человеку.

* * *

На следующее утро я хотела отвезти Варю в школу, но вдруг обнаружила, что уже наступило воскресенье.

Варя училась в простой, бесплатной школе, в той, где когда-то училась я. Рядом была частная школа. Там, соответственно, две учительницы в первом классе, два иностранных языка, яркие микроавтобусы, развозящие детей по домам. Может быть, Виноградов и дал бы денег на такую школу. Но, во-первых, он как-то не предлагал, а, во-вторых...

Мне понравились учителя и родители в Вариной школе. Обычные, нормальные люди, такие же, как я. Не одурелые от сумасшедших, шальных денег мои же соотечественники на крутозадых иномарках. Мне в принципе тоже нравятся хорошие машины. И чем они дороже, тем больше нравятся. И нравятся дорогие шубы, песцовые, шиншилловые, соболиные, норковые. Я стараюсь не думать о зверьках, жестоко убитых и освежеванных для того, чтобы сшить эти мягкие, пушистые пальтишки. Но когда Саша подарил мне в прошлом году пальто из козлика, я сама его выбрала — длинное облегающее пальто, серое с подпалинами, с нежным лохматым мехом внутри и неровными, словно оборванными краями рукавов и подола, я как-то волей-неволей все представляла и представляла себе козлика, который, перед тем как стать моей шубкой, терся боками об околицу, и смотрел большими грустными глазами, и бекал, и мекал, и звал свою маму. Я поносила пальтишко месяца полтора, да и повесила в шкаф, переодевшись в финскую непромокаемую, непродуваемую куртку.

Еще мне нравятся красивые теплые загородные дома с горячей водой и большим садом. Мне очень нравилась «наша» с Варей комната у Виноградова на даче. Мне нравилось просыпаться, видеть в окно крыши коттеджей — черные, зеленые, темно-красные черепичные крыши. И огромную ель с мохнатыми лапами.

Но при этом мне активно не нравятся обитатели коттеджей, обладатели мощных иномарок и владелицы тех самых шуб, из зверски убитых лисичек и соболей. Я знаю, я уверена, мне хочется в это верить, что где-то есть прекрасные коттеджи с черепичными крышами, на территории которых растут вековые сосны и березы, и к ним на бронированных автомобилях подъезжают умные, интеллигентные, тонкие, порядочные, талантливые, удачливые русские люди. Но я не знаю, где находятся эти коттеджи и как зовут тех людей.

Я, конечно, чуть-чуть кривлю душой и преувеличиваю. Может быть, дело в том, что меня нет в том мире, мире быстрых сверкающих машин и домов, похожих на маленькие дворцы? Не знаю.

А как же Женя? Удачливый, звездный Женя? Он из какого мира, какой меркой его мерить? Никакой. В любом случае он живет в мире идей — талантливый, энергичный, доверчивый, безрассудный.

Итак, школа на сегодня отменялась по причине выходного дня.

Значит, сегодня я могу думать, что же мне делать с моей неожиданной проблемой. Я могу посоветоваться. У меня ведь есть с кем. Я вовсе не одна в большом, родном, равнодушном городе. Мама, Неля, вот теперь Женя, а еще и новая приятельница Ольга... Можно целый консилиум собрать! Из старых и новых друзей. Но решать мне нечего. Я понимала, что это безумие, но мысль о том, что можно пойти к врачу и через полчаса остаться без этой проблемы, меня не радовала. Потому что...

Потому что потому. Я хотела этого, я ждала этого, я мечтала... Конечно, непонятно, что теперь делать — без Виноградова. Но это — непонятно. А то — невозможно. Всё. Консилиум отменяется.

Тогда надо думать, куда идти работать, пока меня еще могут принять на работу. К Жене в ресторан? Я очень люблю готовить. Или попроситься к Ольге в один из ее косметических салонов? Я могу быть визажистом-консультантом... Закончу двухмесячные курсы... Глупости, глупости. У меня есть диплом, опыт, профессия. Я должна делать то, что умею. Полно знакомых в разных журналах. Но везде придется начинать с того, почему и как я уволилась из ТАССа.

Как же я не люблю жаловаться и рассказывать о плохом! Ведь доброй половине знакомых придется отвечать на вопрос о Виноградове... И тот, кто поможет мне устроиться, с ужасом через три-четыре месяца поймет, что я просто-напросто воспользовалась старой дружбой. Обманула, пришла беременная.

Так, и что? Значит, выхода два. Ползти на коленях к Виноградову и просить его содержать меня с животом и Варю... Либо... Либо идти с повинной головой к Харитонычу и просить — предлагать — взять меня обратно на работу. Ведь Харитонычу можно и правду сказать. Он почти родной. Не хотелось бы жалиться, унижаться... Но его-то как раз обманывать я не хочу. Его и попросить мне не так стыдно. Да, наверно, это единственный выход.

— Мам, ты очень задумчивая сегодня, — прокомментировала Варя, раза три безуспешно пытавшаяся завести со мной разговоры.

У меня есть правило — я разговариваю с Варей по-настоящему. Если почему-то не могу — пишу, или меня мучает какая-то идея, или я расстроена и не могу сосредоточиться полностью на том, что ее волнует — прошу ее чуть подождать. Она это знает.

— Варюша, мне надо тебе что-то важное сказать.

— Хорошее?

— Да, хорошее. Помнишь, папа тебе говорил, что у тебя будет братик или сестричка?

— Да... — она с детским любопытством взглянула на меня.

— Вот, он... или она... наконец, завелся у меня в животе. Малыш. Он пока еще маленький, вот такой, — я показала пальцами сантиметра полтора-два, — но будет быстро расти.

— Как здорово, мама! А он скоро появится?

Все, дала Варьке пищу для ума и фантазий.

А потом я подумала... Подумала — а смогу ли я? А имею ли право так рисковать Варькой? Ведь риск был и при Виноградове... А теперь...

Смогу ли... Ведь я уже ходила одна с Варькой. С будущей Варькой в животе, которую до самого ее появления на свет считала мальчиком. И тогда было лучше. Виноградов не очень уж радовался моей беременности, но вился где-то рядом.

Появлялся, исчезал, не всегда являлся один, иногда в его машине маячила женская головка... Он то капризничал, то раздавал авансы, то требовал, чтобы был именно мальчик, по два дня подряд ходил ко мне с фруктами, цветами и оттопыренной ширинкой, потом опять «улетал» в срочные командировки... Тогда было проще. Хотя и очень горько. А теперь... теперь мне больше лет... и Варя...

К вечеру я измучила себя сомнениями. Одно было ясно. Надо устраиваться на работу, вернее, возвращаться.

Перед сном я взяла и позвонила Виноградову.

— Да-да-а? — Он ответил загадочно-томно, может быть, рассчитывал на телефонный секс, до которого временами становился большим охотником, чем страшно меня раздражал. Вот и сейчас. Я хотела спросить совсем о другом. Но этот тон... Таким тоном говорит девушка: «Позвони мне», в половине второго ночи на каком-нибудь неприличном канале телевидения, смачно закусывая устрашающий пластиковый ноготь на своем пальце.

Поэтому я спросила:

— Саша, а твоя... знакомая знает, что у тебя есть дочка, есть я? Я имею в виду, что ты с кем-то живешь постоянно?

Виноградов зевнул — понял, что сегодня не выйдет, скорей всего.

145

— Ну я же не прищавый мальчик, — ответил он.

— Прыщавый, надо говорить «пры-щавый». Саша...

— А ты лежишь, Ленка?

— Я играю в бейсбол, — я положила трубку и выдернула провода из розетки.

Какой странной может быть последняя капля...

* * *

Моя любовь тебя хранила, моя любовь тебя спасала, наше с Варей существование вносило хоть какой-то смысл в ту суетливую, маетную жизнь, которую ты сам так не любишь. Да, у тебя нет боли, но у тебя нет и смысла. А у нас, у меня — боль, она не скоро пройдет. Даже когда вообще нет ни капли нежности, ни капли любви, когда не можешь и не хочешь больше любить — боль остается. Она то притупляется, то вдруг, в самый неожиданный момент хватает тебя за горло, невозможно дышать, невозможно, невозможно... Она то тянет, то дергает, то переворачивает тебе желудок, то будит среди ночи, то липкой паутиной опускается на лицо в тот самый момент, когда ты засыпаешь, и сон недоуменно отлетает прочь. И ты лежишь и пытаешься освободиться от бессмысленных воспоминаний, от сожалений, от страхов.

В три с половиной года Варя ответила чужой бабушке на площадке, которая спросила мою девочку, не боится ли она кататься с горки на корточках, а не на попе: «Не боюсь! Я боюсь одинотества и нисеты».

Но в моей жизни есть смысл. У меня есть Варя. У меня есть кто-то, пока не знаю кто, очень маленький — внутри меня. Им нужна моя любовь. Им нужна я.

А кому нужен ты, Виноградов? Котенку с заливистым смехом? И кто нужен тебе? Как мне жаль тебя, как жаль, что у тебя нет больше нас. Нет тех, для кого ты был нужен любой — пьяный, трезвый, храпящий, не очень удачливый, то богатый, то бедный — ты ведь не всегда ездил на «Мерседесе» с шофером... Или ты совсем потерялся в этой новой жизни, Виноградов? И не найти тебя среди блестящих бамперов и хрустящих купюр... Тебе — себя не найти.

Глава 8

— Лена?

Я, как ни странно, рада была слышать Ольгу. Мне оказалось проще что-то рассказать ей, чем Нельке или маме. Им мне было уже просто стыдно говорить о Виноградове и нашем очередном «разводе». Кроме меня никто не верил, что это — конец. А Ольга сама спросила о главном:

— Ты сказала своему другу о беременности?

— Сказала.

— Слышу по твоему голосу, что ничего хорошего он не ответил. Так? И ты переживаешь, да?

— Знаешь, странно, мне хоть кол на голове теши... Я с утра сегодня зарядку делала, смотрела на себя в зеркало и у меня пронеслась мысль — вот настанет весна... я надену шелковое синее платье, которое он любит, живот еще будет не так виден... Наверно, у меня совсем нет гордости... Или я однолюбка.

— Или это одно и то же, — засмеялась Ольга. — У меня встреча в час, а до этого я свободна. Хочешь, я к тебе подъеду? Можем вместе где-нибудь позавтракать...

— Спасибо... но... Во-первых, меня мутит с утра, лучше уж тогда пообедать.

— Хорошо, — быстро отозвалась Ольга. — Давай я тебе позвоню после встречи. А ты, кстати, знаешь французский язык? У меня встреча с французским дизайнером. Хочу два салона переделать, если денег хватит — то и три. Будет переводчик, но такой мямля...

— Знаю, но уже забываю. Я им не пользуюсь. И потом, я хотела сегодня устраиваться на работу. Вот сейчас как раз сижу и думаю — звонить или так идти...

— А прости, куда ты хочешь идти?

— На свою старую работу. Я же просто по глупости ушла. И начальник меня сто лет знает и любит.

— Если любит, тогда лучше, наверное, просто прийти. Это, конечно, не деловой совет. Но по-человечески — лучше так.

— И я об этом думаю.

— Хорошо. Давай, я подъеду, заодно подвезу тебя к ТАССу. Мне почти в ту сторону. А ты мне нальешь кофе, а то я рано утром выпила минералки и теперь засыпаю без кофе.

— Хорошо.

Ничего особенно хорошего в такой настойчивости я не видела. Но отказывать я совершенно не умею. Я не умею прогонять. Я умею прощать и смиряться, и в новой ситуации находить хорошие моменты. Звучит красиво и по-христиански. Но это совершенно неприменимо к реальной жизни. Мне часто стыдно за свою бесхребетность — а как иначе на современном языке можно назвать всепрощение и смирение? Смиренно снося тычки любимых и незнакомых людей, ни царицей, ни, на худой конец, царской женой не станешь. А я хочу быть царицей? Нет, но и безропотной Сашиной служанкой я тоже больше не хочу быть.

Вот что мне сейчас эта Ольга? Но если я говорю «нет», а человек говорит «да», то второе «нет» у меня уже не рождается. Так, наверно, мы и прожили с Виноградовым. Куда ни плюнь — утыкаешься в его порочную нагловатую физиономию.

Когда-то он был просто красавец. Но с годами — точно, как на портрете Дориана Грея, все невоздержанности и грехи исказили его милые моему сердцу черты. Он становится похожим, это очень заметно на фотографиях, на старого сатира, со страшной улыбкой и мертвыми, мрачными глазами. Со мной же произошло то, о чем я в юности читала и слышала с удивлением: а я сквозь мешки, морщины и следы порока вижу чистое, хорошее лицо молодого аспиранта, сочинявшего мне то выспренние, то остроумные стихи.

Ольга приехала очень скоро — на самом деле я ведь даже не спросила, где она живет. Она была еще красивее, чем в первый раз. Подтянутая, стройная, чистейшая кожа — можно рекламировать кремы по телевизору. Похожа на девушек, которые нагло говорят, что им сорок, а они выглядят на тридцать с хвостиком, потому что пользуются дорогой косметикой. Хотя на самом деле им — двадцать.

— Ты прекрасно выглядишь, — не удержалась я, хотя знаю цену женских комплиментов.

Ольга неожиданно обрадовалась:

— Правда? Если бы ты меня видела полгода назад... У меня были всякие личные проблемы... я ходила черная. Главное — что внутри. Но и способы есть разные хитрые...

— Укол ботекса — и ни нахмуриться, ни улыбнуться? — засмеялась я.

— Не обязательно. Есть старые проверенные фокусы. На сорок лет не помолодеешь, конечно, но кое-что исправить можно... Вот, смотри...

Ольга достала из сумки маленькие пакетики, тут же разорвала один, вытащила из него кусочки плотной материи, похожей на холст, вырезанные в виде неправильного полумесяца.

— Надо слегка намочить теплой водой и приложить... вот так... рукой сама придержи... Не печет? Хорошо. Они пропитаны специальным гелем. А теперь лучше полежать минут десять. Но можно и кофе наливать, они не упадут, только не смейся и не гримасничай.

Я ложиться не стала — я вообще не могу ложиться, если уже встала. Только по горячей просьбе Виноградова. Может, мне поставить ящичек с прорезью и при каждом упоминании — даже мысленном — этого имени платить штраф? Глядишь, к лету сумма на отдых нам с Варькой соберется.

— Ну, снимай масочки, смотри на себя, — Ольга протянула мне зеркальце. — Здорово, правда? Копеечный вариант, а как действует. Не лениться только делать каждый день. Я тебе оставлю пару пакетиков. А вообще советую воспользоваться нашим неожиданным знакомством и походить в один из моих салонов — совершенно бесплатно.

— Ты знаешь, я уже хожу бесплатно ужинать к Жене Локтеву в ресторан.

— А-а, ты его знаешь? — Ольга с интересом взглянула на меня. — Да, я проезжала как-то мимо его ресторана... Название еще такое смешное.

— «Тетушка Чарли». Я писала про него статью, и мы неожиданно подружились.

— Да? — Мне показалось, что Ольге это не очень понравилось. — И как же вы подружились? Он ведь, кажется, нетрадиционной ориентации.

— Мне тоже так кажется. Вот потому и подружились, а не что-то другое.

— И, что, — в голосе ее неожиданно проскользнул очевидный интерес, — ты с ним откровенна?

— До некоторой степени...

— Будь осторожнее. А, кстати, ты мне не покажешь фотографию своего друга? Этого героя-любовника?

— Покажу, — я достала с полки один из альбомов, — вот, мы недавно ездили в Турцию, отдыхали в чудесном отеле, целый месяц.

— Я представляю... — Ольга быстро взглянула на меня. Она что-то такое представила, от чего мне стало неудобно.

— Жили в разных номерах...

— Как романтично! — Она внимательно разглядывала наши фотографии, задерживаясь в основном на моих. — Тебе идет загар... Да тебе все идет! Красивая... и здесь какая красивая... Когда волосы выгорают — просто чудо. Как тебе хорошо с хвостиком...

— Послушай, я даже не знаю, как относиться к комплиментам такой красивой женщины, как ты. Ты жалеешь меня, что ли? Ну какая же я красивая?

— А какая же ты еще? А? — Ольга отложила альбом и молча, с улыбкой смотрела на меня.

Я заерзала.

— М-м-м... Вот, кстати, и Саша. Здесь он на себя похож.

— Жуткая морда... а брюхо-то... ты не обижаешься за своего избранника?

— Н-нет... нет, конечно... я тоже вижу, что он чуть располнел в последние годы...

— И три подбородка лежат... хоть на пластику иди... Если похудеет — просто повиснут тряпочкой. Но он не похудеет — будет только толстеть... Это видно — у него такой плотоядный рот. Наверняка развратный, неуемный выдумщик-затейник, да?

Я передернулась внутренне. Ну почему, почему я допускаю такие разговоры? А она продолжала, не замечая моего смущения:

— Любитель клубнички, групповых встреч, двух-трех девушек между его ног, наверняка грязный фетишист... А спроси его, какую ты, Лена, любишь музыку или когда день рождения у твоей мамы — он не знает. Пока все правильно?

— Д-да.

— И это еще не все, правда?

— Правда. Но... Ольга, пожалуйста...

— Знаешь, кто я по образованию?

— Только не говори, что ты врач-психиатр... подосланный моей мамой или... самим Виноградовым, чтобы отвадить меня от него.

— Ты сценарии писать не пробовала?

— Нет. Почему? — я пожала плечами.

— Такая фантазия... Нет, я — художник. До того, как у меня получилось с салонами, я писала для себя и делала иллюстрации к книжкам, очень любила детские заказы. Я тебе покажу как-нибудь. Если захочешь.

— Да, да... — Я рада была любой перемене темы, лишь бы не обсуждать причуды Виноградова.

А она это прекрасно понимала.

— Ты никогда не отдавала себе отчет в том, что он делает с тобой? С твоей душой, с твоей любовью? Какой его любимый фетиш?

— Ольга... Ну зачем тебе это?

— Мне... это другой вопрос. Зачем это тебе? Скучно без фетишей?

— Нет, конечно. Но я привыкла. Вначале не понимала, какое это имеет отношение к любви. Просто видела, что ему так лучше. А потом — привыкла. Да это и набиралось с годами... Любимый фетиш?... Ну — пожалуйста. До сих пор были туфли на высоком остром каблуке.

— Всегда?

— Почти...

— И, что, ты теперь понимаешь, какое это отношение имеет к любви?

— Секс вообще имеет к любви опосредованное отношение...

Ольга хмыкнула:

— Милая моя девочка...

— Как ты по-мужски это сказала...

— Да? — Она неожиданно весело рассмеялась. — Смешно. А ты никогда не слышала истории про однополые пары, которые живут вместе по многу лет и очень хотят иметь детей?

— А при чем тут это?

— При том. Потому что так нас задумали — умная, тонкая задумка создателя, кем бы он ни был: мужчины и женщины стремятся к высшему наслаждению, чтобы продолжить род. А продолжение рода ведь состоит не только в зачатии. Родить мало. Надо вырастить.

— Да, правда, я тоже думаю об этом.

— Безусловно. И у однополых пар, которые любят друг друга, те же устремления. Просто у кого-то из них, иногда у обоих, попался искаженный ген, ген-мутант. Это природа. В мужском теле — женская душа, а в женском —

мужская. Ты не думала, почему иногда так смешны подобные мужчины? Женщину заключили в мужскую оболочку, и она всеми силами пытается из нее вылезть. Вообще это очень сложно.

— Да, пожалуйста, не надо... Какой-то странный разговор... И какое отношение это имеет ко мне и к Виноградову и к его невинным фетишам?

— Имеет. Там — любовь, несчастная, не имеющая природного смысла и продолжения, осужденная на насмешки и презрение. А у него... Ты же знаешь — его игрушки не столь уж невинны. Посмотри на свои глаза. В них — ужас, отчаяние, стыд — стоило только нам заговорить о нем.

Мне не хотелось сейчас забивать себе голову еще и проблемами однополой любви, но что-то в Ольгиных словах меня задело.

— Ты точно знаешь — любовь-нелюбовь? У тебя есть критерии?

— Конечно, — она пожала плечами. — По мне так можно любить и безо всякой близости. Хорошо, если она есть, хорошо, если нужна обоим... А у твоего... Как ты его называешь, кстати — муж?

— Родственник.

Она засмеялась.

— Понятно. Действительно... Так вот, у твоего родственника Саши, как мне кажется, вся любовь и заключается в сексе. Чем заковыристее — тем, значит, он сильнее любит.

— Не знаю...

Я вспомнила наши периоды нежной и простой близости... И еще — те месяцы, когда Саша так старался, так стремился стать отцом. Я думала — это любовь. Та самая, богом единожды данная...

— Ольга, давай я быстро подкрашусь, и мы поедем. Мне ведь Варю из школы в час забирать. И до этого надо еще с Харитонычем, начальником моим, встретиться. А то у меня неприкосновенный запас наших денег тает с каждым днем.

— Да, конечно. Хочешь, я тебя накрашу?

— Не знаю, — я взглянула на ее спокойное лицо. После только что состоявшейся неожиданной беседы я чувствовала себя с ней совсем неловко. — Ну... давай. Только очень просто, поменьше...

— Ладно. Садись к свету. Ты обычно при дневном или при искусственном освещении красишься?

— Я обычно крашусь побыстрее. Или вообще не крашусь.

— А я тебя профессионально накрашу... — Она придирчиво осмотрела мое лицо с нескольких ракурсов, как делают хорошие фотографы. — И... денег дам, давай? В долг. Отдашь, когда сможешь.

— Ольга... ты начинаешь меня пугать.

— Ерунда какая. Деньги — песок. Когда их становится достаточно, особенно это ощущаешь. Плюс — минус... Ничего в жизни уже от этого не меняется. Счастья не добавляется. Повернись вот так, к свету. Я лично всегда крашусь у окна. Там самый откровенный и беспощадный свет. Напоминает о том, что я взрослая и умная женщина.

— Ты тоже иногда забываешь об этом? — недоверчиво засмеялась я.

— Не крутись. Забываю. Так. Теперь губы. Тон на лицо я не кладу...

— Ты что! Какой тон!

— И правда, зачем. У тебя хороший цвет лица.

— Странно, знаешь, мне Виноградов никогда ничего не говорит... не говорил насчет моей прически, замечал, только если что-то не в порядке, не говорил, что у меня красивые глаза или, скажем, волосы...

— А говорил, какие у тебя ноги и попа, да?

— Да... точно...

— Старый сатир...

— Ой...

— Что? Поцарапала?

— Да нет... Просто я только сегодня думала, что он стал с годами похож на сатира...

— Ага, полумужчина-полукозел. Ну вот, — она придирчиво осмотрела свою работу. — Здорово. Твой Харитоныч будет доволен. Мне, по крайней мере, нравится. А ему сколько лет?

— Шестьдесят с хвостиком. Он очень хороший. На самом деле. Жил с женой около сорока лет, никто ничего плохого о нем никогда не говорил — нечего было сказать. Жена была всегда спокойная, счастливая. Умерла недавно, он страшно переживает, постарел на десять лет, забывает часто важные вещи, и равнодушный такой вдруг стал ко всему.

— Да, сорок лет вместе — наверное, это счастье, — вздохнула Ольга. — Или пытка. Особенно если никуда друг от друга не деваться.

— Знаешь, я все о том... Мне всегда казалось — то, что происходит между мужчиной и женщиной — нормально, если они оба согласны, если есть любовь, поэтому я не обращала внимания на глупости, вроде фетишей, мне казалось это не развратом, а мальчишеством...

— Если есть любовь, — жестко повторила Ольга. — Прости, что разговорами заставила тебя переживать. Цель была другая.

Я надела светлую юбку чуть выше колена и тонкий светлый свитер.

— Красивый цвет, — прокомментировала Ольга, когда я пришла на кухню.

— Ты знаешь, после рождения Вари у меня из гардероба исчезли все темные цвета, особенно черный. Я даже вечерние платья покупаю стального или темно-зеленого цвета.

— Тебе идет такой стиль.

— А в этом есть какой-то стиль?

— Чудно, как нелюбовь одного мужчины, не самого достойного причем, окрашивает весь мир в мрачные тона. Да, есть стиль и очень милый.

Я внимательно посмотрела на Ольгу.

— Будешь звать меня на собрания феминисток?

— Пока нет, — улыбнулась она. — А ты бы хотела?

— Нет, — покачала я головой. — Нет.

— Мир без мужчин — не мир?

Ольга стояла, облокотившись на притолоку, красивая, тонкая, ничуть не похожая на мужчину в женской оболочке. И при этом ужасно напоминала Виноградова в молодости. Не знаю чем. Смеющимся уверенным взглядом. Здоровой красотой, внутренней силой, не знаю. Или это я совсем схожу с ума и, запретив себе думать о Саше, вижу его в посторонних людях, даже в женщинах?

— Что-то не так? — Ольга встряхнула красивыми светлыми волосами. — Испугали разговоры?

— Ты...

Может, стоило спросить напрямик? Мы же не маленькие девочки. И все расставить на свои места.

— Нет, — ответила мне Ольга. — Но я просто очень не люблю мужчин. Всех в общем и своих бывших мужей в частности. Но это ровным счетом ничего не значит. И тебе ничем не грозит, — она слегка щелкнула меня по носу. — Выше нос, подружка.

Я не стала уточнять, когда мы успели резко стать подружками. Наверно, так бывает. Я имею свойство притягивать к себе подруг, склонных отдавать все без остатка и не просить ничего взамен.

Ольга высадила меня на углу Тверского бульвара и улицы Герцена — я, как и многие москвичи, росшие при тех, «советских» названиях, машинально называю многие улицы и станции метро по-советски. Бабушка, которая много времени провела со мной в детстве, часто называла московские улицы и площади именно так, как они переименованы теперь, но мне казалось это чем-то вроде ее вытертых горжеток с холодноватым запахом нафталина или книг, которые бабуля изучала с химическим карандашом в руках, споря с автором на полях о том, кто в августе семнадцатого года кому что сказал и кто кого за это в тридцать седьмом посадил.

Я все-таки набрала прямой телефон Харитоныча, но он почему-то не отвечал. Наверно, вышел на минутку. Стоит ли звонить его персональной секретарше Вере Петровне? Она сразу же невзначай скажет громогласной Людке, а той достаточно один раз гаркнуть на весь коридор: «Воскобойникова идет!» — и меня будут встречать все коллеги. А вдруг он и вовсе заболел и еще будет глупее — прийти, походить по коридорам и уйти ни с чем... Да и пропуск, кстати, у меня просроченный. Я перезвонила еще раз.

— Ало, — ответил мужской голос.

Какой? Никакой. Не усталый. Не бодрый. Просто никакой. И это был голос не Харитоныча. Надо заметить, что мобильного у Харитоныча нет. Принципиально. Он считает, что мобильный телефон — это ограничение свободы личности. Я же думаю, что это приблизительно то же самое, как я называю Большую Никитскую улицей Герцена, а станцию Китай-город — площадью Ногина. Просто «на Герцена» я пять лет училась на журфаке, а «на Ногина» — Виноградов обычно высаживал меня из машины в первые годы наших отношений. И ехал к маме, на Полянку. А Харитоныч привык каждое утро аккуратно сдвигать на своем столе, протертые уборщицей четыре дисковых аппарата — черный, зеленый и два бежевых. И несмотря на наличие новой телефонной базы, как положено, с кнопками, радиотрубкой и дополнительными функциями, телефоны свои любимые он со стола не убирает. Придет на работу, аккуратно сдвинет телефоны в ровный цветной квадрат, пройдется по кабинету бодрым шагом, проведет рукой по тяжелой коричневой портьере на окне, вот, вроде и день начался как надо, как положено, как было и есть вот уже тридцать с лишним лет.

— Простите, мне нужен Николай Харитонович. У него поменялся телефон?

— Нет, — довольно весело ответил мне мужчина. — Поменялся человек, номер остался. Я не подойду?

Вот это неожиданность. Я растерялась. А он спросил:

— Простите, а вы, собственно, кто?

— Я? Я — журналистка...

— Ага. У вас — материал?

— Нет, ну то есть, у меня много материалов. Но просто я работала в этом отделе, в... вашем отделе. И я... гм... теперь хотела бы снова...

— А, ясно. Да, не очень удачный для вас день, милая дама. Боюсь, сейчас точно не смогу вам помочь.

— Понятно, извините.

— А, как ваша фамилия, кстати?

— Воскобойникова...

— А... Да, помню. Ваши статьи помню. Хорошо, вы зайдите. Как вас зовут? Елизавета, кажется?

— Нет, Елена.

— А, да, да. Елена Воскобойникова. Хорошо, подходите, допустим, через пару дней... или... кстати, можно сегодня.

— Хорошо.

— Давайте через часок или даже раньше, успеете?

— Да, спасибо.

Поскольку я могла быть у него минуты через четыре, то решила выпить пока кофе или сока, потому что утром моя новая подруга Ольга несколько помешала моему и без того неважному аппетиту. Проще говоря, я вообще ничего не ела и не пила, то ли зачарованная, то ли напуганная ее сильным интересом ко мне и к моей жизни. А может, я все преувеличиваю и усложняю? Симпатичная женщина, помогла мне, детей нет, мужья разочаровали, больше замуж не хочется, живет интересами подруг... Ездит на новом «БМВ», владеет сетью дорогих космических салонов — имеет возможность быть свободной и помогать другим... Да, все равно не понимаю. Слова сходятся, а ощущения — нет. Я — точно плохой психолог, в отличие от нее.

Охранник на входе кивнул мне, он хорошо меня помнил, но я на всякий случай помахала удостоверением, который надо было сдать в обмен на трудовую книжку. Ее-то как раз я и не успела еще забрать.

Ассортимент буфета был обычный. Хочешь напиться в двенадцать часов дня — ради бога. Я не знала, чего хочу, но точно не напиться... И взяла, в конце концов, пирожное с белковым кремом — хоть какая-то польза от него, а также апельсиновый сок, и рискнула взять кофе «эспрессо», хотя последние дни у меня колотилось сердце даже от крепкого чая. Ну — заколотится, пить не буду, просто понюхаю. Сейчас начнется...

Я помню, когда я ждала Варю, мне иногда хотелось понюхать какой-то продукт, не съесть, а именно понюхать. Например, мед с прополисом, который я ненавижу, и который пахнет то ли пряной туалетной водой, то ли гвоздичной эссенцией от комаров... Но однажды я так захотела его понюхать, что в выходной день поехала для этого на ВДНХ, в медовый павильон, не найдя такой банки в магазине. Понюхала и успокоилась. Или меня несколько дней преследовал запах овчины. Куда ни приду — ощущение, что везде только что сушились мокрые, вонючие овчинные шкуры. Если честно, я никогда не видела, как они сушатся, но почему-то их запах представляла себе именно таким.

Я села за столик у стены, поздоровавшись по дороге с двумя-тремя знакомыми сотрудниками. Откусив пирожное, я тут же его выплюнула. Вата, смоченная сахарным сиропом, наполовину с уксусом. Ладно, попробуем сок. Сок оказался нормальным. Пахнул апельсином и на вкус вполне соответствовал определению. На всякий случай я пила небольшими глотками, как обычно стараюсь напоить болеющую Варьку. Глоточек — минутки три подождать, чтоб обратно не пошло, еще полглоточка...

Спиной ко мне у барной стойки чей-то охранник брал себе кофе.

Я подумала, что наш дорожающий каждый месяц буфет посещают в основном гости, а также расплодившиеся охранники. Зачем, к примеру, начальнику отдела, пусть даже большого и важного, в агентстве новостей личный охранник, он же «бодигард» — «смотрящий за телом»? Что такого особого знали тело и голова нашего бывшего начальника, скромняги, и, по циничным меркам сегодняшнего дня, просто устаревшего дуралея, чтобы приставлять к нему вооруженную охрану? Крупный парень с накачанной шеей, стоящий у бара, повернулся, как будто почувствовав мой взгляд, подмигнул мне и сел за мой столик.

— Чтоб далеко не ходить. Не возражаете? К вам...

Я возражала. Тем более что ему пришлось пройти мимо трех свободных столиков, чтобы сесть ко мне.

И вообще — я сейчас возражала против всего. Ступор, в который я вошла во время разговора с Ольгой, наполненного тройными смыслами, постепенно сменялся резким протестом. Особенно против мальчишек-недоумков, охраняющих тела своих не представляющих никакой важности для государства «шефов». К одному из таких начальников мне сейчас и предстоит идти и рассказывать, почему я отказалась от работы, так внезапно и немотивированно. И почему я теперь прошу... О, господи, я еще должна чего-то здесь просить... Кто теперь вместо нашего Николая Харитоныча свою дармовую копеечку получает?

Я понимала, что мое раздражение будет нарастать, нарастать — с каждым днем, с каждой неделей, но это продлится недолго. В один прекрасный день я встану легкая и приятная, контактная, открытая миру, и буду носить малыша дальше. Так, по крайней мере, было с Варей.

Первые три месяца мне было тяжело — колотилось сердце, раздражали до безумия запахи, то хотелось есть, то тошнило от вида зубной пасты и собственных выстиранных колготок, висящих в ванной, не хватало воздуха, было плохо, плохо, а потом за два-три дня все сошло на нет. Так должно быть и сейчас, ждать осталось чуть-чуть...

Знать бы, какой у меня срок... Три недели или уже недель восемь и последние месячные были обманом? Так бывает, я знаю, это еще одна созревшая яйцеклетка — теоретически могли бы быть близнецы, один зародился, второй не пожелал... В любом случае с четвертого месяца должно быть легче. Надо дожидаться. На людей бросаться не надо.

Но как же я ненавижу сейчас этого бодигарда, идиота, тупого, вонючего — наверняка, сейчас он пошевельнется, и я различу какой-нибудь страшный, невыносимый запах... Но я бросаться на него не стану. Нет. Я сделала над собой колоссальное усилие и промолчала.

— Весна — тяжело, да? — для безголового качка подсевший ко мне охранник был необыкновенно разговорчив.

— Почему?

— Вздыхаете.

— Нет, мне очень легко. И весны я пока не ощутила.

— Проблемы с трудоустройством?

Я проглотила невкусный сок, он подозрительно начал пахнуть бензином с третьего глотка, а потом уже спросила:

— Почему?

— Хорошо знаете английский?

— Почему? — повторила я.

— Потому что американцы в ответ на все вопросы часто говорят «Why?», — потряс меня начитанный бодигард.

— Я училась британский английский. А вы, наверно, выпускник физкультурного института? — сама не знаю, зачем вступила тогда в этот случайный бессмысленный разговор.

— Не совсем. Советую, если вам уже отказали, — он кивнул на папку, лежащую передо мной на столе — скорей всего, подумал, что там какие-то «сенсационные» материалы, которые даром никому не нужны. — Не расстраивайтесь уж так. Место здесь тоскливое, дышать нечем, разве что зарплата стабильная. Поищите где-нибудь еще. А если еще не ходили — соберитесь. От вас такое поле нехорошее идет.

Вот зачем этот урод шел ко мне через весь буфет, чтобы сказать, как у меня все плохо, и как это понятно всем, даже тем, у кого понималка как таковая отсутствует.

— Чем же это оно нехорошее, мое поле? — тихо спросила я.

— Несчастное. Извините. Мне пора.

— Пора охранять какого-нибудь недоумка? — наконец, мое раздражение прорвалось.

Надо же так — пошла сюда, чтобы успокоиться, настроиться, чтобы не сорваться — ведь я не знаю, какой идиот сидит теперь в кресле мягонького Харитоныча, а вместо этого сцепилась с безмозглой тушей, прочитавшей в жизни два сборника кроссвордов.

— Эй!

Он обернулся на мой голос.

— Рыба, на «щ» начинается, на «а» заканчивается, в середине «у» четыре буквы — с ходу отгадать слабо? — меня просто неостановимо несло.

Я прекрасно знаю эту тайную, хорошо спрятавшуюся хамку внутри себя, которая неожиданно и совсем некстати вылезает в минуты моей слабости и дурного самочувствия.

Успевший сделать шаг в сторону бодигард вернулся ко мне и наклонился к столику, откровенно разглядывая мое лицо. Какая же свинья!

— Слышь, а я всегда думал, что в середине «ю»... — Он засмеялся и добавил: — Смотри, если что — приходи ко мне, возьму на работу, — «охранник» снова засмеялся, — переводчицей с британского английского на наш, суконно-посконный, и обратно... — Он посмотрел мне в глаза и вдруг сказал другим, совершенно нормальным голосом: — Не переживайте так, все меняется в жизни.

Иногда важно заметить, что все изменилось, не пропустить тот самый момент. Не спрятаться от ветра перемен. Не спутать его со вчерашним ураганом. Пойду, простите. Удачи!

Я посидела, ошарашенная, за столиком, допила пахнущий теперь подгнившими опилками сок, понюхала остывший кофе, он вообще ничем не пах, выпила и его с отвращением, взяла свою папку. Там у меня лежало всего два листочка. Еще не зная, что Харитоныча почему-то уволили или он сам уволился, я написала на одном листочке: «Дорогой Николай Харитонович, я была не права. Мне надо работать. Почему — объясню потом». На втором — было простое заявление о приеме на работу.

Я медленно шла по знакомым коридорам, размышляя — а стоит ли в таком озверелом состоянии переться к человеку, который по телефону мне сказал: «Вряд ли я смогу что-то для вас сделать...» Или как он сказал? «Не смогу вам помочь». Помочь... Ох... Ну, сама виновата, конечно... Сначала сваляла дурака с Харитонычем, потом взяла и притащилась, толком не дозвонившись...

Может, перезвонить этому новому и сказать, что у меня заболел живот или срочный визит к зубному врачу, или надо идти на родительское собрание в школу... Какие еще могут быть причины, что я за час передумала? Но ведь через месяц-полтора меня не возьмет уже никто — ни на постоянную работу, ни на временную.

Проходя мимо огромной редакционной комнаты, в которой сидело около сорока журналистов и мы делили стол с Ниночкой Переверзевой, постоянной гостьей холостяцких вечеринок Александра Виноградова, я замедлила шаг. Может, зайти, спросить, как дела у нашего общего знакомого...

Это — болезнь. Сказала я сама себе. Тяжелая, неизлечимая, постыдная. После Милочки с болтающимися, как колокольчики, сиськами, после котенка, гнусоватый голосочек которого добил меня в Митино в конце знаменитого пердимонокля, после дачи, Гриши, после того, что мне Саша объяснил, что я ему на фиг не нужна, прямо так и объяснил, потому что по-другому я не слышу, после всего — всего! — меня посещают подобные мысли...

Заглядывать к Ниночке я не стала, прошла мимо, довольная победой над собой.

В приемной главного редактора нашего отдела Восточной Европы тоже произошли перемены. Раньше там царствовала бессменная Вера Петровна, пересидевшая всех начальников, начиная с брежневских времен, и помнившая имена членов политбюро ЦК, причем не только КПСС, но и компартий других соцстран. Теперь здесь вместо Веры сидел какой-то пацан, вернее, не сидел, а крутился на высоком стуле, перемещаясь от принтера к телефону и затем к запотевшему высокому стакану с «кока-колой», отодвинутому подальше от бумаг. Весело, ничего не скажешь. Быстро, энергично взялся за дело новый начальник. Если уж он расстался с Верой, которую никто и никак не мог пропереть с ее места...

— Вы Елена Воскобойникова? — спросил меня догадливый паренек. — Я помню вас, проходил стажировку. Я тоже журналист. Вот посадили здесь, пока мест нет в редакции. Кошмар, головняк такой... Сейчас позвоню главному. Вы минута в минуту пришли... Анатолий Михайлович, к вам Воскобойникова. Можно? Ага, хорошо. Идите. Классный дядечка, кстати. Все девушки бегают теперь наряженные, сами увидите. Весело стало после Харитоныча.

Я зашла в кабинет. И огляделась. За столом главного редактора, где меня за эти годы столько хвалили и почти не ругали, никого не было. Но из-под стола раздавались звуки. Кто-то громко кряхтел и чертыхался.

— Проходите, садитесь, — предложили мне из-под стола. — Сейчас... Не могу понять: поставили новый процессор, ерунда тут какая-то... То ли не туда воткнули, то ли не то, то ли это я не соображаю... Что там на мониторе? Загорелось что-нибудь?

На большом мониторе, стоящем на столе передо мной, мигнула заставка и по черному мерцающему полю побежали разноцветные буквы — английские буквы, складывающиеся в два слова «little grapes», что означает, как я поняла, — «виноградинки». Они бегали туда-сюда, крутились, переворачивались, собирались в кучку, рассыпались вновь веселыми брызгами по экрану. Надо же, я уже лет семь не видела ни у кого такого оформления экрана.

— Вроде да...

— Вот и отлично.

Из-под стола с большим трудом вылез, зацепившись головой о край, растрепанный бодигард из буфета.

Я огляделась.

— Сейчас, — сказал бодигард. — Извините.

Он поправил пиджак, застегнул было верхнюю пуговицу на рубашке, потом передумал, снова расстегнул и ее, и следующую. Понятно, значит, цветная тряпочка, валяющаяся у него под столом — это сброшенный еще раньше галстук.

— Модная вещь, — заметила я, кивнув на тряпочку.

— Ага, кич прошлого лета. Я вообще человек модный, — засмеялся бодигард и стал усаживаться за стол главного редактора. — Так, и что тут у нас на мониторе написано, надеюсь не «Толик-сам-дурак»?

— Милая заставка, — только и смогла ответить я.

— Правда? Люблю древности. Та-ак...

Господи, да неужели такое глупое, просто дурацкое совпадение! До последней минуты я надеялась, что сейчас откуда-нибудь выйдет тот самый «классный дядечка», новый главный. Ну не может же этот питекантроп ростом под два метра быть главным редактором огромного отдела в ТАССе! С такой мордой! Хотя там, в кокетливо освещенном серпантином галогенок буфете мне его физиономия показалась страшнее. Здесь, в кабинете, он даже ничего. Вполне симпатичный питекантроп. Или неандерталец.

— Не нравлюсь, да? Елена Витальевна? А мне ваши статьи так понравились!

— Действительно? — вежливо спросила я, подумав, что еще бы они ему не понравились.

Мои статьи нравились всегда и всем, по крайней мере, те, что я писала на работе по строгому конвейерному заказу и по меркам нашего почти режимного учреждения — предприятия по отбору, упорядочиванию, проверке информации и доведению ее в доступной и весомой форме до всех — вообще до всех, от ничему не верящей рафинированной столичной интеллигенции до бабульки в заброшенной деревне, где есть одна коза — на трех оставшихся бабушек, и одна программа радио. На работе я всегда писала статьи очень правильные и ровные.

— Спокойные, честные, простые, не опасные, — продолжил мои мысли «бодигард». — Так они мне понравились, ваши статьи, а также то, что говорят о вас коллеги, что я... гм... решил взять вас на пару с Никитой — сидит там пацан, видели — к себе секретарем, пока нет места. Будете меняться по сменам. Или, если хотите, могу предложить внештатным. Но это более нервно, на мой взгляд, и денег меньше. Хотя сможете больше писать в других местах. Я вспомнил, что читал ваши материалы в «Огоньке», про артистов «Современника», кажется. Очень душевно.

— Секретарем?

Он что, смеется надо мной? Дубина стоеросовая с внешностью питекантропа...

Никто, кстати, мне не доказал, что мы произошли от питекантропов и неандертальцев. А пока не доказал, я считаю, что, по крайней мере, я и моя дочь — божьи создания, к обезьяноподобным существам не имеющие никакого отношения. Рудимент хвоста в виде двух запасных сегментов позвоночника — мне не указ. Может, это тайные позвонки, просто мы не отгадали пока для чего они, и самоуверенно думаем, что это хвост. Хотя вот некоторые врачи считают, что все болезни человека от того, что человек ходит прямо, а не на четырех лапах, что он самовольно распрямил свой позвоночник, вопреки замыслу природы.

— Да, секретарем, временно, Елена Витальевна. Если у вас, действительно, трудности... Вы мне говорили по телефону, что просто решили вернуться на работу. Но ведь это не «просто»? Вы ведь так переживали в буфете, хотя это никому и не было понятно... Не волнуйтесь, не волнуйтесь...

Я отвернулась к окну. Моего терпения хватит еще на полминуты, не больше. Я терпеть не могу, я ненавижу, когда меня вот так «читают», «вычисляют», тем более мужчины. Не надо было сегодня идти.

— Так как?

Я посмотрела на нового главного редактора, показавшегося мне сначала тупой кучей мышц. И спросила:

— А вы где работали раньше?

— В охранном агентстве. Сутки-трое. Вы ведь так думаете? То есть, — он улыбнулся и взъерошил коротко стриженые светлые волосы, торчащие над ушами задорным ежиком, — предложение вам мое заманчивым не показалось.

— Совсем не показалось, — вздохнула я. — А работали вы, наверное, в ФСБ?

— Почти, — снова улыбнулся новый главный. — Жаль, что не понравились друг другу. Спасибо.

— И вам того же, — кивнула я и поскорее ушла.

Ничего себе! «Друг другу»! Чем это я ему не понравилась? Я прошла мимо Никиты, с заячьей частотой стучавшего по необычной прозрачной клавиатуре, потом развернулась и вошла обратно в кабинет.

— Вы-то мне понравились, своим несоответствием с шаблоном. Я никогда не видела человека, менее похожего на журналиста. И даже на начальника над журналистами.

167

— Хорошо, — кивнул мне новый главный. — Вы мне тоже понравились, Елена Витальевна. Если хотите, подумайте и приходите. Чем могу — помогу. Если не придете, не забудьте, что я вам сказал в буфете. Главное, не спутать ветер перемен со вчерашним ураганом.

Если он скажет это еще раз...

Я уже открывала дверь, когда он добавил:

— Хорошо вы меня с этой «щукой»... Что, правда, дебилом кажусь? Иногда, кстати, это очень полезно. Казаться грудой мышц.

— Кучей... — не удержалась я.

Новый главный захохотал:

— Два-ноль! Тупой кучей, да?

— Это вообще-то я придумала.

— И вы рассчитываете после этого получить место в моем отделе?

— Почему нет?

— И правильно! Возьмите визитку, здесь еще мобильный телефон. Добро пожаловать, звоните, если надумаете.

Я взяла визитку и машинально прочитала «Виноградов Анатолий Михайлович».

— О, нет! — вырвалось у меня.

— Ну, я же говорил — заокеанские манеры, — и он произнес с очень хорошим произношением: — Oh, no! Why? Вы действительно хорошо английский знаете?

— Да, английский хорошо, французский — хуже. Еще понимаю по-чешски и худо-бедно читаю и пишу по-немецки. Но у нас в отделе это, к слову, совершенно ненужные навыки.

— Ну как сказать... А почему — «О, нет!»? Я вас второй раз чем-то так потряс? Первый раз понятно — я тоже не ожидал вас увидеть, вылезая из-под стола. Сидя там, я наблюдал ножки очень симпатичной и миролюбивой девушки, а обнаружил, что принадлежат они именно вам. А что в визитке не так? Неужели ошибка?

Я кивнула на монитор:

— «Литтл грейпс»?

— Ну да. Виноградик. Меня так в школе звали. Некоторые девочки. Забавно, не находите?

— Добавляет к имиджу, — кивнула я. — Спасибо, — я посмотрела еще раз в визитку, — Анатолий Михайлович, я подумаю.

— Звоните, не грустите! — Он уже отвечал на звонок: — Я! Да где!.. В ТАССе разгребаю... Родина приказала... Давай...

Никита приветливо помахал мне рукой, когда я проходила по приемной, а я подумала — как же новый начальник, новый... Виноградов... ой, язык не поворачивается... Как же он собирался — зарплату, что ли, поделить? У бедного Никиты забрать половину? Да я ни в жизни не пойду к нему в секретари! Почему, собственно, так категорично — я себе ответить не могла. Но знала — не пойду.

Когда я приехала за Варей в школу, она стояла одна на ступеньках и молча смотрела в ту сторону, откуда должна была появиться я. У меня сжалось сердце. Не надо помогать детям взрослеть такими резкими толчками. А как от нее что-то скрывать, если она просыпается ночью и в темноте идет меня искать — где я сижу, зажав себе рот, чтобы не будить ее плачем с причитаниями.

— Ты давно стоишь?

Варя подняла на меня заплаканные глаза.

— О, господи! Ты плакала? Почему?

— Я думала, ты не придешь.

— Хорошо, я... куплю тебе телефон. Прямо сегодня. Ты мне будешь звонить, ладно?

Она радостно кивнула, крепко схватила меня за руку, и мы пошли.

— Мам, а что в жизни главное?

— М-м-м... — Я вздохнула. — Сейчас скажу. Любовь. В широком смысле... всякая любовь... к детям, к родителям, к Богу. Когда люди влюбляются — тоже...

— И к собачке?

— Конечно.

— Почему ты тогда собаку мне не покупаешь? Я посмотрела на нее.

— Ответь сама.

— Потому что у нас места нет, — вздохнула Варька. — Мам, а Татьяна Евгеньевна сказала, что главное в жизни — не врать.

— Да, это важно. Но... — я покачала головой, — сложный вопрос...

— Это неправильно?

— Это... правильно. Но бывает ложь во спасение... А почему она так сказала?

— Она спросила, что такое богатый человек. А я подняла руку и сказала: «Это мой папа». А она сказала, что я вру.

— А ты?

— А я сказала, что это она врет.

— Понятно.

Мне стало понятно, что нужно подыскивать другую школу. Куда берут только умных и добрых учительниц...

— А потом что было?

— Потом она меня по голове погладила и стала рассказывать всем, что в жизни главное.

— И что же?

— Она сказала, что главное — все домашние задания выполнять, не врать и... еще что-то, я забыла.

— Хорошо, малыш. В общем, это всё правильно.

Вот как воспитывать детей, чтобы они четко понимали, где право, где лево, где добро, а где — ужас, край, куда подходить нельзя никогда, но при этом воспитателю не быть категоричным и не оперировать безапелляционными суждениями? Был бы жив Сухомлинский, не поленилась бы, попросилась к нему на консультацию. Но не обсуждать же это с Татьяной Евгеньевной, которая всерьез спорит с Варькой, кто из них врет и богатый ли наш папа. Наш-то папа богатый, нам только от этого не легче... И, почему, кстати, она сделала такой вывод? Варька моя всегда одета как куколка. Может, это я смахиваю на голодранку своими вечно заплаканными глазами и виноватой улыбкой?

Глава 9

Выйдя из лифта, мы увидели, что на нашей площадке перетаптываются два низкорослых сержанта в серых бушлатах не так давно переименованной милиции. На шум выглянула новая соседка, недавно переехавшая в наш дом, и тут же захлопнула дверь.

Возле нашей двери стояли вещи, много вещей в картонных коробках, пакетах, тюках. На большом ободранном чемодане сидела вспотевшая старушка в застиранной шапочке и очень старом пальто с драным воротником из мерлушки, кое-где зашитым прямо поверху. Из-под ног старушки выскочила омерзительная болонка с намазанными зеленкой проплешинами и бросилась на Варю. Я оттолкнула болонку от Варьки и спросила полиционеров:

— А что тут происходит?

Один недовольно показал на старушку:

— Вот, спрашивайте.

Старушка неожиданно протянула к нему обе руки.

— Видишь, сынок, в чем я хожу. Я пальто это еще при Леониде Ильиче брала. Восемьдесят рублей стоило...

Она продолжала тянуть руки к досадливо отвернувшемуся сержанту. Он не понимал, что такое — пальто за восемьдесят рублей, и вряд ли слышал о Леониде Ильиче. Ему было года двадцать два.

Я посмотрела на ее рукава. Жалко, нет фотоаппарата. Да, вот они — перелицованные рукава: правый рукав на место левого, и наоборот — чтобы скрыть протертые до сеточки локти.

На лестнице послышались громкие голоса. И на площадку ввалился мужик с ярко раскрашенной женщиной. У женщины сразу бросались в глаза длинные черные волосы, разбросанные по плечам крупными локонами. Интересная прическа. От пары пахнуло табачищем, и до сих пор молчавшая Варька поморщилась и высказалась:

— Фу, а чем так пахнет?

Я посмотрела на мужчину и обмерла. Это был Гарик.

— А, пришла! — обратился Гарик ко мне. — Познакомься, тебе будет интересно. Это моя невеста, Эльвира. Эльвира, — он оглянулся на сержантов, — ждет ребенка. Давай, открывай дверь. Она устала. Ей нужно отдыхать.

— А... при чем тут, собственно, я?

— При том. Мы к тебе жить приехали.

— Гарик, ты что, сбесился? — спросила я и убрала ключи, которые до этого держала в руке. — Какая Эльвира? Какое «жить»? Ты что? У тебя есть квартира, вот в ней и живи.

— Э-э-э, нет, — засмеялся Гарик. — Вот моя квартира! И другой у меня нет! Ты что-нибудь еще видишь в своих очках?

— Что-нибудь вижу, — сказала я.

— Тогда читай, — Гарик сунул мне отксерокопированный листок какого-то постановления.

Я проглядела его.

«В связи с тем, что... По статье... Вселить Савкина Гарри Трофимовича по месту регистрации. Признать правомочным регистрацию матери, Савкиной, Галины Петровны и вселение будущей жены Фаризовой Эльвиры Матсхудовны...»

— Бред собачий. Ничего не понимаю.

— Да плевать меня, понимаешь ты или нет! — Он выдернул у меня листок. — Дверь открывай, курица очкастая!

Полиционеры, услышав, что тон разговора резко повысился, подошли к нам.

— Так, ну разобрались?

— Нет. Давайте отойдем отсюда. На улицу, например, — я взяла Варю за руку и пошла к лифту.

— Хрен тебе! — ответил мне Гарик, нехорошо ухмыляясь.

А его невеста вдруг завизжала:

— У меня уже воды отходят! Мне в квартиру надо!

Я с сомнением посмотрела на ее живот, торчащий из-под ядовито-голубого дутого пальто.

— А само постановление у тебя есть? — Я поняла, что придется повозиться в этой грязи и разобраться.

— Хрен тебе! — опять бойко выкрикнул Гарик и прислонился к двери моей квартиры, сложив руки на груди.

Я посмотрела на сержантов.

— Простите, а вас кто-то вызывал?

— Да вот, обратился гражданин, — неохотно объяснил один. — Помочь вроде вселиться по постановлению суда...

— А вы видели постановление?

— Начальник наш, значит, видел... Нам-то что... У нас что, дел других нет?

Я попыталась взять себя в руки и спокойно ответить полиционеру:

— Но суда никакого не было.

— Тебя типа на нем не было! Приходить по повестке надо! — вскинулся Гарик.

— Ну ладно, какой там к черту суд. Гарик, хватит идиотничать. Вы меня простите, — я обратилась к сержантам. — Это просто такой человек — он на учете состоит в наркологии и в психдиспансере.

— Хрен тебе! — Видимо, это самая удобная формула не раз выручала Гарика в трудных ситуациях.

— Нас это не касается. Нам сказано вселить — значит, вселить.

— Хорошо, допустим. Я хочу увидеть постановление суда, а не ксерокопию.

— Как это не было суда? — заволновалась вдруг Эльвира. — Я была свидетелем!

— А постановление, — Гарик сковырнул грязь, налипшую на ботинок, об стенку, — в отделении. Его переслал суд.

— А если я позвоню в отделение?

Гарик показал ряд ровных, слегка оттопыривающихся от десны, пластмассовых зубов.

— Звони.

Я набрала номер, который мне подсказали патрульные. Сначала было занято, потом довольно хамский голос прокричал:

— Капитан Гаврюхин слушает!

— Здравствуйте... — Я объяснила ситуацию.

— Есть постановление! — прокричал мне Гаврюхин.

— Но суда никакого не было. Это просто липа. Он аферист.

— Ой, блин, достали со своими квартирами... Квартир им мало... Обращайтесь, женщина, к прокурору.

Сержанты потоптались, негромко переговариваясь, и потом молчавший все время паренек сказал с сильным подмосковным говором:

— Вы... это... открывайте лучше дверь, пока мы ее не сломали.

Я попробовала зайти с другой стороны, судорожно соображая при этом, кому звонить. Не пускать же эту орду в наш дом. Там Варины игрушки, вещи...

— У меня ребенок. Неужели вы будете ломать нашу дверь?

Тут заорала Эльвира:

— И у меня сын — в интернате! Он вообще по ходу больной! — Гарик сильно толкнул ее локтем, Эльвира запнулась. — То есть...

На помощь решила прийти и старуха:

— Ой, мне плохо, вызовите Скорую!

Я снова обратилась к патрульным:

— Послушайте меня спокойно, пожалуйста. У них есть своя квартира, в Подмосковье. Я сейчас даже могу припомнить адрес... Я ему сколько раз туда штрафы за хулиганство пересылала... и повестки из диспансеров... М-м-м... Электросталь, улица Южная, кажется... дом то ли девятнадцать, то ли двадцать девять. Квартира...

Гарик злорадно заговорил:

— Нету больше этой квартиры! Я ее типа продал! И мать сюда прописал... прописываю... по постановлению суда! Больную!

Я почувствовала, что больше не выдержу. И сказала сержантам, которым это, разумеется, было совсем не интересно:

— Но у меня квартира однокомнатная!

Гарик тут же встрял:

— Хрен! А куда девалась вторая комната?

— Да ее не было никогда! Это бывшая хозяйка, которая здесь жила, отгораживалась от мужа перегородкой, а потом, когда он умер, жильцов даже пускала на ночь за эту перегородку. А я эту перегородку сломала.

— Вот-вот! Сломала со своими... — Гарик грязно выругался, а я прижала покрепче к себе Варьку, и так съежившуюся в комочек. — Пусть чинит! Окна типа два, значит и комнаты две!

И Эльвира решила сказать свое слово:

— А мне и одна нормально! Беременную женщину на улицу не выгоните! У меня по ходу справка есть! На кухне пусть живет, тварюга эта. Гарика из квартиры поперла, он здесь по ходу прописан!

Я с радостью увидела, как по лестнице от лифта спускается наш самый лучший сосед, Сергей Юрьевич. Милиционеры, все же несколько растерянные, спросили его, перекрикивая громкое тявканье болонки:

— Гражданин...

— Господин, — поправил их Сергей Юрьевич. — Господин Токмачев. Между прочим, отец того самого Юрия Токмачева, который вчера выступал в Думе. Видели по телевизору? А что у вас здесь случилось... м-м-м... господа-товарищи?

Сержант засмеялся:

— Нехилые у вас здесь... господа живут. Так, гражданин, вы знаете эту гражданку? — он показал на меня.

Токмачев прокашлялся и ответил:

— Разумеется. Это Елена Воскобойникова, живет здесь много лет, тоже, кстати, личность известная. Журналист, работает в ТАССе.

— Задницей она работает своей! И передком! — задиристо выкрикнул Гарик, снова занервничавший.

— Гражданин Савкин! — урезонил его полиционер. — Вы как-то тоже... держите себя в границах! Гражданин Токмачев, а вот этих граждан, — он показал на Гарика и компанию, — вы знаете?

Сергей Юрьевич внимательно оглядел всю честную, вернее, бесчестную компанию.

— Никогда в жизни не видел, хотя живу здесь безвыездно двадцать три года.

— Имеет он ее двадцать три года! — опять встрял Гарик, которому точно перестал нравиться разговор. — Ее все отымели в доме и в ТАССе этом грёбаном!

— Господи... — Я посмотрела на бледную Варьку, судорожно вцепившуюся в мою сумку, и стала рыться в сумке, чтобы все-таки достать сотовый. Кому-то надо звонить, в службу спасения хотя бы...

Гарик ловко попытался выхватить у меня прямо из сумочки ключи. Сержантик пожурил его:

— Ты это... давай, чтобы без шума...

— Да господи, что же это делается! — я крепко сжала ключи в руках.

С трудом сдерживаясь, чтобы не расплакаться — еще не хватало, в такой ситуации, я набрала номер мамы. Она очень трезвая женщина, и наверняка ей придет в голову какое-то простое решение. Поднял трубку мамин муж Игорек.

— Слушаю, — спокойно сказал Игорек.

— Игорек, привет, а мама дома?

— Мама, — задумчиво повторил Игорек. — Мама...

Я представила, как он сидит перед компьютером и думает — вот сейчас монстр должен съесть эту девочку, или чуть позже, дать девочке еще шанс... И записывает это в сложных математических формулах.

— Игорек! Это Лена! У нас тут проблемы! Позови, пожалуйста, маму!

— Лена, я тебя узнал. Привет. А мамы нет.

— Игорек, мама — это Лиля, твоя жена, ты понимаешь? Изабелла! Ее точно нет?

— Точно. Лили точно нет. Изабеллы... тоже нет...

Я нажала отбой.

— А чё ж у тебя все грёбари поразбежались, э? — засмеялся Гарик.

— Тебя испугались.

Я посмотрела на сержантов, на Варьку, на Гарика, на Токмачева. Я, кажется, поняла, что надо делать. Если только получится.

Я сказала патрульным:

— Хорошо, мы разберемся. Поставим раскладушки. Построим стену. Покормим всех и напоим. Все будет хорошо. Спасибо за поддержку.

Сержанты с недоверием переглянулись.

— Ну, открывайте тогда.

— Пожалуйста, вот ключи.

Гарик чуть помедлил, глядя на полиционеров, а я позвала одного из них:

— Можно вас на минутку?

Он увидел в моих глазах прибавку к своему смехотворному жалованью и неспешными, но широкими шагами прошел за мной на лестницу. Я слышала, как Гарик возится с ключами. Я быстро достала две купюры по пятьсот рублей и протянула ему.

— Извините за беспокойство. Мы действительно уже разберемся сами. Пусть пока входят, а я пойду напишу заявление прокурору. Сама с ними не справлюсь. Надо все спокойно выяснить. Правильно?

— Правильно, — сказал сержант и прямо с лестницы позвал своего напарника: — Лёха! Отбой!

Тот, второй, подмосковный паренек, сразу вышел на лестницу, и они спустились пешком вниз.

Гарик, похоже, с одним замком справился, остались два.

— Слышь, сучара, помогла бы, — он обернулся ко мне.

— Ломай, — ответила я.

— Тварь! — оскалился Гарик и швырнул ключи Эльвире. — А ну давай-ка! Поковыряй теперь ты!

Эльвира с Гариком обменялись матерными комплиментами. А я сказала Токмачеву, который стоял в сторонке с замершей Варей:

— Сергей Юрьевич, спасибо вам за помощь. Еще увидимся, — я попыталась показать ему глазами, чтобы он запирался в своей квартире.

Он не очень меня понял, но сразу заторопился:

— Конечно, конечно, Леночка, не за что...

Я кивнула Гарику:

— Вон тот ключ, желтый, с кружочками — от верхнего замка. Нижний, наверно, не заперт.

Гарик начал что-то подозревать:

— Слышь, ты, сучара, ты смотри, не выёживайся... Я тебе, если чё, язык твой в задницу засуну...

— Ага, — я легонько подтолкнула смотрящую на него в ужасе Варю в сторону лифта. Еще раз оглянулась на Токмачева, стоящего на пороге своей квартиры. — До свидания, Сергей Юрьевич. See you a bit later*.

— Вот козлина, а! — Гарик сплюнул.

Токмачев храбро улыбнулся, подмигнул мне и побыстрее закрыл свою дверь.

Мы сели в лифт, громко закрыли дверь, и я нажала кнопку этажом выше. Там мы вышли, я почти беззвучно сказала Варе:

— Стоим тихо.

_____
* Позже увидимся! (англ.)

Она кивнула. Мы услышали, как, наконец, Гарик отпер последний замок. Эльвира захохотала:

— Сучка эта в коридоре пусть выблядышей своих рóстит!

Хлопнула дверь — они вошли в квартиру. Послышалось громкое ржанье, лай болонки и грохот падающих предметов.

У нас было минуты четыре.

— Стоим, ждем...

Варька вопросительно взглянула на меня. Я прижала к себе ее голову и взяла у нее из рук вязаный шлем и варежки. Варька беспрекословно прижалась ко мне всем телом и так стояла. Наконец, мы услышали, как кто-то вызвал внизу лифт. Лифт поднялся на наш этаж, и по лестнице раздались тяжелые шаги. Я прошептала Варьке:

— Давай еще на один пролет спустимся...

Мы тихонько спустились. Отсюда было все слышно и даже, если высунуть голову, немного видно нашу дверь. Около нее стояли два молодых здоровых сержанта с автоматами — из вневедомственной охраны. Они требовательно звонили в дверь и начали стучать.

— Открывайте немедленно!

— А-а-а... привела, да? Пошел ты на... — раздался грязный мат Гарика.

Один сержант несколько раз довольно сильно ударил ногой в дверь, другой достал опечатанный пенал с ключами. Он же и позвонил дежурному офицеру:

— Ну что, Кузьмич, вскрывать? Ага... Понял...

— Открывайте, охрана!

— Ах ты, сука! — заорал Гарик. — Сучара... ах, ты... Мусорню привела... Падла... — Он проорал еще много непечатных слов в мой адрес, но через некоторое время дверь все же приоткрыл и сразу подсунул полиционерам «постановление» суда.

Один сержант откинул его руку, второй рывком открыл дверь, и они оба вломились в квартиру.

— Документы! Кто такие? Документы!.. Руки из карманов вынь! Все к стене! Руки за голову!

Мы спустились еще на несколько ступенек, чтобы нам было видно, что там происходит.

Из комнаты вышла, держась за сердце, старуха. У стены стояла, опершись руками и животом о стенку, Эльвира. Сержанты, направив на них автоматы, орали по инструкции, но совершенно уже безобидно.

— Документы! Пароль! — Они, вероятно, были уверены, что подвыпивший хозяин просто забыл позвонить на пульт.

— Да твою мать! Вот тебе документ! — Гарик, сразу уловив, как переменился тон полицейского, стал довольно хамски снова тыкать им бумажку.

Я увидела, что и старуха тоже тянет сильно трясущейся рукой пенсионное удостоверение и потрепанный паспорт.

— Что за фигня? Кто такие? Где хозяйка? Пароль!

Эльвира повернулась от стены, опустила руки и подбоченилась:

— Я — хозяйка! Паролей мне не надо!

— Фамилия? — спросил полицейский.

Эльвира приосанилась:

— Фаризова, а по мужу, — она посмотрела на всклокоченного Гарика, — по будущему мужу — Савкина.

Один сержант на всякий случай продолжал держать автомат, второй полистал паспорт и посмотрел на Гарика:

— А ты, значит, Савкин? И что ж ты, Савкин, в чужой квартире делаешь?

— Прописку смотри! — ответил ему Гарик, еще, видимо, на что-то надеясь.

Полицейский убрал его паспорт в свой карман:

— А на хрена мне твоя прописка? В доверенных лицах ни тебя, ни этих гражданок нету. Пароля ты не знаешь. Так, ясно. Давай, руки вверх, и все пошли в машину.

Гарик вскинулся:

— Ты охренел?

Сержант сильно пихнул его прикладом автомата в плечо:

— Давай, сказано!

Гарик заорал, держась за плечо, старуха тут же завыла, а Эльвира стояла молча, исподлобья глядя на сотрудников охраны.

— Я тебе сейчас башку твою разобью! «Охренел»! Поговори мне еще! А ну, давай быстро! И ты, метелка, тоже. И бабка. Давайте-давайте, выпирайтесь все, быстро!

Второй щелкнул прикладом. Гарик, услышав звук, мигом поднял вверх руки, попытался схватить ключи, полицейский их перехватил:

— А вот это давай сюда. Ты где ключи-то спер, а? Сейча-ас все расскажешь...

Они вывели всю компанию, закрыли дверь своими ключами и снова позвонили офицеру:

— И чего с ними теперь делать? Ага, есть. А ну, давай, двигай, по одному вниз по лестнице.

Когда шаги затихли, я взяла с пола Варин портфель:

— Пойдем-ка... — Я сжала Варину руку, которую она все время держала в моей, и мы тихо спустились на наш этаж.

Я позвонила в дверь Токмачева, он посмотрел в глазок и тут же открыл:

— Молодец, Леночка. Хорошо придумали. Заходите...

Мы зашли, остановились в передней. Токмачев протянул мне вторую связку ключей, которую я на всякий случай хранила у него.

— Вот и пригодились. Может, чаю?

У меня даже не было сил отвечать, я только покачала головой.

Токмачев засуетился:

— Погодите-ка, детка. Давайте я помогу все эти баулы грязные вытрясти на лестницу.

Я стала слабо сопротивляться:

— Будут потом орать, драться... Вещи-то порастащат на лестнице...

Токмачев очень серьезно мне пообещал:

— Потом будет потом, и тогда мы уж кого-нибудь покрепче к этому делу подключим!

Я-то знала, что его державный сынок давным-давно не общается с отцом, и, жалея старика, никогда никому из своих журналистских товарищей не говорила, с кем рядом живу. Иначе бы его на кусочки давно растащили, замучили бы старика.

Я сомнением смотрела, как он потащил тюки на лестницу, вздохнув, вынесла остальное и потом с силой пнула чемодан, на котором сидела старуха, по лестнице. Чемодан с грохотом съехал вниз, я отряхнула руки:

— Но ведь бред какой-то! Их-то собственная квартира куда девалась? Они с ума сошли, что ли, продали ее? И что, действительно, теперь делать?

Токмачев, тяжело дыша, ответил:

— Для начала посадить его на пятнадцать суток, если вернется. Пусть с ним пока охрана разберется. И потом, суда-то действительно не было?

— Нет, конечно. И я не могла не знать, если бы он был. Это, конечно, какая-то липа. Заходите к нам, Сергей Юрьевич.

Я-то позвала его «на чай», а он помог нам прибраться в квартире. Савкин с компанией успели за четыре минуты, пока ехала охрана, ногами, видимо, сбить в кучу все Варькины игрушки, скинуть с полок часть книг, и откупорить бутылку водки. Интересно, что взамен книжек они собирались поставить?

— А вы действительно не помните Гарика? — спросила я Токмачева, когда он, отдуваясь, сел на диван.

— Как не помнить! Я все никак не мог тогда понять — что за странный ухажер у такой прелестной девушки...

— Так у меня и другие ухажеры были не очень... — Я посмотрела на Варьку и решила про Виноградова тему не развивать.

— Мам, а кто такой ухажер? — вмешалась Варя. — Который все время уходит? Как наш папа?

Я засмеялась, Токмачев засмеялся, а Варя посмотрела на меня несчастными глазами. Я обняла ее.

— Ну что ты?

— Почему он все время то уходит, то приходит?

— А есть дети, Варюша, у которых папы вообще нет.

— А у некоторых и мам нет, — вмешался Токмачев, аккуратно разворачивая конфетку. — У моего сына, например, мама сначала была, потом убежала.

— Куда? — страшно удивилась Варька и покрепче взяла меня за руку.

— В другую страну, где весь год — лето... — улыбнулся старик и осторожно откусил конфету.

— Будешь о папе своем плакать, я тоже убегу! — заявила глупая, жестокая Варина мама.

— Ма-а-а-ма-а-а! — завыла Варька и сначала бросилась меня обнимать, потом оттолкнула и ушла плакать в ванную.

Я хотела пойти за ней, но услышала, что она включила воду и умывается, сморкаясь и громко вздыхая. Я повернулась к Токмачеву, который сидел и неодобрительно качал головой:

— Испугалась сегодня девочка...

Я махнула рукой:

— Да я тоже молодец, высказалась... Когда она была поменьше, я однажды на нее орала и пригрозила, видно, очень тогда допек меня ее папа: «Отдам папе, а он тебя продаст цыганам и купит себе новую машину...» И такое было. Она долго забыть это не могла.

— Неужели она не проговорилась ему?

— Нет. Варька — кремень. Только вот хорошо ли все это...

— Не корите себя, Леночка. Хорошо — это когда мама с папой идут за ручку, а на плечах у папы сидит малыш. Еще лучше, если мама при этом свободной рукой толкает коляску со вторым и мечтает о третьем. Потом малыши вырастают, приносят своим родителям внучат, сажают им на коленки — на плечах уже не унести — и сами убегают, чтобы принести следующего.

Я знала — что он знает — что я знаю про его сына... А вот как ответить ему, чтобы не ранить, не знала, поэтому сказала:

— А у моей мамы третий муж на семнадцать лет моложе ее.

— Ваша мама — красавица, — ответил Токмачев, который заглядывался на маму, когда она раньше редко-редко, но навещала нас с маленькой Варькой.

Тут пришла из ванной зареванная и умытая Варя, а Токмачев стал раскланиваться. Прикрывая за собой входную дверь, он обернулся, виновато посмотрел на меня и негромко сказал:

— Вы меня извините, Леночка, можно я Вареньке скажу кое-что? — Он улыбнулся заплаканной Варьке: — А ведь на самом деле ухажер — этот тот, кто уши жрет...

Мы с Варькой обе замерли.

— Как это? — искренне ужаснулась Варя и схватилась за свои уши.

— Комплиментами, — договорил очень довольный нашей реакцией Сергей Юрьевич.

Я представила себе огромного, громогласного сына Токмачева и подумала, что вот кто уши-то жрет, с удовольствием и аппетитом, у бедных сограждан и товарищей по дракам в Думских кулуарах, и отнюдь не сладкими словами... Но, конечно, ничего не сказала.

Когда Токмачев раскланялся и ушел, Варька подошла ко мне, обняла меня и вздохнула:

— Я поняла, мам, что комплименты — это совсем не алименты. Правильно?

Вечером я позвонила Неле, пересказала ей всю эту чудовищную историю.

— И что ты собираешься делать? Может, позвонить Виноградову?

— Н-нет. Ни в коем случае.

— Тогда надо подавать в суд.

— Да что ты, Нелька! И что я скажу в суде?

— А ничего говорить не надо. Надо написать заявление, пусть его вообще выпишут из твоей квартиры.

— Да я же ходила к юристу года два назад, помнишь? Когда хотела квартиру поменять, а он требовал заплатить десять миллионов рублей. Она и трети этого не стоила... Мне сказали, что нет такой статьи, по которой его можно выписать.

— Ну, может, теперь появилась? Узнай! Ты же собственник, и вообще отношения к этой квартире он никакого не имеет, если по правде...

— По правде-то — не имеет. А кого эта правда интересует?

Неля вздохнула. Мы помолчали, я слышала, как она что-то скребет. Похоже, начищает кастрюли. Жаднющий Нелькин муж не разрешает покупать хорошую посуду, называет это все отрыжками капиталистического общества. А сам постоянно приобретает эти отрыжки в виде стодолларовых галстуков, пятисотдолларовых ботинок с особой терморегуляцией для прогулок с собакой, в которых хорошо и летом и зимой, ну, и, разумеется, в виде элегантных неброских иномарок. Хотя Неля не ропщет и с удовольствием пользуется всеми благами, которыми ее муж одаривает семью, и радуется тем, которыми тот балует самого себя, в первую очередь.

— Слушай, а помнишь адвоката, про которого ты писала, давно еще, до ТАССа? Или он, кажется, был по уголовным делам...

— Ну, еще раз они вот так ввалятся — и придется брать адвоката по уголовным.

Я помаялась, подумала после нашего разговора, нашла телефон того самого Игоря Савельева, про которого, по его же заказу, писала лет семь назад, и позвонила ему.

— Лена Воскобойникова! Разумеется, помню! Слушаю вас. Надеюсь, вы никого не убили?

— Пока нет... Но всё к тому идет, — невесело пошутила я.

— Ясненько... Готов выслушать вас.

Мне он не очень понравился еще, когда заказал о себе статью. Но тем не менее я тогда взялась за работу — очень боялась, что после временного перерыва в работе мне будет сложно — потеряю навыки, связи, какое-никакое имя.

Это было вскоре после рождения Вари, совершенно некстати при моем режиме — грудное вскармливание, недосыпы... Грудной ребенок — это словно часть тебя, которая выйти-то вышла на свет божий, но еще как минимум год является твоей неотъемлемой частичкой, главной и требовательной. Ты спишь ночью столько, столько спит твой малыш, ешь непонятно сколько и когда, потому что главное — накормить его, вместе с ним гуляешь и совершаешь первые победы в покорении и освоении мира.

Сейчас я подавила невольное раздражение, услышав голос не слишком симпатичного мне человека. Я помнила, что, начав писать «по самозаказу», удивлялась, что такой необаятельный человек может оказаться действительно великолепным адвокатом, не проигравшим практически ни одного дела за пятнадцать лет практики.

— Игорь, может это и не по вашей части... — Я вкратце, опуская эмоции, пересказала ему свою ситуацию.

— Да, это совершенно не по моей части. Но я, пожалуй.... гм... да, пожалуй, мог бы взяться, просто из уважения к вам и из большой симпатии. Я проконсультируюсь с коллегами. Только вы мне поподробнее и поточнее ответьте на пару вопросов. Самое главное — а как он оказался зарегистрированным в вашей квартире?

— По глупости. Это был фиктивный брак. Мы вместе учились на журфаке, только он не доучился, его выгнали на третьем курсе.

— Так его же должны были забрать в армию? Скосил?

— Да, очень удачно симулировал шизофрению. Потом его, кажется, сняли с учета, через несколько лет.

— Да-а... это не очень хорошо... и то, что был диагноз, и что теперь сняли... Невнятно. Так. Ладно. И — ...

— Вы помните, в середине девяностых, когда квартиры еще только-только начали продавать, никому и голову не приходило, что можно иметь квартиру, без прописки, а то и две, и три — как сейчас?

— Да, очень хорошо помню. Сам купил тогда в девяносто первом году квартиру в Мытищах, и было много неразберихи с документами. В мою квартиру даже пытались кого-то вселить вместо меня.

— А мне за почти символическую плату квартиру оставила одна наша родственница, уехавшая в Америку, моя двоюродная тетка. Мы не знали, как это правильно оформлять — я была прописана в большой родительской квартире, и мама не хотела, чтобы я теряла на нее права. А других прав, кроме прописки, никто тогда не знал. Да их, собственно, раньше и не было.

— А почему мама не хотела, чтобы вы выписывались?

— Чтобы людей побольше прописано было. У одной ее подруги тоже умер муж, литератор, и начались проблемы с четырехкомнатной квартирой — ей предложили переехать в маленькую. Ну времена же такие были... Излишки площади. Старые законы — ненормальные были, новые — непонятные.

— А что теперь с маминой квартирой? — уточнил Игорь.

— Теперь мама ее приватизировала. Квартира пятикомнатная. На Маяковке.

— Ясно.

— И тут подвернулся Гарик. После того, как его выгнали с журфака, он болтался по Москве, подрабатывал то там, то здесь, мечтал теперь стать киноактером, подметал коридоры одно время на Мосфильме, я помню, надеялся, что его кто-то заметит и пригласит на главную роль. Он в молодости внешне напоминал известного народного артиста и всем говорил, что он его внебрачный сын, зачатый тем на гастролях в глубокой провинции. Видимо, он как-то прознал о моей личной квартире — я делилась с подружками, что смогу теперь жить одна, только не очень хочется. И стал вдруг активно за мной ухаживать. Но он мне не нравился, мне вообще никто не нравился тогда. Я была страшно увлечена учебой, такие события происходили в стране... И вот, когда у него не вышло с ухаживанием, Гарик стал предлагать мне деньги за фиктивный брак с московской пропиской. Это была его идея-фикс — прописка!

Тетка моя вот-вот должна была уехать в Америку, а с квартирой мы так ничего и не решили — как ее оформлять, на кого. Пошли мы с моим отчимом в юридическую консультацию. И там обратились к самому опытному и пожилому адвокату. В этом была наша ошибка. У него был громадный опыт советских тяжб и полное незнание современной жизни — он за ней не успевал. И посоветовал нам следующее. Чтобы сохранить мою прописку у родителей и приобрести эту новую квартиру, надо найти какого-нибудь верного человека, нуждающегося в прописке. Пусть тетка сделает на него дарственную, он в квартире пропишется, а потом подарит ее мне. Квартира будет не «пустая», никого туда не поселят, а верный человек тот, получив московскую прописку, благодарный и счастливый, квартиру покинет навсегда.

Все шло нормально до момента, когда Гарику надо было «покидать» квартиру. Тетя оформила на него дарение, он прописался. Правда, тут же начались небольшие сбои. Для начала он попросился ночевать в квартире, пока я не сделала там ремонт. Когда я начала ремонт, он сначала никак не мог уйти, то болел, то упал с лестницы, сильно вывихнул ногу, а потом взялся активно помогать — достал дефицитные в то время дубовые плинтуса, что-то прибивал. Опять стал ухаживать за мной, очень настойчиво... Отчим, правда, советовал мне его гнать в шею, вернее, поторопить с оформлением дарственной на меня и потом гнать. Я поторопила, и Гарик исчез, ничего, разумеется, не оформив.

Несколько месяцев от него не было ни слуху ну духу. Потом я поехала с курсом в летний стройотряд в Даго-мыс, на уборку орехов и абрикосов, а когда приехала, обнаружила у себя в квартире Гарика с какой-то девицей, хотя замки и ключи я давно сменила. Дверь он как-то открыл, вернее, взломал, и тоже поставил новый замок. Тут уже пришлось ломать дверь нам с моим отчимом, потому что Гарик ни в какую не хотел признавать нас не то что за хозяев квартиры, но вообще за знакомых ему людей. Он призывал на помощь милицию, и надо сказать, милиция ему верила и помогала. Но с другой стороны — все документы на квартиру были действительно у него.

— Достаточно невероятная история, особенно если знать вашего отчима.

— А вы помните его, Игорь?

— Разумеется, тем более, что я знал его гораздо раньше, чем услышал о вас. Я ведь даже собирался защищать вашего отчима, когда его посадили. Одно из первых громких мошенничеств... Не так уж много денег получил, но как ловко все сделал! Это уж потом по его стопам многие пытались отправлять туристов в никуда.

— Да, я тоже не представляю, как отчим-то мог обмануться. И вообще решиться на эту авантюру с дарственными...

— А с другой стороны, ведь отчим сам как раз ничего не приобретал и ничего не терял. Ну да ладно. А как же вы заставили Гарика оформить на вас квартиру? Как я понимаю, ведь владелица теперь вы?

— Уже пятнадцать лет. Это было так же невероятно. Гарик очень странный человек. Трусливый и алчный. Я ему дала денег. Оплатила его долг. Не так много, но его за этот долг искали какие-то люди, которых он боялся. И он пошел и оформил на меня дарственную. Если честно, то он уже тогда начал сильно пить. Я даже удивилась, что нотариус стала с нами разговаривать. Гарик в то утро едва-едва протрезвел от вчерашнего. Я ему еще заплатила, чтобы он не очень расстраивался. Может быть, он это сделал потому, что вообще не видел толка в этой собственности. Тогда никто почти не видел в ней толка. Прописка же у него осталась. А я еще несколько лет туда не прописывалась, пока мама в собственность квартиру на Маяковке не оформила.

— Он же мог продать квартиру!

— Не понимал. Или боялся. Он всегда боялся, что его обманут, ограбят... Предпочел получить от меня надежную сумму наличными и расплатиться сегодня с долгами, чем мучаться, рисковать с продажей. Он был уже неадекватный.

— И вы решились дать ему деньги?

— В нотариальной конторе, прямо внутри назначила его кредиторам встречу. Деньги за Гарика отдала и втолкнула его в кабинет нотариуса.

— Мог сбежать и оттуда.

— Мог, но не сбежал. Трусливый и слабый. Увидел, что я гораздо сильнее, не стал дальше рисковать.

— Ясно... И что, он в этой квартире больше не жил?

— Пытался несколько раз под разными предлогами — то он в меня вдруг снова влюбился, то ему совсем негде переночевать, то за ним гонятся плохие люди, а то просто уголок просил ему сдать, по бедности. Но я ни разу его не пустила.

— И, разумеется, за квартиру он не платил?

— Ни разу, ни копейки, но такого закона ведь нет, вы знаете, наверное. Вы можете не платить за квартиру и в ней не жить, но выписать вас не могут.

— А есть, кстати, куда выписывать? Потому что на улицу, действительно, нельзя.

— Есть, то есть было. Он жил последнее время в квартире матери в Электростали, которую та оформила на него в собственность. Правда, Гарик сказал, что квартиру эту он продал. Но я в этом сильно сомневаюсь.

— Это надо проверить в первую очередь.

— А если правда, что им негде жить?

— Значит, придется покупать им какую-то комнату в Подмосковье. Но подождите, попробуем обойтись без этого. Хорошо, Елена Витальевна, м-м-м... Леночка, я понял. Чем смогу — помогу. Вы мне пошлите по электронной почте копии всех документов, какие у вас есть. Значит, брак был фиктивный?

— Ну да...

— А, простите, зачем?

— Это как раз отчим придумал — подстраховаться. На всякий случай... Чтобы иметь возможность прописаться в квартиру, если Гарик мне ее не «подарит». К мужу-то можно прописаться, а к чужому человеку — нет. И, кажется, юрист говорил, что без брака он не имеет права подарить мне квартиру.

— Да, у вас был точно самый опытный и пожилой в консультации юрист, — засмеялся Игорь. — То есть дольше всех поживший при советский власти. Ясно. Гарик ваш заочно мне напоминает моего обычного клиента — неважно, защищаю я его самого или от него. Надеюсь, мне это поможет. Он, кстати, не сидел?

— Не знаю. Я его много лет уже не видела и не слышала. Дядя его всю жизнь сидит.

— Да, только дяди-рецидивиста нам не хватало! А чем он сейчас занимается, этот Гарик?

— Похоже, ничем. На вид совсем опустился.

Я не стала пока говорить Игорю о своей беременности. Мне казалось, что лишних деталей, затрудняющих понимание и доверие моего собственного адвоката, говорить не надо. Ему будет проще меня защищать.

После разговора у меня осталось хорошее ощущение. Игорь оказался гораздо приятнее, чем когда просил написать о себе хвалебную статью, чтобы, в частности, открыть собственное юридическое бюро. Я ведь даже не спросила, открыл ли он фирму и как его дела. Мы договорились встретиться через неделю, когда он изучит все документы и составит предварительное заявление.

Ночью мы с Варькой спали беспокойно. Она все пыталась разговаривать во сне. Мне же сначала снился Гарик с выбритым черепом, который пытался меня соблазнить и для этого расстегивал штаны и вываливал их содержимое, и меня во сне сильно мутило. А под утро приснилась мама Саши Виноградова, Ирина Петровна. Она поила меня чаем, звонко целуя меня в щеки. Отхлебнет чайку, потянется ко мне — чмок! Еще глоточек — чмок! чмок!

Вот утром мне Ирина Петровна и позвонила. Ее обычную сухость я давно объяснила себе сложной профессией, постоянной близостью к человеческому горю, как правило, безысходному. Ирина Петровна много лет проработала в онкологическом центре на Каширке, правда не хирургом, а лечащим врачом. Но мне кажется, это еще страшнее — хирург работает над отключенным телом, а Ирина Петровна каждый божий день по семь-восемь часов разговаривала с больными, их родственниками, на нее валились все эмоции, все горе — сиюминутное и затянувшееся. В последние годы Саша уговорил ее перейти на работу в частную клинику. Она согласилась, работает директором клиники, обычной, многопрофильной, но это мало повлияло на ее отношение ко мне.

И сейчас, как обычно, отчужденно и сухо, она сообщила:

— Лена, я хотела бы повидаться с внучкой. Я и Нинуся.

Нинуся, сестра Виноградова, — это отдельный разговор.

Меня Нинуся невзлюбила с нашей первой встречи много-много лет назад, даже не со встречи, а с первого взгляда. Взглянула — и невзлюбила.

Она очень некрасива, если вообще бывают некрасивые женщины. Иногда говорят — как посмотреть, как одеть, как любить... Но она, правда, некрасива и зла — просто по природе своей. Я не слышала от нее ни в чей адрес хорошего слова за всю жизнь. Этот — идиот, его жена — дура набитая, их дети — уроды. А этот — ничтожество, его жена — неудачница, их дети — недоумки. Третий — вор, его жена — проститутка, детей им лучше не иметь... И так до бесконечности.

Варе было года четыре, когда я первый раз прочитала ей сказку «Подарки феи», где в результате нехитрых действий фея определяет, что одна сестра добрая, а другая злая. Добрую она наделяет чудесным даром — лишь только та открывает рот, из него сыплются цветы и жемчуга с бриллиантами. Бедную же злючку, отказавшуюся напоить фею водой, та не щадит — превращает каждое ее слово в жабу или змею.

Варя долго смотрела на картинку и поделилась со мной наблюдением: злючка похожа на нашу Нинусю. Я решила, что Варя увидела чисто внешнее сходство — там, действительно, была нарисована девушка, отдаленно напоминающая Сашину сестру. Но после этого при первой же встрече с теткой Варя внимательнейшим образом заглянула ей в рот и с некоторой опаской спросила меня тихо:

— А почему они не падают? Она их проглотила?

— Кого, дочка?

— Змей и жабов...

Нинуся умудрилась тем не менее выйти замуж. Через два года она чуть не убила своего мужа — он попал в реанимацию. За что — семейная тайна Виноградовых. Которую знают все, благодаря слышимости квартирных перегородок. Муж Нинуси разбил ее духи «Нина Риччи», о которых она мечтала с юности и купила на всю зарплату. А случилось это несчастной для нашей страны зимой 1991 года.

Те, кто не сделал себе в ту зиму первую тысячу долларов на турецких куртках и польских кофточках или первым не добежал до партийных касс и вмиг ставших ничьими заводов и газовых скважин, помнят очереди за сыром и маслом, пустые полки в магазинах и аптеках, повышение цен каждые два-три дня... Потом был месяц, когда, кроме очередей за молоком, в магазинах ничего не было. Я прекрасно помню, как покупала по четыре литра молока и кипятила его впрок. А однажды даже попробовала сварить из него сыр — по радио каждый день передавали рецепты изготовления сыра, а также пудингов, пирогов и пирожных — из макарон и ракушек, если они имелись у запасливых хозяек.

Муж Нинуси перед Новым годом случайно задел туалетный столик, упали именно новые духи. И разбились. Нинуся взяла тяжелую бронзовую лампу и стала бить мужа, била до тех пор, пока он не упал и не затих. Потом она вызвала маму, а мама — Скорую. Выйдя из больницы, муж в суд подавать не стал — его долго уговаривали Саша с Ириной Петровной и чудесным образом уговорили-таки, но с Нинусей развелся. С тех пор Нинуся не любит не только всех женщин, но и всех мужчин, а также детей и домашних животных.

Я всегда считала, что моей Варе неполезно общаться с Нинусей. Уж больно та зла. Зло как бы сгущалось вокруг нее, окутывая окружающих плотным облаком. Мне порой казалось, что я даже чувствую какой-то особый запах. Был ли это запах зла, или запах самой Нинуси — не знаю. Не буду очень оригинальна, если скажу, что Нинуся пахнет серой. Пополам с ядреным хозяйственным мылом и чесночными котлетами.

Но... родственники есть родственники. На следующий день я собрала Варю и, утешая себя, что завтра, на дне рождения Жени, будет гораздо веселее, повезла девчонку в центр.

Мы купили бабушке Ире букет сверкающих блестками хризантем. Я была уверена, что Ирина Петровна с порицанием отнесется к нашему дурному вкусу, но Варя просто до слез уперлась и теперь с радостью несла оранжевые цветы с разноцветными крапинками, весело блестящими на лепестках.

От метро мы прошлись пешком до старого шестиэтажного дома, где много лет жила Ирина Петровна, с тех пор как выбралась с мужем из заброшенной деревни Марфино. По дороге я попросила Варю ничего не говорить им о Саше и наших сложностях, хотя...

— Мам, а о малыше, который у тебя в животе, можно говорить? Нельзя, наверно, тоже, да?

Ну вот, долиберальничалась. Разве хорошо, если семилетний ребенок самостоятельно фильтрует — что кому говорить? Гладкая, прямая дорожка ко лжи как удобной форме общения с окружающим миром. Да, конечно, есть правда, которой можно убить. Есть иллюзии, которых нельзя лишать. Человек с ними живет и умрет счастливым. Но есть люди, к примеру, ближайший Варин родственник, для которых искренность просто неинтересна, скучна, неприятна и в себе, и в других. Не хотелось бы, чтобы Варюшины глаза когда-нибудь так же остекленели, как у Саши, и чтоб от ее улыбки так же несло мертвечиной и гнилью...

Я же любила этого человека! Любила до потери собственной личности! Зачем я теперь так говорю... От обиды? Или вмиг раскрылись глаза? Не знаю.

Я смотрела на Варьку и думала — ведь правда, мне грех роптать, я ведь родила такую чудесную девочку от этого человека. Но как же мне жаль собственной любви! С каждым днем боль становится меньше, ее замещает странное чувство — мне жалко любви, жалко напрасно растраченной нежности, этих лет, проведенных в ожидании самого лучшего на свете Саши Виноградова, мне жалко, что я знаю о жизни и любви то плохое, о чем некоторые даже не подозревают...

— Здравствуй, Варюша, — Ирина Петровна впустила, точнее, ввела за плечо Варю и поцеловала ее. — Здравствуй, Лена.

Она встала как-то так, что я никак не могла переступить порог, не толкнув ее. Я так и стояла за порогом. Где-то вдали замаячила Нинуся с большой чашкой в руках.

— Папа! Я несу тебе чай, несу! — Нинуся заметила нас. — Пришли? Мам? Ну что, это они, наконец?

Я услышала, как Ефим Борисович в своей комнате прокашлялся и выразительно, в рифму Нинусе, выругался.

— Лена, а ты не хочешь прогуляться по магазинам?

Я смотрела на Ирину Петровну, а она — на меня.

— Д-да, я могу, конечно...

Варька обернулась и умоляюще посмотрела на меня. Я постаралась спокойно ей улыбнуться:

— Мне как раз надо подарок Жене купить.

— Женя — это... ? — Ирина Петровна вскинула тонкие брови.

— Наш друг с мамой, — с гордостью пояснила Варька. — У него такой медведь в ресторане... и живой крокодил...

— М-м-м... хорошо-то как! Вот и друг появился — с рестораном!

— Да нет, Ирина Петровна... Это...

— Мне все равно, Лена. Варюша, ты разделась? Иди к Нинусе. Я провожу твою маму.

Варька, оглядываясь на меня с сомнением, пошла в комнату.

— Ирина Петровна...

— Лена! Ты столько портила Саше жизнь!

— Я?

— Хватит уже! Ну не любит он тебя! И никогда не любил. Что ж ты отвязаться-то от него никак не можешь!

— Я? — Я больше не могла ничего сказать.

— Ну ты, ты! Уже старая, честное слово! Дай ему пожить без себя, Лена, без твоих сцен, ревности, уходов-приходов, в конце-то концов!

— Ирина Петровна...

— Что? Что? Ты столько из него вытянула за эти годы!

Почему я стояла и слушала все это? Я чувствовала, что не смогу долго удерживать слезы.

— Что же я тянула из него?

— Деньги, деньги, что!

— Да какие деньги, Ирина Петровна! Когда он мне несколько лет назад предлагал деньги, чтобы мы квартиру поменяли, я не взяла...

— Конечно, не взяла! Ты же на четырехкомнатную нацелилась! И на дачу! Захотела хозяйкой стать! Все себе загрести!

— Ирина Петровна, это несправедливо...

— Несправедливо сыну моему жизнь портить. Дочку против него настраивать.

— Да Варька так его любит... Что вы!

Она махнула рукой.

— У меня просто внуков других нет. Я к ней привыкла. А вообще-то ты сама уверена, что Варя — его дочь?

— Ирина Петровна... — Я прямо задохнулась.

— Через два часа приходи.

Я посмотрела в ее глаза, так похожие на Сашины. И с ужасом увидела, как из-за угла комнаты выходит Варька. Там, где она стояла — темная комната, идти дальше некуда. Значит, она все это слышала.

— Бабушка Ира, ты извини, что мы такие уродские цветы тебе подарили, ладно?

Варька взяла свою курточку и проскользнула между Ириной Петровной и стеной. Ирина Петровна тихо сказала:

— Лена, ты знаешь, почему мой сын так на тебе и не женился, как ты ни старалась, а?

— Почему?

— Варя, не слушай! Потому что на таких, как ты, — не женятся, понимаешь?

Варька взяла меня за руку, а свободной рукой помахала бабушке.

— Нинуся у тебя — гадость!

Я пихнула Варьку на лестницу и там, спускаясь вместе с ней, тихо сказала:

— Она... очень пожилая — понимаешь? С ней так нельзя!

— А с тобой? Она как ведьма с тобой разговаривала! Старая, страшная ведьма!

— Нет, Варюша, она просто любит своего сына, как я люблю тебя, и не любит всех его врагов...

— А мы разве его враги, мам? Враги?

— Нет, ну, то есть... Сейчас ему кажется, что я — враг...

— А я — твоя частичка, ты же всегда так говоришь? Значит — я вражинка...

— Не значит. Ты — уже самостоятельный человечек... человек.

— Мам, а что мы Жене подарим? Сколько ему лет исполняется?

На самом деле завтра была суббота, и мы собирались ехать к Женьке на день рождения. За всеми бурными событиями я как-то и думать забыла о подарке.

— Представляешь — не знаю. Давай сейчас как раз подумаем и попробуем купить.

На Полянке мы не нашли подходящего магазина. Зашли было в антиквариат — и вышли. Надо было что-то такое купить... такое... И мы купили большого фарфоро-

вого слона. Слон держал в хоботе цветочек и был при
этом необычайно пикантен. Вот только поверит ли Женька, что подарок выбирала Варя?

Глава 10

Утром, пока мы собирались и волновались, достаточно ли мы модно экипированы для подобного раута, позвонил Женя и предложил поехать вместе.

— Да я уже заказала такси...

— В такси не будет меня. Через час соберетесь?

— Конечно!

— Записываю адрес.

Варька очень обрадовалась, да и я, если честно, тоже.

Мы быстро собрались и вышли на улицу — подышать
перед поездкой. Я еще не видела его машину, даже не знала — какая она. Но завидев красивый новый кабриолет
густо-красного цвета, поворачивающий в наш двор, почему-то поняла, что это — Женина машина. Он ловко выпрыгнул из автомобиля, подошел к нам, поцеловал Варю
и меня в щеки, взял нашу сумку и усадил нас на заднее
сиденье.

Мы ехали очень весело. Женя поставил диск. Он запи-
сал его с одной известной пятидесятилетней певицей, про
бесчисленные романы которой уже даже неприлично рассказывать и слушать.

— Я и не думала, что ты поешь. Тем более с Виолой.

Женя посмотрел на меня в зеркальце.

— А я и не пою. Разве это пение? А Виолу я утешал,
по-братски... Ее бросил студент-первокурсник после одной
ночи бурной страсти. Она мне рассказывала, что это она
его бросила, и при этом страшно рыдала. Не думай, что я
сплетник. Это все сплошное вранье — не поймешь, где
правда, где пиар, где мечты, где сон спьяну приснился...

Я посмотрела на Варю. Она слушала песню и увлеченно подпевала.

— Сего-одня... то-олько сего-одня... ты мне скажи-и... кто же кто-о-о...

На даче нас встречала Антонина Филипповна, мама Жени, и... Ольга.

— Опа! — сказала Ольга.

— Здравствуйте, — тоже несколько смутилась я.

— Это она? — спросила Ольга у Антонины Филипповны.

— Похоже, что да, — кивнула та.

Женя в это время доставал из багажника пакеты и сумку и поглядывал на нас.

— Мам, все привезли из ресторана?

— Да, налаживают уже.

— А повар приехал?

— Конечно, француз с двумя ребятишками, помощниками.

— Да какой он француз! — отмахнулся Женя. — Так! Потомок французского гувернера.

— А почему тогда по-русски плохо говорит?

— А зачем ему говорить? Ему готовить надо, а не говорить! Вот Лена хорошо говорит по-русски. Знакомься, мам. Леночка, ее дочка Варя, мои хорошие подружки. Они очень хорошие! Их, — Женя посмотрел маме в глаза, — обижать нельзя. Ясно?

— Ясно. А кто собирался их обижать?

— Знаю я вас!

Чуть позже мы сидели и пили кофе-чай с дороги.

— Ну, как ты? — Ольга решила демонстративно обозначить наше знакомство.

Женя с любопытством посмотрел на нас.

— Вы знакомы?

— Еще как! — с некоторым вызовом ответила Ольга. — Лен, ты в порядке? Глаза совершенно отсутствующие...

— Ольга... — Я не знала, куда мне деваться.

— Я видел когда-то такие отсутствующие глаза... — вмешался Женя и посмотрел на Антонину Филипповну, которая с независимым видом раскладывала печенье. — У своей мамы, в очень трагический период ее жизни.

— У Лены, насколько я знаю, никто не умер... Да, Ленусь? — быстро ответила Ольга.

— Как сказать... Можно сказать, что умер. Извините, если у меня какие-то глаза. Зачем тут мои проблемы, на твоем дне рождения...

— Твои проблемы — мои проблемы, — Женя пододвинул свой стул ближе и неожиданно поцеловал меня за ухом. Мне стало смешно и очень приятно.

Ольга посмотрела на нас, быстро отпила несколько глотков чая и встала.

— Пойду отдохну, полночи фильм смотрела.

— Да, а какой? — живо заинтересовался Женя, положив ладонь на мою руку.

— «История о нас», с Брюсом Уиллисом и Мишель Пфайффер. Как разводятся муж и жена, прожившие лет десять или одиннадцать... У нее даже другой появляется...

— И что? — Женя, улыбаясь, смотрел на Ольгу.

— А! Естественно, за две минуты до конца фильма она бросается ему на шею, признается в вечной любви, и они остаются вместе... — Ольга посмотрела на меня с непонятным сожалением, — сидеть на лавочке, ждать путевку в вечность.

— Красиво, вот последнее ты красиво сказала...

— Это Лена как-то сказала. Мне понравилось, я запомнила.

— Лена — мастер слова... Такую статью про меня написала... я плакал, читал...

— И что ж ты плакал, интересно? — вмешалась мама.

— От счастья, что я такой прекрасный. Кстати, ура! Можно уже праздновать — одиннадцать сорок пять, — я родился. Что-то Антонина Филипповна мышей не ловит! Мамуля, наливай по капле, мне можно — по две.

— Да и мне тоже, — заметила Ольга, которая стояла в дверях, но так и не ушла.

Мы с Варей расположились в комнате на втором этаже. Из нее открывался замечательный вид на замерзшее озеро.

— А летом будем купаться, да?

— Варюша, ты уверена, что летом мы сюда приедем?

— Женя ведь в тебя влюбился! — Варя с сосредоточенным видом раскладывала свои две запасные кофточки на полки в совершенно пустом шкафу. На самом деле Женя предложил ей — нам — располагаться, как дома, и моя маленькая Варя всерьез стала раскладываться.

— Варюша... — я не знала, что ответить. — А я в него влюбилась, как ты думаешь?

— М-м-м... непонятно пока... Давай я твои колготки тоже положу...

— Точно, правильно. Непонятно.

— Девочки! — Женя постучался в дверь.

— Да-да! — по-взрослому ответила Варя и пошла открывать.

— Я за вами... Не прогуляться ли нам, на лыжах, к примеру, пока съезжаются гости?

— Да я... не очень люблю лыжи... — Я в который раз пожалела о своей неспортивности.

Женя подхватил Варьку и покружил ее по комнате:

— А я просто терпеть не могу!

— А горки здесь нет?

— Как же нет! Обязательно! Прекрасная горочка на краю леса, специально заливают. А у меня есть снегокат...

— Ура! Пошли! — запрыгала Варька.

Я чувствовала себя средне, но решила не обращать внимания на самочувствие и не портить Варьке, измученной событиями последнего времени, радость.

Мы великолепно покатались с горки — я съехала пару раз, а Женька с Варей, наверно, не меньше пятидесяти. Один раз он попытался даже прокатиться на ногах по ледяной тропинке, которую укатали мальчишки. На половине горки он свалился и собирался повторить.

— Женя, я прошу тебя! Не дай бог что-нибудь сломаешь или подвернешь! Полетят все твои золотые антрепризы.

— И бриллиантовые сериалы! Сейчас подписался, представляешь, на шестнадцать серий. И... угадай, сколько буду получать? Причем имей в виду — не торговался, а уговаривали. Роль уж больно мутная. Не пойми кого играть — то ли маньяк, то ли не маньяк, так никто и не понял. Сам автор решить никак не может. Говорят, очень автобиографичный образ.

— Ужас какой!

— Да уж. Так сколько мне за съемочный день платят, знаешь?

— Я вообще ваших расценок не знаю...

— Звездных расценочек... — Женька смешно сморщил губы и как будто повернул свой гуттаперчевый нос чуть в сторону. — Ну скажи, скажи навскидку, как ты думаешь, сколько? Проверим твой КП — коэффициент приспособленности к новой жизни!

Я подумала.

— Тысячу долларов, что ли?

Женька довольно засмеялся.

— Больше! Боль-ше! И в европейской валюте. Вот так.

— Молодец. Только стоит ли играть маньяка...

Женька погрустнел.

— Вот и я не хотел. Но у него сдвиг такой необычный... — Он посмотрел на Варьку, которая слушала его с открытым ртом. -- Может, и не стоит играть, действительно...

— Ты ведь подписался уже.

— А! Отпишусь! Делов-то!

— А зачем тебе еще столько денег? Дом есть, прекрасный, просто дворец, ресторан доход приносит, в Москве прекрасная квартира.

— И в Питере, — добавил Женька. — Только ты об этом не пиши.

— Да я вообще о тебе больше писать не буду. Позориться только...— Я засмеялась. — Писала, писала, а ничего о тебе так и не поняла. Кто ты, какой ты, с кем ты...

Женька подергал себя за мочку и грустно посмотрел на меня:

— И я сам не понял пока.

— Так зачем деньги-то еще?

— Смешная ты! — он обнял меня и потерся носом о мою холодную щеку. — Жену купить, к примеру. Самую роскошную.

— А, ну это, конечно, повод. Тогда играй маньяка.

— Жень, а ты будешь кого-нибудь расчленять, да? — спросила Варя с неподдельным ужасом.

— Это мы посмотрим, — Женька весело посмотрел на меня, — как дело пойдет...

Когда мы вернулись, на стоянке около дома уже стояла кавалькада иномарок. Роскошных, очень роскошных и невероятно роскошных.

— Жень, а простых людей не будет?

— Это каких?

— Ну как мы с Варькой...

— А вы простые? — Он опять обнял меня за плечи. В теплой одежде такой жест можно легко спутать с чем-то другим. Например, он решил поддержать меня на скользкой дорожке. — Самый простой здесь я. Если бы ты знала, какие у меня на самом деле простые желания! Я люблю чистое постельное белье, чтобы хрустело, никакое там не шелковое и не махровое, удобную одежду и простую еду — вкусный свежий хлеб со сливочным маслом, вкусный сыр, хорошее красное вино и куриный бульон с гренками, маленькими такими, золотистыми...

— Ты проголодался, по-моему.

— Ага, — он засмеялся. — Ну, а машины... Просто иномарка — это принципиально иной механизм. Не только красивее. И то, и то движется, но это разный транспорт. Как, допустим, трактор и сенокосилка.

— Да, понятно, Жень. Но я не об этом.

Он посмотрел на меня и вздохнул.

— Грустная тема. Однажды я пригласил своего школьного друга. Он часто на спектакли ко мне приходит, с женой и сыном. А так просто как-то не встречались. Вот я и решил — на Новый год их пригласить, сюда, на дачу. Он работает неврологом, в двух поликлиниках, естественно, чтобы хотя бы кормить своих. И я понял, что встречаться с ним надо отдельно, без других, как ты говоришь — без непростых. Другие разговоры: те виллу себе присмотрели в Испании, те купили-продали кинокомпанию, поехали лечиться в Австрию. Не понравилось — всех там послали и прямо оттуда рванули в Швейцарию. Там как раз и желчный пузырь вырезали, и сто пятьдесят тысяч евро проиграли, но не расстроились, очень смеялись. А! — он досадливо махнул рукой. — Но, если честно, мне жутко нравится такая жизнь. За́мок мой нравится, сам себе нравлюсь. Ты нравишься... — Он поскользнулся и чуть не упал, удержавшись за меня. — Ну вот, не зря к тебе вязался!

Мы засмеялись, втроем взялись за руки и пошли в дом. Там на крыльцо высыпали гости и стали кричать:

— Же-ня! Же-ня! С днем рож-де-нья! Же-ня! Же-ня! Угощенья!

Дирижировала Антонина Филипповна. Я старалась не замечать, какими глазами она смотрит на меня, чтобы лишний раз не расстраиваться. Но когда все-таки я взглянула, мне показалось, что она вполне всем довольна.

Это был замечательный, веселый, не очень громкий праздник. Может, потому что Женю действительно все любили. И он, уж наверняка, позвал только тех людей, кого любил и хорошо знал. Вот разве что мы с Варькой...

Стало темнеть, и гости разбрелись по нескольким большим комнатам первого этажа. Женя включил музыку, вскоре подошел ко мне и взял за руку:

— Не составишь мне компанию?

Я почувствовала на себе сразу несколько заинтересованных взглядов.

— В чем?

— Хочу потанцевать... Я могу, конечно, и один...

Мы станцевали один танец, другой, я краем глаза наблюдала за Варей, листавшей журналы. Потом увидела, как она куда-то отправилась, и потеряла ее из виду.

Женька обнимал меня, танцуя, и все уводил от яркого света в разные уголки. Пока я не спросила:

— Ну а как быть с тем, что мы вместе так ловко скрывали в «Мужском размере»?

Женька несколько напряженно засмеялся, но руку с моей шеи не снял, продолжая кружить меня в замысловатом танце.

— Предложи им так переименовать журнал, смешно... — Он вздохнул. — А может быть, это мой удачно найденный имидж? Представляешь, от какой головной боли я избавлен. Иначе бы толпы поклонниц осаждали, прохода не давали. И так-то, бывает, домой никак не уйти после спектакля.

Я попыталась посмотреть ему в глаза, но он их полуприкрыл, прижимаясь ко мне щекой.

— Но какой ценой, если это правда...

— Ценой двух-трех бедных мальчиков, которые клянутся мне в любви.

— Тебе действительно их жалко?

— А тебе, Ленусь?

— Мне — да... — Я не обнимала его в ответ, но и не пыталась отстраниться. — Может, им моя жалость и неприятна была бы. Но я понимаю это как несчастье...

— Как уродство? — подхватил Женя сразу же.

— Как несчастье, — повторила я, — с которым можно жить. Ведь слепые играют на музыкальных инструментах, поют лучше зрячих, а у глухонемых даже есть театр.

— А карлики женятся на карликах и у них не рождаются дети, так?

— Женя... Так как оно по правде? Ты — какой?

— А как тебе хочется? — Он сильнее сжал мне плечо, и я ощутила, как его вторая рука еле-еле заметно гладит мое бедро, неосмотрительно обтянутое тончайшим шелковым платьем.

Мне хотелось быть красивой в этот вечер. Я не ожидала мужского внимания. Я вообще не ожидала никакого внимания, просто лучший способ преодолевать, хотя бы на пару часов, внезапно накатывающие горечь и отчаяние — это одеться, накраситься и увидеть себя в зеркале не несчастной и брошенной (пусть даже старым сатиром — все равно — брошенной!), а красивой, еще не старой женщиной.

Еще не старой... Какие слова сразу появляются в собственной голове и удобно располагаются там, когда тебе говорят: «Ты больше не нужна!»

Пришло ли бы мне такое в голову еще полгода назад, когда я, счастливая, несмотря на Сашину пьянку и светло-зеленую тоску, блистала в Турции в коротких юбчонках и художественно-рваных шортах, когда танцевала с Варькой на ее детской дискотеке и очень хотела еще потанцевать на взрослых, традиционных европейских танцах, куда мы с Варькой ходили выпить чашечку чая перед сном. Но Виноградов валялся полудохлый в номере — объевшийся, опившийся за день, к вечеру он боялся далеко отходит от туалета. «Какая романтичная история любви!» — прокомментировала бы Ольга. И правда. Так отчего же я была в Турции такая счастливая?

А вот и Ольга. Она, похоже, искала меня. Увидев, что я танцую с Женей, она остановилась в дверях полутемного зала, постояла и ушла.

— Лен, а мамина подруга Ольга, ужасно красивая женщина, не кажется тебе немного странной? — Женя перебрался теперь обеими руками на мои бедра и делал это как-то не очень танцевально.

Я тихо засмеялась, ощущая, как все мое тело предательски прислоняется к нему.

— Ты меня утешаешь по-братски?

— М-м-м... не совсем...

— Женька, я беременная женщина.

— Я уже говорил — я тебе завидую. И придурку этому завидую, который не понимает, что... Ай... — Он неожиданно поцеловал меня.

Я очень давно не целовалась. Мне кажется, лет пять или больше. Может быть, гораздо больше. Виноградов меня давно-давно не целовал. Я пыталась, но его это так мало вдохновляло, что я перестала.

Сейчас я обняла Женю и с огромным удовольствием почувствовала его сухие, горячие губы. Я бы не сказала, что они были очень нежные и застенчивые. Он отвел меня в темный уголок за двумя огромными монстерами, как будто специально созданный для тайных поцелуев. Мне казалось, мы целовались так долго, что все уже легли спать или уехали.

— Женька, пойдем, пожалуйста, мне стыдно...

— Так тебе стыдно или ты гордишься, что тебя целовал такой всенародный артист?

— Горжусь. Но... — С некоторым беспокойством я очень осторожно отодвинулась от Жени, ощущая чрезмерную взволнованность его плоти. — Мне пора, не обижайся.

— Обиделся.

— Женька! — Я поцеловала его в нос и теперь уже решительно отвела его руку. — Там же твоя мама! Веди себя прилично.

— Ты ей ужасно понравилась.

— Жень, я ничего не понимаю, по-прежнему.

— Сейчас поймешь, — он вздохнул, чинно взял меня под руку и повел в каминный зал, где сидели или тихо танцевали под приятные французские песни гости.

Мягким негромким голосом Шарль Азнавур пел об ушедшей любви, без которой пусто и светло. Мне пока светло не было, только пусто и горько.

— Дорогие гости, — Женька помахал рукой сразу всем, — а не выпить ли вам за именинника и за счастье лицезреть его без грима?

— И без мальчиков...

Я не видела, кто сказал это, но мне показалось, я узнала голос Ольги, уверенный голос в чем-то очень неуверенной женщины.

— И без мальчиков! — громко подхватил Женя. — Хочу кое-что рассказать тем из вас, кто еще меня любит.

— И кто еще жив... — Чья-то жена пыталась ровно пристроить сползающего супруга в низком кресле. — Женька, у тебя такие крепкие вина... я еле стою... пила только вино...

— Между прочим, специально присланное из Франции Жераром Депардье!

— Как он мне нравится... — неосмотрительно сказала я. Женя, крепко державший меня за руку, больно сжал мне ее, а я внезапно увидела чьи-то очень знакомые глаза. И огромная фигура, в полутьме похожая на Депардье, двинулась к нам.

— Это *он*? Твой... — тихо спросила я.

— Дура! — прошептал Женька и тихо засмеялся, обнимая меня. — Толик! Я думал, ты меня презираешь... не приедешь... Уже отчаялся...

Женя, не отпуская моей руки, пошел к очень крупному человеку, с чьими глазами я столкнулась пять секунд назад.

— Толик, познакомься, эта женщина перевернула все мои представления о...

— И мои тоже. Ты позволишь мне потанцевать с твоей дамой?

— М-м-м... только пока я наливаю себе рюмку для тоста. Я хочу рассказать всем кое-что интересное.

— Здравствуйте, Лена, — сказал Толя Виноградов, как-то так протянув мне руку, что мне ничего не оставалось сделать, как дать свою — для поцелуя.

Единицы современных мужчин знают, что если уж целовать руку женщине, то не надо тащить эту руку для поцелуя наверх, к своему рту. Надо наклониться самому — так низко, как находится ее рука. Толя действительно наклонился и снизу посмотрел на меня:

— Я рад.

— Здравствуйте, Анатолий Михайлович!

Глупее не могло быть. Зачем я назвала его по отчеству, когда на работу решила не идти, а по возрасту он вряд ли был старше меня. Но не называть же мне его «Толей»...

Мы стали кружиться в медленном, но каком-то сложном танце, и я в очередной раз порадовалась, что, имея в виду свое особое состояние, пила один лимонад. Если бы я сегодня выпила хоть каплю вина... Я и так с трудом успевала за происходящим. Но все же решила начать разговор с Анатолием Виноградовым, чтобы преодолеть собственное смущение и легкое головокружение.

— Вы простите меня, у меня было тогда целых две причины, чтобы так неадекватно себя вести. Я была в... шоковом состоянии.

— Надеюсь, одной причиной был я? — спросил подошедший Женя и тоже приобнял меня за талию.

Нам пришлось остановить танец, чтобы не танцевать втроем.

— А второй, точнее, первой — разумеется, я, — рассмеялся Толя. — Да, нет, Женька, похоже, мы-то с тобой здесь как раз и ни при чем.

— Ну не знаю, как ты... — Женя продолжал потихоньку забирать меня у Виноградова. Я не сопротивлялась. Он стоял сзади и держал меня обеими руками за талию — даже чуть повыше, и мне это не было противно. Но, кажется, это было противно Анатолию Виноградову. Он улыбнулся и отошел от нас. Я чуть высвободилась, пожав Жене руку.

— На нас Варька смотрит... — На самом деле я только что увидела Варю, очень обрадовалась, что она здесь и не скучает, не ищет меня глазами, а занята чем-то своим.

— Так мы же танцуем... — Женя сделал со мной несколько кругов по залу. Двигаясь мимо Ольги, он отдал ей честь.

— Знаю прекрасно, что она не врач, но все время такое ощущение, что я на приеме у психиатра, когда с ней разговариваю... — шепнула я Женьке. Он только улыбнулся в ответ.

Мы станцевали еще один танец и еще. Я с радостью заметила, что Варя нашла себе компанию — двоих детей примерно ее возраста, и они увлеченно стали о чем-то говорить и смеяться.

— А сын твой не приехал?

Женя вздохнул.

— Завтра есть еще день...

Женя, не дождавшись, пока Азнавур допоет бесконечную песню о грустной запоздалой любви, громко объявил:

— Я хочу рассказать одну историю. Я сам ее придумал, на свой день рождения. Это... синопсис сценария. Краткое содержание. Я хочу снять фильм.

В тишине раздался вздох Жениной мамы, Антонины Филипповны:

— Женя всегда так трогательно относился к своему дню рожденья... Всегда маленький сам готовил себе подарки — боялся, что наши сюрпризы его разочаруют...

Кто еще в состоянии был понять, что она сказала, засмеялся. Женя подошел к маме, поцеловал ее. А я подумала — не осталось ли на его губах моей помады. Хорошо, что в полутьме этого особенно не было видно.

— Итак. Это будет комедия, чисто французская, но с нашими актерами. Снимать... пока не знаю, кто будет. Жилбыл один человек. Был он, допустим, клоуном. Грустным клоуном. Дожил до сорока трех лет... — Женя вздохнул. Никто, кстати, не говорил сегодня, сколько ему исполнилось лет, я-то думала — чуть больше. — И вот, накануне дня своего рождения он решает: «Уйду в монастырь!»

Женя сказал это так непосредственно, что какой-то сильно набравшийся гость, не разобравшись, приподнялся в кресле:

— Не надо, Женик! Как мы-то без тебя...

Остальные засмеялись. Женя поставил руку козырьком, присматриваясь, кто это сказал, видимо, по голосу не понял.

— Гм... Думал, что Серега. Но Серега, смотрю, уже не с нами. Я продолжу, с вашего позволения... В день рождения герой встает пораньше, и — уходит. Дальше — уже действие в монастыре. Да, а должно быть понятно, что у героя... какая-то неудачная любовь. Без уточнений. Он один, совсем один. Он уже не может понять — способен ли он вообще любить. Поскольку он мужчина, то идет в мужской монастырь. Его принимают, и он начинает там жить. Но служить Богу не очень получается. Его пытаются склонить к близкой дружбе несколько монахов...

Я оглянулась в поисках Вари и услышала громкий детский смех из зимнего сада. Я очень надеялась, что им ничего не слышно из того, что говорится сейчас здесь.

— ...но он не за этим пришел в монастырь... Напоминаю, это должна быть комедия, очень смешная... с трюками... Такая... французская, в духе Бельмондо... Потом несколько монахов его все-таки соблазняют, почти насильно... и вдобавок в него влюбляется настоятель монастыря... Это уже в духе Рабле все должно быть, на пределе приличия, но очень эстетичное. Просто ожившая классика. Смешно, красиво и ужасно...

— Женечка... — подала голос Антонина Филипповна. — А монастырь-то — какой? Католический?

— Почему? Православный, конечно. Это же в России должно быть, все узнаваемо, все наши проблемы...

— Но, Женечка, нехорошо как-то... наши... разве?.. Ой, не знаю... сынок...

Думаю, не одной мне в этот момент стало жалко его маму.

— Мамуся, — Женя подошел к маме, обнял ее, — если ты хочешь, будет не наш монастырь. Все, решено! Маму не нужно расстраивать. И вообще — ты слушай дальше, это же комедия! Значит, там все понарошку, — он поцеловал Антонину Филипповну и продолжил: — А дальше герой сбегает из мужского монастыря. Переодевается в женщину и поступает в женский монастырь. Там в него влюбляются несколько женщин, причем кто-то из них знает, что он мужчина, кто-то — нет. И в результате он там влюбляется сам.

— В настоятельницу, — добавила Ольга.

— Нет, в послушницу. Которая к нему сначала равнодушна...

Наверно, не надо было мне целоваться с Женей. На середине его рассказа мне стало как-то нехорошо.

Я смотрела на него — и не могла понять, зачем я это сделала. Вела себя как дешевая куртизанка. Залезла в кусты с Женей, потом танцевала с другим — с неизвестным мне Виноградовым. И все так самозабвенно! Согрейте меня, согрейте, добрые люди, мне так плохо, я потеряла свою любовь!.. Поцелуйте меня, обнимите, пожалейте убогую... Вот кого совсем не жалко, так это меня, инвалида бесконечной и бессмысленной любви.

Я — с разодранной душой. Моя дочь Варя — тоже. Она скоро с моей помощью вообще не будет понимать — где верх, где низ, что хорошо, что плохо.

Мы зачем-то приехали в дом к этому непонятному человеку. Я стала дружить с ним без всякой задней мысли, будучи уверенной, что здесь вообще все искренне и чисто. Потому что, если честно, я не очень верю в дружбу мужчины и женщины. Женщина-то может дружить просто так — разговаривать, в ресторан сходить, гулять с собаками или посмотреть вместе фильм или спектакль. А вот мужчина... Не будет он этого делать, если он физически здоров и ему совсем неинтересно с тобой в мужском смысле. Он лучше один погуляет с собакой и сходит в ресторан. Или пойдет с товарищем — по крайней мере, всегда будет что обсудить и за что выпить.

Часто даже пожилые мужчины — не настолько богатые, чтобы нацеливаться на чужую молодость — дружат, разговаривают, «общаются душами» с женщиной, то и дело обозначая свой истинный мужской интерес, не подкрепляемый более возможностями плоти: «Эх, как все хорошо! Да только жаль, что мы с вами не можем... Вот годков бы двадцать назад я точно...» Точно не оплошал бы.

Я потихоньку вышла из каминного зала, намереваясь найти Варю и, наверно, поехать домой. Варю, вечную заложницу моих страстей. Ну зачем, зачем было разрывать душу девочке... У меня опять потекли мысли в знакомом направлении — без всякого смысла, без пользы. Саша, как же ты мог... Ладно — я... Ну а Варя-то...

Я дошла до того же угла с монстерами, села на какой-то подвернувшийся то ли пуфик, то ли табурет и стала плакать. На меня вдруг навалилась вся моя глупая, легкомысленная жизнь — все эти годы с Виноградовым, ушедшие в пустоту, в песок. И куда привело меня терпение, смирение, прощение всего — всего! — и любовь, бесконечная, преданная, искренняя любовь? Куда? В полный жизненный аут? В тупик, из которого непонятно как выходить... С бедной, растерявшейся Варькой, полюбившей полузнакомого ей доселе отца за последние полтора года, и с новой жизнью, зародившейся у меня внутри по каким-то невероятным законам... Каждому крест — по силам. Да, я не ропщу. Я, такая бесхребетная чухонка, тащила, тащу и дальше буду тащить. Но дети-то мои почему должны страдать за меня, за мою глупость, за мои грехи и слабости, за непростительную доверчивость и непрактичность?

Саша — оборотень. Все мои мечты и планы были просто миражами. Как можно было поверить ему, зачем я завела второго ребенка от человека, который прогулял всю мою первую беременность и даже не пришел в роддом?

И почему никак, ну никак не проходит боль? То чуть слабее, а то — опять. Вдруг накатывает такая тоска, и такой страх за наше будущее, и такая вина перед Варькой, про следующего я даже думать не хочу... Может, сходить к врачу и все решить — за сорок минут... Ведь я же не смогу, не потяну, я не боец... Мне придется опять унижаться перед Виноградовым, а он будет пользоваться моей слабостью... Нет! Никогда больше я не буду с ним! Я просто не смогу. Я никогда не забуду этой ночи — в Митино, с Милкой... И всего остального, всех его сдирающих мою кожу слов. Есть слова, имеющие силу поступка... И потом — Варя... Я никогда больше не вовлеку ее в наши отношения, для ребенка достаточно одного раза, когда вчера у тебя была семья, а сегодня ее нет... Эти ее глаза, доверчиво смотрящие на Виноградова, ее слезы, когда она спрашивала меня: «Значит, меня не за что любить, да, мама? Раз он ушел от меня?»

Я плакала, плакала, у меня не было с собой ни платка, ни салфетки — сумка моя осталась на втором этаже. Я не очень представляла, как туда пройти. Где-то рядом с кухней должна быть ванная, мы туда заходили с Варей. Но как найти кухню? И я дальше плакала, и никак не могла остановиться, этот был момент, когда реальность наконец предстала передо мной с жестокой откровенностью.

Я ращу ребенка и периодически живу с ее отцом — по его желанию. Я, по его же желанию, завела второго ребенка. Японцы отсчитывают день рождения человека со дня его зачатия. Я не японка. Но так было и с Варькой. С первой секунды, когда я узнала о ней — о том, что внутри меня зародилась новая жизнь, я считала ее уже своим ребенком. А как иначе? Если старого, полуразложившегося, лысого, беззубого сына старуха-мать называет «мальчик мой», то почему я не могу считать крошечного зародыша внутри меня своим ребенком? И я не хочу, не буду от него избавляться! Но как же мне быть? Ведь еще надо растить Варю, ей нужно внимание, ей нужны мои силы... А работа? О, Господи... Ну что же мне делать? А Виноградов сейчас целует котенка, смеется, пьет...

— Подождите, — чья-то рука с платком закрыла мне рот, видимо, желая меня высморкать. — Сейчас... Не надо так... Идите сюда, — большие руки в мягком свитере обняли меня, спрятав от окружающего мира.

Я затихла. Не открывая глаз, я почувствовала легкий еловый запах с едва уловимой горчинкой. Да, я знаю этот запах, знаю, я много лет покупала его для Виноградова... Не надо, вот только запаха этого не надо... У меня закружилась голова, то ли от слез, то ли от любимого и совершенно ненужного сейчас запаха. Мне показалось или я ощутила, что земли, вернее, табуретки больше подо мной нет, что я плыву или еду куда-то... было темно, тепло и ужасно легко...

— Ну вот, хорошо, не нужно, уже наплакались... Или еще немножко? — голос был совершенно незнакомый.

Но слезы действительно перестали течь. Я чуть-чуть посидела в темной, теплой клетке чьи-то рук и попробовала освободиться.

Я увидела перед собой незнакомое лицо. И знакомое одновременно.

— Я не узнала ваш голос... — услышала я собственный голос, охрипший от слез. — И вас сначала не узнала. Вы совсем другой.

— Надеюсь, я не похож на того, кто вас обидел.

— Нет... Нет. Вы на себя непохожи... когда вблизи. И на него — нет.

— Очень внятно объяснили, — мне показалось, что он улыбается в темноте. — Ай-яй-яй... — он сел вместе со мной на руках, убрал мои намокшие от слез пряди с лица и еще вытер мне лицо платком. — Платочек возьмете, постираете и вернете мне в первый рабочий день. — Анатолий Виноградов, а это был он, теперь я это точно видела, сунул мне в руки мокрый платок.

Господи, какой же стыд. Что же я такая убогая? Я прокашлялась и постаралась говорить ровным, вменяемым голосом:

— Спасибо. Но... я не пойду к вам на работу... я не могу...

— Это почему? Не нравится? Ну, подождите, подождите, вы не плакать опять собрались?

— Нет. Все хорошо. Просто... о работе я не могу сейчас думать.

— Хорошо. Это потом. А вы вот сядьте, — он настойчиво усадил меня обратно на пуфик, с которого я попыталась встать. — И расскажите мне. Хотите, проведу допрос? Профессиональный?

— Вы и допросы проводили?

— А то! Вы же ловко меня сразу раскусили! Тупой чурбан, вояка, фээсбэшник...

— Женщины любят военных, — я, к ужасу своему, засмеялась. — У меня, кажется, истерика, извините.

— Нет, почему, это вы шутите. Слава богу. Пойдемте куда-нибудь, вы попьете водички, умоетесь и расскажете мне, кто же или что же вас так обидело. Вы не курите?

— Н-нет...

Несколько раз за восемь лет, что я не курю, когда меня совсем срывало, не выдерживали нервы, мне даже снилось ночью, что я курю. Но курить я не начала. Из-за Варьки, из-за моей бесконечной вины перед ней. Она заслуживает не такой жизни, не слез моих, не страданий, которые она делит со мной честно и наивно. Еще не хватало, чтобы от меня при этом ужасно пахло, и по нашему маленькому дому перекатывались клубы вонючего, вредоносного дыма.

Я горжусь, что сколько бы Виноградов не подбивал меня начать курить, я не начала. Сам-то он не курит, но любит курящих женщин, вопреки расхожим представлениям о поцелованной пепельнице. Он мне даже ставил на вид, что раньше, до родов, я нравилась ему больше, когда от меня пахло пороком — сигаретами, коньяком, иногда и другими мужчинами — так ему казалось... А теперь от меня пахнет куриным супчиком с вермишелью и стиральным порошком. Это, конечно, всё фантазии, если иметь в виду, что у него практически отсутствует обоняние. Но дело в принципе — какая женщина более желанна.

— Жаль, правда? Что не курю.

— Что-что? — Анатолий Виноградов рассмеялся. Искренним и очень приятным смехом.

Ага. Вот теперь только недоставало поцеловаться еще и с ним, почувствовать с радостью и удовольствием его взволнованную плоть... Я резко встала.

— Спасибо, Анатолий Михайлович. Я... В общем, у меня просто в жизни все сложилось сейчас так... одно к одному...

— Лена, давайте, как-то проще, называйте меня Толей, тем более что вы не хотите ко мне на работу. Что у вас произошло? Раз вы сидите и плачете здесь в одиночку, значит, рассказать вам толком некому. Вот возьмите и поплачьтесь сильному мужчине, — он улыбнулся. — Сядьте, хотя бы. Ну вот... Хотите, вас одной рукой обниму?

— Нет, спасибо.

— Вы не обиделись, что я вас так...? — он развел руки, показывая, как он меня пытался спрятать от навалившихся на меня фантомов моих бед.

Я подняла на него глаза. Ну, что мне ему сказать? Что я такая слабая, переломанная, растоптанная-перетоптанная своей любовью, ищу теперь хотя бы временного пристанища? И полчаса назад я пряталась с Женей — от реальности? И что вообще мне холодно и страшно?

— Не знаю.

— Ну, еще раз попробуйте.

— Нет, спасибо, — ответила я и ненавидя себя, облокотилась на него.

Минуты две я посидела в тишине и теплоте, слушая ровное, мощное биение его сердца, потом сказала:

— Когда я Варю, мою дочку, рожала, мне на живот такую штуку ремнем прикрепили... И я ее сердце все роды слушала — оно громко стучало на всю родовую... Все восемь часов. Я кричала, дышала, акушерки меня ругали, говорили, что я ребенка замучила своими криками, что я плохо дышу, неправильно, что малышу плохо из-за меня, а я слушала ее сердце — оно так ровно стучало...

218

— Это ваша такая глазастенькая бегает, да? Красоточка?

— Да. Варвара... Виноградова.

— Что вы говорите! — Анатолий Виноградов, офицер, проводивший когда-то в другой своей жизни настоящие допросы, искренне удивился такому милому совпадению. — А вы же Воскобойникова...

— Ну да. Мы не женаты с ее отцом. Были.

— А сейчас — поженились?

Зря я беспокоилась. Или надеялась? Не собирался он меня целовать. И плоть его явно не испытывала ни малейших волнений от моей близости. Он спокойно смотрел мне прямо в глаза, вопросительно подняв брови и подперев голову мощным кулаком.

Я чуть отодвинулась от него.

— А сейчас — разошлись.

— А! Я-то уж думал!.. — Он шутливо помахал рукой. — Беда какая! Или горе горькое! А тут! Разошлись! Ну ладно, ладно, — он погладил мое плечо. — Смешную статью вы про Женьку написали, кстати... А вы его вообще-то хорошо знаете, да?

— А вы?

— Я-то... Ох... А он вам не рассказывал? Да лучше некуда...

— Я подумала — вы его... друг... в смысле, что... — Я замялась. Говорить? Но ведь то, что знаю я — знают все? В том числе и Толя Виноградов?

— Похож? — он совершенно серьезно смотрел на меня.

«Вот черт!» — подумала я. «Какая же я кретинка! Да точно! Ну точно же! Это Женькин друг, который его бросил, который с Женей и еще с другими — он и есть...»

— Похожи.

— Ой, мать твою... Извините... — он покачал головой. — Это вы из-за того цветного галстука, что ли?

— А почему, Анатолий... — Я споткнулась о его взгляд. — Толя, почему? Я вот боюсь совершенно другого. Люди так плохо относятся к... — Я запнулась, не зная, как назвать Женькину природу в разговоре с его другом, который, очевидно, все же просто старый товарищ, не более того. — Это глупо, жестоко...

Похоже, разговоры с Ольгой неожиданно утвердили меня в моих смутных ощущениях и совершенно новых для меня мыслях.

Новый Виноградов с интересом на меня смотрел в темноте.

— А вы, Лена, к чему плохо относитесь?

— К одиночеству. К предательству. К жестокости, любой... А когда один человек любит другого — что ж тут плохого?

— Ясно. Хотя на самом деле ничего не ясно. Вам прежде всего самой ничего не ясно и неизвестно, как я вижу. Давайте я вам вина принесу? Не ходите туда. Такая...

— Зареванная, да?

— Да есть немножко.

— Вина не надо. Воды лучше, — я встала. — Вообще-то мне надо пойти проверить, как Варька. Спасибо, Толя.

— Пожалуйста, Лена. Обращайтесь, — довольно равнодушно, как мне показалось, ответил Анатолий Виноградов и не стал меня задерживать.

Я нашла Варьку, обнаружила, что она ничего не ела весь вечер, покормила ее, и мы пошли наверх, укладываться спать. Уехать я никак не могла — вот она, моя безлошадность. Топать до электрички или до шоссе было уже поздно, а для того чтобы вызвать такси, надо, как минимум, кого-то попросить объяснить водителю, как сюда добраться... Всполошится Женя... Надо, конечно, научиться водить. Очень трудно все время кататься на чужих машинах и оставаться при этой гордой и независимой. А надо ли? В пятисотый раз спрашиваю я себя и в своем разорванном сознании полукомсомолки-полухристианки не нахожу ответа.

В нашей комнате уже кто-то постелил чудесное выглаженное белье, чуть откинув одеяло, мне так стелила иногда мама в детстве — отогнутый уголок одеяла как бы приглашает ко сну. Я всегда так стелила Виноградову. И никогда не стелю так Варьке. Спрашивается: кому из них больше нужна моя любовь, нежность и забота? Так почему же я швыряю Варьке неглаженое белье, как попало, едва взбив подушку, чисто — и ладно, а Виноградову отгибаю уголок? Отгибала...

— Мам, что читать будем?

Книгочейка Варя перед сном по установившейся у нас с младенчества традиции книжек сама не читает, а, уложив меня рядом с собой и положив голову мне на плечо, слушает сказки в моем исполнении.

— А мы, кажется, не взяли с собой ни одной книжки.

— А здесь ничего нет?

В комнате были книги на двух полках, но детской не оказалось.

— Мам, тогда сказку!

— Конечно.

Я, на всякий случай, тоже разделась — скорей всего, усну вместе с ней.

Сказка у нас была одна, бесконечная — про Гнома и Сонечку. Я ее придумала, когда Варе было года четыре, совершенно случайно, в назидание ей. Про того самого гнома, которого она так просила не забыть у Виноградова на даче.

Первая история про гнома была рассказана капризничавшей Варьке в бане, прямо в парилке, и звучала примерно так:

«Жила-была девочка Соня. У нее был Гном, который приносил ей подарки. Но она капризничала, доводила маму до ручки, папу до истерики, бабушку до давления, не убиралась в комнате, ломала куклам ручки и ножки, плохо ела, канючила... И вот однажды Соня стала замечать, что у нее пропадают игрушки. То одну куклу не может найти, до другую, то книжку, то краски... И, главное, пропадали все самые любимые.

Как-то раз Сонечка проснулась рано утром и видит: сидит ее любимый гном и смотрит на куклу. Смотрел-смотрел, а кукла вдруг с полки приподнялась, медленно полетела к гному и в мешке его пропала. Сонечка вскочила с кроватки, подбежала к гному, а мешок пуст. «Отдай, отдай!» — кричала она, а гном сидел и молча смотрел на нее грустными глазами.

И вот каждое утро девочка стала просыпаться все раньше и раньше, и видела, как ее игрушки и книжки, даже очень большие, бесследно исчезают у него в мешке, и поделать она ничего не могла. Пока у нее не остался только один старый мишка, с оторванной лапой и одним глазом. Сонечка стала с ним играть. Пришила ему пуговицу вместо глаза, постирала его, попросила у мамы тряпочку и сделала ему клетчатое ухо, назвала его Тишкой — и вообще очень полюбила. Так была занята заботой и этой новой дружбой, что и канючить забыла, и капризничать. И вот постепенно у нее стали появляться старые игрушки — Соня видела по утрам, как они по одной вылетают из мешка гнома. Но мишка по имени Тишка все равно остался самым любимым».

Маленькая Варя неожиданно была просто потрясена этой откровенно назидательной историей, которую я рассказывала достаточно быстро, ей на ухо, потому что сидевший на верхней полке Виноградов уже несколько раз выматерился в контексте: «Что это за отдых!» А я, вместо того, чтобы объяснить ему, что с детьми не отдыхать надо, а растить их, силы свои душевные тратить, тогда, глядишь, и жизнь веселее покажется, смыслом какимникаким наполнится, шипела в ухо Варьке наскоро облаченную в сказочную форму угрозу убрать и переколотить все ее игрушки, которую она сто раз слышала от меня просто так.

Канючить в бане она перестала. А вечером, перед сном, отказалась от книжки и попросила:

— Расскажи мне опять про Сонечку...

И я, из чисто взрослого эгоизма, стала рассказывать продолжение. Для меня читать или рассказывать одно и то же — пытка. Варя, не менее потрясенная, выслушала следующую историю, как Сонечка в одно прекрасное утро проснулась и обнаружила, что она стала такой же маленькой, как ее куклы. Так у нас начался «террор Сонечки». Сонечка на время заменила Варьке всех любимых героев. Она так хотела слушать мою сказку, что я придумывала и придумывала дальше, увлекшись и сама.

Я ловила себя на том, что нет-нет, да и пытаюсь протолкнуть что-то свое, взрослое, назидательное, обернув в сказочный фантик. И Варька доверчиво и трогательно это принимает. Наверно, психологи бы похвалили меня. А вот я чувствовала себя обманщицей и старалась, по крайней мере, сознательно не превращать сказку в урок хорошего поведения. Ведь Варька и так — девочка хорошая, честная, даже слишком хорошая для нашей жизни.

Сейчас Варя, надышавшаяся чистого воздуха, накатавшаяся на горке, лежала и изо всех сил пыталась открыть сами собой закрывавшиеся глаза.

— Мам, ну хотя бы чуть-чуть, расскажи, пожалуйста...

— Ты не помнишь, на чем мы остановились? Нашли они вход в пещеру или нет?

— Мам... Ну как же... там ведь сидела ворона, которая их послала совсем не туда... из вредности...

— А, точно. Ну вот, идут они, идут, а лес все гуще становится, все темнее, вокруг странные тени носятся, раздаются разные звуки, непонятные...

— Жуткие, да? — с радостью и ужасом прошептала Варька и прижалась еще крепче ко мне.

— Ага. Вот такие. У-у-у... О-о-о... — Я постаралась как можно страшнее прочавкать и простонать.

— Ой, мам, не надо, это как будто не ты...

— Не буду. Сонечка боится, просит гнома: «Давай, обратно пойдем...» А он спрашивает: «А как же мишка Тишка? Так навеки у злого колдуна и останется? И он его в мясорубке прокрутит, котлеты из него сделает, волку своему сторожевому скормит?»

Я услышала тихий стук в дверь. И почему-то сразу подумала, что это Ольга. Я ее не видела с тех пор, как танцевала с Женей, но у меня все время было ощущение, что я чувствую ее взгляд.

— Сейчас! — Я натянула длинный свитер, который взяла для прогулок, прямо на ночную рубашонку и открыла дверь.

— Почему самые прекрасные женщины всегда уваливаются спать раньше всех? — За дверью стоял хозяин дома. Он переоделся, надел милый оранжевый свитер. Для кого-то это был бы слишком яркий цвет, но Женьке с его внешностью трогательного клоуна он очень шел, подчеркивая вечное отчаяние его глаз.

— Жень, неужели у тебя зеленые глаза? Повернись-ка...

— А-а-а, заметила? Ну надо же, и так крутился, и сяк, а ты только сейчас заметила... И в статье, главное, не написала...

Он прошел в комнату.

— Так, и почему вы спите, милые дамы?

— Знаешь голливудский рецепт красоты? Не меньше десяти часов ежедневного спокойного сна, без спиртного и снотворных.

— Правда? Нет, не знал... Ну, ладно... а можно, я тут у вас на белом коврике примощусь... подремлю...

Я с сомнением посмотрела на него.

— Конечно, конечно, — обрадовалась Варька. — Мама такую сказку рассказывает, ты тоже послушаешь!..

— Ой, — смутилась я. — Варюш, ну как Женя будет слушать наши сказки...

— С превеликим удовольствием, — отозвался тот и, правда, лег на чью-то белую шкуру, подозреваю, что настоящую медвежью.

— Ну... хорошо... — Мне было жарковато в свитере, но я не стала его снимать и легла прямо в нем к Варьке.

— Про мясорубку и колдуна, мам... — подсказала Варька, зная, что стоит мне отвлечься, я могу забыть что-то важное. — Тебе не жарко в свитере?

— Нет, что ты! Очень тепло и уютно. Ты засыпай, пожалуйста... Вот, и пошли они дальше. Идут, идут, а никакого входа в пещеру так и не видно. В такую чащобу зашли — ни белочек, ни зайчиков, птицы не поют, кузнечики не стрекочут, мертвая тишина...

Я рассказывала все тише и тише, потому что Варька задышала ровнее, навалившись головкой мне на плечо. Женя пару раз перевернулся на шкуре и тоже затих. Наверно, вскоре уснула и я, потому что когда я проснулась, в комнате горел ночник, была чуть приоткрыта фрамуга, и Жени на полу уже не было.

Я посмотрела на часы — половина третьего. Хорошо было бы съесть что-нибудь. Я поняла, что за всеми неожиданными танцами в зарослях зимнего сада и моими переживаниями, совсем ничего не ела.

Не совсем уверенная, что найду кухню, я тихо спустилась вниз.

Это была странная ночь.

Спускаясь по лестнице, я различила голоса, доносящиеся из какой-то комнаты. Один из голосов был, похоже, Ольгин. Она разговаривала с мужчиной. Слов не было слышно, но мне показалось, что они тихо ссорятся. Я поспешила спуститься. Так. Если пойти направо — то попадешь... не знаю куда, а если по этому коридору... то тоже не знаю. Везде горели приглушенные светильники, но мне от этого было не легче. Дом был построен в соответствии с характером хозяина — смотрите, пожалуйста, я вам и это покажу и то, и, вообще, «у меня секретов нет, слушайте, детишки!», а вот что там, за поворотом — никто не знает.

Есть такая чудноватая тенденция в современной архитектуре внутренних пространств — срезáть углы, делать в комнате одну стенку полукруглой или потолок трапециевидным, с уступами и переменным уровнем. Обычно это продиктовано малым пространством, из которого таким образом пытаются делать большое: отрежь угол у комнаты, куда все равно толком ничего не поставишь, сделай в нем, к примеру, гардеробную. Получается рационально, но очень уж странно. Все-таки по необъяснимым законам психики — природа ведь не знает прямых углов — человек лучше всего чувствует себя в пространстве с четырьмя прямыми углами, по крайней мере, европеец.

В Женином доме огромные комнаты первого этажа с очень высокими потолками были порезаны смелым воображением какого-то архитектора для создания единого пространства двухсотпятидесятиметровой гостиной с полупрозрачными перегородками, нишами и неожиданными закутками. В одном из таких закутков я смело соблазнилась прелестями всенародного артиста, известного своими сугубо мужскими пристрастиями, в другой я, кажется, попала сейчас. То, что в полутьме показалось мне проходом, было на самом деле прозрачной стенкой, очень удачно задекорированной светящимся в темноте тюлем.

Я осмотрелась. Так, кажется, знакомое место — издалека я увидела большие, похожие на чудовищные лапы, листья монстер. Если бы там опять сидел Толя Виноградов, я бы попросила его помочь мне сориентироваться в этом загадочном пространстве Женькиного дома.

Я подошла поближе к монстерам. Толи там, разумеется, не было. Зато сидели Женя с Ольгой и играли в нарды. Идеальная ситуация: третьим в нарды не сыграешь. Я понадеялась, что они играют не на меня, помахала им рукой и побыстрее прошла мимо, точно не зная, куда иду. Пришла я к выходу, в то место, которое можно было бы назвать прихожей, если бы оно было точно ограничено. Я помнила, что наши вещи Женя повесил куда-то вглубь стены и задвинул зеркальной дверцей. Значит, надо искать зеркало.

— Хочешь сбежать? — Женя все-таки догнал меня.

— Н-нет... — Я сама точно не знала, почему вместо кухни и туалета я решила сначала выйти на воздух. — У меня же Варя спит наверху, куда я убегу?

— Ну а вообще? Тебе здесь не нравится? — Он взял меня за локоть, а я увидела в огромном зеркале издалека, из полутьмы сверкнувшие Ольгины глаза.

— Что ты! Очень нравится! Мне стало душно. И... еще я хочу есть. И где у тебя туалет, я уже забыла.

Женя засмеялся.

— Уж точно не на улице. Во-первых, туалет есть и в вашей комнате, вместе с ванной. Я же вам дал самую королевскую гостевую. Со всеми излишками цивилизации... Ты видела там дверь? Это же не в соседнюю комнату, а в ванную.

— А, понятно... Здорово... А где ты уложил остальных гостей? — Я чуть отодвинулась от него, потому что Ольга теперь откровенно села так, чтобы видеть нас. Мне казалось, что я участвую в каком-то спектакле — как актер на срочном вводе, которому еле-еле успели объяснить, откуда выходить и на какую реплику падать.

— Ну, во-первых... — он тоже рассмотрел в зеркале Ольгу и сильно ногой два раза лягнул воздух сзади себя, — часть людей уехала. Некоторые — в гостевом доме. А кто тебя конкретно интересует?

— Нет, никто.

Женя обнял меня за шею и повел на кухню. Не могу сказать, чтобы мне было противно. Но... Что-то изменилось с тех пор, как я непонятно зачем и почему с ним поцеловалась.

Кухня оказалась огромной, со сводчатым потолком, неожиданно, после отчаянного футуризма остального первого этажа, отделанной в стиле средневекового замка. Посреди стоял очень большой стол для готовки, со встроенными внизу ящиками и раковиной необычного, янтарного цвета.

— Очень красиво.

Я искренне похвалила Женин вкус, уверенная, что он принимал участие в оформлении дома — если уж он вникает в художественные детали в своем ресторане.

— Да? А мне кажется — неуютно. Как декорация в кино. Здесь только драки снимать, с тортами. Знаешь, вот так... — он ловко запрыгнул на высокий стол и неожиданно сзади притянул меня. — А можно и не только драки... Можно и...

Намерения его были недвусмысленны. Мне так не хотелось обижать Женю, но и настолько сближаться, особенно на кухне в доме, где полно гостей, его мама и... и другие...

— Не помешаю? Мне бы кофейку, — в кухню, спокойно улыбаясь, вошла Ольга.

Я успела тепло поцеловать Женю в щеку и отстраниться от него.

— Вот так всегда! Ай! — он легко соскочил со стола и взял бутылку с красным вином. — Сейчас, дорогая подруга, — он совсем незло посмотрел на Ольгу, — штрафную будешь пить, за то, что лишила именинника удовольствия. Знаменитого, именитого именинника... Как еще сказать, чтобы тебе стыдно стало?

Ольга покачала головой:

— Вот пожалуюсь маме, узнаешь тогда!

Женя налил себе полбокала, Ольге — полный, мне — каплю на дне. Они выпили за его здоровье, а я с тоской посмотрела на огромный деревянный шкаф — похоже, именно в нем прятался холодильник. Вряд ли мне удастся сейчас перекусить в такой нервной обстановке.

— У меня есть знакомый режиссер, — вдруг сказала Ольга. — Ты, Женька, его точно знаешь, он приглашал тебя как-то недавно в антрепризу, а ты отказался...

Женька сморщился:

— Ты б знала, подруга, сколько раз за неделю я отказываюсь. Ну так и что — режиссер?

— Он всюду носит в чемоданчике некое нехитрое приспособление, — продолжила Ольга с непонятным мне злорадством, — потому что у самого хиловато все как-то... А очень хочется, зудит и зудит в одном месте. Поэтому каждой приглянувшейся ему новенькой актрисульке он открывает чемоданчик со словами: «А у меня для тебя кое-что есть...»

— И что, находятся желающие?

— Немного, но бывает, если очень нравится роль. Чего не сделаешь ради высокого искусства!

— А ты-то откуда это знаешь? — Женька смотрел на меня сквозь бокал и подмигивал.

— Рассказывают люди...

— А зачем ты это сейчас рассказала? — спросил Женя.

— Из вредности! — неожиданно встряла я. — Так моя Варя говорит.

Они оба засмеялись, а я поставила свой нетронутый бокал на высокий стол.

— Я сейчас... — глупо улыбаясь, я потихоньку вышла из кухни.

В ванной я посмотрела на себя — растрепанные волосы, которые я еще утром заплела в аккуратную косицу и подколола красивой заколочкой, устрашающие синяки под глазами, и дурные, шальные глаза потерявшейся женщины.

Вот странно. У меня так всегда бывало с Виноградовым, Александром Виноградовым. Теряя — временно — его, я как будто теряла саму себя. С появлением Вари это несколько смягчилось, потеряло такую остроту и масштабность. Зато приобрело новые оттенки. У меня появился страх, тот самый страх «нищеты и одиночества», о котором говорила моя маленькая Варька в песочнице.

Я оделась и потихоньку вышла на улицу. По всей территории дачи горели желтые круглые фонари. Света они давали мало, но зато создавали уют. Дорожки были проложены так же художественно, как построены перегородки в доме. По тщательно очищенным от снега тропинкам можно было ходить очень долго, не возвращаясь на то же место. Ночь была морозная, я пониже опустила капюшон и пожалела, что не повязала еще поверх дубленки из несчастного козлика с грустными глазами Варькин теплый шарф. Перестала греть меня эта полушубка. Зря не надела финскую куртку. И ощущение другое — подтянутое, спортивное, и купила сама, а козлика подарил Саша — в конвертике с надписью «Шубка скромная, другая будет потом, а «потом» надо еще заслужить. Шутка! Саша В.» Я наклонилась, взяла немного чистого снега и приложила ко лбу. Внутри холодно, голове жарко, душе тоскливо...

На ровной чистой поверхности снега кто-то написал «Женечк», последнюю букву то ли не дописали, то ли туда упал ком снега с большого дерева неподалеку. Я дописала «а» и вспомнила надпись, которую сама сочинила, написала специальными текстильными фломастерами на новой футболке и подарила месяца три назад Виноградову — просто так, без всякого праздника. Я писала черным на майке горчичного цвета, текст придумала на английском языке, получилось просто великолепно. Буквы в каждой следующей строчке были все меньше и меньше:

Not now
A bit later
Maybe tomorrow
Or in some other life...

Магия восприятия надписей на английском языке... Причем и для тех, кто знает его, и для тех, кто — нет... Попробуй переведи на русский — тоже ничего, но как-то проще, не так весомо и загадочно:

Не сейчас — чуть позже — может быть, завтра — или в какой-нибудь другой жизни...

Получается, я подписала эту майку — для себя... Действительно — когда-нибудь, в другой жизни. «Когда я буду кошкой, на-на, на-на!», напевает Варька строчку из мимолетного шлягера в ответ на мои беспомощные призывы: «Ты когда уберешь этот кукольный бардак на полу?» «Ты когда начнешь пить, как нормальный человек, а не как кактус в пустыне?» «Ты когда будешь засыпать, как обычный ребенок, а не как птенец филина — с первыми петухами?»

Я стала сильнее мерзнуть. И подумала, что с удовольствием сейчас допила бы вино, которое Женя мне налил на кухне. Чудесное красное вино, терпкое, ароматное. Я вспомнила, как Саша... Опять Саша? Ну а что же мне еще вспоминать, если я столько лет была как ниточка за иголочкой! У иголочки-то, правду сказать, этих ниточек разноцветных ой как много было... Такой узор причудливый за годы получился — любви, встреч, расставаний, увлечений, ошибок. И только я — надежная, крепкая ниточка — покорно ждала, когда же опять настанет мой черед, мой выход, моя линия в чужом затейливом рисунке.

А вспомнила я, как в Турции Саша Виноградов стал напиваться до свинского состояния, а я этому помешала. И тогда он затосковал. Пытался кормить с Варькой кроликов салатными листами и морковкой, их специально оставляли на роскошном шведском столе, и целыми днями изнывал, глядя на Средиземное море и с отвращением листая «Бесов».

Книжку он взял то ли из протеста, ощущая, что не может уже бороться с пустотой, то ли в виде особого кокетства: «Ну-ка, люди, много ли на отдыхе найдется среди вас охотников до Федора Михайловича и его мрачных настроений?» Или чтобы показать мне — вот ты, дура, читаешь с удовольствием бред собачий, всякие там журналы и детективы никчемные, а я — давлюсь, но читаю Достоевского.

Однажды я смотрела на небритого, смурного, недопившего Сашу, и у меня пронеслась мысль, я не смогла ее остановить, хотя и ужаснулась ей: «Господи, как я хочу встретить кого-то другого...»

И теперь получается: я же просила Господа о встрече с другим человеком. Просила для себя, Господь решил начать с Саши. Но, может быть, иначе и не получится? Иначе я и не оторвусь от него? Хорошо бы, моя встреча состоялась еще в этой жизни, а не когда я стану кошкой или цветочком.

До самого последнего дня нашей жизни с Сашей мне казалось, что я ему очень нужна как женщина. Я была не подготовлена его мужским равнодушием или охлаждением — их как будто и не было. Но уж кому-кому, как не мне, было знать, что первая же женщина, которая предложит Саше что-то новенькое, уйдет с ним. Надолго, накоротко ли, но новизна ощущений победит привычку — другая кожа, другие запахи, другого цвета волосы, сквозь которые Саше надо продраться к лону наслаждения, забыв обо всем.

Я бродила-бродила по дорожкам, пытаясь согреться движением, и представляла — какой прекрасный, наверно, этот сад весной и летом... Как странно — я прирожденный садовник, у меня великолепно живут цветы — из семечка вырастают коллекционные экземпляры. Я обожаю все, связанное с землей. Вот только земли у меня нет. Все было не до того. Когда подумаешь — четырнадцать лет с Виноградовым и без него — становится страшно. А пронеслись они как-то совершенно незаметно.

Сначала я просто любила. Мы встречались, расставались, всё было прекрасно и внове. Где-то на второй или третий год я поняла, что хочу выйти за него замуж, но я боялась его спугнуть, услышав от него несколько реплик на этот счет. Потом мы расстались на год. Затем опять был медовый год. Вдруг Саша резко захотел ребенка. Варька, так же, как и тот малыш, который сейчас потихоньку рос у меня в животе, почему-то не зачалась сразу. И Саша тоже нервничал и сердился.

Когда Варька появилась внутри меня, он уже не был готов к мысли об отцовстве. Пропал на два месяца, потом появился с извинениями и признаниями. Поскольку в ожидании ребенка удовольствия желательно очень ограничивать, ему пришлось искать их где-то в другом месте. Но он исправно мне звонил и справлялся о моем здоровье, доводя меня до тихой истерики. Он даже отвез меня в роддом. Я спросила его, пока мы ждали в приемном покое:

— У тебя кто-то есть?

— Посмотри на себя, кенгуру!

Он хотел пошутить, но я расстроилась — еще бы, мне так хотелось услышать какие-нибудь хорошие слова за два часа до родов...

После родов Саша появился, только когда смирился с тем, что мальчика не получилось — Варя уже вовсю улыбалась и гукала.

И я все ждала, что Саша сделает мне предложение. И когда ходила беременная, и когда родилась Варька, и когда она стала подрастать, оказалась внешне очень похожей на Сашу, и он сам, как мне казалось, полюбил дочку. Я думала: «А что еще-то нужно для счастья? Вот есть я, вот Варя, мы так его любим, и он нас как будто — тоже. Почему же, почему?..»

Мои размышления прервал посторонний звук. Я увидела, как из гостевого дома вышел мужчина. По силуэту мне показалось, что это Толя Виноградов. Я не могла понять, хочу ли я с ним разговаривать — о чем, зачем... Лишь бы не думать о Саше и всей моей глупой с ним жизни? Стоит ли для этого говорить с другим. Но мне не пришлось выбирать. Он тоже увидел меня и пошел прямо ко мне.

Наверно, он заметил меня еще из окна. Неужели для этого вышел? Подойдя ко мне, он, ни слова не говоря, протянул платок. Я засмеялась:

— Да я больше не плачу. Спасибо.

— А что же вы делаете ночью, одна, в чужом саду?

— В чужом заснеженном саду... — я посмотрела на Толю. Хотела договорить стихи: «следы чужие полустерты...» Но не стала. Хватит, наговорилась уже за свою жизнь стихов тому, кому они оказались совсем не нужны.

Я смотрела на него, и мне вдруг остро захотелось, чтобы он опять близко подошел ко мне и спрятал меня в своих объятиях. Он не подошел и не спрятал. Он сказал:

— Вы романтичны. Наверно, любите стихи?

Я не поняла, иронизирует ли он, взглянула повнимательнее, но в темноте глаза было не разглядеть.

— Наверно...

— Вы ждете кого-то?

Я пожала плечами:

— Нет, конечно. Мне не спалось. Я решила подышать воздухом.

— О чем вы думали?

— Вы действительно хотите это знать?

— Почему нет?

— Я скажу, хотя, скорей всего вы испугаетесь.

— Вы хотите кого-то убить?

Я засмеялась:

— Нет. Вы совсем другого испугаетесь.

Он улыбнулся.

— Попробуйте.

— Хорошо. Мне все время не дает покоя одна мысль. Есть такой закон, я его давно поняла: женщина привыкает и от этого любит, мужчина привыкает — и перестает любить. Вот я и думаю, что это? Ошибка создателя? Его ирония? Какой-то сбой в программе?

Толя, который очень внимательно меня слушал, добавил:

— А может, так было задумано?

— Ну да... жестоко для меня лично и очень удобно для природы. Плодитесь! Ты полюбила? Так плодись и выращивай плоды своей любви. А он пусть пока бегает и ищет, где можно еще расплодиться. Чтобы нас было еще больше, страдающих от несовершенства чьего-то замысла. Ведь пришлось даже корректировать словами — раз не получилось на деле.

— Критикуете замыслы создателя?

— Он и сам, по-моему, был не очень доволен результатами. Иначе зачем говорил: «не прелюбодействуйте, смиряйтесь, терпите». Как будто пытался подсказать единственный путь, как избежать страдания, неизбежно возникающего вместе с жизнью.

— Неужели это возможно?

— Наверно. Только сложно. Ставить себе хоть какие-то ограничения. Не впадать в отчаяние от горя. Терпеть боль. Смиряться с потерями, даже если они невосполнимы.

— Понятно. Интересно. Вы буддистка?

— Нет, почему?

— Почти что дословно сейчас цитировали некоторые постулаты.

— Да нет же, я христианка... доморощенная...

Толя все улыбался и улыбался, а я по-прежнему не могла понять, насколько ему смешно все, что я говорю, или просто симпатично — отчего он так улыбается и все спрашивает и спрашивает меня о самой себе.

— Так чем вы хотели меня испугать, милая Лена?

— Умничаньем. Только я не милая.

— Ясно. — Он как-то странно посмотрел на меня и покачал головой. — И первое ясно, и второе. А какая вы?

— Требую от мужчин невозможного. И у меня плохой характер. Я много плачу. И я зависима от своих чувств.

— Здорово, — спокойно ответил Толя. — Жаль ваших мужчин.

— Хорошо, что не меня. А у вас есть дети?

Он как будто не удивился резкой перемене темы.

— Есть. Дочь. Она уехала со своей мамой в Канаду.

— Зачем? Зачем мама уехала?

Толя пожал плечами и ответил не сразу.

— Татьяна хотела жить, сегодня, а не потом. Жить, радоваться, строить дома, растить ребенка, а не бояться за меня и не ждать месяцами, не зная, что принесет ей завтра. А у меня так все складывалось по службе... Не так, как ей бы хотелось.

Я посмотрела на него внимательно. Что он имеет в виду? «Ждать месяцами...»? Он воевал? Да, конечно, и сейчас есть, где воевать, и откуда можно не вернуться... Спросить? Может, сам расскажет? Но он больше ничего не сказал.

— Извините, если сделала вам больно.

— Нет, всё нормально. Уже давно не больно.

— А дочка большая?

— Постарше вашей Вари. Так бойко стала говорить по-английски, что даже как будто акцент в русском появился...

— Она красивая была, ваша жена?

— Красивая. Была и есть, — Анатолий Виноградов прищурился.

Ну конечно! Как же это я забыла? Есть женщины, которых и после развода считают женой, и любят, даже если они живут с другими. А есть другие женщины — на которых никогда не женятся, и не любят, даже если живут с ними.

— Вы тоже красивая, Лена, — зачем-то добавил он.

— Спасибо.

К счастью, мне уже не хотелось, чтобы он обнял меня.

— Хотите, дам вам хороший совет? По поводу вашего отчаяния.

Мне стало так неловко, словно я напоказ выставляла свою болезнь. И привлекала практически чужого человека к лечению.

— Дайте. Только пойдемте по дорожке. Я мерзну.

— А хотите — прогуляемся по поселку? Здесь везде охрана.

Я ждала, что он продолжит, это было бы так естественно: «Да, собственно, со мной вам нечего бояться!» Но он ничего такого не сказал. Я подумала, не взять ли мне его в этой связи под руку, хотя бы чтобы не поскользнуться. Но тоже не стала.

Мы вышли за ворота и направились по дороге, хорошо укатанной автомобилями. Похоже, что в поселке в субботу — воскресенье кипит бурная жизнь. Еще бы. Нет ничего лучше, чем уехать от городской суеты и смрада на все выходные. В театр можно и среди недели сходить. А два дня — топить камин, разгребать чистый снег большой деревянной лопатой, просыпаться утром оттого, что с крыши упал огромный ком снега, испугав воробьев...

Не знаю, заметил ли Толя, что я погрузилась в свои воспоминания, но он продолжил:

— Это, кстати, посоветовал бы вам любой хороший психолог. Кроме того, я пробовал это сам, когда не мог избавиться от ненужных и навязчивых... гм... воспоминаний. Не бегите от своих мыслей. Не обманывайте себя. Сформулируйте четко и по возможности правильно то, из-за чего вы переживаете. Постарайтесь понять, что мешает вам обрести покой. Будьте жестоки с собой. В какой-то момент это просто необходимо.

Даже самый умный, тонкий и умеющий чувствовать мужчина не может понять, что ощущает женщина, когда мужчина, от которого она ждет ребенка, сказал ей: «Ты мне больше не нужна, и то, что у тебя внутри — тоже». И это вовсе не значит, что она продолжает его любить. А разве ненависть не может мучить больше, чем любовь? А обида? А желание отомстить?

Я знаю и могу сама объяснить: пока в душе ненависть и обида — тяжело. Как только избавишься от них, простишь — становится легко. Гениальный наказ создателя: прости должникам своим. Но какое колоссальное усилие воли для этого требуется! Какая постоянная, напряженная работа души... Если встать на колени и простоять четверо суток на полу, лишь отпивая маленькими глотками воду и молиться, молиться — может, мне и полегчало бы. И ушли бы обида, ненависть и страх перед будущим. Не исключено, что я лично свихнулась бы. А дочка Варя улеглась бы с температурой сорок, голодная и несчастная, никому на всем свете больше не нужная.

— Вы не слушаете меня? — Толя Виноградов чуть обиженно улыбнулся.

— Я... Да, простите, задумалась. Я постараюсь...

— А вы не хотите рассказать мне, что у вас произошло? Почему вы так отчаянно плакали вчера вечером?

Я покачала головой.

— Нет, наверно, это лишнее.

Зачем бы я стала рассказывать ему, какая я жалкая и брошенная, и вся несчастная, и денег у меня осталось — только-только, и работы нет... И Сашу Виноградова я достала, и маму его Ирину Петровну. И Нинуся бы меня с удовольствием лампой бронзовой убила, чтобы я Сашу не доставала... Любовью своей неземной...

Толя Виноградов как будто услышал мои грустные мысли и сказал:

— У вас просто замечательная прическа. Вам очень идет.

«Прической» он назвал мою растрепанную косу, которую, конечно, давно пора остричь. И сделать нормальную, модную стрижку, которую надо укладывать каждый день...

— Вы сказали — вы разошлись с отцом Вари?

— Да.

— Почему?

— Потому что мужчина не может жить долго с одной женщиной.

— Да? — Толя посмотрел на меня. — Вы имеете в виду отца вашей дочери?

— Я имею в виду вообще мужчин. Вы так созданы.

— Ясно.

Наверно, я сказала это так категорично, что он не стал никак комментировать. А что, собственно, он мне мог сказать в ответ, этот лазутчик из чужого стана, с большими теплыми руками?

Мы шли с ним мимо высоких заборов, возле каждого участка были посажены деревья или кусты, в соответствии со вкусом хозяина. Кто-то нетерпеливый насадил, видимо, сразу взрослые деревья, и часть деревьев не прижилась, кто-то сажал маленькие сосенки, кто-то кусты, и сейчас под снегом трудно было понять — какие именно.

Я вспомнила совсем некстати, как прошлым летом мы обсаживали с Виноградовым барбарисовыми кустами наш забор с внешней стороны и как потом все трое ухаживали за малышами, которые тут же заболели — заразились от соседних дубков мучнистой росой.

Вспоминая, я замолчала. Толя тоже молчал. Так мы и шли по пустому поселку, мимо чужих чугунных ворот, слыша только скрип наших сапог и думая каждый о своем.

Через несколько минут Толя улыбнулся и показал мне высокую башню на какой-то даче, построенной в стиле боярских палат — с луковичными башенками, многоступенчатыми переходами на этажи. На самом верху на фоне светлого зимнего неба, как будто освещаемого ночью снегом, был хорошо виден флюгер в виде то ли домового, то ли лешего — доброго, толстенького, хитроватого. А я вспомнила своего дядьку, маминого старшего брата Алешу, которого я очень любила в детстве, особенно после того, как умер папа. Я хотела рассказать про него Толе, но, подумав, не стала.

Дядьку все звали Лешик, он внешне действительно походил на лешего, только был не хитрый, а простоватый. Его так легко можно было обмануть, спрятаться в шкафу, а потом выпрыгнуть со страшным криком, и он пугался, смеялся. Как-то раз мы с его детьми набрали на даче лесных орехов, еще зеленых, и сказали ему, что тетя Ксения, жена его, просила сварить из них компот... Он поверил, вооружился черпаком, большой кастрюлей, долго мыл орехи...

Дядька прожил с женой Ксеней тридцать лет, они родили и вырастили четверых детей, одного похоронили. Лет семь назад он разбогател — успел ухватить хороший кусок на своем комбинате, где работал заместителем директора, когда комбинат закрывался.

И дядьку словно подменили. Он вдруг резко захотел под старость лет упругого тела и чужой юности рядом с собой. Юное тело нашлось сразу, стояло наготове в боевой раскраске в соседнем магазине, раскладывало кефир по полкам. Забыв надеть под рабочий халатик трусы, ненароком наклонилось и объяснило дядьке, стекшему по стенке в полуобморочном состоянии:

— Я еще маленькая. Просто так — не дам.

На следующий день дядька принес духи, часы и билет на «Спартак» в Большой театр. И услышал в ответ:

— Ты не понял. Я маленькая и очень честная. Я за деньги не могу. И за подарки тоже. Понимаешь?

Дядька, увидел под халатиком розовые, сочные, твердые сосочки. Собеседница сняла пальчиком с дядькиных губ прилипший волосок. Пальчик пахнул мокрой, маленькой, нежной дырочкой, о которой он думал всю ночь и весь день. Дядька облизал пальчик. А юная фасовщица, метнув осторожный взгляд на пожилую товарку, протирающую лотки из-под творога, облизала свой же пальчик, обслюнявленный дядькой.

Дядька, не задумываясь, развелся. Но в награду за свое предательство подарил безутешной жене кусок заповедной земли на северном побережье Болгарии, с прекрасным пресным озером.

«Пресное» по-болгарски — «сладкое»... По берегам его растут, как трава, низкорослые ярко-красные маки, стелется дикая карликовая мальва с маленькими лиловыми соцветиями, а в расщелинах острых, словно губчатых скал живут огромные жуки с черными, переливающимися жемчугом панцирями и быстрые, нежно-серебристые гадюки...

На следующий день все было хорошо и просто. Гостей осталось человек десять, включая нас. Мы гуляли, ели очень вкусные блюда, которые волшебным образом появлялись и исчезали, играли в фанты на подарки, заботливо приготовленные Жениной мамой. Варя выиграла, думаю, не случайно, большую красочную книгу сказок. Никто ни с кем — по крайней мере, со мной — не целовался. Я не плакала по углам и почти не думала о своей глупой жизни. Толя то и дело сосредоточенно говорил с кем-то по телефону, Женька несколько раз приобнял меня, проходя мимо, но в кусты больше не тащил. Ольга ходила красивая, с переливчатыми тенями, которые казались то фиолетовыми, то зелеными, а сама она от этого еще больше смахивала на ведьму, и все пересмеивалась с Жениной мамой.

Часов в двенадцать, наконец, приехал Женин сын Сева. Он оказался тоненьким молодым человеком достаточно невразумительной наружности. Интересно, подумала я, какая же была у Жени та самая жена — из юности... Мне Севу представили как будущего коллегу — он учился на театроведении в ГИТИСе и уже писал для журналов о театре. Юношу вовсю стала опекать Ольга, и он вовсе не был против. А я радовалась, что наконец-то перестала натыкаться на ее требовательный и насмешливый взгляд.

Варя была счастлива — огромные пространства и снаружи и внутри, а также новый друг Петя, второклассник.

Вечером у Жени был спектакль, поэтому вся компания после раннего обеда стала собираться в Москву. Женька, правда, предлагал всем остаться, особенно мне, но я решила ехать.

— Мам, а можно мы к Пете на дачу приедем? — Варя по-детски первым делом натянула шапку и теперь сосредоточенно застегивала липучки на ботинках.

— Когда-нибудь... обязательно.

— А он к нам... в Клопово? — Варя договорила тише, посмотрела на меня и снова наклонилась к уже застегнутым ботинкам.

— В Клопово нечего делать, там клещи и... и...

Варька подняла на меня глаза, полные слез. Я такими же глазами посмотрела на нее.

— Варя, три-четыре!..

Мы одновременно запрокинули головы и так их подержали. Потом опустили. У Варьки не скатилось ни одной слезинки, у меня — одна маленькая, которая не удержалась в глазу.

— А я вот с платками стою, готовлюсь...

— К миссии милосердия?

Толя Виноградов стоял в накинутой куртке и улыбался, глядя на нас.

— А зачем вы головы поднимали наверх?

— Слезы обратно загоняли...

Он засмеялся.

— Прекрасный женский мир. И детский... — он посмотрел на Варьку. — Поедешь в моей машине?

Умная Варя не спросила: «А дядя Женя?» Она посмотрела на меня, я пожала плечами.

— А как вы узнали, что мы без машины?

Толя Виноградов весело посмотрел на меня.

— Разведка боем. Еще секунду назад не был уверен.

Я беспокоилась, что обидится Женя, но он только дружелюбно махнул рукой:

— Прекрасно! А то я слова бубнить буду, повторить надо перед спектаклем — диск ставлю с репликами партнеров. Это премьера, кстати, ты пришла бы... Сляпали, правда, за три недели, но по-моему очень симпатично получилось.

— Не сомневаюсь. Обязательно придем, Женя. Спасибо, все было прекрасно.

— Ну не всё... — Он улыбнулся и поцеловал меня в щеку, но возле губ. Со стороны могло показаться, что мы целуемся. Наверно, так он целуется на сцене.

— Сценический поцелуй, да, Женька?

— Ага, а вот... — Он все-таки чуть оглянулся, Толя как раз отошел с кем-то попрощаться. — Вот киношный... — Теперь уже он поцеловал меня по-настоящему. — Приезжайте еще. Ладно?

— Конечно. — Я порадовалась, что не накрасила губы липкой светлой помадой, а только чуть мазнула из Вариной баночки клубничным блеском.

— М-м... — Женька почмокал губами. — Клубничный десерт...

В машине Толи Виноградова мы сели с Варей, как привыкли, на заднее сиденье.

— А нельзя ли маме сесть вперед? Варя пристегнута ведь? И не боится сидеть одна, правда? — Он обернулся и смотрел на нас.

Я быстро взглянула на Варьку. Она, похоже, растерялась. Мы обе молчали.

— Понятно.

— Мы так привыкли...

— Хорошо, просто я хотел... — Толя нажал на кнопку, и из перегородки между двумя передними креслами выехал небольшой экран, рядом с ним был вставлен пульт. — Посмотри...

— Мультики? — Варькины глаза загорелись, но не так чтобы очень.

— Можно и мультики, можно и поиграть... У меня есть одна забавная игра... вполне детская...

— Спасибо, я не люблю игры. А книжки у вас нет?

— Варя...

Варя посмотрела на меня и отвернулась. Она, оказывается, умеет говорить «нет».

Толя Виноградов улыбнулся:

— Хорошо, поехали.

Я осталась сзади, с Варей, прошептав ей на ухо:

— Ты напрасно ревнуешь.

Варя помотала головой, посмотрела мне в глаза и крепко прижалась ко мне.

— Мы всегда вместе, так сложилась жизнь, — я вздохнула. — У нас две бабушки. Но у обеих своя жизнь. И у... других родственников — тоже.

— А дедушка есть? — спросил Толя.

Варька вздрогнула.

— Есть, двое, — быстро ответила я. — Одному сорок с небольшим, другой из комнаты не выходит.

— Болеет?

— Нет, — вздохнула я, крепко держа Варю. — Нас не любит.

— Гм... — Толя постарался поймать мой взгляд в зеркальце заднего вида. — Варюша, а... ты с мальчиками дружишь?

— Иногда, но у них другие игры. Мальчишки — совсем другие люди.

— Это тебе мама сказала? — Толя Виноградов улыбнулся.

— Да, — Варя чуть нахмурилась.

— Она совершенно правильно сказала. А... книги ты какие читаешь?

— Всякие.

Он даже на секунду обернулся, чтобы посмотреть на суровую Варьку. Я сама редко видела свою Варю в таком настороженном состоянии. Надо сказать, что нашу внезапно вспыхнувшую дружбу с Женей она восприняла как нечто само собой разумеющееся. Здесь же...

— А какие любишь?

Похоже, Толя оказался готов к такой реакции. Не в первый раз, что ли? — пронеслась у меня в голове ревнивая мысль...

— Мэри Поппинс люблю, еще про Тутту Карлссон и Людвига Четырнадцатого, Пеппи Длинный чулок... у меня много книг. Еще мамины сказки люблю... про Гнома.

— А мама пишет сказки? — Толя как будто не очень удивился.

— Нет, просто рассказываю их Варе перед сном.

— А мне, Варюша, никто не рассказывает сказки перед сном, представляешь? Уже очень-очень много лет.

— А вы своим детям рассказывайте, — ответила Варька-ревнивица.

— Между вами не пролезть, но это так прекрасно, что... — он улыбнулся и посмотрел на нас в зеркальце.

— Варя, не о чем страдать, — тихо сказала я.

Она взяла мою руку в обе ручонки и еще положила на нее голову.

Я все думала, не сказать ли Толе: «Если вы позвоните мне вечером, я и вам расскажу сказку...» Думала-думала и не сказала.

Глава 11

Адвокат Игорь Савельев оделся слишком импозантно для процесса в районном суде, так мне показалось. Ни прессы, ни телевидения не было. Кстати, а почему? Подумала я и улыбнулась про себя. Как потом оказалось, улыбалась я совершенно напрасно.

В «зале» суда, который оказался всего лишь небольшой комнатой с двумя рядами откидных стульев, уже сидели двое — Гарри Савкин и его мать. Мы с Игорем сели как можно дальше от них.

Гарик был одет в яркий твидовый пиджак, явно с чужого плеча. Мне он показался очень знакомым, этот пиджак. Когда Гарик полуобернулся к нам, я увидела кокарду со знаком лондонского клуба «D.D.R.» — маленький выстроченный тускло-золотыми нитками селезень в коричневой шапочке с козырьком. Это был пиджак моего отчима, который он как-то получил в подарок, когда сто лет назад выступал на концерте в этом клубе. Отчим до всех своих удачных и неудачных афер был неплохим пианистом. Пиджак он подарил Гарику вместе со множеством других своих вещей — хороших, добротных и совершенно не подходящих Савкину. Отчим любил дарить не очень нужные уже ему вещи хорошим, верным людям.

Интересно, мне не казалось, что мама ревнует меня к отчиму. Скорей всего, я просто не понимала. Ведь мама так стремилась, чтобы я жила отдельно.

Зря Гарик надел сегодня пиджак отчима. Вся ненависть к прохиндею Савкину, какую только могла вместить моя душа, сейчас поднялась, и мне даже стало нехорошо. Я достала потихоньку пузырек с нашатырем, которым пользовалась сейчас чаще, чем сотовым телефоном, намочила кончик носового платка и протерла им виски.

В зал-комнату суда вошла молодая секретарь с объемной папкой, в которой, очевидно, лежали документы по нашему «делу». Савкин приободрился, провел слегка дрожащей рукой по курчавым седеющим проплешинам и громко сказал, чуть привстав:

— Здравствуйте!

Секретарша улыбнулась ему и объявила, глядя, как открывается дверь сбоку:

— Встать, суд идет!

В зал впрыгнула и посеменила, отчаянно стуча каблучками-рюмочками, маленькая тетенька с огромным кремовым бантом в мелкий горошек под самым подбородком. Длинная клетчатая оборка на ее юбке лихо развевалась во время ходьбы. Сама юбка в зеленый цветочек плотно обтягивала мясистые бедра бодрой тетеньки. Она встала за стол и зорко обвела всех, кто был в зале заседания.

— Нет! — тихо простонала я. С тетенькой я еще лично не была знакома — заявление подавал от моего лица Игорь.

— Увы, — вздохнул Игорь и едва заметно сжал мне руку.

— Прошу садиться, — крякнула судья Морозова, стрельнув в меня глазами.

Есть женщины, которые остаются в образе себя семнадцатилетней. Они носят прически, с которыми когда-то нравились мужчинам просто потому, что были молоды, красятся так же, как были накрашены на выпускной вечер в школе. Одежду и обувь выбирают в том же стиле, какой был моден в годы их далекой юности. Так же себя и ведут — как будто на всю жизнь остались под пряным хмельком последнего школьного дня.

— Прошу садиться! — произнесла судья Морозова, повернувшись к Савкину, и улыбнулась.

— Благодарю, ваша честь, — неожиданно ответил Савкин басом, приложив руку к сердцу. И остался стоять.

— Садитесь, Гарри Трофимович, не волнуйтесь так, — еще нежнее улыбнулась Морозова и обратилась к его матери: — Как вы себя чувствуете, Галина Ивановна?

— Хорошо, — ответила та слабым голосом, попыталась встать, покачнулась и отвалилась обратно на стул. Савкин поддержал мать. Мать громко охала, а Савкин поглядывал на судью с извиняющейся улыбкой.

— Слушай, мне это все не снится? Этот бредовый маскарад? — спросила я Игоря.

Он только покачал головой, а Морозова вдруг заколотила молоточком по большому деревянному столу, за которым сидела, и прокричала пронзительным голосом:

— Тишина в зале суда!

— Господи... — я обернулась к Игорю. — Давайте уйдем, это бесполезно.

Игорь что-то быстро написал на листочке и передал мне. «Я ожидал, что это будет непросто, но не до такой степени. Уходить рано. Попробуем. В любом случае мы ничего не теряем».

— Суд слушает иск гражданки Воскобойниковой к гражданину Савкину о лишении его регистрации в принадлежащей гражданке Воскобойниковой однокомнатной квартире. Вопросы к суду есть? Отводы? Замечания по ходу ведения дела? Нет? Тогда приступим.

— Может, попробовать ей дать «отвод»? — шепотом спросила я Игоря.

— Не получится. Она сама решает, отвести ее или нет. Да, да! Вот такой идиотизм. Если решит, что оснований недостаточно — не отведет сама себя. А какие у нас основания?

— Она же явная кретинка, и с Савкиным кокетничает... Достаточно этого?

Мы посмотрели друг на друга и вздохнули.

— Вот и я о том же, — сказал Игорь. — Подождите, рано бить тревогу.

— Странно — я только что это заметила — смотрите, а Эльвиры, его девушки беременной, почему-то нет.

— Как, кстати, ее фамилия? Надо бы проверить, не сидела ли она. На всякий случай...

— Фаризова, так они говорили, я запомнила, у меня однокурсница такая была.

Игорь вздохнул.

— Не пришла — может, паспорт купленный в переходе, решили не рисковать...

Морозова сидела и молча листала дело, которое секретарь положила перед ней. Потом закрыла его, положила на него локти, подперлась кулачками и стала внимательно смотреть то на меня, то на Савкина. Все молчали. И она молчала. Минуты через три Морозова спросила, задорно и вполне дружелюбно:

— Так скажите мне, чья же это все-таки квартира?

— Ваша честь, позвольте? — Савкин поднял руку, как на уроке, и поднялся было сам.

— Подождите, Гарри Трофимович, суд хочет выслушать мнение истца.

Игорь прокашлялся и встал.

— Я сказала — «истца», а не адвоката! — вскрикнула Морозова.

— Но... — Игорь удивленно посмотрел на мигом взъерепенившуюся тетечку. — Я имею полное право представлять моего подзащитного.

— Не надо мне объяснять про ваши права! Вы хотите заявить мне отвод? Или передать дело в городской суд? Чего вы хотите? Сорвать заседание? Вы наверняка умеете это делать! Это все, что вы умеете делать! Сядьте!

Игорь, ошарашенный, еще немного постоял и затем сел.

— Так вы будете отвечать на вопрос судьи или вы отказываетесь? — спросила, очевидно, меня Морозова. При этом она смотрела в окно, за которым шел мелкий искрящийся снег.

— Буду, — ответила я.

— Встаньте, когда разговариваете с судьей Российской Федерации! — тетенька явно хотела большего, чем могла, подумала я, опять же очень неосмотрительно подумала.

Я посмотрела на бежевую картонную папочку, которую она подпирала острыми локотками, и попросила:

— Откройте, пожалуйста, папку. Там есть все документы.

— Еще одно слово в таком тоне — и я прекращу заседание!

— Простите, но... — попытался было вмешаться Игорь.

— Молчать! — опять стукнула Морозова молотком по столу. — Вы-то уж должны знать, что...

Она почему-то не договорила. Мне показалось, она не знала, что сказать, и от этого еще больше рассердилась.

— Может, запишем на телефон? — тихо спросила я Игоря.

Тот покачал головой и опять написал мне записку: «Будет скандал. Я слышал о ней, но не думал, что это до такой степени. Когда рассказывают, всегда не верится».

— Ваша подзащитная пыталась обмануть суд! Она хочет с помощью суда лишить человека единственной жилплощади, его собственной! Истица, ответьте суду: кто подарил вам эту квартиру?

Я посмотрела на пегие заплешины на голове у Савкина.

— Мы так оформили покупку квартиры. Вообще-то это моя тетя, когда уезжала...

— Отвечайте на поставленный вопрос! Кто — подарил — вам — квартиру?

— По документам — Савкин. Но...

— Какие тут могут быть «но»? — засмеялась Морозова. — Человек подарил ей квартиру, а она пишет «моя собственность». Это его собственность, которую он вам подарил, когда был вашим мужем!

— Подарил, чтобы сохранить семью! — встрял жутко довольный Савкин.

— Да! — сказала Морозова.

— Послушайте, это бред... — начала я. Игорь попытался дернуть меня за рукав. — Полный бред. Вы же знаете законы. Какая разница, кто кому что подарил. Даже если бы он мне подарил. Хотя это не так. Прав на квартиру у него нет. Он в ней много лет не живет. Не платит. У него есть своя собственность. У меня растет ребенок. В квартире — одна комната. Есть миллион свидетелей, которые подтвердят, как и что происходило много лет назад, хотя этого и не требуется по закону. Есть свидетели, которые готовы подтвердить в суде, что Савкин мешает мне жить, хулиганит, пытался вселиться в квартиру вместе с матерью и какой-то женщиной безобразной... гм...

Сначала я говорила очень быстро, ожидая, что Морозова меня остановит. Но она сидела спокойно, внимательно глядя на меня, и согласно кивала головой после моей фразы. Когда я упомянула Эльвиру, что-то промелькнуло в глазах Морозовой, Игорь тут же тихо наступил мне на ногу под столом.

— Позвольте и мне высказаться? — спросил Игорь.

— Нет необходимости, суду все ясно, — ответила очень доброжелательно и мягко Морозова.

— Позвольте тогда вопрос ответчику?

— Чуть позже. Ответчик, у вас есть какие-то возражения?

Савкин встал и слегка поклонился ей.

— Благодарю, ваша честь, — Савкин по-прежнему зачем-то старался говорить глубоким баритоном. — Нет, возражений нет. Но есть заявление.

— Слушаю вас.

— У меня есть встречный иск к Воскобойниковой.

— Прошу вас, Гарри Трофимович, зачитайте.

Савкин достал из кармана сложенную вчетверо бумагу, старательно прокашлялся, держась при этом за грудь.

— «Прошу суд удовлетворить мою просьбу о принудительном вселении меня в квартиру, принадлежащую гражданке Воскобойниковой, в которой я постоянно зарегистрирован в течение одиннадцати лет, вместе с моей матерью, нуждающейся в постоянном уходе. А также прошу отменить мою дарственную...»

Морозова протянула к нему руку, глядя на него достаточно строго.

— «Опротестовать», вероятно, да? Поднесите к столу судьи ваше заявление, Гарри Трофимович. На какие статьи вы ссылаетесь? Так, вижу, вижу... Статья сто тридцать...

— Там нет никаких статей, — шепнул мне Игорь и встал. — Разрешите взглянуть на это заявление?

— Не разрешу, — засмеялась Морозова и положила заявление в папку.

— Тогда все же разрешите задать вопрос истцу?

Морозова перекривилась, но вынуждена была кивнуть:

— Разрешаю.

— Скажите суду, — Игорь чуть повернулся к Гарику, — кем вам приходится Эльвира Фаризова и почему она не явилась сегодня в суд. Она ведь как будто тоже заинтересована в деле.

Морозова дернулась и посмотрела на Гарика.

Гарик неторопливо встал.

— Ваша честь. Это провокация.

— Отвечайте, Гарри Трофимович, — напряженно выпрямилась Морозова. — Вы не упоминали в своем заявлении таких лиц.

Игорь чуть пожал мне локоть.

— Понятно, да? Чем Гарик победил нашу наместницу Фемиды?

Я вздохнула.

— Это его обычные штучки. Он так и экзамены некоторые сдавал.

— Повторяю, ваша честь, — Гарик смотрел честными глазами на Морозову, честными влюбленными глазами. — Это грязная провокация.

— А что ж тут грязного? — спросил Игорь. — Я просто хочу уточнить, кем вам приходится гражданка Фаризова, по ее утверждению ожидающая от вас ребенка и намеренная вместе с вами проживать в квартире моей подзащитной.

— Объявляется перерыв пятнадцать минут! — прокричала Морозова и нервно стукнула несколько раз молоточком, хотя никто ей не возражал.

Во время перерыва секретарша побежала с чайником за водой, а Гарик постучался в ту комнату, куда удалилась судья Морозова.

— Разрешите? — спросил он тихо и трагически и даже чуть поклонился, хотя Морозова не могла его видеть. Могли его видеть только я и Игорь.

— Слушайте, ну это вообще, ни в какие ворота... Может, председателя суда пригласить?

— Он не пойдет. Одна шайка-лейка.

— А все-таки на телефон все это безобразие снять?

— Представляешь, какой ор начнется? — вздохнул Игорь, от растерянности, видимо, перейдя со мной на «ты». — Снимать не даст. Попробуем тайком, конечно, только никуда это не пришьешь...

Как нарочно, секретарша застряла в туалете с чайником, наверно, решила еще и покурить и проветрить туалет. Или судья Морозова попросила ее чайник помыть с мылом, а потом тщательно протереть и высушить.

Минут через семь из комнаты вышел довольный Гарик. Не удивлюсь, если он успел за это время все. По крайней мере — все пообещать бедной, маленькой девочке, которую никто не любил в школе, никто не любил в институте, которая замазывала-замазывала прыщики, пока не обнаружила, что тональный крем очень сильно обозначает глубокие морщинки, образовавшиеся за непонятно как промчавшиеся годы борьбы с прыщиками.

— Прошу садиться! — улыбнулась Морозова. — Воскобойникова, а вы — мать-одиночка, оказывается? Что же вы этого не сказали суду?

Я встала.

— Я не мать-одиночка. У моей дочери есть отец.

— Гражданка Воскобойникова, не надо переносить ненависть к одному человеку на всех мужчин, — продолжала судья Российской Федерации. — Если вы обижены мужчинами...

Я села. Это невозможно. Я показала Игорю глазами на лежащий перед ним телефон. Он пожал плечами. Действительно, ни к чему не пришьешь. Формально она ничего не нарушает, наверное. Рассуждает вслух. Почему бы судье не порассуждать? О том о сем? Погневаться — глупой прыщавой тетеньке, самонадеянной и вполне бесстрашной. Ведь она-то не боится же! А мы побоялись или постеснялись снять это безобразие. Пригласила бы я хотя бы любого своего товарища-журналиста, был бы невероятный материал для журнала, газеты, телевидения... Этот сумасшедший бред происходит наяву или мы просто разыгрываем на журфаке капустник?

— Не знаешь, почему она без мантии? — спросила я Игоря.

— Там плечи накладные, а у нее голова очень маленькая, смешно, по-видимому.

Я засмеялась.

— Хотите совет, гражданка Воскобойникова? — спросила судья Морозова, с улыбкой наблюдая, как мы переговариваемся с Игорем.

Я промолчала, а она продолжила:

— Не приходите в суд, когда со всех сторон не правы. В суде люди ищут правду, понимаете? Беззащитные люди приходят сюда за помощью, — она вскинула головку, и мелко накрученные пряди упали ей на заблестевший лоб. Она встала.

— Суд удаляется на совещание, — прожурчала секретарь.

— От имени моей подзащитной прошу отложить рассмотрение дела, — Игорь прокричал вдогонку.

— Суд не видит оснований для откладывания дела, — улыбнулась Морозова. — Галина Ивановна, как вы себя чувствуете?

— Плохо... — простонала старуха и посмотрела на Гарри, тот — на Морозову.

— А может быть, получше? Мы можем продолжить слушание?

Гарри яростно закивал головой, старуха мигом приободрилась:

— То есть... Лучше, лучше!

Я вышла из здания суда одна, Игорь задержался, чтобы поговорить со знакомым адвокатом. Был прекрасный морозный день. Так бывает в марте — когда кажется, что весна не придет никогда. Тихо, солнечно, ни облачка — откуда только шел снег? — и крепчайший мороз. Еще в здании мне было зябко, а сейчас мороз пробрал просто до костей, которые у меня стали заметно ближе к коже, чем два месяца назад. Я подумала: «Пойду-ка я домой, созвонюсь с Игорем вечером».

...Мне показалось? Или я действительно слышала, как тихо, но очень внятно хлопнули крылья? А что, у моего ангела, у того, кто наверняка стоял все время у меня за спиной во время суда, кто страдал от своего бессилия перед несокрушимой мощью Российского суда и его представителя Морозовой И.А., у него действительно есть крылья? Настоящие? С перьями? Он может их расправить и улететь, оставив меня совсем одну?

Я посмотрела на четкую границу между глубокой тенью около здания суда и белым искрящимся снегом сугроба. На грязноватый сугроб — какая уж в марте белизна! — напа́дал легкий чистый снежок, пока мы заседали. Сюда бы Варьку с лопаткой. Хорошо, что не взяла ее с собой. А то бы обязательно рассказала ей сейчас про ангелов и окончательно запутала бы бедную девочку, и так живущую среди химер и миражей. Один папа-мираж чего стоит! А еще Гном, в которого она верит, таинственный дядя Женик, в которого не верю я сама, теперь вот эти страшные полулюди-полузвери...

Я перевела взгляд на чистое-чистое, пронзительно-синее небо, на изумительно тонкий силуэт голых березовых веток на нем, а в ушах всё звучали слова. Они застряли в голове и проворачивались снова и снова, как в детской игрушке, которая играет одни и те же три такта: «Именем Российской Федерации... Именем Российской Федерации... Именем Российской Федерации...»

— Стоишь, сучара? — заорал что есть мочи где-то сзади Гарик. Он откупоривал бутылку прямо на лестнице народного суда.

— Стои, стои, — подхватила откуда-то появившаяся Эльвира и ловко выхватила тряпки из-под пальто. — Оба-на!

Они заржали. Старуха, догнавшая их, засуетилась:

— Давай сюда, детка, уберу...

Мохнатая «детка» Эльвира сунула ей тряпки, не глядя.

В чистом морозном воздухе я уловила вонь несвежего тела и еще чего-то, сладковатого и тошнотворного.

— А чё ж ты, бикса гнилая, не спешишь манатки собирать, а? — Гарик, проходя мимо, как бы нечаянно подтолкнул меня, и я, к ужасу своему, потеряла равновесие и упала на одно колено. — Ой, какая неприятность! — запричитал Гарик дурацким голосом. — Вам не помочь, тетенька? Нет? Жа-аль... А то я сейчас помогу... Забудешь, как выкореживаться, падаль!

Я встала и прислушалась к животу. Да всё в порядке! У меня вообще всё будет в порядке, я очень счастливая. У меня такая прекрасная дочь Варька. Я сама — красавица и умница. У меня хорошая мама. У меня есть друзья. К некоторым можно обратиться, в случае чего...

Я пошла прочь, стараясь не торопиться. И не оглядываться. Просто чтобы не поскользнуться.

Вот и всё. И что мне, что нам с Варей делать-то? Они же, по всей видимости, намерены въезжать прямо сейчас...

Господи, господи, дай мне силы все это выдержать...

— Лена! — догнал меня Игорь. — Ну куда же вы ушли? Расстраиваться рано, совершенно рано. Подадим апелляцию в городской суд. Наверняка у меня получится договориться, чтобы суд состоялся как можно раньше. Там же будут другие судьи.

— Да, я понимаю. Спасибо, Игорь, вы сделали все, что могли.

От волнения на суде и я начала называть его на «ты», но сейчас уже было как-то неловко.

Игорь покачал головой.

— Лена, иногда я думаю, как же правы некоторые из моих подзащитных — не все, нет... Те, которые годами от чего-то и от кого-то страдали, пытались искать правды, справедливости, всячески тщились выкарабкаться из нищеты, а потом плюнули и...

— Вы имеете в виду — не прибить ли мне Гарика?

— А вот скажите честно — никогда такой мысли не было?

— Если честно — пару раз была. Однажды, когда он ломился в дверь пьяный, а у меня болела маленькая Варька... Он ночью трезвонил в дверь, дочка плакала, просыпалась, потом не могла уснуть, боялась... Ну а второй раз — сегодня.

— Вот мы уже почти и вступили в преступный сговор, — невесело засмеялся Игорь. — Вы заходите сзади, а я наваливаюсь — и...

— Бьете по башке судью Морозову, — тоже улыбнулась я. — А потом я буду выпускать в тюрьме газету «Моя любимая зона». Ай, — я почувствовала, что совсем замерзла. — Давайте еще попробуем. А теперь-то что мне делать? Съезжать с квартиры? Ведь я не смогу вместе с ними жить... Мы не сможем...

Игорь поморщился.

— Вообще-то решение суда вступает в силу в десятидневный срок... и сейчас им на руки его не дадут... Но боюсь, что они... гм... сами его начнут осуществлять... Опротестовывать его, конечно, можно, решение это несправедливое... — Игорь взглянул на меня и отвел глаза. Я поняла, что дальше заниматься моим делом у него желания особого нет. — Лена, а вам есть, куда... гм... пойти? Временно хотя бы?

— Конечно, — кивнула я.

На самом деле мест много. У меня есть мама. У Вари есть папа. У меня есть подруга Неля, у Нели есть жаднющий муж Федор... Может, попросить Федора, чтобы он нам сдал свою лоджию, где годами хранятся банки с баклажанной икрой — запасы для приема непрошеных гостей?

Гарик пришел в тот же день. Я предвидела, что произойдет. К счастью, их вещи никто не тронул, они простояли несколько дней в нашем подъезде, и Гарик с «невестой» сами забрали все свои мешки и баулы, когда их отпустила милиция. Я не могла понять, как же они там отвертелись — ведь, по идее, на них должны были завести дело... Наверно, помогла все та же липовая бумажка — «решение суда». Как трудно бывает доказать правду, имея настоящие документы, и как просто подчас прохиндеям, купившим две печати за пятьсот рублей, обмануть всех и вся.

Я собрала все, что смогла, но вещи из квартиры, в которой ты живешь двенадцать лет, надо вывозить на грузовике. Поэтому в три огромные сумки и один чемодан толком ничего не уместилось. Я достала с антресолей большую пляжную сумку, затолкала в нее подряд Варькины мелкие игрушки — куклы, пазлы, свою косметику, впихнула туда еще и все фотографии с полок, потом села и заревела. Я решила дать волю слезам, чтобы слез на сегодня уже не осталось. Главное — не расплакаться при них, не дать им лишний повод поглумиться. Может закончиться печально. Пока ревела, я решила — лучше отдать Гарику ключи миром, чтобы они не ломали дверь. Дом у нас старый, еще посыпятся стены...

Они, видно, где-то хорошо отпраздновали победу и часам к пяти уже прибыли на место жительства.

— Открывай, падла! — заорал Гарик и заколотил в дверь ногами.

Я открыла дверь. Эльвира держала пьяную старуху и сама еле стояла на ногах.

— Ой ты, ёптыть! — она дернула Варю за меховой воротничок на свитере.

Я оттолкнула ее руку — ей, видно, только того и надо было.

— Я те щас глаз на ж... натяну... — вполне миролюбиво объявила Эльвира и потянулась ко мне волосатыми ручищами, но тут неожиданно встрял Гарик.

— Слышь, ну-ка... — Он сильно пнул Эльвиру в сторону комнаты, и она пролетела прямиком на компьютерный стол, там и затормозила.

— Пригодится... — ничуть не обидевшись на Гарика, она похлопала по старому монитору, который я не стала относить к Токмачеву. — Ой, я сегодня... ой... — у нее что-то булькнуло в горле, — уста-а-ла... щас... — она побрела в ванную, держась за стену. Плохо пока ориентируясь в своей новой квартире, Эльвира вместо ванной пришла на кухню и там стала очищать себе желудок, комментируя его содержимое.

Гарик, по-хозяйски уперев руки в боки, встал посреди комнаты, удовлетворенно оглядел все кругом и вполне мирно, нормально предложил мне:

— Лена, ты б шла уже, а? Я за тебя садиться не собираюсь. Не доводи лучше.

Я показала ему рукой на шкаф.

— Вот здесь есть пустые полки. Имей в виду, я еще до суда, на всякий случай сделала фотографии квартиры и опись имущества. Сегодня утром у меня был участковый с понятыми, они подписали все это, — я показала ему такой же липовый листочек, какой был у него. — Если что-то пропадет или вы испортите, тогда точно сядете. Токмачева знаешь? Не этого старичка, соседа моего, а его сына?

Гарик неохотно кивнул.

— И чё?

— А ни «чё». Он мой любовник. Замуж не возьмет, но башку тебе открутит, если «чё». Въехал?

— Ой, запугала! — закочевряжился на всякий случай Гарик, но в глазах его я увидела сомнение.

Варя пододвинулась поближе ко мне.

— Я тебе сказала, ты меня услышал. Остальные вещи заберу завтра. Приду собирать с любовниками. Со всеми, какие есть.

Мы вышли с Варей на улицу, я стала ловить машину, чтобы ехать к маме. Я пыталась ей несколько раз позвонить в течение дня, но мама, видимо, ходила по магазинам, по крайней мере, трубку дома никто не брал. Мобильный у нее, как обычно, был отключен. Дома-то, конечно, должен быть Игорек, а к вечеру и Павлик, но вот так ехать, без звонка...

— Мам. Давай папе позвоним, — вдруг сказала Варя.

Я посмотрела на нее.

— Давай, — неожиданно для самой себя согласилась я.

Я решила позвонить на работу, в банк, и если он занят, секретарша не соединит. Не соединит она и в том случае, если он попросил со мной не соединять.

— Ало, — он ответил очень вежливо и корректно, что не предвещало ничего хорошего.

— Саша, это я, здравствуй.

— Я слушаю тебя.

Дальше можно было не продолжать, но я попыталась.

— Саша, у нас такая беда...

— Воскобойникова, кончай ломать комедию! Какая у тебя беда? Что я тебя больше не люблю? Я это уже слышал.

— Саша...

— Лена. У меня другая женщина. Ясно тебе?

— Саша...

— Лена, я — на работе.

Я повесила трубку. Через пару минут он перезвонил.

— Так, и что за беда?

Я набрала побольше воздуха.

— Нет никакой беды, Саша.

— Я так и думал, — зло засмеялся Виноградов и повесил трубку.

— Что он сказал, мам? — тихо спросила Варька.

— Что на Малой Бронной очень хороший новый спектакль, чтобы мы с тобой обязательно завтра на него пошли.

— Правда? — очень обрадовалась Варька. — А я думала, он что-то плохое сказал... А мы к нему в Митино не можем поехать?

— Вряд ли, доченька. Он же не один живет.

Он купил себе котенка, очень хотелось сказать мне, маленького, грязного, голодного котенка. Покормил его, помыл, купил антиблошиный ошейник, и котенок его в благодарность облизывает...

— С тетей, да? — спросило дитя нашей компромиссной семьи.

— Да бог с ним, доченька.

Остановилась машина, и мы с трудом затолкали все наши сумки в багажник.

У мамы в квартире горел свет во всех комнатах, что было очень странно. Я попробовала еще раз позвонить. Снял трубку Игорек.

— Игорек, здравствуй, это Лена.

— Лена, здравствуй, — ответил мне Игорек. И повесил трубку.

Господи... Да что же такое? Может, сорвалось? Я перезвонила. Никто долго-долго не поднимал трубку, потом ее сняли и бросили. Видимо, на пол. Я услышала далекий мамин крик:

— Я тебя убью! И себя убью! Убью вас! И его убью!

Затем раздался невероятный грохот, и страшно затрещало прямо у меня в ухе — видимо, наступили на телефон. Связь прервалась. У мамы что-то происходило. Пойти туда — некстати, с сумками... А не пойти — я маму свою знаю. Моя мама, в отличие от ее дочери, умеет выливать морковный сок прямо в морду обидчику.

— Пошли, — сказала я Варьке.

Кое-как я взвалила на себя все сумки, и мы двинулись. Мамин лифт ломается раз в пять лет, не чаще. Сейчас он был сломан — стоял ниже первого этажа на полметра, с зажженным светом. Я заглянула — нет ли там кого, и мы пошли наверх, на шестой этаж пешком.

Уже на третьем были слышны крики, кричала одна мама, она, по всей видимости, и бросала предметы. Я оставила вещи и Варю пролетом ниже, так, чтобы мне было их видно, а сама поднялась и позвонила. Я была уверена, что звонка не слышно, но дверь неожиданно открылась — кто-то, значит, стоял прямо под дверью. Это оказался Павлик. Я успела заметить, что у него рассечена бровь и порван рукав.

— Т-ты куда?!. — страшно закричала мама и рванулась откуда-то из глубины квартиры к двери. По дороге она, судя по всему, задела громадную напольную вазу — только от нее мог быть такой грохот. — Попробуй только уйти! Попробуй! Я себе пальцы по одному отрежу, ты слышишь меня! — Мама, рыдая, схватила Павлика за плечи, стала бить его и толкать, но, по-моему, уже больше для острастки. — И ему все отрежу! Все его гнилые потроха!

Я увидела сидящего у стены Игорька. Он сидел прямо на полу, странно поджав одну ногу, и смотрел куда-то в сторону. Он был страшно бледен. Я заметила у него на поджатой ноге кровь.

— Мама...

— Кто?! Ты что? Ты еще здесь? Ты откуда?..

— Мама, мамочка... — Я зашла было в квартиру, но она стала меня выталкивать, бросив Павлика.

— Уйди, Лена! Уйди-и-и! — закричала мама и попробовала закрыть дверь. Но я увидела ужас в глазах Павлика и поставила ногу, чтобы дверь не захлопнулась. Мама сгребла мое лицо рукой и с силой оттолкнула от двери.

— Мамочка! — теперь уже закричала Варя, видевшая это все с лестничной клетки.

— Варюша, все хорошо... — я вырвалась из маминых рук и спустилась к Варе.

Бедная девчонка, только что пережившая налет мародеров на нашу квартиру, стояла и тихо тряслась.

— М-м-мам-м-ма, — мне показалось, Варька не может выговорить слово.

Я слышала о таких случаях, когда дети во время обычных семейных баталий начинают заикаться, а родители замечают это, только когда помирятся. Или разъедутся.

— Варенька, Варюша... — я стала целовать ее, гладить, по возможности спокойно, по щекам, по плечам, по рукам.

Варька вдруг заплакала и, слава богу, хорошо выговаривая все согласные, спросила:

— А почему бабушка дерется?

— Не знаю, Варюша, сейчас попробуем выяснить.

Я прислушалась к тому, что происходило в квартире. Там неожиданно наступила тишина. Я посадила Варю на чемодан, достала ей плеер — как это я сразу не догадалась! — вставила в уши. Варька обрадовалась и с удовольствием стала слушать сказки Мадонны в исполнении самой Мадонны на английском языке. Что там она понимала, точно не знаю, но ей очень они нравились, особенно сказка «English Roses», про четырех девочек, которые завидовали пятой, самой красивой. Завидовали и не любили, пока не узнали, что у той умерла мама и она, бедная, живет с папой и работает, как Золушка. Тогда девочки ее пожалели, полюбили и сами стали добрые и хорошие.

Варька кивнула каким-то словам из сказки, даже улыбнулась, а я опять поднялась к маминой квартире и коротко позвонила. В квартире по-прежнему была тишина.

Я позвонила еще. Послышались шаркающие шаги, и дверь медленно открылась. За дверью стояла мама и смотрела на меня невидящими глазами. Под глазами у нее были красно-черные круги.

— Мама...

— Лена? — вдруг как будто удивилась мама. — Заходи.

Я осторожно зашла в большую прихожую. Игорек сидел там же. Рядом с его ногой уже натекла порядочная лужа крови. Игорек еле заметно покачивался и смотрел куда-то вбок. Павлик сидел у противоположной стены, тоже на полу. Увидев меня, он заволновался и стал неотрывно на меня смотреть.

— Мама, что у Игоря с ногой? — негромко спросила я.

— Я ее сломала, — тоже негромко, и словно прислушиваясь к звуку своего голоса, ответила мама.

— Нужно поехать в травмопункт, — стараясь оставаться спокойной, предложила я.

— Конечно, — согласилась мама и взяла куртку Игорька с вешалки.

Она подошла к нему и положила куртку рядом с ним.

— Одевайся, — тихо сказала она и пошла прочь.

Игорек не шевельнулся. Мама остановилась на полдороге и, не поворачиваясь к нему, повторила, еще тише:

— Одевайся.

Игорек продолжал сидеть молча, не меняя позы и не поворачивая головы, только раскачиваться стал чуть сильнее.

Мама вдруг резко повернулась и страшно закричала:

— Одевайся! Одевайся, я сказала! — она рванулась к нему и стала бить его курткой по голове, по животу, по сломанной ноге.

Я бросилась к ней и стала ее оттаскивать. Тут же подоспел Павлик, маму он трогать не решался, только, странно повизгивая, повторял:

— Мамуль, ну мамуль, ну мамуль, мамуль... не надо... не надо... ничего не было... мамуль... я спросил его... а он... мамуль... он ничего мне не делал...

— Убью! Все-е-ех! Всех! Всех! Всех! Всех! Всех! Всех! — мама стала говорить все быстрее и быстрее, продолжая рваться к Игорьку, который давно лег на бок и молча лежал, уткнувшись головой в ковер. Мама, по-моему, израсходовала все свои силы, а может, уже просто отбила руки и теперь только беспомощно колотила ладонями по полу рядом с ним.

— Ма-а-а-а... — кричал Павлик, захлебываясь слезами и соплями — мужчины все-таки так отвратительно плачут, — ты понимаешь? Понимаешь? Лена! Ничего не было! Скажи ей! Я спросил — как?.. Он мне показал, понимаешь, просто показал, на своем... понимаешь, мама... а то я пробовал, а у меня не получается, мама!.. То вдруг сам встает, а когда я хочу, чтобы он... то... А Игорь... Он ни в чем не виноват! Он просто хотел мне помочь! Он... показал мне, как надо...

Мама обернулась со страшными глазами и тяжело, с присвистом дыша, стала медленно распрямляться. Павлик спрятался за моей спиной и замолчал.

Я оглянулась в поисках чего-то похожего на веревку, пояс... Вспомнила, что в ванной обычно висят халаты, побежала в ванную. Там мне пришла в голову другая мысль. Я быстро набрала полтаза — сколько набралось — ледяной воды и, расплескивая ее, подбежала к маме. Мама как раз занесла ногу в туфле на хорошей мощной подошве — она всегда ходит дома в модельной обуви, а я вылила ей весь таз воды на голову. Мама ахнула, повернулась ко мне и стала оседать. Я не успела ее подхватить, она свалилась на пол и потащила руку к сердцу. Не дотащив, она вдруг стала закрывать глаза. Я увидела белки ее глаз. Маму стало трясти. Я намочила руку в луже воды на полу и приложила ладонь к ее лбу.

— Иди принеси корвалол или валокордин, — сказала я Павлику, — быстро.

У мамы дрожали подбородок и губы сильной мелкой дрожью, как будто ей в рот вставили какую-то игрушку.

Она открыла глаза, посмотрела на меня, взяла меня за руки и сильно сжала.

— Я его убила, — сказала мама. И стала смеяться.

Я еще зачерпнула воды из почти растекшейся лужи и умыла ей лицо. Павлик уже протягивал мне пузырек сердечных капель, не приближаясь к маме. Чашку он не захватил. Я быстро накапала капель прямо себе в руку, влила маме в рот. Мама не сопротивлялась, только закашлялась.

— Нет, мамуль. Не убила. Вон он опять сел. Павлик, воды маме принеси, простой.

Игорек и вправду опять сел и даже перестал качаться. Теперь он рассматривал свою сломанную ногу.

— Игорь! Ты меня слышишь? Ты сможешь сам встать? — спросила я, не надеясь на ответ.

— Смогу. Наверное, — ответил мне Игорек совершенно нормальным голосом.

«Вот так бить каждый день, глядишь, и разговаривать научится», — заметил внутри меня противный журналист.

— Подожди, я помогу, — я осторожно освободила свою руку, которую держала мама, и встала, чтобы помочь Игорю подняться.

Павлик было дернулся к нему тоже, но мама посмотрела на него тяжелым взглядом, и он остался на месте. Воды он ей так и не принес.

Я вызвала такси — в таком состоянии мама вести машину не сможет. Помогла одеться всем троим, хотя мне казалось, что Павлику лучше остаться дома. Я достала из своей собственной сумки баночку с валерьянкой, дала всем по пять таблеточек, оставшиеся три разгрызла сама. Запили все отвратительной водой из чайника — мама принципиально не пользуется ни фильтрами, ни питьевой водой — говорит, если война начнется — все подохнут от микробов, а мама со своими ненаглядными мальчиками-вассалами — нет.

Наши с Варей вещи пришлось заволочь в квартиру, ничего не говоря маме. Она, по-моему, и не обратила на это внимания. Игорек идти сам, естественно, не мог. Он обхватил меня за шею, я тут же заметила вспыхнувшие и сразу погасшие огоньки в маминых безумно уставших глазах. И мы с ним попрыгали к лифту. Павлик плелся сзади. Мама, прерывисто дыша, держала его за воротник куртки. Варька тихо шла рядом со мной.

Таксист с некоторым сомнением оглядел нашу маловменяемую окровавленную компанию, но ничего не сказал, услышав адрес травмопункта. Очереди в травмопункте практически не было — понятно, не праздник, не выходные, люди только готовятся. Но когда нам надо было заходить в кабинет, привезли парнишку с выбитым глазом и, мы, разумеется, пропустили его. Я слышала, как врач орал на его друзей и советовал им, не теряя ни секунды, везти парня в больницу. Я покосилась на ногу Игорька. Может, и нам надо было сразу в больницу?

— Проходите! — крикнул врач.

Как же я люблю врачей! — в очередной раз в своей жизни быстро подумала я. Почему я не встретила врача? Я не смогла удержаться, чтобы не взглянуть на его правую руку. Кольца не было, но никто ведь не заставляет мужчину объявлять всему миру, что уже есть кто-то, о ком он обещал заботиться, и кто сегодня вечером будет ждать его с надеждой на любовь и верность. Женщина носит кольцо с гордостью и радостью, многие даже после развода носят его, просто переодев на левую руку и испытывая при этом сложные чувства. Вот, смотрите, я была замужем — не думайте, что я до тридцати трех так и не... Но теперь я развелась. Я свободна. Но я — порядочная женщина. Меня любили и делали мне предложение, как всем. И дети мои — родились в браке...

— Да-а-а... Открытый перелом... И кто ж тебя так? — спросил врач.

Мы с мамой и Игорькой хором ответили:

— Понимае... — успела сказать я.

— Я! — вскинулась мама.

— Сам, — объяснил Игорек.

Павлик сел на стул около двери и молча сидел там.

— В суд подавать будете? — спросил проницательный врач Игорька.

— Нет, — сказал тот совершенно нормальным голосом, а не загробным голосом виртуального призрака, которым он обычно разговаривал дома.

— Ладно. Нин Лексевна, — врач обратился к медсестре, — давай промывай и того, и этого, — он подошел к Павлику. — Ну а ты что? Тоже сам?

— Тоже, — ответил Павлик и опустил голову.

— Ну ясно. Может, вы сами и лечить себя будете? Подрался, полюбилися... — Он еще раз взглянул на маму, которая обычно выглядела гораздо, лет на десять, моложе своих лет и разница в возрасте с Игорьком была не так заметна, как сейчас. Похоже, доктор не понял степени родства и не стал вдумываться. Он сел за стол.

— Так, давайте записывать... Кто есть кто, когда родился. Когда помереть собирается... По какому адресу живем, а по какому деремся... Мамаш... — он осекся, заметив совершенно несчастный мамин взгляд. — Мадам, — поправился он. — Вы тоже присядьте.

Павлику промыли рану, прилепили повязку на разбитое лицо. Игорьку сделали противостолбнячный укол, под анестезией зашили ногу и поставили гипс. Я забрала справки и заплатила врачу за немецкую анестезию и — просто так. За то, что рядом с врачом, когда он уверенно и точно делает свое замечательное дело, — надежно и хорошо.

Когда мы приехали обратно к маме, Игорек сразу прошел в свою комнату. Я заметила, как мама странно смотрит на него. И не поняла — убьет она его сегодня ночью или пойдет мириться. Павлик тоже попытался уйти к себе, но мама показала ему на кухню:

— Пойди, пожалуйста, поставь чайник.

Павлик затравленно кивнул и взглянул на меня с надеждой. Кажется, он очень боялся продолжения.

Мама вдруг посмотрела на наши вещи, стоявшие посреди прихожей.

— Это что?

— Это... наши вещи.

Она непонимающе смотрела на меня:

— И Варя здесь? Она давно пришла?

— Нет, только что, — ответила я и моргнула Варе, которая молчала, по-моему, уже часа полтора.

— А-а-а... хорошо, — мама опять перевела взгляд на вещи. — Лен, это кому? Ты что-то нам принесла?

Я посмотрела на свою маму. Краска с одного глаза совсем смылась, а на другом устойчивая тушь размазалась вокруг глаза, напоминая театральный синяк. Волосы сбились на одну сторону, бледные губы без помады оказались тонкими и сморщенными. Я уже забыла, какие у мамы губы, она их обычно так сильно красит. Еще когда не было в помине никакой голографической помады, зрительно увеличивающей объем губ, мама умудрялась нарисовать себе пухлые, чувственные губы с влажноватым блеском.

— Мама, можно мы у тебя сегодня переночуем? — спросила я.

Мама ответила не сразу.

— Это очень некстати, Лена. Но можно, конечно.

Я опять увидела взгляд Павлика. Он выглядывал из кухни. Он-то очень обрадовался, что мы останемся.

— В библиотеке тебя устроит?

— Конечно, — ответила я, зная, что в библиотеке — маленький, нераскладывающийся кожаный диван. Тот самый, на котором я пролежала всю ночь, вспоминая слова известных мне молитв, чтобы не чокнуться и в голос не рыдать после пердимонокля с Милкой в Митино.

На диване, действительно, может спать только один ребенок. Да какая разница! Мне было так жалко Варю, еле стоящую на ногах. Я хотела только одного — накормить ее и уложить спать. Но так просто — это не с моей мамой...

Через полчаса мама появилась причесанная, накрашенная, переодетая в длинное шоколадное платье с золотистыми нитями, продернутыми по всей длине. Мама смотрелась великолепно. Понятно, скорей всего, вариант второй — мириться с Игорьком. Вряд ли мы с Варей тут кстати. Особенно если я лягу в огромной, но проходной гостиной, соединяющей все комнаты в квартире...

Варя как раз поела и сидела, засыпая за кухонным столом. Мама зорко оглядела нас. Молча подлила чаю Павлику и села за стол.

— У тебя, надеюсь, ничего не случилось? — спросила мама.

— Нет, — ответила я.

— Хорошо, — кивнула мама. И продолжала молчать.

Я увидела, что Варя совсем закрыла глаза и опустила голову на руки.

— Варюша... — я тихонько подняла ее и повела в комнату.

— А что это за вещи-то, Лена? — спросила мама меня вслед.

— Я завтра заберу их, — ответила я.

Мама закрыла за нами дверь на кухню. Я отвела Варю, положила на диванчик. Жалко, что не успела попросить у мамы белье... Я сняла свой свитер, подоткнула дочке под голову и огляделась в поисках пледа, которым можно было бы прикрыть ей ноги. Конечно, в библиотеке пледа не было. Я решила пойти поискать что-нибудь и для себя, чтобы укрыться на ночь. Проходя мимо своей бывшей комнаты, где теперь живет Игорек, я увидела, что дверь к нему неплотно закрыта. Я оглянулась на кухню. Оттуда слышался ровный мамин голос. Я поднялась по ступенькам и заглянула в комнату. Игорек сидел перед компьютером и что-то быстро писал, не глядя на клавиатуру.

— Игорь? — я негромко позвала его.

Его руки замерли на клавиатуре, но он не обернулся. Я зашла в комнату.

— Игорь, можно к тебе на минутку?

Он повернулся ко мне на крутящемся стуле.

— Да, Лена, можно.

Я увидела, что он тоже переоделся в домашние брюки, аккуратно разрезав новые вельветовые джинсы до середины бедра, чтобы пролез гипс. Впрочем, возможно, это сделала наша мама...

Мой вопрос, кажется, не имел больше смысла. Тем не менее я спросила:

— Ты — остаешься?

— Да, — ответил Игорек и повернулся к монитору.

— Игорек...

Не оборачиваясь ко мне, он проговорил:

— Да, Лена, — и снова стал писать, легко и быстро перебирая пальцами клавиши.

— Ты правда Павлика не трогал?

— Правда, — ответил Игорек.

Что-то еще спрашивать у творца новой реальности было бессмысленно. Он создавал — мир, иной мир — прекрасный, страшный, странный и сложный — по своим собственным законам. А я спрашиваю про Павлика...

Я поаккуратнее составила наши сумки и пошла в библиотеку, где спала Варька, так и не найдя ничего подходящего, чтобы укрыться.

Раньше эта комната называлась кабинет, здесь много лет работал папа. Я села в папино кресло. Вряд ли кто-то за эти годы сидел за папиным столом. Я посмотрела в окно. Вот, значит, что он видел из окна, когда писал... Тихий мирный скверик внутри дворов и угол соседнего серого дома. Лишь из моего окна, расположенного в срезанном торце дома, были видны Садовое кольцо и прекрасная панорама Москвы. То окно смотрело на юго-запад, поэтому в моей комнате всегда было светло — с утра до вечера. И самым моим любимым делом было наблюдать, как меняется небо, когда начинает садиться солнце. Мой письменный стол стоял у окна. Теперь Игорек сидит в углу, и окно всегда завешено жалюзи.

Я достала мобильный телефон и поискала номер Толи Виноградова. Несколько секунд я колебалась, удобно ли звонить так поздно. Я ведь даже не знала, с кем он теперь живет, когда красивая даже после развода жена Татьяна уехала в Канаду. Я не очень понимала, зачем звоню, и разволновалась, услышав его голос.

— Да? — ответил Толя сразу.

— Здравствуйте, Толя. Это Лена Воскобойникова. Вы помните меня?

— Лена! Конечно, странный вопрос. Почему же вы не звоните?

— Похвастаться нечем, а жаловаться не хочу.

— Так вы не хвастайтесь, а на работу приходите. Или вы устроились куда-то уже?

Его голос был спокойный, приятный и совершенно чужой. Зачем я позвонила?

— Спасибо, — ответила я. — Я... Спасибо, — и нажала кнопку отбоя.

Через пару минут раздался звонок.

— Лена, у вас что-то случилось?

— Нет. Спасибо, Толя. До свиданья, — я опять нажала отбой. Какая же глупость была ему позвонить!

Он больше не звонил. Я представила себе, как он пожал огромными плечами и сделал погромче телевизор. Хотя я даже не знала, где он был в ту минуту, когда разговаривал со мной — в машине, дома, в гостях... Чудеса сотовой связи, невероятно объединившей по-прежнему очень одиноких и разобщенных людей. Объединившей по формальному признаку, как объединяет мегаполис, электронная почта, социальные сети. Я доступна для всех, только никому не нужна. Но мне любой может послать фото своего пекинеса или поделиться новостями —

а именно: скольким людям еще он разослал фотографии своего пекинеса, и что они об этом думают.

Я вышла из комнаты, прислушалась. Из кухни не раздавался больше мамин голос, и вообще в квартире была тишина. Я прошла на кухню. Там сидела мама, обняв Павлика. Он положил голову ей на плечо. Она его укачивала. Я почти беззвучно спросила:

— Можно?

Мама махнула рукой и тоже одними губами ответила:

— Потом!..

Я вышла из кухни, закрыла за собой дверь — как было. Постояла, глядя на наши вещи. Но ведь завтра, действительно, надо бы увезти остальное из моей квартиры. Угрозы — угрозами, но Гарик долго не выдержит. Когда вокруг пропадает столько прекрасных вещей, которые можно продать за бутылку... А если не продадутся — выбросить. По-хорошему все это нужно было бы забрать сегодня. Но это вообще нереально.

Телевизор, старый-старый видеомагнитофон, на котором можно смотреть старые-старые кассеты, всякую кухонную утварь, и вообще все мало-мальски ценные или просто дорогие мне вещи я унесла к Токмачеву, включая компьютер, новый плоский монитор и принтер. Но остались еще просто наши вещи — одежда, обувь... Пять огромных полок в шкафу и два выдвижных ящика, где лежало непонятно что, но все очень нужное — лекарства, фотографии, старые записные книжки, всякие отломанные дужки от летних очков, запасные части от миксера, которого уже нет... Потом — книги, книги... Одна надежда — что продать их сейчас не так просто — никому они не нужны, старые томики Волошина и Ахматовой, да и новые роскошные Варькины книжки тоже — умаешься продавать. А игрушки Варькины уж тем более — их они просто выбросят...

Я посмотрела на часы — пол-одиннадцатого вечера. Да, поздновато. Но я все же открыла дверь и спустилась на четвертый этаж. Номера квартиры тети Паши я не помнила, а вот дверь помнила отлично — тетя Паша первая во всем подъезде поставила металлическую дверь, обила ее красивой коричневой кожей с золотыми наклепками по краям.

Тетя Паша жила всю жизнь со своей сестрой, легендой советского кино, у которой было несколько мужей, но не было детей. Пока та была жива, никому и в голову не приходило, что компаньонка, прислуга, бессловесная, глуповатая тетя Паша — ее старшая сестра. Актриса скоропостижно скончалась в начале девяностых, будучи к тому времени в очередном трагическом разводе, и тетя Паша проявила невероятную энергию, отвоевав квартиру у городских властей. В квартире было шесть комнат, а может, и больше. И теперь она уже много лет сдавала комнаты по две, по три. У нее была очень своеобразная клиентура. Ее квартиру скорей можно было назвать частным отелем на двух-трех постояльцев. Тетя Паша сама готовила, а со временем наняла приходящего повара. Она сделала великолепный ремонт. Кто-то к ней приезжал годами. Кого-то посадили, кто-то уехал насовсем, но оставил ее адрес надежным людям. Я не знала, есть ли у нее свободные комнаты и какие теперь расценки... Но решила попробовать поговорить с ней.

Тетя Паша открыла дверь и узнала меня сразу.

— Леночка!

— Тетя Паша, извините, что без звонка...

— Да проходи, проходи! Я не сплю до двух — до трех. Сейчас все фильмы, самые такие, знаешь, по ночам... Вот бабка и грешит, — она рассмеялась. — Ты что, просто так или поселить кого хочешь?

— Теть Паш... А есть комнаты, да?

— А надолго надо? И кому смотря.

— Теть Паш, я даже не знаю, как сказать... Это надо моей очень хорошей подруге, я ее знаю, как себя, у нее тоже дочка семи лет.

Тетя Паша внимательно посмотрела на меня.

— Садись, присаживайся. Это не ты сама, случаем?

Понятно, годы такой работы делают прекрасным психологом. Но как тогда о цене спрашивать? Драть деньги она с меня не будет, а задаром — я не пойду, да и она не пустит.

— Нет. Не я.

— А! — она успокоилась. — Да, есть, три самые лучшие комнаты свободны.

— А... сколько они стоят?

— А человек, подруга твоя, действительно надежная? А то у меня сейчас одна живет, к ней депутат ходит, мордатый такой, ты знаешь... Так охрана стоит под дверью, пока они... — Тетя Паша лицом и руками показала, что они делают.

— Надежная, тетя Паша.

— Ага. Ну в месяц... — она вздохнула. — Вообще-то полторы...

— Долларов? — уточнила я.

— Не-е, в этих, в новых, в евро.

— Они покрасивее будут, да, теть Паш? — засмеялась я. Уже было понятно, что это не для нас, совсем не для нас.

— Ну да, — она улыбнулась хорошими зубами. — А для тебя... для твоей подруги... Давай за тысячу триста. Там ремонт шикарный, сама посмотришь, плазма на всю стену, кондишен, как положено, все пультом включается, все на батареечках...

— А нет одной комнаты?

— Не-ет! Это у меня уже третий год один снимает, угловую, большую. Приезжает всего раза два в год, по месяцу живет, а то и меньше, но держит для себя, за весь год платит — вперед. Таких клиентов не подводят. Я в его комнату никого не пускаю, даже не показываю. Иногда прямо руки чешутся — сдать, когда он уедет — ведь не вернется же через два дня. А кто его знает? Да и слово купеческое дорого, сама понимаешь.

— Понимаю. Жалко, спасибо, тетя Паша. Это, наверно, дорого будет моей подруге.

— Так а за сколько она хочет?

— Да ладно! — я махнула рукой и встала. — Три комнаты ей просто ни к чему.

— Слушай, погоди, присядь пока... — Она взяла телефон и стала сосредоточенно тыкать в него пальцем. — Вот, купила для форсу, никак не приспособлюсь, трешь, трешь, его, все не то получается... Надо с кнопками старый свой включить будет. Сейчас... домашний-то я помню ее наизусть, а мобильный... фу-ты, ну никак... — она надела очки, протянув при этом телефон мне. — Поищи сама, а? На букву «Л». Любовь Анатольевна.

Я покорно взяла у нее из рук телефон и стала листать список на «Л». Ну тетя Паша... Сплошные клички вместо имен... Лисичка, Ляма... Журналистка внутри меня все же не удержалась, хмыкнула:

— Тетя Паш, а Лысый Егорка — это хороший человек, надежный?

— А то! Из Норильска приезжает, то шапочку мне привез, меховую, с хвостом, самый шик по Тверской пройти... То денег отвалил — три месяца пировала бабушка Паша...

Я с некоторым подозрением глянула на тетю Пашу. Что-то, похоже, очень сомнительный у нее бизнес. Может, и подруга такая же? Я как раз смотрела на контакт «Любовь Анатольевна».

Тетя Паша мгновенно почувствовала мою заминку:

— Да ты не бойсь! Любка хорошая девка, и комната у нее хорошая, чистая. Пиши, пиши номер-то! Чужих не пускает, только по рекомендации, никаких там хвостатых-волосатых у нее нет. Ну ты поняла меня? Только славяне! Твоя-то подруга не подведет?

— Она очень приличный человек, тетя Паша, журналистка, москвичка... — я засмеялась. — Славянка!

Тетя Паша опять подозрительно смотрела на меня, но больше спрашивать не стала.

Пока я записывала номер, тетя Паша подумала и предложила:

— Так давай ей прямо сейчас и позвоним.

— Кому? Моей подруге? — испугалась я.

— Да нет, моей, — она уже набирала номер на обычном телефоне. — Ну, здравствуй, девушка! Не спишь? Любань, слушай, я тебе тут клиентку надежную нашла... Ага, ну поговори сама...

— Ал-лё, алё, — быстро, чуть заикаясь, сказала женщина.

— Любовь... Анатольевна, — я вопросительно посмотрела на тетю Пашу, та кивнула. — Простите, а где у вас комната и сколько она стоит? Это для моей подруги, она журналистка, с девочкой семи лет, москвичка, очень порядочная, спокойная... У нее дома ремонт и нужно... месяца на два, три, может, больше...

— Т-так на м-мало? — спросила хозяйка. — Н-ну л-ладно. К-комната на Речном вокзале, в м-месяц — двести долларов, можно — рублями, только оплата вперед. За месяц вперед.

— А кто-то еще у вас живет?

— Нет, т-только я.

— А если...

Я подумала о спящей Варьке, потом на секунду представила себе завтрашний совместный завтрак... Мама будет смотреть на меня и пытаться понять, а что же из происшедшего поняла я. Я вздохнула и спросила:

— А если моя подруга сейчас приедет, а то у нее потолки покрасили, можно? Спать невозможно, дышать нечем. А завтра она остальные вещи привезет.

— Можно, к-конечно. У меня все готово. Заезжайте и живите.

— А телевизор в комнате есть?

— И телевизор, и телефон. И холодильник свой будет на кухне. Удобства только общие. Но всё чисто, ак-куратно.

Тетя Паша кивала и показывала мне, что у Любови Анатольевны вообще всё есть и очень здорово.

Хозяйка продиктовала адрес. Двести долларов у меня были с собой, как и вообще весь мой алмазный фонд, весь неприкосновенный запас, таявший с каждым днем.

Я поблагодарила тетю Пашу, ничего больше ей не объясняя, поднялась наверх. Дверь у мамы я оставила незапертой — в их подъезде с охраной это не очень страшно. И теперь надеялась, что мама не заметила этого, и не заперла ее на ночь, уверенная, что я мирно сплю в папином кабинете. Мама дверь не заперла.

Я вошла в кабинет, где крепко, безмятежно спала Варька, свесив руку с папиного диванчика. Я посмотрела на нее и подумала, как странно, с годами я перестаю видеть ее очевидную схожесть с Сашей, точнее, я не вижу в ней — его.

Я попробовала начать одевать ее спящую, она проснулась, стала было плакать, но я тихо объяснила:

— Варенька, нам надо ехать.

Варька села на диванчике, секунду хлопала глазами, потом прижалась ко мне, тяжело вздохнула и встала. Она с трудом, засыпая на ходу, оделась, и мы пошли в прихожую. В кухне свет не горел. Я посмотрела — дверь в комнату Игорька плотно закрыта. Пока Варя зашла в туалет, я прошла до маминой комнаты, дверь тоже была закрыта, но из-под двери просачивался свет. Я прислушалась. Вроде тихо. Или кто-то вздыхает...

— Мам! — совсем тихо позвала я.

— Да, Лена, — громко и сразу ответила мама. По голосу мне показалось, что она недавно плакала.

— Мам, мы пойдем, ладно?

— Давайте. Дверь просто захлопни, я потом запру.

— Спокойной ночи, мама.

— Да, доченька, спокойной ночи.

Я не обиделась на маму.

Нет, неправда. Мне было очень обидно. Сколько я себя помню, мне всегда было обидно, что мама меня не очень любит. В детстве мне все казалось, что я какая-то... не такая. Не такая, каких любят. Всегда был кто-то лучше, важнее, нужнее, чем я. Папа, потом отчим, затем появился Павлик, потом Игорек...

И как мне хотелось сейчас, чтобы мама обняла меня, и я бы ничего ей не стала рассказывать, просто посидела вот так, в теплом кольце маминых рук, и пожалела бы ее — такую сильную, гордую, старательно накрашенную, молодую...

Глава 12

Квартира Любови Анатольевны оказалась просто замечательной, наша комната — чистой, светлой и просторной, вид из окна — на парк и водоканал, до метро — пешком. Сама старушка представилась бывшей преподавательницей словацкого языка в МГУ. Также она предложила варить Варе супчик и забирать ее из школы безвозмездно. От двух последних благ я отказалась, но решилась оставить с ней Варю на следующий день, когда поехала с грузовиком из мебельного магазина и с тремя жутковатыми грузчиками забирать наши вещи. Я попросила ребят снять спецовки, пообещала за это накинуть по сотне каждому. Сказала, что меня зовут Лена, и предупредила, что новые жильцы в моей квартире крайне агрессивны и недоброжелательны.

— А спецовки-то зачем снимать? — спросил самый мрачный, который, однако, скинул грязную рабочую куртку первым.

— Я пообещала, что приеду с любовниками.

Один из грузчиков хохотнул, другой удивленно протянул «Твою ма-а-ать...», а мрачный покачал головой и уточнил:

— А там — кто? Бывший, что ли? Муж или кто?

— Или кто, — кивнула я. — Он у меня квартиру отсудил.

— Это как? Твою квартиру?

— Мою. С судьей покрутился и отсудил. Наверно, так. Я точно не знаю.

— Вот дела... — мрачный посмотрел на меня внимательно.

В кабине у водителя было сильно накурено, я села вместе с грузчиками сзади. И рассказала им все. Про отчима, про маму, про Гарика, про накладной живот Эльвиры. Потом мы встали в пробке на Ленинградке у Сокола, и там я рассказала про Александра Виноградова, про дочь Варю, про дачу, про сторожа и его сына, сержанта полиции, про то, как уволилась с работы и теперь вот переезжаю в съемную комнату, почти что в коммуналку. Когда мы подъехали к моему дому, мне было легко и хорошо, а мрачный Семён написал мне свой телефон и пообещал помочь летом снять дачу.

Я побоялась, что на обратном пути дорасскажу им все — про Милку и последние мамины художества, поэтому решила ехать на Водный стадион отдельно, на такси.

Я приготовилась к тому, что Гарик будет устраивать концерт. Но он, дурачок, просто решил поменять замки и уйти на это время из дома. Я попросила ребят сломать дверь. Те подумали, посомневались и на раз-два-три высадили мою бедную дверь плечом.

Старый монитор стоял на месте, а вот люстры уже не было. На огрызках проводов болталась лампочка. Не было и моих пальто — ни одного. Видимо, не поверил Гарик, что у меня такой сановный любовник. Не жила бы я в этой квартире. Ведь не зря он учился два с половиной курса на журналистике. Что-то он еще и сейчас, значит, соображал. Я постаралась отложить переживания на потом, а сейчас просто покидать в сумки все, что вместится. Ребята-грузчики помогали мне, как могли. Гарикова компания вещи свои еще не распаковывала, но бутылок пять водки уже распечатала. В квартире оказалась запертой бабка. Она лежала мертвецки пьяная на кухне и не слышала, ни как мы ломали дверь, ни как собирались.

Странно, в отличие от того, как я собиралась недавно на даче, я вовсе не плакала. И записок Гарику не писала... Вообще настроение у меня было почти приподнятое. Мне жаль было новой турецкой люстры, в квартире ужасно воняло, но я так давно, да, наверно, никогда не чувствовала столь мощной мужской поддержки. Может, зря я не рассматривала женихов без высшего образования. Кстати, я бы не удивилась, если бы у мрачного Семена вдруг оказался диплом МИФИ или Бауманского.

Уходя, я подумала: не поставить ли квартиру на сигнализацию? Пусть разбираются... Но пожалела соседей — не так уж приятно, когда на твоей лестничной клетке ребята с автоматами бьют ногами в чью-то дверь. Да и дверь мы с грузчиками уже все равно выбили...

Я ушла из нашего разоренного дома, не оглядываясь. Странно, какой символичный итог моей бездумной жизни...

Ночью, удостоверившись, что Варька крепко спит, я вышла на чужую лестничную клетку с пачкой сигарет, которую купила вечером, тайком от Варьки, когда мы заглянули в местный супермаркет.

Я стояла с закрытой пачкой сигарет в руках и смотрела в окно. Кто-то еще не спал, хотя был второй час ночи. В некоторых окнах в темноте мигал голубоватый свет — смотрели телевизор. Тысячи, сотен тысяч людей... У каждого свое «люблю», свое «больно»...

Вот оно — реальное одиночество мегаполиса. Можно подойти к любому. И ни к кому не подойдешь. Не позвонишь в квартиру, где кому-то так же одиноко и не предложишь вместе посидеть, посмотреть в окно.

Я зажгла спичку, долго на нее смотрела, сожгла ее дотла. Потом сожгла другую. И вдруг вспомнила, как мы с девчонками гадали в детстве: надо взять обычный, маленький коробок спичек, вставить в него две спички рядом, с маленьким зазором, параллельно и аккуратно закрыть коробок, чтобы спички торчали из него, как пики — ровно вперед. Потом загадать про спички — кто какая спичка (одна — девочка, другая — мальчик) и зажечь их. И дальше смотреть, как они будут гореть.

Я попробовала загадать себя и Сашу. Он, разумеется, клонился в разные стороны, кочевряжился, а потом неожиданно, в самом-самом конце, склонился ко мне и резко потух. Моя же спичка горела ровно и спокойно, никуда не отклоняясь, а когда его спичка упала на мою, моя вдруг сильно отклонилась, продолжая ярко и бодро гореть, пока не затлел коробок. Больше ни на кого я гадать не стала. Достаточно первого гадания — если верить спичкам, то Саша в результате вернется, останется со мной навсегда, но разлюбит меня (а то он сейчас любит!). А я, вероятно, буду любить его до смерти и сожгу своей любовью всё вокруг себя.

Я убрала спички в карман, а нераспечатанную коробку сигарет оставила на подоконнике. В углу у мусоропровода сидел очень красивый кот — пушистый, белый, с рыжими и серыми подпалинами. На лбу у него был антрацитово-черный треугольник, чуть съехавший на один глаз. От этого вид у кота был несколько бандитский.

— Чепрачок-на-бочок, иди сюда! — позвала я и присела, протянув к нему руку, но он ко мне и не подумал идти. Он сидел и смотрел на меня неотрывно и, как мне показалось, с порицанием. Я вспомнила свои наивные юношеские стихи, которые я сочиняла, сидя в своей комнате и глядя, как над Садовым кольцом садится солнце.

> вот кошка
> живет на лестнице
> вот автобус
> переехал собаку
> а боль никак не лечится
> она — сильнее страха
> жить, как кошка, на лестнице
> быть перееханной собакой

Кажется, это стихотворение я написала, обижаясь на мамину черствость.

Никогда не знаешь, то ли ты себе рисуешь какие-то тропки в будущую жизнь, то ли к тебе из будущего приходят образы и слова...

Утром мы с Варей поделились, кому что приснилось. Ей приснилось, что Александр Виноградов стоит на проезжей дороге, дорога идет между лесных деревьев, идет вверх, и вот на самом верху он и стоит. Зовет ее. А когда она подходит, Александр говорит: «Иди отсюда, гадкая девочка». И делает рукой «вот так». Варька показала — как. Получалось очень обидно.

А мне приснилось, что совершенно голый Александр Виноградов сидит на чистой деревянной лавке, как в бане. Я вижу только его торс. Подхожу и провожу рукой по гладкой, шелковой коже. И чувствую его запах, очень чистый и приятный. Мне часто снятся запахи, вопреки тому, что я читала о снах. Он берет меня за руку и сажает рядом с собой. И я вижу его совершенно гладкий, девчоночий лобок. Безо всяких признаков волос и пола вообще. Я провожу там рукой и не нахожу даже дырочки.

— А как же ты...? — спрашиваю я, совершенно потрясенная.

— Вот так и живу, — смеется Александр Виноградов, а я все чувствую этот запах — чистый запах ягодных конфеток.

Думаю, это Варька ночью уткнулась в меня только что вымытой детским шампунем головой. Про гладкий лобок я ей, разумеется, не стала рассказывать.

Я посмотрела на пакеты и сумки, забившие нашу комнату почти до половины, и решила, что буду вынимать вещи по надобности. А просто так растаскивать по полкам большого шкафа их незачем.

У нас был совершенно свободный день. Мы решили сходить в театр.

Посмотрев с восторгом «Незнайку» в Молодежном театре и слегка влюбившись в обаятельного актера, трогательно и смешно игравшего главную роль, дочка Варя запросилась в ресторан.

Как же быстро привыкают дети к разным буржуйским глупостям! Машина с шофером, недоеденные обеды и ужины в ресторане, чаевые, которые папа щедрой рукой отстегивает понравившимся официантам, и улыбающиеся официанты, приглашающие прийти снова. «Придем! Обязательно!» — радостно кричала Варька, махая им рукой. А я всегда думала о том, как же они нас ненавидят, проклятых буржуев.

Я пригласила Варьку в «Русское бистро», но, оглядев публику, сама не решилась там остаться. Мы ограничились мороженым в кофейне на углу Кузнецкого моста и решили погулять по центру.

На следующий день нам пришлось встать в половине седьмого. Теперь нам надо было выходить из дома почти на час раньше, чтобы успевать к первому уроку.

Отведя Варьку в школу, я сразу поехала в женскую консультацию. Отсидев часа два в очереди, я уже ничего не хотела — только поскорее уйти оттуда. Но передо мной оставалась одна бледная девушка с несчастными глазами и грустная полная старушка, и я решила все же дождаться и встать на учет, как положено. Ведь у меня уже был — я сама не знала, какой точно — приличный срок.

Я сказала врачу, все той же Анне Васильевне, что беременна.

— Сколько дней задержка?

— Да уже... я точно не знаю.

Она покачала головой.

— Как же так вы не знаете? Какое легкомыслие, честное слово!

— Нет, понимаете... Дело в том, что я вообще не очень понимаю, как я забеременела.

— То есть? — она отложила ручку и посмотрела на меня. — Так, может быть, вы и не беременны, а просто у вас дисфункция? На кресло, пожалуйста.

— Да нет, я тест делала. И меня тошнит по утрам, и голова кружится...

— Да это всё..! — врач махнула рукой и сказала медсестре: — Анализы выпиши.

Мне пришлось все-таки залезть на кресло. Врач с некоторым недовольством, как мне показалось, осмотрела меня.

— Да, наверное, беременная. Поздравляю! — она перевернула карточку и с сомнением посмотрела на год моего рождения. — Ну и что думаете? Оставлять не будете?

— Кого оставлять?

— Не кого, а что. Беременность не будете оставлять свою?

Как же это — «не кого, а что»? Я посмотрела на врача. А она — на меня. Интересно. Помнила она наши предыдущие разговоры?

— Буду оставлять.

— Ладно. Таня, карту открывай обменную. Пересаживайтесь к медсестре.

Медсестра, ни разу не взглянув на меня, стала заполнять карту.

— Адрес... место работы... телефон... отец... — раздраженно перечисляла медсестра пункты, по которым я должна была дать четкий ответ.

Чуть похоже на допрос. Я помнила, что обменная карта никак не участвует потом в «установлении отцовства», официально неженатым парам именно такая страшноватая бумага выдается вместе со свидетельством о рождении ребенка. У моей Вари есть торжественное «Свидетельство об установлении отцовства», где Виноградов сам себя установил в качестве отца. Для этого ему пришлось лично явиться в загс, под мягким нажимом моей мамы, то, что мама до сих пор называет «поймали за хвост, не улизнул».

— Отец? — повторила медсестра и вопросительно посмотрела на меня.

— Виноградов Александр Ефимович, — ответила я.

— Брак зарегистрирован? — спросила медсестра, а я попыталась взглянуть в карту, чтобы прочитать, есть ли там такая графа. Но я не разглядела. Поэтому пришлось отвечать.

— Нет.

— И вы собираетесь рожать? — удивленно спросила меня медсестра Таня с коротко постриженными и крашенными в цвет недоспелого баклажана волосами.

— Да. И я собираюсь рожать, — ответила я, думая: ну почему же люди осмеливаются задавать мне такие вопросы. Вот попробуй кто-нибудь спросить что-нибудь в этом роде у моей мамы... Впрочем, маму ни один из ее женихов не решился обмануть. А меня — правда, один и тот же — но зато сколько раз!

— Таня... — врач укоризненно посмотрела на нее.

Таня пожала плечами и продолжила писать. Когда родилась Варька, к нам, как и положено, первые две недели после роддома прибегала медсестра из детской поликлиники. Та просто написала в только что заведенной Варькиной карточке: «Отца нет». А потом извинялась.

Да в нашей маленькой квартире каждый дурак поймет, что «отца нет». Уютный, растрепанный, душистый женско-детский мир — и ни одного мужского ботинка или носка. В нашей бывшей квартире...

Я проснулась, в первую секунду не помня, что случилось. У меня было хорошее ощущение — вот начался новый день, в котором есть все, ради чего и чем я привыкла жить.

Я открыла глаза, увидела перед собой чужое окно с аккуратно заправленными в специальные шлычки темными шторами... И только через несколько мгновений поняла — я не дома.

Нашего дома больше нет. Саши нет, работы нет, квартиры нет. Есть Варя, есть малыш в животе, есть я сама, с хорошим гемоглобином. Мне бы только еще найти точку опоры, встать на нее, потом найти где-нибудь поблизости ветку покрепче, чтобы можно было уцепиться, и встать потихоньку обеими ногами, чтобы не сдувало и не раскачивало...

В короткий перерыв между Вариным первым и четвертым уроком я ходила по улице рядом со своим бывшим домом и все пыталась рассчитать наши финансы в случае самого неприятного поворота событий, то есть если я в ближайшее время не начну зарабатывать хоть что-то.

Варя вышла из школы с высочайшей температурой. Я это увидела еще издалека — у нее горели щеки, губы и беспомощно прикрывались глаза. Я поймала такси, привезла ее в нашу временную квартиру, уложила в постель, измерила температуру и ахнула — тридцать девять и две! Я вызвала неотложку и стала по пакетам искать нашу аптечку. Та, конечно, никак не находилась. В дверь нашей комнаты тихо постучали.

— Елена...

— Да, пожалуйста, заходите.

На пороге стояла Любовь Анатольевна. Из-за невысокого роста и чуть оттопыренных ушей она походила на гномика.

— В-вы извините, я слышала...

Она предложила помощь — сходить в аптеку или посидеть с Варей. Мне было очень неудобно, но пришлось принять ее помощь. Я быстро сходила в аптеку за жаропонижающим, и как раз приехала неотложка, когда я поднималась наверх. Врач только развела руками.

— Ничего определенного сказать не могу. Вы же сами видите — у ребенка ничего не болит. Горло только не очень — красноватое, рыхловатое...

— У нее всегда такое горло, от природы. Яркая слизистая.

— Тем более, это не может быть причиной такой температуры. Ждите, может проявится что-нибудь детское. В школе эпидемии нет?

— Нет. У нее недавно так же было. Высокая температура и ничего больше.

— Ну и что? Что-то проявилось?

— Нет.

Врач достала из чемоданчика большую банку с буквами, похожими на счетные палочки.

— Вот у меня есть такой препарат. Мой внук совершенно перестал болеть...

Она мне рассказала о чудодейственном препарате, который можно капать в нос, в рот, в глаза, в то место, которого у Виноградова не было в моем сне. Его можно пить внутрь по каплям, им можно полоскать, протирать, делать примочки. Основной состав препарата — соли Мертвого Моря.

— А... простите, сколько это стоит?

— Банка — всего восемьсот рублей. Но вы знаете, насколько его вам хватит!..

Я посмотрела на очень пожилую, стройную женщину, работающую на неотложке — это значит и ночные вызовы, и очень ранние утренние...

Она подержала банку и поставила на место.

— Я вам оставлю свой телефон, если надумаете купить — позвоните, а то с мая они будут дороже.

Я знаю, я видела, как живут люди, которые не делают ничего. Все разговоры, что миллионы нажиты тяжелым, в поту лица, трудом... Если кому-то и пришлось побегать год-другой, оформляя официально свой грабительский бизнес, или по десять–двенадцать часов в день убиваться, чтобы выкачивать из страны миллионы, — то разве это значит, что их работа кому-то нужна? Нужна работа учительниц моей Варьки, врачей из детской поликлиники, медсестры Тани... Но они получают двадцать тысяч рублей или двадцать пять, если очень повезет, и при этом находят силы вслушиваться в то, что мы им говорим, смотреть нам в глаза, любить наших детей — пусть даже выборочно. Я, получая такие деньги, не могла бы сосредоточиться на чужих детях, я бы думала, чем завтра кормить свою.

— Ну а все-таки — вы не знаете, что с ней?

Врач, которая уже было собралась уходить, остановилась.

— Вы говорите, такое уже недавно было?

— Да.

— А стресса сильного девочка не испытывала? Ну... — она глянула на меня, — может быть, вы ее за что-нибудь наказали, отшлепали, или сильно кричали, или... У вас ничего не случилось? Все, извините — живы?

— Все живы, но случилось, — вздохнула я.

— А... Тогда это вполне может быть результатом нервного потрясения. Засыпает плохо?

— Плохо.

— Есть стала хуже?

— Хуже.

— Вот видите. Без причины плакать принимается?

— Да.

— Подавайте ей отвар валерианового корня или купите в аптеке какое-нибудь детское гомеопатическое средство — сейчас их много. Только лучше наше, российское.

Я не стала подмигивать, показывая на ее чемоданчик с израильским снадобьем. Если бы у меня сейчас были лишние восемьсот рублей, я бы купила у нее банку и протирала бы этой живой водой хотя бы свое лицо. И радовалась бы, что врач сможет своему внуку — а я уверена, что он у нее действительно есть — купить лишнюю книжку или конфету. Я однажды обратила внимание, как обрадовалась, засуетилась гардеробщица в театре, когда я попросила бинокль, а до меня все отказывались, и с тех пор всегда беру бинокль, на каком бы ряду я ни сидела. Ведь так просто пятьдесят рублей ей не дашь... Врачу я, конечно, сто рублей сейчас дала, но больше не могла, не имела права. У нее внук и стабильная нищенская зарплата, которую в Москве, слава богу, выплачивают в срок. А у меня — дочка Варька, а у Варьки — безалаберная, да еще и беременная мамаша.

Варька уснула, я села рядом, открыла ноутбук и опять стала просматривать свои записи. Ведь у меня было столько тем, столько всяких наблюдений, может, начать какую-то статью... Но что я потом с ней буду делать — предлагать по знакомым в разные журналы? Мои мысли прервал звонок мобильного. Позвонили с работы, из отдела кадров. Предложили все-таки забрать свою трудовую и получить в бухгалтерии деньги за недогулянный отпуск. Трудовая мне пока была ни к чему — только терять ее в переездах, а вот деньги...

Но придется подождать, пока выздоровеет Варька — не оставлять же ее больную. При такой температуре лечение одно: сидеть рядом и терпеливо давать по маленькой чайной ложечке питье каждые пять минут.

Я подумала — может быть, мне и правда попробовать записать сказку про Гнома? Я всегда точно знала — мне в жизни мешает почти полное отсутствие тщеславия. Ну книжка, ну выйдет, ну получу я за нее какие-то деньги, может быть. Проживем на них месяц. Может быть, вместо денег получу пятьдесят своих же книг. И что? Варьке хотя бы будет приятно, будет в школе гордиться, дарить подружкам...

Я вздохнула и начала писать. С легкостью записав две первые истории, я перечитала написанное — полный бред, на мой взгляд. Сохранила файл и легла спать. Как только я заснула, мне сразу же приснился гном, который требовал у меня денег, я проснулась и стала прикрывать разметавшуюся во сне Варьку.

Ночь мы проспали кое-как — ей было то холодно, то жарко, а к утру температура стала спадать, Варька, проснувшись, запросила есть. День просидела в кровати, я ей читала, мы собирали пазлы и логические квадраты —

к счастью они легко нашлись в сумках. Варька с удовольствием складывала квадраты из отдельных разноцветных кусочков, а они так приятно и легко складывались. Вроде вот совсем не подходящий кусочек, а повернешь так-сяк... — и сложилось.

Любовь Анатольевна сходила магазин и принесла мне, все, что я попросила. Вообщем, к вечеру, когда у Вари температура стала нормальная, я решила — жизнь удалась. Иногда нужно, чтобы тебя вот так вот встряхнули, показали — что ты, то, что было вчера, это было счастье, а несчастье — вот оно! Действительно, когда Варьке стало легче, и загадочная болезнь отступила, как будто ее и не было, мне не нужно было больше заставлять себя улыбаться. Варькин голосок зазвенел, она попросила есть, через час — еще, и мне стало легко и хорошо.

В среду в школу я ее не повела. Любовь Анатольевна предложила мне:

— Если хотите, Елена, я посижу с Варей, а вы своими делами займитесь. Если вам нужно...

Я решила съездить в ТАСС забрать свои последние деньги. Можно тогда не трогать «неприкосновенный запас», хотя бы валютную его часть. И еще я хотела выйти на Маяковской и постоять, посмотреть вниз на Садовое кольцо, в сторону площади Восстания. Это мой старый тайный способ. Если я никак не могла решить, что мне делать, или вдруг у меня начинался стопор в работе, я выбирала солнечный вечер — в зависимости от времени года от четырех до восьми часов, когда начинает садиться солнце, и ехала на площадь Маяковского. Тот самый вид, который я наблюдала все детство из своего окна, пусть чуть под другим углом, всегда действовал на мое сознание чудесным образом. Вдруг и сейчас поможет, подумала я и решила, что сделаю это на обратном пути, чтобы нервные встречи в ТАССе не помешали чуду.

Я долго колебалась, не позвонить ли Толе Виноградову, но не придумала достойного предлога и звонить не стала. На всякий случай я нашла в сумках свой самый элегантный светлый костюм. Еще пока я могу его надеть. Застегнулся он на мне еле-еле, но от этого смотрелся даже лучше. Надо бы сходить на УЗИ и уточнить срок моей беременности — или, по-японски, возраст малыша у меня в животе. Не из-за костюмов — сколько мне еще носить обычную одежду. А просто — это нужно знать точнее.

Я привела себя в порядок, подкрасилась, получила сотню искренних Варькиных комплиментов, поцеловала ее тоже раз сто, попросила Любовь Анатольевну поить ее в мое отсутствие и поехала.

Я ходила по коридорам ТАССа нарочито медленно, два раза прошла по нашему этажу мимо кабинета Анатолия Виноградова, но, конечно, его не встретила. Глупо было надеяться на это. Я решила зайти к нему. Зачем? Я не могла ответить себе на этот вопрос. Заглянула в его приемную. Секретаря Никиты не было, но компьютер был включен. Я закрыла дверь и ушла.

Что бы я сказала Анатолию? Что у меня два с половиной, а по резко улучшившемуся самочувствию и округлившемуся животу — три с половиной месяца беременности? Что я не знаю, как заработать денег? Что я окончательно рассталась с отцом обоих детей — вернее, он расстался со мной. Да так плохо это сделал, что и у меня, что-то, наконец, сломалось в душе. Очень ко времени. Да, есть чем похвастаться... А если нечем, то зачем заходить — жаловаться? Просить, чтобы он дал мне чистый носовой платок? Работы секретарем я уже физически не выдержу. Да и как — обмануть и прятать живот до последнего — девчонки вокруг сразу заметят. Или сказать Толе, что я беременна, и рассчитывать на его жалость? Нет.

Я боялась себе признаться, что хотела его видеть просто так. Я так давно не влюблялась, что, скорей всего, просто не узнаю это чувство, если оно придет. Вот, может, я влюбилась в мрачного Семена, который грузил мои вещи? А зачем иначе я рассказала ему всю свою жизнь и обещала позвонить «если что»?

Я дошла пешком по Тверскому бульвару до метро, можно было бы прогуляться и до Маяковской. Но я решила проехать остановку на метро, чтобы побыстрее вернуться к Варьке.

Я вышла из метро у зала Чайковского, перешла к памятнику и встала чуть левее от него. Тут главное — не ошибиться.

В волшебстве, в гадании, в любом общении с тайными силами природы главное — точно выполнять предписанное тебе. Сказано: «Высуши таракана, разотри в порошок и в первый четверг Великого Поста насыпь его в левый ботинок того, кого хочешь навеки отворотить» — все точно надо выполнять. Не дай бог перепутать ботинки. На самом деле, в моей голове прекрасно уживаются и христианские заповеди, и древние верования славян, оставшиеся в суевериях, приметах и всякого рода волшебных действиях, вроде заговоров. Ну что я могу поделать, если каждый раз мой покойный отец снится мне к дождю и снегу. А если он снится вместе с дедушкой и бабушкой, то жди урагана и штормового предупреждения. Так, может, они первые меня сверху предупреждают: «Ленка! Бери зонтик! Или вообще лучше не улицу нос свой фамильный не показывай!»

В юности, влюбившись в Виноградова и обнаружив, что это взаимно, но лишь до определенного предела — до утра бурной ночи, я пробовала всяческие проверенные столетиями способы укрепить его чувства. К примеру: можно разрезать яблоко, положить в него записку с именем того человека, о котором думаешь, сложить половинки яблока вместе, нашептать волшебные слова: «Сохни, Саша, без меня, как это яблоко» и положить яблоко на окно. Если яблоко начнет засыхать (а не тухнуть), то человек заколдован. Вернейшее средство поселить в мужчине необъяснимую тягу к вам через годы и расстояния —

капнуть своей крови в красное вино и дать ему выпить. Можно даже не заговаривать.

Есть и проверенные способы «остуды». В первый вторник молодого месяца надо накалить длинный гвоздь и сунуть его в воду, глядя на месяц и приговаривая: «Именем Адоная, да остынет во мне страсть к рабу божьему Александру». И залпом выпить эту воду, не останавливаясь. Сколько же воды с привкусом горелых гвоздей я выпила до Варькиного рождения!

Надо признаться, в чем-то я очень преуспела. Виноградов так и не отвязывался от меня. То, что случилось сейчас, я объясняю лишь тем, что мне через два года будет сорок лет, а это страшно для мужчины, который рядом. К тому же никто не сказал, что Саша больше не пригласит меня, когда снова поменяется ветер в его королевстве, разделить с ним восторги соития.

Я стояла и смотрела на Садовое кольцо, на высотку на Смоленской, но главное — на небо над домами. Погода была как по заказу. Ясное небо, начинающее розоветь у горизонта. Главное — не загадывать ничего конкретного. Просто надо смотреть, впитать в себя те неизведанные, загадочные флюиды, которые несутся в воздухе в этом месте, на несколько секунд раствориться в том самом розовеющем небе и потом вернуться в себя, уже наполненной новой силой, о природе которой я могу только догадываться.

Все произошло так, как надо. Я постояла лицом к площади Восстания несколько секунд или минут — мне трудно сказать. И вернулась к метро.

Когда я переходила дорогу, сильно загудела машина, остановившаяся у светофора. Я поспешила ступить на тротуар, думая, что уже погас зеленый. Машина загудела снова. Я взглянула на нее. Нет, я, кажется, не знаю такой машины. Разве что Саша опять купил новую. Я подумала: «Мало ли кто кому может гудеть» и повернулась, чтобы идти в метро. Машина загудела опять. Я вновь обернулась. И увидела, как замигали фары аварийной остановки, из машины вышел человек и стал пробираться в потоке двинувшихся автомобилей.

Я смотрела на него и думала: «Вот будет смешно, если я сейчас обернусь, а за спиной у меня стоит красивая двадцатитрехлетняя девчушка с упругими щечками... или газетчица со свежей прессой». Я отвернулась, а человек в это время подошел ко мне и, слегка склонившись, поздоровался:

— Здравствуйте, Лена Воскобойникова.

— Здравствуйте, — ответила я, невероятно смутившись. Интересно, видел он, как я стояла столбом посреди площади Маяковского и смотрела на небо? Не предложит ли сейчас в этой связи свозить меня в клинику слабых психических расстройств?

— Подвезти вас куда-нибудь? — спросил Толя Виноградов.

— К метро, — ответила я.

Он посмотрел на большую букву «М» на торце углового здания.

— К следующей станции, — уточнила я. — А мы разве на этой машине ехали с дачи?

— Эта служебная. Я собираюсь что-нибудь съесть, — сказал он. — Не составите мне компанию?

Я представила Варьку с пачкой сока, терпеливо ждущую меня и обеда, и покачала головой.

— Спасибо. У меня дочка болеет.

— А с кем она? — Толя задал очень правильный вопрос.

— С... — я замялась — говорить, что у меня произошло за это время? Не говорить? Нет, конечно. — С соседкой.

— Лена... — Он посмотрел на меня и не стал продолжать. — Да. Хорошо. К сожалению, из-за пробок не смогу подвезти вас, из центра сейчас не выедешь. А вам сразу надо домой?

Я неуверенно кивнула. Толя тут же заметил это и вопросительно посмотрел на меня. Я улыбнулась. Он тоже улыбнулся. Взял мою руку в перчатке и наклонился, чтобы поцеловать ее. Но это была совсем не та перчатка, которую стоило целовать. Я осторожно высвободила руку, сняла перчатку и поднесла повыше руку, чтобы он больше так не наклонялся. Он взял мою руку в обе ладони, подержал ее чуть-чуть, потом поднес к губам ладонью кверху и поцеловал.

— Позволю себе, раз уж вы на работу ко мне не пошли... — он опять улыбнулся. — Совершенно напрасно, кстати. Скоро буду самым большим начальником. А вы, гордячка, отказались мне кофе подавать.

Я хотела пошутить в ответ, но быстро не смогла сообразить. Он еще раз поцеловал мою руку, теперь уже обыкновенно — тыльную сторону ладони, и отпустил ее.

— До свидания, — сказала я.

— Вы мне тогда звонили... У вас действительно все хорошо?

Я помедлила, посмотрела в его глаза. Оглядела лицо с остатками летнего загара, а может, и зимнего, наверняка природного. Трудно было представить себе Толю Виноградова, валяющегося на топчане в солярии, намазанного кремом для быстрого загара. Хотя... я ведь его совсем не знаю.

Мне трудно было сказать, какое у него лицо. Наверно, моя мама сказала бы: «страшное». Но она и фильмы с Депардье не смотрит из-за того, что он не Делон. Изабелла любит на экране конфетных длинношеих красавчиков. Желательно, чтобы у них были большие глупые глаза и вороватая улыбка. Имеет значение также длина ног, форма ягодиц... Моя покойная бабушка та просто говорила: «У мужчины должен быть красивый затылок!» Почему именно затылок? Вовремя не спросила у бабули, теперь не спросишь.

Я тоже в свое время купилась на пленительную улыбку записного красавца Саши Виноградова. Хотя вот у

Нельки муж — лицом так просто урод, а какой при этом гад — дерется, жадный, похотливый...

Я обратила внимание на шрам, сползавший с его виска и перерезавший мочку. Чем это его так, интересно? И где? Он заметил мой взгляд, прищурился, поднял воротник пальто, но ничего не сказал. Пошутить? Сказать, что «шрам на морде» — лучшее украшение для мужчины? Разрядить обстановку, как-то очень сгустившуюся вокруг нас.

Вместо этого я сказала скучным голосом:

— У меня... Да. Все нормально.

А что бы еще я могла ему ответить? Рассказать про Гарика и всю невероятную историю с судом? Бред. Объяснить, наконец, почему я уволилась? Я — дура, у меня все по-дурацки в жизни, перед свадьбой уходят женихи, в квартире живут чужие люди, пьяницы, дочка болеет от той жизни, которую я ей устроила, и сама я одинокая и беременная.

И у меня, у дуры, осталось около тысячи долларов наличными на всё про всё и на неопределенный срок. Потому что, когда у меня появлялись деньги, я их не копила, а тратила. У меня есть пальто за полторы тысячи долларов, короткое, оранжевое, которое вышло из моды три года назад. Мои скромные сбережения сидят в земле у Саши на даче в виде сортовых рододендронов, коллекционных голубых елочек и смешных карликовых деревьев, которые нравились Варьке — ей казалось, что это волшебная страна гномов, где деревья не вырастают выше нашего пояса, но очень похожи на настоящие.

— У меня все хорошо, — повторила я и даже попробовала спокойно улыбнуться.

Зачем притворяться, улыбаться, да еще насильно, когда человек хочет знать, на самом деле хочет, как у тебя дела? Значит, я по-другому не умею. И моя реальность такова, какой я сама ее себе творю.

— Что ж. Тогда до свидания.

Я протянула ему руку для пожатия, он ее пожал, а потом опять поцеловал. Я глупо засмеялась. Я сама понимала, что это — кризис. Кризис среднего возраста. Кризис одиночества в мегаполисе. Кризис бесконечного женского одиночества. Мне стали нравиться офицеры. Мне стали нравиться крупные офицеры со страшноватыми лицами, шрамами, высокими должностями, целующие руки в людном месте.

— Моя мама тоже считает, что я дурак, — неожиданно сказал Толя Виноградов.

— А моя — меня не очень любит.

— Мы бы с вами успели съесть по пирожному в каком-нибудь кафе, Лена.

Руку мою он не отпускал, я ее не отнимала. Это было невероятно глупо и приятно.

— Я не люблю пирожные. И я не оставила дочке обеда.

— Лена...

— Да?

— Позвоните мне в пятницу.

Не люблю мужчин, которые просят, чтобы им звонили. Как будто им нужна твердая уверенность, что им не скажут: «Пошел вон», если они позвонят сами.

— До свидания, Толя. Мне, правда, пора.

Я аккуратно освободила свою руку из его ладони и ушла в метро. До пятницы было еще два дня, я вполне могла сосредоточиться и понять, нужно ли мне ему звонить.

Дома меня ждал приятный сюрприз. Накормленная Варька спала. Любовь Анатольевна, спеша и заикаясь, бросилась объяснять мне, что девочка очень просила есть, и она накормила ее паровыми котлетами и свежим бульоном. Я только растерянно поблагодарила свою хозяйку и сама быстро проглотила оставшиеся котлеты. Как-то я почувствовала, что предлагать деньги за обед было бы сейчас нехорошо.

Встреча с Толей Виноградовым подействовала на меня катастрофически. Я села за компьютер и написала черновик объявления, которое можно дать в газету или в Интернет:

«Красивая умная беременная мама очаровательной девочки семи лет хочет найти отца своим детям и себе мужа. Альфонсов и семейные пары просим не беспокоиться. Лучше, если бы отец был офицером, носил пятидесятый размер одежды и не очень много шутил».

Много лет подряд мне казалось, что способность Виноградова всё и вся тут же обшучивать, вышучивать, сводить любой разговор к игре слов и каламбурам — это его самая приятная черта. Пока не оказалось, что мы ни о чем серьезном и не договаривались — мы шутили. Мы жить вместе никогда не собирались — мы каламбурили. И вот, прокаламбурив свою жизнь, я сижу сейчас в съемной комнатке, набитой сумками и пакетами, и пишу объявление: «Ищу мужа!» Я удалила эту глупый файл и решила дописать любую неоконченную статью, хотя бы столетней давности.

Для начала я написала второй вариант объявления:

«Красивая умная журналистка, ожидающая ребенка, имеющая изумительную, умную, красивую, здоровую и спокойную дочь семи лет, хочет встретить мужчину, к которому можно подойти и вот так спрятаться».

Так, теперь надо поставить двоеточие и пририсовать, как именно спрятаться: я стою, нет, лучше сижу, маленькая, на коленях у большого дяди, (похожего на одного моего знакомого из ТАССА...) и прячусь в его объятиях.

Рисовать я все же не стала, завела папку «Клиника моего маразма», положила в нее объявление и аккуратно переложила в папку «Всякое». Потом стала дописывать начатую полгода назад статью про вятское театральное землячество. Работа подействовала на меня, как крепкий отвар пустырника, и уже через двадцать минут я рухнула рядом с Варей. Меня разбудил звонок мобильного телефона. Я долго искала телефон, пока не сообразила, что оставила его в кармане пальто. А пальто висит в коридоре. Почему-то мне казалось, что это звонит Толя Виноградов. Надо успеть, ведь я точно ему не перезвоню, если не успею ответить...

Я ответить не успела. Увидев, что звонила Ольга, я даже порадовалась. Как пользоваться ее дружбой, если меня не оставляет такое странное ощущение — она живет в другом мире, где нет мужчин. Точнее, они есть, но исполняют какие-то другие функции. Обслуживают, охраняют, возможно, помогают считать деньги и сохранять здоровье в порядке. Но как личностей, которых можно любить, ревновать, ненавидеть, их нет. В том мире есть своя пугающая гармония или, по крайней мере, некая тайная система взаимоотношений, свое женское масонство. Но мне совсем, совсем не хочется становится членом этого тайного общества.

Я положила трубку рядом с диваном, на котором мы спали. И не зря. Не успела я заснуть, как телефон заиграл вновь. На дисплее я увидела слова «Саша моб» и сначала решила не отвечать. Но он позвонил снова, и я подумала, а вдруг он вспомнил, что надо бы деньги Варьке дать — хотя бы на питание...

— Ты не дома?

— Нет, Саша.

— Поздравляю.

— Не с чем, Саша.

— Это меня не интересует, Лена.

Надо было положить трубку. А я продолжала слушать.

— Я знаешь, что звоню... Я тут на дачу съездил. Ты что меня опять позоришь?

— В смысле?

— Ты зачем идиотские записки по всему дому понатыкала? Чтобы люди надо мной смеялись?

— Я вообще-то не людям их писала, а тебе.

— Да. И еще. А диски с мульфильмами зачем все уволокла? И книжки?

— У тебя ведь нет других детей, Саша. Зачем они тебе?

— Нет — будут. А вот у тебя точно ничего уже не будет. Слышишь, Воскобойникова? В твоем возрасте надо было скромно сидеть и ждать, пока я... воздухом свежим надышусь. Еще. Где картина, которая висела в вашей комнате наверху?

— Но мне же ее мама подарила.

— Не тебе, а нам!

— Да, но это наша картина, из нашего дома, это бабушкина картина...

Он засмеялся.

— Так. Ладно. Я соскучился о дочери.

Как же мне стало тошно от его спокойного голоса!

— Саша, не лицемерь. Брошенные дети становятся просто статьей расходов.

— Я сказал: я хочу повидаться с Варей.

— Саша. Ты сделал с Варей то же, что и со мной — вышвырнул из своей жизни. Просто она этого до конца еще не понимает.

— Шантажируешь ребенком? Хочешь, чтобы я с тобой жил из-за нее?

— Нет, Саша, не хочу. А ты не хочешь Варе денег дать?

— А что, ей нечего есть? Ты вообще не работаешь? Может быть, хватит бездельничать?

Я набрала воздуха и собиралась спокойно ему ответить, что у меня не так все просто, что...

— В общем так, — сказал Саша Виноградов, который забрал у меня четырнадцать лучших лет жизни и оставил меня босой и раздетой. — Мы тут на выходных едем на дачу с моей подругой. По дороге я заеду, погуляю во дворе с Варей, познакомлю с подругой, она давно об этом мечтает — посмотреть, какая у меня дочь. И потом ты получишь деньги на месяц. Для этого тебе придется приехать туда, где ты живешь. Там у тебя люди какие-то непонятные отвечают. Пускаешь черт знает кого. Вы-то сами, кстати, сейчас где?

Есть в русском языке удобные хулиганские рифмы в ответ на наглые бесцеремонные вопросы. Обидчику, хрястнувшему тебя тяжелым грязным ботинком, его же оружием — не разбирая куда, главное — попасть, дать сдачи.

Но я с матом не в ладах. В моей родительской семье мат использовался только эпизодически, как самое страшное, последнее ругательство. Два раза в десять лет. В литературе и кино мат для меня — как цветные стеклышки, которыми украшен торт: ярко, чудно, вызывает оторопь и совершенно несъедобно. Я в курсе, что есть огромный пласт жизни, где мат — неотъемлемая часть повседневной рутины, секса, юмора, воспитания детей, фольклора, взаимоотношений близких людей. Но меня среди тех людей нет.

— Я сняла комнату, Саша.

— Это твое дело. Все придумываешь, не знаешь, как вывернуться... Я сказал: в субботу в одиннадцать я жду Варю у подъезда. Мы ждем.

— Саша, оформи, пожалуйста, алименты в бухгалтерии.

— Ты — дрянь, Воскобойникова. Но я — оформлю. И твоя Варя будет получать три тысячи рублей в месяц. Ты этого хочешь?

Я нажала отбой, больше я не могла терпеть. Наверно, надо было закричать: «Подонок! Сволочь!» Или это же сказать без крика. А я просто нажала отбой. Поэтому он перезвонил и очень спокойно произнес:

— Лена, а ты не боишься, что я девочку у тебя заберу, у идиотки?

— Саша, что ты говоришь? Зачем она тебе?

— Я ее буду воспитывать. Она будет учиться в хорошей школе, будет там ночевать, ее будут укладывать спать и будить утром спокойные, доброжелательные воспитательницы.

— Ты... ты хочешь отдать ее в интернат? — я аж задохнулась.

— В пансион, — мягко уточнил Саша. — Дорогой, прекрасный пансион, где не будет тебя, истерички. В воскресенье я буду ходить с ней в детский театр, в ресторан, на каток. А тебя к ней не пустят — совсем. Тебе просто поставят диагноз, тот, который у тебя есть. Ты этого хочешь? И стоить это мне будет дешевле, чем твоя некупленная норковая шуба. И ты ничего — слышишь, идиотка? — ниче-го не сможешь поделать.

— Чего ты хочешь? — с трудом сказала я.

— Я хочу, чтобы ты давала мне Варю тогда, когда я скажу. Насколько мне будет нужно — на час, на день, на три... И тебя не касается, с кем я при этом буду. Ясно?! — он вдруг заорал не своим голосом.

Я положила трубку и представила себе, как судья Морозова — та самая, ведь именно она будет судить, по месту жительства — улыбаясь, скажет: «Именем Российской Федерации... лишить материнства...» За что? А за десять тысяч долларов, которые она получит в конверте.

Судья Морозова никого и ничего не боится, в отличие от меня. А Саша Виноградов десять тысяч может потратить за границей за один день. Есть такие заграницы — с высоким уровнем жизни, доходов и расходов, с высокими гостями и высокими заборами вокруг их вилл. Вилла имеет непосредственный выход к океану, бассейн с подогретой морской водой в принципе есть и прямо в спальне, можно почувствовать себя дельфином, в бассейне же и позавтракать. Одна Сашина фуагра будет стоить там столько, сколько мы можем позволить себе потратить на еду в неделю. Я жалею, что меня теперь нет в таких заграницах? И мне не подадут фуагра в розеточке из авокадо с нежным искристым шампанским на сверкающем серебряном подносе?

Я не люблю шампанское, это раз. Я не хочу больше думать о Саше и обо всей жизни, связанной с ним. Это два. Но мне тошно и плохо по-прежнему, я потеряна и разбита. Это, увы, три.

Я заставила себя сходить в ванную, умыться ледяной водой. Потом легла и стала вспоминать, как мы радовались с Варькой прошлой осенью, когда в мой день рождения, на следующий день после приезда из Турции, сажали на даче луковицы тюльпанов, нарциссов, крокусов и анемонов.

Я так хорошо себе представляла, как ранней весной, чуть только сойдет снег, из-под земли появятся сначала белые анемоны, потом, белые и винно-малиновые крокусы. Следом за ними наперегонки полезут мохнатые нарциссы — я купила очень необычный сорт нарциссов, с густыми махровыми лепестками, похожие на пионы. И затем начнут выпускать стрелки тюльпаны. А уж тюльпанов я накупила, штук сто, не меньше...

Через месяц-два Саша, отчаянный флорофоб, будет с отвращением смотреть, как лезут из земли ненавистные ему лютики-цветочки, портящие зеленую гладь газона... Зачем сажала? Сортовые луковицы по пятьдесят рублей штучка... Жили бы с Варькой на эти деньги месяц — горя не знали. На такси бы катались, Варька пила бы свежеотжатые соки. Ладно. На такси теперь в Москве далеко не уедешь — встанешь в первой же пробке. А свежеотжатые соки вредны для детского желудка.

Интересно, почему ни вчера, ни позавчера не звонил никто, а сегодня все сразу? Я уже не удивилась, когда телефон заиграл снова. Только испугалась, что это опять Виноградов. Но это оказался Женька. Он тоже, оказывается, звонил на мой старый домашний номер и напоролся на Гарика.

— Ленуся, я скучаю. О тебе. О Вареньке. Почему вы не приходите покушать?

— Придем, Женя. Спасибо, обязательно.

— Завтра сможете?

— Постараемся.

— Пожалуйста, постарайтесь! А в следующее воскресенье у меня будет хороший спектакль. Ты не смотрела его — «Виндзорские проказницы» Шекспира. Очень смешной. Я играю, — он сам засмеялся, — главную проказницу. Можно с Варенькой прийти. Потом пойдем поужинаем. Варя чучела посмотрит. Я тебя за ручку подержу...

Я улыбнулась. Женька талантлив от бога. Причем его талант — не только собственно лицедейство — клоунада, страсти напоказ, перевоплощение. Главный его талант — необыкновенное обаяние. Вокруг него всегда как будто повышается температура — если вокруг холодно. И дует свежий ветерок, если на улице жара. Когда с ним говоришь по телефону, становится хорошо, не от каких-то его слов, а просто потому, что говоришь. Почему же тогда... Я не решилась ни отвечать себе на вопрос, ни даже толком его сформулировать.

— Приходите, Ленусенька, буду надеяться и ждать. Пригласительные возьми у администратора. Целую.

— Спасибо, Женя...

— Кстати, я совсем забыл тебе на даче сказать одну вещь. Вспоминаю каждый день перед сном, какую замечательную сказку ты Варьке рассказываешь. Я же слушал тогда лежал, на коврике... Почему ты ее не запишешь?

— Да ладно, Жень...

— Не ладно! Запиши-запиши! Прекрасные добрые герои, такие коллизии... Смешно, остроумно, трогательно. А? Ленусь? Попробуй издать.

— Хорошо, я попробую.

— Напиши и покажешь мне. Ладно? Целую, жду вас.

Я положила трубку рядом с собой и чуть подождала. А вдруг — раз уж такой вечер встреч сегодня... Вдруг еще кто-то позвонит... Но именно он и не позвонил. Поймав себя на приятном ощущении, что стрелочка со словом «он», кажется, чуть-чуть, но передвинулась в другую сторону, на другого, совсем другого человека, я улыбнулась и уснула.

Ночью я проснулась, будто меня кто-то толкнул. Мне не спалось и не спалось. В голову лезли сожаления и размышления. А если бы я приехала жить в Митино и расположилась там с хозяйством... То он бы прогнал нас еще раньше! А если бы я не увезла вещи с дачи... То он был снес их все в подвал! Или ближе к лету стал бы предлагать приехать. Он бы резвился в городе с котятами, а я бы растила Варьку и малыша в животе. Мы бы дышали свежим воздухом, срезали в букеты тюльпаны, растили бы розы, стригли бы пышные ароматные самшитовые кустики... И плакали бы. Сейчас мы тоже плачем, я плачу, а Варька все порывается поговорить о папе. Но розы не растим.

Любовь — невероятный обман, придуманный Создателем для продления жизни в пространстве и времени. Зачем ему, Создателю, это понадобилось, он не удосужился нам рассказать. Прости, господи, не сочти за роптанье и недовольство. Я восхищена тем, как продуманно создан человек, как спрятан мозг так надежно, что сложно его пощупать и увидеть. Что душа спрятана еще надежнее — ее невозможно найти. Она здесь, где-то здесь моя душа — там, где я. Та самая, которая весит 21 грамм или 13,5 — в разных книжках написано по-разному. Но в момент смерти именно на столько уменьшается вес человека.

Но где она — моя душа? Где то, из-за чего мне дана моя короткая, мучительная и прекрасная жизнь? В сердце? В голове? Вокруг меня — как невидимая оболочка?

Когда Варе было три года, она спросила Александра Виноградова:

— Что такое душа?

— Это вот посередине, — ответил Александр Виноградов.

Маленькая Варя подумала и сама объяснила тогда папе:

— Душа — чтобы любить.

Я восхищена тем, как кто-то продумал всю сложнейшую систему функционирования организма, как просчитал месяцы, необходимые для формирования человеческого зародыша и плода, годы, требующиеся для окончательного формирования готового к размножению организма.

Зубы, рассчитанные на сорок — пятьдесят лет, все ткани организма, стареющие ровно в положенное им время. Можно чуть убыстрить или замедлить — на год-два, или, если очень постараться, — на десять — пятнадцать лет. Но не на сто! Белковый организм не может просуществовать двести лет! Сложная хрупкая система перестает функционировать, сбивается, ломается, гниет и — останавливается. Если еще что-то успел за этот срок, кроме воспроизведения себе подобного — успел о чем-то подумать и поделиться результатами с другими, — хорошо. Не успел — твои сложности.

Я не ропщу, Господи. Просто я поняла однажды, что почти всю свою короткую жизнь промаялась с Александром Виноградовым, вернее, в его отсутствии — чтобы родить Варю. Выходит, так. Иного смысла в этом не вижу. И потом еще ровно столько же — чтобы зачать следующего. Теперь мне предстоит долгие годы любить их и бояться за них — то есть маяться и страдать от каждой их боли, каждой ошибки, каждой царапинки. И я не хочу, категорически не хочу и не могу любить кого-то еще! Моя душа просто не выдержит этой муки. Ведь придется страдать. Иной любви, по крайней мере к мужчине, я не знаю.

Глава 13

Два дня подряд я все свободное время записывала свою сказку. Что-то вдруг мне самой казалось смешным, что-то — слишком дидактичным. Варька, видя, как я увлеченно тружусь, поинтересовалась:

— Статью пишешь?

— Нет, Варюша. Я решила сказку нашу записать. Может быть, книжку опубликуем...

— Ура! — Дитё мое несказанно обрадовалось — вот где, оказывается, прятались мои потерявшиеся гены тщеславия. — И мы придем в магазин, и там на полке будет стоять книжка, и будет написано — Воскобойникова Елена, «Сказка про Гнома и девочку Соню?» Да, мамочка?

Варька прыгала, скакала по комнате, а я, глядя на нее, подумала — вот хотя бы для этого стоит попробовать. Чтобы она радовалась и гордилась мной. Разве для того я ее рожала, чтобы она всерьез обсуждала в семь лет проблемы измен и верности, чтобы толком не знала отца и жила так, как мы сейчас живем? Неизвестно, когда это изменится. И изменится ли вообще... Она ведь не просила ее рожать. Что же, я, выходит, родила себе подружку в своих несчастьях? Маленькую, беззащитную, доверчивую подружку, которую я же, по глупости и легкомыслию, вовлекла во все это сумасшествие с Сашей Виноградовым.

С вечера субботы я ждала и боялась Сашиного звонка — ведь он грозился привезти денег и покачать Варю на качелях. Он не позвонил. Позвонил его шофер Костик, выяснил, куда ехать, и утром привез нам пакет с нашими вещами из Митино и конверт. В конверте лежало странное письмо, заканчивающееся словами «Долой демонстрации, они доводят до прострации». Начиналось письмо так: «Вама!» (этот словесный урод означал «Варина мама», так Саша Виноградов ласково называл меня после рождения Вари. До рождения Вари он звал меня «Лёка»).

«Вама! Очень надеюсь, что у тебя, у нас хватит разума не испортить дочке жизнь...»

Сволочь, ну сволочь же какая ты, Саша!.. А о чем ты думал, когда пришел, улегся на пол и позвал нас в прекрасное далёко? А о чем думал, когда погнался за очередным котенком и сразу, через неделю активных совокуплений, приволок к себе домой ее грязные колготки с блестящими сердечками и спрятал Варькины игрушки и фотографии? Сколько у тебя уже было этих котят? Только известных мне не меньше семи. А еще те, о ком я не знала, не догадывалась. Или догадывалась, когда ходила в одиночестве с животом, потом с коляской, потом в зоопарк и в театр юного зрителя с юной, доверчивой зрительницей Варей Виноградовой? «Не испортить жизнь»...

Да ты уже всё всем испортил, ты уже испоганил жизнь, душу, ты показал девчонке квартиру и сказал — здесь будет твоя комната, ты притащил ее в свой дом и объявил — вот это тоже твоя комната, а это — твоя песочница, а это, а это... И теперь ты всё это у нее отобрал. Ладно — у меня! А ей-то как объяснять, почему у нее все отобрали, и отослали обратно в свою крохотную квартирку. А теперь — и вовсе! Временно снимать комнату у хорошей, доброй тети Любы, не зная, что будет завтра.

Я заставила себя сосредоточиться на чем-нибудь конкретном, например, посчитать деньги. Удивительно, но Саша послал Варе чуть больше, чем обычно — не восемнадцатую часть своей зарплаты, а пятнадцатую. Приблизительно, конечно. Я могла только догадываться, сколько он получает — по его расходам и по тому, сколько получали его помощники — однажды он неосмотрительно проговорился. Мне не пришло в голову отсылать излишки обратно — так я бы сделала раньше. Расставшись окончательно, я вдруг стала понимать слова «моральная компенсация». Да, не заплатишь за сломанную жизнь. Но, вероятно, правы те жены, которые вычерпывают до дна банковские счета некстати сбежавших супругов. Официальные жены, Лена! А не смиренные гражданские подруги, годами ждавшие у моря погоды, а также предложения руки, сердца и доли в общем имуществе.

Потом я разобрала пакет с нашими вещами, которые он насобирал по углам своей квартиры в Митино. Почему же это так больно — вот она, несостоявшаяся совместная жизнь, глупые надежды, вот они — мои собственные любовь и нежность, запихнутые в пакеты... Золотой халатик, купленный сто лет назад, когда еще Варьки не было, Варькина пижамка с медвежатами, несколько ее игрушек, рыжеволосая кукла Клава... Каждая вещь, которую я брала в руки, словно несла энергию, сгусток воспоминаний и боли.

Ну почему, почему, почему так... Почему ты становишься не нужна как раз в тот момент, когда ты прирастаешь вся, по всей длине, ширине и глубине, прирастаешь с мясом, когда невозможно оторваться, не закричав от боли... Ну отрывайся же, отрывайся, говорила я сама себе, отрывайся, мое горькое прошлое, в котором ничего уж такого хорошего и не было с Сашей, кроме моей собственной любви, кроме того придуманного Саши, к которому я стремилась столько лет, и к кому смело подвела дочку Варю...

— Мам, зачем ты опять плачешь? Ты же мне обещала, что плакала в последний раз, помнишь? И морщинки опять под глазами будут...

Варька, Варенька, лучшая в мире утешительница, бедная моя Варька, подошла ко мне, залезла на колени и обняла мою голову так, как я обнимаю ее, ревущую и обиженную. И начала меня качать. Мне стало очень стыдно. Я опять увлеклась романтикой своих встреч и расставаний с Сашей — пусть даже действительно последних на сей раз. Вот — его уже нет. А есть я и она. И только от меня сейчас зависит, будет ли она плакать или смеяться, грустить вместе со мной или радоваться новому дню.

— Все, все, я не буду! Больше не плачу.

— А почему ты плакала? — Варя вытерла пальчиками слезы с моих щек.

— Не смогла найти одну книжку в пакете, который он прислал...

— Не ври, пожалуйста, — Варя поправила мне волосы и строго сказала: — Так, а кто будет в театр собираться? И сказку ты сегодня еще не писала!

— Давай включим компьютер, посмотрим, что мы вчера с тобой написали.

Сказка получалась очень длинная. Какие-то эпизоды я подзабыла, особенно те, что рассказывала по одному разу. Но Варя, оказывается, очень хорошо все помнила и помогала мне вспомнить.

Мы еле-еле успели в театр, посмотрели «Синюю птицу». Варя никак не комментировала, не боялась, не смеялась, молча и внимательно смотрела. А я в ужасе слушала прекрасный текст Метерлинка и узнавала знакомые интонации художественной руководительницы МХАТа на Тверском бульваре в каждой женской роли. Мужчины прыгали, скакали, орали, как кому бог на душу положит, а женщины, особенно красивые — Душа света, фея Берилюна, Вода, Молоко — были четко «выстроены» по образу и подобию самой главной артистки в театре. Я думала о том — насколько хороша сама Доронина, настолько смешны ее копии. А поди сыграй по-своему — вылетишь мигом из театра!

— Спасибо, очень интересно было, — вежливо отозвалась Варька после спектакля таким же тоном, каким она говорит, отодвигая почти полную тарелку нелюбимой каши: «Спасибо, было очень вкусно и питно...»

Остаток дня, до вечера, я просидела за компьютером, записывая сказку, а Варя на полу сидела с куклами.

Иногда Варьке надоедало, что я пишу и пишу — нахожусь в другом пространстве. Она брала второй стул, подсаживалась ко мне и, стараясь не мешать, что-то рисовала, но при этом теребила меня:

— Мам, посмотри на мой рисунок! Смешной, правда? Мам, посмотри! Мам! Красиво?

Пела недавно выученную песню: «Бабка-Ёжка, костяная ножка, с печки упала...», декламировала — сама себе, не отвлекая меня — стихи:

«Жук, скажите, отчего вы так жужжите?
Жук ответил: «Ну, жужжу,
после ужина лежу».

Когда она завела про жука в пятый раз, я остановилась и укоризненно посмотрела на нее. Варя отошла в другой угол комнаты и оттуда объяснила мне:

— Я проверяю, мам, хорошо ли я букву «ж» говорю, понимаешь?

— Проверяй, пожалуйста, только не в ухо мне, ладно?

На самом деле отчего-то мне это почти не мешало. Ее присутствие каждую секунду подтверждало: это надо, Лена, это надо делать, надо хотя бы для Вари. А если книжка получится, то может, еще какая-то девочка откроет ее и так же, как Варька, будет пугаться, радоваться, надеяться...

К следующему воскресенью я написала восемнадцать глав. Мы прочитали вслух, перебивая друг друга, последние две главы, чуть их поправили. Варька смеялась, страшно радовалась и всячески меня подбадривала, обещая бешеный успех на книжном рынке. Я сама была настроена отнюдь не так оптимистично, я хорошо знаю цену «домашним радостям» — не всегда то, что нравится твоим близким, окажется нужным и другим, очень разным людям. Но я все же записала диск для Жени. Я решила — пусть он будет первым читателем. Почему-то мне казалось, что, несмотря на свое доброе и пристрастное ко мне отношение, он сможет сделать мне толковые замечания.

Мы оделись и чуть пораньше приехали на спектакль. Никогда из дома у меня не получается выезжать заранее — у себя дома всегда найдется тысяча дел, а сейчас мы уже в половине седьмого получили пригласительный билет у администратора. Я немножко удивилась, что билет был без мест. Но потом решила, у Женьки всегда так много приглашенных, что на всех бесплатных «директорских» мест не хватает.

Это был пятый или шестой премьерный спектакль. Народу набилось раза в полтора больше, чем мог вместить зал, поэтому думать о свободных местах в партере было нечего. Мы пошли на балкон, Варя заметила, что она «всегда мечтала сидеть именно на балконе». Оттуда было очень хорошо видно, но довольно плохо слышно, особенно Женину партнершу, популярную Ирочку Мухину, которая говорила на сцене простым, бытовым голосом, вблизи он звучал наверняка мило, но к нам на балкон долетало лишь «..няу... ли... лю...а-а-а». Но Варя и так была довольна, а я все равно напрочь выбита из колеи целлофановым мешком с остатками моей жизни в «невестах» у Саши Виноградова.

Мы купили очень красивые цветы для Жени и всё торговались — дарить ли их у сцены — я знаю, что актеры так больше любят. Или все же зайти к нему с букетом в гримерку, тем более что он приглашал нас потом поужинать. Варька рвалась на сцену, мне же казалось, что это очень неудобно — спускаться с балкона заранее, стоять потом в проходе... Но я решила сделать так, как приятнее Жене и как хочется Варьке. Когда стало ясно, что спектакль вот-вот закончится, мы поспешили вниз, к сцене.

Женя охнул и ахнул, увидев красавицу Варю с распущенными светлыми волосиками, протягивающую ему букет персиковых роз и белых нежных лилий. Варя протянула ему еще и руку, Женя руку поцеловал, расшаркиваясь. Потом поцеловал Варю, отыскал глазами меня и послал мне воздушный поцелуй. Варька была счастлива, потрясена и с прискоком подбежала ко мне:

— Пошли к нему!

Странно. Что-то такое вдруг как будто проскользнуло у моего лица. Будто слово или звук — но никто ничего не говорил... Или какой-то смутный образ... Но я бы ни за что не сказала — что именно я увидела. И мне почему-то показалось — не надо. Не надо ходить к Жене.

— А может, не пойдем? Варюша, поехали домой, а?

На Варьку жалко было смотреть.

— Почему? Почему, мама? Ты плохо себя чувствуешь?

— Да нет... Наоборот... Просто... Не знаю, как объяснить... Мне кажется... Да нет, глупости. Пойдем.

Я подумала, что скорей всего я потихоньку вползаю в депрессию, которой безумно боялась с того самого дня, когда Саша тихим голосом объявил, что жить с нами больше не хочет. Я знаю, что это такое. Я там бывала. Дважды за свою жизнь. В той депрессии, которая не хандра, а медицинский диагноз. От которой можно по рецепту купить в аптеке антидепрессанты и равнодушно глотать три раза в день таблетки, а день за окном серо-коричневый и тянется бесконечно, никогда не заканчивается, потому что в новом дне смысла нет и он похож на вчерашний, и ты уже не знаешь, в каком ты дне, потому что это в принципе все равно, и только почти пустая облатка от лекарств напоминает тебе — надо сходить в аптеку. Или зайти в ванную и повеситься. Потому что все равно. Потому что смысла нет ни в чем. Потому что жить не за чем.

Я страшно боялась проснуться однажды утром и захотеть обратно в сон — только бы не жить, только бы не думать, только бы не болело...

Но ничего такого со мной после рождения Вари, слава тебе, Господи, не происходило. И сейчас не должно произойти. Не должно. Сказала я сама себе, посмотрела в огромное зеркало над парадной лестницей и постаралась увидеть, какая же я красавица. Молодая, стройная. Какая же у меня чудесная дочь, как ей важно, чтобы я вот так держала ее за руку еще лет... семь, а то и десять. И еще двадцать думала и заботилась о ней, где бы она ни была. Какая к черту — депрессия?

За кулисы мы прошли легко, никто нас не остановил. Я почему-то думала, что к Жене не будут пускать, даже приготовила свой журналистский пропуск, который надо когда-нибудь сдать в обмен на трудовую книжку.

В этом театре Женя играл как приглашенный актер, «на разовых», поэтому собственной, именной гримерки у него не было. Мы спросили у женщины, которая несла сразу несколько костюмов, поднимая их высоко над головой, чтобы не подметать пол, где Женя переодевался.

— А вон там, в конце коридора комната, во-он... где кавалер стоит... с букетом, — ответила костюмер.

Наверно, ждет красоточку Ирку, подумала я. Он обернулся, и я вспомнила, что уже видела его сегодня. В антракте, когда мы пили в буфете сок, я еще подумала — какой симпатичный мужчина, и почему-то один — театровед, возможно, критик. Лицо интеллигентное, спокойное, хорошо одет.

Дверь гримерки, возле которой стоял импозантный «театровед», открылась. Он машинально поправил шейный платок — оскот, такие платки очень любил мой отчим, у него их было штук десять, с разным рисунком, — и улыбнулся.

Женя Локтев, не замечая нас с Варей, остановившихся на расстоянии двух метров, протянул мужчине руку. Тот переложил цветы в свободную руку и пожал руку Жене. Потом он сунул букет себе под мышку и сжал Женину руку уже обеими руками. А затем приложил ее к своей щеке. Женька наклонил голову туда-сюда. Импозантный мужчина прижал Женину руку к губам. Тут Женя заметил нас и растерянно улыбнулся. И помахал свободной рукой.

— Женик... Привет! — я тоже растерялась, почувствовала, как заметалась Варька, и крепко сжала ее руку. — Я на секундочку... вот, тоже пришла...

— Ага... — Женька переводил глаза с мужчины на меня и обратно. Раз взглянул на Варьку и тут же отвел глаза. — Ну вот... познакомьтесь... Это — Лена, журналистка. Лена Воскобойникова... И Варя, ее дочка...

— Гусев, — представился мужчина сам, хотя мог бы этого не делать, особенно в присутствии журналистки.

— Мне приятно, — я постаралась улыбнуться. — Прекрасный спектакль, Женя. И ты — просто блеск!

— Правда? — в его глазах я увидела другой вопрос. Про ресторан и как вообще быть...

— Мы пойдем, а то, боюсь, материал уйдет. Там, у меня... Надо интервью... — Я не увидела, а почувствовала, как Варька опустила голову. Конечно, стыдно. Еще бы не стыдно!

— Ага, ну давай. Я позвоню, Ленка! — он сделал шаг ко мне и остановился.

Я помахала ему рукой. И Варька помахала ему рукой. И он свободной рукой помахал нам обеим. Вторую его руку держал импозантный мужчина Гусев и, похоже, собирался тоже помахать нам букетом белых роз.

— Как для невесты, да, мам? — сказала Варька, когда мы спускались в гардероб.

Я опять посмотрела на себя в парадное зеркало и нашла, что стала за это время еще лучше, еще моложе и красивее.

— Как раз с такими золотыми штучками... Я видела у одной невесты в журнале... смотрела, думала, у тебя будет такой букет...

— Варюша.... — я поцеловала ее в сбившийся пробор. — Ничего, у меня еще будет такое прекрасное свадебное платье, красивое необыкновенно, с длинным прозрачным шлейфом, и ты понесешь шлейф.

— Не-а... — покачала головой Варька. — Другие понесут... мальчики или девочки.

— А ты?

— А я буду бить в барабан!

— Варюша... А разве на свадьбе бьют в барабан?

Варька снисходительно посмотрела на меня:

— Конечно, мам! Когда объявляют, что невеста идет...

Дома Варя вспомнила, что мы забыли отдать сказку Жене.

— Ничего, Варюша, в следующий раз. Или по почте пошлем. По электронной. Это даже удобнее.

— Мам, а дядя, который дарил цветы Жене, — он странный, да?

— Странный, Варюша.

— А Женя... — Варя посмотрела на меня, — он тоже... странный?

— Женя... талантливый и, по-моему, очень несчастный человек, — ответила я вполне искренне.

Очень своевременно раздался звонок мобильного. Я поймала себя на том, что жду, как на дисплее телефона появятся слова «little grapes», под таким именем я записала номер Толи — те самые «виноградинки», которые раскачивались у него на мониторе.

Моя покойная бабушка, в честь которой названа Варькина любимая рыжеволосая кукла Клава, часто повторяла: «Одной не надо оставаться! Лучше всего пересесть с лошадки на лошадку!»

Вот, бабуля, скажи-ка теперь, как хочешь передай из своего невидимого эфира или околоземного пространства, где мечется (парит? мается? отдыхает от земных страстей?) твоя душа, скажи мне: а что делать, если одна лошадка ускакала, а другая — не прискакала?

Замечательная французская актриса Фанни Ардан, красавица и гордячка, покорившая мир своим роскошным высокомерием не меньше, чем талантом, однажды в интервью сказала, что с возрастом стала мудрой и дерзкой. А вот я, скажем, — какой стала с возрастом я? Горе-наездница... в козлиной шубе, трудолюбивая, исполнительная любовница банкира Виноградова. Не изволите повернуться на бочок? Чтобы удобнее было благосклонно принимать мою любовь...

Будем надеяться, что я просто еще не дожила до того возраста, когда безрассудные страсти сменяются насмешливой мудростью.

На дисплее телефона обозначилось: «Ольга Нов». Ольга новая, плюс ко всем старым, знакомым и полузнакомым, Ольгам. Не зная фамилии, я записала ее так. Пытаясь сдержать вздох, я ответила:

— Да.

А ведь могла бы, манная каша, просто не отвечать.

— Лена? Я не мешаю?

Вот смотри, смотри, говорила я сама себе, как неинтересна становится самая интересная женщина, когда она попадает в зависимость.

— Нет, не мешаешь, Ольга. Я дома.

— А... — она чуть запнулась. — Ты прости меня за любопытство... Просто я даже волнуюсь...— Ну точно — обычная модель моего разговора с Виноградовым, когда я чувствовала, что он начинает ускользать. — «Дома» — это как? В смысле... где? Ты помирилась, да?

— Нет, Ольга.

Мне пришлось рассказать ей вкратце историю с Гариком. Ольга выслушала, разумеется, с интересом, с сочувствием и предложила любую помощь. Вызвалась найти адвоката, и вообще сделать все, что я попрошу.

— Да, собственно, Ольга, тут трудно что-то сделать...

Я, как известно, не умею говорить «нет». И тут мне пришла в голову хорошая, как мне показалось мысль. Если тогда на суде присутствовал хотя бы еще один человек, кто знает, может, Морозова так бы и не распоясалась?

— Может быть, ты придешь на городской суд в следующий четверг?

Игорь предупредил меня, что он, вероятно, задержится и придет только к самому слушанию. Так что мне предстояло сидеть там в очереди напротив или даже рядом с Савкиным и его дамами. Я помнила нелепые узкие коридоры городского суда, где была когда-то по чужому делу. Лучше, конечно, если я буду не одна.

Ольга приехала за мной за полтора часа до времени, когда должен был начаться суд. На самом деле на одиннадцать часов, как было написано в повестке, было вызвано десять человек, то есть десять спорных дел, перешедших по апелляции из межрайонных судов. Пока шли дела, назначенные на десять, мы решили прогуляться. На улице было довольно противно, и через полчаса мы зашли в первое попавшееся кафе.

Мы пили кофе, я смотрела на Ольгу и думала: почему горячее Ольгино желание дружить вызывает во мне оторопь, если не сказать — протест? Я сама редко проникаюсь к женщинам такой глубокой искренней дружбой, как они ко мне. Так было всегда — со школы.

Почти все мои дружбы были односторонние, по крайней мере, сначала. Как с Нелей. Спроси меня: люблю ли я Нелю? Да, наверно. Я ей благодарна за ее верность и дружбу. Но я бы, наверно, выбрала себе другую подругу для душевных разговоров, если бы меня спросили.

И в школе, и на журфаке, и в моем первом журнале, и в ТАССе я дружила с теми девочками и женщинами, которые почему-то начинали заботиться обо мне, как о сестре. Такая всегда находилась. Сказать, что я при этом смотрела на какую-то другую девочку и жалела, что не она — моя подруга, было бы неправдой. Просто я лично ничего не делала для того, чтобы меня так любили и баловали. И меня часто даже удивляло — а что ей во мне нравится, почему она хочет со мной дружить? Не знаю, может быть, потому что с детства я знала — просто так любить меня никто не будет. Не любит же меня мама. За что — я не знала, но чувствовала, что раздражаю ее, мешаю, не устраиваю тем, какая я есть. А как стать другой, и какой — другой, я не знала.

— Значит, он хочет все-таки встречаться с дочкой? А ты как к этому относишься?

— Не знаю. Мне кажется сейчас — только растравлять ей душу.

— А потом? Он что, будет потом ее воспитывать? Чему учить, интересно? — она прищурилась. — Бросил маленькую девчонку ради бессмысленных совокуплений. Потому что африканские страсти все равно проходят. И с котятами, и с мышатами... Кто его за язык тянул объявлять, что у него другая? Блудил бы себе и блудил. А теперь хочет дочку на качелях качать раз в месяц? Чтобы она лишний раз поняла, насколько она ему не нужна —

что у него найдется для нее пятнадцать минут в месяц между... — Она посмотрела на меня. — Ты ведь о нем уже не переживаешь, правда?

— Правда, — вздохнула я.

— Ты думаешь — невозможно жить без мужчин?

— Странный вопрос, Ольга...

— А как спросить по-другому? Если с ними по-нормальному не получается?

— У кого-то получается...

— А у тех, у кого не получилось — им что, так сидеть и тосковать всю жизнь? — хмыкнула Ольга.

— Приглашаешь?

— К феминисткам, что ли? — засмеялась Ольга. — Нет. Ты просто не понимаешь... Ладно. Сейчас не будем, ты и так нервничаешь. Ты просто слишком серьезно ко всему этому относишься. Не к квартире и суду, я имею в виду. А к любви. Ты в плену. Я хочу помочь тебе вырваться.

— Зачем?

Я могла бы спросить еще прямее — «У тебя есть какой-то личный интерес?», но побоялась ее обидеть.

— Зачем... Ни за чем. Вижу, как ты маешься. В данный момент никого другого не опекаю и не спасаю. Такой ответ тебя убедит?

Нет, Ольга, не убедит.

— Да, наверно... Ольга, пойдем, не опоздать бы.

Первым, кого мы увидели, вернувшись в здание городского суда, был Савкин. Сегодня он был в белом летнем пиджаке, очень большом, размера на два-три, с запасом, и в очках, аккуратных, интеллигентных. Я показала его Ольге, она присмотрелась и сказала:

— А что-то стекла у него без диоптрий...

Я только покачала головой. Надо готовиться к спектаклю. Затем мы увидели его мать и Эльвиру. Мать пришла в таком драном пальто, что я была уверена — они все вместе разрывали его специально сегодня утром и даже перестарались. Для образа нищей старости не хватает швов поверх разошедшейся от ветхости ткани. А так получилось — просто хулиганская рвань. Эльвира была опять с животом.

— У нее живот ненастоящий, я говорила тебе?

Ольга засмеялась.

— Хорошо, что сказала. А то я уже начала переживать — у такой испитой бабы в животе ребенок. Ты-то как себя сегодня чувствуешь? — она с участием посмотрела на меня.

— Нормально.

Мы ждали еще часа четыре. Уйти было невозможно — непонятно было, по какому принципу вызывали дела, назначенные на одно и то же время. Что не по алфавитному — это точно. Когда в зал заседаний зашли очередные счастливцы, мы с Ольгой отправились в кафе, которое было видно из окон суда. Думаю, стены этого заведения слышали столько историй — ведь все, так же как и мы, в ожидании правосудия, боялись отойти и бежали опрометью сюда, чтобы выпить воды или кофе.

Я взяла сильно пахнущий хлоркой чай — конечно, здесь же вряд ли наливают в чайник питьевую или хотя бы фильтрованную воду. Пить чай я не стала, купила пачку горьковатого грейпфрутового сока. Ольга опять пила кофе и курила, отгоняя от меня дым в сторону. Я решила ничего не говорить, потерпеть. Ведь она из-за меня тратит столько времени, поддерживает меня...

— Знаешь, — неожиданно для самой себя сказала я. — Савкин, это ничтожество, был мне вовсе не фиктивным мужем.

Ольга чуть помолчала, то ли думая, то ли ожидая продолжения, а потом спросила:

— Тебе неприятно было признаться, что это твой бывший муж?

— Да. Просто стыдно. Тем более что это никак не влияет на дело.

— Вы ведь разведены.

— Конечно, сто лет в обед. Суть не меняется. Да по большому счету именно такие браки, как был у меня с Савкиным, и признают фиктивными по суду — если требуется. Потому что какой это брак? Так, узаконенное штампом сожительство — короткое, глупое, корыстное — с его стороны.

— Неужели он не был в тебя влюблен?

— Трудно сейчас сказать. Во-первых, он мог спать почти с любой, как многие пьющие молодые люди, а во-вторых... Он мне часто говорил, что в Прибалтике я бы считалась интересной, а здесь, в средней полосе, я просто бледная мышь.

— Лен... — Ольга легко дотронулась до моего запястья. — А ты вообще по какому принципу выбирала своих мужчин? Или они тебя выбирали?

— Да нет, наверное, все-таки я. Первый раз я увидела Савкина на первом курсе, мне не было еще семнадцати, а он был на пять лет старше — его уже выгоняли из двух вузов за пьянку. Савкин мне просто понравился внешне. Ну понравился и понравился, потом я увлеклась учебой, сидела в библиотеке до десяти вечера...

— А замуж-то зачем вышла? Не собиралась же ты с пьяницей жить всю жизнь? Или ты его лечить хотела?

— Оля... Это так все запутано... — Я, кажется, впервые так назвала ее. — Сначала я вышла замуж действительно фиктивно, для оформления квартиры. А потом он стал так вокруг меня увиваться...

— Чтобы денег не платить за прописку.

— Естественно. А я как раз увидела, какие у него синие глаза...

Ольга засмеялась.

— Да ладно!

— Ага, как у пупса. Раза два он переночевал у меня на диванчике — и влюбилась. Мало что соображала.

— Зато он соображал.

— Да... Ну и мы практически ведь не жили вместе... Все это так скоропалительно произошло. Дальше вся свистопляска... Поди расскажи все это судьям. Я сама ничего не понимала тогда — как это случилось... Отчим сначала смеялся, когда я ему сказала, что фиктивный муж стал вроде как не фиктивным: «Вот как мужей находить надо!» А потом расстраивался, но было уже поздно. У «верного» человека были все документы на мою квартиру, он еще и вещей натащил — не выгнать его было сразу...

— Ясно. Ну а второго, Сашу-говняшу своего?

— Ольга, не надо.

— Извини, рифма сама напросилась. Второго мужа Александра как выбирала?

— А разве влюбиться — это значит выбирать? Увидела, влюбилась. Встречала — сердце стучало, начинала разговаривать — во рту пересыхало... И, главное, по контрасту — Савкин был тупой и грубый, без мата в быту не разговаривал. Уходил — приходил, пьянствовал, продавал вещи, которые я для ремонта покупала. То с ремонтом вдруг начинал помогать, то даже затевал драку...

— С тобой? — уточнила Ольга.

— Да, Оля, со мной. И мне теперь стыдно, что я в юности была такой глупой. Но это все было недолго — несколько недель. Отчим сразу вмешался. А Саша Виноградов был совсем другой — остроумный и... Да ладно!

Я вспомнила, как я первый раз увидела Сашу, который уже учился в аспирантуре в Плешке, Плехановском институте. Он был такой скромный и веселый, в темно-зеленом свитере, из-под которого небрежно высовывался белый воротничок рубашки. Саша взглянул на меня темными глазами и спросил какую-то глупость. И я была сражена — чем, не знаю до сих пор. Но сражена в упор.

— Он был остроумный и тонкий, да? — продолжила за меня Ольга, заметив, что я задумалась.

— Да. Молчаливый. Такой, знаешь, загадочный... Савкин все время нес какую-то ахинею, чему-то пытался меня учить, всё объяснял — о жизни, о людях. Это было невыносимо. А Саша молчал или шутил, на любую тему. Он просто не поддерживал серьезных разговоров. И годы ушли на то, чтобы понять — его обычное загадочное молчание объясняется очень просто: ему скучно отвечать, вникать в совершенно не интересующие его проблемы.

— А интересует его вообще мало что, — добавила Ольга. — Знакомо... Он похож на моего второго мужа. Я так любила его... Еще года два после развода было больно и тошно. Он не хотел детей и сам делал мне аборты. Он был врач, не гинеколог, но ничего — справлялся. Говорил, что витамины колет. Я два раза не поняла, на третий мы с ним друг друга чуть не убили. В один день разошлись. А я потом плакала и плакала — года два, все никак не могла понять, как же так можно было! Как будто два разных человека — один любил, другой тайком плод выгонял. Еще переживал потом, когда у меня сильные кровотечения начинались. Представляешь, я за полтора года жизни с ним три раза от него забеременела.

— А потом? — осторожно спросила я.

— А потом — ни разу. И мне еще много лет снились эти дети, которых он во мне убил... И год от года они становились все старше и старше — в моих снах... Потом прошло.

— Ольга... — Я не знала, что мне ответить на ее неожиданный рассказ.

Она улыбнулась.

— Ничего. Это все было очень давно, — она снова закурила и улыбнулась. — Вот ты замечаешь, как странно — меньше всего влюбленного заботит — хороший ли человек тот, в присутствии которого у тебя включается программа воспроизводства, тот, к кому, чувствуешь влечение.

— Да. Я действительно не задумывалась об этом. Это как-то само собой разумеется. Раз я влюбилась — значит, он хороший.

Она кивнула.

— И даже неудобно напрямую спросить бывает: «А он — хороший человек, твой избранник?» Ну а неужели тебе так больше никто и не встретился?

— Я думала об этом, Ольга. Ты следишь за временем? Мы не опоздаем?

— Боюсь, сегодня мы просто не пройдем. Не волнуйся, я приду еще, если надо будет.

— Спасибо... Знаешь, может быть, я и встречала кого-то... Ведь у меня такая социальная профессия. С кем я только не знакомилась по работе! Но представь, идет по городу человек, у которого сверхидея: он — вдовствующая английская королева, и он должен всем это доказать. Как? А у него впереди — целая огромная жизнь, вот он и будет стараться... Или другая идея: ему надо выстрелить и попасть в Луну, чтобы она рассыпалась и перестала ночью насылать на Землю призраки... Вот он и стреляет, стреляет, все деньги тратит на приобретение более точного и мощного оружия...

Ольга слушала и кивала.

— Безумие. Я понимаю, о чем ты говоришь.

— Да. Мое стремление жить с Сашей, как и короткий скоропалительный брак с Савкиным, имеющий теперь такие последствия, — это было безумие чистой воды. Но я хотела сказать другое: к такому человеку, одержимому безумной идеей, разве кто подойдет? А подойдет — так отшатнется, в ужасе, заглянув в его глаза. И он сам никого и ничего не видит, кроме химер, которые посылает ему больной мозг.

— Ты, пожалуйста, себя совсем не закапывай. Раз больной может описать симптомы и прогрессию своей болезни, он — на пути излечения.

Я вздохнула:

— Надеюсь. Пойдем?

— Пойдем. Хотя... Подожди секунду. Я сейчас тебе подниму настроение. Ты будешь очень смеяться и выиграешь сегодня суд.

Я непонимающе посмотрела на Ольгу.

— Я уверена, что он тебе этого не сказал, — продолжила она. — Даже знаю почему, но это не принципиально.

— Кто? Ты о ком?

Ольга улыбнулась.

— Женя Локтев не сказал тебе, кто я?

— Подруга его матери, — неуверенно ответила я.

— Ну... да, с годами это так и стало. Но вообще-то я его первая жена, настоящая.

Я мгновенно вспомнила, как Ольга ходила за ручку с Севой, сыном Жени, и как волновалась, хорошо ли его покормят перед отъездом.

— А Сева — твой сын? То есть...

— Не совсем. У Женьки всегда все было сложно. На мне он женился официально, а сына родил в другом месте, девчонке было семнадцать лет, она училась в Щукинском училище на первом курсе, взяла академический для родов, родила и Севу ему отдала. Артистка сейчас довольно известная, все пьяниц играет... Женя просто очень не любит о себе рассказов и, как ты поняла уже, всё врет и всё скрывает. Севу растили все и никто. Мне самой было восемнадцать, когда мы поженились... и через пять лет расстались. Сева — бедный мальчик. Когда мы разошлись, его забрала Женина мама, а потом взяла я, года через три после своего врача-инквизитора... Мальчик очень привязался ко мне, а уж я-то... Да тут Женька как раз решил, что Севе нужен отец, забрал у меня его и сам пытался его воспитывать... с годик примерно, пока не влюбился... Так что...

Я смотрела на Ольгу другими глазами. Вот оно, значит, как!

— Но... это ведь не Женя примочки из капустного листа себе делал?

Ольга засмеялась.

— Нет, Женя был мой первый муж, а тот — третий. Это уж я с горя, когда Женька у меня Севу отобрал, за нарцисса такого зацепилась... Зато очень смешно было... Познакомилась с прогрессивными технологиями омоложения яиц и укрепления крайней плоти... Не подавись. Я тебя порадовала — сюжетом с нашим Женькой?

— Поразила, — честно ответила я. — А почему вы все не боитесь, что я возьму и напишу?

Ольга весело посмотрела на меня.

— Так, может, мы тебя все подталкиваем: ну ты пиши, пиши, наконец, материал сам в руки идет, делай скандальное имя себе, делай деньги, представляешь, какой сенсационный материал можно наваять. Женька — во всей красе! Дать хоть однажды всем полюбоваться, по-настоящему-то... Можешь про двух других моих уродов заодно написать. Мужья жены Жени Локтева...

Я вздохнула.

— Ну да. Это не мое.

К пяти часам вызвали почти всех, чьи фамилии были записаны на одиннадцать часов. Мы почему-то остались последними. А Игоря так и не было. Телефон у него был отключен, понятно почему — ведь он был занят на другом процессе.

Наконец, вызвали нас.

Как хорошо, что рядом была Ольга. Не знаю, как бы я это вынесла, если пришла бы одна. Там не было судьи Морозовой, но были три другие. Мужеподобная председатель Федорова, а также постоянно хихикающая женщина с короткими волосами, которые она то и дело старательно заправляла за уши — они оттуда вылезали, а она заправляла и заправляла... И третья, почти интеллигентного вида женщина, с аккуратной стрижкой, стильным черным маникюром, от которой мне больше всего и досталось, как только она открыла рот. А досталось мне за все.

За что, что я воспитываю Варю одна. (Морозова, видимо, хорошо постаралась, подготовила суд для своего подопечного.) За то, что я продажная журналистка. За то, что живу на иждивении банкиров, ограбивших простой русский народ. За то, что папа мой писал книжки про коммунистов, обманувших тот же доверчивый народ, и за то, что адвокат мой Игорь Савельев — человек по документам вроде русский, но апелляцию составил как настоящий еврей, а евреи, как известно, живут в России вынужденно, пока не получат вид на жительство в какой-нибудь другой стране, поприличнее. Нет, евреев евреями не называли. «Те люди», «пока они у нас живут...», «а вот когда они уезжают, наконец...». Собственно, можно было и не понять, о каких людях речь. Многие же когда-нибудь куда-нибудь уезжают...

Говорила в основном третья, легко и как-то необязательно. Вроде говорит, а вроде и нет. Бросала фразы, не договорив, сама себя спрашивала: «О чем это я?», вдруг удивленно и как-то встревоженно взглядывала в окно. Что она видела за окном — я так и не поняла. К концу ее речи я была в полном нокауте. Потому что в принципе она говорила все правильно.

Детей теоретически лучше воспитывать в полной семье. Чтобы одна мама не отвечала и за прибитый гвоздь, и за тяжелый чемодан, который никто не смог поднять и положить на антресоли, и за здоровье, и за вовремя сваренный бульон, и за учебу, и за бассейн, и за деньги, и за сказки, и за настроение...

За свою журналистскую деятельность я получала деньги — не бескорыстно ведь писала. Варе платит алименты банкир Саша Виноградов. Банки и правда живут за счет наивных вкладчиков, плохо считающих деньги. Папа мой искренне верил в скорую победу коммунизма и писал о ней восторженные повести. Коммунисты действительно напрасно расколошматили Российскую империю, и без них еле стоявшую на ногах.

Мой адвокат Игорь — умен и хитер, как хороший еврейский адвокат, и апелляцию мне составил отличную.

Многие евреи не так уж сильно любят Россию, не так, как мы с интеллигентного вида судьей, красиво взмахивающей рукой с черными короткими ногтями...

Пока интеллигентная говорила, вторая — с волосами, которые вылезали из-за ушей и мешали ей сосредоточиться, всё посмеивалась, а председатель Федорова раскладывала черную мантию на огромных плечах и покачивала головой — и непонятно было, соглашалась она или просто удивлялась — да как же так? Бабка вон вся изорванная, сама еле живая от старости, девушка беременная, на последнем сроке, с трудом живот до суда дотащила, и мужчина такой приличный, в очках, глаза огромные, доверчивые, а евреи с коммунистами и журналюгами проклятыми их из квартиры гонят...

Я записала на диктофон всё, что они говорили, и надеялась, что мне это когда-нибудь пригодится. Когда я все же попыталась сказать, что ксенофобия теперь запрещена Конституцией, и что все наши дедушки вообще-то были коммунистами и многие из них были неплохими людьми и патриотами, и что к нашему делу это имеет мало отношения, председатель суда только махнула на меня огромной ручищей и сказала:

— Посидите пока... — и все трое рассмеялись.

Смеялся и Савкин, и его дамы.

«Это не суд, это фарс, отвратительнее и бесстыжее лицедейство», — записала я на свой диктофон во время перерыва, чтобы хоть что-то сказать им в ответ. Ольга не пошла курить, чтобы не оставлять меня одну с Савкиным и его подругами.

Пока судьи хохотали за стенкой во время своего «совещания», мы с Ольгой никак не могли понять, неужели они не знают, что здесь, в зале суда, все слышно? Как звенят чашки, как лопнул и рассыпался пакет с сахаром, как одна из судей назвала пакет «долбаным», себя «косорукой», а меня... Ольга засмеялась и положила мне руку на плечо, когда все тот же бодрый голос, запинающийся на букве «с» и «ч», поинтересовался: «И тево ей надо, этой фтерве? Не зивется...»

Тем не менее, прохохотав минут десять, судьи, облизываясь и вытирая губы, вернулись со следующим заявлением: рассмотрение дела откладывается для выяснения некоторых обстоятельств, указанных в апелляционном заявлении адвоката Савельева. Игорь сумел-таки, пусть заочно, хотя бы приостановить решение Морозовой.

— Может, надо их пока выселить, с милицией, через прокуратуру? — спросила в раздумье Ольга, когда мы сели в машину. — Ведь решение суда не вступило в силу, раз подали на апелляцию.

— Надо бы, Ольга, конечно. Если бы я была в силах... Я боюсь. Боюсь потерять ребенка.

— Хочешь, я этим займусь?

— Спасибо, я подумаю.

— И, знаешь, Лена... — Она развернулась ко мне. — Переезжайте в мою квартиру. На время. Пока все как-то не утрясется. Зачем вам жить в съемной комнате? Это просто невозможно, для такой женщины...

— Ольга...

Я по-прежнему не хотела верить в то, что Ольга — просто неожиданный подарок судьбы в виде хорошей, надежной подруги. А что у меня попросят взамен? Не Ольга — те высшие силы, которые организовали это чудесное появление щедрой, доброй, терпеливой подруги из ниоткуда. Из темноты Новорижской трассы. Почему она ехала именно в то время, когда я чудом отвязалась от клоповских ментов — язык не поворачивается назвать их как-то иначе? Появилась подруга, готовая помогать, безответно любить, дружить, тратить свое время. А что отберут? Бесплатно я таких подарков от судьбы не жду.

— У меня две свободные комнаты. Меня почти не бывает дома... — тем временем продолжала она.

— Спасибо, Ольга. Ничего страшного. Всё это временно. У нас замечательная хозяйка. И вообще, яркие впечатления... Для избаловавшейся за последние два года Варьки это даже полезно.

— Ну ладно уж — полезно! Некоторых вещей в жизни можно и не знать, — она наконец тронулась с места. — Давай пообедаем где-нибудь?

— Не сегодня, хорошо? Варя одна сидит, ждет меня. Там у нее в доме ни девочек знакомых, никого...

Я была уверена, что Любовь Анатольевна встретила Варю у метро, а забрала ее наша бывшая няня тетя Маша и проводила до Водного стадиона. Но тратить деньги на ресторан, или, еще хуже — обедать за счет Ольги...

— Ладно, я отвезу тебя. Ты с работой никак не определилась? Хочешь, я помогу? У меня есть хорошая знакомая, подруга...

— Бывшая... — не удержалась я. Может, она так увлеченно дружит с новыми подругами, потом они становятся бывшими, но крепкие связи держатся, и так потихонечку образуется целая сеть из самодостаточных, сильных, помогающих друг другу женщин. Что-то мне это напоминает, какой-то американский фильм, что ли...

Ольга быстро взглянула на меня.

— Нет, почему... Не бывшая... Просто не очень близкая. Она в хорошем журнале работает главным редактором, к слову. Ты вообще сама-то чего хочешь?

— Знаешь, я тут сказку стала записывать, очень увлеклась.

— Дашь почитать?

Я пожала плечами.

— Почему нет? Вот, у меня, кстати, в сумке остался диск с рукописью, я хотела дать ее одному человеку...

— Женьке, что ли? — неожиданно спросила Ольга. — Ты ходила, кстати, на спектакль в воскресенье?

— Да... А откуда ты...?

— Знаю-знаю, — Ольга прищурилась и смотрела на дорогу. — Дай мне почитать. Я очень люблю детские сказки. Сразу скажу — мне понравится. А любому художнику это важно. Чтобы читатель заранее был в восторге, еще не открывая книжки, правда? Или зритель хлопал бы уже в метро, представляя себе, как Женечка сделает носом вот так... — Ольга смешно сморщила нос. Но на Женьку похожа не стала.

«Ты ревнуешь, Ольга, ты просто ревнуешь», — могла бы сказать я. Но это была бы не я. Это была бы мудрая и дерзкая.

Глава 14

Вечером я написала еще главку, придумала то, чего не было в устном варианте, прочитала Варьке. Ей, конечно, очень понравилось, «очень-очень!» И вдруг она сказала:

— Мам, а вот здорово бы было посмотреть это по телевизору! Представляешь, такой мультик...

— Мультфильм... — Я задумалась.

— Или даже не мультик, а лучше, чтобы они все были настоящими, так можно? Чтобы и сказочный лес, и пещера — всё настоящее... И Сонечка — настоящая девочка. Как я... — скромно потупилась Варька.

Я была уверена, что ни о каком кино она не мечтала. Просто, действительно, Сонечка — это плохая Варя. Про такую девочку, как Варя, писать не очень интересно — она умненькая, оригинальная, но уж слишком хорошая. У детей она вряд ли бы стала популярной. Лично моей Варе не хватает хулиганистости, которой хоть отбавляй в придуманной Сонечке.

— Да, может быть, Варюша. Только я не знаю, как это делается. Я имею в виду, как пишутся сценарии. Это же профессия, этому учатся.

Но Варька заронила мне такую соблазнительную идею... Я изо всех сил старалась не уснуть вместе с дочкой, все-таки уснула, но утром проснулась около шести, заставила себя встать, умыться и усесться за компьютер с чашкой некрепкого чая. Я попыталась записать первые сцены в виде диалогов, потом перечитала их тихо вслух. Нет, конечно. Сценарий же это — не просто запись по ролям. Что-то пришлось менять, добавлять. Но в общем...

Утром я Варе ничего не сказала, а когда привела ее из школы, покормила и показала в компьютере файл:

— Вот, смотри, по твоему совету начала писать сценарий.

Варя с удовольствием прослушала в сотый раз любимые начальные сцены и попросила:

— Мам, но только ты им скажи, чтобы гном был, знаешь, какой...

Я с интересом слушала, каким же должен быть гном, когда раздался звонок мобильного.

— Да, Ольга. Добрый вечер.

— Здравствуй, Лена, а почему ты все называешь меня Ольгой?

— А... как надо?

Она засмеялась.

— Почему «надо». Можно называть Олей... Ладно, не важно. Я позвонила, чтобы сказать — мне очень понравилась твоя сказка.

— Еще заранее, я помню.

— Нет, на самом деле понравилась. И я вот что тебе хотела предложить. Давай я нарисую иллюстрации, знаешь, как Сутеев сам к своим сказкам рисовал...

— Ага, или Сент-Экзюпери, — усмехнулась я.

— Да, или как Сент-Экзюпери. Если не ставить себе больших целей, то в принципе можно не ставить вообще никаких. Все равно ничего не получится. Не обижайся! Не обиделась?

— Нет.

Я знаю, что в Америке, где успех напрямую зависит от самоуверенности и саморекламы, меня не взяли бы даже пиццу разносить. Я бы споткнулась под первым же насмешливым взглядом. И уронила бы пиццу. Я не горжусь своей скромностью, но и не пытаюсь ее исправить.

— И ты скажешь, — настойчиво продолжила она, видя мое сомнение, — что это твои рисунки. И будет просто замечательно. Авторская сказка. И — сразу говорю — все гонорары твои.

— Да погоди, пожалуйста... какие гонорары... Во-первых, до этого еще далеко, надо, чтобы какое-то издательство взяло. А, во-вторых, я представляю, сколько могут заплатить...

— Думаю, за рисунки — больше, чем за буквы.

— Ольга, спасибо, это прекрасно, наверно... Я могу предложить их только как твои иллюстрации к моим сказкам. И... я хотела бы посмотреть рисунки...

— Ох, как я хорошо знаю этих тихушниц! — вздохнула Ольга.

— Я не тихушница, Ольга. Я могу даже и... и по морде дать, если что... И сдачи получить...

— Надеюсь не дожить до этого. Хорошо. Хочешь, сейчас привезу тебе рисунки? Это, конечно, небольшая часть, но, если тебе понравится, я сделаю остальные. И могу сама позвонить в издательство, где я раньше оформляла детские книжки. Это теперь один из самых больших издательских монстров.

— Позвони, пожалуйста, почему нет.

Ольга привезла рисунки. Мне они показались несколько слащавыми, Варька тоже неуверенно сказала:

— Красиво... Соня на мою Барби похожа, которой я голову от Русалки приделала...

Ольгина Сонечка действительно несколько смахивала на Барби с розовыми кудрями, а гном — на диснеевского Ворчуна из Белоснежки. Удивительно, как Варя сдержалась, чтобы не сказать при Ольге, она высказала это позже:

— Мам, но гном совсем на Женю не похож!

— А что, он должен быть похож на Женю? С чего это? Ты ведь совсем не так его описывала.

— Нет, мам, когда Женя делает вот так щеки и оттопыривает уши, и хитро улыбается...

Наша художественная дискуссия затянулась до самого сна, я с удовольствием обсуждала с Варей сказку и картинки, понимая при этом, что иллюстрации могут быть совсем другие. Мне бы хотелось чего-то более оригинального. Чтобы не было, как в середине дискуссии высказалась мой соавтор и вдохновитель Варя: «Немножко на фантики похоже...» Хотя и в этом что-то есть — принцип, по крайней мере. Сказка, проиллюстрированная конфетными фантиками. Чем не экспонат для биеннале современного искусства?

Ночью я опять проснулась, как будто меня толкнули. Я прислушалась — телефон не играл, Варя спала. Полежала-полежала и встала. Порой ночью у меня в голове начинают вертеться мысли, мешая мне спать. Тогда мне надо встать и просто записать их, чтобы они успокоились — что не потеряются. Так обычно и происходит. Но сейчас я села к столику, который служил нам одновременно и письменным, и туалетным, и чайно-кофейным, включила ноутбук, посмотрела минуты две на Варькину физиономию, служившую теперь мне заставкой, и взяла листочек, лежавший среди ее тетрадок.

Я нарисовала Варьку, только хулиганистую, с веселыми, не удрученными мамиными любовными фиаско глазками, с растрепанными волосами, в длинной ночной рубашке. А рядом с ней — существо, похожее на дачного гнома, дарившего Варе подарки в нашей прошлой жизни, и с лицом Жени Локтева. Я не настолько хорошо рисую, чтобы он действительно стал похож на Женю... Но вот такой нос... чуть в сторону... и уши, если их еще оттопырить, и изогнутый в хитроватой улыбке тонкий, чуть вдавленный рот... Так, а теперь если это все раскрасить, как это сделала бы Варя... Чуть неаккуратно, но очень стараясь, неумело смешивая краски... Так...

Я посмотрела на листочек, вырвала из ее тетрадки еще один и нарисовала растрепанную Соню-Варю среди кукол, когда Сонечка стала крохотной, ростом с куклу... Вот они, все любимые дочкины красавицы с голубыми и фиолетовыми очами, крошечными носиками и бесконечны-ми ногами. А вот и принц, любимец Вари и жених пооче-редно всех кукол... Такой вот монстроидальный фермер из Голливуда с чудовищными кулаками и небольшими глазками... и с улыбкой идиота... но доброго, очень доб-рого и доверчивого, Джона-дурачка... на длинных мощ-ных ногах, на которых можно примчаться на помощь в три прыжка... Кого-то он мне очень напоминает, и не аме-риканца вовсе... Ну и ладно. «Кто знает, из какого сора растут стихи, не ведая стыда...» И на кого на самом деле похожи чебурашки и винни-пухи... Вот так. Я раскраси-ла принца-фермера, стала рисовать третью картинку и по-чувствовала себя нехорошо. Сказки-сказками, но моему маленькому, крошечному ребенку надо, чтобы мама ино-гда давала ему покой. Я легла и сразу уснула.

Утром я проснулась от вопля:

— Мама! Мама! Ой, мама!

— Ты что, Варюша? Что? Что случилось? — я подско-чила на диване.

Варя стояла посреди комнаты, держа в обеих ручках мои раскрашенные листочки.

— Мама, это кто сделал? Это — он?

— Кто... Кто, Варюша? О ком ты?

— Это гном нам прислал, да? Почему ты не забрала его с дачи? А?

— Варюша, ну ты же помнишь, как все было... Не-сколько сумок пришлось оставить, я все не утащила, по-мнишь, какая там история была, ты заболела тогда, и Гри-ша полицию вызвал...

— Но ты бы Гнома взяла, а остальное бы бросила!

— Варюша... — Я погладила ее по голове. — Я взяла, что попалось под руку, я не знала, в каком точно пакете Гном. Попросишь у папы, он потом отдаст...

— Нет, — сказала Варька. — Не отдаст. Ему он еще пригодится...

— Не будем загадывать, Варюша.

Варька вздохнула, обняла меня покрепче.

— Мам, ну Сонечку я прямо так я и представляла... Только платье неправильное... Надо, чтобы цвета морской волны было... и принц страшноватый какой-то... Но гном какой получился! Мама, ты только посмотри!

— Тебе правда нравится, Варюша? — Я не знала, правильно ли поддерживать у семилетней девочки такую веру в чудеса. Или все-таки надо рационально объяснить появление рисунков.

Она еще поохала, поахала, рассматривая картинки, а за завтраком спросила:

— А мишку-Тишку ты нарисуешь?

Я внимательно посмотрела на Варю. Она как ни в чем не бывало наставительно продолжила:

— Не забудь, у него одно ухо клетчатое. А я могу раскрасить, хочешь?

— Конечно, малыш.

— Мам, мне кажется, когда ты меня называешь малышом на улице, всем так смешно... Ну какой я малыш?

Однажды, когда Варе было года три-четыре, я раскричалась на нее безо всякого весомого повода. Причина была у меня внутри, повод — тоже. Я даже толком не помню, из-за чего я кричала. Кажется, я ей читала, а она при этом поглядывала на включенный телевизор с новостями, куда поглядывала я... Варя тогда плакала, пыталась словами как-то меня остановить, чтобы я не орала, но чем больше она неумело, по-младенчески уговаривала меня («Неужели у меня никогда не будет доброй мамы?»), тем больше я распалялась. А потом вдруг она совсем расплакалась и стала приговаривать:

— И зачем я родилась? Не надо было мне родиться! Не надо было мне родиться!

Она произнесла эти слова несколько раз подряд, и с меня сошел этот ужасный морок — необъяснимое бешенство, в которое я иногда впадала, когда Варя была маленькой. Лучше бы я так кричала на Сашу Виноградова — тогда или сейчас, и он бы разрыдался, причитая: «И зачем я только родился?..»

Еще неделю я, точнее мы с Варей, увлеченно писали и раскрашивали картинки. Наконец настал день, когда пора было показывать кому-то книжку.

Что касается сценария, я писала его очень быстро, рано утром, пока спала Варя. Странно, раньше я всегда знала, что для меня часы пробуждения — совершенно непродуктивны в творческом плане. Но сейчас я использовала каждую минуту. Писался сценарий бойко, и это меня очень пугало. Не может быть, что это так просто. Правда, я и со статьями особо никогда не сидела, но здесь...

Я увлеченно строчила и даже подрисовывала картинки там, где я их четко видела. Сцена в комнате, сцена в пещере, в лесу... Мы перевезли от Токмачева большой компьютер и принтер со сканером. Теперь работа вообще закипела. Все свои первые картинки я отсканировала и сделала пробные иллюстрации.

Я все оттягивала день, когда надо было звонить в издательства. Сейчас начнут спрашивать: «А у вас есть публикации? А какие? Где? А вы раньше рисовали?» Редко случается, чтобы инженер-электрик рисовал лучше художника, а врач играл бы на гитаре лучше профессионального музыканта. Есть секреты профессии, достаточно нехитрые, которые проходят на первом-втором курсе института. А есть и хитрые, они открываются случайно, или с опытом, или не открываются вообще.

Два дня я обещала себе: «Вот сейчас, вот еще здесь подредактирую и — позвоню...» Причем я знала, что вряд ли мне скажут: «Привозите прямо сегодня!» Скорей всего у меня еще будет время и перечитать, и подрисовать. Куда девать сценарий, раздувающийся не по дням, а по часам, я даже не представляла. Зато очень хорошо представляла себе горы отпечатанных на бумаге и мегабайты присланных по электронной почте чужих сценариев и книжек, с рисунками и без, совершенно никому не нужных, которыми завалены все редакторские шкафы и компьютерные архивы...

Раза два мне звонила Ольга с предложениями познакомить меня со своими «подругами» в издательствах. Похоже, у нее везде были хорошие знакомые, причем только женщины. Ну точно масонский орден, только женский. Чем плохо? Не исключаю, что окажется: Ольга — один из главных масонов... Попадешь туда, и по-другому дорожки будут перед тобой раскатываться... Но как только я вспоминала уже известного мне «масона» Наталью Леонидовну из платной поликлиники на Старом Арбате, с ее цепким взглядом и сильными руками, от которых крепко пахло жимолостью, так сразу желание стать послушницей тайного ордена у меня пропадало, и я от Ольгиных заманчивых предложений отказывалась.

Наконец настал день — я решила, что лучше я уже ничего не сделаю, и пора самой звонить по издательствам. Утром, проводив Варю в школу, я в который раз спросила себя — а долго ли мы будем ездить в школу три остановки на метро, и, посоветовав самой себе набраться терпения и верить только в хорошее, я нашла в Интернете телефоны трех хороших детских издательств, книжки которых с удовольствием читает Варя. А в плохие посылать смысла нет.

Можно было, конечно, позвонить по знакомым... Кто-то из моих однокурсников работал в издательствах. Но этот путь мне казался совсем сомнительным. «А вы знаете, что Воскобойникова теперь сказки пишет?» — «Да? Ну и как?» — «Да никак!»

В первом издательстве, куда я позвонила, секретарь соединила меня с редактором, та, выслушав меня, спокойно и равнодушно ответила:

— Присылайте по электронной почте.

Я стала объяснять, что у меня рисунки, иллюстрации, она, не дослушав, повторила:

— Присылайте.

Под конец разговора я вспомнила: не сказала, что я — журналистка.

— Я забыла вам сказать, я раньше работала в ТАССе, закончила журфак МГУ...

— Да? Хорошо, — устало ответила редактор. — Если от этого ваши сказки больше понравятся детям...

— А вы будете давать их читать детям? — удивилась я.

— Всего доброго, позвоните через месяц, — ответила мне редактор.

«Надо же, какие идиоты только не звонят», — сказала она наверняка своим коллегам, положив трубку.

В двух других издательствах разговоры были еще короче. «Спасибо, да, присылайте, звоните через месяц-два». Я переслала свою книжку с картинками во все три издательства.

Теперь — сценарий. Я нашла в Интернете страницу с телефонами кинокомпаний. Невероятно, в Москве теперь больше ста различных кинокомпаний и киноконцернов. Я стала выбирать знакомые названия.

На киностудиях мое предложение прислать сценарий детского многосерийного фильма мало кого обрадовало. «Неактуально... неформатно... неконцептуально...» В двух кинокомпаниях мне сказали: «Почему нет? Присылайте». А в двадцатой, куда позвонила, решив — эта на сегодня последняя, мне ответил очень знакомый голос:

— Кинокомпания «Фонд-А» слушает.

Я представилась и даже не успела начать свой обычный рассказ об идее сценария, как человек воскликнул:

— Ленка! Ну и дела! Ты взялась за наше дело! Ну давай, давай, рассказывай.

Это был Ваня Карашевич, мы учились с ним в одной группе целых три курса. Как он попал в кино, я не стала спрашивать, тем более что Ваня оказался аж генеральным продюсером этой кинокомпании. Он с радостью предложил мне прислать сценарий целиком, хотя до этого мне советовали отсылать только краткое содержание с описанием концепции и пару серий.

— Ты будешь читать все сразу?

— Не я, нет! Редактор. Но я тоже посмотрю. Ты вообще как? Хочешь, подъезжай, поболтаем... Ну, или потом. Когда приедешь по делу. А ты что, закончила какие-то сценарные курсы?

Я растерялась.

— Нет...

— А... Ясно... Решила, как все сейчас, да? Ладно. Посмотрим, почитаем... Сейчас все стараются в кино попасть.

— Когда мне перезвонить?

— Да я сам тебе позвоню! Мне даже интересно. Надо же, идейная Воскобойникова сказки пишет. Я думал, ты в политику ушла. Где-то встречал, кажется, твои статьи про либералов...

— Может быть, Вань, хотя я все больше про артистов и музыку пишу.

Наконец и сценарий был послан в кинокомпании, туда, где согласились прочитать и дали электронный адрес. Желающих оказалось немного, вместе с Ваней Карашевичем — четыре.

Теперь оставалось ждать. Побольше гулять. Поменьше плакать. Сходить сдать анализы — раз в месяц надо было проверять — все ли хорошо у малыша и у меня. Но вторая беременность, конечно, так остро не переживается, как первая. Тогда я была просто главным человеком во Вселенной — для самой себя, разумеется. Я и мой малыш. А сейчас главным человеком оставалась Варя. К новому я относилась пока ревниво — иногда я ловила себя на мысли, что если бы не живот, я бы быстрее пробежала, опаздывая за Варей, или не ушла бы из-за духоты из кинотеатра, куда мы отправились, чтобы посмотреть полнометражный мультфильм, получивший Оскара. Или не рявкнула бы на нее, потому что мне тяжело долго ходить, долго сидеть, лежать на боку... В общем, пока будущий малыш кроме нежности вызывал у меня чувство вины по отношению к Варе.

Думать о том, что будет, если везде откажут, мне не хотелось. Но надо было. Я же должна была кормить Варю, должна отложить деньги, и немало, на то время, когда я вообще не смогу ничего делать. На Сашу Виноградова я рассчитывать не могла, как обычно. Он мог предложить нам с Варей полететь за границу летом — когда у меня будет уже срок шесть-семь месяцев... А мог вообще забыть что-либо предложить, даже денег. Это зависит от того, в какую игру он будет играть летом.

Я совсем этого не ожидала, но сказка меня не отпускала. Я ходила, маялась-маялась и стала писать дальше, параллельно сочиняя и сценарный вариант. У меня было два мощных стимула: я надеялась хоть как-то заработать на этом деньги и второе — может быть, и главное, — так радовалась Варя, так смеялась, хлопала в ладоши и так искренне переживала, когда герои попадали в непредвиденную беду, за то время, пока она утром была в школе... И мы вместе вечером решали, а как же им быть? Как выпутываться из совершенно безвыходного положения? Иногда Варька предлагала мне чудесные, наивные, неожиданные ходы, которые могли родиться только в светлом, чистом сознании семилетней девочки...

Почему Гном не понял, что ворона его обманывала? А Соня сразу поняла? Потому что у вороны глаза были разные: один глаз — честный, а второй — хитрый. К Гному она все время хорошим глазом поворачивалась, а к Соне — лживым. Вот Сонечка и поняла...

Я с радостью записывала, а Варька была счастлива.

Я сходила в консультацию, сдала анализы, взвесилась. Всё было вполне в норме.

Мы перезванивались с Игорем, он всячески пытался подготовиться к будущему заседанию. Мне звонил Токмачев, рассказал, что к Савкину несколько раз уже наведывалась милиция, вызывали соседи, — так они там веселились и дрались. Игорь выяснил, что квартиру свою в Электростали они на самом деле продали. Скорей всего, Гарик проиграл ее в карты. Стоила она две копейки — по сравнению с моей, но все же ближайшее Подмосковье. Игорь не терял надежды и обещал найти большую комнату в коммунальной квартире где-нибудь в Ногинске или Можайске, куда бы можно было их выселить. Эльвира, как я и предполагала, имела судимость — за кражу.

Я старалась не загадывать далеко в будущее, не думать, а как же мы станем жить через полгода. В моей ситуации это было бы бессмысленное самоистязание. Я знала, мне придется что-то менять, что-то делать, иначе мои дети будут страдать. Что — точно не знала. Я решила дождаться результатов с книжкой и со сценарием. Если ничего не получится, в конце концов, я могла бы преподавать английский.

Для начала я хотела удостовериться, что не забыла язык, на котором я свободно изъяснялась и писала после Университета. Я подумала, не настало ли время перевести одну изумительную статью, которую я когда-то почитала в журнале «Comme Il Faut», издававшемся на английском языке. Журнал я взяла бесплатно в каком-то ресторане лет семь назад, пролистала его и статью прочитала тогда же, а помнила по сей день.

Статья называлась «The Grass Is Greener», дословно — «Трава зеленее». Мне сразу показалось — как интересно это было бы прочитать нашим женщинам, опубликовать бы ее на русском языке. В статье живо, с замечательным юмором и знанием предмета описывались впечатления автора от встреч с американскими и русскими мужчинами, слабости и неотразимые стороны тех и других. Самым прелестным в статье были философские обобщения, до которых я, например, еще не доходила, мне лично не хватило бы опыта и широты охвата предмета.

Автором оказалась американская журналистка и писательница, с французским именем Кристин Дюфаль, живущая в Москве. Я начала переводить статью, одновременно думая, как же мне найти саму Кристин, получить разрешение на перевод.

Я обзвонила своих знакомых, работающих в разных журналах — по такому поводу звонить не стыдно. Мне же не приходилось объяснять, зачем, собственно, я ищу ее. Один мой бывший коллега из ТАССа, тоже ушедший «на вольные хлеба», не только дал мне ее электронный адрес, но заодно предложил помочь ему быстро закончить большой заказной материал о новом музыкальном театре, за который он взялся исключительно из жадности и теперь не успевал сделать полноценную статью к сроку. Мне он пообещал двадцать пять процентов гонорара, что для меня было совсем неплохо.

Я с удовольствием взялась за дело, прочитала все, что он мне послал, созвонилась с режиссером этого театра, договорилась о встрече. Пришлось посмотреть два спектакля, остальное я нашла в Интернете. На спектакли мы ходили вместе с Варей, вместе зевали и вместе смеялись.

— Не забудь написать, что сначала было ужасно скучно, а потом — ну просто очень смешно! И что толстый певец очень хорошо пел, у меня даже вот здесь что-то дрожало, и что было слышно, как он пел за кулисами, — посоветовала мне Варька, — как будто говорил «Ой-ёй-ёй!».

С ее слов я и начала статью, тем более что жанр журнала позволял некоторую вольность интонации. Моему товарищу то, что я написала, не очень понравилось, а редактору журнала — очень, поэтому статья так и вышла, наполненная нашими с Варей смешками и восхищением.

Кристин Дюфаль ответила мне сразу. Она согласилась на перевод статьи и даже предложила журнал, где можно опубликовать наш совместный труд. Я сделала перевод за два дня, переслала ей, она дописала туда еще несколько абзацев на очень трогательном русском языке, заканчивавшиеся так:

«Похоже, что «Давай поговорим о нас с тобой» — это самые устрашающие слова в русском языке. Как только русский мужчина их слышит, он поворачивается хвостиком, и вы не успеваете договорить «о нас...» — как закрываются двери лифта, и он уже в Твери».

Мы пытались с ней найти русский эквивалент названию, взятому из английской поговорки «The grass is always greener over the fence» — «По другую сторону забора трава всегда зеленее». Мне пришла в голову хорошая фраза Аркадия Давидовича «В соседней камере всегда свободнее». Кристин смеялась, но не согласилась. Пришлось остановиться на поговорке «Чужой пирог всегда слаще», из которой мы сделали «А чужое — слаще», в таком виде и предложили журналу. Они, имея в виду специфику своего журнала, предназначенного, вероятно, для легкого и необязательного чтения в коттедже после тяжелого обеда, тоже чуть переделали. Получилось пошло и скабрезно.

Кристин очень протестовала, но название осталось вульгарным и манким. Я себе сказала: в конце концов, перевод — даже не соавторство. Договор мы ездили подписывать по отдельности, и лишь после этого договорились поужинать и, наконец, познакомиться.

Я с ужасом шла на встречу с американкой, опасаясь двух вещей. Во-первых, одно дело переписываться по Интернету и даже кратко говорить по телефону по делу. А вот окажусь ли я на высоте с устным английским при личной встрече? Ведь вроде как подразумевается, что если я берусь переводить, то и беседу свободно поддержать сумею. Сейчас как она начнет шутить, сыпать американским сленгом и неологизмами... Я и в русском-то не всегда успеваю за новой жизнью. Когда Нелькин девятилетний сын недавно сказала пренебрежительно: «Да у них черепа невзрослые!», я, честное слово, просто не поняла. А означало это, оказывается, — «У них родители не серьезные, легкомысленные, не страшные».

Второе, чего я боялась — понятно: потратить весь наш с Варей месячный бюджет. Но не познакомиться с Кристин я уже не могла. Варя пошла со мной, и я предупредила ее:

— Ничего лишнего в ресторане не заказывай, ясно? А то будем весь месяц есть макароны с хлебом.

— Ура! — ответила мне Варя, чье любимое блюдо — вермишель и булка с маслом.

Однажды я в отчаянии предложила Варьке, с тоской ковырявшей в тарелке остывшую еду:

— Давай я тебе пирожков, что ли, испеку, а?

— Давай! — с радостью согласилась Варя.

— А с чем ты хочешь?

— С вермишелькой, — ответила, не задумываясь, Варя.

Теоретически можно было пойти в ресторан к Жене. Но он все это время не звонил. И мне самой звонить было неудобно. Этот его Гусев с букетом... И я еще звоню: «Можно мы к тебе придем, поедим бесплатно? А целоваться мы и сами не очень хотим...»

С Кристин мы договорились встретиться на Тверской, в самом начале бульвара.

— Какая у тебя машина? — спросила Кристин.

— Мы на метро, — ответила я.

Сейчас она спросит: «У тебя проблемы со зрением?» А какая еще может быть причина, по нынешним мировым стандартам, чтобы почти в сорок лет, всю жизнь работая, не иметь машины?

«Нет, у меня проблемы с головой», — отвечу я. Но Кристин, живущая не первый год в Москве, ничего не спросила.

— Ты нас узнаешь. Я — довольно высокая шатенка с длинными волосами, и у меня очень красивая дочка.

* * *

— Почему ты не сказала, что ты — красивая шатенка? И больше выглядишь как блондинка? — спросила по-русски, улыбаясь, очаровательная Кристин, подходя к нам.

Я пожала плечами и протянула ей руку. Вот потому я, наверно, и одна, что никогда так о себе не говорю и не думаю.

— Ты хорошо говоришь по-русски, — вместо ответа сказала я. — Я не ожидала.

— Да, — сказала Варя. — Лучше, чем некоторые наши мальчики.

Кристин засмеялась, а Варя последовала моему примеру, смело протянула ручку американке. Варька с восхищением разглядывала воротник на короткой кожаной курточке Кристин — из меха неизвестного мне зверька, крашенного в самые разные цвета. Оранжевые, зеленые, ярко-голубые, розовые... Было такое ощущение, что Кристин выглядывает из разноцветной травки. И улыбается хорошей улыбкой женщины, у которой наверняка тоже все в жизни было — и свадьба, и развод, или хотя бы измены. Но она почему-то улыбается — так, словно просто счастлива нас видеть, а я...

Я тоже улыбнулась.

— Это моя дочь прислала мне из Калифорнии, она сама делает такие штуки... — Кристин погладила мех.

— Какой это зверь? — поинтересовалась я.

— Что ты! — замахала руками истинная американка. — Искусственный!

Я пригляделась. Да и кожа-то не кожа, обыкновенная ткань. Но как красиво — произведение прикладного искусства, да и только.

Кристин предложила далеко не ходить:

— Здесь есть через бульвар ресторан «Кафе Пушкинъ», вкусный и стильный!

Я выразительно посмотрела на Варю. Мы как-то раз ужинали с Сашей Виноградовым в этом «стильном кафе-ресторане».

Мы сели на первом этаже, отделанном под старинную аптеку, если подняться выше, там можно отобедать в одном из двух разных залов «библиотеки». Кристин тоже здесь бывала, она сразу заказала себе привычные блюда, а я полистала меню, с ужасом понимая — то, что даже в компании с Сашей показалось мне дорогим, на самом деле просто ненормально дорого. Куриная лапша за тысячу двести рублей... Стараясь, чтобы муки моего нищенского положения никак не отражались на лице, я заказала себе салат, а Варе — горячую шарлотку и мороженое.

За стойкой, вполоборота к нам, стоял человек в плаще, похожем на крылатку. Варя первая обратила на него внимание. Наученная с малолетства тихо сидеть на моих интервью и не встревать, когда я беседую со взрослыми, Варя дождалась, пока мы с Кристин обсудим еще раз название, и спросила:

— Мам, а почему он не снимает плащ?

— Не знаю, дочка.

Мужчина повернулся, и мы увидели, что под распахнутым плащом у него и соответствующая одежда — белая блуза с пышным воротником, подвязанным лиловым платком.

— Дочка, это, кажется, костюм такой. Он здесь работает. Только непонятно кем...

Мужчина посмотрел на нас, и я поняла, что знаю его и очень хорошо. Это был дядя Стасик, Станислав Игоревич, мой преподаватель марксизма-ленинизма с журфака. Мы-то звали его Стасиком, а «дядей» стали называть после того, как однажды на экзамен одна наша студентка, тоже Лена, пришла с пятилетней дочкой, которую не с кем было оставить. Я не знаю, Лена ли подговорила дочку, или она сама сообразила, но девочка постучалась в аудиторию, где несчастная мама в четвертый раз сдавала упертому Стасику экзамен, и сказала:

— Дядя Стасик, поставьте, пожалуйста, маме четверку, а то она меня убьет. Это я ей не даю заниматься. У меня уши болят.

Лена поднялась с места, вся красная от ярости, замахала на дочку и беззвучно закричала. По губам можно было понять, что именно она кричала. Бедная девочка мгновенно заплакала, а Лена еще и страшно замахала на нее руками, не сходя при этом с места. Стасик неожиданно рассмеялся и позвал девочку:

— Заходи, заходи!

Но она, пятясь, закрыла за собой дверь.

Стасик позвал Лену отвечать, хотя я точно видела, что она еще ничего не списала.

— Идите, Коростылева, идите, поговорим!

Он долго мучил ее, красивая тонконогая Лена Коростылева плохо училась по всем предметам, а уж философию марксизма-ленинизма сдать могла только чудом. Но дядя Стасик поставил ей четверку и спросил:

— А кто папа вашей очаровательной девочки?

— Хрен в пальто! — ответила счастливая Ленка. — Чтоб я сейчас тут за четверку давилась, если б какой папа был! Всё! Живем! Стипуха в кармане!

Это был последний экзамен, остальные Ленка благополучно списала на четверки. И сейчас надо было соответственно получить не ниже четверки, чтобы следующие полгода Ленке платили стипендию ни за что — просто за то, что Ленка ходит иногда на лекции и семинары, несмотря на тяготы своей личной жизни.

Именно дядя Стасик стоял сейчас напротив нас в ресторане и смотрел на меня, тоже, видимо, вспоминая. Я извинилась перед Кристин и пошла к нему.

Уже приблизившись, когда разворачиваться было поздно, я поняла, что, наверно, не надо было этого делать. Мне стало ужасно неловко, и я сделала вид, что рассматриваю бутылки над стойкой. Я отвернулась и чуть отошла в сторону, намереваясь потихоньку вернуться к своему столику, а дядя Стасик слегка поклонился и дотронулся до моего локтя:

— Здравствуйте, Лена... м-м... Воскобойникова, так ведь? Я вас узнал. Не смущайтесь.

— Здравствуйте, Станислав Игоревич... Смотрите, вон моя дочка сидит.

— Красивая... А я вот видите, работаю здесь... — он улыбнулся, — аптекарем...

Я не могла удержать естественного любопытства, раз уж он сам сказал.

— И... что вам приходится делать?

— Носить костюм, разговаривать с посетителями, создавать антураж... Простите, — он увидел, как кто-то из сидящих за столиками помахал ему рукой. — Я еще подойду к вам. Приятного вечера!

Мне было страшно неловко, я кляла себя за журналистское нахальство. Вернувшись к столику, я услышала, как говорит Варя:

— Потому что все ему сказали: «Она тебе — не пара!»

— Вы о ком?

— Это обсуждение сказки «Дюймовочка», — ответила мне Кристин. — Перебираем все ее женихи. Сначала был жаб, да, правильно? Так сказать надо? Жаб, потом жук, еще старый крот и...

— Эльфов! — радостно воскликнула Варя.

Она как запомнила в три года, что в конце Дюймовочку встречает король эльфов, так и считала, что «эльфов» — это фамилия, вроде Петров, Иванов.

С большим энтузиазмом Кристин поддержала мою идею о многосерийном фильме для детей с участием кукольного гнома.

— Тебе надо искать деньги, — решительно заявила американка.

— А я думала — надо найти продюсера, которому понравится сценарий...

— Это само собой. Но если бы ты нашла деньги, даже только часть, ты бы могла по-другому разговаривать с теми, кто будет делать фильм. Поверь мне, я знаю это очень хорошо. У меня есть опыт.

Я мгновенно представила себя, с растущим животом, в роли просительницы и покачала головой.

— Клянчить...

Кристин подняла рыжеватые брови:

— Не помню слово. Кляча — это, кажется, старая лошадь?

Я засмеялась. Иностранцы и дети — вот у кого надо учиться слышать собственный язык.

— Немножко не то. Это «to beg» — просить очень, умолять.

— Не надо умолять. Кля-н-чить, правильно? Не надо клянчить. У меня есть визитка... — Она порылась в продолговатом кошельке, сшитом как будто из очень потрепанной, заплесневелой замши. — Смотри. Есть один человек, он любит original projects, you know. Нестандартные проекты. Поговори с ним. Может быть, он поможет.

Я взяла красивую черную визитку, на которой поблескивали выпуклые, словно медные буквы. Я сосредоточенно перечитала несколько строчек, набранные изящным готическим шрифтом.

— А ты знаешь, что этот человек кому-то дал денег?

— Actually I know him rather well, — усмехнулась Кристин. — На самом деле я его хорошо знаю.

Я пригляделась. Очень симпатичная женщина, лет тридцати семи — сорока двух, точно непонятно. На левой руке нет обручального кольца, и на правой тоже. Хорошая фигурка, невысокая, милое чистое лицо. На женских лицах не так явно отпечатываются следы порока, как на мужских, а вот глаза... Я взглянула ей в глаза уже по-другому. Пожалуй, знать она знает все, или очень многое, а вот делает ли это регулярно, с удовольствием и со многими мужчинами, что и есть, вероятно, порок, — этого я бы по глазам не сказала. Хотя какой я первоклассный психолог — понятно по моей собственной жизни.

— Something wrong? Что-то не так? — спросила Кристин и провела рукой по лицу, как будто снимая что-то. Это я так усердно ее рассматривала, пытаясь залезть вглубь, что она ощутила это физически, как прикосновение. Знакомое ощущение.

Редкий случай, когда я жалела, что взяла с собой Варю. Я покрутила головой в надежде увидеть дядю Стасика и попросить его занять на некоторое время Варю — сводить показать верхние этажи, к примеру. Он стоял возле чьего-то столика и, оживленно жестикулируя, говорил. Может, напоминал солидным людям, пришедшим покушать золотой лапшички и грибной солянки, азы марксизма-ленинизма? Хотя вряд ли. Я вздохнула. Придется околотками.

— Он давал тебе денег на фильмы? — спросила я, как будто не услышала подтекста в ее усмешке.

— Нет. Почему? Мои фильмы снимались в Америке. Я знаю его лично. Ты тоже?

— Немного, знакомая фамилия...

— Я познакомила его с одним вашим режиссером, и он дал очень хорошие деньги на фильм, почти на весь проект.

Кристин напряглась, настаивать и расспрашивать вокруг да около смысла не было. Разведчик из меня никакой, это ясно.

— Кристин, я тебя не очень хорошо знаю...

— Да, правильно, — она улыбнулась.

Удивительная манера, национальная, новой, недавно родившейся нации — сопровождать беседу улыбками, никак не относящимися ни к содержанию, ни к чувствам, которые возникают от произнесенных слов. Откуда это у американцев? От японцев, которые по правилам этикета улыбаются и улыбаются? Но где Япония, а где Америка... Очень сбивают эти ненужные улыбки. Зачем она сейчас улыбается?

— А насколько близко ты его знаешь? — я постучала ногтем по визитке, лежащей передо мной на столе.

— Мы общались полтора года, we're having dates, у нас были встречи, часто. Но я прекратила это, потому что мой жених приехал из Америки работать в посольстве, — с совершенно обезоруживающим, медицинским холодком ответила Кристин и — понятное дело — улыбнулась.

— Саша — мой муж, бывший, — сказала я и посмотрела на Варьку. Она промолчала.

— Прости, я не знала... А... — она посмотрела на меня, на визитку и опять на меня. — Так это же хорошо. Вы развелись? Он может тебе помочь? Или вы развелись плохо?

— Мы развелись плохо, Кристин, и денег никаких я у него не взяла бы, даже если бы он привез их в большом мешке и положил под дверь.

— Это смешно. Это по-русски, да? — сказала Кристин и засмеялась.

А я думала — спросить или не спросить, давно ли были эти полтора года, когда они, как она выразилась, «were having dates», — когда у них «были встречи». Вместо этого я уточнила:

— Мы развелись только что.

И она пояснила:

— У нас это было давно. Еще... два года назад.

Интересное чувство, когда сидишь рядом с женщиной, которую в одно и то же время с тобой целовал, обнимал твой муж или любимый. Или любимый муж... Вот они, эти губы, эта шея, эти пальцы... Я отвернулась.

— Я не знала, что он занимается благотворительностью. Поддерживает искусство... бред какой-то.

— Но он же богатый человек, банкир... Ты тоже, значит, богатая женщина... Какие же у тебя проблемы тогда?

— Кристин, наш брак... был гражданским... то есть незарегистрированным. Варя — дочь твоего... приятеля. Ей он дал фамилию, больше ничего.

Она почувствовала мое отчуждение.

— Не стоит ревновать, Лена. Я не знала, что у Александра есть еще женщина, жена... Для меня это тоже сюрприз. Но ты скажи, как это — только дал фамилию? Не понимаю ваших законов. Разве у тебя не было никакого договора с ним, никаких финансовых обязательств? На себя, на ребенка?

Я покачала головой.

— У меня была лирика, романтика... надежды... Была и есть дочь. Остального больше нет. Нет даже квартиры. Хотя он здесь ни при чем.

— Послушай, Лена, тебе надо познакомиться с женщинами из Российского общества феминисток... — Она достала телефон и стала, видимо, искать номер.

— Кристин, я все-таки больше люблю мужчин.

— Я тоже! Почему? Это не значит, что там все... такие... с проблемами...— Она посмотрела на Варю, рисующую на салфетке карандашиком, который она нашла, наверно, у себя в сумочке. — Просто надо бороться за свои права...

Я не хотела продолжать спор. Взяла телефон активисток-феминисток, не уверенная, что среди них не окажется Натальи Леонидовны или самой Ольги, а также телефоны незнакомых банкиров, которые могли бы дать мне денег на сказку... И мне стало грустно-грустно. Я смотрела на Кристин и понимала, что вот какой надо быть — не лирическим тормозом, двести раз обдумывающим моральные стороны каждого несделанного шага, а уверенным, не сомневающимся в своем праве на теплое, удобное место в этой жизни бульдозером. Изящным, тоненьким, ловко накрашенным, хорошо постриженным, надушенным духами с молекулами животных феромонов и имеющим встречи с теми мужчинами, которые в данный момент ему — нежному, сильному, хорошо смазанному бульдозеру — со всех сторон симпатичны.

Мы распрощались тепло, даже пожали руки друг другу. Я была уверена, что пути наши больше не пересекутся. Разве что Саша пригласит нас обеих в ресторан для укрепления российско-американской дружбы на сексуальном уровне...

А интересно, он предлагал ей, как мне напоследок, — втроем?

— Хм! — пренебрежительно хмыкнула бы Фанни Ардан, родившая троих детей от разных мужчин вне брака.

— Дерьма-то! — засмеялась бы моя бабушка, родившая троих детей в двух крепких браках и относившаяся к мужчинам, к их приходам-уходам, из ее жизни и из жизни вообще, — весело и легко.

А я? Я-то почему такая...

Глава 15

Малыш мой постепенно рос, а с ним и живот — как-никак все-таки шел пятый месяц. Я начала по утрам катать спиной мячик по стенке. Варька, первый раз увидев, так смеялась, что стала икать. А потом попросила и ей купить мячик, и теперь мы катали мячики вместе.

Через три недели после того, как я послала рукопись сказки, позвонили из одного издательства. И предложили опубликовать книжку. Денег обещали еще меньше, чем я думала. На эти деньги мы проживем, туго подвязав пояски, месяца полтора. Но зато похвалили рисунки. И поинтересовались — не собираюсь ли я писать продолжение.

Я страшно обрадовалась звонку и решила, что перед тем как ехать подписывать договор, надо проверить, что скажут в других двух. Во втором редактор, читавшая мою сказку, болела, а в издательстве «Эльбрус» молодой человек энергично стал приглашать меня приехать, уверяя, что сам собирался мне звонить и назначать встречу с заместителем главного редактора.

Я хорошо знаю цену встречам с начальством — как правило, ничего приятного это не предвещает. Лучше попадать в текучку — написал, напечатали, получил гонорар и контрольный экземпляр. Так, по крайней мере, всегда бывало в журналах. Разговоры с главными и полуглавными необходимы, если они хотят так или иначе

вмешаться в то, что ты пишешь. Но молодой человек, услышав сомнение в моем голосе, успокоил:

— Мне просили вам заранее не говорить. Но у нас идет
конкурс, и вы попали в номинацию «Кольца Альмазора».
Вы, можно сказать, первая и единственная. Наш главный
хочет издать вас очень большим тиражом. Но вы понимаете, это так просто не делается. Нужно все обговорить —
деньги немалые.

О, господи! Я ведь даже не надеялась на подобный успех. Конкурс, номинация, тираж... Деньги...

— А каким тиражом, не скажете?

— Не меньше ста тысяч.

— Нового автора? Разве так бывает?

— Елена, вы приезжайте, это уже не со мной надо говорить.

Варька ни в какую не хотела оставаться с милейшей Любовью Анатольевной. Мне казалось, она боится ее заикания.
Когда наша хозяйка запиналась на первой букве первого
слова, которое она собиралась с утра сказать, Варя как-то
съеживалась и старалась на нее не смотреть. Дети обычно,
наоборот, излишне нескромны и любопытны, сталкиваясь
с любым физическим или психическим отклонением, а
Варька, видимо, просто боялась. Пришлось ехать вместе.

Заместитель главного оказался молодым, отчаянно
нервным человеком, кудлатым, в больших круглых очках.
Вместе с ним меня встретила некая писательница Олейникова, которая очень удивилась, услышав, что я, к сожалению, не читала ее произведений в литературных журналах и сборниках.

Мы сели за длинный стол, занимающий почти весь кабинет — он мне напомнил стол для летучек в моем первом журнале. Где бы ты ни сел, если откинуться на стуле — обязательно стукнешься об стенку. Варька так и сделала. Она раз стукнулась об стенку, два, после чего и так
не очень довольный моим детским садом зам. главного
посмотрел на Варьку долгим взглядом, и она притихла.

— Вот что мы вам скажем, Елена... — он достал листочек из папки. — Вернее, мы вам ничего не скажем, вы сами прочитайте.

— Давайте, — улыбнулась я и взяла листочек.

«Детская повесть Елены Воскобойниковой скучна и затянута... Главная героиня слишком капризна и груба...»

Я подняла глаза на зам. главного. Он сидел напротив меня, подперев руками подбородок, и внимательно смотрел на меня. Писательница села чуть поодаль и тоже спокойно ждала, пока я прочту.

— Читайте, читайте, — кивнул зам. главного.

«Коллизии претенциозны... Гном напоминает домового... Главу в пещере еле дочитала до конца... События в лесу испугают ребенка... Язык автора изобилует сложными определениями, непонятными ребенку... Неясно, где происходит действие — в России или где-то еще...»

— Действие происходит в России и в волшебной стране, — ответила я вслух и положила перед собой листочек.

— Вы не дочитали, — заметил зам. главного. — Прочтите до конца.

Я пробежала глазами еще полтора листа и прочла две последние фразы:

«Своему внуку я читать бы это не стала, но предполагаю, что найдутся родители, которые сделают это с удовольствием. Может быть, сказку станут читать школьники».

— Ты идиот? — спросила бы кудлатого зам. главного Фанни Ардан, получающая по пять миллионов евро за каждый фильм, потому что людям приятно смотреть на гордую женщину, которую невозможно сломать — ничем!

— А кто это написал? — спросила я.

— У нас такая система: существует читательская группа, которая дает отзывы на все книги, попавшие на наш конкурс. Конкретно вашу сказку читала... сейчас вам скажу... Зоя Александровна Тимофеева, врач-педиатр, пятидесяти шести лет, живет в Перми.

— В Перми?

— Ну да. Под Пермью, если точнее. В небольшом районном центре. Она наша активистка, мы даже помогли ей обзавестись Интернетом.

— Хорошо. А зачем вы тогда меня позвали, если все плохо?

Я посмотрела на Варю. Как же она сейчас расстроится! Ехали сюда за призами, а получили очередной пендель.

— Вот еще посмотрите, — он протянул мне лист бумаги, на котором было написано:

«Американская Академия Литературы и Искусства
Как писать детский роман
Разработка научно-исследовательской группы
под руководством профессора Хью Доуэна

В первой главе должны быть четко определены...
Основная коллизия должны быть ясна не позднее третьей главы...
Все главные герои должны появиться к пятой главе...
Размер главы не должен превышать 6,327 знаков, что составляет 0,16 авторского листа...
Количество глав не должно превышать восемнадцати...
Конфликт должен быть... Развязка должна быть... Мораль должна быть...»

— Что-то не так? — спросил зам. главного.

— Кто-то смог написать по этой разработке хорошую книгу?

— Не просто хорошую — бестселлер, — подтвердил зам. главного. — И не один. Люди учатся, как писать, потом пишут по правилам, разработанным научно. И результат — колоссальный успех. Америка умеет писать книги, снимать фильмы...

— И готовить гамбургеры, — вздохнула я. — Другая планета. Ладно, — вздохнула я. — Но пока мы не в Америке, что вы лично мне предлагаете?

— А вот это другой разговор! — обрадовался молодой человек, чем-то мне напомнивший нашего домашнего компьютерного гения, сидящего сейчас в гипсе. — Аллочка, пожалуйста, ваш выход.

Аллочка Олейникова, сразу мне понравившаяся своими грустными глазами, поправила немодные очки, переплела тонкие пальцы, положила руки перед собой на стол и начала. Она рассказала, что получила в общей сложности семнадцать премий за свои романы. Что публикуется в журналах двадцать один год, с шестнадцати лет. Что ее книжки раскупают сразу, может быть, поэтому я и не знаю ее фамилии. Что когда ей сказали, что роман «Стрекоза» надо переписать, она его переписала. И переписывала двенадцать раз, как Лев Николаевич Толстой.

— Но Толстой-то, кажется, сам переписывал, никто ему ничего не говорил.

— Лена, послушайте меня, — Аллочка взглянула на меня неестественно огромными, увеличенными в плюсовых линзах глазами. — Вы ведь не новичок в литературе. Правда?

— Правда.

— Вот смотрите. Сейчас вы... м-м-м... пописываете, и вас, соответственно — почитывают. А мы, — она посмотрела на зам. главного, — можем сделать так, что вы будете писать, и вас будут читать.

— Так вообще о чем речь, если все так плохо? — я кивнула на отзыв педиатра.

— Ну зачем же так? — улыбнулся зам. главного. — Вовсе не плохо. Есть и другие отзывы. Вам же сказали по телефону — вы *наш* автор. В такой номинации — «детская сказочная повесть» вы у нас вообще одна достойная номинантка. Так что — теперь дело за вами. Просто нужно поработать. Улучшить кое-что, довести до мировых стандартов. Вы согласны работать над своей повестью?

Я растерялась.

— Ну... согласна, наверно... Вообще-то она уже написана...

— Так, тогда конкретно. Аллочка, пожалуйста.

— Мы предлагаем вам: первое — дописать повесть, она коротковата; второе — ввести еще двух героев — космических пиратов, которые и будут внятными отрицательными персонажами...

— Как у Кира Булычева, что ли? Крыс и Весельчак У? Аллочка и зам. главного переглянулись.

— К сожалению, Игорь Всеволодович Можейко, то есть Кир Булычев, уже ничего не напишет, а сказки его несколько устарели для современных детей, — ответил мне зам. главного.

Я взглянула на Варю, с ужасом смотревшую на разглагольствовавшего зам. главного. Она же только что с неописуемым восторгом прочла «День рождения Алисы», книжку увлекательнейшую, теплую и, с моей точки зрения, вечную.

— Кир Булычев не устарел, — сказала я, больше для Вари, чем для своих интересных собеседников. — Он не может устареть. Это классика, современная классика. Его читали и читают. Он...

— Хорошо, — кивнул зам. главного. — Давайте о вас. Ваша главная героиня. Что за имя — Соня? Ни туда ни сюда. Она кто — русская? Еврейка? Непонятно.

— А надо, чтобы...? — попыталась вмешаться я.

— А как вы думаете? Конечно. Определенность — сестра таланта, — пожал плечами зам. главного.

— Да? Еще одна?— несколько удивилась я.

— Да. И далее...

— А пусть она будет негритянкой, — вдруг предложила Олейникова. Я засмеялась, а та нахмурилась. — Или мулаткой... Это будет совершенно неожиданно и очень трогательно. Они такие отчужденные, эти дети Африки в России...

— Может, лучше тогда эскимоской? — вздохнула я. — Что уж там... Эскимоска с афрорусскими корнями... Праправнучка Пушкина, но не совсем. Оригинально, неизбито.

— Авторы часто с излишним трепетом относятся к своим словам и первоначальным замыслам, — дружелюбно заметил зам. главного, всячески подмигивая и мне, и Аллочке.

— Итак. Дальше. Нужны еще линии. Например, пираты похищают Сонечку... — холодно продолжила Аллочка, явно задетая моим выпадом.

— Может, Гном сам оказывается пиратом? — вмешался зам. главного. — Он-то всё это и спланировал...

— Да, но только это пусть выяснится не сразу... Можно дать сцену, где...

Я молча смотрела и слушала, как они обсуждают план моей книжки, и понимала, что бестселлера, наверное, мне не написать.

— Я подумаю, спасибо, — ответила я и встала.

— К началу июня дайте нам ответ, — сказала Аллочка.

— План, — поправил ее зам. главного.

— План мы можем обсудить вместе, — Аллочка смотрела на меня с сожалением.

То, что она не феминистка, было понятно. Так же как и то, что я, кажется, не поспеваю за новой жизнью.

Придя домой, я позвонила в первое издательство, «Глобус», и сказала, что согласна на все их условия. Условия были просты — я отдавала издательству права на рукопись и на рисунки сроком на три года и получала небольшой процент с публикации. Первый тираж пообещали три тысячи экземпляров, а дальше будет понятно, читают ли дети мои книжки.

Через пару дней позвонила редактор и из третьего издательства, предложив то же, что и в «Глобусе». Я поблагодарила, сказав, что уже пристроила книжку. Тогда она попросила прислать меня остальные сказки.

— А у меня только одна... — растерялась и обрадовалась я.

— Жаль. Пишите и присылайте. Мне очень понравилась ваша повесть, и рисунки замечательные.

Я даже пожалела, что уже подписала договор с «Глобусом», где со мной разговаривали через губу, и где меня не оставляло ощущение, что я пришла просить денег в долг, заранее предупредив, что долги не возвращаю. Но менять я ничего не стала и решила, что издательский монстр «Глобус» в любом случае — некая гарантия качества полиграфии, редактуры и своевременной оплаты. И я не ошиблась.

Книжка вышла быстро, денег мне заплатили мало, как и обещали, но это все уже было через два месяца, и к тому времени с финансами у меня стало чуть получше.

А пока настало время звонить в кинокомпании. Ваня Карашевич обещал позвонить сам, но так и не звонил. Я увидела в электронной почте сообщение с просьбой позвонить в кинокомпанию «Форест». Ничего больше в записке не было. Я позвонила. Секретарь соединила меня с продюсером.

— История про гнома? Ну конечно, конечно! Великолепно, гениально, это просто такая шикарная задумка! Хочу предложить вам вот что: мы делаем из этого конфетку, а вы нам... простите, я забыл, как вас по батюшке... Марина...

— Елена Витальевна, — ответила я в некоторой оторопи, я не была готова к такому восторженному приему.

— Да. А вы, Елена, отдаете нам все это свое хозяйство с потрохами.

— Простите, я не поняла...

— Давайте так. А может быть, мы встретимся?

— Вы хотите заключить со мной договор?

— Ну вроде того... Не хотелось бы по телефону...

— Но вам понравился сценарий, и вы готовы его купить?

— М-м-м... Почти. Мы готовы купить вашу идею. А сценарий... Несколько переделать.

— И сколько вы можете заплатить мне за идею?

— Вам так важны деньги?

Мне всегда по-пионерски неудобно, когда вот так, напрямую... Я вспомнила рассказы Жени Локтева, как его «торгуют» и как он «торгуется» за свои гонорары, что не мешает ему чудесно играть как самые глупейшие и пустые роли, так и высокую классику.

— Да, к сожалению, очень важны сейчас.

— Хорошо. Понятно. Мы и собирались заплатить вам очень солидную сумму. Но если вам еще и деньги важны, а не только то, что ваша идея получит самое лучшее кинематографическое воплощение... Я готов заплатить вам десять тысяч.

— Рублей? — уточнила я, сгорая от стыда.

— Рублей, уважаемая, рублей. Мы же в России с вами живем, что ж мы будем в иностранной валюте планы свои строить.

— За сценарий — десять тысяч рублей?

— За идею, уважаемая, за вашу идею.

— Но вы же будете каким-то образом использовать мой сценарий? Я ведь его послала вам целиком...

— М-м-м... не думаю. Но вы можете отдать нам и сценарий... если хотите... подпишем договорчик... Вдруг что понадобится... Хотя вряд ли. Вы не профессионал.

Кристин мне рассказала, как за один удачный сюжетный ход, выволакивающий весь сценарий, в Голливуде можно получить двадцать пять тысяч долларов. Так что по концепции — купить идею — это, считай, Голливуд.

— А вам не понравились серии, которые я вам послала?

— Послушайте, если вы хотите поторговаться, приезжайте, мы поговорим, обсудим, накинем... Пятнадцать тысяч вас устроит?

— Я подумаю. Спасибо.

Я повесила трубку и набрала номер второй кинокомпании. Там секретарь посмотрела записи в компьютере и ответила:

— Спасибо, не подошло.

Я решила закончить по возможности эту муку сегодня и набрала следующий номер. Ваня Карашевич был на месте и радостно воскликнул:

— Ленка! Ну что же ты не звонишь?

— Ты прочитал сценарий?

— С огромным удовольствием! Ты такая молодец.

— Правда?

— Да... Только, знаешь, «пироги тачать сапожник»... Ох. Как бы тебе сказать. Ты отличная журналистка. У тебя — язык, все такое, все тип-топ... Но, понимаешь, Ленка... Ты ни черта не сечешь в сценарной работе. Это — профессия, кирдык? Поняла? Там есть два закона или двадцать два — сам ни черта в этом не понимаю. Но их надо знать и ими надо владеть.

— Да, я думала об этом.

— А зачем тебе надо-то было это?

— Денег хотела заработать... — Лирическую подоплеку я объяснять Ване не стала.

— А, ну это повод... Так вот. Мне лично — понравилось. Редактор говорит — хренотень. Я не кирдык, редактор — кирдык.

— Вань, ну что такое «кирдык», а? — устало спросила я. Какая же я самонадеянная дура!

— Это значит — «понял, поняла, понятно, понимаешь», — быстро и с удовольствием объяснил мне мой бывший сокурсник. И сам засмеялся. — Кирдык? Ну ладно, Воскобойникова, что ты прямо бедствуешь, что ли...

— Вань, а сделать ничего из этого нельзя? Ну как-то переработать, доработать...

— Не-а... Слушай, если тебе деньги нужны, хочешь, я тебя на работу пристрою к нам... Знаешь, у нас девчонка одна увольняется... в декретный отпуск... Кажется. Через месяц. Узнать?

— Да нет. Через месяц уже не надо.

— Слушай, может, тебе денег дать? У тебя какие-то проблемы?

— Нет, Ванюша, спасибо. Извини, что побеспокоила.

— Не обижайся, Ленка. Звони, если что.

Осталась кинокомпания «Антон и они». Как же это я!.. Почему я так легкомысленно послала сценарий всего в четыре кинокомпании? Надо было сидеть и звонить, звонить, и отправлять, отправлять... Хотя если такой единодушный отказ... Можно и в сто мест отослать и везде скажут: «Занимайтесь, девушка тем, чему вас учили. И не отрывайте людей от работы».

В кинокомпании «Антон и они» было намертво занято. И через час, и через два. Никакого сообщения они мне не прислали, что, скорее всего, означало отказ.

Вечером мы пошли гулять с Варькой, она села на качели, а я оглянулась вокруг и вдруг с ужасом поняла — скоро лето. Моим обоим малышам нужен свежий воздух. Мне надо подумать о том, что через два месяца мне уже совсем неудобно будет спать с Варей на одном диване. Что Саша Виноградов может и не дать ей денег — забыть или заартачиться...

Я решила, что надо бы поговорить, наконец, с мамой — вдруг она поможет мне хотя бы найти дачу на лето среди своих знакомых... Но я очень боялась маминой реакции на мою беременность и ограничивалась звонками. Мама, кажется, не поняла, что мы живем не дома. Потому что я ей обычно звонила сама, так у нас сложилось годами. Тем более мама занималась сейчас депрессией Павлика. После того случая он перестал есть, сидел, часами глядя в окно и совсем не хотел учиться. Еще навесить на маму мои проблемы... Я решила чуть подождать.

Неля могла помочь мне только добрым словом, что она и делала регулярно, и это было совсем немало. И сейчас я позвонила ей, чтобы просто услышать, что я — хорошая, умная, красивая. И у меня все будет хорошо. Она никогда не говорила это напрямую. Но каким-то непостижимым образом после разговоров с ней все годы, что я ее знаю, у меня остается именно это свежее, легкое ощущение — какая же я хорошая и как жизнь ко мне расположена всеми своими самыми приятными сторонами. Надо только не пропустить это.

— Ленка, как раз собиралась тебе звонить! Ну как у тебя с судом? Ничего нового?

— Пока нет, новое слушание назначили на июль... Надо ждать.

— Да. Хорошо, что лето, правда? Мы через неделю — на дачу. Сейчас вот дети учебу закончат. У тебя как с летом?

— Да никак пока.

— Хочешь, я поговорю с Федором... Или нет. Давай я объявления повешу в нашем поселке — может, кто сдаст вам?

— Нелька, ты представляешь, сколько в вашем поселке может стоить дача на лето?

— Честно говоря — нет...

— Думаю, в крайнем случае, мы сможем как-нибудь обойтись, здесь вполне хороший воздух, где мы снимаем комнату...

— Ленусь, только ты не обижайся, может тебе попробовать через Интернет? У меня тут соседка нашла себе...

— Дачу?

— Нет, — Нелька засмеялась. — Мужа. Ты представляешь? И не то что там какого-то пузатого немца из глухой деревни под Дрезденом... А нормального русского человека, москвича...

— Ой, Нель. Это уже край. С животом-то как русских москвичей искать, да холостых, да на голову не сдвинутых? «Ау! Не найдется ли случайно любителей беременных женщин? С видами на будущее... И человек чтоб был хороший...»

— Нет, нет, подожди! Не заводись. Ничего дурного в этом нет. Знаешь, есть ведь мужчины застенчивые... Есть такие, что работают с утра до вечера, вокруг них — одни мужчины... Им негде познакомиться.

— У них есть соседки, есть прохожие, есть продавщицы в магазине... Любовницы, на которых они не хотят жениться...

— Ну ладно. Ты попробуй. За спрос денег не берут. Знаешь названия сайтов?

— Нет, и смотреть не буду.

— Хорошо, я сама посмотрю. Или нет, хочешь, приезжайте с Варькой, тут же совсем недалеко — помнишь, вы как-то на трамвае к нам приехали? Она поиграет с моими архаровцами, а мы с тобой глянем. Вместе — не стыдно.

— Давай, — с неохотой согласилась я.

Я не верю в такую помощь судьбе. Я не люблю мужчин, которые дают о себе объявления с фотографией и потом перебирают снимки претенденток. И вообще — встреча происходит в нужное время в нужном месте или не происходит. И, скорей всего, это записано в некоей книге судеб. Иначе как — хаотичное движение молекул? Без смысла и законов? Ведь иногда не понимаешь: почему тебя так влекло туда, в тот вечер, когда ехать надо было совсем в другую сторону?

Почему много лет назад я вышла из метро и пошла пешком, не стала дожидаться троллейбуса, задела обо что-то ногой, порвала колготки, вернулась к метро, зашла в маленький магазинчик, долго искала новые колготки, ничего не купила — там были ажурные, блестящие, черные, с бабочками, а обычных, тонких, невидимых на ноге не было. И я пошла домой, прикрывая дырку большой сумкой с конспектами и книжками, шла пешком по той же дороге, на которой пять минут назад споткнулась, а какой-то молодой человек с веселыми темными глазами спросил меня:

— Вас укусила собака?

Зачем я пошла пешком, зачем вернулась за колготками, почему я вообще в этот вечер так рано возвращалась домой, сидела-сидела в библиотеке, вдруг встала в семь часов и ушла? Чтобы через семь лет после этого родить Варю. Чтобы Саше Виноградову было о чем спросить хорошенькую студентку, спешащую с дыркой на коленке навстречу своей судьбе... Я часто вспоминаю этот вечер, определивший всю мою жизнь. Вечер случайностей. Я не могу себе представить свою жизнь, по крайней мере, прошлую, без Саши Виноградова. А всего этого могло не быть, если бы я просто дождалась троллейбуса. Саша случайно оказался в нашем районе. И тоже шел к метро пешком, решил прогуляться.

Неужели можно вот так повернуть линии судьбы и познакомиться, дав объявление в газете? «Ищу девушку в рваных колготках, симпатичную, верную, непритязательную, готовую ждать годами и не дождаться — меня, лучшего из мужчин...» А я ищу — кого? Одна мысль о том, что сейчас я буду перебирать фотографии мужчин, которым предложу в будущем со мной спать, повергала меня в ужас.

— Не бойся, — подмигнула мне интеллигентная Нелька и смело набрала название сайта. — Я, знаешь, сколько раз сюда лазила? Когда Федор совсем уже наглеет. Вот, думаю, найду себе человека и уйду!

— Нашла?

Она засмеялась.

— Но я же Федора люблю, ты знаешь. Мне остальные не нравятся... Так, вот смотри, сейчас мы анкетку на поиск заполним. Возраст — до сорока пяти. Старперы нам ни к чему, с их инсультами и горшками... Русский? Да. Для брака? Да. Или серьезных отношений... Так... Ну вот, смотри сколько... Давай на фотографии взглянем...

Чем больше мы смотрели и читали, чем тошнее мне становилось. Этот пишет «Зарабатываю врачеванием, предпочитаю барышень, извините, не стареньких», у другого — морда такая испитая, что позвонить ему может лишь такая же любительница абсента... Тот называет себя «Пусиком», этот пишет, что ищет женщину для брака, но предупреждает: «Люблю сладенькие попочки с курчавыми волосиками». Хороший муж будет, с таким солидным опытом исследования попочек.

Наконец Нелька выбрала двух москвичей — Олега и Юрия, обоих сорока двух лет, с очень обтекаемыми объявлениями, вполне скромными. По фотографиям ничего понять было нельзя, кроме того, что у них нет усов, бороды и внятных следов порока на лице. Один даже показался мне слишком растерянным для виртуального знакомства.

— Так, писать письма мы им не будем. Смотри, оба дали телефоны. Причем домашние. Порядочные люди, раз городские номера дают. Ну что, звоним?

— Давай ты, а, Нель? Но вообще это бред.

— Никто тебя не заставляет сразу с ним спать. Встретишься, почувствуешь, что ты — красивая женщина, что вокруг много мужчин... Других... — она взглянула на меня. — Звонит?

— Кто?

— А есть еще кто-то?

— Нет, — почему-то мне не хотелось рассказывать Нельке о Жене, тем более — о Толе Виноградове. — Никто вообще не звонит. Даже мама.

— Ну мама — это ладно... А Виноградов — свинья... Да. Но ведь ты знаешь — чем дольше он отсутствует, тем сильнее потом влюбится в тебя.

— Да, Нель. Но мне дальше будет не тридцать семь, — наоборот — тридцать девять. И дальше — сорок.

— И что? Он так к тебе привык, что не видит твоих морщинок. Да их и нет пока... не очень заметно...

Я не стала спорить, жалея Нельку. Мы с ней ровесницы — по поколению, а по возрасту она даже на год старше. Я-то знала и знаю, что только женщина может нежно любить отвислый живот и тяжелый запах стареющего тела своего возлюбленного, которого она знали юным и стройным. А уж что касается мужчин... Редчайшие мужчины с

нежностью гладят трогательные морщинки любимой девушки и не видят, что их девушке уже шестьдесят три.

Мужчины беспощадны и жестоки, как сама природа.
Страсть не может превратиться в нежность. Если нежность была с самого начала, она может остаться и заменить остывшее влечение. Если же ее и тогда не было —
то кроме раздражения и отвращения искать в том же мужчине, который томился и маялся от любви — нечего.

— Все. Давай, звоним, — она набрала первый номер и
дала мне трубку.

— Алё, — ответивший мужчина, похоже, спал.

— Здравствуйте... — я посмотрела на Нельку, она ткну-
ла пальцем в имя «Олег», — Олег. Вы давали объявление
в Интернет? О знакомстве?

— Да-да... Добрый... — он запнулся, видимо, размышляя — вечер, день ли. — Сейчас, минуточку...

Я услышала в трубке кряхтение, шорохи, скрип двери,
потом звук льющейся воды и поняла, что он пошел с ра-
диотелефоном в... ванную комнату, скажем так. Вот и познакомились. Я подождала.

— Слушаю, да... — он откашлялся. — Вас как зовут,
барышня?

— Меня зовут Лена.

«И меня уже тошнит», — могла бы добавить я.

— Хорошо, Леночка. Вам сколько лет?

— Тридцать восемь.

— И вы не замужем?

— Нет.

— А дети есть?

— Да, дочка.

Нелька замахала руками, показывая на мой живот —
чтобы я не говорила о своей беременности.

— М-м-м... Да. А волосы у вас какого цвета? Не черные?

— Нет.

— Это хорошо. А вы можете сейчас ко мне приехать?

— Сейчас? — я посмотрела на Нельку. — К вам?

— Ну да. Хотелось бы познакомиться поближе, повидаться. Или завтра... Вы могли бы мне помочь для начала разобрать лекарства.

— Лекарства?

Нелька вытаращила глаза. Потом хлопнула себя по коленкам и побежала на кухню за второй трубкой.

— Ну да. У меня тут куча лекарств осталась от жены. Жена умерла. Болела. Вот, и надо разобрать — что выбрасывать, а что пригодиться может. А то я сам никак что-то не пойму. А не будешь же выбрасывать добро...

— Не будешь. Вы извините, Олег, я, наверно, зря позвонила. Извините меня.

Я перевела дух и посмотрела на Нельку.

— Ничего. Лиха беда начало.

— Ага — первый блин комом, а второй — поперек горла.

— Это мы еще посмотрим! — сказала Нелька и сама набрала номер. — Ты молчи и слушай, а я буду разговаривать. А то ты что-то бледная сидишь. Как бы не упала.

Второй, Юрий, тоже оказался дома и словно ждал звонка.

— Алё, — ответил он сразу и подозрительно тонким голосом.

— Алло, это Юрий? — довольно строго спросила Нелька. — Я по объявлению.

— Но я не давал объявлений, — ответил мужчина.

— В Интернете, о знакомстве? — уточнила Нелька, хотя я показывала ей — «нажимай, нажимай отбой!»

— В Интернете я предлагал руку и сердце девушке, которая полюбит меня таким, какой я есть.

— А какой вы есть, Юрий? — спросила я.

Он чуть помолчал, я подумала, он услышал, что с ним говорят двое. Но он просто размышлял, что ответить. И ответил:

— Я, наверно, хороший. А это скучно. Я пишу стихи. И у меня есть книжка. Мне помогла ее опубликовать мама. Книжка называется «Мамин голос».

Теперь Нелька скрестила руки, показывая: «Все, хана!» А я почему-то продолжила:

— А вы не можете прочитать мне стихотворение?

— Могу, — обрадовался Юрий. — Сейчас... Только я не готов... А у вас волосы светлые?

— Да, — засмеялась я.

Нелька крутила пальцем у виска, показывая на телефон, но я неожиданно развеселилась. Ведь необязательно сразу жениться и — вообще! Почему нельзя просто общаться? Столько, оказывается, одиноких людей! Видимо, об этом думал Эдуард Успенский, когда его звери в мультфильме «Чебурашка и Крокодил Гена» строили дом для одиноких людей. Только вот откуда, он-то, знаменитый писатель, об этом знал? Уж наверняка сам он никогда не страдал от недостатка общения.

— Волосы русые, размер сорок четвертый, местами — сорок шестой, рост метр шестьдесят восемь, — сказала я.

— Да? — я четко уловила в его голосе грусть. — А лет вам сколько?

— А вы стихотворение прочтите, тогда скажу.

— Хорошо, — он постепенно заговорил нормальным, не писклявым голосом. — «Она была она. Она была моя. Она была жива. И...» — неожиданно он замолчал. — Нет, это плохое стихотворение. Я другое вам прочитаю.

— Мне тридцать восемь лет, меня зовут Лена, — сказала я.

Нелька сидела, откинувшись на диван, и, закрыв себе рот, смеялась. Я показала ей кулак.

— Лена, давайте с вами погуляем? Завтра или... когда хотите...

— Давайте, — согласилась я.

— Я приду с большим портфелем, — сообщил Юрий. — Только я... несколько ниже вас... Это ничего?

— Ничего, — ответила я.

— А лет-то вам, Лена, на самом деле сколько? — неожиданно спросил поэт. — А то по телефону все говорят — тридцать три, тридцать два... А приходит тетя Мотя...

— Девяносто девять мне! — вдруг встрепенулась Нелька. — А в портфеле у тебя что будет-то? Насадка с усиками? Чтоб покрепче все было да позадиристей? Чудо!

Она нажала отбой и отбросила телефон. Я посмотрела на раскрасневшуюся Нельку и подумала, что она, скорей всего, не только звонила «женихам по объявлению», но еще имела и горький опыт встреч с поэтами и прозаиками секса. Но говорить я ничего не стала.

— Да, как говорят мои детки — «непруха». Значит, не твой день. Давай еще раз попробуем, как-нибудь. Тут надо, чтобы был твой день.

— Ага, — с облегчением согласилась я, поскольку не сомневалась: чтобы моя-то судьба да разрешила мне вот таким легоньким путем — прыг-скок — по телефону и по Интернету — да никогда! И даже испытывать ее, судьбу мою, временами капризную, но в целом вполне благосклонную и терпеливую ко всем глупостям, которые я предпринимаю вопреки ей — не стоит!

Глава 16

«Мурка, не ходи, там сыч
Вышит на подушке...»

(А. Ахматова)

Так. Активная, деятельная Лена, ответственная мать. У меня остается максимум месяц — для того, чтобы устроиться на работу и проработать хотя бы сколько-нибудь до декрета. Надо думать, в какие журналы звонить, кого из бывших коллег и однокурсников напрягать своими проблемами... Или же так, как я больше люблю — по телефонному справочнику: «Але, здравствуйте, вам журналисты в штат не нужны? Побегать внештатным? С полгодика? Съездить в Воркуту, написать о зоне? Почему нет? Варьку под мышку, живот в бандаж — чтобы не растрясало малыша — и вперед».

Тем не менее я отпечатала себе список журналов, где теоретически я могла подработать. Позвонила в пятнадцать — двадцать, не только отмечая крестиком, что я звонила, но и одним-двумя словами помечая рядом, почему мне отказали. «Полный штат», «Не берут», «Сейчас не требуется», «Нужен молодой мужчина», то есть молодой активный журналист, не журналистка. В нескольких журналах меня попросили послать резюме (кто я, что я), и пару опубликованных материалов на мой выбор. Сознавая полную бесполезность этого, я послала все, что просили.

И в задумчивости стала листать записную книжку. Я знала, какой телефон ищу, и решила позвонить ему на работу. А рабочий телефон я даже, кажется, могла бы вспомнить. Но я надеялась, может быть, я не дойду до него, может быть, я вдруг увижу какой-то другой номер и пойму — ну, конечно, вот где я могла бы работать... Вот кому позвонить не стыдно... Вот кому можно рассказать, что мое устройство на работу — сплошной обман. Я хочу получить сейчас зарплату-две и потом иметь место, куда можно точно выйти после года-полутора сидения с малышом... Ну и деньги какие-то крохотные еще получить — декретные...

Будто нарочно, пока я сидела с трубкой, перебирая номера телефонов, позвонила Ольга.

— Ты совсем мне не звонишь, — сказала она с упреком. — Как дела с книжкой?

— Взяли.

— Заплатят?

— Заплатят.

— Нормально заплатят?

Мне не хотелось говорить о своей мизерии, но я ответила:

— Тридцать тысяч рублей.

Ольга вздохнула:

— Не густо. А... рисунки?

— Рисунки другие будут, Ольга. Ты сама увидишь.

— Хорошо, — легко ответила она. — Куда вас пригласить? Погода хорошая, хочешь, поедем в воскресенье в лес или в Серебряный бор?

— Ох, — я вздохнула. — В Серебряный бор... Надо будет проезжать мимо нашего дома. Я иногда утром проснусь — представлю, как там у нас сейчас. У меня утром вся квартира залита солнцем и в окне видно огромное небо. И когда я думаю, что они спят на нашем диване, едят из наших тарелок...

— Ты что, не забрала вещи?

— Ну не все же. Куда это все девать? Часть забрала, часть там осталась. Если что-то еще осталось, конечно...

— Ленуся, а не хочешь походить на массаж? Или сделать прическу в салоне? Выбирай любой — или ближе к тебе, или в центре. Я сама тебя отвезу. Девочки все сделают как суперзвезде.

— Походить на массаж... А вот можно сделать какую-нибудь маску, чтобы я прекрасно выглядела на один...

— Вечер? — не дала мне договорить Ольга и нарочито весело продолжила: — Можно, тебе все можно.

— Нет, как раз не на вечер. Часа на полтора, днем. Я хочу... — Я не стала особо врать, но и рассказывать все мне не хотелось. — Мне надо... в одно учреждение сходить. По делу. И хочу выглядеть не так, что у меня все плохо.

— И маску можно, и макияж. Грим можно любой сделать, — Ольга засмеялась. — У нас есть одна девочка, профессиональный гример. Может сделать грим молодого лица, например, или грим лица после бурно проведенной ночи... Тебе какой?

— Мне... — я задумалась. — Наверно, такой, чтобы меня не жалко было.

— Лен... — Она вздохнула. — Слушай, если я убью того, кто все это с тобой сделал, ты будешь ко мне в колонию приезжать?

— Нет. Потому что тебе придется убить меня.

Ольга невесело усмехнулась.

— Хорошо. Такая плотно запечатанная капсула одиночества. Когда увидимся?

— Давай завтра.

Я набрала номер. Он ответил сразу. Я почти забыла его голос. Или нет. Вот сейчас он сказал «да», и я почувствовала, что все это время хотела его услышать. Только этот голос. И не надо себя обманывать.

— Але, — сказала я.

— Лена? — Он помолчал. — Добрый день. Как дела?

— Спасибо. Я как раз вот... хотела бы поговорить.

— Пожалуйста. Буду рад.

— Когда удобно?

— Можно завтра. После трех. Устраивает?

— Вполне.

— Скажем, в три тридцать. Или... три сорок пять.

— Хорошо.

— Да завтра?

— До завтра, — ответил он и первым отключился.

Я подошла к гардеробу, куда развешивала вещи по мере их появления из пакетов и сумок: Достала, погладила, поносила день — повесила. Это — уже узко, не застегивается на животе. Это — слишком ярко, это — немодно года два как... Хотя мужчина этого никогда не поймет, но сама я буду чувствовать, что надела писк моды позапрошлого лета. Лучше что-то нейтральное... светлое... Пусть будет виден живот... Или нет... лучше наоборот, пусть не виден...

Я перебирала, перебирала, надела светло-серое свободное шелковое платье до колена, посмотрела на часы и позвала Варю, которая сидела на кухне с Любовью Анатольевной и увлеченно слушала, как та читает сказку на словацком языке, практически не заикаясь...

— Варюша! Посмотри на меня? Хорошо мне в этом платье?

Варька внимательно посмотрела на меня и сказала:

— Не очень.

— Почему?

— Ты такая... — Она подумала. — Помнишь, мы спектакль смотрели? Где принц с тонкими ножками был, мне не понравился... Ты ругалась, что мне только красавчики нравятся...

— Я на принца похожа?

— Нет. На принцессу... Я помню, ее очень жалко было....

Да, и я помнила худенькую девушку лет сорока, с тонкой шейкой, костлявыми пальчиками и жалобными глазами.

— Ясно. Тогда собирайся. Поехали в магазин. Купим что-то новое.

Варька с радостью стала собираться, а я обратилась к Любови Анатольевне:

— Можно мне попросить вас завтра остаться с Варей часа на... — я прикинула: туда-обратно и там полчаса, — ...на два? С половиной.

— К-конечно, конечно... я с радостью... — Она, как всегда, заторопилась, теребя воротник аккуратной блузки. Не знаю, как без нас, но всё то время, что мы жили у нее, она ходила дома, как на занятия в МГУ — причесанная, одетая. — Леночка, Варя очень способная девочка.

— Спасибо, — я вздохнула. — Я знаю, что все детские таланты и способности надо развивать, иначе они к пятнадцати годам вянут и растворяются. Я так мало могу ей дать...

— Да что вы! — замахала на меня руками Любовь Анатольевна. — Во-первых, до конца способности не пропадут, особенно если они сильные. А во-вторых... Вы и так ей все время посвящаете!

Чем оно только у нас заполнено — время наше.

Вышла способная Варька в новых брючках со стразиками на карманах и в моей короткой майке.

— Можно так, мам?

Я засмеялась.

— Да, конечно, очень красиво. Поехали.

Мы долго выбирали мне блузку и юбку, а купили светлые брюки до колена и двойку из тонкого трикотажа пастельно-розового цвета. При желании сбоку можно было увидеть живот. А можно было просто заметить, какая я красивая, молодая и вовсе не несчастная.

Утром на следующий день приехала Ольга, и мы вместе с Варей отправились в салон. Ольга подвела меня к администратору и велела ей поочередно посадить меня к парикмахеру, косметологу, массажистке и маникюрше. А сама пошла прогуливать Варю во дворе.

Мне кажется, у женщины, которая регулярно ходит к косметологу делать массаж, маски, обкладывания льдом, меняется не столько кожа, сколько взгляд. «Я — ухоженная женщина. У меня все в порядке. В тридцать восемь я выгляжу на тридцать». И этот взгляд действует на окружающих, как полицейская форма — неоднозначно, но безусловно: я имею право иметь такой взгляд. И все тут.

Через полтора часа я позвонила Ольге на мобильный и поинтересовалась, чем они заняты. Ольга спокойно ответила, что они катаются на пароходе по каналу. У меня тут же подскочило сердце к горлу.

— Ольга! Да ты что! Варя почти не умеет плавать!

— А мы и не собирались плавать. Мы сидим на палубе и смотрим вокруг. Правда, Варюша?

Все. Моя радость от того, что из меня делают на два часа голливудскую красотку, мгновенно улетучилась.

— Ольга, я прошу тебя... Ни на секунду не отпускай ее...

Ну что можно объяснить женщине, у которой нет своих детей! Что ребенок, кажущийся уже большим, иногда делает такие вещи... Все проглоченные вилки и все крыши девятиэтажек, с которых снимают пожарные, — на счету не трехлетних, а как раз таких, как Варя. Умненьких, спокойных семилетних деток, честных, послушных, веселых и жутко любознательных.

Все остальное время я дрожала и тряслась в разных креслах, куда меня пересаживали, представляя, как Варя подходит к краю теплохода, а Ольга в это время закуривает сигарету и смотрит в другую сторону или говорит по мобильному. А Варя наклоняется...

— Вам плохо? — визажистка, красившая мне в это время губы, пыталась унять дрожь моего подбородка.

— Да, душно. Наверно, я уже пойду.

Я достала деньги, радуясь, что Ольга не подоспела к этому моменту, и поискала взглядом администратора. Та увидела, что я собралась уходить, и подошла ко мне сама.

— Нет, нет, Ольга Дмитриевна сказала...

Я отдала ей деньги, прекрасно понимая, что это, видимо, пятая или шестая часть того, что я должна была заплатить, и вышла из салона. Я набрала номер Ольги. Он не отвечал. Я села на скамейку около салона, стараясь ровно дышать. Минут через пять я достала зеркальце и все же посмотрела на себя. Прическу менять кардинально я не решилась, просто мне намочили и специальным феном, треплющим волосы в разные стороны, высушили их. Вместе с достаточно агрессивным макияжем выглядело это чудновато. Все равно к четырем часам растрепанные волосы надо будет причесать, а губы подкрасить снова. Я вытерла пальцем розовые тени над глазами, убрала зеркальце в сумку, встала и пошла вокруг детской площадки, на которой я оставила Варю с Ольгой два с половиной часа назад. Раз пятнадцать или двадцать я обошла двор сталинского дома кругом, раз десять набрала номер Ольги и, наконец, увидела, как в арку въезжает ее белая машина.

Ко мне подскочила страшно довольная Варька.

— Мам, знаешь, где мы были?

— На крыше, — я прижала ее к себе.

— Нет, почему... на теплоходе! И потом еще — на колесе обозрения прямо у реки.

Я перевела дух. Хорошо, что я не знала про колесо. Варька пообнимала меня и отстранилась:

— Ма-ам... — произнесла она с некоторым, как мне показалось, ужасом.

— Что, милая моя?

— Ты какая красивая...

— Как невеста? — Я краем глаза взглянула на Ольгу, которая стояла и смотрела, как мы обнимаемся с выгулянной Варюшей.

— Нет, почему... Как... сейчас скажу... — она взяла ручками мою голову и покрутила туда-сюда. — Как жена президента. Американского. Но только не негритянка. Такая... нарядная. И еще гордая.

Я засмеялась, а Ольга, естественно, слышавшая все, подошла ближе, качая головой.

— Лена, ты даже не представляешь, какая у тебя изумительная дочка, какая же ты счастливая... Это целый мир, огромный, прекрасный, которого у меня, например, нет. И не будет уже, — она прищурилась и улыбнулась. — Ну а ты — просто реклама для моих заведений. Надо было попросить сфотографировать тебя до и после. Я тебя умоляю — ходи хоть изредка сюда. Ты себя не узнаешь через полгода.

— Спасибо, Ольга.

Процедуры по омоложению и приведению моего лица и волос в соответствие с модой, временем года и моим собственным возрастом минус десять лет заняли гораздо больше времени, чем я предполагала. Времени у меня оставалось — только доехать без опоздания. Ну, и может быть, забросить Варю домой, то есть на попечение Любови Анатольевны. Тогда я еще успела бы надеть купленную вчера новую одежду. Мы распрощались с Ольгой — мне не хотелось посвящать ее в свои дальнейшие планы на сегодня, просто даже из суеверия, и сели на такси, когда она отъехала.

— Мам, ты волнуешься, да? Почему? — спросила Варя в машине.

— Заметно, малыш? Ты не обидишься, если я пока не скажу?

Успела я минута в минуту, хотя была уверена, что такая точность не требуется. Разве в точности дело, в данном случае?

Я вошла в приемную, за столом секретаря сидела новая девушка, которой я никогда не видела раньше.

— Вам назначали? — спросила она меня.

— Да, на пятнадцать сорок пять. Моя фамилия Воскобойникова.

— Вижу. Минутку, — она нажала на кнопку внутренней связи, но перекрикиваться через динамик не стала, а сняла трубку, поэтому его голоса я не слышала. — К вам женщина, Воскобойникова.

Конечно, я не мужчина и не девочка, но предпочитаю, чтобы меня называли хотя бы «гражданкой». Или «дамой» — хотя с такой художественно растрепанной головой вряд ли я могла рассчитывать на «даму». Тогда — «посетительница». Или — «особа», что ли.

Он встал навстречу мне.

— Я рад.

А сказал так, как будто и не рад.

— Приятно слышать. Но я — по делу.

— Естественно. Прошу, — он показал мне на стул.

Странное, странное ощущение овладело мной. Я сидела и молчала и смотрела на него. А он не торопил меня. Я же была уверена, что сейчас встану и уйду.

— Очень красивый цвет, — он сделал неопределенный жест, по-видимому, означавший, что он похвалил мою кофточку песочно-розового цвета.

Или, может, солнце, падавшее из окна, застряло в моих волосах — я знаю, что это красиво. Как бы трагично ни складывалась моя личная жизнь, я всегда помню, меня этому старательно учила бабушка, пока была жива, что на солнце волосы у меня становятся чудесного оттенка — спелой пшеницы. Я машинально поправила прядь, упавшую на лицо, а он улыбнулся и спросил:

— Новые очки?

«Нет, я просто помыла их и подкрутила винты — они стали ровно сидеть на носу», — могла бы сострить я, но не стала. Я отрицательно покачала головой, а он слегка постучал пальцами по столу. Надо было уходить или говорить.

— У меня просьба.

— Слушаю.

— Я...

Почему он так спокойно, так равнодушно смотрит? Ему нечего мне сказать... Зачем тогда...

— Да-да?

Лучше бы он просто встал и ушел, чем говорить так равнодушно и вежливо...

— Мне... Я... Просто мне нужны деньги и... то есть...

Я двадцать раз думала, что этого говорить не надо, и сказала от растерянности.

Я была уверена — он сам заговорит хотя бы о работе, а он молчал. Я понадеялась, что вкупе с моей новой одеждой и профессиональным макияжем это не прозвучало «Мне нечем кормить дочку». Ведь может быть и так: «Мне нужны деньги — хочу отдохнуть, давно не была на Мальдивах...» Боюсь нищеты и одиночества. Боюсь показаться нищей и одинокой.

— Сколько?

— Нет. Не то. Мне нужна работа. Но... я... дело в том, что я... поэтому я и... — Вот тут надо было сказать то, самое главное, что... Но язык не поворачивался.

И в это время зазвонил мой мобильный телефон. Я не отключила звук. Теперь, когда перестал трезвонить по пять раз на день Саша и никто не звонит по работе, в этом нет необходимости.

Я взглянула на дисплей. Номер был незнакомый. Я вопросительно взглянула на собеседника, он кивнул.

— Да? — ответила я.

— Елена Витальевна?

— Да.

— Ой, — человек в трубке громко и с облегчением вздохнул. — Значит, вы живы?

— Что, простите?

— Меня зовут Антон Быстров. Я продюсер кинокомпании «Антон и они». Никак не можем вас найти. Просто нам сказали, что вы... простите, умерли...

— Умерла? Кто сказал?

— Вы же нам оставили только домашний телефон. Дома у вас сказали... Но мы решили проверить, с трудом нашли ваш мобильный номер. Посылаем вам сообщения по электронной почте уже пятый раз...

Это, значит, я автоматически написала свой старый телефон, посылая им свои координаты...

— Да, правда, я не заглядывала в почту несколько дней. Нет, все в порядке, просто у меня сейчас дома... такие люди живут... временно... Они пошутили.

— Хорошо, слава богу! Мы хотели предложить вам контракт на ваш сценарий. Мы будем его запускать. И хотелось бы не откладывать. Сразу все подписать, побыстрее. Если вы уже, конечно, в другом месте не запустились... Так как?

— Да, хорошо, конечно. А... простите... Вы говорите — сразу? А...

Я взглянула на того, кто сидел в кресле и спокойно и внимательно слушал мой разговор. Вот надо же, не могли позвонить на десять минут раньше. Как будто специально разыгрываю какой-то странный спектакль. Пришла, мекала-бекала, дождалась, пока мне позвонили... Тем не менее я спросила, мне это было очень важно:

— А сколько денег вы могли бы мне заплатить за сценарий?

— Елена Витальевна... А вот вы с нами поторгуйтесь... Мы будем давать поменьше, а вы требуйте побольше, — Антон хмыкнул. — И вы нас разорите, но мы как-нибудь наскребем.

— Ну не десять тысяч рублей?

Антон Быстров засмеялся:

— Не десять. Боюсь, что побольше... Нолик придется приписать хотя бы, за серию... И платить будем по сериям. Так пойдет?

— Да, конечно. — Я опять взглянула на своего молчащего все время собеседника. — Я... попозже перезвоню.

— Но сегодня? — спросил Антон.

— Да.

Я убрала мобильный в сумку и встала.

— Я приношу извинения. Я поторопилась. У меня все сложилось по-другому.

— Я могу знать — как?

— Зачем? — я пожала плечами и протянула ему руку. — Спасибо.

— И никаких объяснений? — он пожал мою руку и отпустил.

— Наверно, нет. До свидания.

Он встал, чтобы проводить меня до двери.

— До свидания, Лена.

Я обернулась. Он смотрел на меня. Как? А никак. Просто смотрел. Без улыбки, без сожаления, без восторга, без удивления. Равнодушно и, быть может, задумчиво.

— Могу лишь извиниться, если надо, — услышала я свой голос.

— Не надо, — он чуть улыбнулся и опять сделал неопределенный жест, который при желании можно было принять за что угодно: он отдал мне честь, прогнал муху ото лба, махнул: «С богом!» или «Да иди же ты, наконец!»

Как приятна неопределенность, когда нечего больше сказать!

Когда дверь за мной закрылась, я быстро прошла мимо секретарши, сосредоточенно молотившей по клавиатуре бирюзовыми квадратными ноготками, вышла в коридор и на секунду остановилась.

Мое сердце так билось, что мне потребовалось некоторое время просто постоять и ровно подышать. И в это время, именно в это время изнутри меня толкнули. Мой малыш первый раз шевельнулся. Мой мальчик или моя девочка... Когда я ждала Варю, я решила не узнавать пол — чтобы был сюрприз и чтобы не настраиваться на мальчика, если внутри меня растет девочка и наоборот. Сама я просто не знала, кто там, и все. И сейчас пусть будет тот, кто будет.

Почему так колотится сердце? От встречи ли, от неожиданного звонка, решившего, вероятно, судьбу моего сценария — хотя радоваться еще рано, ведь с книжкой я тоже радовалась, когда ехала читать разносный отзыв читательницы из-под Перми... Надо подписать договор, получить деньги. А потом уже торжествовать. Но сердце продолжало стучать гулко и часто. Наверно, слишком много впечатлений за один день.

Выйдя на улицу, я на секунду остановилась, чтобы понять, в какую же сторону лучше пойти. До любого метро отсюда достаточно далеко пешком, но я решила не брать такси и не стоять в длинной веренице машин, медленно движущихся по бульвару, а пройти улочками к Баррикадной, чтобы не слишком надышаться выхлопными газами.

Я пошла неторопливо, пытаясь разобраться в себе. Что-то меня раздражает, или что-то печалит, или... И вовсе не то, что предложение Антона Быстрова может оказаться очередной насмешкой судьбы...

С тех пор как родилась Варя, я сознательно пытаюсь сохранять свое нервное и психическое состояние в пределах нормы. Для меня это значит не плакать по утрам, не ходить по улицам с постным лицом; играя с дочкой, не думать о своем, недетском, и вполне радоваться жизни, несмотря на то, что она предлагает вовсе не то и не столько, сколько бы я хотела...

Чтобы не давать воли своим негативным эмоциям и не попадать время от времени в психический аут, я, лично для себя, открыла очень простой, но действенный закон. Нельзя загонять внутрь свои переживания, сомнения, расстройства, надеясь, что они рассосутся сами. Нельзя врать себе. Кому-то — можно. А себе нельзя. Мне приятнее сказать соседке, да и подчас верной подруге Нельке, что у меня всё не так уж плохо. Не материализовывать свою тоску, не подключать к ней других людей, не дать ей зажить собственной жизнью еще и вовне меня...

Но вот внутри самой себя я пытаюсь четко определить — а что есть причина моего сегодняшнего дурного настроения. Что-то в этом роде мне пытался не так давно говорить один человек... в чужом заснеженном саду... Загнанные внутрь и неопознанные дурные или печальные мысли, как выяснилось, никуда не уходят. Они превращаются в уродов, монстров, тихо сидящих внутри и вылезающих в самый неподходящий момент. Терпела, терпела, копила, копила — и вдруг взорвалась! И хорошо, если от взрыва погибли враги, а не ты сама, или не беспомощный малыш, живущий с тобой и полностью зависимый от того, насколько удачно ты справляешься с каждодневной пыткой под названием жизнь. Ты пытаешь, тебя пытают, кто-то вырывается — уходит туда, где уже ничего не больно, а кто-то свыкается и даже находит в этом удовольствие...

Я дошла до Патриарших прудов и решила чуть передохнуть. Поискала глазами свободную лавочку. Что-то, видимо, я себе внутри намечтала, а что — признаваться не хочу. Что-то на встрече в пятнадцать сорок пять произошло не так, совсем не так, как я хотела, и я теперь мечусь, ругаюсь и кляну Создателя (не себя). Ведь это Он, создавая нас, заботился прежде всего о том, чтобы мы размножались, несмотря на потопы, обледенения, засуху и землетрясения. А что мы при этом неостановимом, безумном размножении чувствуем, как убиваем друг друга, как мучаемся — это пришлось корректировать позже, это, видимо, не удалось заложить в генетическую программу, в мозг или в какой-нибудь физический орган.

Иногда мне кажется, что мы, вкупе со всем живым на Земле, — чья-то дипломная работа, а может — и курсовая... Что-то получилось, что-то нет, это — на отлично, а кое-что — на троечку. Вот в человеке аппендицит — ошибка, желчный пузырь — на тройку, зубы разрушаются быстрее, чем сердце... А то, как человек умирает — в болезнях, — неужели это отличное решение? Не получилось по-другому? Или это было неважно — для Создателя?

Произвел ты себе подобного по четко отлаженной внутри организма схеме — она-то работает безупречно, — подрастил до того возраста, когда детеныш сможет сам плодиться, и ты больше не нужен никому: ни детенышу, ни Создателю, ни самому себе... Тебе остается в здравом уме наблюдать, как перестают работать руки, ноги, печень, почки, как отказывается служить мозг. И только душа, чуть уставшая от причуд и болезней тела, но все такая же — а ей-то что будет, она-то не умрет — только она все так же болит и страдает, реже — радуется.

Я всплакнула. Потом достала телефон. Я, конечно, поняла, почему вдруг, в прекрасный майский день мне в голову полезли мысли о несовершенстве мира, о жестокости Создателя и неизбежной старости. Не надо себя обманывать, тогда монстрам внутри тебя нечего будет кушать. Я стала набирать номер, набрала «651-», а в это время на дисплее появились цифры этого же номера полностью. Все-таки общение человеческих душ на расстоянии — это чудо и загадка.

— У меня тоже есть просьба, — он говорил сухо и нейтрально.

— Да? — скорей всего, я была более доброжелательна, чем он.

— Мне нужна некоторая помощь.

— Пожалуйста, если я смогу.

— Надеюсь — да.

— А когда?

— Если возможно, прямо сейчас. Могу освободиться на... — он спросил секретаршу по громкой связи, — Свет, во сколько придут люди из посольства?

— В пять пятнадцать.

— Ага... Перезвони, пусть чуть задержатся, если можно. На шесть, допустим, — он снова обратился ко мне: — Где мы можем сейчас встретиться?

— А... могу я узнать, в чем состоит просьба и чем я смогу помочь?

— Разумеется. Просьба личного характера, мне нужен совет. Совет человека, женщины с хорошим вкусом.

Я немного удивилась. Ладно, пусть так. Если и игра, то не из тех, к которым привыкла я. Я пока не понимаю правил.

— Хорошо, я на Патриарших прудах. Сижу на скамейке, напротив...

— Я найду. Я буду там через десять минут.

Я увидела, что он сам за рулем. Несколько напряглась и обрадовалась. Да, я обрадовалась, честно сказала я себе. И тут же один, самый большой монстр, корячившийся у меня в груди и причинявший мне боль, сморщился и затих. Я несколько раз глубоко вздохнула и улыбнулась. И ему — он вышел из машины и шел ко мне, и самой себе. Вот так бы давно. Спросила бы себя: «Леночка, а чего ты хочешь-то на самом деле? А-а-а... Ясно. Ну для этого тебе надо делать то-то и то-то, не получится это, пробовать другое, но пытаться добиться того, чего ты хочешь, а не бежать от этого, трусливо, малодушно и опрометчиво».

— Еще раз добрый день, — сказал он и протянул мне руку.

«Как невежливо», подумала я и вместо рукопожатия поднесла свою руку так, чтобы у него была возможность ее поцеловать. Что он и сделал. Так, шажок.

— Я рада.

Еще шажок.

— Я тоже. Просьба моя, может быть, несколько странная... Сейчас объясню.

Мы сели в машину и поехали в сторону... моего бывшего дома. То есть дома, где сейчас жил пьяница и безобразник Савкин с компанией. По дороге мы молчали. Он спросил меня:

— Как дочка?

Я ответила:

— Хорошо. Нормально.

Он кивнул и включил музыку. Хороший вкус. Скрипка, Сарасате. Только очень нервно. Он взглянул на меня и переключил на другую дорожку. Тоже ничего. Шопен. Только грустно. Он опять мельком взглянул на меня и выключил музыку совсем.

— Так лучше?

— Я произвожу впечатление тяжелобольной?

Он улыбнулся.

— Вы просто производите впечатление. И я, вероятно, стараюсь больше, чем нужно.

Мы проехали дом, где находилась моя разграбленная квартира. Он спросил:

— Кто здесь сейчас живет?

— Фиктивный муж, бывший, прописанный в моей квартире.

Он взглянул на меня, но больше ничего не сказал. Мы свернули на бульвар. Объехали его кругом и въехали во двор нового кирпичного дома, обнесенного черной кованой оградой. Охраны никакой не было — вход и въезд свободный пока был свободный.

Он припарковался возле второго подъезда и показал мне на дом.

— Хотел попросить... Я здесь купил квартиру. Надо что-то с ней делать, ремонт, что ли... Дом уже заселен. У меня там жил друг полгода — ему деваться некуда было. Он поставил раковину, кресло, а больше там ничего нет. Завтра придут смотреть архитекторы. Но я должен понять — что им сказать. Чего я хочу. А я не знаю. Мне все равно. Совершенно все равно. Вот я и... — он посмотрел на меня, — прошу совета...

Я пожала плечами и сама тут же себя внутренне одернула. Ну что я притворяюсь? Ведь я рада. Рада! Что он вообще о чем-то меня просит. Какого-го совета — повод это или правда — какая разница. Почему я сейчас собралась равнодушно сказать: «Да пожалуйста, мне не трудно». Да мне вообще делать нечего по жизни, разве что ходить по чужим новым квартирам и советовать.

— Если я смогу сказать что-то вразумительное... Конечно, с удовольствием.

Мы поднялись наверх. Квартира оказалась на седьмом этаже, очень большая, светлая. Мы походили по пустым комнатам — мне показалось, что комнат больше четырех. Я с некоторым удивлением взглянула на него, но ничего не спросила. Постояла у одного окна. У другого.

— Прекрасный вид, — сказала я.

— Да, — ответил он и тоже подошел к окну. — Шторы, наверно, какие-то надо. Да?

— Да, — кивнула я. — Шторы надо.

— И здесь что-то поставить, да?

— Конечно. Диван.

— Да, правильно. Диван, — он поправил прядь моих волос. — Растрепались, — объяснил он и убрал руку.

— Я прическу сделала сегодня.

— Красиво, — сказал он. — Обычно тоже красиво. Коса, чуть такая, — он показал рукой, какая.

— Растрепанная, — помогла я.

— Да, точно.

— Если постричься, я стану тетенькой.

— Нет, неужели... — Он и так и так посмотрел на мое лицо. — Нет...

— А так я больше похожа на девушку, уставшую немного. Правда?

— Да. Именно. Да, на уставшую девушку.

Он смотрел на меня. Просто стоял рядом и смотрел. На мои брови, уши, лоб, губы, волосы — медленно переводил глаза с одного на другое.

— Что-то не так? — спросила я.

— Да. Да, именно, что-то не так. Не знаю, — он взъерошил себе волосы и посмотрел на потолок. — Может быть, потолок померить?

— Да. Правильно, — сказала я. — Измерить высоту потолка. Да.

— Здесь была рулетка.

Мы походили по комнатам, ища рулетку, но не нашли.

— Думаю, три метра, — сказал он.

— Да. Три. Три тридцать, — поддержала я.

— Правильно. Три тридцать. Хорошая квартира, или... — Он посмотрел на меня — Как?

— Хорошая. Прекрасный выбор.

— Я не выбирал. Мне было все равно. Так получилось.

— Понятно. Но квартира очень хорошая. Большая.

— Очень большая.

— Светлая. И планировка просто прекрасная.

— Да. — Он внезапно подошел ко мне совсем близко и безо всякого предупреждения, слов, взглядов стал целовать, крепко держа меня при этом за шею сзади.

Я не вырывалась, хотя комсомолка внутри меня поначалу и дернулась. Христианка замерла в сомнениях. А женщина простая, жизнью битая, пятнадцать раз брошенная и двадцать восемь обманутая, отдалась в объятия безо всяких лишних размышлений.

Я чуть отстранилась от него. И он отпустил меня, не сразу, но отпустил. Я внимательно посмотрела на него и протянула ему руку. Он молча взял ее, притянул меня, и я почувствовала, что становлюсь невесомой, отрываюсь от пола — просто он медленно, не спеша поднял меня и удобно устроил у себя на руках. И держа меня, подошел близко к окну.

— Это Крылатское, что ли? Или Строгино? — задумчиво спросил он.

— Это Крылатское. Строгино видно из другого окна.

— Хорошо. Что так много всего видно, правда?

— Правда.

Он аккуратно отвел волосы с моего лба.

— Вот это вопросительные морщинки, а вот эти две, — он провел пальцем между моими бровями, — сердитые.

Я не привыкла сидеть у мужчины на руках и попробовала слезть. Он засмеялся, подбросил меня вверх, а потом поймал. Я закрыла глаза. Какое-то невероятное ощущение обрушилось на меня так внезапно, что я даже помотала головой, чтобы очнуться от этого морока. Мне показалось, что я маленькая, совсем маленькая, легкая и беспомощная. Я сама обняла его за шею и прижалась к ней носом. И опять уловила уже знакомый запах леса, утреннего апрельского леса и подумала — не забыть спросить, как называются духи. Потому что ведь это совсем не те духи, которые раньше покупала я, — в подарок. Сначала мне показалось, что те, но они — совсем другие, совсем... Я хочу понюхать их в магазине, я хочу купить их, слышать их каждый день, чтобы привыкнуть к ним быстрее. Чтобы перестать искать и ждать этот запах, невероятно свежий, чистый, заполняющий все мои легкие запах едва-едва просохшей от снега земли, первых цветов и первой травы, влажноватой хвои и молодой березовой коры...

Наверно, я сошла с ума? Я не хочу, я не буду любить его! Я уже достаточно любила. Я любила всю свою сознательную жизнь только одного человека, имела от этой любви столько боли, что хватило бы еще на одну жизнь, которой у меня, кстати, не будет, и гораздо меньше радости.

Женщина, с юности живущая с одним и тем же мужчиной, — это диагноз. Для меня близость с мужчиной означала близость с Сашей. Чего-то другого мне никогда не хотелось, и сейчас я боялась.

— Я должна вам кое-что сказать.

— Скажите, конечно, — он поцеловал меня в лоб.

Хорошо, что, сидя в сквере на Патриарших, я вытерла влажной салфеткой весь свой грим молодого счастливого лица... толщиной в полтора сантиметра.

— Это очень важно. Я... сколько я себя помню, я ждала одного человека. Смешно, да?

— Пока не очень. И...?

Мне почти не важно было, что он скажет и подумает, я должна была это произнести вслух. Чтобы он это знал! Чтобы я случайно этого не забыла, вот прямо сейчас не забыла, в крепких уверенных объятиях, в этом аромате, очень хорошем аромате чужой жизни, случайно пересекшейся с моей.

— Ждала-ждала, пока мне не надоело ждать, почти совсем надоело. Тогда он пришел и сказал: «Будь со мной всегда». Я не поверила, отказалась. И тогда он сделал так, чтобы я поверила. Он сказал: «Роди мне еще ребенка». И я согласилась. А тогда он сказал: «Извини, больше не хочу — передумал». Так вот: я больше не хочу этого ни от кого слышать! Никогда. И я...

Я не хочу никого любить, даже этого милого человека, с его невероятными плечами, на каждое из которых можно посадить по крупному ребенку и еще останется место, с его огромными коленями, по котором можно прыгать, как по камням, с его теплыми ладонями и этим запахом, дурящим, обманывающим запахом!

Я и не заметила, что у меня потекли слезы. Толя осторожно вытер мне щеки обеими ладонями. И стал покачивать меня, не отпуская.

Он шептал мне какие-то глупости, что я маленькая, что я любимая, самая любимая, а я чувствовала — еще чуть-чуть, и я сдамся, я брошусь в этот поток, уносящий меня к новому страданию. Я разняла руки, которыми, оказывается, крепко держалась за его шею. Он вернул мои руки обратно и расцеловал меня так, как я люблю целовать Варьку — от бровей до подбородка. От неожиданности я притихла и снова закрыла глаза. Так я, видимо, и пропустила тот ответственный момент, когда сдалась.

— Ты выйдешь за меня замуж? — спросил Толя.

Я точно знаю, это он мне сказал еще до всего, что было потом, после чего я забыла не только Александра Виноградова с его тонкими запястьями и нежными мочками, но и временно забыла о малыше, замершем от неожиданности у меня внутри, и о бесконечно любимой Варе. А также о страдании, что поджидало меня на подлой тропиночке с милым названием «любовь». Любить — как известно, здоровью вредить.

Я знаю, что он спросил меня про «замуж» еще до всего, что было потом, потому что я ответила:

— А если я тебе не понравлюсь... или ты мне не понравишься?

— Это будет большое разочарование, — ответил он. — Тогда ты возьмешь свое согласие обратно.

«А ты?» — могла спросить я, но наученная годами унижений с Александром Виноградовым, не спросила.

— Но так не бывает. Мы ведь еще...

— Именно так и бывает, — засмеялся он. — Представь, что я ухожу на войну.

— А ты уходишь на войну?

— Нет, к счастью, пока нет.

— Ты обо мне ничего не знаешь, Толя. Самого главного.

Он улыбнулся:

— Ты мусульманка?

— Нет, конечно.

— Ты любишь того, о ком плакала у Женьки на даче? Который сказал: «Извини, я не добежал»?

— Нет, — ответила я чуть менее уверенно. Он это услышал и посмотрел на меня внимательно.

— Тогда что?

— Я жду он него ребенка.

— А... ну да, он же попросил... — Толя посмотрел на меня.

— Да, а я постаралась...

— Да-а... жаль... значит, я чуть-чуть не успел...

Я промолчала.

— А он тоже ждет вместе с тобой?

— Нет.

Толя очень аккуратно приподнял мою кофточку и погладил живот.

— Смотри-ка... А какая смелая, гордая... Пришла, ушла... А у нее там человек... Кто, не знаешь?

— Нет, специально не узнаю. Чтобы ошибки не было. Кто будет, тот и будет. Все мое. Но... вроде мальчик. Бабки говорят, все до единой.

— Как я иногда завидую женщинам и чувствую себя полным идиотом... Маленькая, слабая женщина, у которой внутри растет малыш, дерзко говорит мне: «Пока!» и, не оглядываясь, уходит. А пришла ведь за помощью, правда?

— Ты решил помочь? — Я держала его руками за шею — просто чтобы не упасть, а получалось, что я его обнимаю. — Я похожа на твою первую жену?

Он покачал головой.

— Нет, совсем не похожа. А... — он осторожно опустил кофточку, — тебе... можно?

— Наверно... Только первые три месяца нельзя, и перед самыми родами...

Мне захотелось слезть с его рук. Он как будто это почувствовал и отпустил меня.

— Давай мы действительно посмотрим то, что ты просил меня посмотреть, посоветовать... Или ты все наврал?

— Нет, почему, — он внимательно посмотрел мне в глаза. — Давай. Посмотрим. Иди сюда.

Он открыл дверь, и мы оказались в просторном помещении с аркой посередине.

— Это, вероятно, подразумевалась гостиная. Там вроде как кухня.

И действительно, в помещении за аркой я увидела одиноко стоящий столик, раковину и плиту.

— А холодильник?

— Я же здесь не живу. Друг как-то перебивался. Зима была, на балкон сосиски бросал, наверное... Он точно как я когда-то — с войны вернулся, а дома его не ждут. Только я-то в своей квартире куковал, а ему пойти некуда было.

— А где он сейчас?

— Уехал. — Толя отвернулся. — А я потом приходил сюда как-то раз, с архитектором, знакомые посоветовали. Но он мне такое навертел... Подвесные потолки спускаются ступеньками. Разноцветные огоньки бегают по потолку ванной, в спальне зеркало на потолке, а мне и спальня-то никакая не нужна была ...

— А зачем ты вообще такую квартиру большую купил?

— Это моя давняя мечта — ходить из комнаты в комнату большими шагами и тратить на путь до ванной уйму времени...

— Ты шутишь?

— Конечно. Так получилось. Я вложил в этот дом деньги, когда здесь еще стояла панелька — пятиэтажка с картонными перегородками. И практически думать об этих деньгах забыл. Вырастут — вырастут, потеряю — так и что ж. В тот момент и рубли и доллары все равно сыпались... Я ведь не бизнесмен, ты видишь. У меня другие игры.

— Войнушка?

Он улыбнулся.

— Ага. Политика, ордена...

— У тебя есть орден?

Он кивнул.

— И не один. Может, теперь согласишься?

— Замуж?

Он обнял меня, и я опять не заметила, как обрела невесомость.

— Да ладно. Так уж и замуж сразу. Надо посмотреть, что к чему, как одна очень современная женщина только что мне сказала. Действительно, что ж так прямо — по старинке...

Мы оба посмотрели на единственное кресло, которое стояло посреди комнаты. Потом посмотрели друг на друга. Я опустила глаза, а Толя засмеялся:

— Еще есть столик на кухне. Что вы предпочитаете?

— Я предпочитаю помыть руки, — сказала я и неожиданно для самой себя поцеловала его губы, которые были слишком близко от меня.

Он запрокинул мою голову. И я растворилась в нем. Почти до конца. Одна мысль не дала мне возможности раствориться полностью.

— Осторожно, только, пожалуйста, осторожно, — кажется, говорила я вслух.

— Ну и что ты скажешь? — спросил он меня, когда мы сидели, обнявшись в единственном кресле.

Я со страхом прислушивалась к малышу и думала только об этом — если что случится, — я себе не прощу никогда. На всю оставшуюся жизнь. О чем думал Толя, я не знаю.

— А? Что скажешь? — повторил он и провел губами по моему виску.

— О чем?

Я чуть отстранилась и посмотрела в его глаза — хоть рассмотреть глаза человека, с которым я только что забыла, почти забыла о том, что я не просто женщина, а как говорят священники — женщина «непраздная», человека ращу в животе. Глаза у него оказались серые — обычные. Со светлыми ресницами.

— Ты согласна выйти за меня замуж?

— Ты посчитал моих детей?

— Да.

— Н-наверно, согласна.

— Тебе надо подумать?

— Да. Нет. Не знаю... — Я вздохнула. — А ты подумал? Он засмеялся.

— Да.

Я умылась, мы поискали на кухне, нельзя ли сделать чай или кофе, ничего не нашли и решили быстро выпить кофе где-то по дороге. В машине он меня спросил:

— Так где вы сейчас живете?

— Я сняла квартиру, то есть комнату.

— Господи... — он внимательно посмотрел на меня. — Почему ты мне не позвонила?

Я промолчала.

— Ты тогда звонила... Понятно.

— Да, после суда. Я совсем растерялась.

— Я вас прямо сегодня заберу. У меня, правда, одна комната, но очень большая, и кухня — огромная.

Я посмотрела на него.

— На кухне буду спать я, а вы с Варей — вместе. Пока. И надо быстро отремонтировать эту квартиру, безо всяких бегающих по потолку огоньков. Ты можешь заняться?

Я вспомнила, как истово, с увлечением и радостью я занималась сначала Сашиной дачей, потом перепланировкой той самой квартиры, где мы должны были уже полтора года как жить... Как до мелочей представляла, где что будет стоять, какого цвета будут шторы в Сашиной комнате и обои в прихожей...

— Да, могу, наверно. Только мне нужно сейчас писать сценарий. Ты же слышал — при тебе позвонили из кинокомпании. Они покупают то, что я написала. Но наверняка потребуются какие-то изменения...

— Я ничего не знаю об этом. Расскажи, пожалуйста.

— Толя...

— Да?

— Ты можешь остановить машину на секунду?

— Тебе нехорошо?

— Нет, все в порядке.

Он остановил машину и повернулся ко мне. Внимательно посмотрел на меня и сказал:

— Да, я тебя люблю, ты ведь это хотела услышать? Да, я пропишу тебя сразу в эту квартиру и Варю тоже. И оформлю на тебя собственность. Чтобы вы не были больше бездомными. Для человека это не менее важно, чем любовь. Так?

— Ты что?! — я смотрела на него во все глаза.

Я действительно хотела узнать, спросить, убедиться, услышать — ведь он не произносил этого — про любовь, не про собственность. А как же без пароля, без слов, которые являются кодом и вмещают в себя все то, что человечество успело понять и принять, на сегодняшний день, про любовь.

«Я тебя люблю» — значит, я хочу с тобой жить, жить честно. Так понимаю я — комсомолка. Я тебя люблю, и я хочу быть с тобой в горе и радости, до последнего дня моей жизни — так понимаю я, христианка. Я тебя люблю, и, значит, хочу быть близка только с тобой, пожалуйста, не проси меня целовать Милку или твоего друга. И я не хочу, чтобы ты жил также с нашей будущей соседкой, даже если она будет моложе меня на пятнадцать лет. Ведь кто-то из подъезда точно будет моложе меня...

Но при чем тут жилплощадь и права на нее? Наверно, хорошо, что он сам сказал об этом, но...

— Прости, может прозвучало грубовато — все в одну кучу. Но я хочу, чтобы у тебя не было сомнений — со мной тебе будет лучше, чем сейчас. Во всех отношениях. Очень рационально, разве не так? — он поцеловал меня и погладил по голове.

Как можно было после таких слов сомневаться в истинности чувств этого крупного мужчины, большого начальника, офицера и в общем-то несколько первобытного, но красавца?

— И можешь мне поверить, о твоей жизни у меня было время подумать, — добавил он.

А я подумала: «Господи. Я тебя благодарю, если только это не шутки рассерженного Творца — я ведь и это раскритиковала, и то: и аппендицит ей не нравится, и в тайные замыслы Создателя все пытается проникнуть, понять — а зачем, а почему. И зачем нам каждодневные соития, и почему зубов не хватает на всю жизнь...»

Мне так хотелось спросить — а давно ему пришла в голову такая странная мысль — жениться на мне? Но я не спросила, потому что это вопрос сродни тому, когда я однажды попыталась спросить Женьку:

— А как ты это играешь?

И он в ужасе замахал руками:

— Нет, нет... не спрашивай даже...

«А как тебе пришло в голову это написать? А почему ты в этом спектакле чуть заикаешься? А зачем ты на этой картине нарисовал такую загогулину, на хвост похожую? А можешь сказать, в какой момент ты меня полюбил? И надолго ли?..»

Глава 17

> «Сычи, мелкие или средние птицы отряда сов.
>
> 25 видов, в Евразии, Африке и Америке. В СССР — 3 вида».
>
> *(Советский энциклопедический словарь,*
> *1985, с.1290)*

Толя забрал нас из квартиры Любови Анатольевны действительно в тот же вечер. Пока он ездил на встречу, мы собрали вещи и сходили купили в ночном магазине большой букет цветов и чудесного гнома в красном колпачке и золотистом камзоле нашей милой хозяйке. Любовь Анатольевна даже расплакалась и взяла с меня обещание приезжать в гости.

Толина квартира оказалась в трехэтажном доме, который построили немцы после войны. Однокомнатной ее можно было назвать с большой натяжкой. Кухня, действительно, огромная — метров двадцать пять, при желании можно было разделить ее на две части. Мало того, из кухни вел черный ход на лестницу. Толя подмигнул мне, показывая на эту дверь:

— Для тайных агентов. Имей в виду, если увидишь подозрительную личность...

Я понадеялась, что он шутит.

В ванной комнате стояла чугунная ванна на ножках. Думаю, ее поставили тоже пленные немцы.

— Это модно... — в некоторой оторопи проговорила я. Я и представить себе не могла, что, имея деньги, можно сегодня так скромно жить.

Толя засмеялся.

— Надеюсь, ты все сделаешь, как надо — модно, красиво или как захочешь — в той квартире.

— Можно я для начала уберу арку?

— Можно, — кивнул Толя. — Даже не спрашиваю, почему. Варюша, — взглянув на меня, он повернулся к стоявшей поодаль Варе, — тебе мама сказала, что я сделал ей предложение?

Варя молча посмотрела на меня. На него смотреть не стала. И ушла, села в прихожей на большую сумку.

Мы с Толей взглянула друг на друга.

— Это будет сложно? — спросил он меня.

— Не думаю, — ответила я вполне искренне. — Просто не сразу.

Комната была построена в виде буквы «п», с тремя окнами и балконом. Так что и здесь можно было понастроить перегородок и поселить еще Савкина, к примеру.

— Располагайтесь, девушки, а я съезжу за остальными вещами.

Пока его не было, я постаралась еще раз поговорить с Варей. Мы вместе ходили по квартире, рассматривая немногочисленные фотографии. Вот, вероятно, родители. А вот, скорей всего, маленькая девочка — его дочка. Варя долго смотрела на ее фотографию и молчала. Когда приехал Толя, она тоже не проронила ни слова. Промолчав так до самой ночи, она отказалась от ужина, часов в двенадцать я оглянулась и ее не увидела. Я походила-поискала ее и обнаружила сидящей на полу в том же самом месте — в прихожей. Сумки я, разумеется, разобрала не все, да и не было смысла их до конца разбирать. Девчонка моя сидела между пакетами и молча смотрела перед собой.

— Дочка... — Я попыталась погладить ее по голове, а Варя, моя добрая, послушная Варя, моя капелька и частичка, резко увернулась и еще махнула рукой, чтобы попасть мне по руке.

Она промахнулась, подняла голову, и я увидела в ее глазах слезы.

— Варюша...

— Иди к нему! Что ты пришла? Иди... — сказала бедная Варя и заревела. Когда она так плакала, она становилась похожей на маленького, обиженного, несчастного Сашу Виноградова... «Одно лицо!..» — смеялся Саша, любивший поддразнивать меня на предмет Варькиной очевидной и неоспоримой похожести на него.

Я присела рядом с ней, чувствуя, что сейчас зареву тоже. Да села как-то неудобно, и у меня резко защемил правый бок. Я заохала и попыталась встать. Варя испуганно посмотрела на меня:

— Мам, ты что?

Я схватилась за бок.

— У тебя болит сердце?

— Нет, Варюша, сердце слева, вот здесь... Просто что-то... Ой, подожди...

Боль был такая резкая, что мне трудно было даже говорить. Варька безумно испугалась, засуетилась около меня, приложила ручку к тому месту, за которое я держалась. Боль стала поменьше.

— Мам, можно я позову... дядю? — она смотрела на меня испуганными глазами.

— Нет, Варюша, не надо... Чем может помочь мужчина...

Она держала ручку, не отнимая, и боль постепенно проходила. Вероятно, просто малыш внутри своей тяжестью надавил мне куда-то. Через несколько минут все прошло. Я взяла Варю за руку.

— Варюша, пойдем выпьем чаю? Я без тебя не ела. И не пила ничего.

Она руку не вырывала, только крепко ее сжала.

— А он... уйдет, мам, а? — с надеждой спросила она и заглянула мне в глаза.

— Нет, Варюша, это же его дом, куда он пойдет.

— А мы будем с ним жить теперь? Зачем?

— Варюша. Я... я люблю его и... я выйду за него замуж.

— А как же я? — она заплакала.

— Доченька... Ты — это ты. Я тебя люблю больше всего на свете, больше самой жизни. А он будет моим мужем.

— А как же папа?

Варька, милая моя Варька, любила Сашу Виноградова очень. Любила сидеть у него на коленях, когда он смотрел телевизор, бездумно перетыкая с программы на программу. А она сидела, обняв его, и смотрела всю ту ерунду, под которую кемарил в кресле вечно пьяненький к вечеру Саша. Она любила улечься вместе в ним в девять вечера в постель и слушать, как он, явно думая о своем, на одной ноте бубнил ей какую-нибудь сказку. Иногда я слышала, как она смеялась:

— Пап, ты читал уже эту страницу, переворачивай!

Варька любила гоняться за ним на даче, когда он стриг траву газонокосилкой, и ездить на тачке в лес, взгромоздившись на плотную ароматную кучу свежескошенной травы. Она хохотала и смеялась, и обнимала его, расцеловывая, и ждала — дождаться не могла вечером, когда мы жили вместе, и ждала — дождаться не могла субботы, когда Саша жил один.

Никогда не будет она любить Толю так. Скорей всего, она вообще не будет его любить — никак. Замкнется, станет быстро взрослеть, отдалится от меня. И я ничего, ничего не смогу с этим поделать.

Толя наверняка сейчас слышал — у нас что-то происходит, но не вмешивался.

Я аккуратно вытянула ноги, чтобы больше нигде не защемило, села поровнее, притянула дочку к себе и дала слезам волю. Варька, сопя, сидела, уткнувшись в меня, но больше не ревела.

— Прости меня, Варюша. За все прости. За то, что я дом наш не сохранила. За то, что Сашу не смогла сохранить, за то, что так опрометчиво родила тебя. Я надеялась, что, когда родишься ты, мы с папой, наконец, будем вместе. Это такая ошибка некоторых мам... Мне казалось, что именно этого нам и не хватает.

— А папе так казалось? — вдруг спросила Варя.

— То казалось, то не казалось. Ты же знаешь нашего папу.

— Ушел-пришел, убежал-прибежал, — кивнула Варька и добавила, гладя меня по мокрой щеке и целуя, — не плачь, мамочка, пожалуйста.

— Я не буду, дочка. Но я не знаю, что мне делать. Наверно, не надо было сюда приезжать... Я, наверно, поспешила... Хочешь, поедем обратно, в... нашу комнату?

Жестоко было спрашивать об этом семилетнюю девочку. Что она могла мне ответить, моя дочка, которой я в результате не смогла дать ничего, кроме своей глупости? Варька ничего не ответила, положила мне голову на колени и затихла.

Что я могу дать дочери, кроме своей непрактичности и благостной терпимости? Всепрощение... Я никак не могла понять, что он подлец, потому что я, столь наивная, вообще не знала, что это такое... Что можно — вот так... Я много лет не понимала, ждала и надеялась — как на полном серьезе рассказала сегодня Толе. Но я ведь даже не осознавала — *кого* я ждала... Он делал гадость, я сразу это прощала, не составив себе труда понять, что произошло, умывалась слезами и покорно ждала, когда же он придет снова, с новыми предложениями...

Варька уснула у меня на коленях, я гладила ее по головке, бесконечно дорогой и любимой, и уже ни о чем не думала.

Этот странный день подошел к концу, а я и не знала — радоваться мне или печалиться.

На следующий день я поехала на киностудию «Антон и они». У них было три комнаты на Мосфильме. Взяла с собой Варю, чтобы не оставлять ее одну у Толи в квартире.

Я познакомилась с симпатичным, энергичным Антоном Быстровым. Мы обсудили устно и тут же быстро набросали план из сорока двух пунктов — что надо изменить и в какую сторону развивать дальше. У Антона были грандиозные планы — сделать на основе моего сценария бесконечный и... любимый детьми сериал. Меня всегда восхищает в людях та уверенность в собственных силах и талантах, которой мне часто не хватает.

— Я уже уговорил... гм... солидных людей дать деньги на двадцать серий.

— То есть мне надо срочно приниматься за работу?

— Прямо сегодня, желательно! Есть уже и режиссер хороший, Владик Комаров. Он снял два полнометражных детских фильма. И актеров вовсю подбираем...

Пока мы с ним разговаривали, в комнату несколько раз входила ассистент режиссера, приносила ему какие-то бумаги и фотографии, хотя он каждый раз говорил: «Надежда Андреевна, потом, потом, ну Надюша Андревна!» Она его при этом называла просто «Антошей». Он объяснил мне, что почти весь штат его кинокомпании — из старых мосфильмовских работников, которые прекрасно могут организовать производственный процесс — съемку и подготовку к ней, и при этом так горят, и так держатся за место, что плати им — хорошо, а не плати — все равно будут работать, за идею.

— Я плачу́, — засмеялся Антон, увидев сомнение в моих глазах. — Кстати, о птичках, они же — твои гонорары. —

Он сразу стал называть меня на «ты», спросив разрешения. Мне пришлось сделать то же. — Ты посоветовалась с людьми, представляешь сумму, до которой можешь торговаться? Нижний предел я тебе еще по телефону подсказал.

— Ох, Антон... Нет, я ни с кем не советовалась. Давай... торговаться. Но я не умею. Лучше без торговли как-нибудь, а?

— Хорошо. Давай так.

Он написал на листочке цифру.

— Это за всё? — я с сомнением взглянула на продюсера.

— Это за серию. В твердой европейской валюте. Идет?

— Идет! — Я облегченно вздохнула. Попыталась посчитать в уме и ужаснулась сумме. — Вот это да...

— Вот и весь торг! — засмеялся очень довольный Антон. — Лен, ну ты журналист или где?

— В основном — где, — ответила я. — Теперь такой нюанс...

Я собиралась сказать, что будет вынужденный перерыв — из-за родов, надо как-то заранее учесть его, и тут в комнату опять вошла, внеслась Надюша Андреевна.

— Простите, вы же наш сценарист? Елена Витальевна? Я улыбнулась.

— Да, здравствуйте.

— Это ваша дочка очаровательная там сидит?

— Да, моя, Варюша.

— Антон... — Надюша Андреевна выразительно посмотрела на Антона. — Посмотри, там девочка... — Она что-то сказала ему одними губами.

Он посмотрел на меня.

— Гм... Лен, а ты не возражаешь, если мы... Вот тут говорят, твоя дочка может подойти на главную героиню...

— Варя? Да что вы! Она совсем другая, чем Соня. Соня такая хулиганистая, а Варя... Да нет, Варя — не актриса... — Я посмотрела на них обоих и поняла, что говорю все совершенно напрасно.

— Там уже все собрались, — добавила Надюша Андреевна. — Как раз Владик пришел, режиссер наш, — пояснила она для меня.

— Но ей же в школу осенью идти... Нет, подождите, как же она сможет?

— Да, может быть, еще и не подойдет! И не получится! Или она не захочет! — увещевала меня Надюша Андреевна, подталкивая к выходу.

В соседней комнате Варя громко читала сценарий — за Сонечку. А симпатичный, доброжелательный молодой человек лет тридцати, в сером свитере, с бородкой — читал за Гнома. Я поняла, что это режиссер Владик Комаров. В комнате было еще несколько человек. Все активно кивали, улыбались Варе. Кажется, моих советов и комментариев здесь ждали меньше всего.

— Отдай, я говорю тебе — отдай! — противнейшим голосом и совершенно органично канючила Варька.

Окружающие тихо смеялись. Владик, показывая всем кулак, говорил смешным голосом:

— Не могу, все! Растворилась твоя любимая кукла!

— Нет! — заплакала Варька и вдруг тихо и с угрозой сказала, взглянув на Владика: — Сейчас я тебе твой колпак оторву, дурацкий!

Владик прикрыл рукой воображаемый колпак. Все смеялись и даже хлопали. Я много писала о театре и хорошо знаю цену этим восторгам. Сейчас задурят девчонке голову, через полчаса придет другая «Соня», они так же будут восторгаться и хлопать.

— Варюша, ты молодец, — я подошла к ней и аккуратно взяла из ее рук сценарий. Надо же, он уже совсем по-другому записан, видимо, это и есть пресловутая «американская» запись — пять фраз на одном листочке, перевод бумаги. — Тебе самой понравилось?

Варька вздохнула.

— Не очень. Соню так жалко...

Режиссер-постановщик Владик подошел ко мне. Мы поздоровались, познакомились, Владик очень искренне похвалил мой сценарий и Варю. Варе пришлось еще сделать несколько фотографий и видеопробу. Я была уверена, что это все — пустая трата времени, но ссориться с группой сразу не стала. По дороге домой, к Толе, Варя молчала, но глаза ее сверкали и щеки горели.

— У меня ведь есть еще дом в пригороде, вроде дачи... — сказал Толя вечером. — Но я там так давно не был... Прошлым летом один раз приезжал, даже не ночевал, не получилось. Вам бы, конечно, хорошо там пожить... Воздух шикарный, часик походишь, подышишь и в сон валит. И недалеко совсем — сорок километров. Но сможем ли мы одновременно зарядить ремонт в квартире и подремонтировать дачу?

— А там свет есть?

— Есть, должен быть, — Толя приобнял меня. — Ну что ты так смотришь? Мне не до дома было все эти годы.

— Я понимаю. А вода какая-нибудь есть?

— И вода, и газ, и даже отопление, теоретически. Но надо все проверять, чистить... Может, съездим в субботу, посмотрим?

— Давай.

Варя по-прежнему смотрела на Толю волчонком, и я никак не могла понять, что же это такое. Ведь Женька ей очень нравился. Что-то, значит, она чувствовала в Женьке, что не давало ей ревновать. А здесь... Ближе к ночи она ходила за мной хвостиком по квартире — в ванную, стояла у двери туалета — так она делала, когда была совсем крохой. Спать мы легли вместе, она обвила меня ногами-руками, положила голову на плечо, ухватилась рукой за волосы и не спала до тех пор, пока я не почувствовала, как проваливаюсь в сон.

* * *

В субботу мы съездили на Толину дачу. Там оказалось очень хорошо и все очень заброшено. Толя включил насос и через несколько минут из трясущегося, плюющегося крана потекла черная вонючая вода. Потом она стала коричневой, потом рыжей. А через полчаса совсем нормальной. Мы обошли достаточно большой участок. Сам дом, двухэтажный, деревянный, напомнил мне жилые дома в пригородах Хельсинки, куда я как-то ездила в командировку. У него были слишком большие для нашего климата окна, черная крыша с очень маленьким углом ската и почти полное отсутствие мебели.

— А здесь кто-то жил? — спросила я.

— Ты имеешь в виду мою первую семью? Нет, я позже купил его. Думал, мама будет летом жить... Нам еще предстоит, — он весело глянул на меня, — знакомство с мамой. Она будет рада.

— Я знаю, — я вспомнила Ирину Петровну и отвернулась.

Он подошел ближе и обнял меня.

— Не беспокойся. Мама — великий гуманист. Она активист всяких благотворительных организаций, комиссий по усыновлению, помощи сиротам, афганцам...

— Ну, это точно по нашей части, — я хотела пошутить, но прозвучало невесело.

Толя тем не менее засмеялся.

— Мама — очень добрая. Ты увидишь.

Варя совершенно неожиданно взялась помогать Толе переносить охапку ивовых прутьев, лежащую у крыльца, под навес. Я хотела спросить, зачем ему прутья, но побоялась услышать, что он в свободное время плетет корзинки... или лапти... Толя, как будто услышав мои мысли, поднял голову и улыбнулся:

— У меня товарищ — художник-натуралист, нарезал в конце того лета, никак не заберет. Мы с ним как-то раз сюда приезжали, пробовали рыбу ловить.

— Поймали что-нибудь?

— А! — он отмахнулся. — У меня все время телефон звонил, а он переживал — недавно развелся, ему мальчика не дают, к новому отцу приучают...

Мы посмотрели друг на друга, я отвернулась первой...

Я походила одна по участку. Вот там можно было бы сделать цветник, на маленьком скате — разбить альпийскую горку, а здесь — чудесное место для роз... Я остановила себя. Горе-садовник! Цветы, как любые живые существа, не только требуют внимания, но и занимают место в твоей собственной душе. Мне уже хватит брошенных клумб и расчудесных цветников в Клопово.

Мы решили, что надо минимально привести в порядок дачу и жить здесь летом, которое собиралось наступить ровно через два дня.

Но через два дня позвонил Антон Быстров, продюсер, и энергично объявил, что Варю без всяких сомнений утвердили на главную роль. Она прекрасно смотрится на экране, она киногенична, она органична, она неожиданна для главной героини, она искренняя...

— Да подожди, Антон! Какие съемки? А учеба?

— Так, во-первых, съемки будут летом, через пару недель и начнем.

— Тем более. Что ж, она просидит лето у вас в павильоне?

— Ни за что на свете. Мы поедем в экспедицию.

Час от часу не легче!

— Куда?

— В Крым, ты же пещер всяких навертела, сказочных лесов, гор... Есть прекрасное место, километр в сторону от Коктебеля — гора Карадаг и за ней поселок Курортное, которое чаще называют Крымским Приморьем. Там изумительные пещеры, Сердоликовая бухта, в общем, лощины-буераки, «а с приходом темноты, все, чего не знаешь ты...» И ты ведь, наверно, поедешь?

— Не знаю. Одну я ее не отпущу, а мне ехать... Антон, а как же начало — исчезновение игрушек, превращение Сони в крошечную девочку?

— Это все потом, осенью, когда дожди пойдут.

На следующее утро я сказала Толе, какие у нас неожиданные новости. Он и обрадовался, и погрустнел.

— Ясно. Невеста сбегает из-под венца в Сердоликовую бухту. С молодым продюсером.

— И большим животом.

— Вот именно, — он положил руку мне на живот. — Ну, пойдем тогда сегодня поженимся. Платья только у тебя нет... Нет, давай в субботу. До субботы платье успеешь купить?

— Толя... Как же так сразу? И вообще... Никто сразу не распишет...

Он молча смотрел на меня.

— То есть... я могу справку из консультации принести...

— Ты сомневаешься, да, Лёка?

— Как ты сказал? — я замерла.

Он не повторил. Так когда-то давно, в другой жизни, меня называл Саша Виноградов. Когда у него не было такого живота и полки с порнофильмами, а у меня не было ни Вари, ни единой морщинки под глазами.

Мы вместе с Варей купили изумительное платье, практически скрывавшее живот — я не решилась по-европейски демонстрировать свое счастье, причем чисто из суеверия и знания таинственной силы взглядов. Зачем моему малышу лишние энергетические встряски? А платье мы купили настоящее свадебное — белое, шелковое, необыкновенно красивое. Я много лет мечтала о свадьбе. С кучей гостей, с цветами, конфетти и музыкой.

— Наверно, надо до свадьбы познакомиться с мамой, — сказал Толя.

— Конечно. Только... мы же не будем устраивать настоящую свадьбу?

— Почему нет? Ты пригласишь Харитоныча, как главного виновника нашей встречи... своих подруг, маму с сыном и мужем, я... тоже найду кого пригласить. Почему не сделать праздник?

Было приятно и волнительно составлять список гостей. Для радостных событий находится сразу так много друзей... Я вспомнила, как сидела с записной книжкой и не знала — кому позвонить. Наверняка большинство из тех, кто придет на свадьбу, с удовольствием помогли бы мне — с работой, с квартирой. Это мне не хотелось просить и жаловаться. А теперь неожиданно захотелось поделиться своими радостями со всем миром.

Мы долго думали, приглашать ли Женю. С одной стороны, он, оказывается, был ни много ни мало, а Толиным... пионервожатым в школе. Они вместе ездили в лагеря, ходили в походы, в горы... По уверениям Толи, марксизма-ленинизма там не было совсем, а была просто дружба, продлившаяся на годы, и много разного творчества. Потом они встретились на факультете географии в МГУ, куда Толя пришел сразу после школы, мечтая о дальних путешествиях, а Женик, искавший себя и отслуживший уже в армии, проучился там два года, перед тем, как поступить в ГИТИС. С тех пор они дружили всю жизнь, несмотря на совсем непохожие судьбы.

Но позвать его сейчас — значит, сделать свадебным генералом. Тогда точно не надо приглашать половину других друзей, для которых главным событием будет встреча с Женей Локтевым без грима. Я не стала говорить Толе о Женькином импозантном кавалере Гусеве. Тему личных пристрастий Жени мы бы вообще ловко обошли, если бы я не уточнила:

— У меня с Женей ничего не было.

— У меня тоже, — засмеялся Толя. — Не приглашаем?

— Давай сделаем второй день, для особо близких людей...

— Для драк, — он обнял меня. — Ленуля, давай скажем моей маме, что это мой ребенок?

— Тебе жалко ее, да? Так ошарашивать?

Он прижался подбородком к моей голове:

— Если ты будешь смотреть только на меня, то он будет на меня похож, ты знаешь это?

— Знаю, — вздохнула я. — Это тебе в пионерском лагере рассказали?

— Есть такая английская сказка, про слона Хортона, знаешь?

— Нет, по-моему...

— Я дочке ее когда-то читал. Одна птица попросила слона Хортона посидеть на яйце, пока она отлучится. Он сел, а она совсем улетела. Вот он сидел день, ночь, неделю, другую, осень настала, зима. Птица в это время грелась на острове Таити. А потом прилетела. Тут и птенец проклевываться начал. «Это мое яйцо! — закричала птица. — Ты вор! Отдавай мне птенца!» Скорлупа раскололась, и из яйца вылез маленький слоник, с большими ушами, похожими на крылья.

— Надо купить такую книжку.

— Я сам Варьке прочитаю, хорошо? — сказал Толя, осторожно касаясь моего живота.

Я все думала, какая у него мама. По его рассказам я составила некоторое впечатление, довольно расплывчатое, и в тот вечер ужасно боялась. То, что точно не подведет Варька — я была уверена. В ответственные моменты она не подводит никогда. Хотя, если вспомнить наш переезд в Толину «немецкую квартиру»...

— Я знаю, как вам трудно будет меня принять, — сказала я сразу заготовленную фразу, хотя обещала себе произнести ее в крайнем случае, если все пойдет совсем не туда. Все еще никуда не пошло, но я растерялась до полного и окончательного коллапса.

Передо мной стояла я. Нет, не в зеркале. Передо мной стояла я, постаревшая на двадцать, или, как позже выяснилось, на девятнадцать лет. Но поскольку «я постаревшая» выглядела прекрасно, то разница между мной настоящей и той была лет десять. Вот, если доживу, я буду такой же.

— Я вас не приму никогда, — сказала мама Анатолия Виноградова, поправляя идеально причесанные красивые густые волосы. — Потому что вы в таком виде явились... дождались... — Она выразительно глянула на живот. — И еще есть ребенок не от моего сына, к тому же вы старше его на полтора года, и вообще вы ему не пара и выходите замуж исключительно из коммерческих соображений.

Анатолий Виноградов потерял дар речи и все остальные свои дары, но все же выдавил из себя:

— Мама...

Я же, будучи уже к тому времени в шоке от нашей невероятной схожести, ничего особенного не испытала и достаточно весело сказала:

— Я не очень бедная. К тому же я могу работать не только журналистом, а еще фитодизайнером. И шторы могу шить. А сейчас мне за сценарий заплатили много денег.

— Вы шутите, — вдруг сказала вежливая Варя, обращаясь к Толиной маме. — Правда?

— Правда, — кинула мама Анатолия Виноградова. — Ты поняла, да? А они большие и глупые — поверили. Я все страшное сказала, что тебе мерещилось, дорогая невестушка?

— Н-не все... Еще что я выхожу замуж за Анатолия, чтобы он взял меня обратно в ТАСС, с повышением... зарплаты.

— Ужас, — наконец ожил Анатолий Виноградов. — Мама — ты ужас. Ты — мой кошмар.

— И ты мой кошмар, — охотно согласилась мама. — Вы мне что-нибудь принесли, цветы там, конфеты?

Мы оживленно закивали, а мама Анатолия Виноградова улыбнулась.

— Да, правда, ужасно похожа. Представляешь, как я тебя буду ненавидеть, Леночка? — спросила будущая свекровь мерзким голосом телевизионной свекрови. — Ты — это я, но всегда моложе меня на девятнадцать лет.

— Да я может, поправлюсь после родов... — робко парировала я. Толя Виноградов даже намеком не предупредил меня о возможности такой яркой встречи.

— Ну, это вряд ли... У тебя такая конституция — изящной стервы. Ты не поправишься никогда, — будущая свекровь качнула ровненькими бедрами и позвала нас пить чай.

— Мам, Ленке вообще-то пить воду сегодня уже нельзя. Ей чашку не надо.

Почему-то мне всегда казалось, что я не люблю мужчин, которые знают, сколько варить макароны, замечают, плотно ли я покушала за завтраком и чем мне заедать рыбу горячего копчения — мороженым или фесталом.

— Толик, ты настолько очарован своей беременной невестой, что забыл, что твоя мама не любит подавать на стол. Давайте, детки, кто какую чашку себе хочет выбрать — вот, — будущая свекровь распахнула дверцы углового буфета, набитого как попало красивыми разномастными чашками.

— Как у нас было на даче... — протянула наивная Варя. — Мама такой же шкаф нарисовала, и ей сделали. И чашки тоже у нас разные...

— Да, невероятно, — пришлось согласиться мне.

— Ужас, — высказался и Толя. — И там, и здесь. Там я, правда, не был, не видел, но наслышан...

— Вас что-то смущает, Леночка?

Я посмотрела на Толю.

— Я не знала, что мы так похожи...

Мама Анатолия Виноградова тоже посмотрела на него.

— Ну так ведь это не мои и не ваши проблемы, а его. В конце концов, он же не мне предложил руку и сердце, а вам.

Толя Виноградов смотрел на нас во все глаза.

— Кто на кого? Ленка — на тебя, мам? Да вы что? Это она, может, сейчас похожа, ходит аккуратно, из-за живота... Да ты и ходишь не так...

Мы с моей будущей свекровью засмеялись.

— У Ленки нос такой... А у тебя лоб... — Толя всерьез, как в первый раз, рассматривал мать и меня.

— Вот такой, да?... — подсказала его мать. — Ну, за встречу выпьем? Или ограничимся остроумными замечаниями и чайком?

— Да выпьем мам, конечно, раз у нас так все весело... Похожи, ну надо же... — он покачал головой. — Варя, иди ко мне поближе.

Я краем глаза взглянула на Варю, та молча села рядом с Толей. Чуть посидела и прислонилась к нему плечом.

— Вот вы с девочкой пришли... — заметила Толина мама, разлив всем темно-красного вина. — А то бы я вам кое-что про Толю сказала. Важное.

— Скажи, мам, — предложил Толя. — Лучше сразу. А я выпью вина и с Варей обойду твою квартиру, покажу ей что-нибудь редкое...

— Толя не говорил вам, что его папа был очень крупным дипломатом?

— Вскользь...

Если бы его мама знала, что до спокойных рассказов о родственниках мы еще даже не дошли... Хотя говорили с утра до вечера. И с вечера до утра. Я даже не представляла, что так много тем на свете можно обсуждать с мужчиной. Что кому-то может быть интересно, красилась ли я в десятом классе, о чем написала первую статью, зачем стала учить французский язык и почему Варю назвала Варей...

— Так вот, Леночка, если вкратце, то мой Толя, а теперь, очевидно, ваш Толя — сыч.

— Нет! — вырвалось у меня сразу.

— Как это — «нет», когда — «да»? Да, да! Это все, что я хотела вам сказать. Имейте это в виду, смиряйтесь с этим, или боритесь, если вам себя и его не жалко, но это так. Он не любит бурных застолий, он предпочитает запереться в комнате и читать, он, увы, очень любит себя... И вообще он ничьим никогда не будет именно по этой причине. Он был моим лет до пяти, наверное. А потом стал — сам. Что такое, Лена? Толя, я что-то не так сказала?

Я понимала, что глупее всего было прийти к его матери и плакать. Я этого — того, что она сейчас мне сказала — не знала, не успела узнать и понять. Мы, действительно, знали друг друга слишком мало.

Наверное, мы поспешили. Второго сыча я просто не смогу пережить. Я слишком хорошо знаю, что это такое. Молчаливые вечера. Значит, все разговоры — это медовый месяц, ведь и Саша Виноградов звонил мне в первый год нашего знакомства каждый вечер. Ложился спать и набирал мой номер. Не для того, чтобы сказать: «спокойной ночи», а для приятных бесед. Правда, в отношении Саши у меня с годами возникли некоторые сомнения, вернее, в отношении истинных целей его ночных звонков... Но это было уже позже. Когда росла и мешала удовольствиям ненужная Варя, болтающаяся между мной, ненужной, и нужным нам обеим, но совершенно недоступным для общения сычом. Жизнь по его программе, потому что есть только его желания, его биоритмы, его гости, его покупки, его болезни и внезапные увлечения. В этом можно раствориться до полной потери себя. Что я и собиралась сделать, готовясь жить под одной крышей с Александром Виноградовым.

У Виноградова № 1 было два известных мне состояния — зеленой тоски и тоски светлой. Несчастный человек, он делал несчастным всех, кто попадал в сферу его любви. Не любить его, если он любит тебя — было невозможно, почти невозможно. А полюбив, ты становишься рабом его плавных и резких переходов из одного состояния в другое — из светлого в зеленое и обратно.

А теперь — еще вот это. Вот он какой — номер два...

— Первая жена не справилась, ушла, вы знаете об этом? — Будущая свекровь, если она в такой ситуации ею будет, конечно, решила-таки договорить. Настоящая мать сыча.

— Что-то девушки притихли? — Толя заглянул в столовую и мгновенно оценил ситуацию.

— Притираемся, — ответила Толина мама. — Приглядываемся, как, кого, за что удобнее кусать — в будущем.

— Лучше бы о свадьбе поговорили. Мам, ты еще не слышала? У меня скоро свадьба. Обсудите меню, наряды. Во что жениха нарядить — во фрак или в смокинг. Надевать ли мне ордена...

— И еще я в кино буду сниматься, — сообщила Варя. — В мамином кино играть главную роль. Получу много денег и сама сниму квартиру. Чтобы маме не жить по углам.

— Я ж говорила — из корыстных соображений, — подмигнула мне будущая свекровь.

Ответила ей Варька, не понявшая намека:

— Нет! Просто чтобы нам было где жить! И чтобы была справедливость.

— Вот так, понятно? — подытожил Толя, и был единственным, кто смог удержаться от улыбки.

Варя зарделась и крепко взяла меня за руку.

— Я вас бабушкой буду называть, но лучше не буду, хорошо?

— Хорошо, — согласилась Толина мама. — А почему?

— Моя настоящая бабушка очень не любила маму, она ее не пускала на порог, — Варька как-то ненароком отправила Ирину Петровну в прошедшее время. — А вторая бабушка Лиля не разрешает себя бабушкой называть.

— И... как ты ее называешь? — несколько растерялась Толина мама.

— Изабеллой. Так ее в театре звали.

— Понятно. Тогда зови меня, пожалуйста, Марусей, меня так Толин папа звал. Мне очень нравилось, но больше никто так не называл.

— А как вас по-настоящему зовут? — серьезно спросила Варя. Я бы не сказала, что она была насторожена по отношению к будущей бабушке.

— По-настоящему... Милена Аристарховна.

Варька застыла.

— Я постараюсь, — сказала она через мгновение и осторожно проговорила, — Милена Арестантовна...

— Баба Маруся — проще! — неожиданно весело подсказала Толина мама.

Толя стоял в проеме двери, переводил взгляд с одной «девушки» на другую, включая меня, и только слегка качал головой.

— Сложный женский мир, да, Толя? — тихо спросила я.

— Да уж...

— А вы придете к нам на свадьбу? — спросила осмелевшая Варя, всю жизнь старательно копившая в своей душе всех любящих и нелюбящих родственников, близких и далеких. Время от времени она принималась перечислять их. Иначе, чем двумя-тремя семитскими генами, я себе эту мощную родственную установку в ее юной душе объяснить не могла.

— Приду, — пообещала Милена Аристарховна. — Только у меня еще платья нет.

— Жалко... — вздохнула Варька. — Надо купить. А у меня есть. Тоже белое, как у мамы, и длинное.

Глава 18

Праздник был организован за три дня в прекрасном загородном ресторане «У Мартына». Там же, на втором этаже находится маленькая гостиница, где на субботу — воскресенье Толе пришлось оплатить все номера.

У меня было немного странное ощущение с самого раннего утра. Я волновалась, радовалась, и еще мне казалось, что я всех обманываю. Но потом — в суматохе, переездах, цветах, подарках, улыбках и слезах (плакали Нелька, Павлик и я сама) — все встало на свои места.

Позже всех приехала Ольга, которую я все же пригласила, понимая, что не приглашу — покажу, что не приняла ее дружбы, а приглашу — нарушу обещание, которое не надавала. Обещание не иметь больше дела со слабой, избалованной, малодушной, эгоистичной половиной человечества — той, что мешает жить нормальным, хорошим женщинам, которые не требуют ничего особенного, лишь то, что заложено природой. Любить друг друга, быть верными, прощать, жалеть, рожать детей, вместе их растить... Ольга со мной в разговоры не пускалась, ходила поодаль одна, высоко запрокинув голову и улыбаясь.

За волнообразным обедом, продолжавшимся часа четыре — мы выходили гулять, кататься на лодке, потом возвращались к следующему блюду — Ольга сказала тост. Она великолепно выглядела, на тридцать с небольшим. Я видела, как к ней подходил знакомиться мужчина из Толиных гостей. Она молча смотрела на него, пока он что-то говорил, молча улыбнулась и отошла от него, медленно помахав над головой рукой с изящно сложенной фигой.

Когда подали запеченного кролика с трюфелями, объявив блюдо — так придумал Толя, все наперебой стали обсуждать, что же такое трюфели, а Ольга постучала ножиком по бокалу и встала.

— Мне хотелось бы произнести тост. Вы позволите? — обратилась она почему-то к Толе, думаю, «из вредности».

Толя разулыбался.

— Встретились однажды американка, француженка и русская, — начала Ольга, с приятнейшим выражением лица, ни на кого в отдельности не глядя. — Француженка и говорит: «Если женщина в тридцать восемь лет чувствует себя старой, она не с тем мужчиной живет». Американка отвечает: «Или вовсе ни с кем не живет...», а русская посмотрела на них и говорит: «Да колготок у нее нет целых, вот и все!»

К этому моменту замолчали уже все. В полной тишине Ольга закончила:

— Предлагаю выпить за то, чтобы с мужем Толей наша Лена никогда не чувствовала, сколько ей лет.

— А при чем тут колготки? — спросил один из Толиных гостей.

— А это чтоб ты спросил, — ответила Ольга, подняла бокал и выпила.

Почти все рассмеялись и тоже выпили за мое счастье и целые колготки. Ольга вскоре уехала, не попрощавшись и оставив мне в подарок факсимильное издание Чехова.

За легким ужином попросил слова Харитоныч. Толя для начала представил его гостям не только как своего предшественника по службе, но и как одного из корифеев советской политической журналистики. Сейчас Харитоныч скорее походил на поэта. Он встал с листочком и, несколько смущаясь, действительно прочитал стихотворение, предупредив, что это не его. Стихотворение было очень длинное, но, на счастье, самые лучшие строчки были в конце. И подуставшие, заерзавшие гости даже искренне похлопали, когда он прочел:

Венчальна ночь. Любовь тебя храни.
Будь легок сон. Пусть милое приснится.
Жизнь говорит: нет счастья без границ.
*Стеречь? Стереть? Но где они — границы?**

Милена Аристарховна, внимательно слушавшая от начала до конца, неожиданно сказала:

— Прекрасно.

— Да, — подтвердил польщенный Харитоныч. — Знаете, чьи это стихи? Леночкиного отца, мы дружили с юности.

Мне стало стыдно, что я в жизни не читала этого его стихотворения, да отец и писал-то их не так много. Я не

---

* Стихотворение Виктора Липатова.

успела спросить Харитоныча, в какой из папиных книжек он нашел эти строчки, потому что увидела, как куда-то ушел и тут же вернулся Толя, держа в руках большой тюк. Он тоже попросил слова.

— Я хочу подарить моей жене в присутствии друзей и родных два очень символичных подарка. И оба попрошу сразу же... гм... использовать.

Он достал бархатную темно-красную коробочку и протянул мне. Мне пришлось встать и показать всем то, что я там увидела. На плотной поверхности бархата лежали три крохотные виноградные кисти, сережки и подвеска. Сами виноградинки были вперемешку золотые и жемчужные.

Толя пояснил под всеобщие восторги:

— Хорошо, что у меня есть друг, который помог мне сформулировать вот таким образом мои мысли... мне хотелось подарить Лене что-то... — он покрутил рукой, — такое...

Настал черед тюка. Когда Толя достал из пакета его содержимое, кто-то ахнул, кто-то засмеялся. Я посмотрела на Милену Аристарховну. Она несколько удивленно улыбалась и постукивала пальцами по столу.

Толя расправил и накинул мне на плечи роскошную, подметающую пол, нежнейшую шубу из белого с бежевыми подпалинами песца.

— Да-а... Готовь сани летом... — проговорила Милена Аристарховна.

Толя засмеялся.

— Мам, я же сказал — это символ.

— Ясно, Толик...

Может, мне так хотелось думать, но мне не показалось, что Милена Аристарховна очень уж недовольна.

— Лена не любит одежду из убитых животных, — спокойно и внятно сказала Ольга.

Я сама видела, как час назад она садилась в машину, трезвая и невозмутимая.

— Я вернулась, Лена, — объяснила Ольга в полной тишине. — Видишь, не зря.

— Но... — Толя растерянно посмотрел на меня. — Я не знал...

— Мужчины вообще очень многого не знают, — ответила ему Ольга. — Главного — о той женщине, чью жизнь собираются испортить. Но я надеюсь, что вы не испортите жизнь Лене.

— А с шубой что делать? — прищурилась Толина мама.

— У нас один размер... — неуверенно сказала я.

Хорошо, что к этому времени большинство гостей, в отличие от Ольги, не собиравшиеся садиться за руль, отлично поели и выпили, и все происходящее воспринимали, как шутку, неожиданную и сложную. Но смешную. Толя энергично свернул шубу, крякнул, посмотрел на меня, на маму, махнул рукой и тоже засмеялся.

— Разберемся! — негромко сказала я ему. — Если мама не возьмет...

— Мама возьмет, — так же негромко ответила Милена Аристарховна. — Мне такого давно не дарили, я выпендриваться не буду. И тебе не советую. Этих зверей уже все равно убили. Я лучше птиц зимой покормлю, совесть будет чиста.

Моя мама на свадьбу не приехала. Павлика отпустила, а сама осталась дома с Игорьком. Подозреваю, что это он не хотел никуда выходить из дома, как обычно. А может быть, маме не очень хотелось быть среди гостей бабушкой. Дважды бабушкой — мой живот был уже слишком для всех очевиден.

Остаток вечера и весь следующий день Толя ходил радостный, выпил очень прилично и, чуть завидев мой взгляд, принимался активно махать мне обеими руками, широко улыбаясь.

Больше всего на свете я боюсь подарков судьбы. Моя судьба, по крайней мере, ничего просто так мне не дарит. Если на рубль даст — на пять отнимет. Что, интересно, она будет отнимать у меня теперь, после таких щедрых даров?

— Ты плохо себя чувствуешь? — спросил Толя, увидев, что я стою бледная, одна, и рассматриваю в большом зеркале ресторана свое отражение.

Поскольку по краям зеркало было разрисовано диковинными зверями и буйными виноградными лозами, я в нем смотрелась особенно странно. Пышная фата, хитрым образом переходящая в перелинку и скрывающая моего будущего малыша. Тусклый блеск шелка на моем шикарном, слишком шикарном платье... Зачем было покупать такое платье на один раз? Тоненькие ручки, которыми я собираюсь строить будущее счастье своих детей... Испуганный неуверенный взгляд...

— Нет, мне страшно.

— Почему? — он обнял меня, и мы стали вместе смотреть на себя в зеркале.

— Думаю, что или кого потребует жизнь как расплату за счастье.

— Да ты и не очень счастлива, раз у тебя такие мысли в голове. От счастья обычно голова теряется и не сразу находится. А у тебя... — он поцеловал меня в макушку.

Я постаралась поймать пролетевшую мысль — может, я уже заплатила за сегодняшнюю порцию счастья — своими прошлыми страданиями. Поймать и закрепить в голове.

* * *

Я никогда не знала, что спать в одной постели вдвоем с вечера до утра — это некая самостоятельная часть супружеской жизни, не имеющая отношения ни к утехам и усладам, ни к дневной жизни. Оказалось, это целая система взаимоотношений двух спящих тел, это борьба, это забота, это новые ощущения. Мне холодно — и я обнимаю спящего Толю, чтобы мне стало тепло. Мне и так жарко, а он во сне наваливается на меня всей своей тренированной тушей. Но я не вылезаю из этой теплой пещеры его тела. Почему-то еще минуту назад мне было жарко под новым одеялом, а сейчас, в плену сонных объятий моего мужа, мне тепло и очень хорошо.

Саша Виноградов, даже если мы ночевали вместе, всегда спал один. Я сначала объясняла это его многолетней привычкой жить в одиночестве, потом — удивительным стремлением во всем оградиться от вторжения другого человека на суверенную территорию его личности.

Первое время в «немецкой» квартире Толи мы спали с Варей по-прежнему вместе. В середине июня мы уехали в Крым. Толя поехал с нами, побыл там два дня и улетел в Москву, пообещав приезжать. Я тепло попрощалась с ним, зная, что увижу через пару месяцев. Но он прилетел ночью в следующую пятницу. А вечером в воскресенье улетел в Москву. Так продолжалось все время, пока мы жили в Крымском Приморье.

Съемочная группа сняла небольшой корпус тихого пансионата — одного на весь поселок. Нам с Варей, как самым главным примам, дали бывший номер люкс, состоящий из двух спален, гостиной и ванной комнаты, где утром была даже горячая вода, а вечером, до девяти часов — тонкой струйкой текла холодная.

Когда Толя приехал в первый раз, я со страхом ушла от заранее подготовленной Вари к нему в комнату. Но она спала крепко, надышавшись морским воздухом, и так быстро засыпала, что можно было и не убеждать ее, что большие девочки должны спать отдельно от мам.

Когда Толя приехал во второй раз в Крымское Приморье, я даже заволновалась. Если бы не мой живот и не Варины съемки, это было бы похоже на медовый месяц. Крымский берег — идеальное место для подобных мероприятий.

Одичавшие розы, когда-то заботливо посаженные по всей громадной территории пансионата, особенно сильно пахли по утрам, когда мы шли купаться. Я боялась жары и днем пряталась от нее в беседках и под кронами высоких раскидистых сосен и пихт. Розы росли там вместо газона и привычных южных кустарников. Я никогда не видела такого количества мало ухоженных, но прекрасных, пышных розовых кустов. Окультуренный, привитый шиповник становится розой, но и дикие розы перерождаются обратно в шиповник. Но не все. У некоторых просто мельчают цветки, махровые превращаются в простые, листья уплотняются, и все проще и проще становится цвет: персиковый — желтым, пунцовый — самым обычным красным, нежный чайный — белым. Но запах, невероятный густой запах тысяч розовых соцветий остается тем же.

Так я и запомнила свой запоздалый медовый месяц: раннее утро, пахнущее розами, чуть прохладное прозрачное море, счастливейшая Варька с листочком текста в руке, крупная, размером со сплющенное яйцо, белая ровная галька, по которой приятно ходить босиком. И улыбающийся, коротко стриженный Толя, похожий на большого, хорошо сложенного мальчика с очень взрослыми глазами.

За много лет мук с Сашей я почти смирилась с тем, что разговариваю я с другими, а люблю его. Теперь же я все никак не могла привыкнуть к тому, что тот, кто поцеловал меня утром, еще и хочет знать, о чем я думаю. Поначалу мне даже казалось, это какая-то игра. Я не могла поверить, что человек, приехавший на неполных два дня к чудесному морю из дымной, пыльной Москвы, вместо того, чтобы сидеть и молча смотреть на море, со мной «разговоры разговаривает», как сказал бы Саша, сын Ефима. Причем не болтает, а спрашивает и внимательно слушает, что я отвечаю.

— А почему твой тесть не выходил из комнаты? Помнишь, Варя как-то в машине, когда мы от Женьки ехали, рассказывала.

Я удивленно посмотрела на него.

— Тебе это интересно? Зачем?

Он пожал мощными плечами, на которых очень беззащитно смотрелись веснушки, проступившие под сильным солнцем.

— Хочу составить портрет врага. Ну не хлопай глазами, я не умею шутить... не ты же враг... — Он махнул рукой, пошел к морю, искупался и быстро вернулся обратно. — Сам не знаю. Интересно.

— Ты знаешь, я была воспитана совершенно искренней космополиткой. И училась, как и ты, в те годы, наверно, в те самые последние годы, когда особо никто не разбирал — таджик ты, или эстонец. То есть это, конечно, неправда. Не разбирала я, дочка журналиста-коммуниста и опереточной актрисы. Кому надо было — разбирал. Я теперь вот вспоминаю, что среди наших комсомольских лидеров ни одного еврея или латыша не было.

— В том-то и дело, — он улыбнулся. — Все «-овы» да «-евы», на худой конец братья-славяне...

— А теперь я часто думаю: а может, правы те нации, которые сознательно и жестко разграничивают себя с окружающим миром? Ведь столько непонимания возникает, скажем, оттого, что за словом «нет», произнесенным дважды цыганкой или немкой мужчине, стоит совсем разная история их прабабушек и прадедушек. И не может азербайджанский муж понять, почему избитая для острастки русская жена ушла к соседке за свинцовой примочкой и больше не вернулась никогда, даже трусы взяла у соседки. Он бил — чтобы уважала и учила детей уважать, а она ушла.

— И не может понять азербайджанская жена, что русскому мужу надо ответить, хотя бы словом, чтобы он очухался, — согласился Толя.

— А про Ефима Борисовича, Сашиного отца... Мне казалось, что он не любит, потому что я не еврейка. Не знаю.

Толя засмеялся:

— Моя бабушка «евреями» называла всех с черными кудрявыми волосами и ничего больше в это слово не вкладывала.

Я кивнула:

— А вокруг меня в детстве было больше еврейских детей, чем русских. В нашем доме жили дети писателей, очень известных актеров, врачей Кремлевской поликлиники. Я даже поначалу всерьез не восприняла Сашины объяснения, когда Ефим Борисович на нашей первой встрече сидел-сидел, потом завздыхал и сказал: «Уж скорей бы ты ушла, что ли...» «Ты красивая, но просто не наша», — объяснил Саша. А я не поняла и не ушла.

Конечно, Саша не поэтому четырнадцать лет кувыркался по моей жизни и, в конце концов, сделав неожиданный — для меня, для русской дуры неожиданный — кульбит, вылетел из нее прочь. Этого я вслух произносить не стала.

— Но, может, они правы? — сказал Толя, чуть прищурясь, смотрел на безмятежную гладь моря. — Меня вот раздражает их прижимистость, а их — моя глупая щедрость, она же расточительность и нерасчетливость. Мне они кажутся хитрыми, ловкими...

— Мой отчим всегда говорил: «Эх, гены у меня не те! Поэтому так вляпался! До конца дело не довел...» Отчим мой сидел пару лет за то, что воздух продавал в середине девяностых.

— Ясно, — засмеялся Толя.

— Ну да. А я Сашиным родственникам кажусь... то есть казалась... простоватой, до противного.

— Оговорочки ваши, конечно... — Толя покачал головой.

— Прости. Я просто не привыкла еще.

— К тому, что его больше нет?

— К своему счастью. Знаешь, я всегда восторгалась и восторгаюсь их бессчетными талантами, и слегка завидую. А они не понимают, как можно быть такой бесталанной и нецелеустремленной. Ефим Борисович как-то сказал мне в сердцах: «Тебе, Лена, надо истопницей работать, а не журналисткой», — когда я «завалила» в своем первом журнале очень интересную тему — то есть все самое интересное, что узнала о герое своего очерка, писать не стала. «Топить — тоже ответственная работа, Ефим Борисович. Всё завалю», — ответила я. «Так не в нашем же доме ты будешь работать», — заметил он.

— А кем он работал?

— Интендантом московского гарнизона, много лет.

— Понятно...

Он смеялся, а я увидела его взгляд.

— Толя, ты думаешь, это я все говорю от обиды, это сугубо личное?

Он положил теплый белый камень на мою коленку.

— Ну, если учесть, что от личных обид разрушались империи, начинались войны...

Он улыбнулся. Кинул камешек в море. Погладил меня по ноге. И только тогда я спросила:

— У тебя есть еврейская кровь?

— А у тебя?

— Ясно. У меня одна капля. Папина бабушка была еврейкой, по маме. Не считается, давно растворилась, не чувствую ее, этой капли.

— А у меня две с половиной, — он засмеялся. — Моего родного дедушку звали Саша Лимберг.

— Ага...

Я, наверно, очень внимательно смотрела на его лицо, потому что он стер песок со лба, которого там не было, и спросил:

— Нашла?

— Да вроде нет... Буду теперь искать...

Он опять засмеялся:

— Не найдешь. Люди до тебя уже искали...

— Это когда в разведку, что ли, брали? Так они моего главного метода точно не знали.

— Ну-ка, ну-ка, поподробнее, если можно...

Он так сейчас был похож на озорного бодигарда в буфете, который раздражал меня своей проницательностью, и кому я предложила разгадать слово «щука»...

— Ты знаешь, у меня ведь от рождения острый нюх.

Он кивнул:

— Я заметил.

— Саша считал это близостью к животным.

Толя улыбнулся и покачал головой:

— Это, на всякий случай, у человека — признак высокой духовной организации, тебе любой психолог скажет, это научная истина, можешь гордиться.

Я, получив неожиданно высокую оценку за врожденные данные, продолжила смелее:

— Ты знаешь, что у всех наций и рас свой особый запах?

Он кивнул:

— Я читал об этом.

— А я — знаю. И думаю, это не случайно. Однажды, много лет назад я ехала в метро и первый раз близко стояла с негритянским юношей. Я была потрясена его запахом. Это был чужой, другой запах — другого существа. Другая формула. Потом, позже, учась в Университете, я могла по запаху с закрытыми глазами понять — вошел ли в проветренное помещение китаец, негр или европеец. Мы даже спорили с Сашей.

Толя вздохнул:

— На поцелуй?

— На деньги! — засмеялась я.

— Я надеюсь, ты его по сто раз в день поминаешь не для того, чтобы просто о нем поговорить, правда?

Я растерялась:

— Прости... я как-то...

Он привстал и поправил большой зонт, под которым мы сидели, чтобы на мои ноги не попадало солнце.

— Продолжай, пожалуйста. В любом случае, если я пойму, что так лучше, я убью его, а не тебя. Голову тебе принесу.

— Что я с ней буду делать? — постаралась я поддержать шутку, хотя мне стало чуть не по себе.

Он засмеялся:

— Череп на полку поставишь. Деньги в нем копить будешь. Может хоть тогда научишься. Хотя нет. Выброшу и череп. А то ты же по сто раз в день к нему подбегать будешь — целоваться, новостями делиться...

Я представила себе...

— Ужас, Толя! Замолчи! Даже в шутку такое не надо!

— Продолжай, пожалуйста, Ленуля. Спорили на деньги...

— Да. Он как-то мне проспорил две стипендии — столько раз я угадала правильно. И главное — я чувствовала только особый, «чужой» запах, запах другой расы, у своей — особого запаха как будто нет.

— Так, а у нас-то... — он оглядел пространство вокруг нас с ним, — тут вообще — русский дух или как?

Я засмеялась:

— Вот теперь буду повнимательнее. Принюхаюсь...

— А тебе мужчины других рас не нравились никогда?

— Честно? Мне всегда нравились японцы — абстрактно. Но я не встретила ни одного японца за свою жизнь. Еврея встретила, японца — нет. И даже не знаю, как они пахнут. Европейцами или азиатами.

Представляю, как бы сейчас обшутился Саша, вывернулся бы наизнанку — раз я дала такую тему. Толя же просто сказал:

— Все, уже не встретишь. Встретила меня.

У меня есть еще немного времени. Жить, любить, быть нужной и единственной. Какая малость, какая глупость, какое невозможное желание...

— Он тебе изменял всерьез? Или всё так, по пустякам?— как будто услышав мои мысли, спросил Толя. Мне даже стало горячо — оттого, что он почувствовал, о чем я думаю.

— Кроме меня, у него была еще одна женщина — в параллель со мной, лет десять, да только мы об этом не знали — ни я, ни она. Она узнала первой и рассталась с ним. Ну не расставаться же и мне было — задним числом. Тем более что Саша клялся и божился, что он ее просто жалел — она была к нему слишком привязана, чуть постарше его, независимая, директор фирмы...

— Ясно, — сказал он и прижал меня к себе. — Все теперь ясно.

Что ему стало ясно после нашего разговора, я так и не поняла.

Я уже знала — с тех пор как заполнила анкету в ЗАГСе, что Толя младше меня на один год и четыре месяца. Вот уж не думала, что начну повторять мамины подвиги... Отчим, отец Павлика, ведь тоже был младше ее на год или два. Не сдает ли мой следующий избранник сейчас экзамены на первом курсе?..

Один вопрос все никак не давал мне покоя. Да, я волновалась, когда видела Толю издали, вылезающего из машины. И грустила, когда он, дотянув до последней минуты, в воскресенье уезжал в аэропорт. Да, мне было так хорошо обнимать его мощные плечи и сидеть у него на руках. Мне хотелось ему нравиться и не хотелось, чтобы ему нравилась очень симпатичная помощница оператора, которая нравилась всем в съемочной группе.

А вопрос был такой: почему же я внутри так спокойна и безмятежна? Разве бывает такая любовь? Я, по крайней мере, знала другую. Я знала, как замирает сердце и перестает биться, когда, не видя кого-то полгода, вдруг встречаешь просто похожего на него в метро... Я знала, как исчезали звуки и краски вокруг, когда он был близко, исчезало все, кроме него. Я знала, как больно ранило каждое небрежное слово и как легко прощались обиды, лишь только я снова слышала его голос и видела его...

Может быть, то, что сейчас, это и есть счастье-константа? А оно, конечно, совсем другое. Вот Толя приехал за нами в Крымское Приморье — сам успел побыть там всего полдня... Вот не спал со мной в поезде — самолетом я уже не решилась лететь, а в самом лучшем феодосийском поезде, на который удалось взять билеты, — не открывались окна и не работал кондиционер... Вот я вижу его утром и вечером. И снова утром и вечером... Мне спокойно, хорошо, не страшно. Он симпатичный, он очень приятный, он добрый и так старается расположить к себе Варьку... Что же не дает мне покоя? Мысль, что все слишком спокойно? Или что я чуть-чуть лукавлю? А может, я просто не умею общаться с близким мне мужчиной, я никогда в жизни так много не разговаривала с тем, от которого бежали мурашки по спине... Или мурашки бежали от того, что каждый день был как последний?

Глава 19

Когда в августе мы вернулись из экспедиции, Толя уже перевез все вещи в нашу новую квартиру. Мне оставалось чуть более полутора месяцев до родов, рожать я собиралась в срок. По первой беременности я четко знала — будет так, как я хочу, просто надо быть очень уверенной и беречь себя от всего, что мешает главному.

Живот стал давить, и я спала все меньше и меньше. Я решила — самое время попробовать приучить Варю к ее собственной комнате, в Крымском Приморье это не получилось. Когда Толи не было, Варька по-прежнему ходила за мной хвостиком.

В той самой квартире, которую Толя купил «по случаю», было ни много ни мало, а пять отдельных комнат, не считая двух темных, из которых мы решили сделать кладовку и гардеробную. Светлое капиталистическое будущее снова с угрожающей скоростью стало наваливаться на меня. Помня предыдущий плачевный опыт, я решила сразу в него поверить, в его реальность и необыкновенную надежность. Ведь тогда, с Сашей — я до конца не верила. Может, потому ничего и не состоялось?

Я ходила по новой квартире, как во сне. Да, все точно так, как я нарисовала. Правильно сшиты шторы, именно там стоит диван, который я отметила крестиком в журнале, и на своих местах висят именно те шкафчики на кухне.

Перед отъездом мы посвятили два воскресенья тому, что точно выбрали материалы для оформления квартиры. Если бы у меня было время, я бы выбирала четыре воскресенья, восемь, шестнадцать... Но определиться — и абсолютно точно — надо было всего за два Толиных выходных и неделю, что была между ними. Мне очень помогала Варя, обладающая врожденным тонким вкусом и пока еще просто детским чутьем к истинно красивому. Мы с утра до вечера листали журналы, сидя в парке на скамеечке, и отмечали то, что нам нравилось. Я старалась не вспоминать, что я напланировала в той, несостоявшейся, другой жизни. Но, скорей всего, часть своих проектов все-таки использовала.

Сейчас мы ходили с Варей из комнаты в комнату, ахали и охали, трогали стены, они получились такие красивые, такие приятные на ощупь, напоминающие тонкую замшу-нубук, открывали-закрывали высокохудожественные двери со вставками цветного стекла, садились на кресла и диваны, включали хитрыми сенсорными выключателями свет.

Затем Варя спросила:

— А потом мы соберем вещи и опять уедем?

Это было так неожиданно, что я даже не сразу поняла.

— Почему, Варюша?

Вероятно, взрослый человек, которого обманывали столько, сколько Варю, сказал бы «по определению». А она ответила:

— Так ведь всегда бывает...

— Я не знаю, Варюша, — жестко и честно сказала я. — Не знаю, как получится на этот раз.

Так все-таки, наверно, лучше.

Деревенские дети рано узнают, как осеменяют коров и как родятся поросята. Городские — как другие тетеньки звонят по домашнему телефону и ненатуральным голосом спрашивают: «Это салон красоты?» Другие тетеньки специально узнают домашний номер, они хотят внести сумятицу в души тех, кто сегодня вместе завтракал с приглянувшимся им мужчиной, а также тех, кто сидит уже одетый и ждет, пока этот мужчина отведет их в зоопарк. И тут же перезванивают ему на мобильный. И он бежит с трубкой подальше, воровато оглядываясь и улыбаясь: «Это — налоговая!.. Вот черт! Ну и что вы, любезные, от меня хотите? Срочно? Сейчас? Да что же вы со мной делаете! Конечно, лечу!..»

Я не знала, как сказать Варе, что она теперь будет спать одна. Первые ночи я всё ходила, смотрела — как она. А она — спала себе и спала. Ей понравилось, что у нее теперь своя комната, своя постель.

Утром, когда я ее будила, Варя, обнимала меня и, как и раньше, обязательно рассказывала, что ей снилось. Я с удовольствием слушала ее, пока Толя фыркал и пел в ванной.

Вечером она укладывала кукол, сама прикрывала шторы, включала ночник и ложилась, приготовив книжку, которую я ей почитаю. Обняв ее, я пристраивалась рядом, стараясь не заснуть. И чуть позже, тихонько чмокнув засыпающую Варьку, перебиралась в другую комнату, где богатырским сном спал Толя. Вот если через несколько лет он по-богатырски захрапит...

Большой живот стал мешать спать, и я стала спать сидя. Толя изъявил горячее желание спать сидя, вместе со мной. Так мы и делали. Он, конечно, сползал ночью в обычную позицию спящего, а я сидела, опершись спиной — не о спинку дивана, как раньше, когда ждала Варю, а о его спину.

Мне очень хотелось поделиться с кем-нибудь, как интересно все-таки выходить замуж, но я так и не нашла, кому бы это рассказать. Маме? Ольге? Нет, конечно. Нельке... Тоже нет, она как раз страдала из-за очередного увлечения своего Федора, очень стараясь, чтобы он не понял причину ее страдания и не упрекнул ее в равнодушии и эгоизме.

* * *

Толя еще спал. А я лежала, вернее, полусидела-полулежала, рассматривая его спящего, и вдруг увидела, что он тоже смотрит на меня сквозь ресницы. Я смутилась и прижалась щекой к его огромному локтю.

— Ты знаешь, как странно, — сказала я. — Мне ведь всегда нравились небольшие мужчины.

Я не стала говорить, что некоторые из них были скорее даже маленькие по сравнению с ним, и без сравнения — тоже.

— Это просто природа требовала: «Рожай, Лена, рожай мальчика и люби его!» А ты все низкорослого мужчину полжизни пестовала, вместо того чтобы двенадцать мальчиков за это время родить...

Я засмеялась.

— Но я любила его, Толя. Я имею в виду Александра Виноградова. Ты сможешь с этим смириться?

— Было бы очень жалко тебя, если представить, что всю жизнь ждала меня в тоске и неудовлетворенности. Хотя, наверно, так оно и было. Больше тебе скажу — я рад, что был только один мой однофамилец, а не три других.

Я смотрела в смеющиеся глаза Толи и не знала, стоит ли говорить ему, какой разной может быть любовь. А главное, я сама не знала, виной ли тому приближающиеся роды, или неандертальская удаль Толи, или наше с ним недавнее знакомство при обоюдном большом опыте жизни и любви — но я действительно никогда не испытывала с Александром Виноградовым того, что испытываю каждый раз с Толей. Что не мешает мне оставаться спокойной и рассуждать о любви-константе. Чудно. Но это правда.

Как правда и то, что я миллион двести раз за четырнадцать лет маетной жизни с первым Виноградовым думала о том, что если встречу мужчину, с которым вся физиологическая тема будет легкой и простой, и гармоничной, — уйду к нему, этому неандертальцу или питекантропу. Почему как альтернатива любимому Виноградову мне мерещился безмозглый, огромный дикарь с добрым сердцем и нежной наивной душой новорожденного, не умеющего говорить, я не знаю. Но я его себе намечтала. И не думала даже, что в придаток ко всем достоинствам дикаря у моего возлюбленного может оказаться светлый ум и парадоксально спокойный нрав. Да и, конечно, такое трогательное и консервативное желание жениться на женщине, с которой спишь.

После приезда, кроме новой квартиры, нас ждал еще один сюрприз. Уже вышла книжка. Мне она показалась самой прекрасной в мире детской книжкой — яркая, необыкновенно красивая, большая. Актриса Варя Виноградова скакала до потолка, расставила все десять экземпляров, которые нам подарили в издательстве, по квартире и зачитывала вслух эпизоды всем желающим, то есть мне, Толе и по телефону бабушкам. Мои рисунки, наши с Варькой, смотрелись просто отлично, так, будто это побаловался по меньшей мере Амедео Модильяни в возрасте семи лет. Так мне казалось, от восхищения. Хотя у меня было ощущение, что кто-то умелой рукой их чуть подправил. Может быть, это был эффект отличной полиграфии.

Была суббота. Толе на работу к трем, Варю можно не будить в школу...

Мы только что проснулись. Когда мы приехали из Крыма, Толя несколько удивился, когда я предложила ему не спать в одной комнате. «Я не привыкла», — объяснила я. «Да и я не привык», — пожал он плечами и пришел вечером в мою комнату искать в моем шкафу свою огромную пижаму, захватив в своей комнате книжку.

— Всегда мечтал о личном кабинете, — пояснил он. — Он же — семейная библиотека. А в библиотеке никто не спит, там от обилия великих мыслей сон неспокойный. Возражений нет?

— Нет, — засмеялась я. — А галстуки где будут твои жить? У меня в шкафу или в библиотеке?

Толя наморщил лоб.

— Спроси у галстуков, пожалуйста, Ленуля. Где им будет приятней от меня прятаться.

— Помнишь историю с Гариком?

Он засмеялся:

— Нет. Забыл. Как тебя из съемной коммуналки вывозил.

— Да. Спасибо тебе.

Толя обнял меня и поцеловал в висок.

— Пожалуйста.

— Хотя я никогда бы не назвала нашу ту жизнь — «коммуналкой». Из-за хозяйки.

Он кивнул:

— Душевная женщина, я понял.

— Знаешь, у меня есть один знакомый журналист. Он пишет про самый разный криминал. С кем только не общается. Как-то мы встретились в командировке в Вологде, я писала об областном театре, а он — о структуре местных «крыш». Я поделилась с ним своей проблемой с квартирой. У меня уже была Варька. Я рассказала, что никак не могу ни продать, ни обменять эту квартиру, в которой нам двоим становится тесно. И он на полном серьезе предложил мне помочь. А именно — свести с человеком, который может организовать несчастный случай для гиблого пьяницы Гарри Савкина. Я отказалась. И не из страха сесть в тюрьму. И не из жалости к Савкину. Я испугалась, что если его убить, он будет приходить ко мне по ночам и терзать меня, мою душу. И в моей душе вместе светлых чувств к дочери Варьке и мучителю Виноградову будет страх и ужас, а жуткая морда покойного Савкина будет являться мне в самый неподходящий момент. Поэтому я отказалась.

— Человек, наверно, реже делает хорошее, надеясь, что ему воздастся. Скорее от дурного останавливает страх наказания — любого, в том числе того, о чем ты говоришь, душевных мук, не так разве?

— Да. Ты помнишь, кстати, свое первое вранье, осознанное?

Он пожал плечами.

— М-м-м... наверно, нет. Не зафиксировалось как-то.

— А я помню. Потому что это был первый раз, когда я маялась, будучи совершенно здоровой. Я училась во втором классе... Я сейчас забыла, что именно я наврала, помню только, что соврала своей учительнице. Это был первый раз в моей жизни, первое осознанное вранье. Я прекрасно помню, что был дождливый осенний день, и я шла из школы домой, я точно помню это место — у помойки, где у меня так противно, так сильно заскребло в душе... Я физически это ощутила. Вот тут, внутри в области грудной клетки, что-то сжималось, отпускало и снова нехорошо скручивалось. И я думала: «Вот скорей бы прошел сегодняшний день, вот скорей бы настало завтра и послезавтра. Ведь я забуду об этом? И мне уже не будет так тошно...» Понимаешь, почему я это рассказываю? Я всю жизнь боюсь этого состояния — когда тошно, когда стыдно, когда нехорошо на душе. И очень эгоистично в этом смысле стараюсь делать все так, чтобы душе моей было хорошо. Иногда это бывает сложно. Ведь недостаточно приехать к маме и привезти ей подарок, поставить галочку: «Ура, отстрелялась». А мама — не рада. Не понравился подарок, не того ждала, слов, может быть, ласковых ждала. Или вообще не хотела, чтобы я приходила к ней в обтягивающих брючках и крутилась перед ее молодым мужем. В этом бы и состоял мой подарок — сообразить. Не духи ей нужны были и не тестомешалка, и даже не цветы. А мой звонок: «Мам, я тебя люблю, прийти не смогу — дежурю в ТАССе. Почувствуй себя сегодня молодой, мамочка. У тебя так мало было женского счастья со всеми твоими мужьями. А даже если и много — ведь это точно последнее — радуйся...» Ты не спишь?

Он улыбнулся и еще крепче прижал меня к себе.

— Нет. Я думаю. Хорошо, что ты не встретилась мне раньше.

— Ты что? — Я посмотрела ему в глаза. — Я же такая красавица была в молод... — я осеклась, — ...в юности.

— Ты — сейчас красавица. Раньше — не знаю, не видел. Но... знаешь, вот расскажи ты мне это лет пятнадцать назад... Просто я хорошо помню себя. Я бы не поверил, не понял. Я после войны по-другому все понимаю.

— Толя, ты мне когда-нибудь, наконец, расскажешь, на какой войне ты был?

Он вздохнул и отвернулся.

— Когда-нибудь расскажу. Когда освобожусь от многого, что застряло в душе и пока... — он покачал головой, — часто мне очень мешает...

— В чем?

— Жить обычно мешает. Что-то я стал понимать, чего не понимал раньше. Например, мне очень понятно, что ты рассказала про первое вранье, про маету в душе, про маму... Глупости все это, — он придержал меня за плечо, — в том смысле, что не страшно, не трагедия. Но что с тобой происходило, понятно. Как скребет и корежит... Но иногда... Когда мне хотелось бы просто радоваться — есть, пить, смотреть футбол, с интересом прочитать газету... У меня не получается. Когда я вернулся, долго не смеялся. То есть я, разумеется, об этом не думал. Но когда однажды меня рассмешили, то я не смог смеяться. Хотел и не мог. Может, это у меня у одного так. У других — по-другому. Там вообще у всех все было по-разному. Вот скажи — я нормальный человек?

— Толя, ты совершенно нормальный! — произнесла я и сама не поняла, отчего засмеялась.

— Ага, вот именно, — он сгреб меня в охапку, покачал на руках, как в люльке, и поцеловал в висок. — Потому и выбрал тебя для совместного проживания. Можно тебя слегка подбросить?

— Нет, уже нельзя.

— Ладно, — он нежно поцеловал меня в макушку.

— Я тебя люблю, — сказала я и почувствовала, что в той самой душе, о которой мы сейчас так много говорили, стало тепло и чуть больно.

— Ты только не плачь, — он расцеловал меня, как я целую Варьку — в брови, в лоб, в краешек рта, в подбородок.

— Не буду, — я обняла его, уткнулась в неандертальскую шею, пахнущую сейчас новогодней елкой и весенними ручьями одновременно. — Ты пахнешь Новым годом и весной.

— Хорошо, что не блинчиками, — ответил Анатолий Виноградов и пошел в кухню, скорей всего, печь блинчики.

Блинчики любит всю жизнь малоежка Варя. А я всю жизнь их редко готовлю, предпочитая покупать в магазине готовые. Моя страстная любовь к кулинарии с годами поутихла. Я стала кстати и некстати вспоминать Эллу Игнатьевну, преподавательницу с журфака, которая читала нам историю России. В то время ей было, наверно, около пятидесяти. Элла Игнатьевна как-то на лекции сказала, что предпочитает написать статью, чем приготовить воскресный обед. Про нее рассказывали невероятные вещи. В советское-то время она умудрилась сменить четырех мужей и при это остаться членом партии и уважаемым профессором МГУ.

Однажды наши остряки, будущие звезды скандальной журналистики, послали ей записку во время лекции: «Не расскажете ли, чем отличались яйца в дореволюционной России от нынешних?»

Элла Игнатьевна, чуть нахмурившись, перечитала записку, потом пожала плечами и прочла ее вслух. В аудитории все замерли. Кто-то засмеялся, на него цыкнули. А профессор сказала:

— Думаю, тем, что у куриц мозгов было больше.

И спокойно продолжила лекцию.

Глава 20

Ехать на киностудию надо было рано утром. Толе пришлось вести Варю в школу, иначе я бы не успела к девяти часам. Потом выяснилось, что время мне назначили просто так, я могла прийти и к одиннадцати, и к часу — сумасшедший дом начинался, как я поняла, часов в семь — актеры, занятые в первой смене, начинали гримироваться в половине восьмого. Аренда павильона стоит столько, что ни секунды нельзя терять в простое.

Я получила деньги, обсудила новые сюжетные повороты для будущих серий, познакомилась с актером, который должен был играть ожившего принца из ассортимента Сонечкиных кукол. Он мне ужасно не понравился в жизни, но я видела его раньше в других работах в кино, и там он произвел на меня самое приятное впечатление.

Как я не люблю разочаровываться, увидев в каком-нибудь непотребном виде актера или актрису, неразрывно в моем сознании связанных с теми героями, которых они играли в кино или в театре! Лучше их не видеть в жизни, ничего о них не читать, и уж тем более не писать...

Сеня Лепко, мужественный, сдержанный, строгий, тонкий, благородный в тех двух-трех главных ролях, где его так удачно выстроили, сейчас кривлялся, кокетничал напропалую со всеми, активно зажевывал вчерашний банкет мятной жвачкой, распространяя вокруг себя невыносимый аромат перегоревшей в желудке сивухи и лекарственной травы.

Не люблю мяту, не люблю лицедеев, не терплю невоздержанности, не переношу московского метро, где так явственно видно, что мой родной город перестал быть моим — шесть мужчин разных национальностей и рас сидят напротив других шести (мужчин! — они быстрее и ловчее занимают места). Не люблю мужчин вообще, ни русских, ни нерусских, ненавижу мужчин кокетливых, а тем более пьющих... Не люблю сама кривляться, ненавижу, когда кривляются другие... Ох, скорей бы родить!..

Тяжело, на предпоследнем месяце тяжело. Живот становится привычным, не верится, что когда-то его не было и скоро не будет, он привычно давит до еды — непонятно, хочу ли есть, привычно — после еды, скорей прошли бы первые сорок минут после еды, когда она застревает, прижатая животом к позвоночнику... Уже совсем тяжело спать, даже с милым Толей рядом. Никак не ляжешь и не сядешь — живот давит, на боку совсем неудобно — на правом тошнит, на левом — стучит сердце...

Сеня, заметив мой живот и некоторое замешательство при встрече с ним, старался произвести на меня впечатление. Так старался, что через десять минут мне хотелось сказать: «Да, я уже поняла, что зря так критически к тебе отнеслась. Ты — просто замечательный. Не такой, как в кино, но, видимо, добрый дурачок. Только замолчи, пожалуйста!» Но по своей обычной мягкотелости и бесхребетности сидела, кивала, улыбалась и с тоской ждала, когда же придет Антон с режиссером Владиком, мы наметим очередные серии и я упорхну так стремительно из этой цитадели искусства обмана, насколько позволит мне шевелящийся в животе Максим Виноградов. Почему-то с некоторых пор подозрения, что Варькины детские вещи — с бантиками и оборочками — нам не пригодятся, превратились в уверенность. Может быть, виной тому был врач функциональной диагностики, который все намекал мне, что не надо ждать девочку, а надо ждать мальчика...

Разговор с продюсером проскользнул мимо меня. Я была больше занята активными движениями в животе. Может, взять машину... Да, конечно, лучше сидеть, развалясь на заднем сиденье, пока машина стоит в пробках, чем пользоваться услугами скоростного общественного транспорта, каждую минуту ожидая, что чей-нибудь локоть ткнет малыша в глаз или пусть даже в маленькое плечико... Хорошо, что Варьку не надо возить на съемки —

за ней приезжает старая мосфильмовская «Волга», с пожилым водителем дядей Сашей, который при желании может столько рассказать о забытых и полузабытых звездах экрана... Варька мне потом с восторгом пересказывает, путая всё и вся...

Поглощенная своими ощущениями и мыслями, я коекак пометила основные пункты нашего разговора, пообещав написать за неделю полторы серии, и ушла.

Поймать машину мне сразу не удалось. То машина мне не нравилась — накурено, протухшие, провонявшие меховые накидки, водитель с черной мордой и золотыми зубами торгуется, как сволочь, и не знает, как ехать на Хорошевку с Киевской. То я со своим животом не нравилась — может, боялись, что я начну рожать в машине. Тут подошел троллейбус, я подумала, что доеду до Киевской, а потом дойду до Кутузовского проспекта пешком — как раз прогуляюсь, там и поймаю машину.

Я так и сделала. Доехала, перешла на другую сторону. Была неожиданно солнечная погода — утром даже предположить невозможно было, что выглянет солнце. Я подумала — пройду еще чуть-чуть. И пошла пешком по Кутузовскому, в противоположную сторону от центра.

Я смотрела на жутковатых манекенов, пытаясь понять новые веяния моды — тут висит, здесь оторвано, а сверху все жеманно прикрыто оборочками; читала глупости, написанные на транспарантах, по старой журналистской привычке запоминая самые нелепые и смешные — могут пригодиться для названия или для начала статьи. Какие глупости написаны огромными буквами, висят в самом центре Москвы... «Забыл? Застегни! Расстегнулись? Но не промокли!» Зимние брюки фирмы Рейнус... Это, наверно, такие штаны, что шуршат при ходьбе. Какой размер нужен Толе? Самый-самый большой... Здорово и странно. Все еще очень непривычно...

Навстречу мне шла очень красивая пара. Еще издали я подумала: «Надо же, как в тон одеты, наверняка муж и жена, французы или скандинавы — те любят специально одеваться в подходящие друг другу тона». У него было темно-зеленое пальто, у нее светло-бежевое с зеленым шарфом, изящно перекинутым через плечо. Девушка была очень красива, это было видно, или скорей понятно, издалека. Очень светлые прямые длинные волосы мерно колыхались при ходьбе, и она их машинально отбрасывала назад. А волосы возвращались, ровной светлой струей ниспадая на грудь.

Мужчина что-то говорил, девушка улыбалась. Потом он ее обнял, она прижалась на секунду головой к его плечу. Они взялись за руки и пошли дальше. У них не было сумок, они шли, гуляя, в будний день, по Кутузовскому проспекту, они были счастливы и наполнены друг другом. Мужчина был высокий, породистый, крупный. Мужчина был Анатолием Виноградовым.

Я остановилась посреди улицы. Они приближались, не замечая меня. Я неожиданно для самой себя, не поворачиваясь, шагнула боком куда-то в сторону, к двери ювелирного магазина. Охранник, вышедший покурить, слегка нахмурился, увидев мой маневр, и перешел поближе к двери. Я улыбнулась ему, наверное, это вышло криво, потому что он еще больше нахмурился и загородил проход. Я попробовала войти в магазин, а он спросил:

— Куда?

— Вот... — Я показала на дверь магазина, боковым зрением следя, как пара, от которой я хотела спрятаться — ну не сталкиваться же лицом к лицу и не раскланиваться... — повернула к тому же магазину. О, нет! Я заметалась, засуетилась, споткнулась об единственную ступеньку магазина и все же вошла, охранник — за мной.

Энергичным шагом я подошла к самой дальней витрине. На стене висело зеркало, в котором я увидела, как со звоном колокольчика распахнулась дверь и Толя Виноградов, мой муж, зашел в магазин со светловолосой, очень молодой, просто юной, красоткой. Она что-то говорила, смеясь и закидывая голову, он всё обнимал ее. А я стояла и смотрела на золотые украшения. «Савкин очень любил золотишко», — неожиданно и некстати пронеслось у меня в голове. Мог выиграть денег, тут же купить три кольца-печатки и все одновременно их надеть и еще хвастаться, показывать знакомым и полузнакомым, цокая языком от восхищения: «тц-а...тц-а»...

— Вы что-то хотите? — продавщица подошла поближе ко мне.

— Да, вот эту цепочку и... это что за камень? — я показала на розоватое плоское сердечко величиной с ладошку новорожденного младенца.

— Сердолик...

— Правда? А сколько стоит?

— Совсем недорого, это экспериментальная линия... из полудрагоценных камней в золоте...

Я достала кошелек, протянула ей деньги, видимо, очень много. То ли это, то ли что-то еще в моем поведении удивило ее, потому что она спросила:

— Вы... хорошо себя чувствуете?

— А что-то не так?

Я видела, как Виноградов примеряет девушке какое-то ослепительное колье, целуя ее при этом в нос.

В брови, в бровки еще поцелуй — и она твоя. Если растопить сердце самой отчаянной и твердокаменной пуританки, то с легкостью получишь то, что и пропащая, отчаявшаяся проститутка сделает с омерзением. А целованная в бровки, в макушку, любимая, бесконечно любимая самым лучшим, самым нежным, самым-самым верным и надежным мужчиной... Нежно любимая...

Господи, господи, за что, зачем мне все это! Я не пишу стихов — так хотя бы польза была от страданий! Я просто плачу и плачу, и у меня разрывается сердце столько лет! Я ведь не затем сменила одного Виноградова на другого, чтобы он тоже меня предал... Господи... Вероломство, предательство... Почему они тут же бегут следом за худосочными, тщедушными любовями, которые мне в жизни достаются. Две капли любви — и ушат помоев...

— Девушка, а покупку возьмете свою? — это меня по ошибке продавщица назвала девушкой.

Какая я девушка! Я старая, старая измученная женщина. Мне тридцать восемь лет, скоро будет тридцать девять, но я наплакала на все сто лет. Мне сто лет! Я больше не хочу никого любить! Я больше не могу никого любить! Человек, который носил меня по квартире вчера, целуя по одному моему пальчику, гладя губами мои брови, щекоча мне ресницы своими ресницами, который купил меня всю без остатка своей нежностью, которому я доверила свою жизнь, жизнь Варьки и будущего малыша, уже готового выйти на свет, вот-вот, вот-вот... и нас будет трое, которых он предал...

Зачем, зачем ты нас позвал? Зачем ты побеспокоил мое избитое-перебитое сердце, оно только начало заживать после хлыстов Александра Виноградова, после тех нечеловеческих мук, которые он мне причинил за первые месяцы моей беременности...

Нам было трудно в комнатке, набитой пакетами из прошлой переломанной жизни, но нам было с Варей хорошо. Мне было лучше, чем сейчас, когда опять разрывается сердце, только-только успокоившееся... Мы бы выбрались оттуда, сами, выбрались бы — не в хоромы, да кому нужны эти хоромы, если в них — такое!

Я уже рыдала в трехэтажном коттедже! Пусть лучше мои дети писают летом в пластиковое ведро и сами же его и моют, чем живут в мутном болоте лжи и вероломства...

Больно, больно, больно, больно.... Плохо, плохо, плохо, плохо...

Вот тебе и любовь-константа! Нет и не может быть никаких констант в этом! Они все равно целуют все носы и все макушки, которые им нравятся. Те, которые были на войне, и те, которые в это время сходили с ума от обжорства и пресыщенности... Они же должны все успеть за свои короткие жизни! Всех поцеловать, всех осеменить... и растереть большой ладонью свое семя по гладкому, нежному животику...

Тошно... Нет! Мне нельзя! Я не могу! Не имею права! Мне надо родить девяти-, а не восьмимесячного, нет! Восьмимесячные болеют! Им плохо потом в жизни! Я не рожу из-за предательства второго Виноградова сейчас! Ни за что!!! Ни за что! Ни. За. Что.

Я несколько раз глубоко вздохнула, нашла в сумке лучшее лекарство всех времен и народов — нашатырный спирт, понюхала прямо из бутылочки, пролив немного едко пахнущей жидкости на рукав. На тонкой замше серого козлиного пальто, предсвадебного подарка сбежавшего жениха, Виноградова № 1, проступило белое пятно. Я отвлеклась, рассматривая пятно. Похоже на улитку... Вот домик, чуть покосившийся, вот маленькие кривые рожки, вот маленькие кривые ножки... а улитка улыбается беззубым ртом и говорит, как в детской песенке: «А внутри меня тепло...»

А внутри меня — Максим Виноградов, еще никогда не видевший улиток и козликов — ни живых, ни убитых. И я плакать не имею никакого права. Рыдать, отчаиваться и стоять, прислонившись к стене какого-то чужого дома. Я потерла пальцем быстро высыхающее пятно — ничего, на память останется. Подошла к проезжей части, взмахнула рукой, из рукава, как у Царевны-Лебеди, посыпалось... пакетик с золотой цепочкой, сердоликовое сердечко — подарки с гонорара моей Музе — Варьке, вдохновляющей меня на новые истории, да также полетел и упал далеко в снег пузырек с нашатырем и невесть откуда взявшийся весь смятый киндер-сюрприз. Зато остановилась самая первая машина — чудесная лиловая иномарка. За рулем сидел симпатичный мужчина лет сорока трех.

— Ваша фамилия — не Виноградов? — спросила я, наклонившись к окошку, вместо того чтобы спросить, повезет ли он меня на Октябрьское поле.

— Нет, — ответил мужчина.

Удивительно, что он не спросил, не в Кащенко ли меня отвезти.

Я собрала рассыпанные вещи, села, спокойно доехала, спокойно расплатилась. У меня еще оставалось много, очень много денег от гонорара и аванса за следующие серии. Дома я аккуратно собрала самые нужные вещи в небольшой чемодан, попробовала его поднять — тяжело. Я открыла чемодан и выложила все ненужное. Нужно только то, что я могу унести. Плюс два килограмма с половиной — ноутбук. Плюс килограмм восемь — Максим вместе с плацентой и околоплодной жидкостью. Не потерять деньги. Закрыть внимательно все замки. И — за Варей в школу. Когда уходишь из дома во второй, в третий раз, вещей становится все меньше и меньше. Так, глядишь, все в кармане и будет умещаться. Паспорт, кредитка и пузырек с нашатырем.

Перед уходом я написала записку на валявшемся в кухне журнале «Мой любимый сад»:

«Толя! Все-таки главное в мужчине не затылок, а честь, как бы немодно это ни звучало».

Перечитала, вырвала лист и запихнула его себе в карман.

Когда я спускалась в лифте, затренькал в сумке телефон на мотив популярной песенки, которую все время поет Варька. По-моему, ей нравится эта песня из-за строчки: «Я родителям врала, понима-а-ешь!» Я посмотрела на дисплей — звонил Анатолий Виноградов.

— Да, — сказала я.

Да, Толя, да. Я тебя видела. Да, мне понравилась твоя девушка. Да, она в сто раз лучше меня. В два раза моложе. У нее волосы цвета выжженной солнцем спелой ржи, вишневые губы и ясные серые глаза, никогда не видевшие гноя, желчи, блевотины и засохшего на подбородке у твоей пьяной подруги семени твоего жениха...

Да, Толя Виноградов. Я — дура. Мне так всегда говорил Саша Виноградов. Я — доверчивая, неосмотрительная, не мыслящая себя без любви и без мужчины дура.

— Я сегодня пораньше приду, — сообщил Толя Виноградов теплым будничным голосом мужа.

— Да, — ответила я.

— Ты нормально съездила на киностудию?

— Да.

— Заплатили?

— Да.

— Ты хорошо себя чувствуешь, Ленуля?

«Ленуля»... — вот этой «Ленулей» он меня окончательно прибил к себе, гвоздиками. Меня никто и никогда так не называл за все тридцать восемь лет, что я мучаюсь на этой земле. Особенно если иметь в виду, что прежний Виноградов в последние годы звал меня «Вама». Толя же произносил «Ленуля», и мне казалось, что в его рту перекатываются сладкие, ароматные лимонные леденцы, кругленькие, маленькие...

— Да, — с трудом ответила я и отключила телефон.

«Берега твоих губ — мой оберег», — напевал мне тут намедни влюбленный Толя Виноградов чужую сладострастную балладу. Да таких оберегов, как выяснилось, — пруд пруди! И вишневые, и клубничные, и малиновые берега! Оберег!..

К черту! К едрене фене! К чертовой бабушке! Я швырнула телефон в полуоткрытую сумку, накинула пальто и вышла на улицу. Все, Толя Виноградов, ветеран неизвестной войны. Душа у него такая тонкая и сложная, что он мою душу, чувствительную и нежную, очень хорошо понял. И на этой почве мы сошлись. Раз двести за истекший подотчетный период. Невзирая на объективные трудности, связанные с моим кенгуруподобным состоянием. Оно не помешало мне любить, а также верить, надеяться, терпеть и прощать. Ну, в общем, всё как обычно. Как раньше.

Э-э, нет! Я даже остановилась. Вот насчет «прощать» — старые ошибки мы повторять не будем. Я столько раз прощала Виноградова, я так долго скреблась и скреблась по этому пути, ведущему в никуда...

Я неторопливо направилась к Варькиной школе. Времени у меня было навалом. Я шла и размышляла про... Ольгу. Ведь я что-то не то про нее подумала. Я, зависимая от своей мучительной любви, распластанная, несамостоятельная, даже не могла предположить, что есть другой мир — мир без мужчин. Ненормально? Нарушение законов природы? Почему? Разве в животном мире, например, все живут парами? Я твердо знаю, что человек должен жить в паре — и точка. А если нет твоей пары, то — что? Мучиться, страдать или жить с неподходящей парой? Ольга и Наталья Леонидовна просто когда-то решили для себя по-другому. И ничуть от этого не страдают. Это я не могу представить себе мир без мужчин. И я много лет ждала и прощала Виноградова, подсознательно мечтая заменить его на другого. А они никого не ждали и не ждут. Без любви, оказывается, можно прекрасно обходиться и хорошо жить. Жить одной не так уж и плохо. Разве плохо, когда никто не требует от тебя невозможного, когда никто не смотрит на тебя утром с отвращением, не обманывает тебя, не смотрит лживыми глазами, не унижает... У всего есть своя цена, у жизни в паре — тоже.

Когда я училась в девятом классе, учительница физики Наталья Николаевна рассказала нам одну историю. Наталья Николаевна физику знала плохо и не любила, и часто, наскоро объяснив новую тему, рассказывала нам биографии разных ученых. Эта история была о том, как жена одного знаменитого физика, нобелевского лауреата, смирилась с тем, что горячо любимый и любящий муж не мог жить, не имея романов с другими женщинами. К старости дошло до того, что она провожала его на свидания, поправляла воротничок и расстраивалась, если девушка не приходила на свидание с ее мужем. Этот невероятный компромисс просто потряс меня в то время. И я часто за свою сложную жизнь с Сашей думала — вот смогла бы я так, как жена нобелевского лауреата? Провожать на свидания, встречать потом, радоваться вместе с ним его победам? Быть женой-подругой, настоящей. Не сравнивать их с собой, знать, что я лучшая, что я — в другом месте его души, там, где вечное, где мать, где — Бог... Нет, наверное. И с первым Виноградовым я бы так не смогла, и со вторым не смогу.

Если хочешь, чтобы мужчина тебя не нашел — он тебя не найдет. Толя искал нас долго. Он съездил к моей маме, которая совершенно искренне удивилась, увидев такого красивого мужчину в своих дверях. Потом она, разумеется, узнала его и так же искренне отказалась ему помогать. Она не знала, где мы, но, очевидно, радовалась, что наконец-то — пусть с другим Виноградовым! — я сумела проявить твердость и гордость.

Толя нашел и Нельку, что было делом непростым — он не знал ни адреса ее, ни телефона. У него не осталось никаких номеров, по которым я звонила. В новой квартире, где мы пытались начать счастливую жизнь, по принципиальным соображениям мы поставили телефон совсем простой, с трудом его нашли, без всяких дополнительных шпионских функций — ни тебе памяти входящих-исходящих, ни переадресовки, ни записной книжки, ни, разумеется, определителя номера. Я уже отвыкла от таких телефонов и первое время очень радовалась неожиданным звонкам — так, оказывается, приятно, когда поднимаешь трубку и не знаешь, кто сейчас с тобой поздоровается...

Нелька честно ответила, что знает, где мы, но ему не скажет. Толя устроил ей допрос с пристрастием, но Нелька стояла, как скала, чем меня несказанно удивила. Я даже подумала — не радуется ли она, что так все вышло. Может, она тоже не верит в наше скоропалительное счастье? Она очень разумно воспользовалась его звонком и потребовала, чтобы он привез к ней наши с Варей зимние вещи ввиду надвигавшейся зимы...

Толя связался со съемочной группой, но на съемках у Вари был временный перерыв, они снимали павильонные сцены с большой куклой, изображающей нашего Гнома, и монтировали отснятое в Крыму. Я с ними общалась по е-мэйлу, у которого, к счастью, географического адреса нет.

Мобильный телефон я включала только по необходимости.

Тогда он, профессиональный разведчик, отсек невозможные и глупые ходы, совершенно, кстати, напрасно. И продолжил поиски... с помощью полиции. Он обратился к своему бывшему сослуживцу, руководившему теперь органами внутренних дел одного московского округа. Тот дал разнарядку — и нас стали искать участковые. Фигуры мы были видные, особенно я. Но нас искали в Москве, а мы жили не в Москве.

Бедная Варя в очередной раз пострадала от маминых амуров, но теперь я не могла возить ее каждый день в школу и обратно, и пришлось нам поступиться и этим. Я проявила необычную для себя активность и последовательность и перевела ее в школу туда, где мы жили. А жить мы стали в двенадцати километрах от Москвы, недалеко от Красногорска.

Это было глупо, но я не могла его ни видеть, ни слышать, у меня не было сил ни на какие объяснения. Я боялась, что у меня просто разорвется сердце или начнутся преждевременные роды.

Я нашла замечательную двухкомнатную квартиру. Варьку просто раздувало от гордости за то, что она — она! — могла даже сама заплатить теперь за квартиру, у нее теперь были свои деньги, она получила за съемки. Сняли мы квартиру по сравнению с московскими ценами просто за копейки у помрежа, Надюши Андревны, которая еще летом рассказывала, что сын купил и обставил квартиру так далеко от Москвы, что ни жить в ней, ни сдавать ее с толком и порядочным людям не получается.

Квартира была в новом, недавно заселенном доме, из больших окон можно было любоваться красногорскими перелесками и застраивающимися полями. Я старалась не думать ни о прошлом, ни о будущем и жить, как говорил Максимилиан Волошин, «текущим днем, благословив свой синий окаём». За «окаём» вполне сходил краешек Москва-реки, видный из окна. А жить текущим днем и его заботами за месяц до родов не так уж и сложно.

Я старалась больше гулять, да и Варьке это было на пользу, она сразу нашла себе двух подружек во дворе, рассказала им про мою книжку, а про свои съемки — нет. Я подозревала, что это зреет и растет в ней будущая папина загадочность и скрытность, даже в ущерб себе.

Варька выслушала мои объяснения про Толю один раз и больше ничего об этом не спрашивала. Ее собственный папа ни разу не звонил с начала лета, а тут-то уж чего было ждать. Мы гуляли по небольшим улочкам, с которых никто не убирал осыпавшиеся листья, вспоминали смешные эпизоды с летних съемок — а их оказалось так много... Я рассказывала Варе сказку дальше и дальше. И еще пыталась приготовить ее к тому, что первые две-три недели, когда родится малыш, ей придется стать чуть взрослее, а потом опять можно будет почти во всем надеяться на меня. Я пообещала прежде всего себе, что не буду с рождением малыша считать восьмилетнюю Варю взрослой и совершеннолетней, как это часто бывает в семьях.

Как-то раз я стояла и смотрела, как Варя бегает с девочками по двору. Они просто бегали и смеялись, ни во что не играли. И в беготне друг за другом состояла вся прелесть игры, вызывающая такую радость. Надо же, как у некоторых взрослых. Догонишь — и всё, не во что больше играть.

Боль прошла гораздо быстрее, чем я думала. Тянула-ныла, и как-то незаметно отпустила. Мне стало легко и просто. Мобильный я отключила, попросив Антона общаться со мной по е-мэйлу. «Жить без любви легко и просто...» — как точно! И дело не только в том, что все мои силы и мысли занимал мальчик, который вот-вот собирался увидеть свет. Мальчик-мальчиком, но я давно не испытывала такой свободы и легкости, как в этот месяц. Может, права

Нелька, сказавшая как-то в сердцах: «Чего ждать от мужчины, кроме денег и огорчений?» За свои пять недель счастья я уже наплакала пять вёдер слез. Стоило ли оно того?

Или, может быть, я всё не тех мужчин выбираю? Всё чаще и чаще приходила мне в голову эта мысль. Пока я не поняла, какое у нее будет продолжение — «Ведь где-то есть наверняка, хороший, порядочный человек, допустим... нет, уже не офицер, и конечно, не физик — мы наслышаны про них! — и не банкир... Скажем... архитектор — вот! Точно! Архитектор. И он живет и ждет меня, надо и мне дождаться встречи...»

Ну уж нет! Прервала я сама себя. На меня встреч хватит, не надо себя обманывать.

Однажды мы пришли из школы, и я увидела стоящую у нашего подъезда Толину машину. То, что это он, я поняла еще издалека. У меня вдруг стукнуло и сильно заколотилось сердце. Я остановилась, стараясь ровно дышать и не пугать лишний раз бедную замотанную Варьку, которой опять пришлось объяснять: то, что только что было «хорошо», оказалось «плохо».

Толя вышел из машины, едва завидев нас. Нет, не вышел. Выпрыгнул, насколько позволяли ему габариты, и опрометью бросился к нам. Варя, как обычно во всяких сомнительных ситуациях, крепко сжала мою руку и прислонилась ко мне. Я остановилась и молча смотрела, как он стремительно приближается к нам.

— Это бесполезно, Толя, — громко и отчетливо сказала я.

Он остановился на достаточно приличном расстоянии от нас.

— Бесполезно, уходи.

— Бесполезно что? И почему бесполезно? — спросил он, сделав еще несколько шагов к нам. Но все же остановился.

— Все бесполезно. Уходи.

— Хорошо. Я понял, — он развернулся и пошел.

Он дошел до своей машины. Открыл дверь. Потом закрыл ее и вернулся к нам. Мы так и стояли там, где стояли.

— Я уйду. Скажи только — почему? Ты вернулась к Саше?

— Нет.

Я смотрела на него и прикидывала — не дать ли ему по морде. Нет, высоко. Да и беременным нельзя тянуться кверху — пуповина может слишком натянуться или запутаться — я точно не знала, но помнила, что тянуться нельзя.

— Объясни. Я уйду. Ты не любишь меня. Ты ошиблась. Так?

— Да, я ошиблась.

— Понятно.

Он еще постоял, чуть отвернувшись, потом повернулся к нам и спросил:

— Ты хорошо подумала?

— Да.

— Варюша...

Та, разумеется, и не шелохнулась.

— Позвони мне, пожалуйста, если тебе нужна будет помощь.

— Да.

Он еще несколько секунд смотрел на нас, потом быстро сел в машину и уехал.

А я стала плакать. И доплакалась до того, что у меня заболело сердце, живот, голова и заныли зубы. Варя играла с девочками во дворе, а я стояла на балконе второго этажа, смотрела на нее и никак не могла остановиться. Я бормотала «Отче наш», заставляла себя вдумываться в каждую фразу и плакала, пока не выплакала все до последней слезинки. Потом решила — в этой связи вполне могу выпить дополнительную чашку чая сегодня вечером, с вареньем. Прозрачным, густым темно-розовым вареньем из райских яблочек, которое мы купили вчера на рынке у молчаливой старушки.

Вечером в электронной почте я открыла записку от Жени Локтева:

«Леночка, поздравляю тебя. Я ничего не знал о твоей свадьбе. Вы такие с Толей счастливые! Вы хотите знать, не обиделся ли я, что меня не пригласили? Да, ужасно обиделся! Сегодня у меня есть хороший повод поплакать в плохой пьесе. Целую тебя, счастливая. Мне иногда бывает так одиноко, Ленка...»

Как же мне мешает мое материалистическое сознание! Как бы мне хотелось верить так, как верят некоторые — не увязывая школьные курсы физики, истории, биологии с религией, имея всё это в своем сознании в параллели: вот молекулярное строение клетки, вот Великий взрыв, вот рудимент моего хвоста... А здесь — прекрасный мир христианской веры.

Я подчас завидую искренне верующим, особенно неофитам, вновь обращенным, недавно пришедшим к полной и безоговорочной вере, без сомнений и оглядки на открытые законы мироздания, на археологические раскопки и богов других народов, других религий, подчас гораздо более древних и не менее мудрых...

Как будто ничего этого нет, спокойно улыбаясь, отвечать сомневающимся: «Это всё Бог, во всем и везде». Не думая о том, а что же есть Бог. Так он же не велел думать! Он велел — верить. Видно знал, что знание будет не под силу. А вера, наивная и радостная — как раз впору...

Я, к сожалению, понимаю, что не знаю чего-то главного — о мире, о себе. Уже кто-то до меня стал подозревать — а, может, это вовсе не утерянное знание, которое во что бы то ни стало надо найти, чтобы обрести, наконец, целостность в картине мира? Может, это закрытое, тайное знание, которое человеку не стоит и искать?

Как бы я хотела просто читать молитву, которую за время странствий по родной Москве в последние полгода выучила и могу произнести без запинки. Просто читать — и всё. Перекреститься, поклониться и — обрести покой.

Оттого, что мне вдруг помогла молитва, что помогают походы в церковь, я еще больше стала думать — а что все это такое? И что означают эти слова? Почему они именно такие и почему помогают? Не знаю, так ли надо делать, но я говорю молитву не машинально, а пропускаю через себя каждую из пяти длинных фраз.

Доходя до второй — про хлеб насущный и про то, что надо простить «должников», то есть всех, кто задолжал мне по жизни — любовью, правдой, верностью задолжал... — я пытаюсь примерить это к моей реальной жизни, к моим реальным должникам. Примерить и тут же применить — в душе. Понять, что заработать должна на хлеб насущный для себя и Вари, а не гнаться за химерами роскоши, которые все равно не поймаешь — они множатся, дробятся, плодятся прямо у тебя в руках. Простить... Да ведь как хитро сформулировано — прости мне, как я прощаю им...

Как мне хочется думать, что это не случайный набор слов, а действительно некий хитрый, таинственный механизм — общения ли с высшей силой, оздоровления ли собственной души...

«Не введи в искушение, но избавь от лукавого» — говорю быстро я в те мгновения, когда ярость охватывает мое сознание и душу и мне хочется наброситься на Варьку, за то, что она за завтраком скривилась при виде пахнущей ванилью манной каши с изюмом... Ванилин и изюм добавляю я лично, чтобы Варька не кривилась. Поэтому мне хочется заорать: «Я, такая хорошая, добавила тебе ванилин, а ты, дочь Виноградова, такая же сволочь, как и он, ты — кривишься!» Помогают таинственные слова молитвы, которую я стала читать несколько месяцев назад не от глубокого религиозного вдохновения, а просто от отчаяния.

Что касается первой и последней фраз, на которых я раньше спотыкалась — «да святится имя твое, да придет царствие твое...» и «ибо твое есть царствие и сила и слава вовеки...» — то они мне кажутся некими формулами, кнопочками... щелк — подключился, щелк — выключился. Причем даже не просто «щелк», а через быстрое упоминание, обозначение самого главного, на чем зиждется всё остальное. А именно:

кто есть Создатель;

не все получилось, как он хотел, а надо бы;

зависит от меня самой — насколько мне будет плохо или легко, насколько меня будут уважать или презирать, не прощенные мной, рожденные мной, любимые мной...

— А ты поверь — станет проще.

— А ты — объясни мне — почему, как, откуда?..

— А ты не спрашивай!..

Вот и поговорили. Все те же персонажи — христианка с отличницей учебы и комсомолкой в моей душе.

Глава 21

Странно, почему мне Нелька не сказала этого раньше. Когда я отвозила к ней Варю, отправляясь в роддом, она между прочим сообщила:

— Звонила Ольга, я забыла тебе сказать. Искала вас. Она позвонила твоей маме, Лиля дала мой телефон — сама не знала, что той сказать. Я с ней сначала разговаривать не стала, но она еще позвонила...

— Да? — Мне было совсем не до Ольги, я чувствовала, что Максим вот-вот собирается родиться, надо добраться до роддома хотя бы в начале схваток.

— Ну да... Пришлось поговорить с ней. И она мне рассказала, что видела в театре твоего мужа, он познакомил ее со своей мамой и дочерью. Ну, в общем я ей твой телефон красногорский все равно не дала. Правильно?

— Какой дочерью? — спросила я, прислушиваясь к себе — мне казалось, что вот-вот начнут отходить воды, такое странное ощущение было где-то внизу живота и резко заломило поясницу.

— К нему дочь приехала из Канады. Верней, не к нему, она просто приехала, кажется, учиться здесь будет... в академии какой-то... Сейчас же все институты стали академиями...

— У него, что, такая большая дочь? — машинально спросила я. — Подожди, ты сказала — дочь? А когда... когда она приехала?

Нелька не подозревала, из-за чего мы покинули просторы пятикомнатной квартиры. Она, как и все, думала, что дело опять — как всю мою жизнь — в Виноградове № 1. Я ее не разубеждала, пусть лучше так думает, чем жалеет, что мне все изменяют с молоденькими и упругими.

— Не знаю... А что? — Нелька с любопытством посмотрела на меня.

— Нет, ничего. А когда Ольга звонила?

— Ленусь, я не помню, давно уже, я так зачухалась со своими... Прости, что не сказала, но я знаю, что ты к ней так осторожно относишься... Я помню, как она на свадьбе тост сказала, она мне такой странной показалась... И с шубой этой выступила некстати... Ты будешь носить шубу? Ой, то есть шуба там осталась, да?

Я даже засмеялась:

— Уж точно до шубы теперь!

Я расцеловала Варьку, попросила Нелю не кормить ее насильно — сколько съест, столько и съест, и не укладывать ее спать рано — она будет только маяться. Потом я села в такси, поехала в роддом и ночью родила Максима.

Утром мне принесли его, туго запеленатого, красивого, с волосиками и бровками. Я пыталась понять — мои у него брови или Сашины, и вытерла пальцами волосы, густо намазанные детским маслом. Он ткнулся в мою грудь, в которой пока ничего не было, кроме нескольких капель молозива, предвестника молока, и уснул. А я взяла телефон и позвонила Виноградову. Виноградову Толе.

Где-то на пятом часу схваток — всего я рожала семь с половиной часов, — когда на несколько минут отпустила разрывающая, нечеловеческая боль, я отчетливо поняла, почему Толя был тогда так счастлив, почему девушка была такой высокой и не по-нашему холеной и свободной. Ни массажи, ни бронированные машины, ни вереница кавалеров, ни коллекция шуб в шкафу, ни даже мелькание на обложках «Отдохни!» и «TV-парка» не дадут подобного эффекта — такого спокойного, сияющего взгляда, как дает ежедневное созерцание водопадов, тысячелетних секвой и благополучных, неторопливых соседей, прогуливающихся под ручку в аллее из золотисто-красных кленов в окружении троих маленьких детей и в ожидании четвертого.

— Да?

Я услышала Толин голос и несколько мгновений прислушивалась к себе. Да, точно. Все правильно. Я поступаю правильно.

— Да?.. — повторил он, как мне показалось, чуть растерянно.

— Ты приедешь ко мне в роддом?

Он секунду, ровно секунду молчал.

— Да. Куда?

Я назвала адрес.

— Я буду через полчаса.

— Утром тебя не пустят.

— Хорошо.

Он приехал сразу, и его пустили, дали белый халат. Мы разговаривали через дверь — из-за того, что в городе начался грипп.

Я сунула медсестре в детской палате сто рублей, взяла с ее разрешения Максима, завернутого в казенное белье, сама потуже затянула на синем байковом халате поясок и подошла к стеклянной двери.

— Мальчик Максим, четыре триста, очень большой.

— На меня похож, — сказал Толя и засмеялся, глядя на меня.

— Да. А зачем ей здесь учиться?

Он перестал смеяться и внимательно посмотрел на меня. Ему хватило нескольких секунд, чтобы все понять.

— Она в МГУ поступила, на русскую филологию. Но она будет и там, и здесь учиться.

— Я тебя с ней видела и не поняла.

Он еще несколько мгновений внимательно смотрел мне в глаза.

— Ясно. А рост?

— Она — как ты, кажется...

Толя улыбнулся, показал глазами на малыша.

— Максим... Он очень большой, да? Как я?

— Да. Пятьдесят четыре сантиметра.

— У тебя есть молоко?

— Еще рано. Будет.

— Я тебя люблю, Лёка.

Я поправила:

— Ленуля.

— И Ленулю тоже люблю. И дерзкую свободную Елену Воскобойникову. Все дело в том, что ты фамилию не сменила. Как я сразу не понял...

Я смотрела на него, и мне хотелось, чтобы он взял меня на руки, вместе с Максимом.

— Я, между прочим, на Беговую вернулся, в старую квартиру.

— А там... на бульваре... кто живет? Дочь?

— В нашей с тобой квартире? Почему... Мариша у моей мамы, скоро опять уедет, слушать лекции в Торонто и сдавать что-то, ей так разрешили. Она очень деятельная и талантливая. А в нашей квартире... ну разве что призраки. Нас там затопили, кстати. Соседи сверху сделали сауну в одной из ванных комнат, и прорвало трубы.

— Ты отремонтировал?

— Отремонтировал. Ты очень красивая.

— Спасибо.

Я увидела в стеклянной двери, как блеснули глаза на моем уставшем лице.

— Куда ты поедешь после роддома? И где Варя?

— Варя у Нельки.

— О, господи... — Толя покачал головой. — Я надеюсь, ты... гм... первому мужу не звонила?

Это можно было спросить и по-другому: «Ты больше за химерами не гоняешься, Лена, мать двоих детей?»

— Нет.

— Я приду вечером. Тебе что-нибудь принести? Вот, возьми, кстати, если это можно... — он показал на огромный букет тюльпанов, лежащий сзади него.

Тюльпаны — осенью...

— Спасибо, но в палату нельзя, в коридор можно. Толя...

— Да?

— Поесть мне принеси, пожалуйста.

— Поесть? — он растерялся.

— Да. Побольше.

— А... чего тебе принести?

Я подумала. Представила себе огромный бутерброд со свежим сливочным маслом, с мягким сыром и зеленое яблоко, и кусочек розовой шейки...

— Всего.

— А... Слушай, я не знал... Мне на работу надо... ты доживешь до вечера?

— Нет. Я у соседки съем что-нибудь, ей много принесли. Вечером привези еды.

— Покажи мне его еще раз, пожалуйста.

Я показала изумительно красивого Максима.

— Тебе нравится имя? — спросила я.

— Мне нравится... — Он сделал неопределенное движение руками, как будто обхватывая что-то большое вокруг себя. — Мне нравится всё, с тех пор, как ты мне утром позвонила.

Я посмотрела в окно в конце коридора. Редкой гадостности день — темно, моросит, ветер...

— И лужи, и слякоть?

Он улыбнулся:

— Да.

* * *

Осень невероятно затянулась в этом году. В конце ноября еще не падал снег, было сухо, солнечно. Я гуляла с коляской на бульваре около нашего нового дома. Варя каталась на качелях неподалеку. Я увидела, как она вдруг спрыгнула с качелей на лету и побежала ко мне:

— Мама, смотри, там папа идет!

— Не придумывай!..

— Правда, вон в сером пальто, коротком...

Да, действительно. Глазастая Варька углядела Александра Виноградова на очень приличном расстоянии. На таком расстоянии только я бы его узнала, и то раньше.

— Повернем обратно? — я спросила и сама поняла, что спросила непедагогично. Варя укоризненно посмотрела на меня. — Хорошо, пойдем вперед. Только не беги, иди спокойно рядом со мной.

Варя засмеялась, видимо, оттого, что нервничала.

Александр Виноградов наверняка видел нас давно. Потому что шел медленно, не отрываясь, глядя на нашу компанию.

Благостно спящий в красивой клетчатой коляске Максим Виноградов, распустивший во сне губы в прекрасную беззубую полуулыбку, строгая и великолепная Варвара Виноградова, гордо расправившая и без того прямую спинку. И я, счастливая от ощущения полноты мироздания и от сознания своего полного превосходства над Александром Виноградовым, который не видел и уже никогда не увидит, как долгожданный маленький Максим первый раз разулыбался, увидев, как качается тугая, полная теплого сладкого молока мамина грудь...

Мое счастье не мешало мне в ту минуту ненароком оглядеть себя, Варьку и Максима и понять, что мы достойны сами себя. Занятая всем этим, я, к сожалению, пропустила момент, когда отец моих детей неожиданно опустился на колени и продолжал свой путь по направлению к нам уже таким образом.

— Мам... — ахнула Варька.

— Молчи и иди вперед как ни в чем не бывало, — сказала я и положила одну руку ей на плечико.

Варя кивнула и, чуть нахмурившись, придвинулась ко мне. Я видела, что ей хотелось улыбаться, и может быть, даже стремглав помчаться к папе, но она, большая девочка, вела себя сдержанно и достойно.

Неожиданно, скорей всего от исходившего от нас с Варей напряжения, проснулся Максим, два раза тихо крякнул, увидел меня, улыбнулся, но тут же набрал воздуха и сердито закричал.

Идущий к нам на коленях Александр Виноградов на секунду замер, вынул руки из карманов, потом лег животом на землю и закричал:

— Ленка! Пока не скажешь, что могу встать — не встану! А хочешь — на животе поползу?

— Не хочу! Вставай, Виноградов! — я кричала негромко, сложив руки рупором, чтобы не очень испугать разволновавшегося Максима. — Саша, вставай, пожалуйста! — я вздохнула и опустила руки.

Он было приподнялся, но потом лег обратно, уже на бок.

— Если не простишь, не встану никогда!

К счастью, мы подошли совсем близко. Мне не было стыдно, мне было почти смешно, хотя я волновалась за Варю, за Максима и даже за дурака Виноградова — на земле лежать было холодно. Но Варе было очень стыдно, я видела. Она опустила голову и, обойдя меня, взялась обеими руками за коляску.

— Мам, там, кажется, ребята из параллельного класса...

Еще не хватало! В параллельном классе «Б» учится мальчик Дима, в которого Варька зачем-то влюбилась — но теперь уж ничего не поделаешь, я тоже когда-то влюбилась в девять лет, и это был не Варин папа.

Я оставила Варе коляску с ревущим Максимом, быстрым шагом подошла к Александру Виноградову и сильно дернула его за шкирку.

— Хватит цирк устраивать и позорить нас, вставай. Где телохранители-то?

— Отпущены в декретный отпуск, — Александр Виноградов смотрел на меня с максимально возможной для него теплотой и нежностью. — Ты потрясающая женщина, Елена Витальевна, — он попытался ухватить меня за руку. — Ты великолепна, юна, стройна и прекрасна. У тебя, кстати, берцовые кости после родов уже съехались обратно?

— А они у меня в этот раз и не разъезжались. Так пролез.

— Не больно было? — Биологический отец Максима и Вари с охотой поддержал неинтересный и страшный для мужчин разговор о родах, который так любят все рожавшие женщины.

— Было ужасно больно. Чуть не умерла, мне так казалось. Еще больнее, чем с Варей, хотя больнее не бывает. Еще что?

— Э, нет, подожди, ты что звереешь-то? — Александр Виноградов быстренько вскочил, небрежно отряхивая влажные листья с грязного пальто и брюк. — Так хорошо говорили... ну в общем — Вама... то есть... Елена Витальевна, Лена, Леночка... — Он выдохнул и набрал полную грудь воздуха и снова выдохнул. И только потом энергично проговорил: — Делаю тебе предложение.

— Жить вместе в большой новой квартире с панорамным остеклением и двумя санузлами?

— С тремя! Третий — детский. Второй — твой лично, с бассейном. Первый — самый маленький — мой, он же гостевой. Гости мои ходить к нам особо не будут... часто и помногу не будут... и жить не будут... подолгу... А на даче я для друзей, кстати, отдельный гостевой домик построил, двухэтажный...

— Спасибо, Саша, у меня уже есть все санузлы, какие нам нужны. Нам троим хватает.

— А мне, четвертому — нет, — счастливый Александр Виноградов попытался сбоку подтолкнуть коляску с Максимом Виноградовым.

— И четвертый... человек у нас тоже есть, Саша. У нас всего хватает, и людей, и санузлов для них. И гостевых домиков.

— Я не понял про четвертого...

— Я вышла замуж, Саша.

— За кого это? — Александр Виноградов чуть приостановился. — Ну не ври, ладно...

Я пожала плечами.

— Зачем мне врать?

— Ты шутишь? Да? — Саша внимательно посмотрел на меня. — А... когда?

— Летом.

— Ну и... Да ты что, вообще, Воскобойникова, себе позволяешь? — Саша громко засмеялся и даже оглянулся, как будто ища поддержки. У кого — у напряженно вытянувшейся Вари? — И... и как, интересно, его зовут? Твоего... мужа?

— Какая разница? Анатолий.

— А... Но... — Саша закашлялся.

А я подумала, как жалко, что в момент такого очевидного реванша я думаю о том, не пора ли Максиму менять памперс, и не пора ли в связи с этим заворачивать всю компанию, за вычетом проигравшего Александра Виноградова — домой.

Саша отошел чуть в сторону от меня и коляски.

— И... и ладно! Да и черт с тобой! Ты смотри, какая, а? Замуж... За кавказца какого-нибудь, да? Или за девяностолетнего вдовца с простатитом?

— Нет, Саша. И ни то, и ни другое. Извини.

— Да мне плевать! Но это мой сын, и я буду его растить и видеться с ним! Сколько захочу!

— Ты уже хотел видеться с Варей, когда пожил с нами, а потом ушел, пока мы приданое с Варей шили.

— Не болтай! — попытался даже прикрикнуть Александр Виноградов, но я видела, что он обескуражен.

Я вдруг увидела, что Варя набрала полные глаза слез и изо всех сил сдерживалась, чтобы не зареветь. Я остановилась, обняла ее и посмотрела на по-прежнему красивое лицо Александра Виноградова, сейчас слегка разрумянившееся от легкого осеннего морозца, на аккуратно постриженные, почти совсем седые виски густых темных волос, на нежные, девичьи мочки — круглых Варькиных ушей...

— Это не твой сын, Саша.

— Что ты сказала? Не мой сын? Как его зовут? Только не ври! Фамилия у него какая?

Я чуть помедлила.

— Виноградов.

— Виноградов? А-а-а!.. Ты дала мою фамилию, не спросясь меня? Или ты его еще не регистрировала? И как его зовут?

Я засмеялась. Как же переполошился мой первый Виноградов!

— Зовут его Максим, как ты и хотел, Саша. Ты же всегда хотел иметь сына Максима, правда? — Я покрепче обняла заметно съежившуюся под моими руками Варю. — Плюс к дочери Варваре, разумеется. А Максима я, как ты выражаешься, зарегистрировала, не беспокойся. Он на самом деле Максим Виноградов.

— Я, конечно, рад. Но я бы с большим удовольствием сделал это сам... Да-а... Порядочки сейчас... Ну что ж, ладно... Ну что, — он нагнулся ближе к Максиму, — что, Максим Александрович, как жилось вам без отца?

— Он Максим Анатольевич, Саша, и без отца пока, слава богу, не жил.

— Что ты сказала? — Александр Виноградов остановился и то ли споткнулся, ухватившись за мое плечо так, что я чуть не упала, то ли нарочно тряхнул меня изо всех сил. — Что ты сказала, повтори? Какой к чертям собачьим Анатольевич? Это что за шутки? Это мой сын? Да не говори ничего, я знаю, я чувствую, я и тогда чувствовал, что у меня все получилось... Ты обманула меня — тогда? Ты знала, когда я уходил?

Я покачала головой:

— Нет.

— Все равно правды не скажешь...

— Почему? Я действительно сначала не знала. И мне, и нам с Варей было... достаточно сложно одним, без тебя. И потом я даже говорила тебе один раз. Пыталась...

— Тьфу, черт... Ты же сказала, что наврала... я так и подумал — нечем было меня удержать, вот ты и... Зачем ты...

— Но ты же был занят прелестями одной рыжеволосой девушки.

— Тьфу ты... — он весь исплевался, поминая то господа, то черта, — господи! Ну так с кем ты Максима записала? Это ведь мой сын?

Я помедлила.

— Какая теперь разница.

— Большая! Я должен знать, что у меня есть сын, что я не напрасно жил...

— Ты только не плачь, Саша. Жил ты скорей всего не напрасно. У тебя есть и дочь, и...

— Понятно. Значит, мой! Вама!..

— Вамама, — подсказала я. — Теперь еще Максим есть. Имя укрупнилось. Стало еще чудесней.

— Ну да... Ленка... — Он с мучительной гримасой возвел глаза к небу, как будто у него что-то заболело, потер грудь. — Всё, идите домой, собирайтесь, я за вами вечером приеду.

— Саша, не говори глупостей. Живем мы теперь совсем в другом месте, через бульвар.

— Я уж знаю, что ты скакала то в одну квартиру, то в другую. Я звонил как-то.

Я хотела ему хоть что-то сказать о том времени. О том, как мне было страшно, и плохо, и больно. Но не стала. Зачем?

— Я вышла замуж, Саша. У меня есть муж. Я, наконец, стала Елена Виноградова, я этого хотела много лет. А это мои дети, Варвара и Максим Виноградовы. Правда, у них разные отчества. Но это детали. Варька, смотри-ка — не Светлана ли там ваша Ивановна идет? Подойди к ней, спроси, что по математике задано, мы же увели тебя с конца урока. — Варя внимательно посмотрела на меня и пошла догонять учительницу. — А чей Максим сын... Это, может быть, я ему когда-нибудь скажу. Но вряд ли. Это будем знать мы с тобой и его... отец. Тот, чью фамилию он носит. Тебя я к нему больше не пущу.

— Ты... ты с ума сошла! Мне сорок шесть лет! У меня... Это мой сын, и я буду видеть его, сколько захочу!

Я видела, как странно покраснели его веки, и провела ладонью по его руке, которой он опять схватил ручку коляски.

— Нет, Саша. Ты же хотел свободы. Боялся, что я начну ее ограничивать. Ты страшно испугался, что придется теперь иметь одну и ту же «сексуальную партнершу» в виде меня, постылой... Так теперь ты имеешь все, что хотел. Правда? Свободу, друзей, женщин, девушек в неограниченном мною количестве и составе, и все остальное. А сын... зачем он тебе? Ты разве растил Варю? Она нужна тебе сейчас?

Александр Виноградова сам убрал руку с коляски и покачал головой:

— Зла-ая ты, злая... никогда не думал, что ты такая злая... — Он поддел ногой мокрый кленовый лист. — Сын — это другое! Ты не имеешь права!..

— Сыновей любят и растят еще меньше, чем дочерей. Их зачем-то хотят иметь все мужчины, а потом не знают, что с ними делать, с описанными, сопливыми, слабыми, капризными и трусливыми.

Александр Виноградов глубоко вздохнул, взял мою руку и крепко сжал ее.

— Моя милая, моя родная... Ты умная, ты чудесная, ты красавица... Ты, кстати, кормишь Максима? Тебе хорошо бы его хотя бы до трех месяцев докормить...

Теперь уже вздохнула я.

— Время быстро идет, ты забыл, наверно, а для меня как будто вчера было, как я Варю в три года от груди отнимала. Такая была вселенская трагедия. Неужели не помнишь? Так что надеюсь Максима еще покормить.

— Ты не любишь меня больше? — без перехода спросил Александр Виноградов.

— Уходи, пожалуйста, Саша.

— Значит, любишь, — он успел посмотреть на меня тем знакомым снисходительным взглядом, который когда-то больно-пребольно ранил меня в нашей с ним неравной любви.

— Значит, не люблю. Просто говорить об этом мне неприятно, вдруг тебе станет больно.

Мне самой стало страшно и жарко от произнесенных слов. Ведь одно дело — сказать еще кому-то «Люблю тебя», а другое — объяснить вот этому человеку, который был смыслом моей жизни так много лет...

— Я тебя больше не люблю, Саша.

— И кого же ты любишь? — не сдавался он, все еще надеясь, что это — часть игры. Любовной игры, его игры, в которой я чуть не погибла.

Люблю... Я представила уставшего Толю Виноградова, спящего в кресле с Максимом на руках... И еще вспомнила, как он держал одной рукой у себя на боку Варю под окном роддома и махал мне огромным букетом желтых и белых тюльпанов...

...Тюльпаны выскальзывают у него из руки, и они с Варей смеются, ползают по первому хрупкому ледку, собирают разлетевшиеся цветы, а мне кажется, я слышу этот хрустальный хруст, и не понимаю, что это за звук — то ли хрустит расколовшийся тонкий лед, в который превратились вчерашние лужи, то ли так чудесно звенят замерзшие тюльпаны, то ли это в моей голове, которая чуть не лопнула во время родов, тихо звучит какая-то мелодия, которую, я, может, и знала когда-то, но совсем забыла. Она мне нравится, эта нежная затейливая мелодия, я пытаюсь собрать воедино звуки и повторить, но они рассыпаются, дробятся, и складываются вновь, уже в другую, совсем новую, непривычную и прекрасную...

— Ты не имеешь права! — Александр Виноградов в кои-то веки не шутил, он на самом деле нервничал.

Я посмотрела на бегущую ко мне Варьку, так похожую на него, и прикорнувшего Максима, похожего на меня и на моего папу. Хорошо бы, он тоже стал так смеяться, как мой папа. Потом посмотрела на красивые ровные скулы Александра Виноградова с нездешним золотым загаром, на его гладкий, без единой морщинки лоб, на темные, бесконечно знакомые глаза. Почему-то я раньше не видела, что внешние уголки глаз у него так сильно ползут вниз... так грустно, так скорбно...

Он стянул с шеи шелковый синий шарф с маленькими зелеными загогулинами, все время вылезавший из-за воротника, и сунул его в карман пальто.

— Не имеешь права, — повторил он. — Ленка...

— Имею, — ответила я. — Имею двоих любимых детей и все права и обязанности с этим связанные. Это ты ничего не имеешь, Александр Виноградов, кроме своей свободы. Хотя свобода, надо признать, — величайшее благо и ценность. Величайшее достижение человечества. Сейчас... как это — «Libertas inestimabilis res est». Так, что ли? «Свобода — вещь бесценная». После вторых родов вообще голова не варит.

— Это заметно.

Александр Виноградов смотрел на меня с явной тревогой и пытался понять, с каким счетом проиграл. Есть ли шансы отыграться — сейчас, потом, когда-нибудь.

— Ты выиграл, Саша. Ты ведь об этом думаешь? Что не привык так позорно проигрывать? Ты выиграл в результате свою свободу. Владей ею и будь, наконец, счастлив.

Я подняла шарф, выскользнувший из его кармана, отдала ему и покатила коляску по дорожке, усыпанной мокрыми листьями.

ЭПИЛОГ

Маленький Максим Виноградов оказался очень серьезным, вдумчивым мальчиком. Пока он учил буквы и цифры, я выносила и родила второго мальчика, Андрея Виноградова, в возрасте сорока двух лет, под охи и возмущенные возгласы врачей семнадцатого роддома города Москвы.

Андрей Виноградов получился более улыбчивым и непоседливым, чем Максим, но, надеюсь, вдвоем им будет весело. Они любознательны, в меру хулиганисты и задиристы, как и положено нормальным мальчикам.

Варька полюбила Анатолия Виноградова даже слишком, вызывая у меня приступы материнской ревности и тревоги — не влюбилась бы она в него через пару лет. Хотя называет его «папа», может быть оттого, что собственный папа, обидевшись на меня на бульваре, так больше и не появился. Послал несколько раз деньги по почте. Увидев же меня однажды с Толей на выставке, и деньги посылать перестал.

Толя носится с Варькой как с писаной торбой, как никогда не носился настоящий биологический отец. Я вновь и вновь останавливаю ревнивые и неспокойные мысли, напоминая себе — «От добра добра не ищут». Любит — и хорошо.

Правда, из-за детей у Толи часто не остается времени реализовать свои врожденные сычовские потребности — запереться в бесполезном «кабинете», побыть одному в обществе спортивных комментаторов, даже почитать. Я вижу, как он смотрит в сторону комнаты, где его ждет наспех заложенная книжка, машет рукой: «Э-эх!» и спешит навстречу сияющим Варькиным глазам. Подхватив на руки любознательного Максима и смешливого Андрея, усаживается с ними на полу, успевая общаться на полнейшем серьезе с каждым из троих. Это работа. Трудная, ответственная. И я плачу ему за эту работу, всем, чем могу. В этом смысле я известная чухонка — терпеть, любить, возносить до небес, смиряться, прощать, верить, надеяться, забывать о себе. И дети ему платят — теплом своих маленьких сердечек и бесконечной, неисчерпаемой, преданной любовью.

Толина мама вышла замуж за Харитоныча. Сдала свою антикварную квартиру под охрану и переехала к нему. Выгнала его на работу — он преподает на журфаке и консультирует аспирантов. Милена Аристарховна не разрешает Харитонычу затворяться от нее и от мира в субботу — воскресенье. «Вот в гробу тебя запрут, тогда точно никто к тебе не постучится, а пока изволь сидеть хотя бы с полуоткрытой дверью, чтобы я видела, ради кого я оставила весь свой антиквариат и три балкона с видом на Кремлевскую набережную». Харитоныч пишет мемуары, где я фигурирую как милая, скромная девочка — надежда российской журналистики.

Ольга взяла к себе жить приемного сына Севу, замученного неприкаянностью и одиночеством. Бледный, субтильный, с клочковатой растительностью на лице, он никак не нравится девушкам, а ему совсем не понятны мужчины, стремящиеся к близкой дружбе с ним. У Ольги очень хорошо идут дела, и она занялась благотворительностью, заставив Севу принять самое активное участие в этом. Причем форма ее благотворительной деятельности такова, что я не устояла перед соблазном написать об этом статью. Она находит одиноких женщин с детьми, оказавшихся без помощи отцов, и пытается помогать им. Особенно отличает она тех женщин, которые сами отказались от денег и всяких отношений с бывшими мужьями и возлюбленными.

Женя снял свою французскую комедию, потратил на нее кучу денег и получил особый приз Каннского фестиваля. Он по-прежнему один. И с нами. Его любит Толя, его любит Варя, его любят мальчики — под моим бдительным надзором... И я надеюсь, что когда-нибудь Женькин талант все равно выволочет его из одиночества и из его запутанных, непонятных никому, прежде всего его самому, любовей.

Нелька бросила своего жадного и грубого Федора и снова вышла замуж, познакомившись в Интернете с очень щедрой личностью с подозрительной фамилией Гур-Сафьянов. Новый супруг одаривает Нельку, прожившую полжизни в черном теле, золотом-бриллиантами, возит зимой в Ниццу и на субботу-воскресенье — в Таллин, попить ржаного пивка... Тогда Нелька отдает нам детей, и пару дней наш дом гремит и качается от неостановимого веселья.

Наша тяжба с Гариком тянулась два с половиной года. Игорь в городском суде дело все-таки выиграл. Сам Савкин неожиданно помер, напившись поддельной сивухи, царство ему небесное, в которое он не попал.

В нашей с Варькой старой квартирке живет Павлик, получился у мамы хороший мальчик, добрый, тихий, сострадательный. Его друг — тоже хороший человек, совсем не похожий внешне на Игорька. У них уютный маленький зоомагазин, где можно купить рыбок, котят, хомячков и волнистых попугайчиков. Они симпатичные, милые, верные друг другу ребята. Их так жалко. И никто ничего поделать тут не может.

Мама с Игорьком живут душа в душу, построили прекрасный дом в пятнадцати минутах езды от нашей с Толей дачи. Хотя, если честно, я не уверена, что Игорек всегда знает, что мама — его жена, а не просто импозантная дама, благосклонно относящаяся к его странностям. Может, оно и к лучшему. Зато мама искренне принимает свой климакс за задержку, пугается, не беременная ли она. Кроме того, она вдруг обнаружила, что у нее появилось еще два внука, в придачу к не очень забалованной ее вниманием Варьке. И она довольно часто теперь к нам приезжает, чтобы поиграть с малышами.

Мама всегда больше любила мальчиков... Она их страшно портит, на мой взгляд. Поэтому я заблаговременно подсовываю Максиму видеоплеер с умным отечественным мультфильмом и даю указание маме — по возможности содержание мультика не комментировать. В отношении маленького Андрея указание одно — поменьше к нему подходить. У него еще не все прививки сделаны... Мама обижается на меня, ругается, говорит, что я — невыносимая, невозможная, похожа на своего отца... Что она приезжать не будет, а будет страдать от моей жестокости... Тогда мне становится ее жалко и я разрешаю плюс к мультикам еще порисовать с Максимом, тоже без давления и лишних комментариев. Или погулять со спящим Андреем.

Что касается Александра Виноградова, он тоже, наконец, женился. На молодой рыжеволосой медсестре из Подольска — корни все-таки тянут в деревню Марфино, которой больше нет.

Медсестра-то, глупенькая, не знала, что через два года ей будет уже двадцать пять, а золотистой мулатке из Чебоксар, устроившейся работать крупье в Сашин любимый клубный ресторан — всего семнадцать... Семнадцать лет, семнадцать сверкающих циркониевых звездочек во влажной шоколадной плоти...

Саша сразу устал от глупости семейной жизни и без сожаления покинул жену и маленькую девочку, которую она успела ему родить.

Решительно настроенная медсестра попробовала при разводе получить какие-то права на его собственность. Но оказалось, что буквально за несколько дней до подачи заявления на развод Александр Виноградов успел получить закладную на одну квартиру, написать дарственную своей маме — на другую и на дачу, а для оформления пособия на ребенка он принес справку, что его зарплата, как директора банка, составляет восемнадцать тысяч рублей ежемесячно...

Как рассказала светская хроника, бедная девушка пыталась драться на суде, за что была вынуждена заплатить Александру Виноградову штраф.

Счастлива ли я? Наша семья — да. А я...

Я очень боюсь потерять это счастье. Так боюсь, что иногда кажется — а лучше бы его и не было! Без него гораздо спокойней было бы жить.

Короткий период безумного счастья, когда говоришь ерунду и не понимаешь, что ты ешь, закончился очень быстро. Он был — когда родился Максим, крепкий, крупный, почти одновременно вышли первые серии фильма, я получила премию Детского Фонда за... рисунки к книжке. Варька быстро забыла все наши неурядицы и переезды, превратилась в школьную звезду, подросла, расцвела... Толя наполнял нашу жизнь мужской заботой и вниманием, которых я никогда не знала... И любовью, любовью...

Потом настал период осознания — ой, мамочки, да какое же это у меня теперь счастье — огромное, невероятное... Я люблю Толю, Толя любит меня. Я очень сильно люблю Андрея Виноградова, который сосредоточенно ползает по нашей необъятной квартире, и безумно люблю Максима Виноградова, который регулярно предлагает мне сыграть в прятки, спрашивая меня: «Мам, куда мне спрятаться, чтобы ты меня не нашла?» Я трепетно люблю красавицу и умницу Варьку, люблю и ревную ее ко всему миру.

И я так боюсь все это потерять!.. Я трясусь за них за всех, я впадаю в отчаяние, когда у кого-то повышается температура, я отказываюсь летать в далекие страны, когда у Толи выпадает неделя-другая отпуска. Отказываюсь до последнего, пока муж не запихивает меня со всем веселым колхозом в самолет. Месяц назад летал даже самый младший Виноградов, прополз по салону, провожаемый восхищенными и негодующими взглядами авиапассажиров.

«Вдруг как в сказке скрипнула дверь, всё мне ясно стало теперь...» — громко, мимо нот и очень, на мой взгляд, наивно поет каждый день, стоя под душем, Анатолий Виноградов.

Как хорошо, что хоть ему все ясно. Мне же — нет.

Когда он замечает, что я печальна и смотрю в окно, а не на него и не на детей, он обещает уйти на войну. Я пугаюсь и перестаю смотреть в окно.

И тогда снова и снова начинаю думать про таинственный и простой закон, скрытый от нас в наших собственных душах, незримых и почти невесомых. Закон сохранения любви.

В свободное время, которого нет, я все пишу бесконечную историю про девочку Соню и Гнома. Сейчас Антон Быстров уже вовсю готовит запуск «Гнома-3». Девочка подросла, занимается спасением волшебного мира вместе с мудрым и забавным Гномом, который, увы, чувствует, что стареет, и очень надеется на Сонечкину помощь. Когда я смотрю фильм, который получается по моим сценариям, то приятно удивляюсь — вот точно так я и представляла себе это, как будто вижу на экране во второй раз. И с радостью сочиняю следующую серию.

Вчера вечером, почти заснув с бодрым, неутомимым Андреем на руках, я услышала свой ровный спокойный голос, говорящий Максиму, лежащему поперек кровати:

— И тогда Гном сказал Сонечке: «Бери этот ключ, но сундук не открывай. Открыть его можно только в полночь. У тебя будет ровно двенадцать секунд, пока часы будут бить двенадцать...»

— Мам, а мне сейчас около четырех? — спросил Максим, приподнимая вихрастую голову.

— Да. Спи, прошу тебя.

— Мам... а потом мне будет около пяти?

— Да.

— А Андрюшке?

— Ему тогда будет около двух.

— А тебе?

— Мне тогда будет около ста.

— Ой... — Максим даже сел в кровати. — А папе?

— И ему тоже — около ста. Ложись.

— Мам, — он все-таки лег. — Тебе не сто лет будет, нет...

— Не сто. Сорок три... с половиной.

— А вы долго будете жить, да?

— Да, постараемся.

— Постарайтесь, мам, ладно? До ста лет.

— Да. Постараемся. Ну вот, а Сонечка взяла ключ — тяжелый-тяжелый, подняла его обеими руками, сначала ей казалось, что она его уронит, не сможет даже удержать. Но как-то удержала, но уж идти-то с ним она точно не сможет...

— А Гном не помогал?

— Нет, он старенький. Да... А потом Сонечка сделала шаг, другой, и вдруг стало легче идти. Еще шаг — и ключ становился еще легче, и вот уже вдали забрезжил рассвет, и она знала, что ей осталось пройти совсем чуть-чуть, и наступит утро, только надо успеть...

— Мам, а что такое «забрезжил»?

— Сейчас, подожди...